中國古典文學基本叢書

柳宗元集校注

第二册

〔唐〕柳宗元 撰

尹占華 韓文奇 校注

中華書局

柳宗元集校注卷第十一

誌碣誄①

故試大理評事裴君墓誌

裴氏之昭曰贈户部尚書諱某〔一〕，穆曰起居郎諱某〔二〕，生均州刺史諱某〔三〕。均州與其弟大理更爲刑部郎〔四〕，用文史名于朝，善杜禮書〔五〕。長子曰某〔六〕，射進士策不中，去過汴，韓司徒弘迎取爲從事〔七〕，以聞，拜太子通事舍人，進大理評事。當伐蔡及鄆〔八〕，汴常爲軍首②，贊佐有勞。既事，將侍太夫人于京師，道發疽〔九〕，元和十四年月日終于河南敦厚里，年若干。字曰某。弟某，以其喪歸葬于某縣某里。未果娶。有男子二人，女一人〔一〇〕。男之長曰某，通兩經，始杖且廬③。銘曰：

世守不遷，秀于士鄉。不利有司，爰客于梁〔一一〕。梁委其躬，乃相戎政。宫臣理屬④〔一二〕，仍受國命。南蔡北曹〔一三〕，五載首兵。柔剛輔理，平視太平。馬牛既寧〔一四〕，告養于京〔一五〕。棧車草草，我來周道⑤〔一六〕。載飢載勞，神奪其孝。形經于洛，魂其焉如⑥？庶終爾誠，陰侍里閭。膳飲不違，有弟之恭。既安且盈，厥志斯從。銘之故人，以慰爾衷。

【校　記】

①詁訓本標作「誌碣誄一十一首」。五百家注本標作「墓誌」。

②原注引孫汝聽曰：「『汴』當作『州』，字之誤也。」章士釗《柳文指要》上《體要之部》卷一一云：「此兩句，應在『當伐蔡及鄆』絶句。……韓弘以汴州刺史兼宣武節度，駐汴，軍務特繁，征伐領先，『汴常爲軍首』五字，極易理解。」章説是。常，五百家注本作「當」。

③蔣之翹輯注本：「一本有『次曰某，尚幼』五字。」

④臣，世綵堂本作「人」，並注：「宫人，謂爲太子通事舍人。」

⑤周，原作「用」，據注釋音辯本、五百家注本、世綵堂本改。

⑥魂，原作「魄」，據諸本改。

【解　題】

〔韓醇詁訓〕元和十四年卒，誌亦是時作也。《周官》小宗伯之職辨廟祧之昭穆，注云：「父曰昭，子曰穆也。」君之諱字，考之史表皆不詳。按：此裴君與《故處士裴君墓誌》之裴處士，爲同祖之從兄弟。裴君之父爲叔猷，處士之父爲伯言，二人爲兄弟。此層關係，章士釗《柳文指要》上《體要之部》卷一一已言之。

【注釋】

〔一〕［注釋音辯］（昭）音韶。裴守真。［百家注］韓（醇）曰：《説文》：「廟昭穆，父爲昭，南面。子爲穆，北面。係從父坐。」昭音韶。孫（汝聽）曰：諱守真。

〔二〕［注釋音辯］裴僑卿。［百家注引孫汝聽曰］諱僑卿。

〔三〕［注釋音辯］裴叔猷。［百家注引孫汝聽曰］諱叔猷。

〔四〕［注釋音辯］裴伯言。［百家注引孫汝聽曰］大理名伯言，爲刑部員外郎，贈大理卿。

〔五〕［蔣之翹輯注］杜禮書未詳。按：章士釗《柳文指要》上《體要之部》卷一一云：「『杜』或是『持』字殘闕而致誤。『持禮書』云者，一切以禮書爲準，詳定刑部也。」是爲一説。「杜禮」或是「社禮」之誤。社禮，郊社之禮。

〔六〕［百家注］長子，叔猷之長子也。

〔七〕［百家注引韓醇曰］（韓）弘爲汴州刺史、宣武軍節度使。

〔八〕［注釋音辯］（鄆）音運。蔡謂吴元濟，鄆謂李師道。按：百家注本引孫汝聽注略同。

〔九〕［注釋音辯］［韓醇詁訓］（疽）子余切。

〔一〇〕何焯《義門讀書記》卷三五：「未果娶。唐時門第既高，未得官位，不娶主婦，有先畜婢妾者，此文可引爲據。《薛巽妻崔氏誌》亦云『恩其故他姬子』。」章士釗《柳文指要》上《體要之部》卷一一云：「男女蓋均微出也。」

〔一一〕〔百家注引孫汝聽曰〕謂射進士策不中，去爲汴州從事。汴，大梁也。

〔一二〕〔注釋音辯〕宫臣，太子舍人。理屬，大理評事。〔百家注引孫汝聽曰〕宫臣，謂爲太子通事舍人。理屬，進大理評事也。

〔一三〕〔注釋音辯〕李師道有鄆、曹、濮等十二州。〔百家注引孫汝聽曰〕北曹，亦李師道也。師道有鄆、曹、濮等十二州。

〔一四〕〔百家注引韓醇曰〕謂放牛歸馬，皆獲安寧也。

〔一五〕〔百家注引王儔補注〕即上云將侍太夫人于京師。

〔一六〕〔注釋音辯〕〔韓醇詁訓〕棧，仕諫切。〔百家注引童宗説曰〕《詩》：「有棧之車，行彼周道。」棧車，役車也。周道，洛陽。棧，仕諫切。按：見《詩經·小雅·何草不黄》。

【集　評】

王行《墓銘舉例》卷一：右誌三代，以昭穆書，又一例也。書未果娶而書男子二人女一人，則男女微出也，又一例也。比韓文諸不書妻例，此尤著明矣。

儲欣《河東先生全集録》卷二：簡法。讀銘辭，知公錦心繡口，自與《三百篇》詩人合，豈仿傚而得者？大抵公柳州後誌銘，篇篇可諷于口，繹于心矣。

何焯《義門讀書記》卷三五：「通兩經」：通兩經得書，蓋非徒口誦之也。「膳飲不違」：慰其孝也。

故大理評事柳君墓誌

晉之亂，柳氏始分，曰耆，爲汝南守，居河東〔一〕。又五世曰慶，相魏〔二〕。魏相之嗣曰旦〔三〕，仕隋爲黄門侍郎。其小宗曰楷〔四〕，至于唐，刺濟、房、蘭、廓四州。楷生夏縣令府君諱繹，繹生司議郎府君諱遺愛，皆葬長安少陵原〔五〕。遺愛生御史府君諱開，葬南陽。其嗣曰寬，字存諒，讀其世書，揚于文辭，南方之人多諷其什。頗學禮而善爲容〔六〕，修吏事。始仕家令主簿，進左驍衛兵曹，試大理評事，爲嶺南節度推官、荆南永安軍判官。府罷，爲游士，出桂陽，下廣州〔七〕，中厲氣嘔泄，卒于公館，元和六年八月七日也。年四十七。前娶琅邪王拱子〔八〕。拱，國子祭酒。後娶河東裴陵子。陵，告成令。裴氏之出曰裴七。

君之從弟，以君之喪歸，過零陵，哭且告于宗元曰：「吾伯兄從事嶺南，其地多貨，其民輕亂，能以簡惠和柔，匡弼所奉。假守支郡，海隅以寧，鬬很仇怨，敦諭克順。從公于荆，綏戎永安，仍專郡治〔九〕，政用休阜。是時蜀寇始滅〔一〇〕，邦人瘡痍，懷君之澤，咸忘其痛。其理也惠，而不施之于大；其行也和，而不至于年〔一一〕；其言也文，而不顯其聲。今將以某月日祔葬，苟又不得令辭而誌焉，是無以蓋前人之大痛，敢固以請。」嗚呼！余懼辭之不令，以爲神羞，余曷敢不諾①？銘曰：

柳族之分，在北爲高。充于史氏，世相重侯〔一二〕。中書之世，實曰蘭州〔一三〕。夏縣政良，司議德優〔一四〕。營營御史〔一五〕，乃佐元侯。惟君是嗣，其政克修。儲闈補吏〔一六〕，環衛分曹〔一七〕。南越之庬，從事以寧。永安披攘，荐仍于兵。是董是經，既柔且平。浩浩呻呼，革爲和聲。胡不使壽，而奪之齡？柩于海壖②〔一八〕，壙于鄧邦〔一九〕。厥弟孔哀，惟行之恭。呱呱小子〔二〇〕，縗而不廬〔二一〕。充充令妻〔二二〕，鬘首而居〔二三〕。鳥獸號鳴，助我踟躕〔二四〕。刻此悲辭，藏之奥隅〔二五〕。

【校　記】

①詁訓本、五百家注本無「曷」字。

②原注與世綵堂本注：「柩，一作挺。」詁訓本、五百家注本作「挺」，詁訓本注：「一作柩。」

【解　題】

〔注釋音辯〕柳寬。〔韓醇詁訓〕元和六年永州作。〔百家注〕注具本篇。

【注釋】

〔一〕［注釋音辯］晉侍中柳景猷長子耆，爲汝南太守。少子純，爲平陽太守。［百家注引孫汝聽曰］耆父景猷，晉侍中。有二子。長曰耆，爲汝南太守。少曰純，爲平陽太守。

〔二〕［百家注引孫汝聽曰］耆子恭，後趙河東太守。恭曾孫緝，宋州別駕，宋安郡守。緝子僧習，與豫州刺史裴叔業據州歸魏，爲揚州大中正。僧習子慶，字更興，後魏侍中、左僕射。

〔三〕［百家注引孫汝聽曰］旦，字匡德。

〔四〕［注釋音辯］柳旦長子則，次子楷。以其居次，故曰小宗。［百家注］韓（醇）曰：《禮記》：「別子爲祖，繼別爲宗，繼禰者爲小宗。」孫（汝聽）曰：旦二子：長曰則，次曰楷。以其居次，故爲小宗。按：見《禮記·喪服小記》。

〔五〕宋敏求《長安志》卷一一：「少陵原在（萬年）縣南四十里，南接終南，北至滻水，西屈曲六十里入長安縣界。即漢鴻固原也，宣帝許后葬於此，俗號少陵原。」《資治通鑑》卷一九四唐太宗貞觀七年「校獵少陵原」胡三省注：「少陵原在長安城南，屬萬年縣界。」

〔六〕［注釋音辯］《前漢·儒林傳》：「徐生善爲容。」［百家注引童宗説曰］《漢·儒林傳》：「徐生善爲容。」容謂容貌威儀之事。［世綵堂］《漢·儒林傳》：「徐生善爲頌。」師古注：「頌讀爲容。」蘇林注：「漢舊儀有二郎爲此頌貌威儀事。」容謂容貌威儀之事。

〔七〕［百家注引童宗説曰］桂陽郡郴州。［蔣之翹輯注］唐郴州桂陽郡，今屬湖廣。廣州南海郡，今屬廣東。

〔八〕《舊唐書·令狐楚傳》：「桂管觀察使王拱愛其才，欲以禮辟召，懼楚不從，乃先聞奏而後致聘。」即此王拱。

〔九〕陳景雲《柳集點勘》卷一：「公謂府主趙昌。昌以元和元年除廣帥，三年遷鎮荆南，評事先佐廣府，又從至荆也。永安在夔州，爲荆部西界，與蜀接壤。從事蓋以軍判官兼攝守事。及荆帥被召還朝，評事亦去官遠遊矣。」

〔一〇〕［注釋音辯］誅劉闢。［百家注引韓醇曰］蜀寇劉闢。

〔一一〕［蔣之翹輯注］不至于年，謂不得終其天年也。

〔一二〕［百家注引孫汝聽曰］自慶以下，四世爲相封侯。

〔一三〕［百家注引童宗説曰］蘭州謂楷。

〔一四〕［百家注引童宗説曰］夏縣謂繹。司議謂遺愛。

〔一五〕［百家注引童宗説曰］御史謂開。按：營營，奔波忙碌貌。

〔一六〕［百家注引韓醇曰］謂爲家令主簿。

〔一七〕［百家注引韓醇曰］謂爲左驍衛兵曹。

〔一八〕［注釋音辯］（壖）而緣切。［韓醇詁訓］而宣切，城下田也。［百家注引童宗説曰］壖，城下田也。壖，而緣切。

〔一九〕［注釋音辯］壙，苦謗切。鄧州，南陽。［韓醇詁訓］壙音曠，塹穴也。［百家注引孫汝聽曰］壙，塹穴也。謂祔葬南陽。壙，苦謗切。

〔二〇〕［注釋音辯］呱音孤。

〔二一〕［注釋音辯］縗音崔，廬音盧。［韓醇詁訓］縗音崔。

〔二二〕充充，悲戚貌。《禮記·檀弓上》：「始死，充充如有窮。」

〔二三〕［注釋音辯］張（敦頤）云：髽，側瓜切。《禮記》曰：「男子免而婦人髽。」以麻約髻也。按：見《禮記·喪服小記》。韓醇詁訓本與張注同。百家注本引張敦頤曰：「髽，莊華切。」

〔二四〕［百家注引孫汝聽曰］《禮記》：「鳥獸喪其群匹，越月踰時，則必反巡，過其故鄉，鳴號焉，蹢躅焉，乃能去之。」按：見《禮記·三年問》。

〔二五〕［百家注引韓醇曰］《爾雅》：「西南隅謂之奥。」按：見《爾雅·釋宫》。

【集　評】

儲欣《河東先生全集録》卷二：銘勝於誌，信乎其爲哀辭也。

焦循批《柳文》卷一九：簡貴。

故祕書郎姜君墓誌

祕書郎姜𡾊〔一〕，字某，開元皇帝外孫也〔二〕。始，楚國公皎與上游，益貴幸，子慶初得尚某公主〔三〕，生𡾊。𡾊生三日，上曰：「他物無以餉吾孫。」即敕有司，以第六品告與緋衣銀魚，得通籍出入。凡名是官七十某年，終不徙。然其間在蜀、漢、荆、楚，以大諸侯命守州邑，輒以勞稱。時缺則復命。好遊嗜音，以生貴富，畜妓，能傳宫中聲，賢豪大夫多與連歡。後加老風病，手足奇〔四〕，右可用，不能就官。士有載酒來，則出妓，搏髀笑戲〔五〕，觀者尚識承平王孫故態〔六〕。元和十四年月日終。桂州都督、御史中丞裴公曰〔七〕：「噫！帝戚也，葬不可以廉。」爲具物，祭以豚酒。月日，葬州東南一里。子某，年若干。母曰雷姬。銘曰：

始賤終貴，于世爲遂。幼榮老窮，在物爲凶。均之得喪，誰缺誰豐？若君者銀朱于始生〔八〕，鐘鼎以及壯。不矍矍于進取〔九〕，不施施于驕伉〔一〇〕。左絃右壺，樂以自放。雖老而客死，未嘗戚乎己。與夫拳拳恐悸〔一一〕，蒙諂負義，得之拘拘，榮不蓋愧，以終其身而不能止者，不猶優乎！

【解　題】

［注釋音辯］姜崿。［韓醇詁訓］楚國公皎，初以玄宗在藩邸時，皎察其有非常之度，尤委心焉。迨即位，召拜殿中少監，數召入卧内，命之捨敬，曲侍燕私，呼之而不名。其後寵遇日甚。其子慶初生未晬，玄宗許尚公主，後逾二十餘年。及相林甫，即皎之甥，遂從容奏之，故驟加恩命，詔慶初尚新平公主，授駙馬都尉。公謂崿爲開元皇帝外孫，且曰子慶初得尚公主，其自蓋如此也。元和十四年柳州作。

【注　釋】

〔一〕［注釋音辯］童（宗説）云：（崿）音諤，崖也。或作「⿱宀咢」。［韓醇詁訓］音諤。

〔二〕［百家注引韓醇曰］崿母，玄宗女新平公主。

〔三〕［百家注］孫（汝聽）曰：皎與玄宗有龍潛之舊，先天二年，預誅竇懷貞等，以皎爲銀青光禄大夫、工部尚書，封楚國公也。韓（醇）曰：皎子慶初，生未晬，玄宗許尚主，後淪落二十年。李林甫爲相，即皎之甥，從容奏之。天寶十載，詔慶初尚主，授駙馬都尉。

〔四〕［注釋音辯］（奇）音畸。［韓醇詁訓］奇，渠羈切。［世綵堂］奇音畸。一作「踦」。［蔣之翹輯注］言其左疾而不能爲助也。

〔五〕［注釋音辯］童（宗説）云：（髀）音陛，股也。［韓醇詁訓］髀，部禮切。

〔六〕［百家注］（態）他代切。

〔七〕［百家注引孫汝聽曰］桂管觀察使裴行立。

〔八〕［蔣之翹輯注］銀朱謂緋衣銀魚也。

〔九〕［注釋音辯］矍，居縛切。［韓醇詁訓］矍，厥縛切。《説文》：「欲逸走也。」［百家注引童宗説曰］矍矍，疾走貌。矍，居縛切。

〔一〇〕施施，自得貌。《孟子·離婁下》：「施施從外來，驕其妻妾。」

〔一一〕［注釋音辯］（悸）其季切，心動也。

【集評】

黄震《黄氏日鈔》卷六〇：卷十一誌碣誄皆老作。狀姜嵒戚里之態，獨孤申叔之文而夭，趙矜之孤來章哀而得其父之葬，張因去印綬爲黄老而哭猶子以死，虞鳴鶴從鄉賦而終逆旅，弔慶交户，覃季子愛書而貧不仕，皆事覈文古，傑然者也。

王行《墓銘舉例》卷一：右誌不書妻而書子某母曰雷姬，此墓誌中書妾媵例，又正例之再變也。

《王荆石先生批評柳文》卷三：遒逸。

陸夢龍《柳子厚集選》卷二：姿態横生。又「始賤終貴」眉批：本身佳文，自灑然。

蔣之翹輯注《柳河東集》卷一一：文小有致，銘語亦極灑然。「王孫故態」句下：寫出王孫故態，如老將病。姬令人生憐。

儲欣《河東先生全集録》卷二：前只紀實，好遊嗜音以下，傳其神矣。摹畫之妙，何渠不若太史公！

何焯《義門讀書記》卷三五：不煩濫。「好遊嗜音」：綰結前後。

乾隆敕纂《御選唐宋文醇》卷一八：銘勒金石，質之乾坤，夫安可以不直？若如白居易所云：「銘功皆太公，頌德悉仲尼。」則繆戾曷極！例其浮詞，將並揜其實善，非所以爲其人榮也。沿而習之，千百人皆浮詞，則一二人實善，亦復並揜。則文之爲用，或幾於息也。韓愈以碑板擅當時，而劉乂尚攫其金曰：「此諛墓所得，不如與劉生爲壽。」他可知矣。如宗元此文，庶幾古之遺直。

焦循批《柳文》卷一九：妙文誰能窺之？

亡友故祕書省校書郎獨孤君墓碣①

嗚呼！有唐仁人獨孤君之墓②，祔于其父太子舍人諱助之墓之後。自其祖贈太子少保諱問俗而上，其墓皆在灞水之左③〔一〕，今上王后營陵于其側④，故再世在此。嗚呼！獨孤君之道和而純，其用端而明，内之爲孝，外之爲仁，默而智，言而信。其窮也不憂，其樂也不淫。讀書推孔子之道，必求諸其中。其爲文深而厚，尤慕古雅，善賦頌，其要咸歸于道⑤。昔孔子之世有顏回者，能得于孔子，後之仰其賢者⑥，譬之如日月而莫有議者焉。嗚呼！獨孤君之明且仁，如遭孔子，是有兩顏氏也⑦。今之世有知其然者乎？知之者其信于天下乎⑧？使夫人也夭而不嗣，世之惑者，猶曰尚有天道，嘻乎甚邪⑨！

君諱申叔，字子重。年二十二舉進士〔二〕，又二年，用博學宏詞爲校書郎⑩。又三年居父喪，未練而没〔三〕，蓋貞元十八年四月五日也。是年七月十日而葬，鄉曰某鄉，原曰某原⑪。

嗚呼！君短命⑫，行道之日未久，故其道信于其友，而未信于天下。今記其知君者于墓：韓泰安平⑬，南陽人。李行諶元固⑭，其弟行敏中明〔四〕，趙郡贊皇人。柳宗元⑮，河東解人。崔廣略⑯〔五〕，清河人。韓愈退之，昌黎人。王涯廣津，太原人。呂温和叔，東平人。崔群敦詩，清河人⑰。劉禹錫夢得，中山人。李景儉致用，隴西人〔六〕。嚴休復玄錫〔七〕，馮翊人⑱。韋詞致用⑲〔八〕，京兆杜陵人。

【校記】

①《英華》題作「祕書省校書郎獨孤君墓誌」。周曉薇《新出土柳宗元撰〈獨孤申叔墓志〉勘證》（《中國典籍與文化》二〇〇二年第三期）云此文新出土志石（以下簡稱石本），題作「故祕書省校書郎獨孤君墓志」，下署「承務郎行京兆府藍田縣尉柳宗元纂」。所校即據周文所録。

②《英華》「君」下有「子」。

③《英華》無「之」字。

④「上」字原闕，據石本補。后，原作「父」，據石本及《英華》改。何焯《義門讀書記》卷三五：「父作后。」陳景雲《柳集點勘》卷一：「父當從《文苑》作『后』。謂德宗昭德王后，貞元二年崩，葬靖陵。永貞初，遷祔崇陵。此云營陵，謂營建靖陵也。獨孤氏因王后營陵祖塋之側，故再世別葬，與漢馮衍先世葬地以哀帝營爲義陵，衍不得祔葬，更定塋新豐是也。《通鑑》注：靖陵在奉天東北十里。」陳説是。今上即德宗。然王皇后之靖陵非在奉天縣東北，《資治通鑑》卷二三二唐德宗貞元三年二月：「甲申，葬昭德皇后於靖陵。」胡三省注：「王后謚昭德，靖陵在奉天縣東北十里。」此注有誤，蓋將王皇后之靖陵與唐僖宗之靖陵混爲一談也。王皇后之靖陵當在「灞水之左」。（以上參周曉薇文）

⑤歸，《英華》作「至」。

⑥其賢，《英華》作「其望」，石本作「而望」。

⑦五百家注本無「是」字。

⑧兩句石本同。原注與世綵堂本注：「一本作『今之世有知其然者其信于天下乎』。」注釋音辯本兩句無「乎知之者」四字，並注：「一本作『今之世有知其然者乎知之者其信于天下乎』。」詁訓本注：「一無『知之者』三字。」

⑨嘻，注釋音辯本作「噫」，並注：「噫，一本作嘻。」乎，石本作「其」。
⑩用，石本作「由」。
⑪是年，《英華》作「某年」。以上三句石本作「是年七月七日而葬萬年縣鳳栖原義善鄉」。
⑫君短命，石本作「君之壽，廿有七」。
⑬「韓泰」前石本有「左司員外郎李君直方貞白，隴西人」，諸本皆無。李直方登貞元元年賢良方正能言極諫科，見《唐會要》卷七六；又《唐尚書省郎官石柱題名》司勳郎中、左司員外郎皆有李直方之名。
⑭諶，石本作「純」。「諶」字當是後來避憲宗諱改。
⑮柳宗元，石本作「柳宗元子厚」。
⑯世綵堂本注：「餘人皆有名、字，此獨言廣略，當是脱誤。」按：崔廣略名鄘，「崔」下或脱「鄘」字。石本無崔鄘條。
⑰石本無崔群條。
⑱石本無嚴休復條。
⑲致用，石本作「默用」。

【解　題】

［注釋音辯］獨孤申叔。［韓醇詁訓］貞元十八年藍田尉作。按：韓愈《韓昌黎全集》卷一三《畫

記》：「余在京師，甚無事，同居有獨孤生申叔者，始得此畫，而與予彈碁，予幸勝而獲焉。」卷二二有《獨孤申叔哀辭》。李肇《唐國史補》卷下：「貞元十二年，駙馬王士平與義陽公主反目，蔡南史、獨孤申叔播爲樂曲，號《義陽子》，有團雪散雲之歌，德宗聞之怒，欲廢科舉，後但流斥南史、申叔而止。」又云「訛語影帶有李直方、獨孤申叔」。即此獨孤申叔。

【注釋】

〔一〕［韓醇詁訓］灞水出藍田谷，北入渭，隸長安。灞音霸。［蔣之翹輯注］今在陝西西安府城東。

〔二〕［百家注引孫汝聽曰］貞元十三年，申叔中進士。

〔三〕［注釋音辯］《禮記》注：「練，小祥也。」［韓醇詁訓］《禮》「練而慨然」注：「練，小祥也。」［百家注引孫汝聽曰］《禮記》：「三日而食，三月而沐，期而練。」練，小祥也。按：見《禮記·喪服四制》。小祥爲喪後十三個月舉行的一種祭奠儀式，其服爲練。

〔四〕陳景雲《柳集點勘》卷一：「以《世系表》考之，二李蓋御史大夫棲筠之孫，元和宰相李吉甫從子，諫議大夫叔度之子也。觀集中《祭中明文》，乃已仕而以貶死者。表既不著其兄弟之官位，莫得而詳矣。」柳文《祭李中明文》即祭李行敏者。

〔五〕陳景雲《柳集點勘》卷一：「崔廣略，舊注『餘人皆有名字，此獨言廣略，當有脱誤。』案此崔鄘也。鄘字廣略，唐史有傳，名臣也。」

〔六〕《舊唐書·李景儉傳》云景儉字寬中。元稹《元氏長慶集》卷一七《哀病驄呈致用》、卷一八《送致用》、卷一九《題藍橋驛留呈夢得子厚致用》，皆指李景儉。李景儉當有兩字，章士釗《柳文指要》上《體要之部》卷一一認爲有兩李景儉，非是。

〔七〕《舊唐書·裴垍傳》：「垍在中書，有獨孤郁、李正辭、嚴休復自拾遺轉補闕。」《楊虞卿傳》：「乃詔給事中嚴休復、中書舍人高釴、左丞韋景休充三司推案。」《太平廣記》卷六九引《劇談録》：「嚴休復、元稹、劉禹錫、白居易俱作《玉蘂院真人降》詩。」元稹《元氏長慶集》卷五一《永福寺石壁法華經記》：「若杭州刺史吏部郎中嚴休復、中書舍人杭州刺史白居易、刑部郎中湖州刺史崔玄亮……」皆云及嚴休復。

〔八〕陳景雲《柳集點勘》卷一：「按詞字踐之，舊傳及新史《世系表》並同，而此作致用，蓋唐人有兩字者甚多。」章士釗《柳文指要》上《體要之部》卷一一認爲致用乃李景儉字，非韋詞字。據石本，韋詞字默用。吕温《吕衡州集》卷六《故太子少保贈尚書左僕射京兆韋府君（夏卿）神道碑》：「開府闢士，則有……京兆韋嗣、隴西李景儉、中山衛中行、平陽路隨。」韋嗣即韋詞。韓愈《韓昌黎全集》卷三二《唐故朝散大夫尚書庫部郎中鄭君（群）墓誌銘》：「長女嫁京兆韋詞。」韋詞之名，李翱《李文公集》屢見，如卷一八《題桄榔亭》：「翱與監察御史韋君詞，皆自東京如嶺南。」《舊唐書·韋辭傳》作韋辭，云字踐之，實爲一人。唐人有兩字者甚多，不必爲疑。

【集評】

茅坤《唐宋八大家文鈔》卷二八：别調。又云：子厚之誌文，所取者甚少。蓋以子厚爲御史及禮部員外時所作，大都未免爲唐以來四六綺麗之遺，而謫永州司馬以後，則文近于西漢矣。故其所爲遊山記與士大夫書，並他雜著，皆與韓昌黎相頡頏者也。姪輩讀書，當深思而識之。

王行《墓銘舉例》卷一：右碣詳記其友之知名者于後，與《先君石表陰先友記》同意，又一例也。無銘詩，略也。題書亡友以表之，又一例也。

陸夢龍《柳子厚集選》卷二：奇。

蔣之翹輯注《柳河東集》卷一一：昌黎集有《獨孤哀辭》，悲痛特甚。柳州此作，亦復酸楚，令讀者殆難爲懷。虞集曰：以少年而死，其行不聞于世，特記其友之氏名，亦一格。「嘻乎甚邪」句下：文甚跌宕，不得住。文末引劉辰翁曰：子厚《先友記》亦此例。

何焯《義門讀書記》卷三五：「今記其知君者于墓」：此即記先友之意，推是以錫其類。播州請代，蓋其生平之誠，非一時意氣激昂也。當合《祭獨孤丈母文》觀。

焦循批《柳文》卷一七：又一局段。

故襄陽丞趙君墓誌

貞元十八年月日，天水趙公矜年四十二①〔一〕，客死於柳州，官爲斂葬於城北之野。元和十三年，孤來章始壯，自襄州徒行，求其葬不得，徵書而名其人，皆死，無能知者。來章日哭於野，凡十九日，唯人事之窮，則庶於卜筮。五月甲辰，卜秦誗②〔二〕，兆之曰：「金食其墨，而火以貴〔三〕。其墓直丑，在道之右。南有貴神③，冢土是守〔四〕。乙巳於野，宜遇西人。深目而髯〔五〕，其得實因。七日發之，乃覩其神。」明日求諸野，有叟荷杖而東者〔六〕，問之，曰：「是故趙丞兒耶？吾爲曹信④，是邇吾墓。噫，今則夷矣〔七〕！直社之比二百舉武〔八〕，吾爲子葩焉〔九〕。」辛亥啟土，有木焉，發之，緋衣緅衾〔一〇〕，凡自家之物皆在⑤。州之人皆爲出涕，誠來章之孝，神付是叟，以與龜偶。不然，其協焉如此哉？六月某日就道，月日葬於汝州襄城縣期城之原⑥〔一一〕。夫人河南源氏，先歿而祔之。矜之父曰漸，南鄭尉。祖曰倩之，鄆州司馬。曾祖曰弘安，金紫光禄大夫、國子祭酒〔一二〕。

始矜由明經爲舞陽主簿〔一三〕，蔡師反⑦〔一四〕，犯難來歸，擢授襄城主簿，賜緋魚袋。後爲襄陽丞。其墓自曾祖以下，皆族以位⑧〔一五〕。時宗元刺柳，用相其事，哀而旌之以銘。銘曰：

誗也挈之〔一六〕，信也葩之。有朱其紱，神具列之⑨。懇懇來章，神實恫汝〔一七〕。錫之老叟，告以兆語。靈其鼓舞，從而父祖。孝斯有終，宜福是與。百越蓁蓁〔一八〕，羈鬼相望〔一九〕。有子而孝，獨歸故鄉。涕盈其銘，旌爾勿忘。

【校 記】

①原注與世綵堂本注：「四，或作三。」詁訓本作「三」，並注：「一作『四十二』。」

②原注與世綵堂本注：「詗，直廉切。晏本作利。」注釋音辯本注：「晏元獻本『詗』作『利』。」詁訓本注：「一作利。」

③神，原作「臣」，據諸本改。《新唐書·趙弘智傳》附趙矜亦作「貴神」。何焯《義門讀書記》卷三五：「『南有貴臣』作『貴神』。」

④原注與注釋音辯本、詁訓本、世綵堂本注：「信，一本作『於是』。」曹信當是人名。

⑤世綵堂本注：「一無『自』字。」

⑥襄城，原作「龍興」，注釋音辯本作「龍城」。汝州有龍興縣。然據《新唐書·地理志二》汝州臨汝郡：「襄城，望。武德元年以縣置汝州，並置汝墳、期城二縣，貞觀元年州廢，省汝墳、期城，以襄城隸許州。開元二十七年來屬，二十八年還隸許州，天寶七載復來屬。」是期城屬襄城縣，期城之原自然亦在襄城。可知注釋音辯本之「城」字不誤，「龍」則是「襄」字之訛。故改。下文亦云趙矜「擢授襄城主簿」。

⑦師，注釋音辯本作「帥」。

⑧世綵堂本注：「以，一作在。」

⑨具，五百家注本作「其」。

【解　題】

〔注釋音辯〕趙公矜。〔韓醇詁訓〕趙公矜之死，自貞元十八年至元和十三年，已十七載之久，來章乃能求於人所不知者，其異如此。來章之孝，公謂神實恫之錫之，老叟告以兆語，信哉。元和十三年作。〔百家注詳注〕趙公矜之死，自貞元十八年至元和十三年，凡十七載之久，來章乃能求於人所不知者而歸之，公此誌非以神其事，所以大其孝也。按：此襄陽丞趙君名矜。陳景雲《柳集點勘》卷一：「案趙丞名矜。曾祖弘，案新史附見其弟《弘智傳》後，與子來章皆詳載，並採此誌也。『公』字衍。（振常按：誌文云天水趙公矜，其稱趙公猶曰趙君耳，注者殆因此而誤。）」

【注　釋】

〔一〕〔百家注引孫汝聽曰〕其先河南新安人。

〔二〕〔注釋音辯〕童（宗説）云：（訷）直廉切。言利美也。又人名，見《廣韻》。〔韓醇詁訓〕訷，持廉切。

〔三〕蘇鶚《蘇氏演義》卷上引《龜經》：「而諸龜皆有靈，其腹下豎文謂之千里路，五行支兆之文，悉以千里路爲準也。凡文頭上向千里路、下向外者爲金兆也。文頭上向外、下向千里路者爲火兆也。豎爲木兆，平爲土兆，下垂而細者爲水兆。」

〔四〕〔百家注引孫汝聽曰〕《書》：「宜於冢土。」冢土，社神。按：見《尚書·泰誓》。

〔五〕〔注釋音辯〕（髯）如占切。頰鬚也。

〔六〕〔百家注〕荷，擔也。

〔七〕〔百家注〕夷，平也。

〔八〕〔注釋音辯〕武，步跡也。〔百家注引孫汝聽曰〕《禮記》：「堂上接武，堂下布武。」武，跡也。按：見《禮記·曲禮上》。

〔九〕〔注釋音辯〕張（敦頤）云：蕝，祖悦切。束茅表位。《叔孫通傳》。〔韓醇詁訓〕蕝，租悦切。《説文》：「朝會束茅表位曰蕝。」春秋置茅蕝表坐。〔百家注引童宗説曰〕《説文》：「朝會束茅表位曰蕝。」《春秋國語》曰：「致茅蕝表位。」蕝，子悦切。按：見《史記·叔孫通列傳》、《國語·晉語八》。

〔一〇〕〔注釋音辯〕童（宗説）云：緅，將侯切。青赤色。〔百家注引孫汝聽曰〕《周禮》：「三人爲纁，五人爲緅。」青赤色。緅，將侯切。按：見《周禮·冬官考工記·鍾氏》。韓醇詁訓本與童注同。

〔一一〕〔蔣之翹輯注〕唐龍興縣，今爲寶豐，隸河南汝州。按：「龍興」爲「襄城」之誤，見校記。

〔一二〕〔百家注引孫汝聽曰〕弘安弟弘智，唐史有傳。

〔一三〕唐許州潁川郡屬縣有舞陽。

〔一四〕〔注釋音辯〕吴少誠反。〔百家注引孫汝聽曰〕貞元十五年，淮西節度使吴少誠反。

〔一五〕〔百家注引孫汝聽曰〕《周禮》：「墓大夫，令國民族葬而掌其禁令，正其位，掌其度數。」注：

「令族葬各從其親。」位，謂昭穆也。按：見《周禮·春官宗伯·墓大夫》。

〔一六〕［韓醇詁訓］挈音契，鑽龜也。按：陳景雲《柳集點勘》卷一：「《詩》『爰契我龜』。《釋文》云：『契，本又作挈。』此挈字所本。」

〔一七〕［注釋音辯］童（宗説）云：恫音通，痛也。［韓醇詁訓］恫音通。《説文》：「痛也。」

〔一八〕［百家注］（蓁）音榛。按：蓁蓁，荒穢貌。

〔一九〕［注釋音辯］（望）音忘。羈鬼謂羈旅而亡者。［韓醇詁訓］音亡。在外而望其還也。按：百家注引童宗説注爲合上二家之注。

【集評】

《王荆石先生批評柳文》卷三：誌與銘皆爲其子，峻潔。

胡侍《真珠船》卷二：墓石之文，俗稱前序爲志，而謂後之韻語爲銘，此謬説也。……韓退之於孟貞曜，柳子厚於襄陽趙丞，散文與韻語並施，而亦直稱墓誌。

茅坤《唐宋八大家文鈔》卷二七：事奇，文亦奇，古來絶調。

王行《墓銘舉例》卷一：右誌叙其履歷甚略，重在書其子之協卜而得殯，所以著其孝感也。

陸夢龍《柳子厚集選》卷二：事奇文奇。「兆之曰」眉批：鍊似《左》。「銘曰」眉批：黄絹幼婦之詞。

蔣之翹輯注《柳河東集》卷一一：事奇，文亦奇，中兆詞尤奇。

儲欣《河東先生全集録》卷二：《左傳》叙事，千秋絶調。韓、柳二公，往往闖入，而柳爲深。

何焯《義門讀書記》卷三五：兩漢金石之文。……「始矜由明經爲舞陽主簿」：旌來章之孝，故追表矜之節，以見其有本也。

乾隆敕纂《御選唐宋文醇》卷一八：宇宙古今忠孝大節，乃天地之正氣。人心之正理貫乎太虚，參萬歲而成一純。若夫行事之顛末，則俯仰之間跡已陳矣。漸陳漸湮，漸湮漸滅，良可悲夫！其能使萬里千歲，几席之内濯濯如生，永永不渝，聲欬宛然，丹赤如告，人人見之，而天性感動，至情奮發，欣快起舞，悲憤流涕，忽不自知其嗜欲之漸湛，而慨然以聖賢爲立可學而至者，非天下之至文，其孰能與於此文不綦重矣哉！此左史之叙事，所以獨重於千古也。柳州斯文，規撫丘明甚似而幾矣。

韓菼《劉先生墓表》：始余讀柳先生《襄陽丞趙君墓誌》，其孤來章求其親之喪柳州，日哭於野，兆於卜筮，果得老叟告以所嘗瘞處，能完其喪以歸。後見錢受之所記《丁高士鶴年》，明初兵亂，生母馮阻絶武昌，病死，瘞廢宅中。鶴年痛哭行孝，夢其母以告，釁血沁骨，返葬。於時烏斯道作《丁孝子傳》。（轉引自章士釗《柳文指要》上《體要之部》卷一一）

焦循批《柳文》卷一九：好詞。

王文濡《評校音注古文辭類纂》卷四三：簡古峭潔，不失柳州本色。

林紓《韓柳文研究法·柳文研究法》：趙君之銘，則非銘趙君，直志其子之孝。造句怪特古鬱，製局尤奇。趙君矜葬，在貞元十八年，至元和十三年，其中間絶十七載之久，不封不樹，其子來章始壯，行哭求之於柳州，此又何可得也。來章哭之於野，凡十九日，秦誗爲卜其兆，至奇。鄙意兆詞或柳州代爲之製，兆出秦誗，詞則柳州耳。兆言必遇西人之有髯者，決得墓所，於是果遭曹信知狀，發之，見緋衣緅衾焉。文雖怪岸，然以此表來章之孝，而其事復在柳州，安可無子厚爲之潤色？銘詞神似昌黎。有是奇事，自有是奇文也。凡事之愈猥瑣者，行文須愈莊重，此《史》《漢》之祕訣，韓、柳可謂得之矣。

高步瀛《唐宋文舉要》甲編卷四：「城北之野」句下引汪（武曹）曰：先提清。「人事之窮」句下引汪曰：引出卜來，不苟。「宜遇西人」句下引汪曰：就卜生出叟來。「乃覿其神」句下引汪曰：「摹史公。」「求諸野」句下引汪曰：應乙巳。「而東者」句下引汪曰：應上西人。「二百舉武」句下引汪曰：應冢土。「啟土」句下引汪曰：應七日發之。「以爲龜偶」句下引汪曰：就叟紐合卜。「如此哉」句下：以上叙得墓情事。「旌之以銘」句下：以上歸葬及先世並爲銘。「獨歸故鄉」句下：同病相憐，故語尤沈痛。文末評：淵雅樸茂，雅近中郎。子厚諸碑誌皆不逮退之，惟此篇庶可相從，如驂之靳。

故温縣主簿韓君墓誌①

有唐故温縣主簿韓慎②，字某，漢弓高侯其先也〔一〕。徙于南陽③，傳世至今唐侍中諱瑗④〔二〕，克用貞亮，奮于國難。侍中兄子鄧州刺史諱某，某生御史著作郎諱某⑤，某生尚書庫部郎中、萬州刺史諱某〔三〕，嗣以文行，大其家業。君，萬州長子也〔四〕。以父任爲建陵挽郎〔五〕，累調授王府參軍、襄州襄陽尉，至于是邑。貞元十六年又調于天官，署河陽丞〔六〕，未拜，十有一日暴病⑥，卒于長安永崇里先人之廬。又十有二日⑦，龜策襲吉〔七〕，祔于咸陽洪瀆原先人之墓〔八〕，禮也⑧。先三日，外姻家老謀爲之志〔九〕，季弟泰哀不能文〔一〇〕，故託于友焉。嗚呼！生也以其弟之恭，知君之爲友；没也以其弟之戚，知君之爲愛。惟友愛出于孝，移于忠，施于人事，無往不達。余故得受其辭⑨，書于石⑩。曰：

友而愛而，忠孝宜之⑪。貌稱其行，行稱其詞。賤而不壽⑫，爲善是悼。祔于祖考，初筮攸告〔一一〕。季也之純，寘哀無垠。終窶且貧〔一二〕，控于仁人。備物稱家〔一三〕，其儀式陳。爰相其悲，載刻兹珉。

【校　記】

① 《英華》題無「故」字，「誌」下有「銘」。

② 原注：「一本作『有故唐温縣主簿』。」唐故，詁訓本作「故唐」。韓，五百家注本作「諱」。

③ 徙，《英華》作「從」。

④ 瑗，五百家注本作「璩」。

⑤ 某生，五百家注本作「先生」。

⑥病，《英華》作「疾」。

⑦二，注釋音辯本、五百家注本、《英華》均作「一」。

⑧禮，《英華》作「正」。

⑨余故，《英華》作「故余」。

⑩書，《英華》作「以書」。

⑪「友而愛而忠孝」六字，《英華》作「友而愛愛而忠忠而孝」。

⑫而，《英華》作「受」。

【解　題】

［注釋音辯］韓慎。［韓醇詁訓］弓高侯，韓王信之子頹當也。郢州公及著作郎與萬州，史表亦不詳其名。君之弟二，長曰豐，季曰泰。泰亦爲祠部郎中云。貞元十六年作。按：温縣唐屬孟州。章士釗《柳文指要》上《體要之部》卷一一：「子厚與韓安平（泰）交誼最篤，于是爲其長兄之死而銘幽，義不得辭，然亦止于義不得辭而已。」

【注　釋】

［一］［注釋音辯］前漢韓王信子名頹當，景帝封爲弓高侯。

〔二〕［百家注引韓醇曰］瑗字伯玉，高宗時爲相。

〔三〕［百家注］郢州、著作郎、萬州刺史，史皆不詳其名字。按：《元和姓纂》卷四南陽堵（赭）縣韓氏有韓祐，據岑仲勉《四校記》考證，韓祐即爲慎曾祖，曾爲郢州刺史者。岑氏又考萬州刺史爲韓協，即韋應物《對雨寄韓庫部協》、《答韓庫部協》、于邵《送楊炎南遊序》「則韓萬州爲知舊」之韓協。又據岑考，祐生溱，溱生憬、協，協生慎、豐、泰。可參郁賢皓《唐刺史考》第五册山南東道郢、萬二州條。

〔四〕［百家注引孫汝聽曰］萬州三子：慎、豐、泰。

〔五〕［百家注引童宗説曰］肅宗山陵曰建陵。

〔六〕唐河陽縣屬孟州。

〔七〕［百家注引孫汝聽曰］襲，因也。謂龜筮皆吉。

〔八〕《大清一統志》卷一七八西安府：「洪瀆原，在咸陽縣北二里，東西一岡，闊七里許。」

〔九〕［百家注引孫汝聽曰］《左氏傳》：「士踰月，外姻至。」按：見《左傳》隱公元年。

〔一〇〕［百家注引韓醇曰］泰字安平，亦爲祠部郎中。

〔一一〕［百家注引童宗説曰］《易》：「初筮告，再三瀆，瀆則不告。」按：見《周易·蒙》。

〔一二〕［注釋音辯］［韓醇詁訓］窶，郡羽切。［百家注引童宗説曰］《詩》：「終窶且貧。」窶亦貧也。按：見《詩經·邶風·北門》。

〔三〕［百家注引孫汝聽曰］《禮記》：「子游問喪具，子曰：『稱家之有無。』」按：見《禮記·檀弓上》。

【集評】

范晞文《對牀夜語》卷四：退之誌虢州司户韓岌墓，止稱其父、祖之能。太學博士李干墓，惟辨其服藥之誤。若殿中少監馬繼祖墓，則哀其四十年間哭三世耳。子厚亦然。祕書姜崿墓，謂其生二日即授六品官，及嗜音畜妓。襄陽丞趙公，于墓亦獨記其子求銘之事。又温縣主簿韓慎之墓，不過曰：「生也以其弟之恭，知君之爲友，没也以其弟之戚，知君之爲愛。」古人誌實不少假，今則不然，真諛墓也。

陸夢龍《柳子厚集選》卷二：善寄詞。

何焯《義門讀書記》卷三五：特以弟故得銘。

東明張先生墓誌

東明先生張氏曰因，嘗有以文薦于天子，天子策試甚高①〔一〕，以爲長安尉。一年，投去印綬，願爲黄老術，詔許之〔二〕。居東明觀三十餘年〔三〕，受畢法道行峻異，得衆真祕書訣籙〔四〕，聚經籍圖史，侔于麟閣〔五〕。以弟回降秩封州〔六〕，先生曰：「吾老矣，支體不可解也。」遂從以去。明年，回之子襲死，哭之慟，遂病。既亟，以命回曰：「吾生天寶，訖貞元乙酉歲十月〔七〕。今死于汝之手，盈吾志矣。京師，吾生也。畢原〔八〕，先人之歸也。必以返葬。」乃自爲誌而卒。明年正月某日，葬如其言。弟子某等爲碑以誌于墓。辭曰：

匪祿而康，匪爵而榮。漠焉以虛，充焉以盈。言而不爲華，光而不爲名。介潔而周流，苞涵而清寧。幽觀其形，與化相冥②。寂寞以成其道，是以勿嬰。世皆狂狂，奔利死名。我獨浩浩③，端一以生。或曰：「先生友悌以遁，慈幼以死，若不能忘情者，何耶？」吾曰：道去友耶？去慈耶？從容以求，其得之耶？鹵莽很悻④〔九〕，道之非耶？且夫虧恩壞禮，枯槁顛頷〔一〇〕，隳聖圖壽〔一一〕，離中就異，欻然與神鬼爲偶〔一二〕，頑然以木石爲類，倥侗而不實〔一三〕，窮老而無死，先生之道，固知異夫如此也⑤。乃書于石以紀。

【校記】

① 「天子」二字原闕，據諸本補。

② 相，五百家注本、世綵堂本及《全唐文》作「爲」。注釋音辯本注：「相，一本作爲。」

③ 我獨，五百家注本作「不能」。

④ 原注與詁訓本、世綵堂本注：「悻，舊作倖，胥山沈公謂當作『悻』。」

⑤ 《文粹》、《全唐文》無「如」字。

【解　題】

［注釋音辯］張因。［韓醇詁訓］先生自誌，世莫得傳，然謂「吾生天寶年訖貞元乙酉」，當是二十一年也。明年正月某日葬，即元和元年，公時在永州作。蓋先生死于封，而封與永爲近也。［百家注引韓醇曰］張因死于封，時公在永，封與永近，故其徒從公誌墓。

【注　釋】

〔一〕［百家注引孫汝聽曰］（張）因舉詔策。

〔二〕［百家注引孫汝聽曰］因乞爲道士，上許之。

〔三〕王溥《唐會要》卷五〇：「東明觀，在普寧坊，顯慶元年孝敬升儲後所立。」宋敏求《長安志》卷一〇普寧坊：「東南隅東明觀，顯慶元年孝敬升儲所立。」

〔四〕［百家注］籙，籍也。

〔五〕［百家注引孫汝聽曰］漢有麒麟閣，藏書之府。［蔣之翹輯注］或云漢麒麟閣，圖畫功臣，未聞有藏書之名也。麟字疑誤。翹按《三輔黄圖》云：「未央宫有麒麟殿，揚雄校祕書處。」又《徐賢妃疏》「窮奥祕于麟閣」，則麟閣固宜用也。按：陳景雲《柳集點勘》卷一：「案唐祕書省掌御府圖籍，武后改爲麟臺監，尋已復舊，而後人仍有稱祕書爲麟閣者。如杜子美《送常正字》詩可證。舊注疏甚。」

〔六〕［蔣之翹輯注］唐封州臨封郡，縣二：封川、開建，今俱屬廣東肇慶府。

〔七〕〔百家注引韓醇曰〕乙酉當是貞元二十一年。

〔八〕〔百家注引孫汝聽曰〕畢原在長安，文王所葬處。按：李吉甫《元和郡縣圖志》卷一京兆府：「畢原，即（咸陽）縣所理也。《左傳》曰：『畢、原、酆、郇，文之昭也。』即謂此地。原南北數十里，東西二三百里，無山川陂湖，井深五十丈。亦謂之畢陌，漢氏諸陵並在其上。」

〔九〕〔注釋音辯〕童（宗説）云：（悻）下頂切，恨也。〔韓醇詁訓〕很，下懇切。悻，下耿切。很，怒也。盪音蕩。

〔一〇〕〔注釋音辯〕童（宗説）云：（顦顇）音憔悴。〔韓醇詁訓〕上音譙，下音萃。

〔一一〕〔韓醇詁訓〕儦，翾規切。

〔一二〕〔注釋音辯〕張（敦頤）云：欻，許勿、呼臭二切。〔韓醇詁訓〕欻，許勿切。《説文》：「有所吹起。」按：百家注引作童宗説曰。

〔一三〕〔韓醇詁訓〕（倥侗）上音空，下音同。〔百家注〕倥侗，音空同。按：倥侗，童蒙無知也。

【集評】

王行《墓銘舉例》卷一：右誌不書字，不書壽年，書卒之歲月而不日，略也。按韓文無書生者，此書生天寶，又一例也。然因其命弟之辭，又不著其歲，非特書也。題繫其所居而書先生，非例也，學黄老者之常稱也。

《王荆石先生批評柳文》卷三：似傳贊，又是一格，可嘉。

陸夢龍《柳子厚集選》卷二「我獨浩浩」眉批：有識之言，何必讓韓退之！

何焯《義門讀書記》卷三五：生卒及先墓，于遺命中叙致，不詞費。先友也，略短取長，繫論于後，有關世教，不失文體。此變例之宜採者也。「聚經籍圖史」二句：亦以聚書得書。

虞鳴鶴誄　并序①

維某年月日，前進士虞九皋字鳴鶴，終于長安親仁里。既克葬于高陽原〔一〕，二三友生皆至于墓，哀其行之不昭于世，追烈遺懿，求諸后土，申薦嘉名，實曰恭甫。乃作誄曰：

昔虞之分②〔二〕，爰宅大陽③〔三〕。其後優游，在越爲鄉〔四〕。延翊輔漢〔五〕，恢定封疆。東徙之賢，時惟仲翔〔六〕。曰預曰喜，在晉克彰〔七〕。義篤斯文④，有苾其芳〔八〕。祕書多能，垂耀于唐〔九〕。洎于漢陽，世德以昌〔一〇〕。毗贊尚父，休徽用揚⑤〔一一〕。惟我先君，並時翱翔〔一二〕。狎主記室⑥，蔚其耀光⑦。實契伯仲，永永不忘。漢陽元子，實紹其美。傳襲儒風⑧，彪炳文史。克恭以孝，惟禮是履。譽洽于鄉，論爲秀士〔一三〕。百郡之選，叢于京師。昧没騰藉，乘凌蔽欺。生之始至，則奮其儀。退默以謙⑨，人悦而隨。名卿是挈，先進咸推。方出群類，振耀于時。禍丁舅氏，漂淪海沂。捧訃號呼，匍匐增悲。喪有幼主，禮或多違⑩。孰狗于名，而不是思？投袂就道，乘艱若夷。竭誠喪具，申敬裳帷。萬里來復，祇祔于墓。遽不凌節，儉而有度。由其温恭，守以貞固。行道咨嗟，觀禮興慕⑪。復從鄉賦，焕發其華。克不再舉，聞于邦家。倚閭千里，歡詠斯多。姻族盈門，載笑且歌。君之不淑，名立志沮⑫。慶歸其鄉，身終逆旅。生死已間，壽觴方舉。賀書在途，委骨歸土。哀歡易地，弔慶交户。神胡不仁⑬，降此大苦？嗚呼哀哉！

惟昔夏口⑭〔一四〕，羈貫相親〔一五〕。通家修好，講道爲鄰。既冠于阼〔一六〕，思致其身。升于司徒〔一七〕，及爾繼年〔一八〕。交歡二紀，莫間斯言。愉乎其和，確爾其堅。更爲砥礪〔一九〕，咸去韋弦〔二〇〕。今則遽已，吾其缺然。嗚呼哀哉！誄行謀謚〔二一〕，惟古之道。生而無位，没有其號。惟是友生，徘徊顧悼。爰用壹惠〔二二〕，幽明是告。温温其恭，惟德之經。先民有作⑮，今也是旌。嗚呼恭甫，欽此嘉名⑯。

【校記】

①《英華》題「嗚鶴」作「鶴鳴」，并無「并序」二字。何焯《義門讀書記》卷三五：「《虞鳴鶴誄》，一作『鶴鳴』。」按：文中「虞九皋字鳴鶴」，《英華》亦作「鶴鳴」。

②昔，原作「吴」，據《英華》改。此言虞國之封，與吴無涉，故改。

③大，原作「上」，據《全唐文》改。何焯《義門讀書記》卷三五：「『爰宅上陽』，《漢書・地理志》河東郡大陽，吴山在西，上有吴城，周武王封泰伯後于此，是爲虞公。上陽，『大陽』之誤。」

④文，《英華》作「久」。

⑤徽，原作「徵」，據諸本改。休徵是吉兆，休徽則是言人之美德，據文意，作「休徽」是。

⑥狎，原作「洽」。世綵堂本注：「洽，當作狎。」何焯《義門讀書記》卷三五：「『洽』當作『狎』。」陳景雲《柳集點勘》卷一云：「按『洽』似當作『狎』。《左傳》云『狎主齊盟』是也。柳子父侍御先在郭尚父幕中掌記，與鳴鶴之父迭居是職，故云爾。」故改。

⑦耀，詁訓本、五百家注本作「輝」。

⑧襲，《英華》作「習」。

⑨原注與注釋音辯本、世綵堂本注：「默，一本作然。」《英華》作「然」。

⑩違，注釋音辯本作「遺」。

⑪禮，《英華》作「理」。

⑫志沮，《英華》作「忘祖」。

⑬胡，五百家注本作「明」。

⑭口，原作「首」，據蔣之翹輯注本改。

⑮作，《英華》作「言」。
⑯此，《英華》作「哉」。

【解　題】

［韓醇詁訓］虞氏之來尚矣，在漢則有曰延曰詡，在吴則有曰翻仲翔是也，在晉則有曰預曰喜，史皆有傳。至唐則有曰世南，即祕書公。洎于漢陽，世德以昌者。君之考終于沔州刺史也。作之年月不可考。然公謂「唯昔夏首，羈貫相親」，又云「交歡二紀，莫間斯言」，蓋公生于大曆八年。自羈貫而及二紀，則當是貞元十四、五年間矣。按：韓説可從。虞鳴鶴終于長安親仁里，此文當在長安時作。

【注　釋】

〔一〕宋敏求《長安志》卷一二：「高陽原在（萬年）縣西南二十里。」

〔二〕［百家注引孫汝聽曰］《史記》：「武王克殷，封太伯之後爲二國：其一虞，在中國。其一吴，在蠻夷。」按：見《史記·吴太伯世家》。

〔三〕［百家注引韓醇曰］僖五年《左氏》：「晉侯圍上陽」。注：「上陽，虢所都。」［世綵堂］今云虞宅上陽，未詳。按：「上陽」爲「大陽」之誤，見校記。

〔四〕［注釋音辯］虞氏世爲會稽人。按：百家注本引作童宗説曰，並云：「會稽，越國。」

〔五〕［韓醇詁訓］詡，大羽切。［百家注引孫汝聽曰］後漢永平三年，（虞）延爲太尉。八年爲司徒，十四年自殺。延字子大，陳留東昏人。順帝時，詡官尚書令。詡字升卿，陳國東平人。詡，況羽切。

〔六〕［注釋音辯］虞翻字仲翔。［百家注引韓醇曰］《吴志》：「虞翻字仲翔，吴郡餘姚人。」按：見《三國志·吴書·虞翻傳》。

〔七〕［百家注引韓醇曰］虞喜字仲寧。弟預，字叔寧。翻之族也。

〔八〕［百家注引童宗説曰］《説文》：「苾，馨香也。」苾，毗必、蒲結二切。

〔九〕［注釋音辯］虞世南爲祕書少監。［百家注引孫汝聽曰］世南字伯施，太宗時爲祕書少監。

〔一〇〕［注釋音辯］漢陽，沔州。父當，沔州刺史。［韓醇詁訓］君先父終沔州刺史。［百家注引孫汝聽曰］漢陽，沔州郡名。九皋父當，終沔州刺史。

〔一一〕［注釋音辯］（上）上聲。尚父，郭子儀也。虞當爲子儀從事。［韓醇詁訓］尚父，郭子儀也。按：百家注本引孫汝聽注與上略同。

〔一二〕［注釋音辯］子厚父鎮爲子儀記室。［百家注］（翺翔）上牛刀切，下音祥。孫（汝聽）曰：郭尚父居朔方，公父鎮爲記室，與當同在幕府。

〔一三〕［韓醇詁訓］《禮》：「命鄉論秀士。」注：「秀士，鄉大夫所考有德行道藝者。」按：百家注本引作童宗説曰。見《禮記·王制》。

〔一四〕［注釋音辯］柳鎮爲岳鄂都團練判官，虞當刺沔州。［世綵堂］夏口，鄂州也。

〔一五〕［注釋音辯］貫，與「丱」同，總角也。《穀梁》云：「子生，羈貫成童。」［韓醇詁訓］「貫」與「丱」同。《穀梁子》云：「子生，羈貫成童，不就師，父之罪也。」按：見《穀梁傳》昭公十九年。

〔一六〕［韓醇詁訓］（阼）音祚。

〔一七〕［百家注引韓醇曰］《王制》：「命鄉論秀士，升之司徒，曰選士。」按：見《禮記·王制》。

〔一八〕［百家注引孫汝聽曰］貞元九年，公舉進士。

〔一九〕［韓醇詁訓］砥音紙。

〔二〇〕［注釋音辯］［韓醇詁訓］西門豹性剛急，常佩韋以自緩。董安于性寬緩，常佩弦以自急。按：百家注本引作童宗説曰。

〔二一〕［韓醇詁訓］（謚）音示，行之跡也。

〔二二〕［注釋音辯］《記·表記》：「先王謚以尊名，節以壹惠。」注：「聲譽雖多，以其有一大善者爲謚耳。」按：百家注本引孫汝聽注引《表記》尚云「恥名之浮于行也」。

【集評】

黄宗羲《金石要例·誄例》：誄亦納于壙中，故柳州《虞鳴鶴誄》云「追列遺懿，求諸后土。」

儲欣《河東先生全集録》卷二：虞生終于逆旅一段，可悲涕。

何焯《義門讀書記》卷三五：「愉乎其和」：指虞。「確爾其堅」：柳自謂。

故處士裴君墓誌

河東聞喜裴君諱某〔一〕，字某。好學未仕，年若干，元和十四年月日，終于京兆渭南墅〔二〕。君之弟中丞公督桂州〔三〕，命其僚柳宗元以銘。君之出，河間邢群以狀來告曰①〔四〕：曾祖諱某〔五〕，寧州刺史，贈户部尚書。祖諱某〔六〕，起居郎。父諱某〔七〕，尚書刑部員外郎，議官及浮圖事獨出，載在史册。以八使行天下，當河北道疑危頑狠難處分之地②〔八〕，用天子命，制斷得宜，于時爲第一③〔九〕，天下皆仰以爲相。會疾終，再贈至大理卿。長老咸曰：「裴氏世積德。起居，丞相弟也〔一〇〕，以文史用。大理，名世人也，咸聞而不大。」君以友悌愨植，承其休光，幽而不揚，豈天鍾美于中丞〔一一〕，嗇而不克並耶？不然，君無位以夭，其可問哉？

君前娶韋氏，成都少尹士謨女。生二子：字曰某，名曰某④。以文敏，中丞公尤愛幸，恒從，不幸卒于桂林。某舉明經，後娶于薛氏，無子，父宲位卑。是年月日，葬渭南某里，遷韋夫人之喪自萬年來⑤，有俟，猶異室〔一二〕。銘曰：

疇之沃沃〔一三〕，宜其嘉穀。有耕有耨，同施異禄。明昭次穆〔一四〕，丞相之族。尚書之孫，大理之門。有慶實延，宜碩而繁。不位不年，晦于丘園。懿懿大理，惟德之元。摧佞抑釋⑥，太史是論⑦〔一五〕。黜陟冀幽，邦命以尊。神嗇豐福，不並于君⑧。渭之洋洋，爰墓其南。孝思是懷，祖考之依。郡人作銘，惟相其哀。

【校　記】

①注釋音辯本無「狀」字，吴汝綸《柳州集點勘》謂「來」上應補「狀」字，是。

②原注與注釋音辯本、世綵堂本注：「一本無『分』字。」

③時，注釋音辯本作「是」。

④原注與世綵堂本注：「字、名二字誤。」陳景雲《柳集點勘》卷一：「按昔人墓誌，但著其子之名，未有舉字者，況先字後名，語尤不順。疑『字』、『名』二字非衍即誤。又『以文敏』上宋本更有一『某』字，文義尤明，蓋諸本皆脱也。」疑作「生二子：曰某，曰某。某以文敏」。

⑤原注與注釋音辯本、世綵堂本注：「『韋』字諸本作『奉』。」詁訓本作「奉」。

⑥原注與世綵堂本注：「擢佞，俗本作『權佞』，誤。」詁訓本作「權佞」。

⑦太，注釋音辯本作「大」，並注：「『大』即『太』字。」

⑧並，原作「棄」。原注與注釋音辯本、詁訓本、世綵堂本注：「一作『不並于君』。」何焯《義門讀書記》卷三五：「『棄』作『並』。」上句云「神嗇豐福」，即不並賜其豐福于兄弟也。作「並」是，故改。

【解　題】

［韓醇詁訓］君諱、字不可得而考，惟曾祖寧州公，即裴守真也。據傳，守真之子六：次曰耀卿，相玄宗。又其次曰僑卿，即起居郎。故誌曰起居郎，丞相弟也。員外公，求之表系，其名位俱不詳。中丞公即裴行立。守真之傳曰曾孫行立，而此誌謂與裴君爲弟兄，其系蓋明甚。元和十四年柳州作。［蔣之翹輯注］御史中丞裴行立之兄也。詳本篇。按：裴君之父爲裴伯言，即爲刑部員外郎、大理卿者。韓醇未考出。章士釗《柳文指要》上《體要之部》卷一一：「此誌爲裴行立任桂管觀察使時，子厚應教而作，以柳州適廁於桂管之内，子厚不得辭謝也。文之脱略不成體段，並應具之格式且不足，皆以作者被迫爲之，意所不屬之故。」

【注　釋】

〔一〕［注釋音辯］聞喜，縣名，屬絳州。［百家注引童宗説曰］聞喜，縣名，在唐屬絳州。裴君諱、字不可得而考。

〔二〕［注釋音辯］（埅）承與切，田廬。［韓醇詁訓］上與切，田廬也。按：百家注本引作童宗説曰。

〔三〕［注釋音辯］裴行立。［百家注引孫汝聽曰］元和十二年，以御史中丞裴行立爲桂州都督、桂管觀察使。公時爲柳州刺史，其管内也。

〔四〕陳景雲《柳集點勘》卷一：「按群字涣思，由進士歷歙州刺史，卒。杜牧誌其墓，稱其十五知書，二十有文章，卒在大中三年，年五十。而其舅氏狀作於元和十四年，正弱冠之歲也。」按：見杜牧《樊川文集》卷五《唐故歙州刺史邢君墓誌銘》。

〔五〕［注釋音辯］裴守真。［百家注引孫汝聽曰］諱守真。

〔六〕［注釋音辯］裴僑卿。［百家注引孫汝聽曰］諱僑卿。

〔七〕［注釋音辯］裴伯言。［百家注引孫汝聽曰］諱伯言。按：陳景雲《柳集點勘》卷一：「按《新史·李叔明傳》：叔明上言佛道之弊，德宗下尚書省雜議，刑部員外郎裴伯言請僧、道士限年六十四以上，尼、女官四十九以上，許終身在道，餘悉還爲編人，官爲計口授田，收廢寺觀以爲廬舍。此議浮圖事始末，銘詞所謂抑釋者是也。其議官事未詳。以銘中『摧佞』之語觀之，官上必尚有脱字。」

〔八〕［注釋音辯］分，扶問切。

〔九〕［百家注引孫汝聽曰］建中元年二月，命黜陟使十一人分巡天下，刑部員外郎裴伯言爲幽、冀、澤、潞、磁、洺等道黜陟使。

〔一〇〕［注釋音辯］丞相，裴耀卿。［百家注引孫汝聽曰］丞相名耀卿，字焕之，事玄宗爲丞相。

〔一一〕［注釋音辯］鍾，聚也。《左傳》昭公二十八年：「而天鍾美于是。」按：中丞謂裴君之弟裴行立。

〔一二〕［注釋音辯］《詩·大車》云。按：《詩經·王風·大車》：「穀則異室，死則同穴。」

〔一三〕［百家注引童宗説曰］《説文》：「疇，耕治之田。」

〔一四〕［注釋音辯］昭音韶。

〔一五〕〔百家注引孫汝聽曰〕即上云議官及浮圖事載在史册也。

【集評】

儲欣《河東先生全集録》卷二：惜墨如金。此等文假設數字償縑，千縑一字，未云厚也。

何焯《義門讀書記》卷三五：無事可書，又不能拒中丞之請，故多舉先世傳緒之美。然曰以中丞故而不克并，無乃爲佞，非古也。

焦循批《柳文》卷一九：出其外甥也。

覃季子墓銘

覃季子，其人生愛書，貧甚，尤介特，不苟受施〔一〕。讀經傳，言其説，數家推太史公、班固書下到今，横竪鉤貫〔二〕，又且數十家，通爲書，號《覃子史纂》。又取鬻、老、管、莊、子思、晏、孟下到今〔三〕，其術自儒、墨、名、法，至於狗彘草木〔四〕，凡有益於世者，爲《子纂》又百有若干家。篤於聞①，不以仕爲事。黜陟使取其書以氏名聞〔五〕，除太子校書。某年月日，死永州祁陽縣某鄉。將死，歎曰：「寧有聞而窮乎？將無聞而豐乎？寧介而躓乎②〔六〕？

將溷而遂乎〔七〕？」」葬其鄉〔八〕。後若干年，柳先生來永州，戚其文不大於世，求其墓，以石銘。銘曰：

困其獨，豐其辱。

【校記】

①陳景雲《柳集點勘》卷一：「『聞』似當作『文』。《虞鳴鶴誄》中有『義篤斯文』語，可以互證。」按：覃季子以多聞聞，非「文」也。陳説非是。

②世綵堂本注：「一無『乎』字。」

【解題】

〔韓醇詁訓〕君之死年月並亡，惟公謂柳先生來永州，戚其文不大於世，求其墓以石銘，則當是初至永時作也。〔百家注引童宗説曰〕本篇云永州作。〔世綵堂〕《姓纂》云：「覃本譚氏，避難改覃。」又音尋。今嶺南多此姓。

【注釋】

〔一〕〔注釋音辯〕〔韓醇詁訓〕施，施智切。

〔二〕［韓醇詁訓］豎音樹。

〔三〕［韓醇詁訓］鬻音育。鬻，熊也。周人有書名《鬻子》一卷。［百家注引孫汝聽曰］《鬻子》，書名。名熊，爲周師，自文王以下問焉。《漢志》：《鬻子》二十二篇。鬻音育。按：《漢書・藝文志》著録《子思》二十二篇。子思，名伋，孔子之孫。相傳爲曾參的學生。

〔四〕［蔣之翹輯注］《漢志》子有儒、墨、名、法等九流。

〔五〕［百家注引孫汝聽曰］建中元年二月，遣黜陟使十一人分巡天下。按：陳景雲《柳集點勘》卷一：「于邵《送譚正字之上都序》云：『皇帝御宇明年，分命十使周流天下，弓旌一舉，淵陸其空。户部侍郎趙君故得譚子於瀟湘。』蓋正字以建中元年由本道黜陟使趙贊表薦得官，序又有『龍樓鉛槧』諸語，蓋特授太子正字也。正字即季子。譚、覃不同，疑古通用。至正字、校書一也，唐人皆通稱，不當以序、誌互異爲疑。又案《姓譜》，梁有東寧刺史覃元亮，見《通鑑》二百二十卷注。又《通鑑》開元十二年溪州蠻覃行章反，注：溪州，漢沅陵、零陵二縣地。」認爲此覃季子即于邵文之譚正字，是。柳文云覃季子著有《覃子史纂》，于邵《送譚正字之上都序》云譚正字「指歸舊史」，益可證。

〔六〕［注釋音辯］躓音致，跆也。

〔七〕［注釋音辯］［韓醇詁訓］溷，胡困切。

〔八〕［注釋音辯］［百家注引孫汝聽曰］所死之鄉。

【集評】

范晞文《對牀夜語》卷四：退之銘墓其辭約，子厚銘墓其辭豐，各法其長也。子厚獨銘覃季子墓云：「困其獨，豐其辱。」兩句而已。

何喬新《黄氏流芳集序》：覃季子之學術、連舜賓之行義，世固有與之班者，然賴河東、六一之文。人到於今，稱之愈敬，惓惓是集，其自待重而爲圖遠矣。（《椒丘文集》卷九）

茅坤《唐宋八大家文鈔》卷二七：跌宕。

王行《墓銘舉例》卷一：右銘例所宜有皆略之，重在序其著書與歎其不顯也。

陸夢龍《柳子厚集選》卷二：幽深。

蔣之翹輯注《柳河東集》卷一一：寥寥數言，已叙得峻峭，又特以六字作銘，尤奇。

儲欣《河東先生全集録》卷二：奇崛。

何焯《義門讀書記》卷三五：追銘季子，蓋自悼也。詞約義微，故銘止六言。

乾隆敕纂《御選唐宋文醇》卷一八：貌狷介，多聞之士，神氣如生。

續滎澤尉崔君墓誌①

太傅公既志滎澤君之葬，明年爲中書侍郎同中書門下平章事以卒②〔一〕，滎澤君之嗣曰膺〔二〕，備物具貨入於汴，汴陷於戎〔三〕，喪焉不果行。會世難，不幸膺亦死。膺之亞曰太素〔四〕，仕至雲陽令〔五〕，求其志。將行，謫南海上〔六〕，元和九年移信中③〔七〕，猶有累，不克如其鄉。大懼緩慢兹久，哭命其子某，以某月日啟君之喪，至於某，葬用某月甲子。志用太傅公之辭。又命河東柳某書緩故，且志終事之年月日。

【校　記】

①崔君，注釋音辯本作「周君」。陳景雲《柳集點勘》卷一：「『周』一作『崔』爲是。誌文首云『太傅公既志滎澤君之葬』，太傅公謂崔祐甫也。以太傅乃滎澤宗人，故不書姓。」

②原注與注釋音辯本、詁訓本、世綵堂本注：「一云『卒贈太傅』，無『以』字。」

③原注與詁訓本、世綵堂本注：「（中）一作州。」信中，注釋音辯本作「信州中」，並注：「一本無『州』字，一本無『中』字。」何焯《義門讀書記》卷三五：「移信中，作『移信州中』。」

【解　題】

〔注釋音辯〕前誌，贈太傅崔公祐甫辭。〔韓醇詁訓〕元和九年葬，前誌贈太傅崔公祐甫爲之。祐甫既卒，而未克葬，故公續誌以書其緩之故云。按：唐鄭州滎陽郡屬縣有滎澤。

【注釋】

〔一〕〔百家注引孫汝聽曰〕大曆十四年閏五月，以河南少尹崔祐甫同平章事。明年，建中元年六月卒，贈太傅。

〔二〕馮翊子《桂苑叢談·史遺》：「崔膺，博陵人也。性狂，少長於外家不齒。及長能文，首出衆子。作《道旁孤兒歌》以諷外氏，其文典而美。常在張建封書院，憐其才，引爲上客。善爲畫，時因酒興偶畫得一匹馬，爲諸小兒竊去，一旦將行營，大叫稱膺失馬。張公令捕之，廂將問毛色，應云：『膺馬昨夜猶在氊下。』監軍怒，請殺之。建封與監軍先有約，彼此不相違，建封曰：『卻乞取崔膺。』軍中遂捨之。」又：「淮南節度杜佑先婚梁氏女，梁卒，策嬖姬李氏爲正嫡，有敕封邑爲國夫人。膺密勸請讓追封亡妻梁氏，佑請膺爲表，略云：『以妾爲妻，魯史所禁。』又云『豈伊身賤之時，妻同勤苦；宦達之後，妾享榮封』云云。」計有功《唐詩紀事》卷四三有崔膺。當即此人。

〔三〕〔注釋音辯〕李希烈陷汴州。〔百家注引孫汝聽曰〕（建中）四年十二月，淮西節度使李希烈陷汴州。

〔四〕〔注釋音辯〕弟也。〔百家注引孫汝聽曰〕太素，膺之弟。按：《册府元龜》卷六九七：「裴均，德宗時爲山南東道節度使。均素與内官左神策護軍中尉竇文場善，有崔太素亦得幸於文場。太素一日晨省文場，文場卧帳中，賓客填門，獨引太素入卧内，太素自謂文場之眷極深，徐觀後牀，一人寢方醒，乃均也。太素大慚而出。」當即此人。

〔五〕〔蔣之翹輯注〕唐雲陽縣名屬京兆府。

〔六〕〔蔣之翹輯注〕南海郡，廣州。

〔七〕〔蔣之翹輯注〕信州，今江西廣信府也。

【集評】

王行《墓銘舉例》卷一：右誌題書曰續，蓋以續太傅崔祐甫之辭也，故惟叙其緩葬之故，與著其終事之年月日而他不之及也。按韓、李文無所謂續誌者，而此有焉，又一例也。無銘詩，非略也，無所事於銘也，又一例也。

《王荆石先生批評柳文》卷三：柳之碑誌，凡遇下位少年，題枯而無事實者，精采倍生，至於刻意。長篇撰次功德反不能奇，器各有限也。

陸夢龍《柳子厚集選》卷二：勁甚。

蔣之翹輯注《柳河東集》卷一一：此亦墓誌之變體。

何焯《義門讀書記》卷三五：「喪焉不果行」：喪其貨也。……此誌亦一體，改葬者亦可用之。重爲之志者謬。

王之績《鐵立文起》前編卷六：誌銘之類，權厝志有銘，續志、後志同。柳宗元《續滎澤尉周君墓誌》云：前誌贈太傅崔公祐甫作，祐甫既卒，而君尚未葬，故復續志以書其緩葬之故云。

柳宗元集校注卷第十二

表　誌①

先侍御史府君神道表

嗚呼！先君之墓，仲父殿中君誌焉〔一〕。孤宗元不敢稱道先德，然而無以昭于外者，用敢悉取仲父之所陳而繫其辭②〔二〕，刻兹石表③。

先君諱鎮，字某。六代祖諱慶，後魏侍中平齊公〔三〕。五代祖諱旦，周中書侍郎濟陰公〔四〕。高祖諱楷，隋刺齊、房、蘭、廓四州〔五〕。曾伯祖諱奭④〔六〕，字子燕，唐中書令〔七〕。曾祖諱子夏，徐州長史〔八〕。祖諱從裕，滄州清池令。皇考諱察躬，湖州德清令〔九〕。世德廉孝，颺于河滸〔一〇〕，士之稱家風者歸焉。

先君之道，得《詩》之群〔一一〕、《書》之政〔一二〕、《易》之直方大〔一三〕、《春秋》之懲勸〔一四〕，以植于内而文于外，垂聲當時。天寶末經術高第，遇亂，奉德清君夫人載家書隱王屋山〔一五〕。

間行以求食〔一六〕，深處以修業，作《避暑賦》。合群從弟子姓⑤〔一七〕，講《春秋左氏》、《易》王氏〔一八〕，衎衎無倦〔一九〕，以忘其憂。德清君喜曰：「茲謂遯世無悶矣〔二〇〕。」亂有間〔二一〕，舉族如吴。無以爲食，先君獨乘驢，無僮御，以出求仁者，冀以給食。常經山澗，水卒至〔二二〕，流抵大壑，得以無苦。被濡塗以行，無愠容，觀者哀悼，而致禮加焉。季王父六合君忤貴臣〔二三〕，死于吏舍，猶鞫其狀。先君改服徒行，逾四千里，告于上，由是貸其門。

既而以爲天子平大難，發大號，且致太平，人罷兵戎，農去耒耜，宜以時興太學，勸耦耕〔二四〕，作《三老五更議》〔二五〕、《籍田書》，齋沐以獻。道不果用，授左衛率府兵曹參軍。尚父汾陽王居朔方〔二六〕，備禮延望，授左金吾衛倉曹參軍，爲節度推官，專掌書奏，進大理評事。以爲刑法者軍旅之楨幹〔二七〕，斥候者邊鄙之視聽，不可以不具，作《晉文公三罪議》〔二八〕、《守邊論》。議事確直，世不能容⑥，表爲晉州録事參軍。晉之守，故將也，少文而悍酣，嗜殺戮，吏莫敢與之争。先君獨抗以理，無辜將死，常以身扞笞箠，拒不受命。守大怒，投几折簀〔二九〕，而無以奪焉。以爲自下繩上，其勢將殆，作《泉竭木摧詩》。終秉直以免于耻⑦，調長安主簿。居德清君之喪，哀有過而禮不逾，爲士者咸服。服既除，常吏部命爲太常博士〔三〇〕，先君固曰：「有尊老孤弱在吴，願爲宣城令。」三辭而後獲，徙爲宣城〔三一〕。四年，作閿鄉令〔三二〕。考績皆最，吏人懷思，立石頌德。遷殿中侍御史，爲鄂岳沔都團練判官〔三三〕。

元戎大攘猃虜，增地進律〔三四〕，作《夏口破虜頌》〔三五〕。後數年，登朝爲真。會宰相與憲府比周，誣陷正士⑧，以校私讎〔三六〕，有擊登聞鼓以聞于上〔三七〕，上命先君總三司以聽理，至則平反之〔三八〕。爲相者不敢恃威以濟欲〔三九〕，爲長者不敢懷私以請間〔四〇〕，群冤獲宥，邪黨側目，封章密獻，歸命天子，遂莫敢言。逾年，卒中以他事〔四一〕，貶夔州司馬〔四二〕。作《鷹鸇詩》。居三年，醜類就殛〔四三〕，拜侍御史。制書曰：「守正爲心，疾惡不懼。」先君捧以流涕曰〔四四〕：「吾唯一子，愛甚，方謫去，至藍田，訣曰：『吾目無涕。』今而不知衣之濡也，抑有當我哉！」作《喜霽之歌》。副職持憲，以正經紀。

貞元九年，宗元得進士第。上問有司曰：「得無以朝士子冒進者乎？」有司以聞，上曰：「是故抗姦臣竇參者耶？吾知其不爲子求舉矣。」是歲五月十七日，終于親仁里第，享年五十有五⑨。七月某日，葬于萬年縣棲鳳原〔四五〕。後十一年，宗元由御史爲尚書郎〔四六〕，天子行慶于下，申命崇贈，而有司草創頗緩。會宗元得罪〔四七〕，遂寢不行。

太夫人范陽盧氏，某官某之女。實有全德，爲九族宗師。用柔明勤儉以行其志，用圖史箴誡以施其教，故二女之歸他姓〔四八〕，咸爲表式。太夫人既授封河東縣太君，會册太上皇后于興慶宫〔四九〕，既乃宗元貶秩爲永州司馬⑩，奉侍温凊〔五〇〕，未嘗見憂。元和元年五月十五日，終于州之佛寺，享年六十八。

嗚呼！宗元不謹先君之教，以陷大禍，幸而緩于死。既不克成先君之寵贈，又無以寧大夫人之飲食，天殛荐酷，名在刑書，不得手開玄堂以奉安祔〔五二〕，罪惡益大⑪，世無所容。尚顧嗣續，不敢即死，支綴氣息，以嚴邦刑。大懼祭祀之無主，以忝盛德，敢用特牲，昭告神道，號叫萬里，以畢其辭云。

【校記】

①詁訓本標作「表誌六首」，五百家注本作「墓誌」。

②繫，注釋音辯本作「繄」，並校：「繄，一本作繫。」蔣之翹輯注本：「『繫』或作『繄』，非是。」

③詁訓本無「兹」字。

④「諱」字原闕，據諸本補。何焯《義門讀書記》卷三五：「『祖』下有『諱』字。」

⑤姓，原作「姪」，據注釋音辯本、詁訓本改。注釋音辯本注：「一本作姪。按《前漢·田蚡傳》『跪起如子姓』，注：『姓，生也，同子禮，若己所生。』」世綵堂本注：「姪，一本作姓。」

⑥世，注釋音辯本、世綵堂本作「勢」。

⑦「終」字原闕，據諸本補。

⑧原校與世綵堂本校：「陷，一作諂。」詁訓本作「諂」，並校：「一作陷。」蔣之翹輯注本：「陷，一作諂，非是。」

⑨「有」字原闕，據詁訓本補。

⑩原校與世綵堂本校：「乃，一作及。」詁訓本作「及」，並校：「一作乃。」

⑪益，五百家注本作「甚」。

【解　題】

〔韓醇詁訓〕公永貞元年八月謫永州司馬，明年元和改元，先夫人卒于永州，明年歸祔于侍御之墓，表當作于是時。其曰「叔父殿中君」，即公爲作《墓表》及《墓版文》所謂叔父殿中侍御史者是也。墓表及版文皆不載殿中君諱，《唐·宰相年表》亦止載曰某，朔方營田副使、殿中侍御史，故其名不得考焉。公所作《殿中墓版文》曰：「紀廣大之志，叙正直之節，不嫌于親，作《元兄侍御史墓誌》。」雖其名不可考而知，其誌侍御之墓明矣。公表以諱奭者爲侍御曾伯祖，則奭當爲公高伯祖，而新史公傳及韓文公爲公作墓誌，皆云曾伯祖，若有誤焉。按：此文元和二年作于永州，韓説是。徐師曾《文體明辨序説·墓表》：「按墓表自東漢始，安帝元初元年立《謁者景君墓表》，其文體與碑碣同，有官無官皆可用，非若碑碣之有等級限制也。以其樹于神道，故又稱神道表。其爲文有正有變，録而辯之。又取阡表、殯表、靈表，以附于篇，則遡流而窮源也。蓋阡，墓道也。殯者，未葬之稱。靈者，始死之稱。自靈而殯，自殯而墓，自墓而阡也。近世用墓表，故以墓表括之。」章士釗《柳文指要》上《體要之部》卷一二：「子厚自爲父作《神道表》，求其真切，能自滿意，而不爲有識者所訕笑，此天下第一難事。……子厚之爲此表，可謂極文章之能事，張子道之典型，而毫髮無遺憾矣。」

【注釋】

〔一〕柳宗元《故叔父殿中侍御史府君墓版文》：「叙正直之節，不嫌于親，作《元兄侍御史府君墓誌》。」即謂柳縝爲其兄柳鎮作墓誌。其文不傳。柳宗元仲父名縝，見《故殿中侍御史柳公墓表》解題。

〔二〕［百家注引孫汝聽曰］繫辭者，謂繫屬于正文之下，猶《易·繫辭》之義。

〔三〕［百家注引孫汝聽曰］慶，字更興，河東解人。魏尚書左僕射。

〔四〕［百家注引孫汝聽曰］慶四子：機、弘、旦、肅。旦字匡德，仕隋爲黄門侍郎。

〔五〕［百家注引孫汝聽曰］旦二子：則、楷。［五百家注引孫汝聽曰］旦三子：燮、則、楷。按：《新唐書·宰相世系表三上》載柳旦五子：燮、則、綽、楷、亨。

〔六〕［注釋音辯］［韓醇詁訓］（奭）施隻切。

〔七〕［百家注引孫汝聽曰］則子奭，高宗永徽三年三月爲中書令。按：柳奭爲柳鎮曾伯祖，則爲柳宗元高伯祖，《新唐書·柳宗元傳》及韓愈《柳子厚墓誌銘》皆云柳奭爲宗元曾伯祖，此誤韓醇詁訓及文安禮《柳先生年譜》皆已指出。

〔八〕［百家注引孫汝聽曰］楷二子，長曰子夏，次曰繹。按：《新唐書·宰相世系表三上》載柳楷二子：子敬、子夏。柳繹爲子敬子。

〔九〕［百家注引孫汝聽曰］察躬弟爲臨卭令。按：《新唐書·宰相世系表三上》載柳察躬兄某爲臨卭令。

〔一〇〕［注釋音辯］童（宗説）云：颺，音陽，又餘亮切。［韓醇詁訓］颺音陽。［百家注引孫汝聽曰］《詩》：「在河之滸。」滸，涯也。柳氏世家河東，故云。按：見《詩經·王風·葛藟》。

〔一一〕［百家注引童宗説曰］《詩》可以群。按：見《論語·陽貨》。

〔一二〕［百家注引童宗説曰］《漢·太史公傳》：「《書》記先王之事，故長於政。」

〔一三〕［百家注引童宗説曰］《易·坤》：「六二，直方大，不習，無不利。」

〔一四〕［百家注引童宗説曰］《左氏》：「《春秋》之稱，微而顯，志而晦，婉而成章，盡而不汙，懲惡而勸善。」按：世綵堂注云「杜預序《春秋》稱」，見杜預《春秋左傳序》。

〔一五〕［百家注引孫汝聽曰］德清君夫人，鎮母也。［蔣之翹輯注］《一統志》：「王屋山，在河南濟源縣。山狀如屋，故名。」

〔一六〕［注釋音辯］間，去聲。

〔一七〕［世綵堂］《前漢·田蚡傳》：「跪起如子姓」，注：「姓，生也，同子禮，若己所生也。」

〔一八〕［注釋音辯］王弼所注《易》。［蔣之翹輯注］王氏，王弼也，魏尚書郎。有《易注略例》十卷。

〔一九〕［韓醇詁訓］衎，空旱切，又虚旱切。按：衎衎，安樂貌。

〔二〇〕［百家注引童宗説曰］《易》：「不易乎世，不成乎名，遁世無悶。」遁，逃也。按：見《周易・乾》。

〔二一〕［注釋音辯］（間）去聲，稍息也。

〔二二〕［注釋音辯］卒，與「猝」同。［蔣之翹輯注］卒音測。

〔二三〕［注釋音辯］童（宗説）云：忤，音誤，逆也。［韓醇詁訓］忤音誤。按：六合君未詳。

〔二四〕［百家注引童宗説曰］並二耜二耕，曰耦耕。

〔二五〕［百家注引孫汝聽曰］《禮記・文王世子》：「天子視學，設三老五更之位。」鄭注云：「三老象三辰，五更象五星。」蔡邕云：「三老三人，五更五人。『更』當爲『叟』。叟，老稱。」

〔二六〕［注釋音辯］郭子儀。［韓醇詁訓］謂郭子儀也。［百家注引韓醇曰］尚父，郭子儀，爲朔方節度使。

〔二七〕［注釋音辯］［韓醇詁訓］楨音貞。［百家注引童宗説曰］《書》：「峙乃楨幹。」注云：「題曰楨，旁曰幹。」楨音貞。按：見《尚書・費誓》。

〔二八〕［注釋音辯］《左傳》：「晉文公殺顛頡、祁瞞、舟之僑三人，君子謂文公能用刑矣，三罪而民服。」按：百家注本引王儔補注引作僖二十八年《左氏》。

〔二九〕［韓醇詁訓］簀音責。按：簀，牀席。

〔三〇〕［注釋音辯］常袞爲吏部。［百家注引韓醇曰］常吏部名袞。按：常袞於大曆九年十二月爲禮部侍郎，十二年四月遷門下侍郎同平章事，未嘗爲吏部侍郎。禮部與太常寺皆職掌禮儀，疑「吏部」爲「禮部」之訛。或柳宗元記憶有誤。

〔三一〕〔蔣之翹輯注〕宣城縣屬南直隸寧國府。

〔三二〕〔注釋音辯〕張（敦頤）云：閿，音聞，又音民、瑉。弘農鄉名。潘（緯）云：唐隸虢州。〔蔣之翹輯注〕今河南府。按：韓醇詁訓同張注。所謂「四年」，謂爲宣城令四年後徙爲閿鄉令也。

〔三三〕陳景雲《柳集點勘》卷一：「『自閿鄉令，遷殿中侍御史，爲鄂岳沔都團練判官，後數年，登朝爲真』，按侍御爲鄂岳觀察李兼從事，兼領鄂岳之明年即移江西，侍御蓋隨府遷而在江西尤久，後遂從使幕升朝也。《送蕭鍊序》云：『幼時拜兄於九江郡』，九江即江西所部之江州。柳子時侍父行，故涉其地。表不著侍御自鄂岳使府遷江西事，偶略之耳。」按：李兼大曆十四年至貞元元年爲鄂州刺史、鄂岳觀察使。貞元元年至六年爲洪州刺史、江西觀察使。貞元四年，柳鎮已在朝爲殿中侍御史矣。

〔三四〕〔世綵堂〕《記·王制》：「有功德於民者，加地進律。」

〔三五〕《資治通鑑》卷二二九唐德宗興元元年：「李希烈以夏口上流要地，使其驍將董侍募死士七千襲鄂州，刺史李兼偃旗臥鼓，閉門以待之。侍撤屋材以焚門，兼帥士卒出戰，大破之。上以兼爲鄂岳沔都團練使。於是希烈東畏曹王皋，西畏李兼，不敢復有窺江淮之志矣。」《夏口破虜頌》即頌此事。

〔三六〕［注釋音辯］貞元四年，陝虢觀察使盧岳卒，岳妻分貲不及妾子，妾訴之，中丞盧佋欲重妾罪，侍御史穆贊不聽，佋與竇參共誣贊受金，捕送獄。按：百家注本引孫汝聽注與上同。見《舊唐書·穆寧傳》附穆贊。擊登聞鼓鳴冤者爲穆贊之弟穆賞。

〔三七〕［蔣之翹輯注］按唐制：文武臣僚通進文字，並先經登聞鼓院進狀。注：施於朝曰登聞鼓。

〔三八〕［注釋音辯］同上。詔殿中侍御史柳鎮與刑部員外郎李覸、大理卿楊瑀爲三司覆治，無之。反，音翻。［百家注引孫汝聽曰］鎮時爲殿中侍御史，詔鎮與刑部員外郎李覸、大理卿楊瑀爲三司覆治，無之。反音番。

〔三九〕［注釋音辯］竇參。

〔四〇〕［注釋音辯］（間）音閑。謂盧佋爲御史之長。

〔四一〕［注釋音辯］中，他仲切。謂終爲所譖。［韓醇詁訓］中，丁仲切。

〔四二〕［百家注引孫汝聽曰］逾年，參卒中以他事，貶鎮夔州司馬。

〔四三〕［注釋音辯］（殛）紀力切。貞元八年，竇參得罪。［百家注引孫汝聽曰］貞元八年四月，參得罪，復以鎮爲侍御史。

〔四四〕［百家注引王儔補注］《筆墨閒録》曰：「此本太史公《自叙》云『遷俯首流涕曰』云云。前賢文章，必有祖法。」

〔四五〕張禮《游城南記》：「迺登少陵原，西過司馬村。」張注曰：「《長安志》云：『少陵原南接終南山，北直滻水。本爲鳳棲原，漢許后葬少陵，在司馬村之東，因即其地呼少陵原。』杜牧之自志云：『葬少陵司馬村。』柳宗元志伯妣墓曰：『葬萬年之少陵原，實鳳棲原也。』原脉起，自南山屈曲西北，岡阜相連，纍纍不斷，凡五十里。然則鳳栖、少陵，其實一，本因地異名耳。」

〔四六〕［百家注引韓醇曰］爲尚書禮部員外郎。

〔四七〕［蔣之翹輯注］得罪，以坐叔文黨貶永州也。

〔四八〕［百家注引孫汝聽曰］鎮二女：長適崔簡，次適裴墐。

〔四九〕［百家注引韓醇曰］永貞元年八月，憲宗尊其母良娣王氏爲太上皇后。

〔五〇〕《禮記・曲禮上》：「冬温而夏凊。」遂用作兒女侍奉父母的典故。

〔五一〕玄堂，指墓室。

【集　評】

王行《墓銘舉例》卷一：右表首叙世系，同《叔父府君墓版》，曰神道表，又一例也。

蔣之翹輯注《柳河東集》卷一二：其言詳而不繁，大而非誇，縈紆委曲，最爲得體。

儲欣《河東先生全集録》卷二：用先世著作爲經以綴屬，顯晦升降事蹟爲緯，其氣象若廟朝之上，鵷班鷺序，肅肅雝雝，太史公《自序》後，獨闢蹊徑。

何焯《義門讀書記》卷三五：「作《避暑賦》」以下：叙所著述以成章。「抑有當我哉」：暗渡。

先君石表陰先友記

袁高，河南人〔一〕。以給事中敢諫争，貞直忠蹇，舉無與比〔二〕。能使所居官大，再贈至禮部尚書〔三〕。

姜公輔〔四〕，爲内學士，以奇策取相位〔五〕。好諫諍，免〔六〕。後以罪貶，復爲刺史①，卒〔七〕。

齊映，南陽人〔八〕。爲相，以文敏顯用〔九〕。

嚴郢，河南人〔一〇〕。剛厲好殺，號忠能。爲京兆、河南尹，御史大夫〔一一〕。善舉職，爲邪險構扇，以貶死〔一二〕。

元全柔，河南人〔一三〕。氣象甚偉，好以德報怨，恢然者也。爲大官，有土地〔一四〕，入爲太子賓客。

杜黄裳，京兆人〔一五〕。弘大人也，善言體要，爲相有牆仞〔一六〕，不佞。以謀克蜀〔一七〕，加司空，出爲河中節度②〔一八〕。

劉公濟，河間人。寬厚碩大③，與物無忤〔一九〕。爲渭北節度，入爲工部尚書，卒〔二〇〕。

楊氏兄弟者，弘農人。皆孝友，有文章。憑，由江南西道入爲散騎常侍〔二一〕。凝，以兵部郎中卒〔二二〕。凌，以大理評事卒〔二三〕。最善文。

穆氏兄弟者，河内人④〔二四〕，皆强毅仁孝。贊，爲御史中丞，捍佞倖得貶。後至宣池歙處置使，卒〔二五〕。質，爲尚書郎。員，以侍御史内供奉卒。最善文⑤〔二六〕。

皇甫政，河南人⑥。有威儀，由浙東廉使爲太子賓客〔二七〕。

裴樞，同郡人。爲御史。天子以隱罪誅吏，樞頓首願白其狀，以故貶。後爲尚書郎〔二八〕。

李舟，隴西人〔二九〕。有文學，俊辯，高志氣。以尚書郎使危疑反側者再，不辱命〔三〇〕。其道大顯。被讒妒，出爲刺史，癈痼⑦，卒。

李鄘，江夏人〔三一〕。果檢自負，嶷然善爲官。爲御史中丞、京兆尹、鳳翔節度〔三二〕。

梁肅，安定人〔三三〕。最能爲文⑧，以補闕修史，侍皇太子。卒，贈禮部郎中〔三四〕。

陳京，泗上人〔三五〕。始爲諫官，數諫諍〔三六〕。有内行，文多詁訓。爲給事中，上方以爲相，會惑疾⑨，自刃，癈痼⑩，卒〔三七〕。

韓會，昌黎人。善清言，有文章，名最高，然以故多謗。至起居郎，貶官，卒〔三八〕。弟愈，文益奇〔三九〕。

許孟容，吴人〔四〇〕。讀書爲文，口辯。爲給事中，常論事。由太常少卿爲刑部侍郎〔四一〕。

李覬，隴西人〔四二〕。行義甚修，至刑部郎中，卒。故與先君爲三司者也〔四三〕。其大理者曰楊瑀。瑀無可言，猶以獄直爲御史〔四四〕。

宇文邈，河南人〔四五〕。有文，謹慤人也。爲御史中丞，齪齪自守，然以直免官。復爲刺史，卒〔四六〕。

袁滋，陳郡人〔四七〕。善篆書，文敏不競〔四八〕。爲相，出使辱命，貶刺史〔四九〕。復爲義成軍節度，卒⑪〔五〇〕。

盧群，范陽人〔五一〕。雜博，多所許與。使反側之地，天子以爲任事〔五二〕。爲義成軍節度，卒〔五三〕。

崔損，清河人〔五四〕。畏慎，爲相無所發明，然不害物〔五五〕。天子獨愛幸，以損爲長者〔五六〕。

鄭餘慶，滎陽人〔五七〕。再爲相〔五八〕，始天下皆以爲長者，及爲大官，名益少。今爲尚書、河南尹，無恙〔五九〕。

鄭利用，餘慶從父兄也〔六〇〕。真長者。由大理少卿爲御史中丞，復由中丞爲大理少卿。

李益，隴西姑臧人〔六一〕。風流有文詞。少有僻疾，以故不得用〔六二〕。年老常望仕，非其志。復爲尚書郎〔六三〕。

王紓，其弟紹，太原人〔六四〕。紹得幸德宗，爲尚書，在宰相之右。今爲徐泗節度〔六五〕。紓，有學術，魯直，爲尚書郎〔六六〕。

路泌，河南人。以尚書郎使西戎，留戎中，度今已年八十餘。既和戎，十五年不得歸，無爲言者〔六七〕。

虞當，會稽人。爲郭尚父從事，終沔州刺史。以信聞〔六八〕。

賈弇，長樂人〔六九〕。善士也。爲校書郎，卒。弟全，至御史中丞〔七〇〕。

趙需，天水人。啍啍儒士也⑫，有名。至兵部郎中，卒〔七一〕。

張式，南陽人〔七二〕。張莒，常山人〔七三〕。張惟儉，宣城當塗人〔七四〕。皆善言譃。式至河南尹。莒，鄧州刺史。惟儉，和州刺史〔七五〕。

奚陟，江都人〔七六〕。柔敏，至吏部侍郎，世謂陟善宦，然其智足以自處也⑬〔七七〕。

盧景亮，涿人〔七八〕。有志義，多所激發。爲諫官，奏書如水赴壑。坐貶，廢棄甚久。至順宗時，爲尚書郎，升中書舍人，卒〔七九〕。

楊於陵，弘農人。善吏，敏秀者也。爲中書舍人、京兆尹〔八〇〕。

張因，某人。舉詔策，爲長安尉。願去官爲道士，甚有名。以其弟回降封州，曰：「吾老矣，必死。」回也哭而行，遂死封州〔八一〕。

高郢，渤海人〔八二〕。有文章。規矩自立者，不干貴幸。以太常爲相，罷居尚書〔八三〕。

唐次，北海人〔八四〕。有文章學行，義甚高。以尚書郎出爲刺史，屏棄。永貞中，召以爲中書舍人。道病，去長安七十里，死傳舍〔八五〕。

苗拯，上黨人。有學術，峭直。以諫議大夫漏泄省中語，貶萬州，卒〔八六〕。

柳氏兄弟者，先君族兄弟也。最大并，字百存。爲文學，至御史。病瞽，遂廢。次中庸、中行，皆名有文〔八七〕。咸爲官，早死。

柳登、柳冕者，族子也。自其父芳善文史⑭〔八八〕，與冕並居集賢書府。冕文學益健，頗躁，自吏部郎中出爲刺史，至福建廉使，卒〔八九〕。登，晚仕至尚書郎、祕書少監〔九〇〕。

薛丹，同郡人。至尚書郎〔九一〕。

吕牧，東平人⑮。由尚書郎刺澤州，卒〔九二〕。

崔積，清河人。至檢校郎官〔九三〕。子群，爲右補闕，贈給事中〔九四〕。

房啟，河南人。善清言。由萬年令爲容州經略〔九五〕。

于申，河南人。至尚書郎〔九六〕。

常仲孺，河南人。今爲諫議大夫〔九七〕。

蘇弁，武功人〔九八〕。好聚書，至三萬卷⑯。與先君通書，以户部侍郎貶。復爲刺史〔九九〕。

崔芃，博陵人。善言名理，爲御史、尚書郎〔一〇〇〕。

鄭元均，滎陽人。强抗，少所推讓，然以此多怨，因不得位⑰〔一〇一〕。

辛惲，隴西人。有史學〔一〇二〕。

韓衡，昌黎人。善士〔一〇三〕。

陳衆甫，梓潼人。高志氣〔一〇四〕。

薛伯高，同郡人⑱。好讀書，號爲長者。後至尚書，卒⑲〔一〇五〕。

張宣力，清河人。儒善。後表其名去「力」但爲「宣」〔一〇六〕。自元均至宣力，皆没没無顯仕者。

孤宗元曰：先君之所與友，凡天下善士舉集焉。信讓而大顯，道博而無雜，今之世言交者以爲端。敢悉書所尤厚者，附兹石，以銘於背如右。

【校記】

① 復爲刺史，原作「爲復州刺史」，據詁訓本改。陳景雲《柳集點勘》卷一：「按先友三十餘人皆著其州里，不應公輔獨漏其本貫。『公輔』下當有脱文，猶《獨孤申叔碣》後具列諸友名字，唯逸崔廣略之名也。公輔，愛州人，見《唐史》本傳。（黄中按：此言公輔後以罪貶爲復州刺史，卒。考本

傳：罷相，下遷左庶子，以竇參漏語，黜泉州別駕。順宗初，拜吉州刺史。未嘗官復州也。此句有誤。）」姜公輔未嘗爲復州刺史。《舊唐書·姜公輔傳》云：「帝（德宗）怒，貶公輔爲泉州别駕。……順宗即位，起爲吉州刺史。尋卒。」復爲刺史，即指起爲吉州刺史。

② 原校與世綵堂本校：「一本作『加河中節度』，無『司空出爲』四字。」詁訓本作「加河中節度」，並校：「一作『加司空出爲河中節度』。」《新唐書·杜黄裳傳》：「元和二年，以檢校司空同中書門下平章事，爲河中晉絳節度使。」有「司空出爲」字是。

③ 寛厚，注釋音辯本、詁訓本作「厚寛」。

④ 河内，原作「河南」，諸本皆同。陳景雲《柳集點勘》卷一：「穆氏兄弟者，河南人。據《唐史》懷州河内人，『南』當作『内』。懷州屬河北道，非河南也。」故據改。

⑤ 陳景雲《柳集點勘》卷一：「質爲尚書郎，以侍御史内供奉，卒。最善文。按記作於元和元年，時質方爲郎官，五年自給事中出爲刺史，其卒在柳子刺柳州之後，集有祭文可考。質有弟員，卒於貞元之際，乃官止侍御，最工於文者，『以』字上蓋脱其名耳。又穆氏兄弟四人，皆知名當世，與同時三楊相埒，子厚既以三楊兄弟並列，於記而獨遺穆氏之季賞，何也？『善文』之下，似尚有缺文。」陳説有理。「以」字上當有「員」字，據補。

⑥ 陳景雲《柳集點勘》卷一：「皇甫政，河南人。按政字公理，左丞誂之子，安定人。見崔祐甫及梁肅文。肅言政於己有鄉黨之舊，蓋同郡也。表以爲河南人，誤。」《文苑英華》卷七六七崔祐甫《廣

喪朋友議》及卷九六〇梁肅《鄭州新鄭縣尉安定皇甫君墓誌銘》皆云皇甫政爲安定人，陳説是。

⑦廢，原作「發」，據注釋音辯本、詁訓本、五百家注本改。注釋音辯本注：「癈，一本作發。」

⑧原校與世綵堂本校：「一作『最號能爲文』。」注釋音辯本注：「一本『最』字下有『號』字。」

⑨原校與世綵堂本校：「惑，一作感。」詁訓本作「感」，並校：「感，一作惑。」

⑩廢，原作「發」，據注釋音辯本、詁訓本改。注釋音辯本校：「癈，一又作發。」

⑪陳景雲《柳集點勘》卷一：「袁滋貶刺史，復爲義成軍節度，卒。按滋貶吉州之明年遷鎮義成，即公作記之元和元年也。後又歷四鎮，至十三年始卒。此『卒』字衍。（振常按：廖注亦云此時未卒，非，有考訂。）」

⑫呴呴，詁訓本、五百家注本作「㖃㖃」。注釋音辯本注：「童（宗説）云：字當作『㖃』，况羽切，商之冠名。《禮記·檀弓下》篇曰：『殷人呴而葬。』於趙需儒士無意義。今按柳文《段太尉逸事狀》云『太尉爲人姁姁，常低首拱手』。姁，火羽切。事出《吕氏春秋》，云㖃㖃然相樂也。今云趙需『呴呴儒士也』，宜當作㖃。雖《諸韻》云冠名，恐亦自有訓和姁樂易義。」韓醇詁訓：「（㖃）况羽切，意與姁姁、和樂之義同。」按：「呴」通「㖃」，當爲「憨」之通假，童説非是。

⑬注釋音辯本、詁訓本無「以」字。

⑭「善文史」三字原闕，據注釋音辯本、詁訓本補。何焯《義門讀書記》卷三五：「『其父芳』下補『善文史』三字。」

⑮「東平人」四字原闕，據注釋音辯本、詁訓本、世綵堂本補。何焯《義門讀書記》卷三五：「『呂牧』下補『東平人』三字。」

⑯三萬，《舊唐書·儒學下·蘇弁》、《新唐書·蘇良嗣傳》附蘇弁皆云聚書二萬。

⑰位，原作「仕」，據注釋音辯本、詁訓本改。注釋音辯本校：「一本『位』作『仕』。」

⑱世綵堂本注：「一有『河東』字。」

⑲陳景雲《柳集點勘》卷一：「薛伯高，後至尚書卒。據《道州文宣王廟碑》，伯高以元和九年始自尚書刑部郎出刺道州耳，又長慶初復官郎署，有除官制，見白居易集。則公歿後伯高尚無恙也。況下文云『自鄭元均至張宣力，皆没没無顯仕者』，蓋通指元均以下五人言之，伯高其一也。按元均嘗爲杜佑淮南從事，坐累被斥，遂不復振。以元均例之，則當元和初伯高蓋仕猶未達，故記云然。『後至尚書卒』五字，非衍即譌。」陳説當是。

【解　題】

［韓醇詁訓］考其次第，當與前表同時作。其見於記者凡六十八人，嘗以史傳及年表考之，其可見者三十有七人，信乎皆天下之善士矣。按：韓説可從，亦元和二年作於永州，俟刻於《先侍御史府君神道表》之碑陰。陳景雲《柳集點勘》卷四《文安禮柳集年譜附》其子陳黄中按：「又記中杜黄裳加司空，出爲河中節度。新史《憲宗紀》、《宰相表》及黄裳本傳，其出帥晉絳事俱在元和二年，尤明證

也。」此文又收入《説郛》弓四八。又按：後之論文者，或云柳宗元對其父之友人時有譏評，有傷忠厚之道，此論非也。宗元以耳聞目睹之身、實事求是之態度記諸人事，不文過飾非，於史實大有裨益，是有功於史也，治唐史未有忽視其文獻價值者。

【注　釋】

〔一〕［百家注引孫汝聽曰］高字公頤，滄州東光人。

〔二〕［百家注引孫汝聽曰］貞元元年正月，德宗欲用吉州長史盧杞爲饒州刺史，命高草詔書，高不從，改命舍人草之。制出，高執之不下，因言杞姦邪，乃改杞澧州別駕。

〔三〕［韓醇詁訓］見《袁恕己傳》。［百家注引孫汝聽曰］憲宗朝，宰相李吉甫言（袁）高忠蹇，特贈禮部尚書。見《袁恕己傳》。

〔四〕［百家注引孫汝聽曰］愛州日南人。

〔五〕［百家注引孫汝聽曰］公輔爲翰林學士，朱泚叛，從帝幸奉天，屢獻奇策。建中十四年十月，自諫議大夫同平章事。按：《舊唐書・姜公輔傳》：「建中四年十月，涇師犯闕，德宗蒼黄自苑北便門出幸。公輔馬前諫曰：『朱泚嘗爲涇原帥，得士心。昨以朱滔叛，坐奪兵權，泚常憂憤不得志。不如使人捕之，使陪鑾駕，忽群兇立之，必貽國患。臣頃曾陳奏陛下，苟不能坦懷待之，則殺之。養獸自貽其患，悔且無益。』德宗曰：『已無及矣。』」

〔六〕〔百家注引孫汝聽曰〕從幸山南，唐安公主薨，主，上之長女也，詔厚其葬。公輔諫曰：「即平賊，主必歸葬，今行道所，宜從儉，以濟軍興。」帝怒。興元元年四月，罷爲太子左庶子。

〔七〕〔韓醇詁訓〕有傳。〔百家注〕孫（汝聽）曰：貞元八年十一月，貶公輔爲泉州別駕。順宗立，拜吉州刺史。未就官，卒。韓（醇）曰：公輔，史有傳。

〔八〕〔百家注引孫汝聽曰〕映，瀛州高陽人。今作南陽，誤矣。

〔九〕〔韓醇詁訓〕有傳。〔百家注引孫汝聽曰〕貞元二年正月，以映爲同平章事。按：《舊唐書・齊映傳》載：「興元初，從幸梁州。每過險，映常執轡。會御馬遽駭，奔跳頗甚，帝懼傷映，令捨轡，映堅執久之，乃止。帝問其故，曰：『馬奔蹶不過傷臣，如捨之，或犯清塵，雖臣萬死，何以塞責？』上嘉獎無已。」

〔一〇〕〔百家注引孫汝聽曰〕郢字叔敖，華州華陰人。

〔一一〕〔百家注引孫汝聽曰〕大曆十四年三月，自河南尹、水陸轉運使爲京兆尹。建中二年七月，楊炎罷相，盧杞引爲御史大夫。

〔一二〕〔百家注引孫汝聽曰〕是歲十月，（楊）炎自左僕射貶崖州司馬，杞用郢，炎罷，内忌之，因事出爲費州刺史。有傳。按：《新唐書・嚴郢傳》載郢曾爲郭子儀河東副元帥府判官。爲京兆尹，疾惡撫窮，敢誅殺，盜賊一衰。爲楊炎所忌，罷爲大理卿。盧杞引爲御史大夫，共謀楊炎之罪，卒逐炎崖州、趙惠伯費州。後又爲盧杞所忌，出爲費州刺史。道逢惠伯柩殯，郢内慚，歲餘卒。

〔一三〕［百家注引孫汝聽曰］後魏孝文皇帝之後。

〔一四〕［百家注引孫汝聽曰］建中二年九月，自杭州刺史拜黔中觀察使。貞元二年四月，遷湖南觀察使。按：林寶《元和姓纂》卷四河南洛陽元氏：「全柔，御史中丞，黔中觀察兼御史大夫。」《册府元龜》卷五二二：「（張）著承楊炎意彈（嚴）郢，無何，御史張滂復以朋黨私讐彈中丞元全柔，衆議不直，乃詔御史不得專舉。」

〔一五〕［百家注引孫汝聽曰］黄裳字遵素，京兆杜陵人。寶應二年中進士第。

〔一六〕［百家注引孫汝聽曰］貞元二十一年七月，自太常卿平章事。

〔一七〕［百家注引孫汝聽曰］劉闢作亂，議者以劍南險固，不宜生事，唯黄裳堅請討除，憲宗從之。

〔一八〕［韓醇詁訓］有傳。［百家注引孫汝聽曰］元和二年正月，罷相，爲河中節度使。有傳。按：柳鎮與杜黄裳曾同佐郭子儀軍。永貞革新時不附從王叔文。《舊唐書·杜黄裳傳》稱：「黄裳性雅澹寬恕，心雖從長，口不忤物。始爲卿士，女嫁韋執誼，深不爲執誼所稱。及執誼譴逐，黄裳終保全之。洎死嶺表，請歸其喪，以辦葬事，及是被疾。醫人誤進其藥，疾甚而不怒。」

〔一九〕［注釋音辯］（忤）音悟，逆也。

〔二〇〕［百家注引孫汝聽曰］貞元十八年十一月，自同州刺史拜渭北鄜坊節度使。二十年正月，召爲工部尚書。頃之，卒。按：《元和姓纂》卷五：「（劉）孝則曾孫公濟，工部尚書。」

〔二一〕［百家注引孫汝聽曰］憑字虚受，一字嗣仁。貞元元年十一月，自湖南觀察使改移鎮江西。自江西召爲左散騎常侍。按：柳鎮與楊憑曾同爲鄂岳都團練觀察使李兼從事。

〔二二〕［韓醇詁訓］附《楊憑傳》。［百家注引孫汝聽曰］凝字懋功。貞元十八年，拜兵部郎中，卒。

〔二三〕［百家注引孫汝聽曰］（凌）字恭履。按：王讜《唐語林》卷二：「楊京兆兄弟皆能文，爲學甚苦。或同賦一篇，共坐庭石，霜積襟袖，課成乃已。」

〔二四〕［百家注引孫汝聽曰］懷州河内人。

〔二五〕［百家注引孫汝聽曰］贊字相明，擢累侍御史。陝虢觀察使盧岳妻分貲不及妾子，妾訴之，盧佋欲重妾罪，贊不聽，佋與宰相竇參共誣贊受金，捕送獄。弟賞上冤狀，詔三司覆治，無之。出爲郴州刺史。永貞元年八月，自常州刺史拜宣歙池觀察處置使。十一月卒。按：錢易《南部新書》辛：「劉禹錫言：司徒杜公佑視穆贊也故人子弟，佑見贊爲臺丞，數彈劾，因事戒之曰：『僕有一言，爲大郎久計，他日少樹敵爲佳。』穆深納之，由是稍霽其威。」

〔二六〕［韓醇詁訓］附《穆寧傳》。按：李肇《唐國史補》卷中：「貞元中，楊氏、穆氏兄弟，人物氣概不相上下。或言楊氏兄弟賓客皆同，穆氏兄弟賓客各殊，以此爲優劣。穆氏兄弟四人：贊、質、員、賞。時人謂贊俗而有格，爲酪；質美而多入，爲酥；員爲醍醐，言粹而少用；賞爲乳腐，言最凡固也。」

〔二七〕［百家注引孫汝聽曰］貞元三年正月，自宣州刺史爲浙東觀察使。十三年三月，入爲太子賓客。

〔二八〕［韓醇詁訓］附《裴遵慶傳》。［蔣之翹輯注］樞字紀聖，絳州聞喜人。從僖宗入蜀，擢殿中侍御史。史附《裴遵慶傳》。按：裴遵慶之曾孫裴樞爲晚唐人，與柳宗元之父風馬牛不相及，非此裴樞。大曆、貞元間亦有一裴樞，字環中。《新唐書·宰相世系表一上》「南來吴裴」載裴耀卿兄裴巨卿第三子「樞，司勳員外郎」，正是此人。《唐尚書省郎官石柱題名》司勳員外郎裴樞在李絳後、鄭利用前。《舊唐書·禮儀志六》載貞元八年正月議宗廟事，有「司勳員外郎裴樞議曰」。《舊唐書·王仲舒傳》云仲舒「與楊頊、梁肅、裴樞爲忘形之契」。《全唐詩》卷二七一竇常《和裴端公樞蕪城秋夕簡遠近親知》，上述裴樞皆非晚唐裴樞。《太平廣記》卷二四四引《乾膳子》：「河東裴樞字環中，季父耀卿，唐玄宗朝位至宰相。……親姨夫中書舍人薛邕，時有知貢舉之耗，元日因來謁樞親，乃曰：『幾姊有處分親故中舉人否？』其親指樞。邕整容端手板對曰：『三十六郎自是公共積選之才，不待處分矣，伏恐别有子弟。』樞即應聲曰：『姨子失言。』因舉酒瀝地，誓曰：『薛姨夫知舉，樞當絶跡匿形，不履人世。』其親決責，令拜謝邕，樞竟不屈。永泰二年，賈至侍郎知舉，樞一舉而登選。後大曆二年，薛邕方知舉。」《太平廣記》卷二五七引《乾膳子》載南陽張登與裴樞談謔事，亦爲裴樞環中。《乾膳子》稱裴樞「三十六郎」，晚唐裴樞行十四，《舊唐書·裴遵慶傳》附裴樞：「俄而（朱）全忠聞樞言，謂賓佐曰：『吾常以裴十四器識真純，不入浮薄之伍，觀此議論，本態露矣。』」可證。順便提及，《全唐文》卷八一二將裴樞環中所作《建石室以藏神主議》繫於裴樞紀聖名下，大誤。

〔二九〕**［百家注引孫汝聽曰］**舟字公度。

〔三〇〕［百家注引孫汝聽曰］建中元年四月，涇原別駕劉文喜據州叛，命舟往使，文喜囚之。五月，文喜將劉海賓殺文喜，降。二年，梁崇義欲爲變，舟時爲金部員外郎，遣詣襄州，諭旨以安之。諸道跋扈者謂舟能覆城殺將。及至襄州，崇義惡之，上言軍中疑懼，請易以他使。按：《全唐文》卷五二一梁肅《處州刺史李公墓誌銘》云李舟字公受，與注云字公度不同。《唐國史補》卷下云「機警有李舟、張彧」。《唐摭言》卷四載：「隴西李舟與齊相國映友善，映爲將相，舟爲布衣，而舟致書於映，以交不以貴也。」李舟長於音韻，《新唐書·藝文志一》：「李舟《切韻》十卷。」

〔三一〕［百家注引孫汝聽曰］鄘字建侯，揚州江都人。

〔三二〕［韓醇詁訓］有傳。［百家注引孫汝聽曰］順宗登極，拜御史中丞。永貞元年十月，遷京兆尹。元和元年二月，召爲尚書右丞。八月，復爲京兆尹。二年六月，拜檢校禮部尚書、鳳翔尹、鳳翔隴右節度使。有傳。按：《舊唐書·楊憑傳》：「與母弟凝、凌相友愛，皆有時名。重交游，尚然諾。與穆質、許孟容、李鄘、王仲舒爲友，故時人稱楊穆許李之友。仲舒以後進，慕而入焉。」

〔三三〕［百家注引孫汝聽曰］肅字敬之，一字寬中。隋刑部尚書毗五世孫，世居陸渾。

〔三四〕［韓醇詁訓］有傳。［百家注引孫汝聽曰］爲皇太子諸王侍讀。有傳。

〔三五〕［百家注引孫汝聽曰］京字慶復，陳宜都王叔明五世孫。大曆六年中進士第。

〔三六〕［百家注引孫汝聽曰］德宗自奉天還京師，擢京左補闕，屢有諫諍。

〔三七〕［韓醇詁訓］見《宰相表》。［百家注引孫汝聽曰］帝器京，謂有宰相才，欲用之。會病狂易，自刺，弗殊。再遷給事中，卒。見《宰相表》。

〔三八〕［百家注引孫汝聽曰］大曆十六年四月，自起居舍人貶韶州刺史，卒。見《宰相年表》。按：《舊唐書·崔造傳》：「崔造字玄宰，博陵安平人。少涉學，永泰中，與韓會、盧東美、張正則爲友，皆僑居上元，好談經濟之略，嘗以王佐自許，時人號爲四夔。」《唐國史補》卷下：「韓會與名輩號爲四夔，會爲夔頭，而善歌妙絶。」邵博《邵氏聞見後録》卷八評云：「唐代宗既誅元載，欲盡誅其黨韓會等，吴湊苦諫，止降遠州。會，退之兄也。退之謂兄罹讒口，承命南遷，按會所坐，非罹讒者。柳子厚亦云『韓會善清言，名最高，以故多得謗』。豈士能清高反汙於元載乎？近時王銍作會補傳，亦不出黨元載事，皆非實録。」

〔三九〕［韓醇詁訓］愈有傳。會見《宰相表》。［百家注引孫汝聽曰］有傳。

〔四〇〕［百家注引孫汝聽曰］孟容字公範，京兆長安人。大曆十一年中進士第。

〔四一〕［韓醇詁訓］有傳。［百家注引孫汝聽曰］貞元中，以諷諭太切，改太常少卿。元和初，遷刑部侍郎。有傳。按：王溥《唐會要》卷五九：「貞元十二年二月，授許孟容禮部員外郎。有公主之子請補兩館生，孟容舉令式不許，主訴於上，命中使問狀，孟容執奏，竟不可奪。遷本曹郎中。」

〔四二〕［百家注引孫汝聽曰］大曆二年，覿舉進士第。

〔四三〕［百家注引孫汝聽曰］貞元四年，覿爲刑部員外郎，（楊）瑀爲大理卿，公父鎮爲殿中侍御史，覆穆贊之獄，事已見鎮墓誌。

〔四四〕［注釋音辯］注見前《神道表》。［百家注引孫汝聽曰］瑀，大曆九年進士。

〔四五〕［百家注引孫汝聽曰］（宇文邈）大曆二年進士。

〔四六〕［韓醇詁訓］［百家注］見《宰相表》。［蔣之翹輯注］齯，倶角切。齯齯，恭謹貌。按：《新唐書·宰相世系表一下》宇文氏：「邈，御史中丞。」《舊唐書·鄭雲逵傳》：「時有玄法寺僧法凑爲寺衆所訴，萬年縣尉盧伯達斷還俗，後又復爲僧，伯達上表論之，詔中丞宇文邈、刑部侍郎張彧、大理卿鄭雲逵等三司，與功德使判官諸葛述同按鞫。」《册府元龜》卷四八一：「張彧，貞元十四年自刑部侍郎除衛尉卿。初有詔，令三司使推按僧法凑獄，不叶頗甚。中丞宇文邈上表辭官，不許。彧時又疾病，請歸休，帝意以爲假託事故，彧改官，邈受令刑部郎中宇文炫同推事，以邈與炫宗姓，又改令盧虔。」《文苑英華》卷七一〇李翰《河中鸛雀樓集序》：「上客有前美原尉宇文邈，前櫟陽郡鄭鯤，文行光達，名重當時。」

〔四七〕［百家注引孫汝聽曰］滋字德深，蔡州朗山人。

〔四八〕［百家注］不競，不争也。

〔四九〕［百家注引孫汝聽曰］永貞元年七月，同平章事。是歲十月，以滋爲西川節度使，徵劉闢爲給事中。滋畏闢，不敢進。十一月，貶滋爲吉州刺史。

〔五〇〕［韓醇詁訓］有傳。［百家注引孫汝聽曰］元和元年七月，自吉州拜義成軍節度使。至十二年，爲湖南觀察使，卒。是時未卒也。有傳。

〔五一〕［百家注引孫汝聽曰］群字載初，系出范陽。

〔五二〕［注釋音辯］吴少誠擅決司洧水溉田，命群往詰之，少誠聽命。［百家注引孫汝聽曰］淮西節度使吴少誠擅決司洧水溉田，使者止之，不奉詔，命群往蔡州詰之，少誠聽命。以奉使稱旨，遷檢校祕書少監。

〔五三〕［韓醇詁訓］有傳。［百家注引孫汝聽曰］貞元十六年四月，拜義成軍節度使。九月卒。有傳。按：《舊唐書·盧群傳》載：郭子儀嬖人張氏之兄弟與郭家子弟争財，德宗促按之，盧群奏：張氏以子儀在時分財，子弟不合争奪。子儀有大勳德，今所訟皆家事，請赦勿問。上從之。《唐語林》卷六：「盧舍人群、盧給事弘正相友善，群清瘦古淡，未嘗言朝市。弘正魁梧富貴，未嘗言山水。群日飲高卧，制詔多就宅草之。弘正未嘗在假告，有賓客皆就省相見。一日雪中，群在假，弘正將欲入省，因過群，群方道服於南垣茅亭望山雪，促命延入。群曰：『盧六盧六，曾莫顧我，何也？』」

〔五四〕［百家注引孫汝聽曰］損字至無，系本博陵。大曆十一年中進士第。

〔五五〕［百家注引孫汝聽曰］貞元十二年十月，自諫議大夫平章事。初，宰相趙憬卒，盧邁以病在告，議者謂選有德。及用損，中外悵失。而損性齪齪，能自將。延英進見，不敢出一言及天下事。按：《太平廣記》卷二六〇引《譚賓録》：「唐崔損性極謹慎，每奏對，不敢有所發揚，兩省清要，皆歷踐之。在位無稱於人。身居宰相，母野殯，不言展墓，不議遷祔。姊爲尼，没於近寺，終喪不臨，士君子罪之。過爲恭遜，不止於容身，而率用此中上意，竊大位者八年。上知物議不叶，然憐而厚之。」

〔五六〕［韓醇詁訓］［百家注］有傳。

〔五七〕［百家注引孫汝聽曰］餘慶字居業，鄭州滎陽人。大曆十一年中進士第。

〔五八〕［百家注引孫汝聽曰］貞元十四年七月同平章事。十六年九月罷。永貞元年八月同平章事，元和元年五月罷。

〔五九〕［韓醇詁訓］有傳。［百家注引孫汝聽曰］（元和）元年十一月，以餘慶爲河南尹。有傳。

〔六〇〕［百家注引孫汝聽曰］大曆八年進士。利用祖長裕，許州長史。二子：諒、慈明。諒爲冠氏令，生利用。慈明爲太子舍人，生餘慶。按：《唐會要》卷七六：「貞元元年九月，賢良方正能直言極諫科：韋執誼、鄭利用、穆質、楊邵、裴復、柳公綽、歸登、李直方、崔邠、鄭敬、魏弘簡、沈迥、田元祐、徐袞及第。」

〔六一〕［百家注引孫汝聽曰］益字君虞，宰相揆之族子。大曆四年中進士。長於歌詩。

〔六二〕［注釋音辯］益多猜忌，防閑妻妾過爲苛酷，而有散灰扃户之譚，時人謂之妬癡。［百家注引孫汝聽曰］益少有癡病，而多猜忌，防閑妻妾過爲苛酷，而有散灰扃户之談，聞於時。故時謂妬癡爲李益疾。按：蔣防《霍小玉傳》云李益猜疑其妻有外遇，雖爲小説家言，然亦有根據。《唐國史補》卷中云「散騎常侍李益少有疑病，亦心疾也」。李翱《李文公集》卷一〇《論故度支李尚書事狀》：「朝廷公議，皆云李尚書性猜忌，甚於李益。」

〔六三〕陳景雲《柳集點勘》卷一：「按益建中末與路泌同舉書判拔萃，元和三年以都官郎中與楊於陵同爲考策官，並見《唐史》。路、楊皆公父執，與都官同列《先友記》者也。此云復爲尚書郎，即謂都官之除，蓋貞元末已久列郎署矣。若後來爲幽州從事之李益端公，當元和中方官使府御史，未嘗升朝，與貞元老郎迥異。至都官少有僻疾，唐人蔣防記其事甚詳，而新史誤采入端公傳，注柳文者遂仍其誤，莫知辨也。（黄中按：《李元賓集》第五卷有《邠寧夔三州節度饗軍記》，有云「歲紀協洽，國家郊祀之明年，予盟兄侍御史益，有文行忠信，而從朔寧之軍」，蓋貞元八年也。其府主爲朔寧郡王張公，蓋獻甫也。又「夔」當作「慶」。）」趙璘《因話録》卷二：「李尚書益，有宗人庶子同名，俱出於姑臧公，時人謂尚書爲文章李益，庶子爲門户李益。」故常有人疑兩李益事相混淆者。《文學遺産》二〇〇九年第五期王勝明《新發現的崔郾佚文〈李益墓誌銘〉及其文獻價值》録存崔郾撰《唐故銀青光禄大夫守禮部尚書致仕上輕車都尉安城縣開國伯食邑七百户贈太子少師隴西李府君墓誌銘并序》，云李益字君虞，隴西狄道人，大曆四年進士及第。佐盧龍、山南東道、鄜坊、邠寧四府，又爲幽州營田副使，加御史中丞。元和初爲都官郎中。可知韓愈《送幽州李端公序》之李端公即文章李益。諸書所載亦皆文章李益事。

〔六四〕［百家注引孫汝聽曰］紹字德素，自太原徙京兆之萬年。

〔六五〕［百家注引孫汝聽曰］貞元中爲户部侍郎判度支。德宗臨御久，益不假借宰相，自竇參、陸贄斥罷，中書取充位，惟紹謹密，眷待殊厚。主計凡八年，每政事多所關防，紹亦未嘗一言漏於人。元和元年十一月，遷檢校尚書左僕射、徐州刺史、武寧軍節度使。後以濠、泗二州隸其軍。

〔六六〕［注釋音辯］魯，愚鈍也。［百家注引孫汝聽曰］紓，大曆十一年中進士第。娶公伯祖臨邛令某之女。魯，遲也。與《論語》「參也魯」之義同。按：兩唐書皆有《王紹傳》。權德輿《權載之文集》卷一七《唐故尚書工部員外郎贈禮部尚書王公神道碑銘并序》稱王端三子：「長曰綽，入道精修，爲桑門上士。次曰紓，以文行薦實，歷官補闕、起居郎、右司員外郎、庫部郎中。又次曰紹，本名犯皇帝諱而更焉。忠厚宏裕，爲德宗所器。歷仕户部侍郎、户部、兵部二尚書。……睿聖繼明，以檢校吏部尚書爲東都留守、東都畿内防禦使。以檢校右僕射爲徐州刺史、武寧軍節度使。」《文苑英華》卷八九七有李絳《兵部尚書王紹神道碑》。

〔六七〕［韓醇詁訓］舊史附《路隋傳》。［百家注引孫汝聽曰］泌字安期。其先陽平人。事渾瑊，爲副元帥判官。貞元三年閏五月，瑊與尚結贊同盟於平涼，爲蕃兵所劫，泌等六十餘人陷虜中。十九年，吐蕃請和，其子隋三上疏，宜許，不報。舊史附《路隋傳》。按：《舊唐書·吐蕃傳下》渾瑊與吐蕃尚結贊會於平涼，吐蕃劫盟，宋鳳朝及瑊判官韓弇並爲亂兵所殺，崔漢衡及中官劉延邕、俱文珍、李清朝，漢衡判官鄭叔矩、路泌，掌書記袁同直，大將扶餘準、馬寧，及神策、鳳翔、河東大將孟日華、李至言、樂演明、范澄、馬弇等六十餘人皆被俘。

〔六八〕［百家注引孫汝聽曰］會稽餘姚人。（虞）當有子曰九皋，公有誄焉。按：柳鎮與虞當曾同爲郭子儀從事。

〔六九〕［注釋音辯］（弇）古函切。［百家注引孫汝聽曰］弇，大曆二年中進士第。弇，古函切。按：《元和姓纂》卷七長樂賈氏：「承恩，洛州、武州、均州司馬。生弇、全。全，越州刺史、浙東觀察使。」計有功《唐詩紀事》卷四七有賈弇，並收李益《送校書賈弇東歸寄振上人》詩。

〔七〇〕［百家注引孫汝聽曰］全，大曆四年進士。貞元十八年正月，自常州刺史爲浙東觀察使。按：《册府元龜》卷五二二「賈全爲御史中丞」，又卷六三〇「（貞元二年）二月，京兆尹鮑防奏咸陽縣令賈全是臣親外甥」。《唐語林》卷六：「貞元中，賈全爲杭州，於西湖造亭爲賈公。」《新唐書·賈餗傳》：「從父全觀察浙東，餗往依之。全尤器異，收卹良厚。」

〔七一〕［百家注引孫汝聽曰］需，大曆六年進士。貞元元年正月，以吉州長史盧杞爲饒州司馬，需爲補闕，上疏論其不可。按：哻哻，通假爲「憨憨」。《唐語林》卷六：「德宗降誕日，内殿三教講論，以僧鑒虚對韋渠牟，以許孟容對趙需，以僧覃延對道士郤惟素。諸人皆談畢，鑒虚曰：『諸奏事云：玄元皇帝，天下之聖人；文宣王，古今之聖人；釋迦如來，西方之聖人。今皇帝陛下是南贍部洲之聖人，臣請講御製《賜新羅銘》。』講罷，德宗有喜色。德宗降誕日三教講論，儒者第一趙需，第二許孟容，第三韋渠牟。與僧覃延嘲謔，因此承恩也。」《唐國史補》卷中尚載一佚事：「進士何儒亮自外州至，訪其從叔，誤造郎中趙需宅，白云同房。會冬至，需家致宴揮霍，需曰：『既是同房，便令引入就宴。』姊妹妻女並在座焉。儒亮食畢，徐出，需細審之，乃何氏子也。需大笑。儒亮歲餘不敢出，京師自是呼爲『何需郎中』。」當是趙需誤造何儒亮宅，故有「何需郎中」之謔。

〔七二〕〔百家注引孫汝聽曰〕式，大曆七年進士。按：陳景雲《柳集點勘》卷一：「《舊史》：式，大曆中進士登第。弟正甫繼之。」《舊唐書·張正甫傳》：「正甫兄式，大曆中進士登第。繼之以正甫。」

〔七三〕〔百家注引孫汝聽曰〕莒，大曆九年進士。按：《太平廣記》卷二五六引《嘉話録》：「慈恩題名起自張莒，本於寺中閒遊，而題其同年人，因爲故事。」計有功《唐詩紀事》卷三一引柳宗元《先友碑》尚云「大中時官吏部員外郎」，勞格、趙鉞《唐尚書省郎官石柱題名考》卷四云：「『大中』疑『建中』之誤。」

〔七四〕〔百家注引孫汝聽曰〕惟儉，大曆六年進士。按：陳景雲《柳集點勘》卷一：「按惟儉，河南法曹從師之子。獨孤至之《法曹墓表》言惟儉弱歲精《左氏春秋》，又稱法曹詼諧不羈，則惟儉善言謔，肖厥父也。但墓誌言本貫吴郡，而此云宣城，爲微異。至之與法曹深交，誌其鄉里，當必無誤。宜從彼爲正。」所引見獨孤及《毘陵集》卷一一《唐故河南府法曹參軍張公墓表》。《全唐詩》卷二〇六有李嘉祐《送張惟儉秀才入舉》。

〔七五〕〔百家注引孫汝聽曰〕貞元十六年九月，式自河南少尹遷大尹、水陸轉運使。

〔七六〕〔百家注引孫汝聽曰〕陟字殷卿，其先自譙亳徙爲京兆人。大曆十四年中進士。

〔七七〕［百家注引孫汝聽曰］貞元中至吏部侍郎，十五年卒。按：兩《唐書》皆有《奚陟傳》。

〔七八〕［百家注引孫汝聽曰］景亮字長晦，幽州范陽人。大曆六年中進士第。

〔七九〕［百家注引孫汝聽曰］建中初爲右補闕。朱泚反，景亮勸德宗曰：「陛下罪己不至，則感人不深。」帝然之。景亮志義崒然，多激發，與穆贊同在諫諍地，書數上，鯁毅無所回。宰相李泌劾景亮漏上所語言，引善在己，帝怒，貶朗州司馬，廢抑二十年。憲宗時，由和州别駕召還，再遷中書舍人，遂卒。按：元稹《元氏長慶集》卷一〇《酬翰林白學士代書一百韻》「那能作牛後，更擬助洪基」自注云：「先是穆員、盧景亮同年應制，俱以詞直見黜。予求獲其策，皆手自寫之，置在筐篋。樂天、損之輩常詛予篋中有不第之祥，而又哂予決求高第之僭也。」羅大經《鶴林玉露》丙編卷二：「盧景亮言：足食、足兵，而人才足用，則天下不難理矣。著論曰《三足記》。」

〔八〇〕［百家注引孫汝聽曰］於陵字達夫。貞元末爲中書舍人，稍遷京兆尹。

〔八一〕［百家注引孫汝聽曰］因，京兆長安人。永貞元年卒，公集有銘。按：張因事詳見柳子厚《東明先生墓誌》。

〔八二〕［百家注引孫汝聽曰］郢字公楚，本渤海蓨人，後徙衛州。

〔八三〕［百家注引孫汝聽曰］貞元十九年十二月，自太常卿同平章事。永貞元年正月罷相，守刑部尚書。有傳。按：高郢爲郭子儀朔方掌書記，後佐李懷光邠寧幕，懷光謀反，高郢間道歸國未成，懷光已誅。馬燧奏管書記。後爲禮部侍郎，司貢舉凡三歲，甄幽獨，抑浮華。遷太常卿、同中書門下平章事。順宗立，鄭以刑部尚書罷。

〔八四〕［百家注引孫汝聽曰］次字文編，并州晉陽人。建中元年進士第。

〔八五〕［百家注引孫汝聽曰］貞元中，宰相竇參薦之爲禮部員外郎。八年，參貶官，次坐，出爲開州刺史。在巴峽間十餘年，不獲進用矣。永貞元年八月，以饒州刺史李吉甫爲考功郎中，夔州刺史唐次爲吏部郎中，並知制誥。正拜次中書舍人，卒。［蔣之翹輯注］傳舍，驛館也。按：《新唐書·唐儉傳》附唐次：「次身在遠，久抑不得申，以爲古忠臣賢士，罹讒毁被放，至殺身，君且不悟者，因采獲其事，爲《辨謗略》三篇上之。帝益怒，曰：『是乃以古昏主方我。』改夔州刺史。憲宗立，召還，授禮部郎中知制誥，終中書舍人。憲宗雅惡朋比傾陷者，嘗覽《辨謗略》，善之，謂學士沈傳師曰：『凡君人者，宜所觀省。然次編録未盡，卿可廣其書。』傳師乃與令狐楚、杜元穎論次，起周訖隋，增爲十篇，更號《元和辨謗略》。」又載《舊唐書·文苑傳下·唐次》。

〔八六〕苗拯，《册府元龜》卷四八一：「李繁，德宗時爲左拾遺。貞元十五年七月，詔以山南西道節度都虞候嚴礪爲本道節度使。宣詔畢，諫議大夫苗拯，給事中許孟容、李元素、陳京，補闕王紓等並歸門下省。或議以嚴礪資歷既淺，人望亦輕，遽領旄節，恐未允當。既兼雜論，言議喧然。繁遂上言：昨除拜嚴礪，衆議以爲不當。拯云已三度表論，未蒙見聽。許孟容問拯：『論實奏乎？』拯頷頤而笑，孟容曰：『誠如此不曠職矣。』又云李元素、陳京、王紓並見拯及孟容言議。帝遣三司使詰之，拯狀云：『實於衆中言曾論奏，不言三度。』繁證之不已，孟容等又云：『拯實言二度。』拯請依衆狀，由是貶拯萬州刺史，繁播州參軍，並同正。」

〔八七〕［百家注引孫汝聽曰］公八世祖僧習二子：鷟、慶。鷟子帶韋，帶韋子祚，祚子範，範子齊物，齊物子喜，喜子并、中庸、中行。慶子旦，旦子楷，楷之子子夏，子夏子從裕，從裕子察躬，察躬子鎮。鎮子即公。故爲族兄弟。按：林寶《元和姓纂》卷七柳氏：「範，尚書右丞，生齊物，睦州刺史。生喜。喜生賁、并、淡、中行、寀。并，殿中侍御史，生道倫。淡字中庸，洪府户曹。」趙璘《因話録》卷一：「予外伯祖殿中侍御史掌汾陽書記（原注：諱并，字伯存）。」又卷二：「余外伯祖殿中侍御史柳君掌汾陽書記（諱并，字伯存），時有高堂之慶。王每因軍中大讌，常戒左右曰：『柳侍御太夫人就棚，可先告。』及趙夫人板輿至，王降階，與僚屬等立俟，到棚而退。嘗謂柳君曰：『子儀早親戎事，不盡奉養，而孤今日幸忝重寄，恩寵踰分，雖爲貴盛，實無侍御之榮。』因嗚咽不勝。」周紹良主編《唐代墓誌彙編》開成〇四五李敬彝撰《大唐王屋山上清大洞三景女道士柳尊師真宫誌銘》：「父淡，幼善屬文，學通百氏，詔授洪州户曹掾，不就，高論於賢侯之座以終世。户曹娶揚府蕭功曹穎士女，生尊師。」《因話録》卷三：「太子陸文學鴻漸名羽……與余外祖户曹府君交契深至（外族柳氏，外祖洪府户曹諱澹，字中庸，别有傳）。外祖有《彂事狀》，陸君所撰。」又：「功曹（蕭穎士）以其子妻門人柳君諱澹字中庸，即余之外王父也。」段成式《酉陽雜俎》續集卷四：「集賢校理鄭符云：柳中庸善《易》，嘗詣普寂公，公曰：『筮吾心所在也。』柳云：『和尚心在前簷第七題。』復問之在某處，寂曰：『萬物無逃於數也，吾將逃矣。』

嘗試測之，柳久之瞿然曰：『至矣，寂然不動，吾無得而知矣。』」

〔八八〕［百家注引孫汝聽曰］登字成伯，冕字敬叔，蒲州河東人。芳字仲敷。按：李德裕《次柳氏舊聞》載：太和八年秋，文宗皇帝於紫宸殿聽宰臣王涯等奏事，問高力士事，王涯奏曰：「上元中，史臣柳芳得罪竄黔中，時力士亦徙巫州，因相與周旋。力士以芳嘗司史，爲芳言先是時禁中事，皆芳所不能知，而芳亦有質疑者。芳默識之，及次其事，號曰《問高力士》。」並云曾召柳芳孫度支員外郎璟詢其事。又云：德裕先臣與芳子吏部郎中冕貞元初俱爲尚書郎，後謫官，俱東出，道相與語，遂及高力士之説，且曰：「彼皆目覩，非出傳聞，信而有徵，可爲實録。」

〔八九〕［百家注引孫汝聽曰］貞元六年十一月，上親行郊享，上重慎祀典，每事依禮。時冕爲吏部郎中攝太常博士，與司封郎中徐岱、倉部郎中陸贄、工部侍郎張薦，皆攝禮官，同修《郊祀儀注》。時上甚嘉之。久之，以議論勁切，執政不喜，出爲婺州刺史。貞元十二年三月，自婺州除兼御史中丞、福州刺史，充福建都團練觀察使。按：《册府元龜》卷七八三：「柳登字成伯，右司郎中、集賢學士芳之子。少嗜學，其弟福建觀察使冕咸以該博著稱。位右散騎常侍致仕。」《唐會要》卷六六：「貞元十二年，福建觀察使柳冕奏置萬安監牧於泉州界，悉索部囚馬五千七百匹，並驢牛三千口，以爲監牧之資。人情大擾，經年無所聲息，詔罷之。」《類説》卷四七引《遯齋閒覽》：「柳冕應舉，多忌諱，謂『安樂』爲『安康』，以避『落』字也。忽聞榜出，遣僕視之，須臾，僕還曰：『秀才康了也。』」

〔九〇〕［韓醇詁訓］［百家注］附《柳芳傳》。

〔九一〕薛丹，《文苑英華》卷九八五許孟容《祭楊郎中文》：「維貞元十九年歲次癸未，四月壬午朔二十二日癸卯，給事中許孟容、吏部郎中李傭（一作備）、司封郎中韋成季、屯田員外郎穆員、右補闕張惟素、京兆府司録薛丹等，潔牢醴庶羞，以祭於兵部郎中楊君之靈。」爲祭楊凝而作。

〔九二〕［百家注引孫汝聽曰］牧，永泰二年中進士第。

〔九三〕［百家注引孫汝聽曰］積字實方。爲檢校金部郎中。

〔九四〕［注釋音辯］贈父。［韓醇詁訓］［百家注］（群）有傳。

〔九五〕［百家注引孫汝聽曰］貞元二十一年，自萬年除容管經略使。按：韓愈《韓昌黎全集》外集卷八《順宗實録》卷三：「（五月）甲申，以萬年令房啟爲容州刺史兼御史中丞。初，啟善於叔文之黨，因相推致，遂獲寵於叔文。求進用，叔文以爲容管經略使。使行，約至荆南授之，云脱不得荆南，即與湖南，故啟宿留於江陵，居久之。方行至湖南，又久之。而叔文與執誼争權，數有異同，故不果。尋聞皇太子監國，啟惶駭奔馳而往。」

〔九六〕于申，《元和姓纂》卷二京兆于氏：「頎，工部尚書、太子少保。生申、廣、翬。申，屯田員外。」

〔九七〕［韓醇詁訓］見《宰相表》。［百家注引孫汝聽曰］仲孺，丞相袞之猶子。見《宰相表》。按：《新唐書·宰相世系表五下》常氏：「仲孺，諫議大夫。」《舊唐書·韋執誼傳》：「初貞元十九年，補闕張正一因上書言事，得召見。王仲舒、韋成季、劉伯芻、裴茝、常仲孺、吕洞等，以嘗同官相善，以正一得召見，偕往賀之。」

〔九八〕［百家注引孫汝聽曰］弁字元容，京兆武功人。

〔九九〕［韓醇詁訓］附《蘇世長傳》。［百家注引孫汝聽曰］弁聚書至二萬卷，皆手自刊校，當時稱與祕書埒。貞元初，爲户部侍郎判度支，坐給長武城軍糧朽敗，貶汀州司户參軍。數年，起爲滁州刺史，卒。附《蘇世長傳》。按：《舊唐書·儒學傳下·蘇弁》：「弁與兄冕、袞皆以友弟儒學稱。冕纘國朝政事，撰《會要》四十卷，行於時。弁聚書至二萬卷，皆手自刊校，至今言蘇氏書次於集賢祕閣焉。」

〔一〇〇〕［注釋音辯］［韓醇詁訓］（芃）蒲紅切。［百家注引孫汝聽曰］元和初爲尚書郎，後爲江西觀察使。按：《册府元龜》卷六一九萬年尉盧伯達上表，有「御史崔芃、敬騫曲受法湊狀」語。又卷一六二：「元和四年正月，以災旱，命左司郎中鄭敬使淮南、宣歙，吏部郎中崔芃使浙西、浙東，司封郎中孟簡使山南東道、荆南，京兆少尹裴武使江西、鄂岳等道宣撫。」權德輿《權載之文集》卷一七有《唐故江南西道都團練觀察處置等使中散大夫使持節都督洪州諸軍事守洪州刺史兼御史中丞騎都尉賜紫金魚袋贈左散騎常侍崔公（芃）神道碑銘并序》。

〔一〇一〕［百家注引孫汝聽曰］元均，建中二年進士。按：《舊唐書·杜佑傳》：「在揚州開設營壘三十餘所，士馬修葺，然於賓僚間依阿無制，判官南宫僔、李亞、鄭元均争權，頗紊軍政。德宗知之，並竄於嶺外。」

〔一〇二〕［韓醇詁訓］（惲）紓憤切。［百家注引孫汝聽曰］惲，建中元年進士。按：《元和姓纂》卷三隴西狄道辛氏：「天寶進士辛平，生惲，殿中侍御史。」

〔一〇三〕韓衡未詳。

〔一〇四〕柳宗元《楊評事文集後序》云楊凌作《餞送梓潼陳衆甫》。

〔一〇五〕［韓醇詁訓］［百家注］見《宰相表》。按：《新唐書·宰相世系表三下》薛氏：「伯高，刑部郎中。」《唐國史補》卷下：「大曆已後，專學者有蔡廣成《周易》，强象《論語》，啖助、趙匡、陸質《春秋》，施士丐《毛詩》，刁彝、仲子陵、韋彤、裴茝講《禮》，章廷珪、薛伯高、徐潤並通經。」

〔一〇六〕張宣力未詳。

【集評】

《新刊增廣百家詳補注唐柳先生文》卷一二解題引蘇軾云：柳子厚記其先友六十七人於其墓碑之陰，考之於傳，卓然知名者蓋二十人。（按：《增廣注釋音辯唐柳先生集》卷一二文後亦引。）

《五百家注音辯唐柳先生集》附録卷二引蘇軾《引説先友記》：昔柳子厚記其先友六十七人於其墓碑之陰，考之於傳，卓然知名者蓋二十人。子厚曰：「先君之所友，天下之善士舉集焉。」袁高（原注，下同：恕己子，《唐傳》第四十五卷）。姜公輔（七十七）。齊映（七十五）。嚴郢（七十）。穆贊（寧子。弟質。八十八）。裴樞（六十五）。杜黄裳（九十四）。楊憑（弟凝。八十五）。李鄘（七十一）。梁肅（一百二十七《文藝傳・中》）。韓愈（一百一）。許孟容（八十七）。袁滋（七十六）。盧群（七十二）。鄭餘慶（九十）。奚陟（八十九）。盧景亮（八十九）。楊於陵（八十八）。高郢（九十）。柳登（芳子。弟冕。五十七）。（又見世綵堂本《河東先生集》附録卷下）

邵博《邵氏聞見後録》卷一四：柳子厚記其先友於父墓碑，意欲著其父雖不顯，其交游皆天下偉人善士，列其姓名官爵，因附見其所長者，可矣。反從而譏病之，不少貸，何也？是時子厚貶永州，又喪母，自傷其葬而不得歸也，其窮阨可謂甚矣。而輕侮好譏議尚如此，則爲尚書郎時可知也。退之云「不自貴重者」，蓋其資如此云。（按：《新刊增廣百家詳補注唐柳先生文》卷一二文後王儔補注、《五百家注音辯唐柳先生集》卷一二及世綵堂本《柳河東集》卷一二文後亦皆引，《增廣注釋音辯唐柳先生集》文後所引較略。）

闕名《南窗紀談》：丈人本父友之稱，不必婦翁也。《漢・匈奴傳》曰：「漢天子，我丈人行也。」唐人尤喜稱之。杜甫《上韋左丞詩》「丈人試静聽」，又有「丈人屋上烏」，而不聞杜公爲韋之婿也。如此甚多。柳子厚記先友，韓退之一也，至與之書，乃稱退之十八丈，父友而字之者，以其齒相近乎？近來不問輩行年齒，泛相稱呼，必曰丈人，不知起自何時。至於儕類相狎，則又冠以其姓曰「某丈」，「某丈」乃反近於輕侮。

陳長方《步里客談》卷下：柳子厚《先友記》，迺用《孔子七十弟子傳》體。若《貞符》及《雅》，則以《盤誥》詩人之文爲祖矣。（按：《新刊增廣百家詳補注唐柳先生文》卷一二解題王儔補注亦引。）

《錦繡萬花谷》前集卷二〇引《潘子岳詩話》：柳文擬體《天對》，則祖屈平之《天問》，其《乞巧》之文則擬揚雄之《逐貧》，《先友記》則法《家語》七十二子解。

項安世《項氏家説》卷八：黄庭堅字魯直，馬永卿《嬾真録》以爲史克，魯人也，嘗引十六相以卻莒僕，故曰魯直。此説非也。若是，則黄大臨亦可字魯直矣。「魯直」二字出柳文《先友記》。按《爾雅》：「庭直也。」直而且堅，故字魯直。

林同《柳宗元書先友於父碑陰皆當世聞人中説載隋唐名臣或云福時所集》：乃翁定奇士，先友盡斯人。福時智已故，儀曹意轉新。（《孝詩》）

徐一夔《聽雨堂詩序》：昔者柳州先生顧其父所交皆一時知名士，著《先友記》以示其父交道之廣，談者題之。子治邃於經術，爲詩文古雅，有柳州之風。是編之稡，亦柳州記先友意也。庸弗讓而爲之序。（《始豐稿》卷一一）

王行《墓銘舉例》卷一：表陰記其先友，自袁高至張宣力凡六十七人。其末書云：「先君之所與友，凡天下善士舉集焉。信讓而大顯，道博而無雜，今之世言交者以爲端，敢悉書所尤厚者，附兹石以銘於背。」同《亡友獨孤君碣》例也。

馮夢龍《柳子厚集選》卷二：是遷史手。

蔣之翹輯注《柳河東集》卷一二：子厚《先友記》或點次事實，或止叙人名，或總成，獨疏疏冷冷，筆致翩妙。

錢謙益《張益之先生存笥集序》：柳子厚作《石表先友記》，凡六十有七人，考之於傳，卓然知名者蓋二十人。則二十人之外，皆藉子厚之記以傳者也。（《牧齋初學集》卷三三）

王士禛《池北偶談》卷一七：康德涵（海）《武功官師志》學柳子厚《先友記》。柳作《獨孤申叔墓碣》末載其友十三人姓氏，與《先友記》同一奇格。

儲欣《河東先生全集録》卷二：此記尤見史才，有揚有抑，以見其人之真。而宋人或厚尤之，癡人前可説夢耶？

何焯《義門讀書記》卷三五：例創於柳子。《水經注》云：「郢城中有趙臺卿塚，岐生平自所營也。塚圖賓主之容，用存情好，叙其宿尚。」柳本諸此。「鄭利用」：二鄭以互文見意。「魯直爲尚書郎」：黄庭堅字出此。「路泌」：只四三語，何其淒婉！……「蘇弁武功人好聚書」：好聚書亦得書，本史遷「賈嘉與余通書」之例也。

故殿中侍御史柳公墓表①

唐貞元十二年二月庚寅②，葬我殿中侍御史河東柳公於萬年縣之少陵原〔一〕。公諱某，字某，邑居於虞鄉〔二〕。曾王父某官。王父某官。皇考某官〔三〕。奕世餘慶，叢而未稔，濟德流祉，其後宜大。秀而不實〔四〕，爲善者惑。嗚呼哀哉！

惟公敦柔峻清，恪慎端莊，進止威儀，動有恒常。英風超倫，孤厲貞方，居室孝悌，與人信讓。當職强毅，游刃立斷〔五〕。自少耽學，頗工爲文，既窮日力，又繼以夜。鄉里推擇③，敦迫上道，乃與計偕〔六〕，來游京師。觀藝靈臺④〔七〕，貢文有司，射策合程，遂冠首科。休有令問，群士羡慕。居數年，授河南府文學。教勵生徒，撰擇貢士⑤〔八〕，儒黨相賀，庶人觀禮。秩滿，渭北節度使延爲參佐〔九〕，總齊軍政，甚獲能稱，加太常寺協律郎。既喪主帥〔一〇〕，罷歸私室。方將脱遺紛埃，退與道俱，沖漠保神，優柔肄儒。四方聞風，交馳鵠書〔一一〕，載筆乘軺〔一二〕，乃作參謀。出入朔方，陪佐戎車〔一三〕。遷大理評事，又加章綬。朱裳銀印，宗黨有耀。權略密勿〔一四〕，潛機埋照⑥，完彼亭堡，時其講教。實從我謀，鄰國是儆。改支度判官⑦，轉大理司直。出納府庫，頒給軍食，下無讎歛⑧〔一五〕，黔首休息〔一六〕。月校歲會〔一七〕，莫不如畫，庫豐財羨⑨〔一八〕，制成計得。又遷殿中侍御史、支度營田副使。分閫之寄〔一九〕，參制其半，柔以仁撫，剛以義斷。戎臣坐嘯〔二〇〕，公堂無事，朝端延首⑩，方待以位。既而禄不及伐冰〔二一〕，政不獲專達〔二二〕，以其年正月九日遇疾，終於私館。享年五十。嗚呼痛哉！

奔驥騁力，中塗踠足〔二三〕；高鴻輕舉，在雲墜翼。凡我所知，哀慟無極。本道節度尚書朗寧王張公⑪〔二四〕，震悼涕慕，不任於懷。臨遣牙將試殿中監李輔忠監備凶禮⑫，賵賻甚厚〔二五〕。行軍司馬侍御史韋重規等〔二六〕，匍匐救助〔二七〕，事用無闕。丹旐素車，歸於上京。撰期定宅〔二八〕，莫有僁素〔二九〕。故友諸生，宗人外姻，號慟會葬，哀禮咸申。克窆玄堂〔三〇〕，掩坎廣輪〔三一〕。顧盻無依，徘徊增哀，願勒休聲，延垂後賢。於是汝南周公巢等〔三二〕，相與琢石書德，用圖不朽。文曰：

抱元淳，稟粹和，既强毅，又柔嘉。登儀曹〔三三〕，耀文章，司學徒〔三四〕，儒風揚。自渭北，來朔方⑬，戎政閑〔三五〕，黔首康。冠惠文〔三六〕，垂朱裳⑭，才不施，天茫茫。刊樂石〔三七〕，篆遺德⑮，延休烈，垂憲則。於萬年，長無極。

【校　記】

① 《英華》題無「故」字。

② 二月，《英華》作「十二月」。何焯《義門讀書記》卷三五：「『二月庚寅』上增『十』字。」貞元十二年無庚寅日，作「十二月」非是。

③ 推擇，《英華》作「擇推」。

④ 覯，《英華》作「親」。

⑤ 撰，注釋音辯本作「選」，並注：「選，一本作撰，音息轉切，擇也。」

⑥ 埋，《英華》作「理」。「潛機」當指亭堡周圍陷阱之類，作「埋」是。

⑦支度，原作「度支」。諸本皆同陳景雲《柳集點勘》卷一：「『度支』當作『支度』。唐時節鎮大帥多領支度使，《董晉行狀》題目可據。帥既領使，故置判官以掌其事。（度支）乃朝官，非幕職也。」陳説是。唐時節度使兼支度、營田、招討、經略等使。下文「又遷殿中侍御史、度支營田副使」，亦據以改「度支」爲「支度」。

⑧讎，《英華》作「橫」。詁訓本校：「讎，一作儲。」五百家注本、世綵堂本校：「讎，一作諸。」按：讎斂即賦斂繁多。《尚書・微子》「用乂讎斂」，即其義。

⑨原校與詁訓本、世綵堂本校：「庫，一作軍。」《英華》作「軍」。

⑩端，注釋音辯本、五百家注本作「廷」。

⑪朗，《英華》作「朔」。

⑫詁訓本無「監備凶禮」四字。

⑬來，注釋音辯本、五百家注本作「佐」。注釋音辯本校：「佐，一本作來。」

⑭朱，注釋音辯本作「衣」。

⑮德，諸本皆注曰：「一作芳。」

【解　題】

［注釋音辯］爲會葬人作。［韓醇詁訓］即公之叔父，嘗銘先侍御者。其名諱不可考。貞元十二

年，公爲集賢正字時作。集注云「爲會葬人作」，豈以其備書本道節度張公乃遣殿中監李輔忠致賵、侍御史韋重規等救助、汝南周公巢等琢石書德，以見其一時窆禮之盛耶？按：此文作於貞元十二年，韓説是。「爲會葬人作」當是自注。蔣之翹輯注云「自注爲會葬人作」，甚是。當是代人所作，當是代其叔父柳綜或柳續作。此文題目及文中「殿中侍御史上」皆無「叔父」字樣，亦可旁證。此故去的柳某已作其元兄即柳宗元之父的墓誌，則其墓表文亦由其弟作，甚合情理。然柳某之弟不善文，故由侄柳宗元代作。柳宗元已有《故叔父殿中侍御史府君墓版文》，不當以本人名義連作二篇。又按：柳宗元此叔父之名諱，兩文皆未出。《新唐書·宰相世系表三上》柳氏載柳察躬第二子亦僅云：「某，朔方營田副使、殿中侍御史。」陳景雲《柳集點勘》卷一《叔父侍御史府君墓版》解題云：「侍御弟纁、續、綜三人，唐史《世系表》皆詳載其名，而侍御獨闕者，蓋三人名有《侍御墓版》及《代祭伯母文》可據，而《侍御墓版》二作既不書名，且集中他文亦別無可考故耳。按侍御名縝。孟郊有《呈柳評事縝》詩，評事乃侍御初爲朔方從事時所授官，唐史蓋未考及此也。」考出柳宗元此叔父名縝，甚是。孟郊《孟東野詩集》卷六《抒情因上郎中二十二叔監察十五叔兼呈李益端公柳縝評事》云：「游邊風沙意，夢楚波濤魂。」爲孟郊遊邊時所作，可知李益、柳縝當時在邊地。若説「柳縝」爲「柳鎮」之誤，貞元間柳鎮早已離開了朔方，故不可能。李益貞元七年至貞元十二年在邠寧節度使張獻甫幕，其《赴邠寧留別》詩及《全唐文》卷五三四李觀《邠寧慶三州節度饗軍記》「宗盟兄侍御史益……從朗寧之軍」之語可證。時柳宗元叔父亦在張獻甫幕，曾帶大理評事銜，與李益爲同事，可證此叔父即名鎮。又,《全唐詩》卷二八三李益《九月十日雨中過張伯佳(原注:一作雄)期柳鎮(原注:一作雄)未至以詩招之》:「柳吴興近無消息,張長公貧苦寂寥。唯有角巾霑雨至,手持殘菊向西招。」此詩一向作爲李益與柳鎮交往之證。李益名見柳宗元《先友記》,固是柳鎮之友,但更是柳鎮之友。故此詩「柳鎮」當作「柳鎮」,蓋二人同爲張獻甫從事。「柳吴興」用柳惲典,非謂柳鎮爲吴興人或在吴興爲官。柳宗元《故叔父殿中侍御史府君墓版文》已云柳鎮「文如吴興守」。

【注釋】

〔一〕[蔣之翹輯注]萬年,今爲咸寧縣,屬西安府。按:樂史《太平寰宇記》卷二五雍州:「少陵原,即漢鴻固原也。宣帝許后葬於此。」宋敏求《長安志》卷一一:「少陵原在(萬年)縣南四十里,南接終南,北至滻水,西屈曲六十里入長安縣界。即漢鴻固原也,宣帝許后葬於此,俗號少陵原。」

〔二〕[百家注引孫汝聽曰]虞鄉,縣名。屬蒲州。[蔣之翹輯注]虞鄉,縣名。唐屬河中府,今其地入解州,屬山西平陽府。

〔三〕[百家注引韓醇曰]曾王父子夏,徐州長史。王父從裕,滄州清池令。皇考察躬,湖州德清令。

〔四〕[百家注引童宗説曰]《論語》:「秀而不實者有矣夫。」按:見《論語·子罕》。

〔五〕[蔣之翹輯注]刃,而振切。《莊子》:「庖丁爲文惠君解牛,曰:『臣之刃十九年矣,而若新發於硎，恢恢乎其游刃必有餘地。』」**按**：見《莊子・養生主》。

〔六〕［蔣之翹輯注］計偕，注已見前。**按**：《史記・儒林列傳》公孫弘上書：「二千石謹察，可者當與計偕，詣太常，得受業如弟子。」司馬貞索隱：「計，計吏也。偕，俱也。謂令與計吏俱詣太常也。」後稱赴京應試爲計偕。

〔七〕［蔣之翹輯注］靈臺，周文王築，在鄠縣。**按**：陳景雲《柳集點勘》卷一：「靈臺，謂太學也。漢光武立明堂、辟雍、靈臺，號三雍宮。（黄中按：韓詩『風雨靈台夜』，亦指官太學時事也。）」

〔八〕［韓醇詁訓］撰，息轉切。《周禮》：「大司馬主群吏撰車徒。」注：「撰，謂擇之也。」**按**：見《周禮・夏官司馬・大司馬》。

〔九〕［百家注引孫汝聽曰］貞元二年七月，以右金吾衛大將軍論惟明爲渭北鄜坊節度使。

〔一〇〕［百家注引孫汝聽曰］（貞元）三年十一月，惟明卒於官。

〔一一〕［蔣之翹輯注］古篆隸文體，有懸針書、垂露書、雁書、虎爪書、鶴頭書，後又以徵書爲鶴書。大抵鵠書亦即此意。

〔一二〕［注釋音辯］童（宗説）云：（軺）音姚，使者所乘，又曰小車。［蔣之翹輯注］《記・曲禮》：「史載筆，士載言。」**按**：韓醇詁訓本同童注。

〔一三〕［百家注引孫汝聽曰］（貞元）四年七月，以左金吾將軍張獻甫爲朔方邠寧節度使。表公爲參謀。

〔一四〕［百家注引童宗説曰］《詩》：「密勿從事。」按：見《詩經·小雅·十月之交》。密勿即謹慎勤勉。

〔一五〕［注釋音辯］［韓醇詁訓］（斂）力驗切。

〔一六〕［蔣之翹輯注］黔音鉗。《禮·祭義》：「以爲黔首則。」

〔一七〕［注釋音辯］［韓醇詁訓］（會）古外切。［百家注引孫汝聽曰］《周禮》：「歲有會。」按：《周禮·地官司徒·泉府》：「歲終則會其出入而納其餘。」

〔一八〕［注釋音辯］童（宗説）云：（羨）延面切，餘也。按：韓醇詁訓本同童注。

〔一九〕［韓醇詁訓］閫，苦本切。

〔二〇〕［百家注引孫汝聽曰］《後漢書》：「南陽太守岑公孝，弘農成瑨但坐嘯。」［蔣之翹輯注］《後漢書》：「成瑨爲南陽守，任功曹岑晊。語曰：『南陽太守岑公孝，弘農成瑨但坐嘯。』」按：見《後漢書·黨錮傳》。

〔二一〕［注釋音辯］伐，擊也。《禮記·大學》「伐冰之家」，謂卿大夫喪祭得用冰者。［韓醇詁訓］《禮記》：「伐冰之家，不畜牛羊。」謂卿大夫以上，以其喪祭得賜冰，故言伐冰也。

〔二二〕［注釋音辯］《周禮·天官》：「小事則專達。」謂得自上奏章。［韓醇詁訓］《周禮·天官》：「其屬六十，掌邦治，大事則從其長，小事則專達。」

〔二三〕［注釋音辯］踠，烏卧、於阮二切，足跌也。［韓醇詁訓］（踠足）上於阮切，曲腳也。［百家注引童宗説曰］《説文》：「踠，足跌也。」踠，烏卧、於阮二切。

〔二四〕［注釋音辯］張獻甫。

〔二五〕［注釋音辯］童（宗説）云：賵，撫鳳切。贈死曰賵。賻，符遇切，助也。［韓醇詁訓］上撫鳳切，下符遇切。贈死曰賵。賻，助也。

〔二六〕［百家注引孫汝聽曰］重規，大曆五年登進士第。按：《舊唐書·裴耀卿傳》：「時嚴郢爲京兆，政尚峻暴，加以朝旨甚迫，尹正之命，急如風霆。本曹尉韋重規，其室方娠而疾，畏郢之暴，不敢以事故免。（裴）佶因請代役，無愆程，當時義之。」

〔二七〕［百家注引童宗説曰］《詩》：「凡民有喪，匍匐救之。」按：見《詩經·邶風·谷風》。

〔二八〕［注釋音辯］撰，息轉切。潘（緯）云：須兗切。選擇也。［韓醇詁訓］撰，息轉切。

〔二九〕［注釋音辯］《左傳》云：「不愆於素。」［韓醇詁訓］（僽素）上音愆。按：見《左傳》宣公十一年。

〔三〇〕［注釋音辯］窆，悲驗切。葬下棺也。［韓醇詁訓］窆音砭，悲驗切。葬下棺。

〔三一〕［注釋音辯］《禮記·檀弓》：「廣輪掩壙，其高可隱也。」廣，古曠切。輪，從也。從，子容切。［韓醇詁訓］（廣輪）上古曠切。《禮記》：「既葬而封，廣輪掩坎，其高可隱也。」［百家注引孫汝聽曰］《禮記》：「季子適齊，於其反也，其長子死，葬於嬴、博之間。既葬而封之，廣輪掩坎，其高可隱。」按：見《禮記·檀弓下》。

〔三二〕［百家注引孫汝聽曰］公巢，貞元十一年中進士。按：章士釗《柳文指要》上《體要之部》卷一二：「周公巢，當即周君巢，恐稱公巢誤。」柳宗元有《答周君巢餌藥久壽書》，「公」爲「君」字之誤。

〔三三〕［百家注引孫汝聽曰］謂試於禮部，中進士。

〔三四〕［百家注引孫汝聽曰］謂爲河南府文學。

〔三五〕［蔣之翹輯注］閑，習也。

〔三六〕［注釋音辯］柱後惠文，法吏之冠。謂爲御史。［百家注引孫汝聽曰］柱後惠文，冠名。

〔三七〕［注釋音辯］石可作磬者。［百家注引孫汝聽曰］樂石，泗濱之石，可爲磬者。按：「樂」爲音樂之「樂」。

【集　評】

《王荆石先生批評柳文》卷三：四字句學《龜策》等傳。

蔣之翹輯注《柳河東集》卷一二：文詞近《選》，而乏厚實之氣。

何焯《義門讀書記》卷三五：用當時體，而稍節其靡弱。

故叔父殿中侍御史府君墓版文①

柳氏之先，自黄帝歷周魯②，其著者無駭，以字爲展氏〔一〕，禽以食菜爲柳姓③〔二〕。厥後昌大，世家河東。嗚呼！公諱某，字某。曾王父朝請大夫徐州長史諱子夏④，遺貞白之操，表儀宗門。王父朝請大夫滄州清池令諱從裕，垂博裕之道，啟佑後胤。皇考湖州德清令諱察躬，弘孝悌之德，振揚家聲。惟公端莊無諂，徽柔有裕〔三〕，峻而能容，介而能群。其在閨門也⑤，動合大和，皆由順正，愷悌雍睦，莫有間言〔四〕，故宗黨歌之。其在公門也，釋回措枉〔五〕，造次秉直，事不失當，舉無秕政〔六〕，故官府誦之。用沖退徑盡之志，以弘正友道，信稱於外焉。用柔和博愛之道，以視遇孤弱，仁著於内焉。此公修己之大經也。自進士登高第，調受河南府文學。秩滿，渭北節度使論惟明辟爲從事，受太常寺協律郎。元戎即世，罷職家食〔七〕。無何，朔方節度使張獻甫辟署參謀〔八〕，受大理評事，賜緋魚袋。改度支判官，轉大理司直，遷殿中侍御史，加度支營田副使。此公從政之大略也〔九〕。既佐戎事，實司中府，匪頒有制〔一〇〕，會計明白〔一一〕。嗚呼！分閫委政〔一二〕，繫公而成務；朝右虚位，待公而周事。宗門期公而光大，姻黨仰公而振耀。貞元十二年歲在景子⑥〔一三〕，正月九日壬寅，遇暴疾，終於私館，享年五十。痛矣！

夫人吴郡陸氏〔一四〕，洎仲弟綜、季弟續、冢姪某等〔一五〕，抱孤即位，牽率備禮。祇奉裳帷，歸於京師。以其年二月二十八日庚寅⑦，安厝於萬年縣之少陵原〔一六〕，禮也。公有男一人〔一七〕，始六年矣⑧。在髫知孝〔一八〕，呱呱涕洟〔一九〕，凡我宗戚，撫視增慟。嗚呼哀哉！

初，公元兄以純深之行、端直之德〔二〇〕，名聞於天下，官至侍御史⑨。持斧登朝〔二一〕，憲章肅清。常以先公之神未克遷祔，不正席，不甘味。及撰日定期，而昊天不弔，志奪禮廢〔二二〕。公實敬承遺志，行有日矣，而閔凶荐及，不克終事。則我宗族之痛恨，其有既乎〔二三〕？惟公盡敬於孝養，致毁於居憂，表正宗姓，觀示他族，故宗人咸曰：「孝如方輿公〔二四〕。」修詞以藻德，振文而導志⑩，以爲理化之始，莫尊乎堯，作《堯祠頌》。以爲述德之道⑪，不忘於祖⑫，作《始祖碑》。以爲紀廣大之志⑬，叙正直之節，不嫌於親，作《元兄侍御史府君墓誌》〔二五〕。其餘諷詠比興〔二六〕，皆合於古，故宗人咸曰：「文如吴興守〔二七〕。」當官貞固，確乎不拔，持議端方，直而不苟，故宗人咸曰：「正如衛太史〔二八〕。」率性廉介，懷貞抱潔⑭，嗣家風之清白，紹遺訓於儒素，故宗人咸曰：「清如魯士師〔二九〕。」兼備四德，具體而微，公之謂矣。

小子常以無兄弟，移其睦於朋友。少孤，移其孝於叔父。天將窮我而奪其志，故罔極之痛仍集焉。朴魯甚騃〔三○〕，不能文字，敢用書宗人之辭以致其直，故質而俚。輟哭紀事，哀不能文，故叙而終焉。

【校　記】

①《英華》題無「故」、「文」二字。

②歷，注釋音辯本、五百家注本作「及」。

③世綵堂本注：「菜，一作采，又作埰。《廣雅》：『埰，古者卿大夫食埰地。埰音菜。』《玉篇》引郭璞曰：『古者卿大夫有埰地，死葬之，因名也。』」

④諱子夏，原作「諱某」，以小字注「子夏」。下文「滄州清池令諱從裕」，原作「諱某」，小字注「從裕」；「德清令諱察躬」，原作「諱某」，小字注「察躬」。此皆從注釋音辯本及《英華》。

⑤其，《英華》作「具」。

⑥景子，《英華》作「甲子」。按：貞元十二年歲在丙子，作「甲子」誤。

⑦其，原作「某」。原注與世綵堂本注：「當作『其年』。」陳景雲《柳集點勘》卷一：「以某年二月二十八日庚寅，按『某』作『其』爲是，蓋蒙上貞元十二年之文也，兼有墓表可證。」故據改。二月二十八日，《英華》作「月日」。

⑧世綵堂本此句下有「既而閔焉」四字。

⑨「侍」原闕，據諸本補。
⑩導，《英華》作「遵」。
⑪道，注釋音辯本、五百家注本作「作」。
⑫於祖，《英華》作「始祖」。
⑬志，《英華》作「意」。
⑭貞，詁訓本作「正」。

【解　題】

〔韓醇詁訓〕公既表殿中君，墓版又加詳焉。殿中君諱不可考，見先侍御墓表注。按：此文亦作於貞元十二年。柳宗元此叔父名縝，考見前篇解題。徐師曾《文體明辨序説·墓誌銘》：「刻於蓋者曰蓋石文，刻於磚者曰墓磚誌，曰墓磚銘，書於木版者曰墳版文，曰墓版文。」

【注　釋】

〔一〕〔百家注引韓醇曰〕魯孝公之子，字子展，謚曰夷伯。子展孫無駭，以王父字爲氏。
〔二〕〔百家注引韓醇曰〕無駭生禽，字季，爲魯士師，謚曰惠。食采於柳下，遂姓柳氏。
〔三〕〔百家注引童宗説曰〕《書》：「徽柔懿恭。」按：《尚書·無逸》：「徽柔懿恭，懷保小民。」

〔四〕［注釋音辯］閒，去聲。按：閒言，即閑言語。

〔五〕［注釋音辯］回，邪也。見《禮器》篇。［百家注引王儔補注］回，邪也。《記》曰：「禮釋回。」《語》曰：「舉直措諸枉。」按：《禮記·禮器》：「禮釋回，增美政。」《論語·爲政》：「舉直措諸枉，則民服。」

〔六〕［注釋音辯］秕，音庇。見《國語》。［韓醇詁訓］（秕政）上音匕。按：秕政，不善之政。《國語·晉語七》：「軍無秕政。」

〔七〕［百家注引童宗説曰］《易》：「不家食，吉。」按：見《周易·大畜》。

〔八〕《舊唐書·張獻甫傳》：「貞元四年，遷檢校刑部尚書、兼邠州刺史、邠寧慶節度觀察使。」直至貞元十二年五月去世。又《德宗紀下》：「（貞元四年）秋七月庚戌，以左金吾將軍張獻甫爲邠寧節度使。」此「朔方」泛稱北方。

〔九〕［蔣之翹輯注］事俱詳前《墓表》注。

〔一〇〕［注釋音辯］《周禮》「匪頒」注：「匪，分也。」［百家注引孫汝聽曰］《周禮》：「八曰匪頒之式。」注云：「匪，分也。頒，讀爲班布之班。」按：見《周禮·天官冢宰·大宰》。

〔一一〕［百家注引韓醇曰］孟子曰：「孔子嘗爲委吏矣，曰：『會計當而已矣。』」按：見《孟子·萬章下》。

〔一二〕分閫，指統兵在外的將帥。

〔一三〕［注釋音辯］唐諱「丙」字，以「景」字代。

〔一四〕［百家注引孫汝聽曰］公有《陸氏誌》。

〔一五〕［百家注引孫汝聽曰］察躬子：鎮、某、纁、綜、續。冢侄，即公也。

〔一六〕［韓醇詁訓］（厝）音措。按：安厝即安葬。《資治通鑑》卷一九四唐太宗貞觀七年十二月：「丙辰，校獵少陵原。」胡三省注：「少陵原在長安城南，屬萬年縣界。」

〔一七〕［百家注引孫汝聽曰］有男一人曰曹婆，女一人曰喜子。

〔一八〕［注釋音辯］髫音迢。小兒垂髮。［韓醇詁訓］髫音迢，小兒垂髫也。

〔一九〕［韓醇詁訓］呱音孤。

〔二〇〕［注釋音辯］即子厚之父。

〔二一〕持斧，《漢書·王訢傳》：「武帝末，軍旅數發，郡國盜賊群起，繡衣御史暴勝之使持斧逐捕盜賊，以軍興從事。」後用作御史的典故。

〔二二〕［注釋音辯］［百家注引孫汝聽曰］貞元九年，鎮卒。

〔二三〕［注釋音辯］既，盡也。

〔二四〕［注釋音辯］八世祖方輿公諱僧習，以孝德聞。［韓醇詁訓］此下四事，皆舉柳氏之先文行之著者。方輿公諱僧習，當後魏時，爲揚州大中正、尚書右丞、方輿公。［百家注引孫汝聽曰］公之八世祖僧習事後魏，封方輿公，以孝德聞。

〔二五〕［百家注］鎮墓誌。

〔二六〕［韓醇詁訓］（比興）上音鼻。下許應切。

〔二七〕［注釋音辯］吴興守柳惲，以文章顯。［韓醇詁訓］《南史》：「柳惲字文暢，好學，善尺牘。少工篇什，有『亭皋木葉下，隴首秋雲飛』之句。仕宋，爲吴興太守。」［蔣之翹輯注］興，許膺切。按：見《南史·柳惲傳》。

〔二八〕［注釋音辯］太史柳莊事。見《檀弓》。［韓醇詁訓］舊本云：「太史諱莊。」按《禮記·檀弓下》：「衛有太史曰柳莊，寢疾，公曰：『若疾革，雖當祭，必告。』公再拜稽首，請於尸曰：『有臣柳莊也者，非寡人之臣，社稷之臣也。』聞之死，請往，不釋服而往，遂以襚之。」

〔二九〕［注釋音辯］士師諱禽，柳下惠也。［韓醇詁訓］柳氏出自姬姓。魯孝公子夷伯展，孫無駭。生禽，字季，爲魯士師，謚曰惠。食采於柳下，遂姓柳氏，是爲柳下惠。［百家注引王儔補注］《論語》：「柳下惠爲士師，三黜。人曰：『子未可以去乎？』曰：『直道而事人，焉往而不三黜？』」已上四事，皆柳氏之先，文行之著者也。［蔣之翹輯注］故借宗人之詞以比類之。按：王儔所引見《論語·微子》。

〔三〇〕［注釋音辯］（駭）語駭切。

【集　評】

《王荆石先生批評柳文》卷三：此篇卻全類今之制策，乃知故作淺語。

茅坤《唐宋八大家文鈔》卷二八：敘事處整則，敘情處悲弔。

王行《墓銘舉例》卷一：右名（一作書）墓版，其實表也。首敘世系，同韓文諸神道碑例也。其敘德履，云「其在閨門也」，「其在公門也」，則綱而目之。云「修己之大經也」，「從政之大略也」，「孝如方輿公」，「文如吳興守」，「正如衛太史」，「清如魯士師」，則目而綱之，又一例也。

蔣之翹輯注《柳河東集》卷一二：文甚有條貫，故其脈絡自能井井。

王之績《鐵立文起》前編卷六：王懋公曰：昌黎有《女挐壙銘》，柳州有墓版無銘，又銘有雜言不用韻者，亦所當知。

何焯《義門讀書記》卷三五：「輟哭紀事哀不能文」：古人于期喪，亦不爲有韻之文，此其據也。

焦循批《柳文》卷一九：文至柳州，無論清奇濃淡，未有不遒然者，所以人不能效也。

故弘農令柳府君墳前石表辭①

少陵原柳氏之大墓，唐貞元十九年某月日，孤某奉其先府君洎夫人之喪祔于其位。由新墓而南若干步，曰高祖王父蘭州府君諱某字某之墓〔一〕。又東若干步，曰曾祖王父郊州府君諱某之墓。西若干步，曰祖王父司議郎府君諱某之墓②。咸異兆而相望。昭穆之有位序，壤樹之有豐殺〔二〕，皆如律令。

府君諱某字某③，由父任爲太廟齋郎，更許昌、陽武、伊闕、華原尉，王屋丞，汝陰令。爲弘農二年，推其誠心，裕于其人④，闢土生穀，若有天相之道。衣食給足，故人不札夭〔三〕；教厲明具，故俗不爭奪。遂以洽于大和，事理克彰。刺史盧杞加禮褒旌〔四〕，考績絶尤，推君之政，風于下邑。命爲吏部尚書郎。庾河南受命黜陟⑤〔五〕，狀君理績殊異，宜升天朝，帝有歎焉。方圖優昇，命用不長。年五十五，建中二年某月日卒于官。以其素廉，家之蓄不足以充凶事，遂殯于是邑。仍會危難，至于今乃克返葬。孤某，嘗爲黔州録事參軍，今無禄仕，而志不敢緩⑥。初，公娶司農少卿京兆韋山之孫涇陽主簿迴智之女⑦，德容温良，大曆二年某月日卒于越而假葬焉。孤某徒行，自越舉夫人之喪至于虢，舉弘農君之喪，咸至于墓，窆焉〔六〕。既窆，立石表于墳前⑧，示後之人以無忘孝敬。

嗚呼！世有難仕于外而葬其族者希矣，孝子之心，有待駟馬五鼎而卒不至者焉。若今之殺衣黜食〔七〕，寒妻子，飢僕御，終身由之而志益不懈，爲旅人，徒跣萬里〔八〕，以厄困終事，孝之難者歟！五十而慕者舜也〔九〕，禄千鍾而悲者曾子也⑨〔一〇〕，聖且賢難之若是。今之人有由其道者，得不立于世乎？

【校　記】

①《英華》題無「故」字。

②「祖」下原有「某」，據詁訓本、《英華》改。上文「曰高祖王父」、「曰曾祖王父」，此處「曰祖王父」，正一例也。

③五百家注本二「某」字上皆有「曰」字。

④推其誠心裕於其人，《英華》作「推其誠格於其人」。

⑤原注與世綵堂本注：「『庾』字或作『更』。」陳景雲《柳集點勘》卷一：「按『命爲吏部尚書郎』七字與上文義不屬，必有誤。弘農乃虢州屬邑，隸河南道。建中元年遣黜陟使庾何等十一人分行天下，河南其首，故何得舉弘農之理績。『庾』下蓋脱其名。何之出處，史不著其官，當建中末爲兵部郎，見其子《敬休傳》。則元年自郎官出使，可知吏、兵不同，當是使後改官也。此文本當云『尚書吏部郎庾何，受命爲河南黜陟』，而傳録者誤倒其文，遂訛舛不可讀。」按：陳説非是。《新唐書·陸贄傳》：「德宗立，遣黜陟使庾何等十一人行天下。」《册府元龜》卷一六二：「建中元年二月，發黜陟使分往天下。以右司郎中兼侍御史庾何巡京畿，職方郎中劉灣往關内，刑部員外郎裴伯言往河東、澤潞磁邢等道，司勳郎中韋禎往山南西道、劍南東西川，禮部郎中趙贊往山東、荆南、黔中、湖南等道，諫議大夫洪經綸往魏博、成德、幽州等道，給事中盧翰往河南、淄青、東都畿等道，吏部郎中李承往淮西、淮南等道，諫議大夫柳載往浙江東、西道，刑部郎中鄭叔則往江南、

江西、福建等道，禮部員外衛晏往嶺南五管。」若云「庚河」爲「庚何」之誤，庚何巡察京畿，而弘農縣屬虢州，虢州屬河南道，爲盧翰所巡察之地。又此柳府君爲弘農令，「吏部尚書郎」一銜既不屬柳府君，又非屬庚何，庚何時爲右司郎中兼侍御史，置于此處甚不當。故「庚」字當依百家注本之校作「更」字。「命爲吏部尚書郎」是將授柳府君之職，當移「帝有歎焉」句下。「推君之政，風于下邑，命爲吏部尚書郎。庚河南受命黜陟，狀君理績殊異，宜升天朝，帝有歎焉，方圖優昇，命用不長」一段文字當作：「推君之政，風于下邑。更河南受命黜陟，狀君理績殊異，宜升天朝，帝有歎焉，命爲吏部尚書郎。方圖優昇，命用不長」，便文從字順矣。

⑥《英華》無「志」字，並校：「集有志字。」

⑦公，詁訓本、世綵堂本、《英華》作「君」。孫，《英華》作「子」，並校：「集作孫。」

⑧墳，《英華》作「壙」，並校：「集作墳。」

⑨千，《英華》作「三千」，並校：「集無此『三』字。」

【解　題】

［韓醇詁訓］令君及其夫人卒於大曆、建中間，葬於貞元十九年，公時爲監察御史。唯辭不載令君之名，求之年表，亦無可考焉。按：韓説是。

【注釋】

〔一〕章士釗《柳文指要》上《體要之部》卷一二：「按蘭州府君爲子厚五世祖柳楷。餘無可考。」

〔二〕［注釋音辯］（殺）所介切，減也。壤樹出《檀弓》篇，謂封壤種樹。［韓醇詁訓］（殺）所介切。［百家注引孫汝聽曰］《檀弓》：「國子高曰：『葬也者，藏也。反壤，樹之哉！』」壤謂封壤，樹謂種樹。按：見《禮記·檀弓上》。

〔三〕［注釋音辯］（夭）上聲。札，病也。

〔四〕［百家注引孫汝聽曰］杞字子良。大曆末爲虢州刺史。弘農縣屬虢州。按：李肇《唐國史補》卷上：「盧杞除虢州刺史，奏言：『臣聞虢州有官猪數千，頗爲患。』上曰：『爲卿移于沙苑，何如？』對曰：『同州豈非陛下百姓？爲患一也。臣謂無用之物，與人食之爲便。』德宗歎曰：『卿理虢州而憂同州百姓，宰相材也。』由是屬意于杞，悉聽其奏。」章士釗《柳文指要》上《體要之部》卷一二：「時杞奸未著，子厚不得屏除不録，可謂奸人之大幸。」

〔五〕［百家注引孫汝聽曰］建中元年二月，命趙贊、衛晏、洪經綸等十一人，分巡天下。按：「庾」爲「更」之誤。上句錯簡，見校記。

〔六〕［注釋音辯］窆音砭，悲驗切。葬下棺。

〔七〕［注釋音辯］［韓醇詁訓］殺，所介切。

〔八〕［注釋音辯］跣，蘇典切。［韓醇詁訓］（跣）音鮮。

〔九〕《孟子·萬章上》：「大孝終身慕父母，五十而慕者，予于大舜見之矣。」

〔一〇〕［百家注引孫汝聽曰］莊子曰：「曾子後仕三千鍾而不洎，吾心悲。」按：見《莊子·寓言》。

【集　評】

王行《墓銘舉例》卷一：右表詳序其大墓昭穆之位，又一例也。書妻之父祖，妻同葬也。

黄宗羲《金石要例·書祖父例》：范育《吕和叔墓表》稱曾祖爲皇考，祖爲王考。庾承宣爲《田布碑》稱曾祖爲王大父。柳州《柳府君墳前石表辭》稱高祖王父、曾祖王父、祖王父。

儲欣《河東先生全集録》卷二：末段詠歎，可以教孝。

志從父弟宗直殯

從父弟宗直，生剛健好氣，自字曰正夫。聞人善，立以爲己師。聞惡若己讎。見佞色諂笑者，不忍與坐語。善操觚牘〔一〕，得師法甚備。融液屈折，奇峭博麗，知之者以爲工。作文辭，淡泊尚古，謹聲律，切事類。譔《漢書文章》爲四十卷〔二〕，歌謡言議，纖悉備具，連累貫統，好文者以爲功①。讀書不廢，蚤夜以專，故得上氣病，臚脹奔逆〔三〕，每作，害寢食，難俯仰。時少間，又執業以興，呻痛詠言，雜莫能知。

兄宗元得謗於朝，力能累兄弟爲進士。凡業成十一年，年三十三不舉，藝益工，病益牢。元和十年，宗元始得召爲柳州刺史〔四〕。七月，南來從余，道加瘧寒，數日良已。又從謁雨雷塘神所〔五〕，還戲靈泉上，洋洋而歸②，卧至旦，呼之無聞，就視，形神離矣。嗚呼！天實析余之形，殘余之生，使是子也能無成③！是月二十四日，出殯城西北若干尺，死七日矣。俟吾歸，與之俱。志其殯。

【校記】

①功，原作「工」，據注釋音辯本、五百家注本改。上文云宗直善書法，已云「以爲工」，此不當重複，故據改。世綵堂本注：「工，一作功。」

②原注與詁訓本注：「而，一作也。」注釋音辯本注：「而，一本作也，絶句。」世綵堂本注：「『洋洋』下有『也』字，無『而』字。」若作「也」，「歸」字屬下句。

③原注與詁訓本、世綵堂本注：「能，一作既。」

【解題】

〔韓醇詁訓〕公自永貞元年九月自禮部員外郎謫邵州刺史，十一月又移永州司馬，至元和十年正月召至京，繼出爲柳州刺史。宗直與公俱，故死於柳。《韓昌黎集》中有《雷塘祭雨文》，觀此志，則知非昌黎之作，明矣。此文作於元和十年七月。

【注　釋】

〔一〕［注釋音辯］觚音孤，竹簡。牘音讀，木板。［韓醇詁訓］（觚牘）上音孤，下音讀。

〔二〕［注釋音辯］童（宗説）云：譔，雛戀、雛免二切，述也。通作撰。［百家注引孫汝聽曰］宗直撰《西漢文類》四十卷，公爲之序。「譔」與「撰」同，述也。

〔三〕［注釋音辯］張（敦頤）云：臚，凌如切，音閭，皮也。一曰傳也。脹，知亮切，腹大也。《廣韻》注：「腹前曰臚。」［韓醇詁訓］（臚脹）上音閭，皮也，一曰傳也。下知亮切，腹大也。《廣韻》：「腹前曰臚。」

〔四〕［百家注引孫汝聽曰］元和十年三月，公爲柳州刺史。

〔五〕［注釋音辯］柳州有山，兩崖雷水出焉，蓄崖中，曰雷塘。能出雲雨，變見有光。《昌黎集》有《雷塘祭雨文》。［百家注引孫汝聽曰］雷塘，柳州地名。州有雷山，兩崖皆東西，雷水出焉。蓄崖中，曰雷塘。能出雲氣，作雷雨，變見有光。禱用俎魚豆彘修形糈稌陰酒，虔則應。按：陳景雲《柳集點勘》卷一：「注『《昌黎集》有《雷塘祭雨文》』。案此文既見柳子本集，入韓集者誤也。『昌黎』二字當削。」

【集評】

王行《墓銘舉例》卷一：右誌卒不書日，而云元和十年七月病，又云是月二十四日殯，死七日矣。以七日與二十四日推之，則卒日可見矣。又一例也。誌某人殯，又一例也。

馮夢龍《柳子厚集選》卷二：峭。

蔣之翹輯注《柳河東集》卷一二：驚心摧骨，與昌黎《女拏志》並具酸楚。

儲欣《河東先生全集録》卷二：悲憤。只「力能累兄弟」句，悲憤萬千。

沈曾植《海日樓札叢》卷八：柳子厚《志從父弟宗直殯》云：「善操觚牘，得師法甚備，融液屈折，奇峭博麗，知之者以爲工。」八字盡筆法、墨法之邃。（《全拙庵温故録》）

柳宗元集校注卷第十三

誌①

先太夫人河東縣太君歸祔誌②

先夫人姓盧氏，諱某。世家涿郡〔一〕，壽止六十有八。元和元年歲次丙戌，五月十五日，棄代于永州零陵佛寺。明年某月日，安祔于京兆萬年棲鳳原先侍御史府君之墓〔二〕。其孤有罪，銜哀待刑，不得歸奉喪事，以盡其志。姪洎太夫人兄之子弘禮承事焉③〔三〕。嗚呼天乎！太夫人有子不令而陷于大僇〔四〕，徙播厲土，醫巫藥膳之不具，以速天禍④。非天降之酷，將不幸而有惡子以及是也，又今無適主以葬⑤〔五〕。天地有窮，此冤無窮。既舉葬紖⑥〔六〕，猶以不肖之辭⑦，擬述先德，且志其酷焉。

嘗逮事伯舅〔七〕，聞其稱太夫人之行以教曰：「汝宜知之，七歲通《毛詩》及劉氏《列女傳》〔八〕，斟酌而行，不墜其旨。汝宗，大家也。既事舅姑，周睦姻族，柳氏之孝仁益聞。歲惡少食，不自足而飽孤幼，是良難也。」又嘗侍先君，有聞如舅氏之謂，且曰：「吾所讀舊史及諸子書，夫人聞而盡知之，無遺者。」某始四歲〔九〕，居京城西田廬中。先君在吳，家無書，太夫人教古賦十四首，皆諷傳之⑧。以《詩》《禮》圖史及剪製縷結授諸女，及長，皆爲名婦。先君之仕也，伯母、叔母、姑姊妹子姪，雖遠在數千里之外⑨，必奉迎以來。太夫人之承之也，尊己者，敬之如臣事君；下己者，慈之如母畜子；敵己者，友之如兄弟。無不得志者也。諸姑之有歸，必廢寢食。禮既備，嘗有勞疾。先君將改葬王父母，太夫人泣以莅事。事既具⑩，而大故及焉〔一〇〕，不得成禮。

既得命于朝，祇奉教曰：「汝忘大事乎？吾冢婦也〔一一〕，今也宜老，而唯是則不敢暇，抑將任焉。苟有日⑪，吾其行也。」及命爲邵州，又喜曰：「吾願得矣〔一二〕。」竟不至官而及于罪〔一三〕。是歲之初，天子加恩群臣〔一四〕，以宗元任御史、尚書郎，封太夫人河東縣太君。八月，會册太上皇后于興慶宮，禮無違者⑫〔一五〕。既至永州，又奉教曰：「汝唯不恭憲度，既獲戾矣，今將大儆于後，以蓋前惡，敬懼而已。苟能是⑬，吾何恨哉？明者不悼往事，吾未嘗有戚戚也。」而卒以無孝道，不能有報焉。

喪主子婦七歲⑭〔一六〕，而不果娶。竄窮徼〔一七〕，人多疾殃，炎暑熇蒸〔一八〕，其下卑濕，非所以養也。診視無所問，藥石無所求，禱祠無所實⑮，蒼黄叫呼，遂遘大罰，天乎神乎，其忍是乎！而獨生者誰也？爲禍爲逆，又頑很而不得死，逾月逾時，以至于今⑯。靈車遠去而身獨止，玄堂暫開而目不見，孤囚窮縶〔一九〕，魄逝心壞⑰，蒼天蒼天，有如是耶？有如是耶？而猶言猶食者，何如人耶？已矣！已矣⑱！窮天下之聲，無以舒其哀矣。盡天下之辭，無以傳其酷矣。刻之堅石，措之幽陰，終天而止矣。

【校記】

① 五百家注本標作「墓誌」，詁訓本標作「誌一十三首」。
② 太君，五百家注本作「君」。《英華》作「太君」下有「盧氏」。
③ 《英華》無「太」字。兄之，詁訓本作「之兄」。
④ 夭，原作「天」，據注釋音辯本、五百家注本改。因下文有「天降之酷」之語。
⑤ 又今，《英華》作「今又」。
⑥ 紉，五百家注本作「綌」。
⑦ 原校與世綵堂本校：「肖，一作孝。」注釋音辯本作「孝」，並校：「孝，一本作肖。」
⑧ 原校與詁訓本校：「皆，一作比。」世綵堂本校曰：「皆，一作比，又一作日。」傳，《英華》作「誦」。
⑨ 雖，原作「皆」，據諸本改。
⑩ 五百家注本無「事」字。

⑪ 苟，原作「若」，據注釋音辯本、詁訓本、五百家注本、《英華》改。世綵堂本校：「若，一作苟。」

⑫ 違，《英華》作「遺」。

⑬ 《英華》「能」下有「若」。

⑭ 世綵堂本校：「一無『子』字。」詁訓本、《英華》「婦」上有「宗」。何焯《義門讀書記》卷三五云：「『婦』字上有『宗』字。」

⑮ 祠，《英華》作「詞」。

⑯ 《英華》無「今」字。若無「今」字，此句連下。

⑰ 壞，《英華》作「懷」。

⑱ 注釋音辯本、五百家注本不重云「已矣」。

【解　題】

［韓醇詁訓］公元和元年尚謫永州司馬，故夫人卒於永州。明年，安祔於先侍御史府君之墓。《先侍御墓表》具載夫人之卒，則《誌》、《表》當是同時而作。［百家注詳注］公謫永州司馬，故太夫人卒於永。明年，歸祔於京兆先侍御史府君之墓。公尚留永州，不得奉喪事以歸，作此誌。按：此文作於元和二年，係爲其母盧氏所作的墓誌。徐師曾《文體明辨序説・墓誌銘》：「葬於他所而後遷者曰遷祔志」。

【注釋】

〔一〕［注釋音辯］涿音卓。［韓醇詁訓］涿音卓，地名也。今上谷涿郡。［百家注引孫汝聽曰］涿郡范陽人。［蔣之翹輯注］今順天府有涿州是也。

〔二〕程大昌《雍録》卷六：「以吕圖求之，少陵原、鳳棲原横據城南，此即水皆礙高不得貫都之由矣。」

〔三〕「姪」當是柳宗元從弟宗直，隨從柳宗元來永州。盧弘禮之名不見於史。王昶《金石萃編》卷一〇五《柳宗直等華嚴巖題名》：「永州刺史馮叙，永州員外司馬柳宗元，永州員外司户參軍柴察，進士盧弘禮，進士柳宗直，元和元年三月八日，直題。」清編《石渠寶笈》卷一三《晉王羲之書曹娥碑一卷》云：「中幅上方記語云：進士盧弘禮同進士柳宗直來古（缺）元和（缺）年（缺）月十四日，宗直留題於卷末。州刺史馮（缺）刑部員外郎孟簡次（缺）同來看書。國子博士韓愈、趙元遇著作佐郎樊宗師，處士盧同觀。元和四年五月二十日，退之題。」

〔四〕［注釋音辯］童（宗説）云：（僇）音戮，又力救切。［韓醇詁訓］音戮。按：僇，恥辱。

〔五〕［注釋音辯］［韓醇詁訓］適音的。按：「適」通「的」，確定。

〔六〕［注釋音辯］張（敦頤）云：紖，直忍切，索也。與「紖」同。《周禮·封人》：「置其紖。」［蔣之翹輯注］紖，牽車紼也。按：韓醇詁訓本同張注。百家注本引作童宗説曰。紖指牽引靈棺之索，紖爲牽牲口的繩子，不同義。

〔七〕此伯舅指柳宗元之舅，即其母之兄。

〔八〕《列女傳》，漢劉向著。

〔九〕［百家注引韓醇曰］大曆十二年，公四歲。

〔一〇〕［注釋音辯］謂父鎮卒。［百家注引孫汝聽曰］貞元九年五月十七日，鎮卒。

〔一一〕［注釋音辯］冢謂居長，出《禮記》。按：冢婦見《禮記·内則》。

〔一二〕陳景雲《柳集點勘》卷二：「案子厚誌父、叔之葬於萬年先塋，皆不言祔於大父母，則大父母别葬異地。可知侍御先謀改葬而不果，及子厚有邵州之命，母夫人方喜可續成葬事，則先此葬邵州近地，必矣。侍御初爲鄂岳從事，疑嘗藁葬二親於鄂境，赴官邵郡，道必由鄂，故太夫人云爾也。繼有永州謫命，遂爲嚴程所迫，不及襄事矣。」

〔一三〕［百家注引韓醇曰］是歲十一月，再貶永州司馬。

〔一四〕［百家注引孫汝聽曰］貞元二十一年正月，順宗即位。二月大赦，加恩群臣。按：陳景雲《柳集點勘》卷二：「案公《墓誌》但云『順宗即位，拜禮部員外郎』，而遷官月日無可考。此誌云歲初恩命，蓋謂二月甲子詔也。據《順宗實録》，以貞元二十一年正月癸巳崩，景申，上即位。庚子，百寮請聽政，不許。二月辛丑朔，宰臣申請。壬寅，又上言，乃從之。公集有《禮部爲文武百寮請聽政表》三首，則省郎之遷，必在正月矣。韓醇注云在二月，未知何本。」

〔一五〕［百家注引孫汝聽曰］永貞元年八月辛丑，命婦會册太上皇后於興慶宫。［蔣之翹輯注］注詳前卷《先侍御表》。按：《新唐書·地理志一》京兆府上都：「興慶宫在皇城東南，開元初置，至十四年又增廣之，謂之南内。」

〔一六〕［百家注引孫汝聽曰］貞元十五年，公之妻楊卒。

〔一七〕［注釋音辯］童（宗説）云：（徼）吉弔切，境也。按：韓醇詁訓本同。

〔一八〕［注釋音辯］童（宗説）云：熇，呼木、黑各二切，火熱也。［韓醇詁訓］熇，呼木切，又虚驕、呼酷、黑各三切，熱也。

〔一九〕［韓醇詁訓］（縶）陟立切。

【集評】

王行《墓銘舉例》卷一：右誌銘其母之葬也。無銘詩，非略也，不忍詩而銘之也。又一例也。題書「歸祔」，又一例也。

《王荆石先生批評柳文》卷四：情詞，無所不盡。

蔣之翹輯注《柳河東集》卷一三：子厚《先夫人誌》，其自痛自責，叙貶竄失養處，真令人百死莫贖矣。翹時校注此文，會亦有母之喪，不覺反覆再四，涕洟無從，所增恨者較多於子厚，不啻萬萬云。

儲欣《河東先生全集録》卷二：與《侍御府君表》同爲叫號萬里之作，而此尤慘裂。

何焯《義門讀書記》卷三五：「嘗逮事伯舅」至「無遺者」：述爲女與爲婦，徵以舅與先人之言，示信也。「是歲之初」至「禮無違者」：叙此事于中，斷續變化，《左氏》法也。「不悼往事」：亦自白其非，以其不慎，貽親患也。

伯祖妣趙郡李夫人墓誌銘

夫人姓李氏，辯族氏者曰趙郡贊皇之東祖①〔一〕，祖某，爲某官。父沖，爲單父尉。夫人生于良族，嶷然殊異〔二〕。及笄〔三〕，德充于容，行踐于言，高朗而不傷其柔，嚴恪而不害其和。特善女工翦製之事，又能爲雅琴秦聲操縵之具〔四〕，婦道既備，宜爲君子之配偶焉。我伯祖臨卭令府君諱某〔五〕，受夫人于李氏之廟而歸于正室。臨卭府君之先曰我曾王父清池府君諱某〔六〕。清池之先曰徐州府君諱某②〔七〕。又其先曰常侍府君諱楷。常侍之兄子曰中書令諱奭③。自中書以上，爲宰相四世〔八〕。

噫！我伯祖以宗胄碩大而濟其德厚④，夫人以族屬清顯而修其禮範，合二姓以承先祖，爲士者榮之。故佐奉養，承祭祀，婦德用光，家道甚宜。無何，伯祖終于臨卭而窆焉〔九〕，夫人從子而反于淮滸〔一〇〕。嗚呼！我先府君每得仕，未嘗不奉迎供養，必誠必親。男既立，必使之有禄仕，女必使之有家。將嫁己子，必先擇良士可以配諸姑者〔一一〕，定，然後議焉。仲父殿中侍御史府君由是志也〔一二〕。

夫人生男一人諱某，不幸終于宣州旌德尉〔一三〕。女三人，皆得良壻。隴西李伯和爲揚子丞，疾痹廢痼而没⑤。太原王紓〔一四〕，今爲右補闕。潁川陳萇〔一五〕，爲校書郎、渭南尉，知名。貞元十六年，王氏姑定省扶侍，自楊州至于京師，道路遇疾，遂館于陳氏。以諸壻之良，諸女之養，無不得意焉。享年八十一，是歲六月二十九日，終于平康里〔一六〕。自小斂至于大斂〔一七〕，比及葬，則二壻實參主之。有孫二人，長曰曹郎，奉之以纕而正于位。八月二十四日，葬于萬年縣之少陵原，實棲鳳原，介于我先府君、仲父二兆之間，神心之所安也。嗚呼！嗣子早夭，臨卭萬里，以歲之不易〔一八〕，未克合祔，哀孰甚焉。諸姑命宗元以爲斯志⑥，以從人之道，内夫家，外父母家，且又葬于我，志于我，故叙柳氏爲備。銘曰：

藹其芳，壽且康，大梁鶉火沉幽光〔一九〕。夙淪夫子嗣又喪〔二〇〕，輤帷不復岷之陽⑦〔二一〕。兆靈趾，棲鳳里，艮之山，兑之水〔二二〕，靈之車，當返此。子孫百代承靈祉，誰之言者《青烏子》〔二三〕。

【校　記】

①氏，原作「姓」，據注釋音辯本、五百家注本改。詁訓本無「曰」字。

②「我曾王父清池府君諱某清池之先曰」十五字原闕，據諸本補。

③「子」原闕。陳景雲《柳集點勘》卷二：「案『兄』下脱『子』字。常侍三兄：燮、則、綽，而奭，則伯兄燮之子也。」按：常侍指柳楷，柳楷有兄燮、則、綽，柳奭爲柳則之子。見《新唐書·宰相世系表三上》柳氏。據補「子」字。

④原校與世綵堂本校：「『濟』字一作『齊』，又一作『儕』。」詁訓本作「齊」。

⑤疾，《英華》作「病」。世綵堂本校：「疾，一作病。」

⑥命宗元，原作「合」，據《英華》、《全唐文》改。《英華》于「宗元」下校：「崇本無此二字。」何焯《義門讀書記》卷三五：「『合』作『令』。『令』字下補『宗元』二字。」

⑦帏，注釋音辯本作「幃」。

【解　題】

［韓醇詁訓］夫人適臨邛令柳君，是爲公之伯祖。銘不載臨邛之諱，新史年表亦載曰「某」，爲臨邛令，而名亦不傳。銘亦不載其子之名，而曰終旌德尉，史亦不載其名，而曰旌德令，其不同如此。貞元十九年，公時爲監察御史。［世綵堂］貞元十九年，爲監察御史作。按：此爲柳宗元爲其伯祖母所作的墓誌。文云貞元十六年此伯祖母由其女兒嫁王紓者自揚州迎奉至京師，道路遇疾，六月卒，八月葬，文安禮《柳先生年譜》亦繫此文于貞元十六年，廖瑩中世綵堂注却云貞元十九年爲監察御史

時作，不知何據。

【注釋】

〔一〕［注釋音辯］贊皇，縣名，屬趙州。晉李楷徙居常山，有五子：叡居巷東，爲東祖，芬與敬爲西祖，輯與晃稱南祖。［百家注］贊皇，趙州縣名。孫（汝聽）曰：六國時，武安君李牧事趙，遂爲趙人。晉司農丞楷徙居常山，有五子：輯、晃、芬、勁、叡。叡子勗兄弟居巷東，勁子盛兄弟居巷西，故叡爲東祖，芬與弟勁共稱西祖，輯與弟晃共稱南祖。

〔二〕［蔣之翹輯注］嶷音疑。《詩》：「克岐克嶷。」按：見《詩經・大雅・生民》。

〔三〕［注釋音辯］童（宗説）云：（笄）音稽，《説文》：「簪也。」［韓醇詁訓］音稽。女十五曰笄。

〔四〕［注釋音辯］童（宗説）云：操，七刀切。縵，末旦切。《禮記》：「不學操縵。」雅聲也。［百家注引孫汝聽曰］爲雅琴，擊琴也。楊惲曰：「家本秦也，能爲秦聲。」叩擊而歌之也。《禮記》：「不學操縵，不能安絃。」操縵，雜弄也。操，七刀切。縵，末旦切。按：韓醇詁訓本同童注。見《漢書・楊惲傳》楊惲《報孫會宗書》、《禮記・學記》。

〔五〕［百家注引韓醇曰］此誌不載臨卭君諱，新史年表亦止載曰某爲臨卭令，它無所考，蓋察躬兄也。

〔六〕［世綵堂］諱從裕。

〔七〕［百家注引童宗説曰］諱子夏。

〔八〕［百家注引孫汝聽曰］奭父則，則父旦，旦父慶，凡四世爲相。按：岑仲勉《唐集質疑·柳宗元世系》：「按慶爲後魏僕射，奭爲唐中書令，稱之曰相，是矣。據《隋書》四七，旦官不過攝判黄門侍郎，居其上者尚有納言，未得謂之相也，今縱因唐代中書、門下侍郎率知政事，强爲牽比，猶自可説。若則之歷官，據《舊書》七七，不過左衛騎曹，其去宰相遠矣。考慶之子機，在隋初爲納言。機之子述，以兵尚參掌機密（均見《隋書》四七），是皆職與宰相等。柳文所云爲宰相四世，係自慶以下言之，作注者漫不加察，以爲指奭之直系言之，遂沿訛至今矣。」

〔九〕［注釋音辯］窆，彼驗切。葬下棺。

〔一〇〕［注釋音辯］（滸）音虎，水涯。［韓醇詁訓］音虎，水涯之名。［百家注引孫汝聽曰］夫人家揚州，淮滸謂此。

〔一一〕謂其父柳鎮爲其堂姊擇婿也。章士釗《柳文指要》上《體要之部》卷一三：「良士配諸姑者，太原王紓其一，子厚在《先友記》中列其名。」

〔一二〕仲父謂柳縝。

〔一三〕［百家注引韓醇曰］此誌不載其名，而曰終旌德尉。史亦不載其名，而曰終旌德令。恐史誤作「尉」，而爲「令」也。

〔一四〕［韓醇詁訓］（紓）音舒。［百家注引孫汝聽曰］紓，工部員外郎端之子。其弟曰紹，《唐史》

有傳。

〔一五〕［韓醇詁訓］（萇）音長。［百家注引孫汝聽曰］萇，京之兄。公有《京行狀》。

〔一六〕平康里，長安坊里名。

〔一七〕爲死者易衣曰小斂，入棺曰大斂。

〔一八〕［注釋音辯］（易）以豉切。《左傳》昭公四年句。［百家注引孫汝聽曰］《左氏》昭四年之文。不易，有難也。

〔一九〕［注釋音辯］是年歲星在大梁。六月，日月會于鶉火。［韓醇詁訓］大梁、鶉火，二星名。是年，歲星在大梁。六月，日月會于鶉火。蓋以紀卒之年月也。

〔二〇〕［注釋音辯］［韓醇詁訓］（喪）平聲。

〔二一〕［注釋音辯］張（敦頤）云：輤，此見切。或作蒨。輤，喪車飾也。［百家注引童宗説曰］輤，喪車飾。岷之陽，指臨邛令窆所也。輤，此見切。或作蒨。按：韓醇詁訓本同張注。

〔二二〕《易·説卦》有「艮爲山」、「兑爲澤」之句。

〔二三〕［注釋音辯］《風俗通》曰：「漢有青烏子，善數術。」《唐·藝文志》葬書有《青烏子》三卷。［韓醇詁訓］《相冢書》曰：「《青烏子》稱山三重相連，名連華山。葬之，當出二千石。」按：百家注本引孫汝聽注同注釋音辯本。《錦繡萬花谷》後集卷二二：「連傘山，《相冢書》曰：《青烏子》稱山三重相連名連傘山，葬之二千石。」

【集評】

李治《敬齋古今黈》卷四：柳子厚爲《伯祖妣李夫人墓誌銘》末云：「艮之山，兑之水，靈之車，當返此。子孫百代承靈祉，誰之言者青烏子。」《青烏子》，葬書也。李夫人葬時，未必專據此書，但文勢至此，因而用之耳。然柳之抒意，亦或用《翟方進傳》「陂當復，兩黄鵠」語乎？按《地理新書》云：孫李邕撰《葬範》，引吕才葬書所論僞濫者一百二十家，奏請停廢，自爾無傳。且列僞書名件，而《青烏子》、《葬經》亦在其間，則知子厚時此書復行于世也。

王行《墓銘舉例》卷一：右誌不書諱，同韓文《息國夫人誌》例也。既叙其世系族出矣，又書其夫之世系族出，特加詳焉，蓋婦人以從人爲貴，内夫家，故叙夫姓爲尤備。又一例也。

何焯《義門讀書記》卷三五：精密。「我先府君每得仕」至「然後議焉」：李夫人之殁不于柳氏，而在諸壻之所，故表其先人迎養擇壻之勞，及道路遇疾，乃從所便，非不卹族而致。然固文章得體。要之，苟非實録，則姻黨唾而嗤之矣。故欲爲古之文，必先由古之道也。

叔妣吴郡陸氏夫人誌文

夫人諱則，字内儀，姓陸氏，家于吴郡，蓋江左上族。以宗子在他國，家牒逸墜，故曾王父、王父之諱、官，不克究知，而闕其文。父覃，皇河南陸渾令。夫人生而柔，笄而禮，會伯舅爲河南尹〔一〕，撰擇僚寀〔二〕，謂我文學掾仲父士林殊英〔三〕，儒流推高，故夫人歸于我〔四〕，夫人之志也。温順以承上，沖厚以字下，不敢踰于家婦，不敢侮于臣妾〔五〕。是宜允膺福壽，集成母儀。禀命不淑，享年三十有五，貞元十二年十一月己亥，終于長安太平里第。嗚呼！

夫人生男一人，曰曹婆，幼孺在抱，委縗就位〔六〕。女一人，曰喜子，匍匐縱緃〔七〕，寄婦人之手。哀哉！蓋衰門薄祐，神道不相，顧仲父違背于歲首〔八〕，而夫人捐棄于是日①，遺孤眇藐，未克承紹，凡我族屬，其痛巨乎！遂以其年十二月十三日庚午，合祔于少陵原之墓。恭惟仲父之諱、字、爵、齒②，備于版文，今不書，懼再告也。

【校記】

①日，原作「月」，據注釋音辯本、五百家注本改。

②「爵齒」上原有「夫人之」三字。陳景雲《柳集點勘》卷二：「『夫人之爵齒』，按『夫人之』三字衍。」陳説是。柳縝之妻陸氏未見有封號，而其享年已明叙于前，故「爵齒」當屬叔父柳縝，而柳宗元《故叔父殿中侍御史府君墓版文》已詳叙之，故删「夫人之」三字。

【解題】

〔韓醇詁訓〕此叔父殿中君之配也。殿中君葬在貞元十二年二月，公作《墓版文》載夫人吴郡陸氏時尚無恙也。是年冬十一月夫人卒，乃合祔焉。故曰「仲父之諱字夫人之爵齒備於版文」云。

按：此文爲柳宗元爲其叔母陸氏所作的墓誌，作於貞元十二年十二月。

【注釋】

〔一〕陸氏夫人貞元十二年去世，享年三十五，則笄年爲大曆十一年。據郁賢皓《唐刺史考》，大曆十一年至十四年河南尹爲嚴郢。見《新唐書·嚴郢傳》。則陸氏夫人之伯舅當即嚴郢。嚴郢之名又列柳宗元《先友記》。

〔二〕［注釋音辯］［韓醇詁訓］撰，息兗切。按：撰，選擇。

〔三〕［百家注引韓醇曰］時殿中君爲河南文學。

〔四〕［世綵堂］《左傳》：「爲魯夫人，故仲子歸于我。」［蔣之翹輯注］《左傳》隱元年之文「故仲子歸于我」。注：「婦人謂嫁曰歸。」

〔五〕［百家注引童宗説曰］《孝經》：「治家者不敢失于臣妾，而況于妻子乎？」［世綵堂］《記》：「介婦毋敢敵耦冢婦。」《孝經》：「治家不敢失臣妾。」按：見《禮記·内則》、《孝經》卷四。

〔六〕［韓醇詁訓］縗音崔。

〔七〕［韓醇詁訓］（繈緥）上舉兩切，下音保。

〔八〕［百家注引韓醇曰］正月九日，殿中君卒。

【集　評】

王行《墓銘舉例》卷一：右誌書諱又書字，正例之備者也。不書其夫之諱，蓋已表其墓而書之矣，故誌末云：「恭惟仲父之諱與夫人之爵齒，備于版文，今不書，懼再告也。」然韓文誌婦人亦不皆書其夫之諱，則又其通例也。無銘詩，略也。

亡姑渭南縣尉陳君夫人權厝誌

唐貞元十七年九月六日甲子〔一〕，前渭南縣尉潁川陳君之夫人河東柳氏〔二〕，終于平康里。將終，告于陳君曰：「吾生四十有四年，爲陳氏介婦九年〔三〕，謹飭不怠，以至于此①，命也。既成婦矣，宜祔于皇姑，從兆于三原〔四〕，然而不幸中道而有痼疾，既不及養于舅姑，又不得佐于蒸嘗〔五〕。生君之子，不朞月而殞。嘗謂君宜有貴位，而不克見。執親之喪，不得終紀〔六〕。皆天譴之大者也。且願殺禮〔七〕，以成吾私，邇先夫人之墓而窆我焉。將俟君之不諱，而歸復于正，其可也。」陳君乃卜十二月十八日，權厝于城南，原曰棲鳳，如夫人之志。且以時日甲子，授于宗元曰：「子之姑孝于家，移于我之長；睦于族，施于我之黨。是用賓而禮之，如益者之友〔八〕。今則去我已矣，吾無以報焉。他日嘗謂子慤而文，願以爲誌，庶幸而有知，將安子之爲也。蕢無恨矣。」嗚呼！貴不必賢，壽不必仁，天之不可恃也久矣。遂哭而受命，書夫人之世，以記于兹石。

夫人六代祖諱慶，五代祖諱旦，位皆至宰相。高祖諱楷，爲濟州刺史。曾祖諱某，爲徐州長史。祖諱某，爲清池令。考諱某，爲臨卭令。妣李氏，趙郡贊皇人。其他則俟改葬而後備。

【校　記】

①注釋音辯本、五百家注本無「于」字。

【解　題】

［韓醇詁訓］夫人，公前所誌伯祖妣李夫人之女也。前誌云夫人三女，皆得良壻，校書郎渭南尉陳蕢其一也，此誌所以具載陳君云。貞元十七年，公時調藍田尉。按：徐師曾《文體明辨序説·墓誌銘》：「其未葬而權厝者曰權厝誌，曰誌某。」

【注　釋】

〔一〕［百家注引孫汝聽曰］實乙丑。按：五日爲甲子。唐人所記日干與演算所得，常有差一日者。

〔二〕［百家注引韓醇曰］潁川陳君名萇，京之兄也。夫人，前所誌伯祖妣李夫人之女也。

〔三〕［注釋音辯］介婦，次婦也。出《禮記·内則》。按：據此，陳萇之上尚有兄。

〔四〕兆，葬地。三原，縣名，屬京兆府。

〔五〕蒸嘗，指祭祀。《禮記·祭統》：「凡祭有四時：春祭曰礿，夏祭曰禘，秋祭曰嘗，冬祭曰烝。」

〔六〕陳景雲《柳集點勘》卷二：「紀，喪紀也。謂持母李夫人喪未終。案《李夫人誌》以貞元十六年六月卒，出嫁女禮當服期，至是已踰年，而云爾者，蓋母歿婿家，其女殆援在家三年之禮，故有親喪未終之恨，是亦禮之變也。」

〔七〕［注釋音辯］童（宗説）云：殺，所介切。《周禮》：「國新殺禮。」［世綵堂］殺，削也，降减也。按：韓醇詁訓本同童注。見《周禮·秋官司寇·掌客》。

〔八〕［百家注引童宗説曰］《語》曰：「益者三友。」按：見《論語·季氏》。

【集評】

王行《墓銘舉例》卷一：右誌不書諱，同《伯祖妣趙郡李夫人誌》例也。特書母郡氏，同韓文《故江南西道觀察使太原王公誌》例也。無銘詩，略也。

何焯《義門讀書記》卷三五：無子，即於遺言中叙明。

亡姊崔氏夫人墓誌蓋石文

我伯姊之葬，良人博陵崔氏爲之誌〔一〕。凡歸于夫家，爲婦、爲妻、爲母之道，我之知不若崔之悉也。然而自笄而上以至于幼孩，崔固不若我之知也，又烏可以已？今之制，凡誌于墓者，琢密石，加蓋于其上，用敢附碑陰之義①，假兹石而書焉。

嗚呼！夫人天命之性〔二〕，固有以異于人，孩而聲和，幼而氣柔。以吾族之大，尊長之多〔三〕，夫人自能言，而未嘗誤舉其諱。與其類戲于家，游弄之具，未嘗有争。先公自鄂如京師②〔四〕，其時事會世難，教告罕至③，夫人憂勞踰月，默泣不食，又懼貽太夫人之憂慮，紿以疾告〔五〕，書至而愈，人乃知之。善隸書，爲雅琴，以自娱樂，隱而不耀。工足以致美于服而不爲異，言足以發揚于禮而不爲辨。孝之至，敬之備，仁之大，又以配君子。然而不克會于貴壽，以至于斯。孰謂之天有知者耶④？

太夫人生二女，幼曰裴氏婦〔六〕，如夫人之懿。在二族，咸以令德聞，而皆早世，其弟昏愚而獨存〔七〕。孰謂天可問耶⑤？嗚呼，痛其甚歟！遂濡血而書⑥，以志終天之哀⑦，與兹石永久。

【校　記】

①附，原作「祔」，據諸本改。

②原校與詁訓本、世綵堂本校：「一本有『歸』字。」

③原校與詁訓本、世綵堂本校：「告，一作書。」教告，原作「告教」，據注釋音辯本、五百家注本改。何焯《義門讀書記》卷三五：「告教罕至，『告教』作『教告』。父之家書稱『教告』。」按：「教告」見《尚書·多方》，是上對下訊以文詞之意。「告教」見《尚書·立政》，爲進言戒君之意。作「教告」是。

④原校與詁訓本、世綵堂本校：「一無『之』字。」

⑤原校與世綵堂本校：「一本『問』字下有『者』字。」詁訓本即有「者」字。

⑥原校與世綵堂本校：「一作『以書』。」而，注釋音辯本作「以」。詁訓本校：「(而)一作以。」

⑦注釋音辯本無「以」字。

【解　題】

〔韓醇詁訓〕不書其卒、葬之年月，然其文曰：「太夫人生二女，幼曰裴氏婦，如夫人之懿，而皆蚤世。」按裴氏婦葬以貞元十六年，則此文當與裴氏婦誌相先後作。按：柳宗元此亡姊即崔簡之妻。宗元《故永州刺史流配驩州崔君權厝誌》云：「夫人河東柳氏，德碩行淑，先崔君十年卒。」崔簡卒于元和七年，則崔氏姊亡於貞元十八年，此文亦作于是年。徐師曾《文體明辨序説·墓誌銘》：「刻于蓋者曰蓋石文。」章士釗《柳文指要》上《體要之部》卷一三：「凡誌有蓋，蓋無文，而此有文者，以補誌之不足也。」

【注　釋】

〔一〕［注釋音辯］［百家注引孫汝聽曰］崔簡字子敬。按：良人，即夫也。

〔二〕［百家注引童宗説曰］《禮》：「天命之謂性。」按：見《禮記·中庸》。

〔三〕［韓醇詁訓］長，展兩切。［百家注］長，丁兩切。

〔四〕［百家注引孫汝聽曰］（柳）鎮爲鄂岳都團練判官。

〔五〕［注釋音辯］張（敦頤）云：紿，音怠，上聲。欺也。按：韓醇詁訓本同。

〔六〕［注釋音辯］嫁裴墐，字封叔。［百家注引孫汝聽曰］幼適裴墐，字封叔。［蔣之翹輯注］詳後誌。

〔七〕［注釋音辯］子厚自謂。

【集　評】

鎦績《霏雪録》卷上：前人墓誌，未有書蓋石者，自柳子厚《亡姊崔氏夫人墓誌蓋石文》始。云

「凡誌于墓者，琢磨蓋石，加于其上，用敢附碑陰之義，假玆石而書焉」是也。

王行《墓銘舉例》卷一：右文云「敢附碑陰之義，假蓋石以書」，其辭則非正例也。其爲婦爲妻爲母之道，良人既爲之誌而銘之矣，故惟叙其自知幼以至于笄之爲女之道焉，又一例也。

馮夢龍《柳子厚集選》卷二：善寫，舉取細而目張。

王之績《鐵立文起》前編卷六：墓誌蓋石文，既有墓誌，又有蓋石文也。柳宗元云：「今之制，凡誌于墓者，琢密石加蓋于其上，用附碑陰之義，假玆石而書焉。」

何焯《義門讀書記》卷三五：補志文所未備，又一例。「用敢附碑陰之義」：蓋石附碑陰之義。……「以志終天之哀」：姊亦得稱終天之哀。

方苞《黄際飛墓表》：乃著其所獨知於際飛者而繫其後。曰墓之有誌，以納于壙，義主于識其人之實，其道宜一而已。唐柳宗元以哀其姊而貳之，非古也。外碑之表，依表之者，以重緣孝子之心，所以光揚其親者，不一而足。則受其請者各以其意爲之可也。（《方望溪先生全集》卷一二）

亡姊前京兆府參軍裴君夫人墓誌

柳氏至于唐，其著者中書令諱奭。中書之弟曰徐州府君諱某①〔一〕，實有孝德，世其家業。清池府君諱某〔二〕，繼之以茂實。德清府君諱某〔三〕，承之以善政。以至于侍御史府君諱某〔四〕，用貞信勁正，達于邦家。克生賢女，以配于裴氏②。裴氏至于唐，其著者禮部尚書諱行儉〔五〕。禮部之子曰侍中諱光庭〔六〕，嗣用忠肅，書于國史。祠部府君諱積〔七〕，業之以貞直。以至于金吾府君諱儆③〔八〕，用純懿端亮，聞于天下。實生良子，以配夫人④〔九〕。

嗚呼！夫人與仁孝偕生，以禮順偕長⑤。始于家，純如也，終于夫族，穆如也。其爲子道也，孝以和，恭以惠，取與承順，必稱所欲。先君與太夫人恩遇尤厚⑥，故夫人侍側，無威怒之教焉。天禍弊族，夙遭大故，我諸孤奉太夫人之養，不敢圖死，至于復常。夫人三歲無湯沐，無鹽酪〔一〇〕，頓踴叫號，哀徹天地。外除髮不勝笄，體不勝帶。太夫人泣而命之，固猶不食⑦，朝夕諭誨，僅而濟焉。其爲妻道也，貞順之宜，恒服于身體；疑忌之慮，不萌于心術；忿懥之色〔一一〕，不兆于容貌。同焉而合于禮，婉焉而得其正。其爲婦道也，惟聽順謹敬睦姻仁恤之行甚備⑧。常以不幸，不及姑舅之養⑨，用爲大恨。是故相《春秋》之事，眎滌濯，羞簠簋〔一二〕，勞以待旦。每怵惕之感至焉，則又移其孝于裴氏之門⑩，而以睦于家婦介婦，必敬必親，下以不失其赤子之心⑪。姻族歸厚，率由是也。嗚呼！我之大譴歟？裴氏之大不幸歟⑫？以夫人之德行，宜貴壽，宜康寧，然而年始三十，不克至于壽。良人官爲參軍事⑬〔一三〕，不及偕其貴。骨髓之疾，實鍾于身，以貞元十六年三月十三日甲子，終于光德里第。痛矣夫！

始夫人之疾也，夫人之族視之如己⑭，其家老、長妾、臧獲之微〔一四〕，皆以其私奔謁于道路，禱鬼神、問卜筮者相及也。既病，太夫人在側，尚慮積憂傷于尊懷，猶持形立氣，紿以少間。故二稚未齓〔一五〕，良人在遠，不及有緒言遺念以傳于後。則我呼天之痛，宜有加焉。嗚呼！天胡厚是懿德而闕其報施，獨何咎歟⑮？余一不知天之忍也⑯。既逾月，良人至自洛師，望門而哭曰：「無以立吾家、成吾身矣！」凡在三子：幼曰崔七〔一六〕，先夫人八月而殯⑰，魂氣無不之也〔一七〕。次曰崔六，後夫人五旬而夭，因祔焉。今其存者曰崔五，幸無恙，託于乳媪〔一八〕，以虞水火〔一九〕。哀哉！其年八月十八日甲子，安厝于長安縣之神禾原〔二〇〕，從于先塋，祔于皇姑，宜也。

母弟號哭而爲之志，毒痛憑塞，略不能具。敢告無愧辭⑱，無溢美，庶用正直，克安神心。嗚呼！至哀無文⑲，至敬不飾，故無其辭。

【校記】

①「之弟」下原有「之子」二字。陳景雲《柳集點勘》卷二：「按徐州乃中書從弟，非弟子也。『弟』下衍二字。」據《新唐書·宰相世系表三上》柳氏，柳子夏爲柳奭之從弟，陳説是。據改。

②配，《英華》作「女」。何焯《義門讀書記》卷三五：「『配』作『女』。」章士釗《柳文指要》上《體要之

部》卷一三：「『配』宜作『女』，去聲。」

③注釋音辯本「于」下有「今」字。儆，《英華》作「敬」。陳景雲《柳集點勘》卷二：「按金吾，裴夫人舅也。下言夫人以不及舅姑之養爲恨，則金吾前卒，明矣。『今』字衍。」

④《英華》「人」下有「焉」字。

⑤偕，《英華》作「皆」。

⑥君，《英華》作「公」。《英華》「夫人」上無「太」。

⑦固，《英華》作「内」。

⑧仁，原作「任」，據注釋音辯本、五百家注本改。注釋音辯本校曰：「仁，一本作『任』，恐非。」《英華》作「任」，並校：「集作仁。」

⑨姑舅，詁訓本、《英華》作「舅姑」。

⑩原校與注釋音辯本、世綵堂本校：「一本作『移其孝于兄公女公』。」裴氏之門，《英華》即作「兄公女公」。

⑪下，《英華》作「上」。

⑫《英華》「裴氏」下有「子」。

⑬《英華》無「事」字。

⑭原校與詁訓本、世綵堂本校：「一有『宗』字。」

⑮ 咎，《英華》作「心」。

⑯ 「一」字原闕，據《英華》補。何焯《義門讀書記》卷三五：「『余』字下增『一』字。」

⑰ 殯，原作「殞」，據注釋音辯本、五百家注本及《全唐文》改。何焯《義門讀書記》卷三五：「『殞』作『殯』。」

⑱ 世綵堂本校：「告，一作報。」

⑲ 哀，《英華》作「親」。

【解　題】

〔韓醇詁訓〕作之年月見本篇，公時爲集賢正字。〔蔣之翹輯注〕裴墐字封叔，儆之子。按：作于貞元十六年。

【注　釋】

〔一〕〔百家注引童宗説曰〕諱子夏。

〔二〕〔百家注引童宗説曰〕諱從裕。

〔三〕〔百家注引童宗説曰〕諱察躬。

〔四〕〔百家注引童宗説曰〕諱鎮。

〔五〕［百家注引孫汝聽曰］行儉字守約，絳州聞喜人。高宗時爲禮部尚書。

〔六〕［百家注引孫汝聽曰］光庭字連城，開元時爲宰相。

〔七〕［百家注引孫汝聽曰］光庭子稹，開元末爲祠部員外郎。按：《新唐書·裴行儉傳》附裴稹。獨孤及《毘陵集》卷六有《唐故尚書祠部員外郎贈陝州刺史裴公（稹）行狀》。

〔八〕［注釋音辯］（儆）音憼。［韓醇詁訓］音警。按：《舊唐書·邵説傳》載：「金吾將軍裴儆謂諫議大夫柳載曰：『以鄙夫所度，説得禍不久矣。』」陳思《寶刻叢編》卷七京兆府上：「《唐贈左僕射裴儆碑》，從姪次元撰，皇甫閱正書並篆。建中二年。（《京兆金石録》）」

〔九〕［百家注引孫汝聽曰］儆四子：堅、墐、埴、塤。夫人，墐之配也。

〔一〇〕［韓醇詁訓］（酪）音洛。

〔一一〕［注釋音辯］童（宗説）云：憧，音致，恨也。［百家注引童宗説曰］忿憧，恨也。《禮記》：「有所忿憧，則不得其正。」憧音致。按：見《禮記·大學》。

〔一二〕［世綵堂］簠，黍稷圓器。簋，黍稷方器。［蔣之翹輯注］《周禮》：「宰夫掌祭祀之戒具，與其薦羞，從太宰而眂滌濯。」《國語》：「修其簠簋。」簠，黍稷圓器，内圓外方，受十二升。簋，黍稷方器，外圓内方，崇尺，厚半寸，受斗二升。按：見《周禮·天官冢宰·宰夫》、《國語·周語中》。

〔一三〕［百家注引孫汝聽曰］墐時爲京兆府參軍。

〔一四〕臧獲，奴婢。

〔一五〕〔注釋音辯〕（齓）初覲切，小兒毁齒。〔韓醇詁訓〕初覲切，毁齒也。男八歲、女七歲而齓。〔百家注〕墐子銑。〔世綵堂〕二稚：崔六、崔五。按：百家注本引童宗説注同韓注。

〔一六〕章士釗《柳文指要》上《體要之部》卷一三：「竊嘗通覽柳集碑誌，覺其戚串中有一互守習慣，恒取所欲紀念之姓氏以名其子女，如子厚裴氏姊之三子，曰崔五、崔六、崔七，即以姊妹情長，欲不忘懷崔氏姊而致然也。」

〔一七〕〔注釋音辯〕《檀弓》季札葬子之辭。〔蔣之翹輯注〕《禮記》：「季札子死，葬于嬴博之間，既封，左袒右還，其封且號者三，曰：『骨肉復歸于土，命也。若魂氣則無不之也，無不之也。』而遂行。」按：見《禮記·檀弓下》。

〔一八〕〔注釋音辯〕媪，烏老切。女老稱。〔韓醇詁訓〕（媪）烏皓切。

〔一九〕〔注釋音辯〕《春秋傳》云：「子生不免水火，父母之罪。」按：《初學記》卷一八引《穀梁》：「魯昭公云：『子既生，不免于水火，母之罪也。成童不就師傅，父之罪也。就師學問無方，心志不通，師之罪也。』」

〔二〇〕張禮《遊城南記》：「復相率濟潏水，陟神禾原，西望香積寺塔。原下有樊川、御宿之水交流，謂之交水。」

【集評】

蔣之翹輯注《柳河東集》卷一三：詞極悲婉。

何焯《義門讀書記》卷三五：「睦姻任恤之行甚備」：任雖非婦人之事，然統之以聽順，則《雞鳴》詩人之意也。「始夫人之疾也」至「相及也」：及此者，以見前之所書皆信，非可强而致也。

焦循批《柳文》卷一九：格局。提頓。參差錯落，純古之氣。純是精神貫注。此種百諷不厭。不拘拘於關鍵而自成，然搆他人效之，便不知如何醜態矣。

亡妻弘農楊氏誌①

亡妻弘農楊氏諱某。高祖皇司勳郎中諱元政②。司勳生殿中侍御史諱志玄③。殿中生醴泉縣尉諱成名④。醴泉生今禮部郎中憑⑤〔一〕。代濟仁孝，號爲德門。郎中娶于隴西李氏，生夫人。夫人生三年而皇妣即世。外王父兼居方伯連帥之任，歷刺南部〔二〕。夫人自幼及笄，依于外族，所以撫愛視遇者，殆過厚焉。夫人小心敬順，居寵益畏，終始無驕盈之色，親黨難之。五歲〔三〕，屬先妣之忌，飯僧于仁祠，就問其故，媬傅以告⑥〔四〕，遂號泣不食⑦。後每及是日，必遑遑涕慕，抱終身之戚焉。及許嫁于我，柔日既卜〔五〕，乃歸于柳氏。恭惟先府君重崇友道，于郎中最深。髫稚好言〔六〕，始于善謔〔七〕，雖間在他國⑧〔八〕，終無異辭。凡十有三歲，而二姓克合，奉初言也〔九〕。

夫人既歸，事太夫人〔一〇〕，備敬養之道，敦睦夫黨，致肅雍之美。主中饋⑨，佐蒸嘗〔一一〕，怵惕之儀⑩，表于宗門。太夫人嘗曰：「自吾得新婦，增一孝女。」況又通家，愛之如己子。崔氏、裴氏姊視之如兄弟。故二族之好，異于他門。然以素被足疾，不良能行⑪〔一二〕。未三歲⑫，孕而不育〔一三〕，厥疾增甚。明年，以謁醫救藥之便⑬，來歸女氏永寧里之私第。八月一日，甲子至于大疾⑭，年始二十有三。嗚呼痛哉！以夫人之柔順淑茂⑮，宜延于上壽〔一四〕；端明惠和，宜齒于貴位；生知孝愛之本，宜承于餘慶。是三者皆虛其應，天可問乎？

衰門多釁〔一五〕，上天無祐，故自辛未逮于兹歲〔一六〕，累服齊斬，繼纏哀酷〔一七〕。其間冠衣純采〔一八〕，朞月者三而已矣〔一九〕，無乃以是累夫人之壽歟？悼慟之懷，曷月而已矣⑯？哀夫！遂以九月五日庚午⑰，克葬于萬年縣栖鳳原，從先塋，禮也。是歲唐貞元十五年，龍集己卯〔二〇〕。爲之誌云：

坤德柔順，婦道肅雍〔二一〕，惟若人兮。婉娩淑姿〔二二〕，鏘翔令容〔二三〕，委窮塵兮。佳城鬱鬱，閉白日兮〔二四〕。之死同穴，歸此室兮〔二五〕。

【校　記】

①《英華》「誌」上有「墓」。

②元政，原作「某」，據《英華》改。百家注本引孫汝聽注曰：「司勳諱元政。」

③志玄，原作「某」，據《英華》改。百家注本引孫汝聽注曰：「侍御史諱志玄。」

④成名，原作「某」，據《英華》改。百家注本引孫汝聽注曰：「諱成名。」

⑤憑，原作「凝」，據詁訓本改。注釋音辯本注曰：「楊凝之兄曰憑，爲禮部郎中，子厚娶其女。『凝』字當作『憑』。」百家注引韓醇曰：「『凝』當作『憑』。憑嘗爲禮部郎中，集又有《祭楊詹事文》可見。今作『凝』，恐非。」蔣之翹輯注本曰：「楊凝之兄曰憑，嘗爲禮部郎中。子厚娶其女。集又有《祭楊詹事文》。可見『凝』字當作『憑』字。」按：柳宗元爲楊憑婿而非楊凝婿，多本誤「憑」作「凝」。章士釗《柳文指要》上《體要之部》卷一三曾作辨證，摘其要點如下：一，貞元十五年楊憑在禮部爲官，而楊凝在吏部；二，楊憑爲李兼婿，而凝岳家無可考；三，子厚《祭楊憑詹事文》自稱子婿，而作楊凝墓碣僅云「以姻舊獲愛」；四，子厚之父柳鎮與楊憑曾同爲鄂岳沔都團練使李兼從事，子厚隨父在鄂，爲楊憑所愛，得訂婚姻；五，文云「來歸女氏永寧里之私第」，永寧里，楊憑第宅也。云云。施子愉《柳宗元年譜》亦云：「按《亡妻弘農楊氏誌》謂其夫人父爲楊凝，惟集有《祭楊憑詹事文》，稱憑曰丈人，自稱曰子婿，《與楊京兆憑書》亦如是。丈人雖非專稱岳父之辭，（原注：如杜甫《贈韋左丞丈》：「丈人試静聽，賤子請具陳。」本集有《柳州寄丈人周韶州》亦云：「丈人本自忘機事，爲想年來憔悴容。」）然觀其歷次如此稱道，非偶然也。《亡妻弘農楊氏誌》又謂其岳父爲禮部郎中，考《新唐書》卷一百六十《楊凝傳》，凝固未嘗爲禮部郎中，爲

禮部郎中者乃憑也(《舊唐書》卷一四六《楊憑傳》)。是《亡妻弘農誌》中之『凝』當係『憑』之誤。」諸家所辨甚是。

⑥ 娝,《英華》作「保」。世綵堂本注:「娝音保。按《諸韻》無『娝』字,恐止作『保』。」

⑦ 詁訓本無「泣」字。

⑧ 世綵堂本注:「元符京本『雖』下空一字。一無『間』字。」

⑨ 主,原作「至」,據諸本改。

⑩ 儀,原作「義」,據《英華》改。何焯《義門讀書記》卷三五:「『義』作『儀』。」

⑪ 原作「不能良行」,據注釋音辯本及《英華》改。注釋音辯本注曰:「《左傳》昭公七年:『孟摯之足,不良能行。』注:『跛也。』此文『良』字,諸本皆在『能』字下。」按:「不良能行」謂有足疾,但不防礙行走。

⑫ 世綵堂本校:「一無『未』字。」

⑬ 陳景雲《柳集點勘》卷二:「按憑有别第在永寧里,見于《唐史》。『救藥』似當作『求藥』,《先太夫人誌》云『醫石無所求』,可參證也。」

⑭ 疾,《英華》作「病」。百家注本引孫汝聽注於「甲子」下注:「實壬申。」蔣之翹輯注本:「夫人卒于貞元十五年八月十日,以長曆推之,實爲壬申。」按:貞元十五年八月壬申朔,是月無甲子,甲子爲九月二十三日。「甲子」當是病逝之日。

⑮ 詁訓本無「之」字。

⑯《英華》無「矣」字。

⑰「五日」當是「二十九日」之訛。貞元十五年九月壬寅朔，九月五日爲丙午，庚午爲二十九日。「庚午」不誤。夫人九月二十三日甲子卒，至二十九日庚午，正滿七日。

【解　題】

［韓醇詁訓］貞元十五年，公時爲集賢殿正字。公蓋憑之婿，憑嘗爲禮部郎中。而諸本誤作「凝」，非是。觀其《祭楊詹事文》可見矣。按：韓説是。

【注　釋】

〔一〕［百家注引孫汝聽曰］成名三子：憑字虚受，凝字懋功，凌字恭履。

〔二〕［百家注引孫汝聽曰］建中四年，以兼爲鄂岳觀察使。貞元元年，遷江西觀察使。按：陳景雲《柳集點勘》卷二：「按貞元初，李兼自沔州刺史以功擢鄂岳沔都團練使，後又遷江西觀察使，故曰『歷刺南部』。梁肅《祭兼文》云『連鎮三關』，謂此也。又言『剖符七郡』，與此『歷刺』之語正合。史既無傳，遂不得詳矣。」

〔三〕［百家注引孫汝聽曰］建中二年，年五歲。

〔四〕〔注釋音辯〕媬音保。

〔五〕〔注釋音辯〕《禮記》：「内事用柔日。」〔韓醇詁訓〕《禮記》：「内事以柔日。」注：「順其在内爲陰。」〔百家注引韓醇曰〕《禮記》：「外事以剛日，内事以柔日。」柔日，乙、丁、己、辛、癸是也。按：見《禮記·曲禮上》。

〔六〕〔注釋音辯〕〔韓醇詁訓〕髫音迢。

〔七〕〔百家注引童宗説曰〕《詩》：「善戲謔兮。」按：見《詩經·衛風·淇奥》。

〔八〕〔蔣之翹輯注〕間，去聲。

〔九〕陳景雲《柳集點勘》卷二：「子厚父侍御史嘗爲鄂岳從事，其府主即楊郎中憑外舅。子厚齠齡，從父在楚，時郎中以館甥與侍御同幕欵密，且早器子厚，婚姻之訂，蓋自是始也。任昉《謝到大司馬記室箋》云：『提契之音，形于善謔。』誌語本此。」按：始于善謔，指柳鎮與楊憑所説的結爲親家的玩笑話，後遂當真。

〔一〇〕〔百家注引韓醇曰〕公之母，河東縣太夫人盧氏。

〔一一〕中饋，指飲食之事。烝嘗，指祭祀。

〔一二〕〔百家注引孫汝聽曰〕昭七年《左氏》：「孟縶之足，不良能行。」注云：「跛也。」

〔一三〕〔注釋音辯〕《易·漸卦》。〔百家注引孫汝聽曰〕《易·漸》之九三曰：「婦孕不育，凶。」

〔一四〕〔蔣之翹輯注〕《莊子》：「人上壽百歲，中壽八十，下壽六十。」按：見《莊子·盜跖》。

〔一五〕［注釋音辯］張（敦頤）云：（疊）許慎切，音釁。鋪坼也。［韓醇詁訓］音釁，鋪坼也。［世綵堂］（疊）又通作「釁」。按：百家注本引作童宗説曰。

〔一六〕［百家注引孫汝聽曰］辛未，貞元七年。

〔一七〕［注釋音辯］齊音咨。謂齊衰、斬衰。［百家注引孫汝聽曰］貞元九年五月，公父鎮卒。十二年正月，叔父卒。十一月，叔妣陸氏卒。按：既曰「故自辛未逮于兹歲」，則貞元七年當有親人去世，疑楊氏夫人之叔父楊凌即卒于貞元七年。「朞月者三」則指楊氏夫人之叔父楊凌、夫之父柳鎮、夫之叔父柳縝之喪。

〔一八〕［注釋音辯］純，之允切，絲也。《曲禮》云：「孤子當室，冠衣不純采。」按：百家注本引孫汝聽注同。見《禮記·曲禮上》。

〔一九〕朞月，一整年。《論語·子路》：「苟有用我者，期月而已可也。」邢昺疏：「期月，周月也，謂周一年之十二月也。」此謂服喪一整年。

〔二〇〕［注釋音辯］是年太歲己卯。

〔二一〕［百家注引童宗説曰］《詩》：「猶執婦道，以成肅雍之德。」按：見《詩經·召南·何彼襛矣》毛序。

〔二二〕［注釋音辯］婉，音宛。娩，音晚，又音免。順也。［韓醇詁訓］婉音宛。娩音晚，又音免。婉娩，順也。按：百家注本引孫汝聽注同韓醇注。

〔二三〕［韓醇詁訓］鏘，七將切。

〔二四〕〔百家注引孫汝聽曰〕《博物志》：「漢滕公夏侯嬰死，公卿送葬至東都門外，馬不行，踣地悲鳴，得石椁，有銘曰：『佳城鬱鬱，三千年，見白日。吁嗟滕公居此室。』乃葬之。」按：見張華《博物志》卷七。

〔二五〕〔注釋音辯〕《詩》云：「死則同穴。」子厚自謂異時與之合葬。〔百家注引孫汝聽曰〕《詩》：「之死矢靡它。」又曰「死則同穴」。公自言異時死，則與之同穴也。按：見《詩經・鄘風・柏舟》與《王風・大車》。

【集評】

蔣之翹輯注《柳河東集》卷一三：孫楚妻亡，爲詩以悼之，示王武子。武子曰：「未知文生于情、情生于文，覽之悽然，增伉儷之重。」吾于子厚亦云。

儲欣《河東先生全集録》卷二：銘辭騷雅可誦。

喬億《劍溪説詩又編》：柳子厚爲亡妻墓誌，語涉溢美，自是少年之作。永、柳以後，必不然也。

下殤女子墓塼記

下殤女子生長安善和里，其始名和娘。既得病，乃曰：「佛，我依也，願以爲役。」更名佛婢。既病，求去髮爲尼，號之爲初心。元和五年四月三日死永州，凡十歲。其母微也，故爲父子晚。性柔惠，類可以爲成人者，然卒夭。斂用緇褐①，銘用塼甓〔一〕，葬零陵東郭門外第二崗之西隅。銘曰：

孰致也而生？孰召也而死？焉從而來？焉往而止？魂氣無不之也，骨肉歸復於此②〔二〕。

【校　記】

①用，注釋音辯本、五百家注本作「以」。

②歸復，原作「復歸」，據諸本改。

【解　題】

〔韓醇詁訓〕殤，未成人也。人年十九至十六死爲長殤，十五至十二死爲中殤，十一至八歲死爲下殤。公時謫永州司馬。按：百家注引韓醇云注語出《禮記》。見《禮記·檀弓上》鄭玄注，又見《儀禮·喪服》鄭玄注。徐師曾《文體明辨序説·墓誌銘》：「刻於磚者曰墓磚記，曰墓磚銘。」此文元和五年作於永州。和娘元和五年卒，年十歲，則其生於貞元十七年。章士釗《柳文指要》上《體要之部》卷一三云：「善和里者，柳氏舊宅也。子厚致許孟容書中嘗提及藏有賜書三千卷。女既生於祖遺老屋，其母應至少爲柳氏婢妾，然母縱微也，何至使所生父認之晚耶？豈子厚曾起意不育此女耶？」

【注釋】

〔一〕［注釋音辯］［韓醇詁訓］（甓）蒲歷切。［百家注］甓，瓦也。

〔二〕［注釋音辯］延陵季子葬子辭，見之《檀弓》。［百家注引孫汝聽曰］延陵季子曰：「骨肉復歸於土，命也。若魂氣，則無不之也。」按：見《禮記·檀弓下》。

【集評】

黄震《黄氏日鈔》卷六〇：子厚女和娘得病，更名佛婢。既病，去髮爲尼，號初心，然不免死，年十歲。其母微也，故爲父子晚。

馮夢龍《柳子厚集選》卷二：情至之語簡而奥。

儲欣《河東先生全集録》卷二：銘入禪解，録之。此猶可録，若馬室女，萬無誌理，文亦無取。而世或舍此掇彼，何也？

小姪女子墓塼記①

字爲雅，氏爲柳。生甲申〔一〕，死己丑〔二〕。曰十二，月在九。是日葬，東崗首。生而惠，命則夭，始也無，今何有？質之微，當速朽〔三〕。銘兹瓦，期永久。

【校　記】

①注釋音辯本、詁訓本題無「子」字。

【解　題】

［韓醇詁訓］生甲申，即貞元二十年。死己丑，在元和四年。公時尚在永州。

【注　釋】

〔一〕［百家注引孫汝聽曰］貞元二十年。

〔二〕［百家注引孫汝聽曰］元和四年。

〔三〕［蔣之翹輯注］《禮記》：「喪欲速貧，死欲速朽。」按：見《禮記·檀弓上》。

【集　評】

王行《墓銘舉例》卷一：右記實銘詩也，而無序，同《趙群秀才誌》例也。題書「墓甎記」，又一例也。

馮夢龍《柳子厚集選》卷二：筆舌靈。

故尚書户部侍郎王君先太夫人河間劉氏誌文①

夫人姓劉②，其先漢河間王〔一〕。王有明德，世紹顯懿③。至于唐④，有文昭者，爲綿州刺史，號良二千石⑤。其嗣慎言，爲仙居令、光州長史，克荷于前人。光州⑥，夫人之父也。夫人既笄五年，從于北海王府君諱某〔二〕。府君舉明經，授任城尉、左金吾衛兵曹。修經術，以求聖人之道；通古今，以推一王之典。會世多難，不克如志，卒以隱終。

夫人生二子：長曰彝倫，舉五經，早夭。少曰叔文，堅明直亮，有文武之用。貞元中，待詔禁中，以道合于儲后⑦，凡十有八載⑧，獻可替否，有匡弼調護之勤〔三〕。先帝棄萬姓〔四〕，嗣皇承大位〔五〕，公居禁中〔六〕，訏謨定命⑨〔七〕，有扶翼經緯之績〔八〕，由蘇州司功參軍爲起居舍人、翰林學士〔九〕。將明出納〔一〇〕，有彌綸通變之勞⑩，副經邦阜財之職⑪〔一一〕，加户部侍郎，賜紫金魚袋〔一二〕。重輕開塞⑫，有和鈞肅給之效⑬〔一三〕，内贊謨畫⑭，不廢其位。凡執事十四旬有六日。利安之道，將施于人，而夫人終于堂⑮，蓋貞元之二十一年六月二十日也⑯〔一四〕。知道之士，爲蒼生惜焉。天子使中謁者臨問其家，賻以布帛。

嗚呼！夫人之在女氏也，貞順以自處，孝謹以有奉。其在夫族也，祇敬以承上，嚴肅以莅下。事良人四十有九年，而勤勞不懈。生户部五十有三年〔一五〕，而教戒無闕。年七十有九。而户部之道聞于天下，爲大僚，垂紫綬，以就奉養。公卿侯王，咸造于門⑰。既壽而昌，世用羨慕⑱。然而天子有詔，俾定封邑，有司稽于論次，終以不及，時有痛焉。是年八月某日，祔于兵曹府君之墓⑲。銘曰：

夫人之德，温柔敬直，承于陰教，式是嬪則。克生良子，用揚懿美，有其文武，弘我化理。天子是毗，邦人是望〔一六〕，若若紫綬⑳〔一七〕，榮于高堂。惟昔孟氏，號爲母師〔一八〕，在漢稱賢，有雋不疑㉑〔一九〕。懿懿夫人㉒，維其似之。山北之里㉓，神禾之原〔二〇〕，問于靈龜，閟此顯魄〔二一〕。勒石垂休，永永萬年。

【校　記】

① 《英華》題無「故尚書」三字，「君」作「公」，「誌文」作「墓誌銘」。

② 姓劉，《英華》作「劉姓」。

③ 世綵堂本注：「紹，一作昭。」

④ 詁訓本無「于」字。

⑤《英華》無「號」字。
⑥原注與詁訓本、世綵堂本及《英華》注：「(「光州」下)一有『君』字。」
⑦儲，注釋音辯本、五百家注本作「諸」。儲后即儲君，指當時爲太子之李誦。
⑧載，五百家注本作「歲」。
⑨謨，注釋音辯本作「謀」。
⑩通變，《英華》作「變通」。
⑪阜，五百家注本作「賦」。
⑫塞，《英華》作「閉」。
⑬鈞，詁訓本作「均」。
⑭謨畫，原注與注釋音辯本、世綵堂本注：「一本作『謀謨』。」
⑮終，原作「卒」，據諸本改。
⑯《英華》無「之」字，詁訓本無「也」字。
⑰造，《英華》作「集」。
⑱世，《英華》作「人」。
⑲府君，原作「君」，據《全唐文》補「府」字。何焯《義門讀書記》卷三五：「『祔于兵曹君之墓』，作『兵曹府君』。」

⑳若若，《英華》作「金章」。

㉑儁，原作「惑」，諸本作「戒」，據《全唐文》改。何焯《義門讀書記》卷三五：「『有惑』作『有戒』。」百家注本引孫汝聽注曰：「此當言儁不疑，『惑』字誤也。」世綵堂本注：「儁不疑也。」

㉒《英華》注：「（懿）一作哉。」

㉓里，原作「中」，據《英華》、《全唐文》改。「里」指坊里。

【解　題】

［注釋音辯］王叔文之母。［韓醇詁訓］夫人，王叔文母也。公以附叔文敗，此銘極所稱道叔文侍東宫、諫太子，不使言宫市之弊，公所謂「道合儲后」者。考《新史·叔文傳》：順宗即位，不能聽政，王伾密語黄門，繇蘇州司功參軍召叔文，拜起居郎、翰林學士。與王伾、牛昭容、李忠言更相依仗，伾主傳受，叔文主裁可，乃授之中書韋執誼，作詔文施行。時韋執誼、吕温、李景儉、韓曄、韓泰、陳諫、劉禹錫及公，皆爲死友。叔文母死，匿不發喪，至宦者俱文珍詰折，乃發喪。憲宗以太子監國，貶叔文渝州司户，明年誅死。公之所謂「將明出納，有彌綸通變之勞，副經邦阜財之職」，豈誠然乎哉？叔文既敗，公以是貶邵州刺史，繼是一斥不振。方作銘時，係貞元二十一年秋，而八月憲宗立，遂正叔文之罪，豈是時猶未悟耶？其後與許孟容書，謂是時年少氣鋭，不識幾微，不知當否，但欲一心直遂，果陷刑法。意公亦悔所不及矣。吾昌黎氏之言曰：「子厚前時少年，勇於爲人，不自貴重顧藉，

謂功業可立就，故坐廢退。」誠有得於公之心哉！按：《舊唐書·王叔文傳》：「無幾，叔文母死。前一日，叔文置酒饌於翰林院，宴諸學士及内官李忠言、俱文珍、劉光奇等，中飲，叔文白諸人曰：『叔文母疾病，比來盡心戮力，爲國家事，不避好惡難易者，欲以報聖人之重知也。若一去此職，百謗斯至，誰肯助叔文一言者？望諸君開懷見察。』」《新唐書·王叔文傳》云：「叔文母死，匿不發，置酒翰林，忠言、文珍等皆在，裒金以餉，因揚言曰」云云。史家於王叔文頗有醜詆之語，王世貞《讀書後》卷三《書王叔文傳後》：「嗟乎！叔文以不良死，而史極意苛謫，以當權姦之首，至與李訓輩齊稱，抑何冤也！伾貧不足道也。叔文以一言而合順宗，然亦未爲非深思遠慮，而至順宗即位之所注措，如罷宫市，斥貢獻，召用陸贄、陽城，貶李實，相杜佑、賈躭諸耆碩，皆能革德宗大敝之政，收已涣之人心。而其所最要而最正者，用范希朝爲神策行營節度使，而韓泰爲司馬，奪宦官之兵而授之文武大吏，卒爲宦官所持，不能全身，亟貶而至砒死。蓋其事之最要且正，而禍之烈實由之。即劉闢爲韋皋求三川，而許以死相助，金錢溢於進奏之邸，叔文小有欲，寧不爲所餌，顧叱而欲斬之，抑何壯也！皋時已逆知叔文之失宦官心，故敢抗疏直言其失而亡所顧，且神策諸將，尚爲啟以辭宦官，使之知而激其怒，何況裴均、嚴綬輩也。均、綬素附中人者也。其所用韋執誼、韓泰等，固不能盡當。執誼鄙亡論，然亦以文學爲德宗之寵臣，而泰等則天下之所謂名儁有才識者也。觀柳宗元寄所知書，謂與罪人交十年，則必不趣勢而後合。又云早歲親善，始奇其能，謂可以立仁義、興教化，則又不必爲富貴而求顯。獨史所云互相推奬曰伊與周，曰管曰葛，僴然自得，謂天下無人。又云叔文及其黨十餘家，晝夜車如市，候見叔文、伾者，至宿其坊中餅肆酒鑪，一人得千錢，乃容之。此事則醜而不可掩。而宗元又云：素卑賤，暴起領事，人所不信，射利求進，填門排户，百不一得，一旦快意，更造怨讟。此最爲實録。而苟非賢人君子，則亦勢之所必至也。嗟乎！叔文誠非賢人君子，然其禍自宦官始，不五月而身被天下之惡名以死，死又至與李訓輩伍，寧不冤也夫？訓非叔文比也。即使幸而勝之，失一仇士良而得一仇士良，何益也？」王鳴盛《十七史商榷》卷七四：「叔文行政，上利於國，下利於民，獨不利於弄權之閹宦、跋扈之强藩。觀《實録》，叔文實以欲奪閹人兵柄，犯其深忌，雖爲順宗信用，而宦者即能矯制罷其學士，乃憑杯酒欲釋憾於宦者，而俱文珍隨語折之，亦可憐矣。孔子曰：『三年無改於父之道爲孝。』曾子曰：『不改父之官、父之政爲難能。』憲宗乘父病而一監國，即斥叔文。父崩，骨肉未寒，又殺叔文，此不孝之尤者，吾不知叔文之死，竟有何罪。厥後己身與其係，皆爲閹人所弑，而自此以下，人主之廢立，盡出宦者手，唐不可爲矣。且閹人與方鎮互相牽制、互相猜妒者也，叔文既與宦者爲仇矣，乃藩鎮又深怨之，何哉？蓋其意本欲内抑宦官，外制方鎮，攝天下之財富兵力，而盡歸之朝廷。劉闢本韋皋所遺，叔文必欲殺之，若其策得行，後日何煩高崇文往討，勞費兵力乎？即此一事，皋大惡之，奏請逐叔文，則當日情事可見。總計叔文之謬，不過在躁進，若求其真實罪名，本無可罪。」

【注釋】

〔一〕〔韓醇詁訓〕漢孝景長子也。〔百家注引孫汝聽曰〕河間獻王德，漢景帝長子。

〔二〕［百家注引孫汝聽曰］王，越州山陰人。叔文自言王猛之後云。按：此指王叔文之父，其名不詳。

〔三〕［百家注引孫汝聽曰］叔文善棊，貞元初，出入東宫，娱侍太子，詭譎多計。自言讀書知治道，乘間嘗爲太子言民間之疾苦。

〔四〕［注釋音辯］德宗。［百家注引韓醇曰］貞元二十一年正月癸巳，德宗崩。

〔五〕［注釋音辯］順宗。［百家注引韓醇曰］丙申，順宗即位。

〔六〕［注釋音辯］王叔文。

〔七〕［百家注引童宗説曰］《詩》之辭。按：《詩經·大雅·抑》毛傳：「訏，大。謨，謀。」

〔八〕［百家注引孫汝聽曰］自德宗大漸，王伾先入，稱詔召叔文坐翰林中，使決事。伾以叔文意，入言於宦官李忠言，稱詔行下，外無知者。

〔九〕［百家注引孫汝聽曰］二月，叔文以前蘇州司功參軍爲起居舍人、翰林學士。

〔一〇〕［百家注引韓醇曰］《詩》：「肅肅王命，仲山甫將之。邦國若否，仲山甫明之。」又曰：「出納王命，王之喉舌。」按：見《詩經·大雅·烝民》。

〔一一〕［百家注引孫汝聽曰］三月，以叔文爲度支鹽鐵轉運副使。

〔一二〕［百家注引孫汝聽曰］五月，以叔文爲户部侍郎，職如初，賜紫。

〔一三〕［百家注引童宗説曰］《書》：「關石和鈞。」和鈞，謂均平也。按：見《尚書·五子之歌》。

〔一四〕［百家注引孫汝聽曰］是日丁巳。

〔一五〕［百家注引孫汝聽曰］天寶十二年，叔文生。

〔一六〕［注釋音辯］［韓醇詁訓］（望）平聲。

〔一七〕［注釋音辯］《前漢》「綬若若耶」，注：「若若，垂貌。」［百家注引孫汝聽曰］《漢書》：「印何纍纍，綬若若耶？」若若，垂貌。按：見《漢書·佞幸傳·石顯》。

〔一八〕［注釋音辯］孟母。［蔣之翹輯注］孟軻之母，三徙擇鄰以教子。按：見劉向《列女傳》卷一。

〔一九〕［注釋音辯］雋不疑母，見《前漢史》。［蔣之翹輯注］《漢書》：雋不疑爲京兆尹，每録囚徒，其母問以平反，喜而食，否則怒，不食。故不疑爲吏，嚴而不酷。按：見《漢書·雋不疑傳》。

〔二〇〕雍正《陝西通志》卷九：「神禾原在（咸寧）縣南三十里。（賈《志》）原上有蓮花洞，唐鄭駙馬所居。杜甫詩『主家陰洞細煙霧』，指此。（《長安圖説》）」

〔二一〕［韓醇詁訓］閟音秘。

【集　評】

黄震《黄氏日鈔》卷六〇：《河間劉氏誌》：劉者，王叔文母也。所誌盛稱叔文文武功業，且謂知道之士，爲蒼生惜焉。宗元其自謂知道乎？吁！

馮夢龍《柳子厚集選》卷二：贊王叔文甚，當亦不惡耶？

蔣之翹輯注《柳河東集》卷一三：何物老嫗，生寧馨兒，以誤天下蒼生，子厚乃誌之如此。

黄宗羲《金石要例·婦女誌例》：婦女之志，以夫爵冠之，如某官夫人某氏，或某官某人妻某氏。庾信、陳子昂、張説、獨孤及皆然。若子著名，則以子爵冠之，如柳子厚爲王叔文母誌，書「户部侍郎王公先太夫人河間劉氏」。婦人後夫而死者，其葬書祔葬。權德輿集中弘農楊氏、河東縣君柳氏、博陵縣君崔氏，皆如此例。

何焯《義門讀書記》卷三五：兵曹未及贈官，夫人亦未受封，而子爵已顯，遂冠于誌文之首，乃變例，其實失禮也。夫人無事可書，乃生頌其子，佞也。

朗州員外司户薛君妻崔氏墓誌

唐永州刺史博陵崔簡女諱媛①〔一〕，嫁爲朗州員外司户河東薛巽妻。三歲知讓，五歲知戒，七歲能女事。善筆札，讀書通古今，其暇則鳴絃桐、諷詩騷以爲娱。始簡以文雅清秀重于當世，其後病惑得罪②，投驩州〔二〕，諸女蓬垢涕號。媛，柳氏出也③。以叔舅命④〔三〕，歸于薛。惟恭柔專勤，以爲婦妻，恩其故他姬子雜己子，造次莫能辨。無忮忌之行〔四〕，無犯迕之氣〔五〕，一畝之宅，言笑不聞于鄰。元和十三年五月二十八日⑤，既乳〔六〕，病肝氣逆肺，牽拘左腋，巫醫不能已⑥。朞月之日，潔服飾容而終⑦，年若干。某月日遷柩于洛，某月日祔于墓⑧。在北邙山南洛水東〔七〕。

巽始佐河北，軍食有勞，未及録，會其長以罪聞，因從貶〔八〕。更大赦，方北遷〔九〕，而其室已禍。

巽之考曰大理司直仲卿⑨，祖曰太子右贊善大夫環，曾祖曰平舒令煜，高祖曰工部尚書真藏。簡之父曰大理司直暐⑩，祖曰某官鯢⑪。唐興，中書令仁師議刑不孥⑫〔一〇〕，其五世大父也⑬〔一一〕。巽之他姬子，丈夫子曰老老⑭，女子曰張婆。妻之子，女子曰陀羅尼，丈夫子曰那羅延⑮，實後子〔一二〕。銘曰：

翼翼仁師〔一三〕，惟仁之碩⑯。一言刑輕，綿載二百。其慶中缺，曾玄不續。簡之温文，卒昏以易⑰。七男三女，八我之出。仍禍六稔，數存如没〔一四〕。宜福而災，伊誰云恤？惟薛之婦，德良才全。鄰無言聞，臧獲以虔。推仁撫庶，孩不異憐。兄公是怙⑱，夫屬忻然⑲。髮髢峩峩〔一五〕，籩豆惟嘉。烝嘗賓燕，其羞孔多。有苾有嚴〔一六〕，神饗斯何？奚仲仲虺〔一七〕，胡祐不遐？高曾祖考，胡嘏之訛？淑人不居，誰任于家？書銘告哀，以寘巖阿。

【校記】

①世綵堂本注：「唐，一作故。」按：周紹良、趙超主編《唐代墓誌彙編續集》（以下簡稱《彙編續》）

元和〇七五亦收此文，署「柳州刺史柳宗元撰」，云録自《隋唐五代墓誌彙編》河南卷第一册。首句爲「唐故永州刺史博陵崔簡女諱蹈規，字履恒」。

②《彙編續》無「病惑」二字。

③《彙編續》作「蹈規，柳氏出也」。按：此句上脱女名，《彙編續》是，故依本文補「媛」字。

④《彙編續》「叔舅」下有「宗元」二字。

⑤三，諸本皆作「二」，據《彙編續》改。詳見解題。

⑥不，《彙編續》作「莫」。

⑦飾，注釋音辯本、詁訓本、五百家注本作「飭」。注釋音辯本注：「飭，一本作飾。」世綵堂本注：「飾，一作飭。」

⑧自「年若干」至「祔于墓」，《彙編續》作：「享年三十一。歸于薛凡七歲也。十月甲子，遷柩于路。其明年二月癸酉，祔于墓。」

⑨考，注釋音辯本、五百家注本作「父」。

⑩曅，原作「畢」，並校曰：「當作曅。」詁訓本、世綵堂本及《彙編續》作「曅」。「曅」同「曄」。據《新唐書·宰相世系表二下》及柳宗元《故永州刺史流配驩州崔君權厝誌》，作「曅」是。

⑪《彙編續》此句作「祖曰太常寺太樂丞鯢」。

⑫中書令，《彙編續》作「中書侍郎平章」。

⑬五，原作「二」。陳景雲《柳集點勘》卷二：「『二』當作『五』。」《彙編續》正作「五」，據改。崔仁師生挹，挹生液，液生鯢，鯢生暐，暐生簡，正爲五世。

⑭老老，原作「老」。世綵堂本注：「韓作『老老』。」《彙編續》即作「老老」，據改。

⑮那羅延，原作「某」，據《彙編續》改。

⑯世綵堂本注：「碩，一作帥。」

⑰《彙編續》此句作「亦紹其直」。

⑱原注與注釋音辯本、詁訓本、世綵堂本注：「公，一本作子。」怙，《彙編續》作「怡」。

⑲忻，《彙編續》作「衍」。

【解　題】

［韓醇詁訓］《新史·崔仁師傳》：「貞觀初殿中侍御史。時青州有男子謀逆，有司指支黨，纍繫填獄，詔仁師按覆。始至，悉去械，爲具食，飲湯瀋，以情評之，坐止魁惡十餘人，他悉原縱。曰：『治獄主仁恕，故諺稱殺人刖足，亦皆有禮。豈有知枉不申，爲身謀哉？使吾以一介易十囚命，固吾願也。』由是知名。」仁師，崔簡五世大父也。公誌簡之女，故以仁師議刑不孥而銘焉。公時在柳，元和十二年作云。［世綵堂］元和十二年作，公在柳州。［蔣之翹輯注］崔簡，子厚之姊之夫，此其女甥也。

按：周紹良、趙超主編《唐代墓誌彙編續集》元和〇七七尚有崔雍撰《唐故鄂州員外司户薛君（巽）

墓誌銘》，云：「以元和十五年後正月三日，享年卌五，積疾而終。以其年二月庚寅遷柩河南，四月乙酉，祔于先人之塋，合于夫人之墓。夫人博陵崔氏，先君二歲，棄二子於武陵。女子曰陁羅尼，丈夫子曰那羅延，最幼。夫人德行家世，事在叔舅宗元之爲志銘中。君之子凡四人，諸姬生。長男子曰老老，長女子曰張婆。」薛巽卒于元和十五年，薛巽妻「先君二歲」卒，則卒在元和十三年。則此文亦作于元和十三年。據上文亦可知崔氏卒于朗州而非柳州。薛巽爲朗州司户參軍，遇赦遷鄂州。《唐代墓誌彙編續集》元和〇七五載柳宗元此文云「其明年二月癸酉祔于墓」，自是元和十四年事，當是刻石時所加之文字。文又云薛巽「更大赦，方北遷，而其室已禍」，大赦在元和十三年正月，薛巽北遷當在五月後，因崔氏即卒于是年五月也。章士釗《柳文指要》上《體要之部》卷一三云：「或言此誌子厚在十二年作，如翌年大赦令見於誌，子厚何能先一年預爲下筆乎？」其説甚是。

【注釋】

〔一〕［百家注引孫汝聽曰］簡字子敬。按：《彙編續》云此甥女名蹈規，字履恒，與文云名「媛」不同。

〔二〕［百家注引孫汝聽曰］元和七年，簡卒于驩州。

〔三〕［注釋音辯］子厚自謂。［百家注引孫汝聽曰］叔舅，公自謂。

〔四〕［注釋音辯］忮，之豉切。害也。［韓醇詁訓］忮音寘，恨也。

〔五〕［注釋音辯］迕音忤，逆也。［韓醇詁訓］迕音午，過也。

〔六〕［注釋音辯］産也。按：百家注本引作童宗説曰。

〔七〕［蔣之翹輯注］《一統志》：「北邙山在河南府城北，接偃師、鞏、孟津三縣界。東漢諸陵及唐宋名臣墓在此。洛水在府城南，經偃師、宜陽、永寧、鞏縣界。禹治水時，神龜負書出此。」按：李吉甫《元和郡縣圖志》卷五河南府：「北邙山在（偃師）縣北二里，西自洛陽縣界，東入鞏縣界。舊説云：北邙山是隴山之尾，乃衆山總名，連嶺修亘四百餘里。」

〔八〕［百家注引孫汝聽曰］元和初，討成德節度使王承宗，以于皋謨、董溪爲河北行營糧料使，崔元受、韋岵、薛巽、王相等爲判官，分給供餽。既罷兵，皋謨等坐贓數千緡，敕貸其死。六年五月，流皋謨春州、溪封州，行至潭州賜死。元受等從坐，皆逐嶺表云。

〔九〕［百家注引孫汝聽曰］元和十三年正月，以平淮西，大赦天下。

〔一〇〕［百家注引孫汝聽曰］貞觀十六年，刑部以盜賊律反逆緣坐兄弟没官爲輕，請改從死，左僕射高士廉、吏部尚書侯君集、兵部尚書李勣等請從重，民部尚書唐儉、禮部尚書江夏王道宗、工部尚書杜楚客等請依舊不改。時議者以漢及魏晉謀反皆夷三族，欲依士廉等議，（崔）仁師爲給事中，駁議以爲不可，太宗從之。按：不孥，不罪及妻子兒女。

〔一一〕［百家注引孫汝聽曰］仁師生挹，挹生液，液生鯢，鯢生曄。

〔一二〕［世綵堂］按公作此誌，元和十二年丁酉，十四年己亥卒。退之作墓誌云：「二子：長周六，始四歲。季周七，子厚卒乃生。」以年考之，四歲者正崔氏出後子也。按：後子即嗣子，承繼宗祧者。廖瑩中之説非是。若云以甥女之子爲己子，輩份錯亂如此，歷來重宗法之柳氏家族必不爲也。韓愈所云周六、周七者，必是子厚親生，與崔氏所生子或薛巽妾所生子皆無涉。崔雍《唐故鄂州員外司户薛君墓誌銘》亦未言薛巽子過繼柳氏。

〔一三〕［注釋音辯］崔仁師。

〔一四〕陳景雲《柳集點勘》卷二：「按『數』當讀上聲。崔氏父簡子女十人，其八爲柳氏出，八人中三子一女已先亡，則計其存殁各居半矣。以祭崔氏及崔騈文參證，義自明也。」

〔一五〕［注釋音辯］［韓醇詁訓］髲，音被，鬄也。髢，音弟。［百家注引孫汝聽曰］髢，結髮也。

〔一六〕［韓醇詁訓］苾，薄必切，香也。按：百家注本作蒲必切。

〔一七〕［注釋音辯］奚仲封于薛，十二世孫仲虺，爲湯左相。［百家注引孫汝聽曰］奚仲爲夏車正，禹封爲薛侯。十二世孫仲虺，居薛，爲湯左相。後以爲氏。

【集評】

王應麟《困學紀聞》卷一七：荆公爲《外祖母墓表》云：「女婦居不識廳屏，笑言不聞鄰里。」是職然也。唐岐陽公主不識刺史廳屏，見杜牧之文。薛巽妻崔氏言笑不聞於鄰，見柳子厚文。荆公爲文，字字不苟如此，讀者不知其用事。

王行《墓銘舉例》卷一：右誌詳書其夫之世系族出，同《伯祖妣趙郡李夫人誌》例也。先書其夫之他姬子男某女某，後書其子男某女某，所以別先後、明嫡庶也，又一例也。

儲欣《河東先生全集録》卷二：不愧女士矣。序兩家禍敗，尤惻惻。

焦循批《柳文》卷一九：寫婦德數語已足。

韋夫人墳記

韋夫人終成都，殯萬年，遷柩渭南，祔而不合，大葬未利，以俟禮也。其族系如某人之誌，堋用元和十四年月日〔一〕，子某爲石刻而納諸壙。

【解　題】

〔韓醇詁訓〕其族系不得而考，公時刺柳州作云。按：本文作於元和十四年。陳景雲《柳集點勘》卷二：「夫人乃裴處士妻，其父士謨爲成都少尹，見《處士墓誌》。夫人殁成都，蓋從父至官而殁也。」章士釗《柳文指要》上《體要之部》卷一三：「集有《故處士裴君墓誌》，名與字都不具，元和十四年月日，終於京兆渭南墅。韋夫人者，即其妾也。爲成都少尹士謨女，生二子。從父之官，殁於成都。處士弟即桂管觀察使裴行立，柳州屬其管内，子厚受命爲處士銘墓，並記韋夫人墳。」

【注　釋】

〔一〕［注釋音辯］童（宗説）云：堋音朋，又逋鄧切。舉葬下土。［韓醇詁訓］（堋）音朋，又逋鄧切，埒也。［百家注引孫汝聽曰］《左氏傳》：「毁則朝而堋，不毁，則日中而堋。」《説文》云：「堋，喪葬下土也。」［世綵堂］堋，逋鄧切，又音朋。《禮》謂之封，《周官》謂之窆，音義並同。字又作塴。按：見《左傳》昭公十二年。

【集　評】

王行《墓銘舉例》卷一：右記云祔而不合，大葬未利，以俟，蓋實權厝誌也。其辭甚略，而惟詳其堋之年月日，又一例也。題書《墳記》，又一例也。

蔣之翹輯注《柳河東集》卷一三「某人之誌」句下評：一語極簡盡，已括總無限。

何焯《義門讀書記》卷三五：已遷祔而未合葬，但書其故及日月，與有誌而遷葬者同例。

馬室女雷五葬誌①

馬室女雷五，父曰師儒，業進士。雷五生巧慧異甚②，凡事絲纊文繡〔一〕，不類人所爲者，余覩之甚駭。家貧，歲不易衣，而天姿潔清修嚴，恒若簪珠璣、衣紈縠〔二〕，寥然不易爲塵垢雜。年十五，病死。後二日，葬永州東郭東里。以其姨母爲妓於余也③，將死，曰：「吾聞柳公嘗巧我慧我④，今不幸死矣，安得公之文志我於墓⑤？」其父母不敢以云。葬之日，余乃聞焉，既而閔焉，以攻石之後也，遂爲砂書玄塼⑥，追而納諸墓。

【校　記】

①室，注釋音辯本作「氏」。

②慧，注釋音辯本作「惠」。

③妓，《全唐文》作「嫂」。

④慧，注釋音辯本、詁訓本、五百家注本作「惠」。注釋音辯本注：「惠，一本作慧。」

⑤原校與世綵堂本校：「一本作『志我葬』。」於墓，注釋音辯本作「葬」，並校：「葬，一本作『於墓』。」

⑥世綵堂本校：「爲，一作用。」

【解　題】

［韓醇詁訓］雖不詳其年月，其曰「葬永州」，元和間公爲司馬時作。［蔣之翹輯注］雷五之姨母爲子厚妓妾，故得誌。按：章士釗《柳文指要》上《體要之部》卷一三：「爲小女子誌葬，非禮所有，

而子厚屈於情，卒爲之，以此窺見子厚蓄妓於家，其所妓者，殆妾也歟？子厚自二十七歲而鰥，家缺主婦，身遷萬里者逹二十年，其所以勝此者，今始知之。」雷五父姓馬，其母姓未知，則仍不知雷五之姨亦即柳宗元姬妾之姓。

【注釋】

〔一〕［韓醇詁訓］（纊）音曠。

〔二〕［注釋音辯］紈音丸。［韓醇詁訓］（紈縠）上音丸，下胡谷切。

【集評】

鄭剛中《或問茉莉素馨孰優予曰素馨與茉莉香比肩但素馨葉似薔薇而碎枝似酴醿而短大率類草花比茉莉其體質閒雅不及也》：茉莉天姿如麗人，肌理細膩骨肉匀。衆葉薿薿開緑雲，小蕊大花氣氤氳。素馨於時亦呈新，蓄香便未甘後塵。獨恨雷五雖潔清，珠璣綺縠終坐貧。（自注：雷五事見柳子厚集。）（《北山集》卷二一）

黄震《黄氏日鈔》卷六〇：卷十三自母夫人以下終於雷五，皆誌婦人。雷五之姨母爲子厚妓妾，故亦得誌。

俞文豹《吹劍三録》：然古今志婦人者，止曰碑、曰誌，未嘗稱行狀。近有鄉人志其母曰行狀，不知何所據。余《續集》以銘婦人爲非。近見柳文有馬雷五者，子厚妓妾之姪女也，年十五死，子厚爲作墓誌。馬淑者，南康娼女也，爲李氏歌姬，年二十四死，子厚爲銘其墓。孔子曰：「惟名與器不可以假人。」今以銘而假妾婦，毋乃已甚。

馮夢龍《柳子厚集選》卷二：無情之哀，甚於有情。

蔣之翹輯注《柳河東集》卷一三：叙得纖潔，令人能不生憐！

柳宗元集校注卷第十四

對①

設漁者對智伯

智氏既滅范、中行〔一〕，志益大，合韓、魏圍趙，水晉陽②〔二〕。智伯瑶乘舟以臨趙〔三〕，且又往來觀水之所自，務速取焉。群漁者有一人坐漁，智伯怪之③，問焉，曰：「若漁幾何④〔四〕？」曰：「臣始漁于河，中漁于海⑤，今主大茲水，臣是以來。」曰：「若之漁何如？」曰：「臣幼而好漁。始臣之漁于河，有魦鱮鱣鰋者〔五〕，不能自食，以好臣之餌，日收者百焉。臣以爲小，去而之龍門之下〔六〕，伺大鮪焉〔七〕。夫鮪之來也⑥，從魴鯉數萬⑦〔八〕，垂涎流沫，後者得食焉，然其飢也，亦返吞其後。愈肆其力，逆流而上，慕爲螭龍〔九〕。及夫抵大石⑧，亂飛濤，折鰭秃翼〔一〇〕，顛倒頓踣〔一一〕，順流而下，宛委冒懵〔一二〕，環坻溆而不能出〔一三〕。鄉之從魚之大者⑨，幸而啄食之，臣亦徒手得焉，猶以爲小。聞古之漁有任公子者〔一四〕，其得益大，于是去而之海上，北浮于碣石〔一五〕，求大鯨焉〔一六〕。臣之具未及施，見大鯨驅群鮫⑩〔一七〕，逐肥魚于渤澥之尾⑪〔一八〕，震動大海，簸掉巨島〔一九〕，一啜而食若舟者數十〔二〇〕，勇而未已，貪而不能止，北蹙于碣石，槁焉。鰼之爲食者⑫，反相與食之，臣亦徒手得焉，猶以爲小。聞古之漁有太公者，其得益大，釣而得文王〔二一〕，于是捨而來。」

智伯曰：「今若遇我也如何？」漁者曰：「鰼者臣已言其端矣。始晉之侈家，若欒氏、祁氏、郤氏、羊舌氏⑬〔二二〕，以十數，不能自保，以貪晉國之利而不見其害，主之家與五卿，嘗裂而食之矣⑭〔二三〕，是無異鯋、鱮、鱣、鰋也。腦流骨腐于主之故鼎，可以懲矣，然而猶不肯寤。又有大者焉，若范氏、中行氏，貪人之土田，侵人之勢力，慕爲諸侯而不見其害。主與三卿又裂而食之矣〔二四〕，脱其鱗，鱠其肉〔二五〕，刳其腸〔二六〕，斷其首而棄之，鯤鮞遺胤〔二七〕，莫不備俎豆，是無異夫大鮪也。可以懲矣，然而猶不肯寤。又有大者焉，吞范、中行以益其肥，猶以爲不足，力愈大而求食愈無饜⑮〔二八〕，驅韓、魏以爲群鮫，以逐趙之肥魚，而不見其害。貪肥之勢，將不止于趙，臣見韓、魏懼其將及也，亦幸主之蹙于晉陽，其目動矣〔二九〕，而主乃慠然⑯〔三〇〕，以爲咸在機俎之上，方磨其舌。抑臣有恐焉。今輔果捨族而退⑰〔三一〕，不肯同禍，段規怨深而造謀〔三二〕，主之不寤，臣恐主爲大鯨，首解于邯鄲〔三三〕，鬣摧于安邑〔三四〕，胸披于上黨〔三五〕，尾斷于中山之外〔三六〕，而腸流于大陸〔三七〕，爲鱻薨⑱〔三八〕，以充三家子孫之腹。臣所以大懼。不然，主之勇力强大，于文王何有？」智伯不悦，然終以不寤⑲。于是韓、魏與趙合滅智氏，其地三分〔三九〕。

【校　記】

①詁訓本標作「對五首」。

②原注與注釋音辯本、詁訓本、世綵堂本注：「水，一本作于。」

③之，《英華》作「而」。

④注釋音辯本注：「漁，一本作魚。」

⑤中漁于海，原作「今漁于海」，原注與世綵堂本注：「一無今字。」注釋音辯本、《英華》、《全唐文》無「今」字，據删。何焯《義門讀書記》卷三五：「今字衍。」按下句「今主大兹水」已有「今」字，因智伯決水灌晉陽而致此地水大，故漁者來漁也，昔則漁于海，故無「今」字是，且將「中」字屬下句。蔣之翹輯注本：「此本『河』字讀句，一作『中』字讀句，而下增一『今』字。」

⑥世綵堂本注：「『夫』下有『大』字。」《全唐文》即作「大鮪」。

⑦原注與注釋音辯本、世綵堂本注：「從，一作其。」詁訓本作「其」。

⑧世綵堂本注：「『夫』下有『走』字。」

⑨「嚮之從」三字原闕，據注釋音辯本、詁訓本、世綵堂本及《英華》補。何焯《義門讀書記》卷三五：

「『魚之大者』上有『嚮之從』三字。」

⑩ 鮫，注釋音辯本作「蛟」。陳景雲《柳集點勘》卷二：「蛟，大字本作『鮫』，注：『海魚也。』按『鮫』字是。下文亦云『驅韓魏以爲群鮫』。」

⑪ 澥，《英華》作「海」。

⑫ 「爲食」上原有「以」，據《英華》、《全唐文》删。何焯《義門讀書記》卷三五：「『嚮之以爲食者』，『以』字衍。」按：爲食即被食，被鯨所食，至鯨擱淺而死，反相與食鯨。「以」字衍。

⑬ 「祁氏」原闕，據注釋音辯本、詁訓本、《英華》補。世綵堂本則脱「郤氏」。何焯《義門讀書記》卷三五：「『若欒氏郤氏羊舌氏』，『欒氏』下增『祁氏』。四氏故相間而錯舉之。」

⑭ 裂，《英華》作「製」。

⑮ 食，原作「夫」，據諸本改。下一「愈」字原闕，亦據諸本補。

⑯ 世綵堂本注：「慠，一本作傲。」

⑰ 原注與詁訓本、世綵堂本注：「輔，一作韓。」

⑱ 五百家注本「鱻」下有「爲」。

⑲ 注釋音辯本無「然」字。

【解題】

[韓醇詁訓]按《史記》世家及考之《通鑑》，晉自昭公以後，六卿强，公室卑。六卿：韓、趙、魏、

范、中行及知氏是也。頃公六年，周景王崩，王子争立，晉六卿平王室亂，立敬王。十二年，晉之宗家祁傒孫叔嚮子相惡於君，六卿欲弱公室，乃遂以法盡滅其族，而分其邑，晉益弱。定公十一年，范、中行反，晉君擊之，范、中行走朝歌。出公十七年，智伯與趙、韓、魏共分范、中行地以爲邑，出公怒，告齊、魯，欲伐之，四卿遂反，攻出公，奔齊。智伯乃立哀公，晉國政皆決智伯，晉公不得有所制，智伯遂有范、中行地，最强。周威烈王二十三年，智宣子卒，智襄子爲政，請地於韓康子，致萬家之邑，又求地於魏桓子，復與萬家邑。又求蔡皋狼之地於趙襄子，襄子不與，智伯怒，帥韓魏之甲以攻趙氏，圍而灌之，城不没者三版。智伯曰：「吾乃今知水之可以亡人國也。」趙襄子使張孟談潛出見韓、魏曰：「脣亡則齒寒，今智伯帥韓、魏而攻趙，趙亡，韓、魏爲之次矣。」二子乃陰與張孟談約，爲之期日而遣之。襄子夜使人殺守隄之吏，而使水灌智伯軍，智伯軍救水而亂，韓、魏翼而擊之，襄子將卒犯其前，大敗智伯之衆，遂殺智伯，盡滅智氏之族而分其地。跡其事而觀之，智伯貪而無饜，卒抵於敗。公之設爲漁者之對，其切指一時之事情也至矣。按：此文託喻貪而不止，四處樹敵，以致敗亡，其所針對則具有普遍意義。然柳宗元本意，未必不是爲王叔文集團總結失敗之教訓。

【注釋】

〔一〕〔注釋音辯〕行音杭。范氏、中行氏，晉之二卿族。〔百家注引孫汝聽曰〕智襄子名瑶，文子躒之孫也。周貞定王十一年，帥韓、趙、魏而伐范、中行氏，滅之，共分其地以爲邑。范謂范昭子吉射。中行謂中行文子荀寅。瑶音摇。

〔二〕［注釋音辯］決晉水灌之也。［百家注引孫汝聽曰］貞定王十六年，智伯約魏桓子、韓康子圍趙襄子於晉陽，決晉水灌之。

〔三〕［韓醇詁訓］（瑶）音摇。智伯名號襄子。

〔四〕［注釋音辯］若，汝也。

〔五〕［注釋音辯］魦音沙。鱮，似吕切。童（宗説）云：鱣，知連切，音氈。鰋，於幰切。［韓醇詁訓］魦音沙，小魚也。鱮音叙，大魚，似魴而鱗弱。鱣，知連切，音氈，鯉也，江東呼爲黄魚。鰋音偃。《説文》：「鯰魚也。」［百家注詳注］《詩》：「魚麗于罶，鱨魦。」《釋魚》云：「鯊，鮀也。」郭璞云：今吹沙也。《詩》：「其魚魴鱮。」鱮似魴而鱗弱。魴、鱮，魚之易制者。鱣，鯉也。江東呼爲黄魚。鰋，鮎也。四者皆小魚。鯊音沙。鱮音叙。鱣音氊。鰋音偃。按：所引見《詩經·小雅·魚麗》及《齊風·敝笱》。

〔六〕［韓醇詁訓］龍門，山名，在絳州、同州二州之界。［蔣之翹輯注］龍門山在陝西西安府韓城縣東。導河至此，斷崖絶壁，相對如門，與山西河津相接。又河南闕塞山一名伊闕，而俗名龍門。按：李吉甫《元和郡縣圖志》卷一四絳州：「黄河北去（龍門）縣二十五里，即龍門口也。《禹貢》曰：『浮于積石，至于龍門。』注曰：『龍門山在河東之西界，大禹導河積石，疏決龍門，即斯處也。河口廣八十步，巖際鐫跡，遺功尚存。』《三秦記》曰：『河津一名龍門，水陸不通，魚鼈之屬莫能上。江海大魚，集龍門下數千，不得上，上則爲龍。故曰曝鰓龍門。』《水經注》曰：『其魚出鞏縣鞏穴，每三月則上渡龍門，得則爲龍，否則點額而還。』」

〔七〕［注釋音辯］鮪音洧。［韓醇詁訓］鮪音洧，鮥也。似鱣，大者名鮪，小者曰叔。［百家注引韓醇曰］鮪，大魚也，形似鱣而青黑，大者七、八尺。《周禮》：「春獻王鮪。」鮪，於鬼切。按：見《周禮·天官冢宰·𩼝人》。

〔八〕［注釋音辯］魴，扶方切。［韓醇詁訓］魴音房，赤尾魚。《詩》：「魴魚赬尾。」［世綵堂］《詩》：「其魚魴鰥。」箋：「魚之易制者。」［蔣之翹輯注］《詩》：「魴魚赬尾。」注：「魴魚身廣而薄，少力細鱗。」按：見《詩經·周南·汝墳》及《齊風·敝笱》。

〔九〕［注釋音辯］螭，敕之切，似龍無角。［韓醇詁訓］螭，丑知切，似龍而無角者。［百家注引孫汝聽曰］辛氏《三秦記》曰：「河津，一名龍門，水險不通，魚鱉之屬莫能上。江海大魚薄集龍門下數千，不得上，上則爲龍也。」

〔一〇〕［注釋音辯］童（宗説）云：鰭音耆，魚脊上骨。按：韓醇詁訓本同。百家注本引童宗説注尚引《禮記》：「羞濡魚者，夏右鰭。」見《禮記·少儀》。

〔一一〕［注釋音辯］［韓醇詁訓］（踣）音匐。按：踣，倒下。

〔一二〕［韓醇詁訓］（懵）牟孔切，心迷也。

〔一三〕［注釋音辯］坻音墀，水中高也。一曰小渚。溆，音敘，水浦。［韓醇詁訓］坻音墀，水中高地，一曰小渚也。漵音敘，小浦也。按：百家注本引作童宗説曰。

〔一四〕［注釋音辯］任，平聲。事見《莊子》。［韓醇詁訓］《莊子·外物篇》：「任公子爲大鈎巨緇，五十犗以爲餌，蹲乎會稽，投竿東海，期年不得魚。已而大魚食之，牽巨鈎錎没而下。任公子得若魚，離而腊之。」［百家注引孫汝聽曰］《莊子》：「任公子爲大鈎巨緇，五十犗以爲餌，蹲乎會稽，投竿東海，旦旦而釣。已而大魚食之，牽巨鉤錎没而下，鶩揚而奮鬐，白波若山，海水震動，聲侔鬼神，燀赫千里。任公子得若魚，離而腊之，自淛河以東，蒼梧以北，無不厭若魚者。」

〔一五〕［注釋音辯］碣音竭，山石。［韓醇詁訓］碣音竭，山名。在平州盧龍縣，碣然而立在海旁，故名。［蔣之翹輯注］碣石山在北直隸永平府昌黎縣，有是特出，山頂如柱，疑即《禹貢》冀州之碣石也。按：樂史《太平寰宇記》卷七〇涿州石城縣：「碣石，始皇使燕人盧生求羨門，刻碣石，漢武帝登之望海。當山頂大石如柱，號曰天橋柱，遠望若立于巨海之内，狀如人造，然非功力所能成也。」

〔一六〕［韓醇詁訓］海大魚也，雄曰鯨，雌曰鯢。［百家注引童宗説曰］鯨，海大魚也。常以五月生子于岸，八月導而還海，鼓浪成雷，噴沫成雨，水族畏之。鯨，巨京切。

〔一七〕［韓醇詁訓］（鮫）音交，海魚也。

〔一八〕［韓醇詁訓］渤音勃。澥，胡買切。《説文》：「海之别也。」［百家注引孫汝聽曰］揚子雲曰：「江湖之崖，渤澥之島。」按：見揚雄《解嘲》。

〔一九〕［注釋音辯］童（宗説）云：（島）都皓切。水中有山曰島。［韓醇詁訓］簸，補過切。掉，徒了切。島，都皓切。水中有山曰島。

〔二〇〕［注釋音辯］張（敦頤）云：啜，姝悦切。《説文》：「嘗也。」**按**：韓醇詁訓本同。

〔二一〕［韓醇詁訓］《史記》：「太公望吕尚者，以漁釣奸周西伯。西伯出獵，遇太公于渭之陽，與語大悦，載與俱歸，立爲師。」**按**：見《史記・齊太公世家》。

〔二二〕［韓醇詁訓］按《史記・趙世家》：「晉頃公之十二年，六卿以法誅公族祁氏、羊舌氏，分其邑爲十縣，各令其族爲之大夫。」［百家注引孫汝聽曰］晉靖侯之孫曰欒賓，傳六世至懷子盈，滅。祁奚爲晉大夫，至孫盈，滅。羊舌職事晉，至曾孫食我，滅。［蔣之翹輯注］晉靖侯之孫曰欒賓。祁奚爲晉大夫。郤芮，姬姓，獻公時爲大夫，食邑于冀芮，輔公子夷吾。羊舌職名赤，字伯華，祁奚舉以爲中軍。

〔二三〕［注釋音辯］主即智伯，名瑶。五卿謂韓、魏、趙、范、中行族。

〔二四〕［注釋音辯］智伯與韓、魏、趙。［百家注引韓醇曰］定公十三年，范、中行反，晉君擊之，范、中行走朝歌。出公十七年，智伯與趙、韓、魏共分范、中行地以爲邑。

〔二五〕［韓醇詁訓］鱠音膾，細切肉也。［世綵堂］鱠，古外切。**按**：百家注本引童宗説曰同韓醇詁訓本注。

〔二六〕［韓醇詁訓］刳音枯。**按**：剖開。

〔二七〕［注釋音辯］鯤音昆。鮞音而。魚子也。胹，羊晉切。［韓醇詁訓］（鯤鮞）上音昆，下音而。（胹）羊晉切。［世綵堂］《國語》：「魚禁鯤鮞。」按：見《國語·魯語上》。韋昭注：「鯤，魚子也。鮞，未成魚也。」

〔二八〕［韓醇詁訓］（饜）於鹽切，又於艷切。按：饜，滿足。

〔二九〕［百家注引童宗説曰］《左氏》：「目動而言肆，懼我也。」按：見《左傳》文公十二年。

〔三〇〕［注釋音辯］慠，魚到切。［韓醇詁訓］慠，魚到切，倨也。亦作傲。

〔三一〕［注釋音辯］《國·晉語》：「智宣子將以瑶爲後，智果諫不所，果遂別族于太史爲輔。後韓、魏、趙而威，智氏之族，推輔果在。」［韓醇詁訓］初，智宣子將以瑶爲後，智果曰不如宵也云云，若果立瑶也，智宗必滅。弗聽。智果遂別族于太史，爲輔氏。後韓、趙、魏滅智氏之族，唯輔果在。按：百家注本引孫汝聽注與韓注略同。見《國語·晉語九》。

〔三二〕［注釋音辯］《國語》：「智襄子宴于藍臺，襄子戲韓康子而侮段規，及晉陽之難，段規首難而殺智伯。」［韓醇詁訓］初，智襄子爲政，與韓康子、魏桓子宴于藍臺，智伯戲康子而侮段規。及智伯圍趙氏，桓子、康子遂與趙襄子使人殺守隄之吏，而決水灌智伯軍，大敗智伯之衆，遂殺智伯。段規，康子之相也。按：見《國語·晉語九》。

〔三三〕［注釋音辯］（邯鄲）音寒丹，趙所都。［韓醇詁訓］上音寒，下音單。趙之所都也。

〔三四〕［韓醇詁訓］鬣音獵。安邑，晉地，即今之絳州夏縣也。［蔣之翹輯注］安邑，本晉地，今爲縣，屬山西平陽府。

〔三五〕［韓醇詁訓］（上黨）趙之地也。［蔣之翹輯注］上黨，趙地，今潞安府。

〔三六〕［韓醇詁訓］中山，其後爲趙所併。

〔三七〕［韓醇詁訓］（大陸）澤名，在深、趙二州界而濱河。按：李吉甫《元和郡縣圖志》卷一九邢州：「大陸澤一名鉅鹿，在（鉅鹿）縣西北五里。《禹貢》曰：『恒衛既從，大陸既作。』按澤東西二十里，南北三十里，葭蘆茭蓮，魚蟹之類，充牣其中。澤畔又有鹹泉，煮而成鹽，百姓資之。」

〔三八〕［注釋音辯］鱻與鮮同。張（敦頤）云：薧音槁。二字並出《周禮》。［韓醇詁訓］上音鮮，下音槁。二字並出《周禮》。按：見《周禮·天官冢宰·庖人》。鱻，生鮮之肉。薧，乾肉或乾魚。

〔三九〕百家注引韓醇注已見解題。

【集　評】

沈作喆《寓簡》卷四：柳子厚《設漁者對智伯》，其淵源自出，蓋本《列子》蒲且子之説釣也。

黄震《黄氏日鈔》卷六〇：喻智伯以貪敗。

盛如梓《庶齋老學叢談》卷中上：柳子厚《設漁者對智伯》，效《國策》莊辛對楚襄王，辛三喻入蔡靈侯事共襄王，共五段，子厚亦三喻，引太公遇文王發智伯之問，以三腳證前，凡六段。文字比《國策》尤縝密，但結尾「于文王何有」下説智伯處，比《國策》似乎猶欠。

王霆震《古文集成》卷七六引敎齋批注：「志益大」句下：一篇主意。「問焉」句下：又意。「若漁幾何曰」句下：漁者答。「若之漁何如曰」句下：漁者又答。

《王荆石先生批評柳文》卷四：步步雋警。

茅坤《唐宋八大家文鈔》卷二六：諷貪得而招敵者，而文亦極力摹寫。

蔣之翹輯注《柳河東集》卷一四：巧喻曲引，蹊徑大近《國策》。王世貞曰：步步雋警。「志益大」句下評：「志益大」三字爲一篇張本。

儲欣《河東先生全集録》卷三：倣《國策》而文采過之，尺幅一如《梓人傳》。作者其知悔乎？與《懲咎賦》參看可也。

孫琮《山曉閣選唐大家柳柳州全集》卷四：借托設言之文，其風獨盛于戰國，是亦一體。蓋設爲數層，漸進而入本意也。此文諷貪得而招敵者，是其本意，而極力摹寫，開闔繁簡，處處入神，亦是有意摹古之文。又引盧文子（元昌）評：貪不知止，其禍必烈，公有得于老氏之學者。

何焯《義門讀書記》卷三五：不喻其所以作，似非爲藩鎮也。

林紓《韓柳文研究法·柳文研究法》：設喻之文也。華色似漢京，氣勢似《南華》，詞鋒似《國策》。綜括大意，不過貪不知止，猶之螳螂捕蟬，黄雀在後耳。一二百言可盡，不值如許張煌。既然後爲繁衍之體，則不能不究其段落。入手，自水灌晉陽生義，因是見此漁者。以下由小魚而希大魚，猶之滅范、中行，因而圖趙，既得把握，可以迎刃而解。其間用字之斟酌，亦宜留意。（如「今主大兹水」之「大」字，「以好臣之餌」之「好」字，「日收者百焉」之「收」字，「深怨而造謀」之「深」字、「造」字，皆佳。）文不過發爲兩大段，前半奚力喻魚，後半即以魚之貪而得死，喻智伯之貪而取敗。語語針對，即語語發明。勝處在兩用「徒手得焉」，能自圓其說。試思鮪之來也，從魴鯉數萬，此何可盡得？唯其環坻瀲而不能出，故得之。鯨之來也，能驅群鮫，此何可得？北蹙於碣石，槁焉，故得之。喻范、中行之自敗，故爲智氏所有。然有難者，漁者之設喻。漁者之身，即智氏之身，若言進不已而致敗，則漁者之身，未嘗沉没，又何足以警智氏？至此，忽推開不言，但言漁者之來，爲釣文王而來，以文王譬智氏，智氏焉有不當。以下遂可進以諷諭。惟有此句作過渡，文勢將滯壅而不通。柳州聰明，能下此一語，即從死中求活，讀者也不可不悟。結論言：「臣恐主爲大鯨，首解于邯鄲，鬣摧于安邑，胸披于上黨，尾斷于中山之外，而腸流于大陸，爲鱻薨，以充三家子孫之腹。」讀之，似無首肯設喻之切當，不知此特喻中之喻，非設喻之正意也。文之本意，以漁者之貪對智伯之貪言，非以大鯨喻智伯也。至漁者得鯨後，忽慕文王，因而求見智伯，此爲文字脱卸之機關。蓋萬不能言漁者得鯨後，別有他慕，自窮于死地，即吾所謂死中求活法也。「主爲大鯨」句，是另起爐灶語，不過從喻魚意帶出耳。

愚溪對

柳子名愚溪而居，五日，溪之神夜見夢曰：「子何辱予，使予爲愚耶？有其實者，名固從之，今予固若是耶？予聞閩有水，生毒霧厲氣〔一〕，中之者温屯嘔泄①〔二〕，藏石走瀨〔三〕，連艫糜解②〔四〕。有魚焉，鋸齒鋒尾而獸蹄③，是食人，必斷而躍之〔五〕，乃仰噬焉〔六〕。故其名曰惡溪〔七〕。西海有水，散渙而無力，不能負芥，投之則委靡墊没〔八〕，及底而後止，故其名曰弱水④〔九〕。秦有水，掎汩泥淖〔一〇〕，撓混沙礫〔一一〕，視之分寸，眙若睨壁〔一二〕，淺深險易〔一三〕，昧昧不覿，乃合清渭⑤，以自彰穢跡〔一四〕，故其名曰濁涇〔一五〕。雍之西有水，幽險若漆，不知其所出⑥，故其名曰黑水⑦〔一六〕。夫惡、弱⑧，六極也；濁、黑，賤名也。彼得之而不辭，窮萬世而不變者，有其實也⑨。今予甚清與美，爲子所喜，而又功可以及圃畦，力可以載方舟⑩〔一七〕，朝夕者濟焉。子幸擇而居予，而辱以無實之名以爲愚，卒不見德而肆其誣，豈終不可革耶？」

柳子對曰：「汝誠無其實，然以吾之愚而獨好汝⑪，汝惡得避是名耶〔一八〕？且汝不見貪泉乎？有飲而南者，見交趾寶貨之多，光溢於目，思以兩手左右攫而懷之⑫，豈泉之實耶？過而往貪焉猶以爲名⑬〔一九〕，今汝獨招愚者居焉⑭，久留而不去，雖欲革其名，不可得矣。夫明王之時，智者用，愚者伏，用者宜邇⑮，伏者宜遠。今汝之託也，遠王都三千餘里，側僻迴隱，蒸鬱之與曹，螺蚌之與居⑯〔二〇〕，唯觸罪擯辱愚陋黜伏者，日駸駸以游汝⑰〔二一〕，闖闖以守汝〔二二〕。汝欲爲智乎？胡不呼今之聰明皎厲握天子有司之柄以生育天下者，使一經於汝，而唯我獨處？汝既不能得彼而見獲於我，是則汝之實也。當汝爲愚而猶以爲誣，寧有説耶？」

曰：「是則然矣。敢問子之愚何如而可以及我？」柳子曰：「汝欲窮我之愚説耶？雖極汝之所往，不足以申吾喙〔二三〕，涸汝之所流⑱，不足以濡吾翰〔二四〕。姑示子其略：吾茫洋乎無知，冰雪之交⑲，衆裘我絺，溽暑之鑠〔二五〕，衆從之風，而我從之火⑳。吾盪而趨〔二六〕，不知太行之異乎九衢，以敗吾車〔二七〕；吾放而游㉑，不知吕梁之異乎安流，以没吾舟〔二八〕。吾足蹈坎井〔二九〕，頭抵木石，衝冒榛莽㉒，僵仆虺蜴㉓〔三〇〕，而不知怵惕。何喪何得，進不爲盈，退不爲抑，荒涼昏默，卒不自克㉔，此其大凡者也。願以是汙汝，可乎？」於是溪神深思而歎曰：「嘻，有餘矣。其及我也㉕！」因俯而羞，仰而吁，涕泣交流，舉手而辭，一悔一明，覺而莫知所之。遂書其對。

【校記】

① 嘔，原作「漚」，據注釋音辯本、詁訓本、五百家注本及《文粹》改。

② 縻，《文粹》作「縻」。

③ 鋸齒，《文粹》作「劍牙」。

④《文粹》無「故」字。
⑤清，五百家注本、世綵堂本、《全唐文》作「涇」。
⑥《文粹》無「其」字。
⑦詁訓本無「其」字。
⑧惡弱，原作「弱惡」，據注釋音辯本、詁訓本、世綵堂本及《文粹》改。
⑨《文粹》無「其」字。
⑩方，詁訓本注：「一作萬。」
⑪《文粹》無「而」字。
⑫世綵堂本注：「一本無『兩』字。」
⑬焉，《文粹》作「之」。
⑭《文粹》無「者」字。
⑮邇，《文粹》作「近」。
⑯蜯，詁訓本作「蚌」。
⑰駸駸，原作「侵侵」，據《文粹》、蔣之翹輯注本及《全唐文》改。
⑱《文粹》無「所」字。
⑲世綵堂本注：「『之』下有『方』字。」

⑳ 世綵堂本注：「一本作『衆從風而我之火』。」

㉑《文粹》無「吾」字。

㉒ 原注與注釋音辯本、世綵堂本注：「冒，一作行。」詁訓本作「行」。

㉓ 仆，《文粹》作「卧」。

㉔ 自，《文粹》作「知」。

㉕ 其，注釋音辯本、詁訓本、世綵堂本作「是」。

【解　題】

［韓醇詁訓］觀公《與楊誨之書》云「方築愚溪東南爲室」，時元和五年也。《對》雖不紀年月，其在永州作，明矣。［百家注引王儔補注］集有《愚溪詩序》云：「灌水之陽有溪，東流入瀟水，名冉溪。余謫瀟水上，改之爲愚溪。」《愚溪對》作於永州，明矣。晁太史无咎取以附《變騷》，其係曰：「宗元之所作，亦《對襄王》、《答客難》之義而託之神也。然嘗論宗元固不愚，夫安能使溪愚哉？竭其智以近利而不獲，既困矣，而始曰我愚，宗元之困，豈愚罪耶？」按：柳宗元稱自己的困頓是因愚所致，遂連累山水也不得美名，可見其對己之愚的認定是堅決的。柳子真愚耶？假愚耶？辯證此問題毫無意義，由此文，可以感受得到的是作者於檢討中的不服氣。

【注釋】

〔一〕［百家注］厲，惡也。

〔二〕［注釋音辯］中，上聲。屯，徒渾切，聚也。嘔，於口切。泄音薛。［韓醇詁訓］屯，徒渾切，聚也。嘔音歐，又於口切。泄音薛。［世綵堂］中音衆。按：章士釗《柳文指要》上《體要之部》卷一四：「温屯與温暾，皆疊韻字，由字義言之，不冷不熱曰温暾，熱屯聚而不散曰温屯。二者固非無别，而在口語，則發音全同，可使聞者難於區分。又此二字，唐人最爲慣用，《致虚雜俎》：『今人以人性不爽利者曰温暾。』子厚使此二字時，可能意味人爲毒霧所中，致形迷惘，因而二者從有别而流爲無别，乃語言之本性所貽，毫不足怪。」

〔三〕［韓醇詁訓］（瀨）音賴，水流沙上也。［百家注引張敦頤曰］瀨，湍也。吴越謂之瀨，中國謂之磧。瀨音賴。

〔四〕［注釋音辯］童（宗説）云：艫音盧，船頭也。［百家注引孫汝聽曰］李斐云：「艫，船前頭刺櫂處。」連艫，言多也。艫音盧。按：韓醇詁訓本注同注釋音辯本。

〔五〕［百家注引孫汝聽曰］此蓋鱷魚也。

〔六〕［韓醇詁訓］（噬）音筮。

〔七〕［百家注引孫汝聽曰］惡溪在潮州界。［蔣之翹輯注］按惡溪在潮州府城東，一名鱷溪。有鱷魚，身黄色，四足修尾，狀如鼉，舉止矯疾，口森鋸齒，往往爲人害。此云閩有水，大抵潮州本閩南、兩越之界，故云。按：何焯《義門讀書記》卷三五：「『予聞閩有水』，《唐書·地理志》：「處州麗水縣東十里有惡溪，多水怪。」大字本注：「孫曰：惡溪在潮州界。」誤也。處州乃漢甌閩地。」惡溪在處州，何説是。劉壎《隱居通議》卷二九：「惡谿在閩，多厲毒，中者温屯嘔泄，逾者腳足腐弱。其魚多鰐。沸海常沸，尤多惡魚。炎州，貢者經之。《路史》之所載如此。然予嘗仕閩數年，不聞有此也。惟聞延平一宣差言：常汎南海，海水中有火出。郭學録又言：嘗見海嘯，其海水拔起如山高。」

〔八〕[注釋音辯]墊，丁念切，陷也。

〔九〕[韓醇詁訓]出甘州。東坡云：自州北西至肅州。[百家注引孫汝聽曰]《山海經》：「崑崙之丘，其下有弱水之淵環之。」注云：「其水不勝鴻毛。」按：見《山海經·大荒西經》。

〔一〇〕[注釋音辯]張（敦頤）云：掎，舉綺切，偏引也。潘（緯）云：汩，音骨，又胡骨、於筆二切。淖，女教切，泥也。按：韓醇詁訓本同。掎汩，即牽動。

〔一一〕[注釋音辯]潘（緯）云：（礫）音歷，小石也。

〔一二〕[注釋音辯]張（敦頤）云：眙，丑吏切，反視也。睨，五計切，邪視也。[韓醇詁訓]眙，丑吏切，直視也。睨音詣，邪視也。

〔一三〕[韓醇詁訓]（易）以豉切。

〔一四〕[百家注引孫汝聽曰]《詩》：「涇以渭濁。」涇小渭大，屬於渭而入於河。涇以有渭，故見其濁。

按：涇清渭濁，故云涇渭分明。《詩經·邶風·谷風》「涇以渭濁」，漢、唐經學家注《詩經》均誤作「涇濁渭清」，柳宗元沿其誤，故此云「清渭」、「濁涇」。

〔一五〕[**韓醇詁訓**]（涇水）出原州高平縣笄頭山，一名崆峒山，至同州界入渭。[**百家注引孫汝聽曰**]《漢書·地理志》云：「涇水出安定涇陽縣西岍頭山，東南至馮翊陽陵縣入渭。」故上云秦有水也。[**蔣之翹輯注**]今西安府有涇陽縣、涇河。

〔一六〕[**韓醇詁訓**]《通典》：「（黑水）出甘州張掖縣雞山。」[**百家注引孫汝聽曰**]《書》：「黑水西河惟雍州。」酈元《水經》：「黑水出張掖雞山，南流至燉煌，過三危山，南流入於南海。」[**蔣之翹輯注**]今在肅州。

〔一七〕[**注釋音辯**]《毛詩》：「方之舟之。」注：「方舟也，編木以渡。」[**百家注引孫汝聽曰**]《詩》曰：「方之舟之。」注云：「方，泭也。」《説文》云：「編木以渡也。」

〔一八〕[**百家注引王儔補注**]東坡詩云：「應同柳州柳，聊使愚溪愚。」又詩云：「不見子柳子，餘愚汙溪山。」本此文也。**按**：見蘇軾《故周茂叔先生濂谿》及《杜沂游武昌以酴醿花菩薩泉見餉二首》二。

〔一九〕[**韓醇詁訓**]廣州二十里地名石門，有水曰貪泉，飲者懷無厭之欲。晉吴隱之爲廣州刺史，乃至泉所，酌而賦詩曰：「古人云此水，一飲懷千金。試使夷齊飲，終當不易心。」**按**：見《晉書·良吏傳·吴隱之》。百家注本引孫汝聽注略同。

〔二〇〕［注釋音辯］螺，蜯戈切。蜯，步項切。［韓醇詁訓］螺，盧戈切。蚌屬，大者如斗，出日南漲海中。蚌，步項切。蜃屬。《釋文》：「蛤也。」

〔二一〕《詩經·小雅·四牡》：「駕彼四駱，載驟駸駸。」毛傳：「駸駸，驟貌。」

〔二二〕［注釋音辯］張（敦頤）云：闖，丑禁切。馬出門貌。按：韓醇詁訓本同。

〔二三〕［注釋音辯］（喙）詐機切，口也。

〔二四〕［注釋音辯］（翰）音寒，羽也。按：陳景雲《柳集點勘》卷二：「注『翰，羽也』，誤。揚子雲《長楊賦》『翰林主人』，注：『翰，筆也。』」陳説是。

〔二五〕［韓醇詁訓］（鑠）式灼切。

〔二六〕［百家注］盪亦放也。

〔二七〕［注釋音辯］行，音杭。太行，山名，險路也。［蔣之翹輯注］太行，山名，在河南懷慶府。天下山之險者稱此。九衢，大道也。按：《文選》曹操《苦寒行》：「北上太行山，艱哉何巍巍。羊腸阪詰屈，車輪爲之摧。」

〔二八〕［注釋音辯］吕梁，在彭城縣，水三十仞。出《莊子》。［百家注引孫汝聽曰］《莊子》曰：「孔子觀於吕梁，懸水三十仞，流沫四十里，黿鼉魚鱉之所不能游也。」吕梁，今在彭城。［世綵堂］吕梁在西河離石。［蔣之翹輯注］今在南直隸徐州。按：見《莊子·達生》。

〔二九〕《莊子·秋水》：「子獨不聞夫埳井之鼃乎？謂東海之鱉曰：『吾樂與。吾跳梁乎井幹之上，入休乎缺甃之崖，赴水則接掖持頤，蹶泥則没足滅跗，還虷蟹與科斗，莫吾能若也。且夫擅一壑之水，而跨跱埳井之樂，此亦至矣，夫子奚不時來入觀乎？』東海之鱉左足未入，而右膝已縶矣。」

虺，毒蛇。

〔三〇〕［注釋音辯］（蜴）音易。［韓醇詁訓］音易，蜥蜴也。《釋文》：「似虵，四足。去足真虵也。」［百家注引孫汝聽曰］《詩》：「哀今之人，胡爲虺蜴。」蜴，守宫也。按：見《詩經·小雅·正月》。

【集　評】

晁補之《清美堂記》：昔柳子厚名愚溪而居，而溪之神見夢曰：「余甚清且美，爲子所喜，子幸擇而居余，而辱余以無實之名以爲愚耶？」子厚與之辨，其言信激而有理。須城王景亮以爲不然，曰：「夫物之名，物之實也，且子厚固不愚，夫安能使溪愚也？士而矜其能不自愛，以近權利而取悔，未始病其智也，而曰我固愚，余羞之。」（《雞肋集》卷三〇）

韓醇《詁訓唐柳先生文集》卷一四：晁太史无咎取以附《變騷》，其係曰：宗元之所作，亦《對襄王》、《答客難》之義，而託之神也。宗元以謂我愚，而谿有得於我，谿亦當愚，故言己愚可以累神者，而神受之然。補之嘗論宗元固不愚，夫安能使谿愚哉？竭其智以近利而不獲，既困矣，而始曰我愚，柳宗元之困，豈愚罪邪？夫古之人臣，正言爲國，犯難得死，惟晁錯爲愚哉，故後世咸曰：「錯爲一身謀則愚，爲天下謀則智。」惡夫士之喜權者，幸而進，則曰「智無以過我」，不幸而退，則曰「愚無以過我」，是進不失利，退不失名。故録宗元此對極智愚之辯，以俟後之君子。

孫覿《龜潭》：埋没榛蕪不記年，穿雲絡石自濺濺。柳州莫作愚谿對，乞與佳名到處傳。（《鴻慶居士集》卷五）

黄震《黄氏日鈔》卷六〇：設溪神援惡溪、弱水、濁涇、黑水皆有其實，而予不愚。柳子用貪泉對，泉不貪，飲而南者貪也，汝獨招愚者居焉，則汝之實也，因自陳其愚。文極精妙。此雖子厚自戲之辭，然愚謂溪之愚可辭，而子厚傑然文人也，乃終身賢叔文而不知悟，其身之愚，可得辭耶？

曹安《讕言長語》：柳宗元在八司馬中最巧者也，作《乞巧文》，又作《愚溪對》，以愚自名，而謂宗元豈拙愚者哉？

《王荆石先生批評柳文》卷四：此小文，卻發越雄渾。

茅坤《唐宋八大家文鈔》卷二六：柳子自嘲，並以自矜。

陸夢龍《柳子厚集選》卷二：恣暢而不粘滯。

蔣之翘輯注《柳河東集》卷一四：其思深，其調逸，其筆致淋漓而灑灑。

儲欣《河東先生全集録》卷三：柳子惟不自貴重，以至於敗。柳子之敗，一愚字蔽之，宋人謂宗元不愚，苛矣。怨艾之音，詞旨嗚咽。

孫琮《山曉閣選唐大家柳柳州全集》卷四：就溪神設爲問答，讀者覺得溪神之詞長，柳州之詞短。溪神之詞長，故可盡其牢騷；柳州之詞短，故不能罄其鬱勃。屈子澤畔行吟，柳州愚溪問答，千古同慨。

吕留良《晚村先生八家古文精選·柳文精選》：以名、實二字爲眼，而實有兩層。因其招愚者居焉而名以愚，是其實也。然愚之實，則仍在柳子，不在溪，文故分兩截寫。

沈德潛《歸愚齋記》：予以歸愚名其齋，客問予曰：「此韓子歸愚識夷塗之意，既知之矣。第古人愚者多矣，子將安歸？」還叩之，客曰：「孔子稱甯俞爲愚不可及，稱顏子爲如愚，稱子羔爲愚，揚子以晁錯爲愚，柳子厚自名愚，而因愚其溪，子將安歸？」應之曰：「甯俞之愚，忠而愚者也。予非其位，亦非其時。顏子之如愚，發聖人之藴幾於化矣。子羔之愚，過厚而不易，所守進於賢矣。二子者予安敢幾若？晁錯之愚，矜智炫慧以自焚其身，予無此機巧。柳子厚之愚，自傷蹉跌，思欲補過於遷謫之餘，予亦未嘗躁進。數子之愚，皆非予所歸也。」（《歸愚文鈔》卷九）

何焯《義門讀書記》卷三五：中間頗指斥舉錯倒謬，則後之所謂己之愚者，無非所遭之不幸，非其罪也。然稍乖敦厚。篇中所引惡溪比養小人，弱水比抑君子，濁涇不法知人，黑水賦質昏昧。……「弱惡，六極也」：不美。「濁黑，賤名也」：不清。「且汝不見貪泉乎」：舉一因人以累其名者爲敷佐。「夫明王之時」：暗取「王之不明，豈足福哉」之意。「汝欲爲智乎」至「使一經於汝」：無須臾忘報復，宜人之畏而擯也。詞旨亦激迫少味。「吾盪而趨」至「卒不自克」：此見險不能止，又深一層。

林紓《韓柳文研究法·柳文研究法》：憤詞也，亦稍傷排比，較諸《愚溪詩序》，實遜其淡冶。文舉惡溪，舉弱水，舉濁涇，舉黑水，四者皆出愚溪之下，表愚溪之品，較勝於四者。此託夢神之言，以自方也。清美有功，力能濟人，表溪之能，亦即所以自表其能，在理無可愚之實。然一經柳子之好，則溪與柳合一，亦不能不成爲愚，此文字之樞紐。樞紐一握，下此遂易發議論矣。貪泉一喻，尤見水與人有關係處，人可因水而貪，則水亦可因人而愚。行文至此，真顛撲不破。下此言「遠王都三千餘里」，喻淪謫也。「側避迴隱，蒸鬱之與曹，螺蚌之與居」，喻所接皆鳥言夷面之人也。「騷騷以游汝，闖闖以守汝」，喻僻處無歡也。正喻夾寫，不辨其是水是人。復言汝不得顯者臨汝，獨見獲於至愚之遷客，當汝爲愚，似溪之運命應爾。至此直將愚字坐實溪身矣。以上所言，尚嫌其不甚顯豁，復引起夢神一問，於是大放厥詞，極寫己身之因愚而得禍，卻實向夢神愬説一番，有悔過意，有引罪意。則發其無盡之牢騷，泄其一腔之悲憤，楚聲滿紙，讀之肅然。

對賀者

柳子以罪貶永州，有自京師來者，既見，曰：「余聞子坐事斥逐，余適將唁子〔一〕。今余視子之貌浩浩然也，能是達矣，余無以唁矣，敢更以爲賀〔二〕。」柳子曰：「子誠以貌乎則可也①，然吾豈若是而無志者耶②？姑以戚戚爲無益乎道，故若是而已耳。吾之罪大，會主上方以寬理人，用和天下，故吾得在此。凡吾之貶斥幸矣，而又戚戚焉何哉？夫爲天子尚書郎，謀畫無所陳，而群比以爲名〔三〕，蒙耻遇僇〔四〕，以待不測之誅。苟人爾，有不汙栗危厲偲偲然者哉〔五〕？吾嘗静處以思，獨行以求，自以上不得自列於聖朝，下無以奉宗祀，近丘墓，徒欲苟生幸存，庶幾似續之不廢③〔六〕，是以儻蕩其心，倡佯其形〔七〕，茫乎若昇高以望，潰乎若乘海而無所往，故其容貌如是。子誠以浩浩而賀我，其孰承之乎？嘻笑之怒，甚乎裂眥〔八〕，長歌之哀④，過乎慟哭。庸詎知吾之浩浩非戚戚之尤者乎！子休矣。」

【校　記】

①世綵堂本注：「乎，一作言。」

②世綵堂本注：「一無而字。」

③似，詁訓本作「嗣」。

④哀，注釋音辯本作「哭」。

【解　題】

〔韓醇詁訓〕永貞元年九月，公自禮部員外郎貶邵州刺史，十一月又貶永州司馬。既至永州後作。按：韓説可從。柳宗元到永州後，故作豁達，實是無奈之表現，然而恐怕要被某些人認作不思悔過，遂有「嬉笑之怒，甚乎裂眥，長歌之哀，過乎痛哭」的名言。無論出於什麼樣的心理原因，這句話所表達的作者當時的心境，確是非常真實的。

【注　釋】

〔一〕［注釋音辯］童（宗説）云：唁，宜箭切。《穀梁傳》云：「弔失國曰唁。」［百家注］孫（汝聽）曰：弔生曰唁，弔死曰弔。張（敦頤）曰：弔失國亦曰唁。見《穀梁傳》云。唁，宜箭切。按：韓醇詁訓本同注釋音辯本。

〔二〕［注釋音辯］更，平聲。

〔三〕［百家注引孫汝聽曰］群比謂朋黨。

〔四〕［注釋音辯］（僇）即戮字。

〔五〕［注釋音辯］張（敦頤）云：偲，音思，相切責也。又七才切。按：韓醇詁訓本同。

〔六〕［百家注引童宗説曰］《詩》：「以似以續，續古之人。」按：見《詩經·周頌·良耜》。「似」通「嗣」。

〔七〕［注釋音辯］倡佯，音昌羊。［韓醇詁訓］倡音昌，佯音羊。按：儻蕩，放任隨便，不檢點。倡佯，猶倘佯，閒游，安然自在地行走。

〔八〕［注釋音辯］（眥）才智、才詣二切，目匡也。一作眦。［韓醇詁訓］（眥）疾智切，又才詣切，目眥也。

【集評】

宋祁《宋景文筆記》卷中：柳子厚云：「嘻笑之怒，甚於裂眦，長歌之音，過於慟哭。」劉夢得云：「駭機一發，浮謗如川。」信文之險語。韓退之云：「婦順夫旨，子嚴父詔。」又云：「耕於寬閒之野，釣於寂寞之濱。」又云：「持被入直三省，丁寧顧婢子，語刺刺不得休。」此等皆新語也。

《新刊增廣百家詳補注唐柳先生文》卷一四百家注王儔補注引黄唐曰：古人所甚惡，惡於不情。怒者可知，笑者不可測。子厚嘻笑甚裂眥，長歌過慟哭，而戚戚之悲，寄於浩浩，蓋有齊人之風乎？（按：蔣之翹輯注引作童宗説曰。）

洪邁《容齋隨筆》卷二：嬉笑之怒，甚於裂眥，長歌之哀，過於慟哭，此語誠然。

黄震《黄氏日鈔》卷六〇：《對賀者》之末曰：「嘻笑之怒，甚乎裂眥，長歌之哀，過乎慟哭，庸讵知吾之浩浩，非戚戚之尤者乎！」愚謂子厚此言，大痛無聲者也，雖悔可追。

馮時可《雨航雜録》卷上：柳子厚「嘻笑之怒，甚於裂眦」，或云當作「嘻笑之譏」。今人謗人，或嘻或笑，若有意，若無意，乃其恨深而媢之甚者也。若裂眦之罵，出自直發，此之謂怒，豈甚仇哉？譬如風焉，披雲飛石，捲水傾木，而無傷於人之血脈；隙穴之風，毛髮不摇，及中肌膚，以爲深疾。噫嘻，今之爲隙穴風者，亦多矣！劉禹錫云：「駭機一發，浮謗如川。」二子皆身處妒娼之間，故其言有味如此。余亦有《解忌》篇。

茅坤《唐宋八大家文鈔》卷二六：《解嘲》、《釋譴》諸文之遺。

蔣之翹輯注《柳河東集》卷一四：子厚「嘻笑」、「長歌」四語，今古遂爲名言，然亦未嘗無本。《樂府》云：「悲歌可以當泣，遠望可以當歸」是也。

儲欣《河東先生全集録》卷三：進一步結，險語深悲，然悲而不怨。

孫琮《山曉閣選唐大家柳柳州全集》卷四：《解嘲》、《賓戲》等文，古無此體，而倡爲之，獨絶千古，此文其遺意也。堅栗淡俏，筆不能繁，而思獨苦。子瞻云言止而意不盡，可移贈此文。又引盧文子（元昌）曰：可當高山十日哭。

張伯行《唐宋八大家文鈔》卷四：子厚既遭貶斥，知戚戚之無用，而姑爲浩浩以自排遣耳。故自道其真情而無所飾如此。

何焯《義門讀書記》卷三五：筆語自妙。……「嘻笑之怒」四句：太盡，反少味。

杜兼對

或問曰：「朝廷以公且明，進善退不肖，未嘗不當。然吾有一疑焉，願有聞於子，以釋予也①。」曰②：「何哉？」曰：「杜兼爲濠州〔一〕，幸兵之亂，殺無罪士二人〔二〕。蓄貨足慾，吾以爲唐檮杌、饕餮者亡以異〔三〕。然而卒入爲郎中、給事中，出由商至河南尹，乃死〔四〕。夫何取於兼者若是幸也？」曰：「若子之言，兼之罪，吾雖不覩乎目，然聞之熟，宜廢而不用久矣。然而吾有一取焉。吾聞兼在濠州，有鍾離令盧某者〔五〕，宰相戚也，而譏且諛，曰狀其僚之過愆以致於兼，且曰：『是過是愆③，我獨無有。』其僚因惴恐〔六〕，以俟謫怒於上。令日施施自負〔七〕，曰④：『州君將我除也⑤。』兼得之乃大怒，罰令，使僚也咸得自達以進乎善，因擯令終不得面焉⑥。人由是不苟免，而譏諛之道大息。朝廷進兼，於内則給事中，於外則至河南尹，蓋知兼有是善也歟？誠然，不爲公且明耶？」或者曰：「兼，凶狡人也。恣殺以充己，其爲過章章者，凡天下兒童後闕。」

【校　記】

①予，注釋音辯本作「子」。

②詁訓本無此「曰」字。

③世綵堂本注：「一無二『是』字。」

④世綵堂本注：「一無曰字。」

⑤ 除，注釋音辯本、世綵堂本作「陟」。按二字義同，都是升遷之義。

⑥ 世綵堂本注：「面，一作問。」

【解　題】

〔韓醇詁訓〕《新史·杜兼傳》書其爲濠州刺史，豪侈橫恣，僚官韋賞、陸楚皆聞家子，有美譽，論事忤兼，誣劾以罪，殺之。二人無罪死，衆莫不冤之，此或人之問有及於枉殺無罪士二人者，即史之所書也。公乃取其能辨鍾離令之讒且諛，使無罪之僚咸得自達，則史之所不書者也。韓昌黎銘杜兼墓而二事皆不書，特著其世緒爲詳，豈以其善不足以揜其惡，故並二事而略之，吾嘗疑焉。惜乎公之對缺而不全，無以見公終有以去取微顯之意矣。〔百家注引孫汝聽曰〕兼字處洪，中書令正倫五世孫。**按**：杜兼，兩《唐書》有傳。其因私怨而誣殺僚佐事，具載傳中。本文所云鍾離令盧某事，別無可考。韓愈有《故中散大夫河南尹杜君墓誌銘》，僅叙其歷官，餘皆不書。此文不全，故不得明柳宗元之全部觀點。然由所存文觀之，杜兼既做過壞事，也做過好事，柳宗元既看到他的缺點，也看到他的優點，爲不求全責備之意。然杜兼誣陷良善，爲有關人品之大節，其醜惡的一頁是抹殺不掉的。

【注　釋】

〔一〕〔百家注引孫汝聽曰〕徐泗節度使張建封表置其府，積勞爲濠州刺史。

〔二〕［注釋音辯］兼性浮險，録事參軍韋賞、團練判官陸楚，皆以守職論事忤兼，密奏二人通謀扇動軍中，宣制杖殺之。［百家注引孫汝聽曰］兼性浮險，録事參軍韋賞、團練判官陸楚，皆以守職論事忤兼，兼密奏二人通謀扇動軍中，忽有制使至，兼率官吏迎於驛中，前呼韋賞、陸楚出，宣制杖殺之。二人有士林之譽，無罪受戮，天下冤之。

〔三〕［注釋音辯］檮音濤。杌音兀。饕音叨。餮音鐵。四凶之號。［韓醇詁訓］檮音濤，杌音兀，饕音叨，餮音鐵。古之四凶之二者。《春秋》注：「檮杌，頑凶無疇匹之貌。貪財爲饕，貪食爲餮。」［百家注引孫汝聽曰］文十八年《左氏》：「顓頊氏有不才子，天下謂之檮杌。縉雲氏有不才子，天下謂之饕餮。」注云：「檮杌，頑凶無疇匹之貌。貪財爲饕，貪食爲餮。」

〔四〕［百家注引孫汝聽曰］元和初，入爲刑部郎中，改吏部郎中。自給事中出爲商州刺史、金商防禦使，改河南少尹、行大尹事。半歲，拜大尹。元和四年十一月二十二日，兼卒。

〔五〕［百家注引韓醇曰］鍾離縣屬濠州。

〔六〕［韓醇詁訓］惴，之瑞切，憂懼也。［百家注引童宗説曰］惴，憂懼貌。

〔七〕［注釋音辯］施施，自得貌。

【集　評】

《王荆石先生批評柳文》卷四：疑非公真筆。

天對

問曰①：「遂古之初，誰傳道之？上下未形，何由考之〔一〕？冥昭瞢闇，誰能極之②？馮翼惟像，何以識之〔二〕？明明闇闇，惟時何爲〔三〕？」對：本始之茫，誕者傳焉〔四〕。鴻靈幽紛，曷可言焉〔五〕。曶黑晰眇〔六〕，往來屯屯〔七〕，厖昧革化③〔八〕，惟元氣存，而何爲焉〔九〕！

問：「陰陽三合，何本何化〔一〇〕？」《穀梁》：「獨陰不生，獨陽不生，獨天不生，三合然後生。」王逸以爲天、地、人，非也。對：合焉者三，一以統同。吁炎吹冷④〔一一〕，交錯而功〔一二〕。

問：「圜則九重，孰營度之〔一三〕？」對：無營以成，沓陽而九〔一四〕。轉輠渾淪⑤〔一五〕，蒙以圜號〔一六〕。

問：「惟兹何功，孰初作之〔一七〕？」對：冥凝玄釐，無功無作〔一八〕。

問：「斡維焉繫？天極焉加〔一九〕？」對：烏傒繫維，乃縻身位⑥〔二〇〕。無極之極，漭瀰非垠⑦〔二一〕，或形之加，孰取大焉〔二二〕！

問：「八柱何當？東南何虧〔二三〕？」對：皇熙亹亹〔二四〕，胡棟胡宇，宏離不屬⑧〔二五〕，焉恃夫八柱〔二六〕！

問：「九天之際，安放安屬〔二七〕？」對：無青無黄，無赤無黑，無中無旁，烏際乎天則〔二八〕！

問：「隅隈多有，誰知其數〔二九〕？」對：巧欺淫誑，幽陽以別。無隈無隅，曷懵厥列〔三〇〕！

問：「天何所沓？十二焉分〔三一〕？」對：折篿剡筳⑨〔三二〕，午施旁豎，鞠明究曛〔三三〕，自取十二。非余之爲，焉以告汝〔三四〕！

問：「日月安屬？列星安陳〔三五〕？」對：規燬魄淵〔三六〕，太虛是屬。棋施萬熒⑩〔三七〕，咸是焉託〔三八〕。

問：「出自湯谷，次于蒙汜〔三九〕。」對：輻旋南晝⑪，軸奠于北〔四〇〕，孰彼有出次〔四一〕，惟汝方之側。平施旁運，惡有谷汜〔四二〕！

問：「自明及晦，所行幾里〔四三〕？」對：當焉爲明，不逮爲晦，度引久窮⑫，不可以里〔四四〕。

問：「夜光何德，死則又育〔四五〕？」對：燬炎莫儷，淵迫而魄〔四六〕，遐違乃專，何以死育〔四七〕！

問：「厥利維何，而顧菟在腹〔四八〕？」對：玄陰多缺，爰感厥兔，不形之形，惟神是類〔四九〕。

問：「女歧無合，夫焉取九子〔五〇〕？」對：陽健陰淫，降施蒸摩，歧靈而子，焉以夫爲〔五一〕！

問：「伯强何處？惠氣安在〔五二〕？」對：怪沵冥更⑬〔五三〕，伯强乃陽，順和調度，應氣出行，時屆時縮，何有處鄉〔五四〕！

問：「何闔而晦？何開而明〔五五〕？」對：明焉非闢，晦焉非藏〔五六〕。

問：「角宿未旦，曜靈安藏〔五七〕？」對：孰旦孰幽，繆躔于經〔五八〕。蒼龍之寓，而廷彼角亢⑭〔五九〕。

問：「不任汩鴻，師何以尚之⑮〔六〇〕？僉答何憂⑯，何不課而行之〔六一〕？」對：惟鮌譊譊〔六二〕，鄰聖而孽。恒師厖蒙，乃尚其圮〔六三〕。后惟師之難，矘頞使試〔六四〕。

問：「鴟龜曳銜，鮌何聽焉〔六五〕？順欲成功，帝何刑焉〔六六〕？永遏在羽山，夫何三年不施〔六七〕？」對：盜堙息壤，招帝震怒音翹，舉也。〔六八〕，賦刑在下，而投棄于羽⑰。方陟元子，以胤功定地〔六九〕。胡離厥考，而鴟龜肆喙⑱〔七〇〕。

問：「伯禹腹鮌⑲〔七一〕，夫何以變化？纂就前緒，遂成考功〔七二〕，何續初繼業⑳，而厥謀不同〔七三〕？」對：氣孽宜害，而嗣續得聖，汙塗而蕖，夫固不可以類㉑〔七四〕。胝躬躄步〔七五〕，橋楯勩路㉒〔七六〕，厥十有三載，乃蓋考醜。宜儀刑九疇㉓，受是玄寶〔七七〕。昏成厥孽，昭生于德，惟氏之繼，夫孰謀之式〔七八〕！

問：「洪泉極深，何以寘之〔七九〕？」對：行鴻下隤〔八〇〕，厥丘乃降，焉填絶淵，然後夷于土〔八一〕。

問：「地方九州㉔，何以墳之〔八二〕？」對：從民之宜，乃九于野，墳厥貢藝，而有上中下〔八三〕。

問：「應龍何畫？河海何歷〔八四〕？」對：胡聖爲不足，反謀龍智？畚鍤究勤，而期畫厥尾〔八五〕。

問：「鮌何所營？禹何所成〔八六〕？康回馮怒，地何故以東南傾〔八七〕？」對：圜燾廓大〔八八〕，厥立不植，地之東南，亦已西北。彼回小子，胡顛隕爾力，夫誰駭汝爲此，而以慁天極〔八九〕！

問：「九州何錯？川谷何洿〔九〇〕？」對：州錯富媪㉕〔九一〕，爰定于趾，躁川静谷，形有高庳〔九二〕。

問：「東流不溢，孰知其故〔九三〕？」對：東窮歸墟〔九四〕，又環西盈，脈穴土區，而濁濁清清。墳壚燥疏㉖，滲渴而升〔九五〕，充融有餘，泄漏復行〔九六〕。器運浟浟，又何溢爲〔九七〕！

問：「東西南北，其修孰多〔九八〕？」對：東西南北，其極無方，夫何湏洞㉗，而課校修長㉘〔九九〕！

問：「南北順墮，其衍幾何〔一〇〇〕？」對：茫忽不準，孰衍孰窮〔一〇一〕。

問：「崑崙縣圃，其尻安在〔一〇二〕？」對：積高于乾，崑崙攸居，蓬首虎齒，爰穴爰都㉙〔一〇三〕。

問：「增城九重，其高幾里〔一〇四〕？」對：增城之高㉚，萬有三千㉛〔一〇五〕。

問：「四方之門，其誰從焉〔一〇六〕？」對：清溫燠寒，迭出于時，時之丕革，由是而門〔一〇七〕。

問：「西北辟啟，何氣通焉〔一〇八〕？」對：辟啟以通，茲氣之元〔一〇九〕。

問：「日安不到㉜，燭龍何照〔一一〇〕？」對：修龍口燎，爰北其首，九陰極冥，厥朔以炳〔一一一〕。

問：「羲和之未揚，若華何光〔一一二〕？」對：惟若之華，稟羲以耀〔一一三〕。

問：「何所冬暖？何所夏寒〔一一四〕？」對：狂山凝凝音嶷，魚力切。〔一一五〕，冰于北至。爰有炎洲，司寒不得以試〔一一六〕。

問：「焉有石林？何獸能言㉝〔一一七〕？」對：石胡不林，往視西極。獸言嘐嘐，人名是達〔一一八〕。

問：「焉有虬龍㉞，負熊以游〔一一九〕？」對：有虬蟉蛇㉟〔一二〇〕，不角不鱗，嬉夫玄熊，相待以神〔一二一〕。

問：「雄虺九首，儵忽焉在〔一二二〕？」對：南有怪虺，羅首以噬。儵忽之居，帝南北海〔一二三〕。儵忽在《莊子》甚明，王逸以爲電，非也。

問：「何所不死？長人何守〔一二四〕？」對：員丘之國，身民後死〔一二五〕。封嵎之守，其橫九里〔一二六〕。

問：「靡蓱九衢，枲華安居〔一二七〕？」《山海經》多言其枝五衢，又云四衢。衢，歧也。王逸以爲生九衢中，恐謬。對：有蓱九歧，厥圖以詭，浮山孰産㊱，赤華伊枲〔一二八〕！浮山有草焉，其葉如麻，赤華，即枲華也。

問：「靈蛇吞象㊲，厥大何如㊳〔一二九〕？」對：巴蛇腹象，足覿厥大㊴，三歲遺骨，其修已號㊵〔一三〇〕。

問：「黑水玄趾，三危安在〔一三一〕？」對：黑水淫淫，窮于不姜。玄趾則北，三危則南〔一三二〕。

問：「延年不死，壽何所止〔一三三〕？」對：僊者幽幽，壽焉孰慕，短長不齊，咸各有止。胡紛華漫汗㊶，而潛謂不死〔一三四〕！

問：「鯪魚何所？ 鬿堆焉處〔一三五〕？」對：鯪魚人貌，邇列姑射㊷。鬿雀峙北號㊸，惟人是食〔一三六〕。《山海經》：「鯪魚在海中，近列姑射。」堆當爲雀。鬿雀在北號山，如雞，虎爪，食人。王逸注誤。

問：「羿焉彃日㊹，烏焉解羽㊺〔一三七〕？」「烏」當作「鳥」。對：焉有十日，其火百物！ 羿宜炭赫厥體㊻，胡庸以枝屈！ 大澤千里，群鳥是解㊼〔一三八〕。《山海經》曰：「大澤千里，群鳥之所解。」《問》作烏字，當爲鳥，後人不知，因配上句改爲烏也。

問：「禹之力獻功，降省下土四方〔一三九〕，焉得彼嵞山女，而通之于台桑〔一四〇〕？ 閔妃配合㊽，厥身是繼〔一四一〕，胡爲嗜欲不同味㊾，而快鼂飽㊿〔一四二〕？」對：禹懲于續，嵞婦亟合。胈離厥膚，三門以不眂(51)〔一四三〕，呱呱之不晝〔一四四〕，而孰圖味(52)！ 卒燥于野(53)，民攸字攸暨(54)〔一四五〕。

問：「啟代益作后，卒然離蠥(55)〔一四六〕。」對：彼呱克臧，俾姒作夏〔一四七〕，獻后益于帝，諄諄以不命〔一四八〕。 復爲叟耆，曷戚曷孽〔一四九〕！

問：「何啟惟憂，而能拘是達〔一五〇〕？ 皆歸射鞫，而無害厥躬〔一五一〕。」對：呱勤于德，民以乳活。 扈仇厥正，帝授柄以撻兇窮，聖庸夫孰克害〔一五二〕！

問：「何后益作革，而禹播降〔一五三〕？」對：益革民艱，咸粲厥粒。 惟禹授以土，爰稼萬億。 違溺踐垍，休居以康食〔一五四〕。 姑不失聖，夫胡往不道(56)〔一五五〕！

問：「啟棘賓商，《九辯》《九歌》〔一五六〕。」對：啟達厥聲，堪輿以呻[57]〔一五七〕，辨同容之序，帝以賀嬪〔一五八〕。

問：「何勤子屠母，而死分竟地[58]〔一五九〕？」對：禹母産聖，何疈厥旅！彼淫言亂噣，聰聝以不處〔一六〇〕。

問：「帝降夷羿，革孽夏民〔一六一〕。胡羿射夫河伯，而妻彼雒嬪[59]〔一六二〕？」對：夷羿滔荒[60]，割更夏相[61]〔一六三〕，夫孰作厥孽，而誣帝以降〔一六四〕！震鰝厥鱗，集矢于皖〔一六五〕，肆叫帝不諶，失位滋嫚〔一六六〕。有洛之嫮，焉妻于狡[62]〔一六七〕！

問：「馮珧利決[63]，封豨是射，何獻蒸肉之膏，而后帝不若〔一六八〕？」對：夸夫快殺〔一六九〕，鼎豨以慮飽，馨膏腴帝，叛德恣力。胡肥台舌喉，而濫厥福〔一七〇〕！

問：「浞娶純狐，眩妻爰謀，何羿之射革，而交吞揆之〔一七一〕？」對：寒讒婦謀，后夷卒戕〔一七二〕，荒棄于野，俾奸民是臧。舉土作仇，徒怙身弧〔一七三〕！

問：「阻窮西征，巖何越焉？化而爲黄熊[64]，巫何活焉〔一七四〕？」對：鯀殛羽巖，化黄而淵〔一七五〕。

問：「咸播秬黍，莆雚是營[65]〔一七六〕。」對：子宜播稙穉[66]，于丘于川，維莞維蒲。維菰維蘆〔一七七〕。丕徹以圖，民以讙以都。

問：「何由并投，而鮌疾修盈〔一七八〕？」對：堯酷厥父，厥子激以功[67]，克碩厥祀，後世是郊〔一七九〕。

問：「白蜺嬰茀，胡爲此堂〔一八〇〕？安得夫良藥，不能固臧〔一八一〕？天式從横，陽離爰死〔一八二〕，大鳥何鳴，夫焉喪厥體〔一八三〕？」對：王子怪駭，蜺形茀裳。文褫操戈[68]〔一八四〕，猶懵夫藥良，終鳥號以游，奮厥篚筐。曶漠莫謀〔一八五〕，形胡在胡亡。

問：「萍號起雨，何以興之〔一八六〕？」對：幽陽潛爨，陰蒸而雨，萍憑以興，厥號爰所〔一八七〕。

問：「撰體協脅，鹿何膺之〔一八八〕？」對：氣怪以神，爰有奇軀，脇屬支偶，尸帝之隅〔一八九〕。

問：「鼇戴山抃，何以安之〔一九〇〕？」對：宅靈之丘，掉焉不危，鼇厥首而恒以恬夷[69]〔一九一〕。

問：「釋舟陵行，何以遷之〔一九二〕？」對：惡釋而陵[70]，殆或謫之，龍伯負骨，帝尚窄之〔一九三〕。

問：「惟澆在户，何求于嫂？何少康逐犬，而顛隕厥首〔一九四〕？」對：澆嫪以力，兄廛聚之。康假于田，肆克宇之〔一九五〕。

問：「女歧縫裳，而館同爰止，何顛易厥首，而親以逢殆〔一九六〕？」對：既裳既舍[71]，宜咸墜厥首〔一九七〕。

問：「湯謀易旅，何以厚之〔一九八〕？」對：湯奮癸旅，爰以偪拊，載厥德于葛，以詰仇餉〔一九九〕。

問：「覆舟斟尋，何道取之〔二〇〇〕？」對：康復舊物，尋焉保之！覆舟喻易，尚或艱之〔二〇一〕。

問：「桀伐蒙山，何所得焉？妹嬉何肆，湯何殛焉〔二〇二〕？」對：惟桀嗜色，戎得蒙妹[72]，淫處暴娛，以大啟厥伐〔二〇三〕。

問：「舜閔在家，父何以鱞〔二〇四〕？堯不姚告，二女何親〔二〇五〕？」對：瞽父仇舜，鱞以不儷，堯專以女，兹俾胤厥世。惟蒸蒸翼翼，于嬀之汭〔二〇六〕。

問：「厥萌在初，何所意焉[73]〔二〇七〕？璜臺十成，誰所極焉〔二〇八〕？」對：紂臺于璜，箕克兆之〔二〇九〕。

問：「登立爲帝，孰道尚之〔二一〇〕？」對：惟德登帝，師以首之[74]〔二一一〕。

問：「女媧有體，孰制匠之〔二一二〕？」對：媧軀虺號，占以類之，胡曰日化七十[75]，工獲詭之〔二一三〕。

問：「舜服厥弟，終然爲害，何肆犬體，而厥身不危敗〔二二四〕？」對：舜弟眂厥仇⑯，畢屠水火，夫固優游以聖，而孰殆厥禍〔二二五〕！　犬齗于德，終不克以噬。昆庸致愛，邑鼻以賦富⑰〔二二六〕。

問：「吴獲迄古，南嶽是止〔二二七〕，孰期去斯⑱，得兩男子〔二二八〕？」對：嗟伯之仁，遜季旅嶽⑲，雍同度厥義⑳，以嘉吴國〔二二九〕。

問：「緣鵠飾玉，后帝是饗〔二三〇〕，何承謀夏，桀終以滅喪〔二三一〕？」對：空桑鼎殷，諂羑厥鵠，惟軻知言，瞯焉以爲不〔二三二〕。　仁易愚危，夫曷揆曷謀，咸逃叢淵，虐后以劉〔二三三〕。

問：「帝乃降觀，下逢伊摯〔二三四〕，何條放致罰，而黎伏大説〔二三五〕？」對：降厥觀于下，匪摯孰承〔二三六〕！　條伐巢放，民用潰厥疣，以夷于膚，夫曷不謠〔二三七〕！

問：「簡狄在臺，嚳何宜？　玄鳥致貽，女何喜〔二三八〕？」對：嚳狄禱禖，契形于胞，胡乙鷇之食，而怪焉以嘉〔二三九〕！

問：「該秉季德，厥父是臧㉑〔二三〇〕。」對：該德胤考㉒，蓐收于西，爪虎手鉞，尸刑以司慝〔二三一〕。「該」爲蓐收，王逸注誤也。

問：「胡終弊于有扈，牧夫牛羊〔二三二〕？」對：牧正矜矜，澆扈爰踣〔二三三〕。

問：「干協時舞，何以懷之〔二三四〕？」對：階干以娱，苗革而格，不迫以死，夫胡狃厥賊〔二三五〕！

問：「平脅曼膚，何以肥之〔二三六〕？」對：辛后騃狂，無憂以肥，肆蕩弛厥體，而充膏于肌。嗇寶被躬，焚以旗之〔二三七〕。

問：「有扈牧豎，云何而逢[83]？擊牀先出，其命何從〔二三八〕？」對：扈釋于牧，力使后之。民仇焉寓，啟牀以斮〔二三九〕。

問：「恒秉季德，焉得夫朴牛[84]〔二四〇〕？何往營班祿，不但還來〔二四一〕。」對：殷武踵德，爰獲牛之朴〔二四二〕，夫唯陋民是冒，而不號以瑞[85]。卒營而班，民心是市〔二四三〕。

問：「昏微循跡，有狄不寧，何繁鳥萃棘[86]，負子肆情〔二四四〕？」對：解父狄淫，遭愍以赧。彼中之不目，而徒以色視〔二四五〕。

問：「眩弟並淫，危害厥兄，何變化以作詐，後嗣而逢長〔二四六〕？」對：象不兄龔，而奮以謀蓋[87]。聖孰凶怒，嗣用紹厥愛[88]〔二四七〕。

問：「成湯東巡，有莘爰極，何乞彼小臣，而吉妃是得〔二四八〕？」對：莘有玉女，湯巡爰獲，既内克厥合，而外弼于德。伊知非妃，伊之知臣，曷以不識〔二四九〕！

問：「水濱之木，得彼小子，夫何惡之，媵有莘之婦〔二五〇〕？」對：胡木化于母，以蝎厥聖〔二五一〕！喙鳴不良，謾以詭正，盡邑以墊，孰譯彼夢〔二五二〕！

問：「湯出重泉，夫何罪尤〔二五三〕？不勝心伐帝，夫誰使挑之〔二五四〕？」對：湯行不類，重泉是囚，違虐立辟，實罪德之由[89]〔二五五〕。師憑怒以割[90]，癸挑而讎〔二五六〕。

問：「會鼂爭盟，何踐吾期〔二五七〕？蒼鳥群飛，孰使萃之〔二五八〕？」對：膠鬲比漦，雨行踐期〔二五九〕，捧盎救灼，仁興以畢隨。鷹之咸同，得使萃之〔二六〇〕。

問：「列擊紂躬[91]，叔旦不嘉〔二六一〕，何親揆發，足周之命以咨嗟[92]〔二六二〕？」對：頸紂黃鉞，旦孰喜之！民父有讋，嗟以美之〔二六三〕。

問：「授殷天下，其位安施？反成乃亡，其罪伊何〔二六四〕？」對：位庸芘民，仁克莅之。紂淫以害，師殛圮之〔二六五〕。

問：「爭遣伐器，何以行之？並驅擊翼，何以將之〔二六六〕？」對：咸逭厥死[93]，爭徂器之，翼鼓顛禦，讙舞靡之[94]〔二六七〕。

問：「昭后成游，南土爰底，厥利惟何，而逢彼白雉[95]〔二六八〕？」對：水濱翫昭，荆陷弑之，繆迓越裳，疇肯雉之〔二六九〕！

問：「穆王巧梅[96]，夫何爲周流？環理天下，夫何索求〔二七〇〕？」對：穆懵《祈招》，猖洋以游，輪行九野，惟怪之謀。胡紿娛載勝之獸[97]，觴瑶池以迭謡〔二七一〕！

問：「妖夫曳衒，何號乎市[98]？周幽誰誅？焉得夫褒姒〔二七二〕？」對：孺賊厥詵[99]，爰麋其弧，幽禍挐以夸，憚褱以漁〔二七三〕。淫嗜蔑殺，諫尸謗屠，孰鱗漦以徵[100]，而化黿是辜〔二七四〕！

問：「天命反側，何罰何祐〔二七五〕？」對：天邈以蒙，人厶以离[101]。胡克合厥道，而詰彼尤違〔二七六〕！

問：「齊桓九會，卒然身殺[102]〔二七七〕？」對：桓號其大，任屬以傲，幸良以九合，逮孽而壞〔二七八〕。

問：「彼王紂之躬，孰使亂惑？何惡輔弼，讒諂是服〔二七九〕？」對：紂無誰使惑，惟志爲首。逆圖倒視，輔讒以僇寵〔二八〇〕。

問：「比干何逆，而抑沈之？雷開何順[103]，而賜封之〔二八一〕？」對：干異召死，雷濟克后〔二八二〕。

問：「何聖人之一德，卒其異方？梅伯受醢，箕子佯狂〔二八三〕。」對：文德邁以被，芮鞫順道，醢梅奴箕，忠咸喪以醜厚〔二八四〕。

問：「稷惟元子，帝何篤之？投之于冰上，鳥何燠之[104]〔二八五〕？」對：棄靈而功，篤胡爽焉！翼冰以炎，盍崇長焉〔二八六〕！

問：「何馮弓挾矢，殊能將之〔二八七〕？既驚帝切激[105]，何逢長之〔二八八〕？」對：既歧既嶷，宜庸將焉。紂凶以啟，武紹尚焉〔二八九〕。

問：「伯昌號衰，秉鞭作牧，何令徹彼岐社，命有殷之國〔二九〇〕？」對：伯鞭于西，化江漢滸，易岐社以太，國之命以祚武〔二九一〕。

問：「遷藏就岐，何能依〔二九二〕？」對：踰梁橐囊，羶仁蟻萃〔二九三〕。

問：「殷有惑婦，何所譏〔二九四〕？」對：妲滅淫商，痛民以亟去〔二九五〕。

問：「受賜茲醢，西伯上告，何親就上帝罰，殷之命以不救〔二九六〕？」對：肉梅以頒，烏不台訴！孰盈受惡[106]，兵躬殄祀〔二九七〕！

問：「師望在肆，昌何志[107]？鼓刀揚聲，后何喜〔二九八〕？」對：牙伏牛漁，積内以外萌，岐目厥心，瞭眡顯光〔二九九〕。奮刀屠國[108]，以髀髖厥商〔三〇〇〕。

問：「武發殺殷，何所悒？載尸集戰，何所急〔三〇一〕？」對：發殺曷逞[109]，寒民于烹，惟栗厥文考，而虔子以徂征〔三〇二〕。

問：「伯林雉經，維其何故？何感天抑墜，夫誰畏懼〔三〇三〕？」對：中譖不列，恭君以雉〔三〇四〕。胡螾訟蟯賊，而以變天地〔三〇五〕！

問：「皇天集命，惟何戒之？受禮天下，又使至代之[110]〔三〇六〕？」對：天集厥命，惟德受之。胤怠以棄，天又祐之[111]〔三〇七〕。

問：「初湯臣摯，後茲承輔，何卒官湯，尊食宗緒〔三〇八〕？」對：湯摯之合，祚以久食，昧始以昭末，克庸成績〔三〇九〕。

問：「勳闔夢生，少離散亡，何壯武厲，能流厥嚴〔三一〇〕？」對：光徵夢祖，憾離以厲，仿偟激覆，而勇益德邁⑫〔三一一〕。

問：「彭鏗斟雉，帝何饗？受壽永多，夫何久長〔三一二〕？」對：鏗羹于帝，聖孰嗜味！夫死自暮，而誰饗以俾壽〔三一三〕！

問：「中央共牧，后何怒〔三一四〕？蠭蟻微命，力何固〔三一五〕？」對：螝蠚已毒，不以外肆。細腰群螫，夫何足病〔三一六〕！

問：「驚女采薇，鹿何祐？北至回水⑬，萃何喜〔三一七〕？」對：萃回偶昌，鹿曷祐以女〔三一八〕！

問：「兄有噬犬，弟何欲？易之以百兩，卒無祿〔三一九〕。」問云百兩，蓋謂車也。王逸以爲百兩金，誤也。對：鍼欲兄愛，以快侈富，愈多厥車⑭，卒逐以旅⑮〔三二〇〕。

問：「薄暮雷電，歸何憂？厥嚴不奉，帝何求〔三二一〕？伏匿穴處，爰何云？荆勳作師，夫何長⑯〔三二二〕？悟過改更，我又何言〔三二三〕？」對：咨吟于野，胡若之很！嚴墜誼殄丁厥任，合行違匿固若所〔三二四〕。呥嚘忿毒意誰與？醜齊徂秦啗厥詐，讒登狡庸咈以施〔三二五〕。

甘恬禍凶亟鋤夷，愎不可化徒若罷〔一二六〕。

問：「吴光争國，久余是勝〔一二七〕？」對：闔綽厥武，滋以侈頽〔一二八〕。

問：「何環穿自閭社丘陵，爰出子文〔一二九〕？」對：於菟不可以作，怠焉庸歸〔一三〇〕！問云「爰出子文」，哀今無此人，但任子蘭也。

問：「吾告堵敖以不長〔一三一〕。」對：欸吾敖之閼以旅尸[117]〔一三二〕。楚人謂未成君而死曰敖。堵敖，楚文王兄也。今哀懷王將如堵敖不長而死，以此告之。逸注以爲堵敖楚賢人，大謬。

問：「何試上自予[118]，忠名彌彰〔一三三〕？」對：誠若名不尚，曷極而辭[119]〔一三四〕！

【校　記】

①注釋音辯本無「曰」字。下同。按：詁訓本有對無問，而將《天問》之問及解，附於對之下。注釋音辯本注云：「今將《楚詞·天問》逐段附入，遇《天問》則低寫於前，遇《天對》則高寫於後，仍入諸家音釋，覽者詳焉。」

②極，詁訓本作「及」。

③厖，原作「龙」，據注釋音辯本、五百家注本改。

④泠，原作「冷」，注釋音辯本作「泠」，並注：「泠音零，清也。」據改。

⑤原注與世綵堂本注：「轉輠，一作轉轅。」注釋音辯本作「運轅」，並注：「一本『運』作『轉』，潘

本『轅』作『輠』，胡果、胡瓦二切，車轂轉貌。又胡罪切，回也。」詁訓本注：「一作運輠，一作轉輠。」

⑥ 縻，原作「麋」，據詁訓本改。五百家注本引蔡夢弼曰：「『麋』恐作『縻』。」

⑦ 瀰，注釋音辯本、詁訓本作「彌」。注釋音辯本注：「潘本『彌』作『瀰』。」

⑧ 原注與注釋音辯本、詁訓本注：「宏，一作完。」五百家注本、世綵堂本作「完」，並注：「完，一作宏。」

⑨ 折，原注：「一作拆。」詁訓本注：「一作坼。」世綵堂本注：「一作析。」

⑩ 施，注釋音辯本作「地」，五百家注本、世綵堂本作「布」。

⑪ 晝，原作「晝」，據注釋音辯本改。

⑫ 久，注釋音辯本作「九」，《全唐文》作「無」，何焯《義門讀書記》亦以爲當作「無」。

⑬ 沵，原作「瀰」。注釋音辯本注：「瀰，民卑、莫爾二切。一本作『濔』，與『沴』同，徒典切。又音戾，陰陽氣亂也。」蔣之翹輯注本作「沵」，並注：「諸本作瀰，或作濔，皆非是。」沵與沵同，通沴，音戾。故據改。

⑭ 原注與世綵堂本注：「彼字，一本作尉。」廷，世綵堂本作「迋」，並注：「迋，具往切，欺也。」

⑮ 注釋音辯本注：「師，一作鮌，非是。或『不』字上有『鮌』字。」

⑯ 答，詁訓本、世綵堂本作「曰」。

⑰詁訓本無「而」字，世綵堂本注：「一無而字。」

⑱鴟，原作「鳿」，詁訓本作「鴞」，五百家注本作「鵄」，世綵堂本作「鴟」，皆注：「與『鴟』同。」此從注釋音辯本。

⑲注釋音辯本注：「腹，一作愎。筆力切。」

⑳「何」原闕，據諸本補。續，注釋音辯本作「績」，並注：「『何』字下一本有『故』字。」

㉑蕖夫，何焯校本注：「蕖夫，疑作『夫蕖』。」

㉒世綵堂本注：「橋，一作檋，一作樏，一作橇。」原注與詁訓本注：「路，一作蹃。」注釋音辯本、世綵堂本作「蹃」，並注：「蹃，一作路。」

㉓原注與注釋音辯本、詁訓本注：「一本無『宜儀刑』三字。」

㉔州，注釋音辯本作「則」，並注：「則，一本作州。」《全唐文》亦作「則」。

㉕媪，詁訓本作「嫗」，並注：「嫗，一作媪。」

㉖燥，原作「燦」，據注釋音辯本改。注釋音辯本注：「燥，一本作燦。」五百家注本引蔡夢弼曰：「燦，當作燥。」

㉗澒，注釋音辯本、五百家注本、世綵堂本作「鴻」。注釋音辯本注：「鴻，一本作澒。」

㉘原注與世綵堂本注：「一本無校字。」詁訓本無「校」字，並注：「一有校字。」

㉙穴，五百家注本、世綵堂本作「處」。

㉚高，注釋音辯本、《全唐文》作「里」。
㉛原注與詁訓本注：「千，一作干。」
㉜不，五百家注本、世綵堂本作「所」。
㉝何，五百家注本、世綵堂本作「有」。
㉞焉，五百家注本、世綵堂本作「烏」。
㉟世綵堂本注：「崺，一作委，音同。」
㊱山，原作「出」，據諸本改。
㊲靈，原作「一」，據注釋音辯本、五百家注本、世綵堂本改。注釋音辯本注：「靈，或作一。」
㊳注釋音辯本注：「大，或作骨。」五百家注本、世綵堂本作「骨」。據《山海經》及對文，作「骨」近是。
㊴原注與世綵堂本注：「覿，一作覲。」詁訓本作「覲」，並注：「一作覿。」
㊵其，注釋音辯本作「具」。
㊶胡，五百家注本作「何」。
㊷射，原作「則」，據諸本改。
㊸雀，原作「崔」，據諸本改。
㊹彈，原作「彈」，據五百家注本、世綵堂本改。注釋音辯本注：「彈，一本作彈，一本作斃。朱云：

作『彈』者誤也。」

㊺ 解，原作「鮮」，據諸本改。

㊻ 原注與詁訓本注：「羿，一作早。」

㊼ 原注：「《問》作『烏』，當爲『鳥』，後人不知，因配上句，改爲『烏』也。」爲柳宗元原注。

㊽ 配，注釋音辯本、詁訓本作「匹」。

㊾ 爲，注釋音辯本、五百家注本、世綵堂本作「維」。注釋音辯本無「欲」字。並注：「一本『維』作『爲』。一本『嗜』下有『欲』字。」

㊿ 注釋音辯本注：「一本『快』下有『一』字。」

(51) 世綵堂本注：「眠，一作眩。」

(52) 五百家注本、世綵堂本、《全唐文》「味」上有「厥」。

(53) 原注與世綵堂本注：「于，一作中。」注釋音辯本、五百家注本作「中」，並注：「一本『中』作『于』。」

(54) 原注：「字，一作宇。」注釋音辯本、詁訓本、世綵堂本作「宇」，並注：「一本『宇』作『字』。」據文意，作「字」近是。

(55) 原注：「蠥，與孽同。」注釋音辯本注：「蠥，一作孽，一作孼，並魚列切。」世綵堂本注：「離蠥，一作孽孽。」

(56) 注釋音辯本無「聖夫」二字，並注：「一本『失』字下有『性天』字。」詁訓本「夫」作「天」，並注：「一本無『聖天』。」世綵堂本注：「康食，安食也。康，一作『倉』。一無『食』字，作『休居以倉康姑不失』。一無『聖夫』二字。」

(57) 輿，注釋音辯本作「與」。

(58) 地，原作「墜」，據蔣之翹輯注本改。注釋音辯本注：「一作『隆』，與『地』同，朱云作『地』。」按：「隆」爲「地」的籀文異體，誤作「墜」。

(59) 「彼」原闕，據諸本補。

(60) 注釋音辯本注：「（荒）一本作淫。」五百家注本、世綵堂本作「淫」。

(61) 夏，諸本作「后」。

(62) 此句詁訓本作「娶有姣」。

(63) 馮，原作「嗎」，據諸本改。

(64) 注釋音辯本無「而」字，並注：「一本『化』字下有『而』字。」熊，五百家注本、世綵堂本作「能」。

(65) 藿，原作「藿」，據五百家注本、世綵堂本改。原注與注釋音辯本注：「藿，一作藿。」按：「藿」與「萑」同。

(66) 原注與注釋音辯本、詁訓本、世綵堂本注：「子，一作予。」稙，原作「殖」，據五百家注本、世綵堂本改。陳景雲《柳集點勘》卷二：「『殖』當作『稙』，乃用《詩》『稙穉菽麥』語。」

67 原本注：「激，一作繳，音澆。」詁訓本作「徼」，並注：「一作激。」世綵堂本注：「激，一作徼，非是。」

68 文，原作「衣」，據注釋音辯本、詁訓本、世綵堂本改。注釋音辯本注：「一本作衣。」

69 恒，詁訓本作「常」。

70 惡，原作「要」，世綵堂本注：「『要』當作『惡』，音烏，何也。」據改。

71 原注與注釋音辯本、詁訓本、世綵堂本注：「一本無『既賞』二字。」

72 妹，原作「昧」，詁訓本作「妹」，皆誤。

73 上二句原在「二女何親」句下，據注釋音辯本、詁訓本、世綵堂本等移至「璜臺十成」句上。

74 師，詁訓本作「帥」。

75 「曰」原闕，詁訓本、世綵堂本無「曰」字，據注釋音辯本及《全唐文》補。

76 弟，詁訓本作「帝」。

77 原注：「富，一作當。」

78 原注與世綵堂本注：「去，一作失。」

79 季，原作「弟」，據注釋音辯本、詁訓本、五百家注本改。

80 度，五百家注本作「慶」。

81 臧，詁訓本作「盛」。

(82) 原注與詁訓本、世綵堂本注：「孝，一作考。」注釋音辯本作「考」，並注：「考，一本作孝。」
(83) 原注與世綵堂本注：「一作『其爰何逢』。」
(84) 「焉」原闕，據諸本補。
(85) 丕，原作「不」，據諸本改。
(86) 鳥，原作「烏」，據注釋音辯本、五百家注本、世綵堂本改。
(87) 原注與注釋音辯本、世綵堂本注：「奮，一本作肆。」詁訓本作「肆」。
(88) 愛，原作「慶」，據諸本改。
(89) 「實」原闕，據注釋音辯本、五百家注本、世綵堂本補。
(90) 「以」原闕，據注釋音辯本、五百家注本、世綵堂本補。
(91) 列，原作「到」，據蔣之翹輯注本改。注釋音辯本注：「朱云：『到』作『列』。」蔣之翹輯注本：「列，一作到，躬，一作射，皆非是。」
(92) 足，蔣之翹輯注本作「定」。
(93) 「咸」原闕，據諸本補。
(94) 原注與世綵堂本注：「『讙』字，一作誰。」詁訓本作「誰」。
(95) 詁訓本無「而」字。
(96) 梅，原作「晦」，據諸本改。

⑨⑦ 載，原作「戴」，據詁訓本、五百家注本、世綵堂本改。詁訓本注：「（載）一作戴。」

⑨⑧ 乎，詁訓本作「于」。

⑨⑨ 孺，詁訓本作「儒」，並注：「一作孺。」

⑩⓪ 鱗，注釋音辯本作「鱢」。

⑩① 厶，原作「么」，據五百家注本改。注釋音辯本注：「么，或作厶，音私。」

⑩② 身，詁訓本作「見」。

⑩③ 何，詁訓本、世綵堂本作「阿」。

⑩④ 烏，原作「鳥」，據諸本改。

⑩⑤ 原注：「切，一作以。」世綵堂本注：「切，一本作功。」

⑩⑥ 受，原本及諸本皆作「癸」。注釋音辯本注：「癸，當作紂。」五百家注本、世綵堂本注：「癸，疑當作『紂』。按此言紂事，而云『癸惡』，恐傳寫誤也。」何焯校本：「『癸』當作『受』。」按：商紂王名受，作『受』是，逕改。

⑩⑦ 原注與世綵堂本注：「志，一作識。」

⑩⑧ 刀，原作「力」，據世綵堂本改。

⑩⑨ 曷，原作「昌」，據注釋音辯本、詁訓本、世綵堂本改。

⑪⓪ 代，原作「伐」，據諸本改。

⑪ 天，詁訓本作「夫」。

⑫ 「益德邁」三字，注釋音辯本、詁訓本無。

⑬ 北，原作「比」，據詁訓本、五百家注本、世綵堂本改。

⑭ 詁訓本無「多」字。

⑮ 逐，詁訓本作「豖」。

⑯ 「長」下原有「先」，據詁訓本删。

⑰ 欸，原作「欵」，據五百家注本、世綵堂本改。陳景雲《柳集點勘》卷二：「『欵』當作『欸』，烏來切，歎也。元注有哀懷王語，哀即訓歎耳。懷王客死，故曰旅尸，哀其失位，羈死異國，不得正其終，與若敖之夭閼未成君同也。」

⑱ 原注：「一作『何誠上自予』。」注釋音辯本注：「試，一本作譏。予，一本作與。」世綵堂本注：「試，一作誠。予，一作與。」

⑲ 注釋音辯本注：「元注云：一本作『食姑不失聖人胡往不道』。」百家注本、世綵堂本注無「元注曰」三字。陳景雲《柳集點勘》卷二：「注『一本作』云云，當在前『益革民艱』條『食姑不失胡往不道』句下，誤刊於此，宜削。」按：陳説是。注文當移於前，然對文不誤。

【解 題】

［韓醇詁訓］《天對》非徒作也。屈原有《天問》，公以對也。原事楚懷王，爲三閭大夫，同列大夫

上官、靳尚妒害其能，共譖毀之，王乃逐之。原彷徨山澤，經歷陵陸，見楚有先王之廟，及公卿祠堂，圖畫天地山川神靈奇瑋僪佹，及古賢聖怪物行事，因書其壁，呵而問之。然其文義不次叙，讀之茫然。王逸爲之叙，有曰：「自太史公口論道之，多所不逮，至於劉向、揚雄，援引傳記，以解説之，亦不能詳悉。今則稽之舊章，合之經傳，以相發明。」此逸之語也。至公乃爲之對，間斥王逸之失。始讀之，亦莫曉其義。以《天問》之意參而求之，章決句斷，問答之意昭然義見。用疏公《天對》之言，而附《天問》之語於下，兼乎衆説，以昭其義。公之所以斥王逸之失者兼存之，庶易以考焉。若夫文義之不叙，則漢諸儒所不敢易也。［百家注引王儔補注］《天問》，屈原作，舊録於《楚辭》。其篇首曰：「原放逐，見楚有先王之廟及公卿祠堂，圖畫天地山川神靈，琦瑋僪佹，及古聖賢、怪物行事，因書其壁，假天問以稽疑而渫憤懣。楚人因共論述，故其文義不次叙。」此篇公所作，以對《天問》也。晁无咎取以續《楚辭》，序之曰：「《天問》，蓋自漢以來，患其文義不次，後之學者或不能讀，讀亦不知何等語，而公博學無不窺，又妙於辭，頗愛《離騷》之幽，獨能高尋遠抉，其有所得，如墜雲出淵，於原之辭無廋焉，此唐以來《離騷》之雄也。蓋屈原作《離騷》，經揚雄爲《反離騷》，補之嘗曰：非反也，合也。而宗元爲《天對》以媲《天問》，雖問對相反，其於發揚則同。《離騷》因反而始明，《天問》因對而益彰云云。用參取《天問》附入對語，章分而條析之，庶易以考焉。」［五百家注引蔡夢弼曰］《天問》者，屈原之所作也，舊録之於《楚辭》。按漢王逸序其篇首曰：「屈原放逐，憂心愁悴，彷徨山澤，經歷陵陸，嗟號旻昊，仰天歎息，見楚有先王之廟及公卿祠堂，圖畫天地山川神靈，琦瑋僪佹，及古聖賢、怪物行事，因書其壁，呵而問之，以渫憤滿，舒寫愁思，乃假天以爲言焉，故作《天問》。」子厚取《天問》所言，隨而釋之，遂作《天對》。夢弼嘗苦其文義不次，聱牙難讀，今取《楚辭》屈原《天問》，章分句析，以條於前，仍以子厚之對，繫而録之，博究其用事之從出，證以傳記，音而訓之，庶使《問》、《對》兩全，以便稽考焉。按：屈原作《天問》，提出有關自然界和人類社會的一百多個問題，洪興祖《楚辭補注》曰：「天固不可問，聊以寄吾之意耳。」柳宗元作《天對》，便是試圖對這些問題作出解答，亦間以糾正王逸注之誤。然柳宗元之説，有王逸注誤而宗元爲正者，亦有糾王逸之誤而不盡然者，諸注《天問》及柳集者多已言及。《天對》之作，是體現了柳宗元的探索研究精神，抑是於屈原的境遇心有戚戚焉？兩者當兼而有之，而以後者之情居多。故《天對》者，亦非真欲解答種種問題也，欲抒發無聊之憤懣耳。

【注　釋】

〔一〕［注釋音辯］朱（熹）云：遂，往也。道，言也。上下，天地也，未有天地，固未有人，誰得見之？［韓醇詁訓］謂太始之元，初無傳也。天地未形，本無言也。［百家注引王逸曰］遂，往也。初，始也。言往古太始之元，虚廓無形，神物未生，誰傳道此事也？言天地未分，溷沌無垠，誰考定而知之？

〔二〕［注釋音辯］瞢，莫鄧切。馮，皮冰切。朱（熹）云：冥，幽；昭，明也。言晝夜未分。馮翼，氤氲浮動之貌。今何以能窮極而知之乎也？［韓醇詁訓］馮翼惟像，《淮南子》曰：「天地未形，馮馮翼翼。」言未形也。［百家注引王逸曰］言日月晝夜，清濁晦明，誰能極知之？言天地既分，陰陽運轉，馮馮翼翼，何以識知其形像乎？按：所引見《淮南子·天文》。

〔三〕［百家注引王逸曰］言純陰純陽，一晦一明，誰造爲之乎？［蔣之翹輯注］「闇」與「暗」同，又作「暗」。

〔四〕［百家注引韓醇曰］謂太始之元，初無傳焉。

〔五〕［百家注引韓醇曰］謂天地未形，本無言也。

〔六〕［注釋音辯］潘（緯）云：曶，呼骨切。《説文》：「從曰，象氣出形。」司馬相如《難蜀文》「曶爽暗昧」。韋昭曰：「曶，梅憒切。」郭璞《三蒼解詁》曰：「曶，旦明也。」《字林》音「勿」。晣，之列、之例二切。［百家注引童宗説曰］《説文》：「曶，出氣詞也。從曰，象氣出形。」晣，明也。曶音忽。晣音浙。［五百家注］蔡夢弼曰：曶，呼骨切。《説文》：「出氣詞也，從曰，象氣出形。」郭璞《三蒼解詁》曰：「曶，旦明也。」嚴有翼曰：曶黑，微昧也。晣，之列切，明也。

〔七〕［注釋音辯］屯，張倫切。［百家注］屯，株倫切。［五百家注引蔡夢弼曰］屯，張倫切，難也。《易·屯卦》注：「屯者，天地造始之時也。」

〔八〕［五百家注引蔡夢弼曰］昧音妹。《易》：「天造草昧。」注：「造物之始，始於冥昧。」

〔九〕［韓醇詁訓］謂日月晝夜、陰陽明晦，惟元氣存也。按：楊萬里《誠齋集》卷九五《天問天對解》：「古蓋茫乎其不可考也，傳其有初者，虚誕者爲之也。鴻荒靈怪，幽深紛紊，何可得而言哉？且不可得而言也，考且得而考也耶？曶爽昭晰而爲晝，昏黑窈眇而爲夜，蓋日往月來，月往日來，自爾而已屯屯而昧焉，則冥昭瞢闇之理，蓋不可得而窮極也。二儀之盛滿者，自盛滿爾；萬形之衆多者，自衆多爾；人物之明明者，自明明爾；鬼神之闇闇者，自闇闇爾。倏焉而革，泯焉而化，此其厖昧之氣象，蓋不可得而測識也。日月晝夜之由不可窮也，天地人物鬼神之由不可識也，又孰有爲之者哉？蓋亦强名之曰惟元氣存而已。曶爽，見《漢·郊祀志》，謂昧爽也。」

〔一〇〕［注釋音辯］柳文元注云：「《穀梁》：獨陰不生，獨陽不生，獨天不生，三合然後生。王逸以爲天、地、人，非也。」朱（熹）云：陰也，陽也，天也，三者之合，何者爲本？何者爲化乎？［百家注引王逸曰］謂天、地、人，三合成德，其本始何化所生乎？按：注釋音辯本、百家注本、五百家注本皆引「元注」，爲柳宗元本人所加，蔣之翹輯注引作「柳自注」。所引見《穀梁傳》莊公三年。

〔一一〕［百家注］（泠）音零。［五百家注引蔡夢弼曰］泠音零，清也。字又從冫，音同。《集韻》：「吴人謂冰曰冷澤。」

〔一二〕［韓醇詁訓］蓋取《穀梁子》所謂「獨陰不生，獨陽不生，獨天不生，三合然後生」之意。王逸以謂天、地、人，非也。

〔一三〕［注釋音辯］圜謂天，形則法也。九，陽數之極，所謂九天。［百家注引王逸曰］言天圓而九重，誰營度而知之乎？［五百家注引蔡夢弼曰］圜與圓同。《説文》：「圜者，天之體也。」

〔一四〕［注釋音辯］還，達合切，積也。九者老陽。積陽爲天。［五百家注引蔡夢弼曰］還，徒合切，積也。九者老陽。積陽爲天，故曰還陽而九也。按：沓通還。

〔一五〕［注釋音辯］渾音魂，淪音倫，未相離也。［韓醇詁訓］輠，胡果切。［五百家注引蔡夢弼曰］輠，胡果、胡瓦二切。車轂轉貌。《禮記·雜記》「闢轂而輠輪者」。又胡罪切，迴也。渾音魂。淪音倫。《列子》：「氣形質具而未相離，故曰渾淪。」言萬物相渾淪而未相離也。［蔣之翹輯注］輠，車盛膏器也。故者車行，常載脂膏以塗軸，故軸滑易行，即其器也。或云輠，車轂轉貌。

〔一六〕［韓醇詁訓］謂天圜九重，取陽數也。

〔一七〕［注釋音辯］王逸云：言天有九重，誰始作之。［百家注引王逸曰］言天有九重，而誰功力始作之耶？

〔一八〕［百家注引文讜曰］謂純陽之數凝結而成天，初無作爲之功也。按：楊萬里《天問天對解》：「陰陽之合以三，而元氣統之以一。炎者，元氣之吁也；冷者，元氣之吹也。吁而吹，吹而吁，炎而寒，寒而炎，交錯而自爾功者也。其始無本，其未無化。天之九重者，陽數之合還而積者爾；天之圜體者，一氣輔輪而渾茫者爾。烏有所營，烏有所度哉？其凝而結也，冥然而凝，莫見其所以凝；其釐而治也，玄然而釐，莫見其所以釐。烏有所功，烏有所作哉？蒙，加也。

號，名也。天之圜亦豈真圜耶？人不見其際而見其圜，故加之以圜之名而已，故曰蒙以圜號。」

〔一九〕［注釋音辯］斡音管，車轂端沓也。維，繫物之縻也。焉，於虔切。天極謂南此極，譬則車之軸也。天之斡維繫於何所，而天之極何所加乎？［百家注引王逸曰］斡，轉。維，綱。言天晝與夜之轉旋，寧有維綱繫綴，其際極安所加乎？［五百家注引蔡夢弼曰］焉，於虔切，安也。後可以意求之。［蔣之翹輯注］斡，一作莞，並音管。顏師古注：「俗音烏活反。」非也。

〔二〇〕［注釋音辯］傒，户衣切。［五百家注引蔡夢弼曰］傒，户禮切，待也。《淮南子》：「帝張四維，運之以斗，東北爲報德之維，西南爲背陽之維，東南爲常羊之維，西北爲蹏通之維。」注：「四角爲維也。」

〔二一〕［注釋音辯］漭音莽。［韓醇詁訓］漭，莫浪切。［五百家注引蔡夢弼曰］張衡《靈憲》：「八極之極，徑二億三萬二千三百里。」漭，母朗切。瀰，民卑切，又莫爾切。漭瀰，水大貌。

〔二二〕［韓醇詁訓］謂斗極居中央，如《太玄》所謂天圓地方，極植中央也。王逸以爲極際，恐未必然也。［蔣之翹輯注］天極謂南北極，天之樞紐，常不動處，譬則車之軸也。故對言其如爲有形之加，則物孰有大於此者，正謂無極之極故耳。

〔二三〕［注釋音辯］《河圖》言地下有八柱，柱廣十五里，有三千六百軸，互相牽制。［百家注引王逸曰］言天有八山爲柱，背何當值？東南不足，誰虧缺之？［五百家注引蔡夢弼曰］《河圖》言：「崑崙者，地之中也。地下有八柱，柱廣十萬里，有三千八百軸互相牽制。名山大川，孔穴相通。」東方朔《神異經》曰：「崑崙有銅柱焉，其高入天，所謂天柱也。」

〔二四〕［韓醇詁訓］亹音尾。［五百家注引蔡夢弼曰］亹，户禮切。《易》：「成天下之亹亹者。」

〔二五〕［五百家注引蔡夢弼曰］屬，之欲切，附也。下同。

〔二六〕［韓醇詁訓］謂天維以八山爲柱，非所恃也。［百家注引文讜曰］言天以積氣而成，自然高廣，化育不窮，非恃八柱而安也。［蔣之翹輯注］《素問》：「天不足西北，地不滿東南。」注：「中原地形，西北高，東南下。」今百川滿湊東之滄海，則四方之高下可知。

〔二七〕［注釋音辯］放，上聲。屬音注。王逸云：東方皥天，東南陽天，南方赤天，西南朱天，西方成天，西北幽天，北方玄天，東北變天，中央鈞天。朱（熹）云：即所謂圜則九重者。［百家注引王逸曰］（九天）其際會何分，安所屬繫乎？

〔二八〕［韓醇詁訓］（天）其別雖九，而對以爲不然也。［百家注引文讜曰］言天之氣變化無方，不可執著，亦無窮際也。［蔣之翹輯注］則，法也。按：楊萬里《天問天對解》：「天有繫以維，則羈縻其體與位矣，天無待於繫者也。天有極以加，則有形而不大矣，天無極而大者也。皇熙者，天大而廣也。天廣大而亹亹不息，不棟不宇，全然離物，而無所連屬，豈有八山爲柱之恃哉！九天者，東曰皥天，東南曰陽天，南曰赤天，西南曰朱，西曰成，西北曰幽，北曰玄，東北曰變，中央曰鈞天也。天無色而亦無方，豈有九天之涯際哉！」

〔二九〕［注釋音辯］隈，烏回切。《淮南子》：「天有九野，九千九百九十九隅，去地五億萬里。」王逸云：言天地廣大，隅隈衆多。［五百家注引王逸曰］言天地廣大，隅隈衆多，寧有知其數乎？［五百家注引蔡夢弼曰］隈，烏回切。《説文》：「水曲隩也。」《爾雅》：「厓内爲隩，外爲隈。」《淮南子》：「天有九野，九千九百九十九隅，去地五億萬里。」［蔣之翹輯注］隅，角也。按：所引見《淮南子·天文》。

〔三〇〕［韓醇詁訓］謂天地方隅，不可以數窮也。隈，烏回切。懵，牟孔切。［世綵堂］懵，母亘切，不明也。又眉登切，惛也。又母總切，心亂也。

〔三一〕［注釋音辯］沓，合也。此問天與地合於何所，十二辰誰所分別乎。［韓醇詁訓］沓，合也。言天地合也。［百家注引王逸曰］沓，合也。言天與地合會何所，十二辰誰所分別乎？［五百家注引洪興祖曰］《左氏傳》：「日月所會，是謂辰。」注：「一歲日月凡十二會，所會爲辰。」

〔三二〕［注釋音辯］《楚辭》云：「索瓊茅以莛篿。」注謂折竹，小曰篿，音專，又音團。［韓醇詁訓］篿音專。楚人折竹以卜，謂之篿。筳音廷，葶莛也。［百家注引張敦頤曰］楚人折竹以卜，謂之篿。筳，葶莛也。《楚辭》：「索藑茅以筳篿兮，命靈氛爲余占之。」篿音專。筳音廷。［五百家注引蔡夢弼曰］折，食列切，斷也。篿音專。楚人名結草折竹以卜曰篿。剡音琰，削也。筳音廷。《離騷》：「索瓊茅以筳篿兮，命靈氛爲余占之。」注：「筳，竹筭也。」《後漢·方術傳》「挺篿折竹」注：「挺，八段竹也。」音同。

〔三三〕［注釋音辯］午，交午也。嚖，許雲切，日餘光。［五百家注引蔡夢弼曰］午謂交午也。嚖，許雲切，日入餘光。

〔三四〕［韓醇詁訓］意謂巧曆不能計天地之晦明，一歲日月十二會，固自若也。

〔三五〕［百家注引王逸曰］言日月星辰安所繫屬，誰陳列也。

〔三六〕［注釋音辯］日月也。［韓醇詁訓］燬音毀。［五百家注引蔡夢弼曰］燬音毀，烈也。規燬魄淵，謂日月也。

〔三七〕［注釋音辯］列星也。［五百家注引蔡夢弼曰］熒謂列星也。［蔣之翹輯注］棋布，言列星如棋形之布置也。熒，明也。

〔三八〕［韓醇詁訓］謂日圓而明，月生而静，星若棊熒，無所託也。［世綵堂］謂日圓而明，月生而静，星若棋，皆託乎太虚也。按：楊萬里《天問天對解》：「巧謂機巧也，淫謂巫史之淫聲也。午施者，布筭於中而横也；旁豎者，布筭於邊而直也。鞠者推也，規者圜也，燬者日也，魄者缺也，淵者月也。日者火之精，故曰燬日，無缺故曰規燬也。月者水之精，故曰淵月，至望後生魄則缺，故曰魄淵也。萬熒者星也。蓋天地之列位，有幽陰陽明之别而已，烏有所謂隈隅旁角也哉！謂之有隈隅旁角者，機巧淫聲之言，欺誑云爾。天運之推移，有晝而明，夕而嚖而已，烏有所謂十二辰之定名也哉！謂之有十二辰者，卜筮之人，折竹施布，以推究晝夜者之强名自取云爾。然則隈隅之數，十二之名，豈天之作爲哉！是皆非天之所作爲，則屈子以此問天，天亦何以告屈子也，故曰『非余之爲，焉以告汝』。余者天也，汝者屈子也。至於日月安屬，則有所屬焉，太虚是屬是也。列星安陳，則亦託於太虚焉，故曰咸是焉託。」

〔三九〕［注釋音辯］汜，似、凡、泛三音。《淮南子》：「日出於暘谷，淪於蒙谷，入於虞淵之汜。」［韓醇詁訓］汜音凡，又音祀，又音泛。汜，水涯也。［百家注引王逸曰］次，舍也。汜，水涯也。言日出東方湯谷之中，暮入西極蒙水之涯也。［五百家注引蔡夢弼曰］「湯」與「暘」同。汜音似，水涯也。或音凡，或音泛。《淮南子》：「日出於暘谷，浴於咸池，拂於扶桑。登於扶桑，爰始將行。淪於蒙谷，日入於虞淵之汜，曙於蒙谷之浦。行九州七舍有五億萬七千三百九里。」［蔣之翹輯注］谷，湯谷。《書》：「宅嵎夷曰暘谷。」汜，蒙汜。《爾雅》：「西至日所入爲大蒙。」按：見《淮南子・天文》。

〔四〇〕［五百家注引嚴有翼曰］旋，音平聲。渾天之法，天地之形如雞子，北聳而南下，故北極常不没，南極常不見。其轉如車軸，日月星辰常下迴也。按：何焯《義門讀書記》卷三五：「柳子亦主蓋天之説。」

〔四一〕［五百家注引蔡夢弼曰］次，舍也。

〔四二〕［韓醇詁訓］謂日猶輻旋軸奠，烏可窮其出次。日晨出東方湯谷之中，暮入西極蒙水之汜也。［百家注引文讜曰］謂日之在天，猶輻軸之運，往來不窮，初無谷、汜出次之地也。

〔四三〕［注釋音辯］《淮南子》：「日行九州七舍，有五億萬七千三百九里。」［百家注引王逸曰］言日平旦而出，至暮而止，所行凡幾何里乎？［蔣之翹輯注］曆家以爲周天赤道一百七萬四千里，日一晝夜而一周，春秋二分，晝夜各行其半，而夏長冬短，一進一退，又各以其什之一焉。

〔四四〕［韓醇詁訓］謂日之明晦，不可以里計也。

〔四五〕［注釋音辯］朱（熹）云：夜光，月也。死，晦也。育，生也。［百家注引王逸曰］夜光，月也。育，生也。言月何德，居於天地，死而復生也。

〔四六〕［注釋音辯］（儷）郎計切，謂日也。［韓醇詁訓］儷音麗。［蔣之翹輯注］儷，偶也。爓炎謂日，魄，月也。死晦育生也。

〔四七〕［韓醇詁訓］謂日之炎光莫並，惟月明既極則魄哉生，不可以死育測也。［蔣之翹輯注］此對之意，如曆家舊説云：月朔則去漸遠，故魄死而明生。既望則去日漸近，故魄生而明死。至晦而朔，則又遠日而明復生，故謂死而復育也。朱子已辨之，見《楚辭》注。

〔四八〕［注釋音辯］此問月有何利，而顧望之菟常居其腹乎。［百家注引王逸曰］言月中有菟，何所貪利，居月之中而顧望乎。［五百家注引蔡夢弼曰］「菟」與「兔」同。［世綵堂］張衡《靈憲》：「月者陰精之宗，積而成獸，象兔，陰之類，其數偶。」蘇鶚《演義》：「兔十二屬，配卯位，處望日，月最圓而出於卯上。卯，兔也。其形入於月中，遂有是形。」崔豹《古今注》：「兔口有缺。」張華《博物志》：「兔望月而孕，自吐其子。」

〔四九〕［韓醇詁訓］謂月中有兔，玄陰之所感也。［蔣之翹輯注］其説皆妄。或者以爲日月在天，如兩鏡相照，而地居其中，四旁皆空水也，故月中微黑之處，乃鏡中天地之影略，有形似而非真有是物也。按：楊萬里《天問天對解》：「輻以喻天體，軸以喻天極。天運而極不動，日之行遡天而旋，以成晝者也，彼孰有所謂出，孰有所謂次也哉！惟人見其方之仄而東，則謂日出於東；見其方之仄而西，則謂日次於西。彼未始有出次也，平旋旁達，亦未始有暘谷與蒙汜也。當日之所及則爲晝而明，不當日之所及則爲夜而晦，曆家引三百六十五度之説爲日之行者，其説久則亦窮矣，又豈可以里而計哉！日之炎也，可違而不可並也。月迫而並焉，則月之光不勝日，是以魄而缺，烏有所謂死？月違而遠焉，則月之光得以專，是以明而盈，烏有所謂育？月之陰也，以缺爲體也。以陰咸陰，兔者陰之類也；以缺咸缺，兔者缺之形也。」

〔五〇〕［注釋音辯］女歧，神女，無夫而生九子。釋書有九子母。［百家注引王逸曰］女歧，神女，無夫而生九子也。［韓醇詁訓］《漢·成帝紀》應劭注：「畫室畫九子母，或云即女岐也。」

〔五一〕朱熹《楚辭集注》：「乾道成男，坤道成女，凝體於造化之初，二氣交感，化生萬物，流形於造化之後者，理之常也。若姜嫄、簡狄之生稷、契，則又不可以先後言矣。女歧之事，無所經見，無以考其實，然以理之變而觀之，則恐其或有是也。」楊萬里《天問天對解》：「歧女既曰神靈，則不夫而子也宜。」

〔五二〕［注釋音辯］伯强，大厲疫鬼。惠氣，和氣也。［百家注引王逸曰］伯强，大癘疫鬼也，所至傷人。惠氣，和氣也。言陰陽調和則惠氣行，不調和則厲鬼興，此二者當何所在乎？按：朱熹《楚辭集注》：「惠者，氣之順也。癘者，氣之逆也。以其强暴傷人，故爲之名字以著其惡耳，初非實有是人也。」或以爲伯陽即禺强，爲風神。其説近是。

〔五三〕［韓醇詁訓］瀰，綿婢切，水流貌。［五百家注引蔡夢弼曰］瀰，民卑切，又莫爾切，水貌。一作沵，又作㳽，與「沴」同，並徒典切。陰陽氣亂曰沴。《集韻》引《莊子》陰陽氣有沴，又郎計切。《説文》：「水不利也。」《集韻》引《五行傳》「若其沴作」。又《前漢・五行志》：「氣相傷謂之沴，猶臨莅不和意也。如淳曰：沴音拂戾之戾，義亦同。」［蔣之翹輯注］更，平聲。

〔五四〕［韓醇詁訓］謂氣乖則致癘，氣和則致祥，非有定處也。按：楊萬里《天問天對解》：「瀰猶彌也。更，去聲。怪而彌怪，冥而更冥，彌怪與更冥，合此伯强之所以生也。和順既調，則惠氣行矣，故伯强緣癘氣而屆，惠氣以癘氣而縮者也；惠氣以和順而屆，伯强緣和順而縮者也。莫非一氣也，又烏有伯强居處之鄉！」

〔五五〕［百家注引王逸曰］言天何所闔閉而晦冥，何所開發而明曉乎？按：洪興祖《楚辭補注》：「闔，閉户也。開，闢户也。陰闔而晦，陽開而明。」以户牖之啟閉，以質晝夜晦明之變化也。

〔五六〕此言晝夜晦明非有開闔也。

〔五七〕［注釋音辯］角亢，東方星。旦，明也。曜靈，日也。［百家注引王逸曰］角亢，東方星。曜靈，日也。言東方未明旦之時，日安所藏其精光乎？按：朱熹《楚辭集注》：「角宿固爲東方之宿，然隨天運轉，不常在東，古經之言，多假借也。」

〔五八〕［注釋音辯］繆音虯。《子虛賦》「繆遶」注：「繆音蓼，相糾結也。」［五百家注］嚴有翼曰：繆音虯。躔，澄延切，謂日月行次也。蔡夢弼曰：繆音了。《説文》：「纏也。」司馬相如《子虛賦》「繆繞玉綏」，注：「繆音蓼。繆繞，相纏結也。」

〔五九〕［注釋音辯］廷，具往切，欺也。亢音剛。［五百家注引蔡夢弼曰］迋，具往切，欺也。亢音剛，星名。《爾雅》：「壽星，角亢也。」《國語》：「辰角見而雨畢。」注：「辰角，大辰蒼龍之角。」見者，朝見東方，建戌之初，寒露節也。問言「角宿未旦」者，指東方蒼龍之位耳。［韓醇詁訓］謂東方蒼龍角亢之宿，雖日出之方，而其晦明固自有經度也。《晉志》云：「左角爲天田，主刑。亢，總攝天下奏事聽訟理獄録功者也。」按：楊萬里《天問天對解》：「旦之明不得不明，非有所開而明；夕之幽不得幽，非有所藏而幽。謂之有經躔，百傳者之繆也。彼日之出於蒼龍之東，特寓焉耳，豈真以角元之宿爲日之廷者耶？故激其詞曰「蒼龍之寓，而廷彼角亢」乎？廷，猶太微三光之廷。」「廷」字或作「迋」，亦有雖作「廷」亦釋爲「欺」者。當作朝廷之「廷」而用如動詞，位於之意。

〔六〇〕［注釋音辯］朱（熹）云：汩音骨。［百家注引王逸曰］汩，治也。鴻，鴻水也。師，衆也。尚，舉也。言鮌才不任治鴻水，衆人何以舉之乎？

〔六一〕［注釋音辯］朱（熹）云：汩，治也。鮌才不任治鴻水，衆人何以舉之？堯何不且小試而遽行其説？［百家注引王逸曰］僉，衆也。課，試也。言衆人舉鮌治水，堯知其不能，衆人曰：「何憂哉！何不先試之也？」［五百家注引蔡夢弼曰］《尚書·堯典》：「湯湯洪水方割，蕩蕩懷山襄陵，下民其咨，有能俾乂？僉曰：『於，鯀哉！』帝曰：『吁，咈哉！』方命圮族，岳曰：『異哉！試可乃已。』帝曰：『往欽哉！』九載，績用弗成。」

〔六二〕［注釋音辯］「鮌」即「鯀」字。《拾遺記》云：「夏鯀化爲玄魚。後人合爲鮌字。」譊，女交切。［五百家注引蔡夢弼曰］鮌音衮，禹父名。《尚書》作鯀。按《集韻》混字韻内出骸、鰥、鮌三字，通作鯀，即無鮌字。惟王子年《神仙拾遺記》云：「夏鮌理水無功，沈於羽川，化爲玄魚，大千尺，後遂死，横於河海之間。後世以『玄』字合於『魚』字爲『鮌』字。」譊，女交切。《説文》：「恚呼也。」

〔六三〕［注釋音辯］厖，莫江切，病也。圮，部鄙切，毁也。［韓醇詁訓］謂鮌之不任治洪水，衆論不明，不察其方命，圮族而舉之也。鮌音衮。譊，女交切。圮，部鄙切。

〔六四〕［注釋音辯］矉，頻、賓二音。頞音遏，鼻莖也。衆不察，其圮族而舉之，堯非樂於用之也。［韓醇詁訓］謂四岳舉鮌，堯曰：「吁，咈哉！」僉曰：「試可乃已。」非樂於用之也。課，試也。矉音賓，恨張目也。頞，阿葛切，鼻莖也，蹙頞也。

〔六五〕［注釋音辯］朱（熹）云：舊説謂鮌死爲鴟龜所食，特以意言之耳。詳其文勢，以謂鯀聽鴟龜曳銜之許而敗其事。［百家注引王逸曰］言鯀治水績用不成，堯乃放殺之羽山，飛鳥水蟲，曳銜而食之，鮌何能復不聽乎？

〔六六〕［注釋音辯］朱（熹）云：施謂刑殺之也。《左傳》曰：「乃施刑侯。」此謂鮌囚羽山。［百家注引王逸曰］帝謂堯也。言鮌設能順衆人之欲而成其功，堯當何爲刑戮之乎。按：朱熹《楚辭集注》：「詳其文意，所謂帝者似指上帝，蓋上帝欲息此壤，不欲使人干之，故鮌竊之而帝怒也。後來柳子厚、蘇子瞻皆用此説，其意甚明。」

〔六七〕［百家注引王逸曰］永，長也。遏，絶也。施，舍也。言堯長放鮌於羽山，絶在不毛之地，三年不舍其罪也。

〔六八〕［注釋音辯］潘（緯）云：堙音因，塞也。《山海經》：「鮌竊帝之息壤以堙洪水，帝令祝融殺鯀於羽郊。」招，如字。元注：音翹，舉也。［韓醇詁訓］息壤，《史記》索隱曰：「《山海經》啟筮云：鮌竊帝之息壤以湮洪水。」招音翹，舉也。《漢書》「以招人過」。［五百家注引蔡夢弼曰］堙與湮同，音因，塞也。《説文》：「没也。」招音翹。《集韻》：「舉也。」《尚書·洪範》：「鯀堙洪水，汨陳其五行，帝乃震怒，鯀則殛死，禹乃嗣興。」

〔六九〕［注釋音辯］（元子）禹也。［五百家注引蔡夢弼曰］胤，羊晉切，嗣也。《山海經》：「鯀竊帝之息壤以堙洪水，帝令祝融殺鯀於羽郊。」《淮南子》：「凡鴻水淵藪，自三百仞以上，二億三萬三千五百五十里，有九淵，禹乃以息土填洪水，以爲名山。」注：「息土不耗減，掘之益多，故以填洪水也。」按：見《淮南子·墬形》。

〔七〇〕［注釋音辯］（喙）呼穢切。［五百家注引蔡夢弼曰］考謂禹之父鯀也。喙，吁穢切。《説文》：

「口也。」按：何焯《義門讀書記》卷三五：「屈子本意，大都以禹之幹蠱、少康之中興望頃襄王，余聞之師云。」

〔七一〕［百家注引王逸曰］禹，鮌子也。言鮌愚狠，腹而生禹，禹少見其所爲，何以能變化而成聖德也。

〔七二〕［百家注引王逸曰］父死稱考。緒，業也。言禹能纂代鮌之遺業，而成考父之功也。

〔七三〕［百家注引王逸曰］言禹何能繼續鮌業，而謀慮不同也。

〔七四〕［韓醇詁訓］謂鮌既殛於羽山，蟲鳥之所曳銜，而其子有禹之聖，蓮生泥中，自不類也。［世綵堂］蕖音渠。《集韻》：「芙蕖，荷總名。」謂荷之生於淤泥中，以喻禹之生於鮌也。

〔七五〕［注釋音辯］潘本作胘，同張泥切。皮厚也，一曰足繭。《列子》：「禹手足胼胝。」躄，必益切，跛也。禹治水，涉山川，病足，故行跛也。［百家注引張敦頤曰］《説文》：「胝，腄也。一曰繭也。」躄，跛也。胝，張尼切。躄，蒲結切，又俾亦切。腄，株垂切，瘢也。［五百家注引蔡夢弼曰］胘當作胝，同張泥切。皮厚也，一曰繭也。《説文》：「胝，腄也。」腄，株垂切，瘢也。《列子·楊朱篇》：「身體偏枯，手足胼胝。」躄，必益切，又蒲結切，跛也。《揚子》：「巫步多禹。」注：「謂姒氏治水土，涉山川，病足，故行跛也。」

〔七六〕［注釋音辯］潘（緯）云：橋音翹，丘遥切。謂以鐵爲錐，頭長半寸，施之履下，上山不跌蹉也。《史記》作欙，紀録切。楯，敕倫切。正義引《前漢·溝洫志》：「毳形如箕，行泥上。」毳，如字。《集韻》：與橋同，音蹺。又橇通作楯，注：「禹治水所乘。」古篆變形，字體改易，説者不同，末知孰是。勩，夷世切，又音曳，㬠也。踣，滿墨切，僵也。［百家注引張敦頤曰］勩，勞也。勩，羊至切。［五百家注引蔡夢弼曰］檋，一作橇，一作樏，或作梮。勩，夷世切，又音曳，勞也。踣，蒲墨切。《説文》：「僵也。」勩踣，謂勞劇而頓仆也。按：五百家注本引潘緯尚云：「楯，敕倫切。《説文》：『車約𨊠也。』《書》『予乘四載』。注：『泥乘，楯。』正義引《前漢·溝洫志》『泥行乘毳』注：『泥行所乘者。』又『橇』字通作『楯』，同敕倫切，注：『禹治水所乘者。』」

〔七七〕［注釋音辯］禹錫玄圭。［五百家注引蔡夢弼曰］《尚書·禹貢》：「作十有三載，乃同。」《史記·夏紀》：「禹傷父鯀功之不成，乃勞身焦思，居外十三年，過家門不敢入。」《洪範》：「鯀則殛死，禹乃嗣興，天乃錫禹。」《洪範》「九疇」注：「疇，類也。一五行，二五事，三八政，四五紀，五皇極，六三德，七稽疑，八庶徵，九五福。」《尚書·禹貢》：「禹錫玄圭，告厥成功。」

〔七八〕［韓醇詁訓］謂禹胼手胝足，勤勞底績，以蓋覆其父之惡。敷九疇，錫玄圭，惟繼鯀之氏，而不法其謀也。

〔七九〕［注釋音辯］朱（熹）云：泉，疑當作淵，唐本避諱而改之也。「窴」與「填」同音也。［百家注引王逸曰］言洪水淵泉極深大，禹何用窴塞而平之乎。

〔八〇〕［注釋音辯］隤，徒回切。［五百家注引蔡夢弼曰］隤，徒回切。《説文》：「下墜也。」

〔八一〕［百家注］填音田，又音鎮。［五百家注引蔡夢弼曰］填與窴同音田，塞也。［韓醇詁訓］謂禹行洪水既平，降丘宅土，不待窴塞。［世綵堂］《淮南子》：「禹乃以息土填鴻水九淵以爲名山。」

今子厚之對，以爲不然也。

〔八二〕［注釋音辯］墳，旁吻切，分也。朱（熹）云：丘之高者也。一本作憤，非是。［百家注］王逸曰：墳，分也。謂九州之地，凡有九品，禹何以能分别之乎？新添竹坡周少隱（紫芝）《楚辭贅説》曰：「子厚對亦是以『墳』爲『分』字，當讀如憤。」

〔八三〕［韓醇詁訓］從民之所宜，咸則三壤而成賦中邦也。［五百家注引蔡夢弼曰］墳，符吻切。墳言土脈憤起也。九州之土不同，因以定貢藝，故有上中下之差焉。［蔣之翹輯注］九則，九州之界也。墳，土之高者也。此言墳厥貢藝，又似有區别之義焉。

〔八四〕［注釋音辯］（龍）有翼曰應龍。《山海經》曰：「禹治水，有應龍以尾畫地，即水泉流通。」［百家注引王逸曰］有鱗曰蛟龍，有翼曰應龍。歷，過也。言河海所出至遠，應龍過歷游之，無所不窮也。或曰：禹治洪水時，有神龍以尾畫地，導水所注當決者，因而治之。按：徐文靖《管城碩記》卷一五：「集注所引《山海經》，今經無是文，據漢《周憬碑》『應龍之畫』，柳州《天對》『畚鍤究勤，而欺畫厥尾』，則古本自應有是文也。」

〔八五〕［注釋音辯］畚音本，鍤音臿。［韓醇詁訓］或曰：禹治水時，有神龍以尾畫導水徑，從而治之，對以爲不然也。畚音本。鍤。測洽切。［五百家注引蔡夢弼曰］畚音本。《説文》：「箕屬，蒲器也。」《左氏傳》「寘諸畚」。注：「畚以草索爲之，筥屬。」鍤，測洽切，鍬也。《山海經圖》：「犁丘山，有應龍者。」龍之有翼者也。夏禹治水，有應龍以尾畫地，即水泉流通。按：楊萬里

《天問天對解》：「鮌很愎而譊譊，故近堯舜之聖，而其孽不移。師言推之尚之，蓋衆人之蒙而不知，其圮族故也。后惟師之難，『帥』疑當作『師』，謂堯難於違衆，不得已，深矉蹙頞，而使試焉。鮌乃盜堙上帝之息壤，以招上帝之震怒，故刑而棄之於羽山。堯於是升其子禹，以嗣其功。以鮌之孽而生禹之聖，此如汙泥之生芙蕖，夫豈以類云乎哉！鮌之昏，禹之昭，何害於姒氏之繼？豈有所謂厥謀之不同哉！行鴻水而下傾之，此所以降丘宅土也，初無所謂寘洪泉之説也。從民之宜而分九土，此本於禹之聖而勤也，初無所謂龍尾畫之説也。爲此説者，皆欺者爲之也。《左氏傳》：『國武子好盡言，言以招人過。』所謂招帝震怒，與此招同。柳子《息壤記》云：『昔之異書，有記洪水滔天，鮌竊帝之息壤以堙洪水，帝乃令祝融殺鮌於羽郊。』」

〔八六〕[百家注引王逸曰]言鮌治洪水何所營度，禹何所成就乎？

〔八七〕[注釋音辯]馮音憑。王逸云：康回，共工名也。《淮南》言共工與顓頊爭爲帝不得，怒而觸不周之山，天維絶，地柱折，故東南傾。按：韓醇詁訓本與上同。見《淮南子·天文》。

〔八八〕[注釋音辯]天體也。[韓醇詁訓]「圜」與「圓」同，又音旋。[五百家注引蔡夢弼曰]「圜」與「圓」同。《説文》：「天體也。」燾，徒到切。《説文》：「溥，覆照也。」

〔八九〕[百家注引韓醇曰]對以謂非康回所得而傾也。[世綵堂]隕，羽敏切。《説文》：「從高下也。」慁，胡困切，辱也，擾也。《列子》：「共工氏子與顓頊爭爲帝，怒而觸不周之山，折天柱，絶地維，故天傾西北，日月星辰就焉。地不滿東南，百川水潦歸焉。」按：見《列子·湯問》。楊萬里

《天問天對解》：「圜燾，天也。天謂屈原曰：天之廓大者，亦立於虛，而無所植，則地之立，豈有植乎？地之東南傾，亦猶吾之西北傾也。已者，天自謂也。是地之東南傾，莫知其然而然也，豈康回小子之力所能觸而折絶乎？誰爲是説以駭汝，而汝以此説慁擾天聽也？《陸賈傳》云：『母女慁汝爲。』」

〔九〇〕［注釋音辯］朱（熹）云：錯，七故切，置也。洿音户，深也，舊音烏，非是。［百家注引王逸曰］錯，廁也。洿，深也。言九州錯廁，禹何以分别之？川谷於地，何以獨洿深乎？［五百家注引蔡夢弼曰］錯，倉故切，置也。洿叶音户。

〔九一〕［注釋音辯］（媪）烏浩切，后土富媪。［百家注引文讜曰］富媪，后土神也。［五百家注引蔡夢弼曰］媪，烏浩切。《説文》：「女老稱。」《前漢·郊祀歌》「后土富媪」注：「坤爲母，故稱媪也。」

〔九二〕［五百家注引蔡夢弼曰］躁，則到切。《説文》本亦作燥，先到切。《説文》：「乾也。」庳音婢，又音卑，短也。［世綵堂］躁，則到切，動也。

〔九三〕［百家注引王逸曰］言百川東流，不知滿溢，誰有知其何故也。

〔九四〕［注釋音辯］《列子》：「渤海之東，不知幾億萬里，有壑焉，實惟無底之谷，名曰歸墟。」［五百家注引蔡夢弼曰］嘘當作墟，同丘於切。《説文》：「大丘也。」《列子》：「渤海之東，不知幾億萬里，有大壑焉，實惟無底之谷，名曰歸墟。八紘九野之水，天漢之流，莫不注之，而無增無減焉。」按：見《列子·湯問》。

〔九五〕〔注釋音辯〕墳，房粉切，土膏肥也。壚音盧，黑剛土，《尚書》注疏也。滲，所禁切。〔五百家注引蔡夢弼曰〕墳，房粉切，土膏肥也。壚音盧。《説文》：「黑剛土也。」《尚書》「下土墳壚」注「下者壚，壚疏」也。滲，所禁切。《説文》：「下漉也。」

〔九六〕〔五百家注引蔡夢弼曰〕《莊子》：「天下之水，莫大於海，百川歸之，不知何時，止而不盈，尾閭泄之，不知何時，已而不虚。」按：見《莊子·秋水》。

〔九七〕〔注釋音辯〕〔五百家注引蔡夢弼曰〕湫音悠，水流貌。〔韓醇詁訓〕謂九州川谷錯洿，各有其勢，水之東流回環，其理自不溢也。〔蔣之翹輯注〕朱熹曰：柳子明歸墟之泄，非出之天地之外也，但水之入於東而復繞於西，又滲縮而升，乃復出於高原，而下流於東耳。此其説亦近似矣。然以理驗之，則天地之化，往者消而來者息，非以往者之消復爲來者之息也。水流東極，氣盡而散，如沃焦釜，無有遺餘，故歸墟尾閭，亦有沃焦之號。非如未盡之水，山澤通而流注不窮也。按：楊萬里《天問天對解》：「水涸者地脈之收，水流者地脈之行，燥則收，衍則流，人見其常，顯流而窮於東也，不知其已陰滲而環於西也。人之氣血降而不升，則人死矣。水者，天地之氣血也，東而不西，流而不收，則天地有不死乎？然則水之宂於土區也，如運行於一器之内，湫湫焉爾，積而不運，則溢也，運而不積，則又何溢爲哉！富媪，后土神也。《前漢書·禮樂志》云「媪神宴嬉趾下」也。歸墟，海也。湫湫，水流貌，音攸。」

〔九八〕［注釋音辯］修，長也。［百家注引王逸曰］修，長也。言天地東西南北，誰爲長乎。

〔九九〕［五百家注引蔡夢弼曰］鴻洞，並音去聲。鴻，大也。洞，通也。［韓醇詁訓］謂不可計其修衍也。澒音汞，又胡動切。［五百家注引蔡夢弼曰］《淮南子》：「闔四海之内，東西二萬八千里，南北二萬六千里。」注：「子午爲經，卯酉爲緯，言經短緯長也。」「禹乃使大章步自東極，至於西極，二億三萬三千五百里七十五步，使豎亥步自北極，至於南極，二億三萬三千五百里七十五步。」注：「海内有長短，極内等也。」其他諸説不同。按：見《淮南子·墬形》。

〔一〇〇〕［注釋音辯］洪興祖云：「隳」亦作「惰」，音妥，狹而長也。王逸云：隳，廣大也。［韓醇詁訓］隳音羞。［百家注引王逸曰］衍，廣大也。言南北隳長，其廣差幾何乎。［世綵堂］吐火切，狹而長也。［蔣之翹輯注］衍，餘也。

〔一〇一〕［百家注引韓醇曰］亦謂不可計其孰衍也。

〔一〇二〕［注釋音辯］尻，丘刀切。朱（熹）云：與「居」同。一本作「居」。崑崙，山名。其巔曰縣圃，亦作玄圃。［百家注引王逸曰］崑崙，山名也。在西北，元氣所出。其巔曰縣圃，縣圃乃上通於天也。［五百家注引蔡夢弼曰］尻，一作「居」。《水經》：「崑崙之山三級，下曰樊桐，一名板松。二曰玄圃，一名閬風。上曰層城，一名天庭。」尻，丘刀切。按：尻，陸時雍《楚辭疏》解作脊骨盡處。

〔一〇三〕［注釋音辯］《禹本紀》：「崑崙高三千五百餘里。」《水經》云高萬一千里，其下有弱水之淵環之。有蓬頭虎齒戴勝而處者，王母也。〔韓醇詁訓〕謂崑崙之顛曰縣圃，元氣所出，上通於天，非人跡可至也。崑音昆，崙音論。尻，丘刀切。〔五百家注引蔡夢弼曰〕《禹本紀》：「崑崙山高三千五百餘里，日月所相避隱爲光明也。」《水經》：「崑崙山在西北，去嵩高五萬里，地之中也。其高萬一千里。河水出其東北陬。」《山海經》：「西海之南，流沙之濱，赤水之後，黑水之前，有大山名崑崙之丘，其下有弱水之淵環之。有蓬首虎齒戴勝而處者，名王母也。」按：見《山海經·西山經》。楊萬里《天問天對解》：「乾，西北也，是崑崙居之方也。蓬首虎齒，西王母也。西王母居於崑崙。」

〔一〇四〕〔注釋音辯〕「增」與「層」同。《淮南子》：「崑崙虛中有增城九重，其高萬一千里。」〔百家注引王逸曰〕《淮南》言：崑崙之山九重，其高萬五千里也。

〔一〇五〕〔注釋音辯〕《十洲記》：「崑崙宮，積金爲墉城，面方千里，城上安金臺五所，玉樓十二。」〔五百家注引蔡夢弼曰〕「增」與「層」同，才登切，重也。《淮南子》：「崑崙虛中有增城九重，其高萬一千里百一十四步二尺八寸。」東方朔《十州記》：「崑崙山有三角，一角正東，名曰崑崙宮。其處有積金爲墉城，面方千里。城上安金臺五所，玉樓十二。」此云萬有三千，其說不同，誕實未詳。按：所引見《淮南子·墬形》。

〔一〇六〕〔注釋音辯〕《淮南子》：「崑崙虛行有四百四十門，門間四里，里間九純，純丈五尺。」王逸云：言天地四方各有門，其誰從之上下。〔百家注引王逸曰〕言天四方各有一門，其誰從之上下也。

[五百家注引蔡夢弼曰]《淮南子》：「崑崙虛旁有四百四十門，間四里，里間九純，純丈五尺。」按：見《淮南子·墬形》。

〔一〇七〕[注釋音辯]清，七政切，寒也。[五百家注引蔡夢弼曰]清，七政切，寒也。燠，乙六切，熱也。《黃帝素問內經》：「天不足西北，左寒而右涼，地不滿東南，右熱而左溫。」注：「西方涼，北方寒，東方濕，南方熱，氣化猶然也。」按：楊萬里《天問天對解》：「春夏秋冬氣之出者，即四方之門也。」

〔一〇八〕[注釋音辯]辟，通作「闢」，開也。《淮南子》：「崑崙虛也，門開以納不周之風。」[百家注引王逸曰]言天西北之門每當開啟，豈元氣之所通？[五百家注引蔡夢弼曰]辟，通作「闢」，開也。《淮南子》：「崑崙虛玉橫維，其西北隅，北門開以納不周之風。」按不周山在崑崙西北，不周風自此出也。

〔一〇九〕[注釋音辯]潘（緯）云：天開西北，辟，啟。[韓醇詁訓]謂崑崙之山九重，其高萬五千里，故一寒一暑，氣所從出，西北天門，又氣之所通也。

〔一一〇〕[注釋音辯]《山海經》：「鍾山之神名曰燭陰，視爲晝，瞑爲夜。」注：「燭龍也。」[百家注引王逸曰]言天之西北，有幽冥無日之國，有龍銜燭而照之。[五百家注引蔡夢弼曰]《山海經》：「鍾山之神名曰燭陰，視爲晝，瞑爲夜，吹爲冬，呼爲夏。不飲不食，不喘不息，身長千里。」注曰：「即燭龍也。」按：見《山海經·大荒北經》。

〔一一〕[注釋音辯]燎，力照切。首，手又切。[五百家注引蔡夢弼曰]首，手又切，嚮也。《山海經》：「西北海之外，赤水之北，有章尾山。有神人面蛇身而赤，其瞑乃晦，其視乃明，是謂燭龍。」《文選·雪賦》「爛兮若燭龍銜曜照崑崙」是也。按：楊萬里《天問天對解》：「口燎謂銜燭也。」

〔一二〕[注釋音辯]《淮南子》：「若木在建木西，末有十日，其華下照地。」[百家注引王逸曰]羲和，日御也。言日未出之時，若木何能有明赤之光華乎？[五百家注引蔡夢弼曰]《廣雅》：「日御曰羲和，月御曰望舒。」《山海經》：「東南海外有羲和之國，有女子名曰羲和，是生十日，常浴日於甘淵。」又：「灰野之山，有樹赤葉赤華，名曰若木，日所入處。生崑崙西附西極也。」又《淮南子》：「若木在建木西，末有十日，其華照下地。」注：「若木端有十日，狀如蓮珠，華光也，光照其下也。」

〔一三〕[注釋音辯]華音花。[韓醇詁訓]謂羲和，日御也，若木依日而光耀耳。按：楊萬里《天問天對解》：「若木之光華，受日而後光也。」

〔一四〕[百家注引王逸曰]暖，温也。言地之氣何所有冬温而夏寒者乎？

〔一五〕[注釋音辯]（凝）嶷、疑二音。[韓醇詁訓]凝音嶷。[五百家注引蔡夢弼曰]凝，元注：「音嶷，魚力切。」《山海經》：「狂山無草木，冬夏有雪，狂水出焉。」按：見《山海經·北山經》。

〔一六〕[五百家注引蔡夢弼曰]東方朔《十洲記》：「南方有炎洲，在南海中。其地方二千里。」《淮南子》：「南至委火炎風之野。北方之極，有凍寒積冰，雪霰霜露，漂潤群水之野。」按：楊萬里

〔一二七〕《天問天對解》：「北有冰山，故夏寒。南有炎洲，故冬暖。」〔百家注引王逸曰〕言天下何所有石木之林，林中有獸能言語者乎？《禮記》曰：「猩猩能言，不離禽獸也。」

〔一二八〕〔注釋音辯〕嘐，火交切。猩猩能知人名。〔韓醇詁訓〕對言「石胡不林，往視西極」，則石林在西。然《吳都賦》有注云「石林在南」，二義不同。嘐，古包切。〔五百家注引洪興祖曰〕《文選・吳都賦》：「雖有石林之岝崿，請攘臂而靡之。雖有雄虺之九首，將抗足而跐之。」按賦以石林與雄虺同稱，則石林當在南方。然子厚云「石胡不林，往視西極」。按《淮南子》：「西方之極，石城金室。」未見石林所出也。〔五百家注引蔡夢弼曰〕嘐，火包切。《說文》：「誇語也，通作咬。」注：「鳥聲也。」《山海經》：「鵲山有獸類獮猴，被髮垂地，名曰猩猩，知人名。其爲獸，如豕而人面。」按：楊萬里《天問天對解》：「石山無木，猩猩能言。」又：「西極有不木之山。」

〔一二九〕〔注釋音辯〕虯，渠幽切。有角曰龍，無角曰虯。〔韓醇詁訓〕王逸云：焉有無角之龍，而負熊以游戲者？〔五百家注引蔡夢弼曰〕熊形類犬豕，而性輕捷，好攀緣上高木，見人則顛倒自投地而下也。

〔一三〇〕〔注釋音辯〕蜲，於危切。蛇，余知切。〔韓醇詁訓〕蛇音移。蜲，户危切。虯音糾。〔五百家注引蔡夢弼曰〕虯，渠幽切。《廣韻》：「無角龍也。」又居幽切。諸韻並作虯。蜲蛇，上於危切，一作「委」，音同。下余知切。《詩》「委蛇委蛇」。注：「行可以從跡也。」

〔三一〕［蔣之翹輯注］按龍蚓負熊之説，子厚之對既無所據，而朱子亦以未詳。然考之古文，「能」、「熊」二字互相爲用，如《左傳》「堯殛鯀於羽山，其神化爲黄熊以入水」，《國語》又作「黄能」，《釋文》以熊獸屬，非入水之物，故是鱉也。《爾雅》：「鱉三足，曰能。」況俗所傳能爲龍，使龍行，能必先之。又《酉陽雜俎》云：「龍頭上有一物，如博山形，名尺木。龍無尺木，不能升天。」茲《天問》「龍蚓負熊」，直此説耳。已見《騷注糾繆》。按：楊萬里《天問天對解》：「言有此二物相須而爲神怪也。」

〔三二〕［注釋音辯］虺，許偉切，惡蛇也。「儵」作「倏」，並音叔，急疾貌。［百家注引王逸曰］虺，蛇別名也。倏忽，電光也。言有雄虺一身九頭，速及電光，皆何所在乎？［五百家注引蔡夢弼曰］虺，許偉切，惡蛇也。《爾雅·釋魚》：「蝮虺博三寸，首大如擘。」疏：「江淮以南曰蝮，江淮以北曰虺。有牙，最毒。」「倏」一作「儵」，並音叔。《説文》：「走也。」

〔三三〕［注釋音辯］《莊子》：「南海之帝爲倏，北海之帝爲忽。」元注云：「倏忽在《莊子》甚明，王逸以爲電，非也。」朱（熹）云：《招魂》説：「雄虺九首，往來倏忽。」正謂此也。《莊子》寓言，恐非屈原本意。［韓醇詁訓］王逸云：「雄虺一身九首，速及電光。儵忽，電光也。」柳先生云「非是，義在《莊子》甚明」。然《招魂》云：「雄虺九首，儵忽往來吞人。」［五百家注］元注曰：「倏忽在《莊子》甚明，王逸以爲電，非也。」蔡（夢弼）曰：按王逸注：「倏忽，電光也。」又《招魂》：「南方雄虺九首，往來倏忽。」注：「倏忽，疾急貌。」考之《楚辭》兩處正文意義，但爲迅疾貌，而王逸之注自相戾，此子厚之對，直取「南海之帝爲儵，北海之帝爲忽」而言，故謂王逸爲電光非也。然按《莊子》乃寓言耳，子厚引之以爲證，恐非屈原本意也。

〔二四〕［注釋音辯］朱（熹）云：「死」一作「克」者非。［韓醇詁訓］王逸注：《括地象》云：「有不死之國。長人，防風氏也。禹會諸侯，彼後至，使守封、嵎之山。」嵎音虞。

〔二五〕［注釋音辯］潘（緯）云：《山海經》：「不死民在交脛國東，其人黑色，壽，不死。」注：「圓丘上有不死樹，食之乃壽。有赤水，飲之不老。」［五百家注引蔡夢弼曰］「員」與「圓」同。《山海經》：「不死民在交脛國東，其人黑色，壽，不死。」注：「圓丘上有不死樹，食之乃壽。有赤水，飲之不老。」按：見《山海經·海外南經》。

〔二六〕［注釋音辯］《國語》：「仲尼曰：汪芒氏之君，守封、嵎之山者也。」注：「防風氏長三丈。」又《穀梁傳》文公十一年：「叔孫得臣敗長狄，身橫九畝。」［五百家注引蔡夢弼曰］嵎音隅。封、嵎二山，在吴楚之間，汪芒氏之國。《魯國語》：「吴隳會稽，獲巨骨焉，問之仲尼。仲尼曰：『昔禹致群神於會稽之山，防風後至，禹殺而戮之，其骨專車。』客曰：『敢問誰守爲神？』仲尼曰：『山川之靈，足以紀綱天下者，其守爲神。』客曰：『防風氏何等也？』仲尼曰：『汪芒氏之君也，守封、嵎之山者也，爲漆姓，在虞、夏、商爲汪芒氏，於周爲長翟，今爲大人。』客曰：『人長之極幾何？』仲尼曰：『長者不過十數之極也。』」注：「今湖州武康縣東有防風山，山東二百步有禺山，防風氏廟在封、禺二山之間。」《春秋穀梁傳》文公十一年：「叔孫得臣敗狄於咸，長狄也。射其目，身横九里。」按：楊萬里《天問天對解》：「防風氏身長九里。」

〔一七〕[注釋音辯]朱（熹）云：靡萍未詳何物。衢，歧也，枲，麻之有子者。[百家注引王逸曰]九交道曰衢。言萍草寧有生於水中，無根，乃蔓衍於九交之道？又有枲麻垂草華榮，何所有此物乎？[五百家注引蔡夢弼曰]枲，相里切。《爾雅・釋草》有枲麻：「麻有子曰枲。」疏：「麻一名枲。」

〔一八〕[注釋音辯]元注云：「《山海經》多言其枝五衢，又云四衢。衢，歧也。王逸以爲生九衢中，恐謬。」又：「浮山有草焉，其葉如麻，赤華，即枲華也。」[韓醇詁訓]柳先生云：「衢，歧也。《山海經》多言其枝五衢，王逸以謂生九交之道，恐誤。又浮山有草，其葉如麻，赤華，即枲華也。」[五百家注引蔡夢弼曰]「萍」一作「蘋」，並音平。《説文》：「萍也，無根，浮水上而生者。」《山海經》：「宣山上有桑焉，其枝四衢。」注：「枝交互四出。」又：「少室山有木名帝休，其枝五衢。」注：「樹枝交錯相重互出，有象路衢。」故子厚注云「逸以爲生九衢中，謬矣」。

〔一九〕[注釋音辯]巴蛇長百尋，食象，三年而出其骨。[百家注引王逸曰]《山海經》云：「南方有靈蛇，吞象，三年然後出其骨。」按：見《山海經・海内南經》。

〔二〇〕[五百家注引蔡夢弼曰]《山海經》：「南海内有巴蛇，身長百尋，其色青黃赤黑，食象，三歲而出其骨。君子服之，無心腹疾。」《文選・吴都賦》：「屠巴蛇，出象骼。」按：楊萬里《天問天對解》：「足見其大，稱其長也。號，稱也。」

〔三一〕［百家注引王逸曰］玄趾、三危，皆山名也，在西方。黑水出崑崙山。［蔣之翹輯注］玄趾未詳。按：或云玄趾即黑趾，因黑水而致脚趾黑也。

〔三二〕［五百家注引嚴有翼曰］《尚書·禹貢》：「導黑水至於三危，入於南海。」按黑水出張掖雞山，自三危山南流至文單國，謂之扶南江。至奔陀國入於南海。按：楊萬里《天問天對解》：「不姜未詳，蓋地名也。」

〔三三〕［百家注引王逸曰］言僊人稟命不死，其壽獨何窮止也。［五百家注引洪興祖曰］《黄帝素問》：「上古有真人，壽敝天地，無有終時。中古有至人，益其壽命而强者也。其次有聖人者，形體不敝，精神不散，亦可以百數也。」

〔三四〕［注釋音辯］漫，莫干切。汗，何干切。《淮南子》注：「漫汗不可知。」［韓醇詁訓］漫汗，並平聲。［五百家注引蔡夢弼曰］漫汗，上莫官切，下河干切。或並音去聲。《淮南子·俶真訓》：「至德之世，徙倚於漫汗之宇。」注：「漫汗，無生形。」又《道應訓》：「盧敖游乎北海，見士焉，玄鬢而鳶肩，軒軒然迎風而舞，笑曰：『吾與漫汗期於九垓之外，不可以久。』舉臂而聳，遂入雲中。敖仰視之，弗見。」注：「漫汗，不可知之也。」按：楊萬里《天問天對解》：「名生而實死也。」

〔三五〕［注釋音辯］鯪音陵，一作陵。鬿音祈。堆，多回切。［韓醇詁訓］鬿音祈，鯪音淩。［百家注引王逸曰］鯪魚，鯉也。一云鯪魚，鯪鯉也。有四足，出南方。鬿堆，奇獸也。［五百家注引蔡夢弼曰］鬿，渠希切。堆，都回切。按：《山海經・海内北經》：「陵魚人面，手足魚身，在海中。」又《東山經》：「（北號山）有鳥焉，其狀如雞而白首，鼠足而虎爪，其名曰鬿雀。亦食人。」

〔一三六〕［注釋音辯］射音亦。元注云：「《山海經》：『鯪魚在海中，近列姑射。』『堆』當爲『雀』。鬿雀在北號山，如雞，虎爪，食人。王逸注誤。」朱（熹）云：「『堆』作『雀』。」［五百家注引蔡夢弼曰］鯪音陵，射音亦。《列子》：「姑射山在海河洲中，山上有僊人焉。」《山海經》：「西海中近列姑射山，有鯪魚，人面人手魚身，見則風濤起。」《風土記》：「鯪魚腹背皆有刺，如五角菱。」非王逸之注所謂鯪鯉也。《山海經》：「北號山有鳥，狀如雞而白首鼠足，名曰鬿雀，食人。」子厚注謂「堆」當爲「雀」。按《集韻》：「鵻，雀屬，同都迴切。」則鬿堆即鬿雀也。

〔一三七〕［注釋音辯］柳云：「烏」當作「鳥」。王逸云：《淮南》言：堯時十日並出，草木焦枯，堯令羿仰射十日，中其九日，日中九烏皆死，墮其羽翼也。又《史記》：「射支左屈右。」［五百家注引蔡夢弼曰］羿，五計切，堯之射官也。彃音畢。《説文》：「射也。」或作「彈」。解，胡買切，散也。又佳買切，判也。按子厚之對，改「烏」爲「鳥」，則彃日解羽，遂成兩事。若用王逸之注引《淮南》之説證之，則「烏」當如字讀，義意雖通，則問、對之言各相戾也。

〔一三八〕［注釋音辯］元注云：「《山海經》曰：『大澤千里，群鳥之所解。』《問》作『烏』字當爲『鳥』，後人不知，因配上句改爲『烏』也。」朱（熹）云：如柳説，則別是一事。如舊説爲日中之烏而借解羽二字以問，於義亦通。［五百家注引蔡夢弼曰］《山海經》：「黑齒之北曰湯谷，居水中有扶木，九日居下枝，一日居上枝，皆戴烏。」注：「羿射十日，中其九。」按《山海經》群鳥之所生及所解，又《穆天子傳》：「北至曠原之野，飛鳥之解其羽。」子厚用此以爲對，故改「烏」爲「鳥」，則與屈原之問，上下二句各是一事，義不相配也。按：洪興祖《楚辭補注》亦云：「然以文意考之，『烏』當如字，宗元改爲『鳥』，雖有所據，近乎鑿矣。」

〔三九〕［注釋音辯］一本無「四方」字。朱（熹）云：無「四」字，就「方」字絶句。［五百家注引王逸曰］言禹以勤力獻進其功，堯因使省治下土四方也。

〔四〇〕［注釋音辯］「嵞」與「塗」同，禹所娶國。［百家注引王逸曰］言禹引治水，道娶嵞山之女，而合夫婦之道於台桑之地。［五百家注引蔡夢弼曰］「嵞」與「塗」同。《説文》：「會稽山也。」

〔四一〕［百家注引王逸曰］閔，憂也。言禹所以憂無妃匹者，欲爲身立繼嗣也。

〔四二〕［注釋音辯］王逸云：禹治水道娶者，憂無繼嗣耳，何特與衆人同嗜欲，苟欲快飽一朝之情乎？［五百家注引蔡夢弼曰］鼂音朝暮之朝。言禹之所嗜與衆人異味，衆人所嗜以厭足其情欲，禹所嗜者，拯民之溺耳。按：百家注本引王逸注尚有「故以辛酉日娶，甲子日去，而有啟也」之句。

〔四三〕［注釋音辯］胈，蒲末切。膚，毳皮也。禹治水，股無胈，三過其門而不入。「眂」與「視」同。［五百家注引蔡夢弼曰］亟，許力切，急也。《書·益稷》篇：「禹娶於塗山，辛壬癸甲。啟呱呱而泣，予弗子，惟荒度土功。」《吕氏春秋》：「禹娶塗山氏女，不以私害公，自辛至甲，四日，復往治水。」胈，蒲末切。膚，毳皮也。《莊子》：「禹治水，腓無胈。」眡，善旨切，與視同，後同。《孟子・滕文公》篇：「禹八年於外，三過其門而不入。」

〔一四四〕［注釋音辯］呱音孤，泣聲。衋，迄力切，傷痛也。［百家注引童宗説曰］衋，傷也。呱音孤。衋，迄力切。［五百家注引蔡夢弼曰］衋，迄力切，傷痛也。

〔一四五〕［注釋音辯］「曁」當作「塈」，息也。［五百家注引蔡夢弼曰］燥，先到切。《説文》：「乾也。」［韓醇詁訓］謂禹娶嵞山氏之女，雖念繼嗣之重，而勤勞不顧家，非徒欲飽快一朝之情，蓋欲民安其居也。［世綵堂］曁，當作塈，息也。《詩》「洞酌民之攸塈」。言水患既平，民得所字養而安息也。

〔一四六〕［注釋音辯］離，憂也。［百家注引王逸曰］益，禹賢臣。作，爲也。后，君也。離，遭也。蠥，憂也。言禹以天下禪益，益避啓於箕山之陽，天下皆去益而歸啓以爲君，益卒不得立，故曰遭憂也。［五百家注引蔡夢弼曰］「蠥」一作「孽」，憂也。《書・甘誓》：「啓與有扈戰於甘之野。」説者曰：有扈氏與夏同姓，啓有天下，有扈不服，大戰於甘，故云「卒然離蠥」。

〔一四七〕［注釋音辯］啓也。姒音似，夏姓。［五百家注引蔡夢弼曰］姒，詳里切，禹姓也。《史記・舜紀》：「帝禹爲夏后，而别姓姒氏。」

〔一四八〕［五百家注引蔡夢弼曰］《孟子・萬章》篇：「禹薦益於天，益避禹之子於箕山之陰，朝覲獄訟者，不歸益而之啓，曰：『吾君之子也。』謳歌者不謳歌益而謳歌啓，曰：『吾君之子也。』」

〔一四九〕〔韓醇詁訓〕謂益避啟於箕山之陽，此天意也，初何憂焉。

〔一五〇〕〔百家注引王逸曰〕言天下所以去益就啟者，以其能憂思道德而通其拘隔。拘隔者，謂有扈氏叛啟，啟率六師而伐之也。

〔一五一〕〔注釋音辯〕（鞫）音菊，窮也。〔百家注引王逸曰〕射，行也。鞫，窮也。言有扈氏所行，皆歸於窮惡，故啟誅之，並得長無害於身者也。〔五百家注引蔡夢弼曰〕鞫音菊，窮也。

〔一五二〕〔注釋音辯〕扈，侯古切。舊説：禹以天下禪益，天下去益而歸啟，於是有扈不服。〔韓醇詁訓〕謂啟之賢，民賴以生，誅有扈氏之叛，而無敢害者。〔世綵堂〕「害」協音「曷」，傷也。

〔一五三〕〔百家注引王逸曰〕后，君也。革，更也。播，種也。降，下也。言啟所以能變化更益，而代益爲君者，以禹平治水土，百姓得下種百穀，故思歸啟也。〔五百家注引蔡夢弼曰〕「降」協音「洪」。

〔一五四〕〔注釋音辯〕（垍）巨志切，堅土也。〔百家注引孫汝聽曰〕康食，安食。《書》曰：「不有康食。」〔五百家注引蔡夢弼曰〕垍，巨志切，堅土也。康食，安食也。

〔一五五〕〔韓醇詁訓〕即《書》所謂「禹曰：予乘四載，暨益奏庶鮮食。暨稷播，奏庶艱食鮮食，蒸民乃粒」之意。

〔一五六〕〔注釋音辯〕《山海經》：「夏后氏上三嬪於天，得《九辯》《九歌》以下。」注：「啟登天而竊其樂。」王逸云：棘，陳也。賓，列也。言啟陳列宮商。〔百家注引王逸曰〕棘，陳也。賓，列也。《九辯》、《九歌》，啟所作樂也。言啟能修明禹業，陳列宮商之音，備其禮樂也。〔五百家注引蔡夢弼曰］《山海經》：「夏后氏上三嬪於天，得《九辯》與《九歌》以下。」注：「皆天帝樂名。啟登天而竊以下用之。」故《騷經》云：「啟《九辯》與《九歌》兮，夏康娛以自縱。」注：「夏康，啟子太康也。」

〔一五七〕［百家注引張敦頤曰］堪輿，天地也。呻音申。

〔一五八〕［注釋音辯］貿，莫候切。［百家注引孫汝聽曰］《山海經》：「夏后開上三嬪於天，得《九辯》與《九歌》以下。」貿音茂。［五百家注引蔡夢弼曰］貿，莫候切。義未詳。嬪音賓，又音頻，婦也。［韓醇詁訓］對云「帝以貿嬪」，義之不同如此。［蔣之翹輯注］貿，莫候切，義未詳。嬪音賓。問「啟棘賓商」，未詳。朱子以爲「棘」當作「夢」，「商」當作「天」，以篆文相似而誤也。蓋其意本謂啟夢上賓於天，而得帝樂以歸，如《列子》、《史記》所言周穆王、秦穆公、趙簡子夢之帝所，而聞鈞天廣樂九奏萬舞之類耳，況《山海經》云「夏后氏上三嬪於天，得《九辯》與《九歌》以下」，又《騷經》云「啟《九辯》與《九歌》，夏康娛以自縱」是也。子厚之對，亦似知「商」爲「天」字之意，而「夢」之誤「棘」、「賓」之誤「嬪」，所未聞者也。按：「貿」即交換意。啟上三嬪於天帝，帝遂以天樂賞之也。朱熹之説見《朱子語類》卷一三九：「高斗南解《楚詞》引《瑞應圖》，周子充説館閣中有此書，引得好，他更不問義理之是非，但有出處便説好。且如《天問》云『啟棘賓商』，《山海經》以爲啟上三嬪於天，因得《九歎》、《九辨》以歸，如此是天亦好色也。柳子厚《天對》以爲胸嬪，説天以此樂相博換得。某以爲『棘』字是『夢』字，『商』字是古文篆『天』

字，如鄭康成解《記》『衣衰』作『齊衰』，云是『壞』字也。此亦是擦壞了。蓋啟夢賓天如趙簡子夢上帝之類。賓天是爲之賓，天與之以是樂也。今人不曾讀古書如這般等處，一向恁地過了。」

〔一五九〕［百家注引王逸曰］勤，勞也。屠，裂剥也。言禹腷剥母背而生，其母之身分散竟地，何以能有聖德憂勞天下乎？［五百家注引洪興祖曰］禹以勤勞修鯀之功，故曰勤子也。

〔一六〇〕［注釋音辯］潘（緯）云：疈，普逼切，判也，裂也。「旅」當作「膂」，脊骨也。《帝王世紀》：「禹腷剥母背而生。」噣，陟救切，與「咮」同，口也。聝，去獲切，或從馘。［五百家注引蔡夢弼曰］疈，普逼切，判也，裂也。「旅」當作「膂」。《字林》：「膂，脊骨也。」《帝王世紀》：「禹腷剥母背而生。」腷音疈。干寶曰：「前志所傳，修己背坼而生禹，簡狄胸剖而生契。」噣，陟救切，口也。與「咮」同。聝，古獲切，耳也。［韓醇詁訓］對謂無此理。噣音燭，又陟救切。按：楊萬里《天問天對解》云：「禹懲創於無嗣，故亟娶於塗山爾，豈以慾哉！彼股無胈而不恤也，三過門而不視也，眂即眎字。啟呱呱而不傷也，而孰圖於世味之慾哉！惟禹之用心如此，故卒能援天下之濕而置之於燥，字天下之民而置之於安。暨猶塈也，暨者安也。『彼呱克臧』者。呱謂啟也。啟能爲善，故使姒氏爲夏國，而不使伯益得以代夏國。且禹之薦益於天，非不至也，而天諄諄命之不歸於益者，以啟之克臧故也。益雖不受命，然不失爲夏之老臣，益又何戚於己，何孽於夏哉！啟既受命，而勤於德，故民得以乳活也。且啟之德正，有扈氏不正也，以不正而讎正，天之所以授啟以征伐之柄，以撻之也。兇之必窮，聖之必功，天之理也，孰能害聖哉！庸功也。且夫伯益革民之艱食，而使之粒食，雖益之功也，授天下以平土而得以稼，出天下於既溺而踐履於堅土，彼息天下之居，而康裕天下之食者，實禹之功也。埴者，堅土也。食者，食稟之食也。禹之聖如此，而啟又且不失禹之聖，則天命胡往而不導之哉！　姑者且也，道者導也。『啟達厥聲，堪輿以呻』，謂啟能作《九辯》、《九歌》以達樂之聲，而天地之間莫不歌吟之也。呻者吟也。辨同容之序，帝以賀嬪者，何也？　容者和也。大樂與天地同和，啟之《九辯》、《九歌》能分別其與天地同和，始終先後之序，則啟之樂大矣，故能與天之和相賀易，而易地皆和也，與天之和相媲配，而無不齊也。賀者易也，嬪者配也，帝者天也。『禹母産聖，何疈厥旅』，言禹母之産禹也，初無副剥母背之怪。《詩》曰『不坼不副』，副與疈同音，逼拍切。旅者背也，旅與膂同。謂禹生之怪者，淫瞽之言，出於妄亂者之口，而已聰者，割耳而不聽此語也。噣音晝，口也。聝，耳也。聰聝，猶曰洗耳云。」

〔一六二〕［百家注引王逸曰］帝，天帝也。夷羿，諸侯，殺夏后相者也。革，更也。孽，憂也。言羿弑夏家，居天子之位，荒淫田獵，變更夏道，爲萬民憂患也。［五百家注引蔡夢弼曰］羿，五計切。此乃有窮之羿，非堯時羿也。《左氏傳》襄公四年《虞人之箴》曰：「在帝夷羿，冒於原獸，忘其國恤，而思其麀牡。武不可重，用不恢於夏家。」

〔一六三〕［注釋音辯］朱（熹）本作「胡射夫河伯」。云：河伯化爲白龍，游於水旁，羿見射之，眇其左目。

羿又夢與洛水神宓妃交。［百家注引王逸曰］胡，何也。雒嬪，水神，謂宓妃也。傳曰：「河伯化爲白龍，游於水旁，羿見射之，眇其左目。河伯上訴天帝，曰：『爾何故得見射？』河伯曰：『我時化爲白龍出游。』天帝曰：『使汝深守神靈，羿何從得射也？汝今爲蟲獸，當爲人所射，固其宜也，羿何罪歟？』羿又夢與雒水神宓妃交接也。」［五百家注引蔡夢弼曰］謂堯時羿，非有窮之羿也。《淮南子》：「河伯溺殺人，羿射其左目。」注：「堯時羿射十日，繳大風，殺窫窳，斬九嬰，射河伯。」

〔一六三〕［五百家注引蔡夢弼曰］《左氏》襄公四年：「昔有夏之衰，后羿自鉏遷於窮石，因夏民以代夏政。恃其射也，不修民事，而淫於原獸。」《左氏傳》哀公元年：「昔有過澆，殺斟灌而以伐斟，尋滅夏后相。」澆，五弔切。

〔一六四〕［韓醇詁訓］謂夷羿弒夏后相，非天意也。

〔一六五〕［注釋音辯］潘（緯）云：（皖）華板切。字當從「目」，大目也。羿射河伯左目。［五百家注引蔡夢弼曰］皜，古老切，白也。皖，華板切。字當從「目」從「完」，《説文》：「大目也。」［百家注］皜音杲。張（敦頤）曰：皖，明星也。皖，户版切。

〔一六六〕［五百家注引蔡夢弼曰］諶，氏林切，誠也。嫚，莫晏切。《説文》：「侮易也。」

〔一六七〕［注釋音辯］（嫮）胡故切，好也。［五百家注引蔡夢弼曰］嫮，胡故切，好貌。妻，七計切，女嫁人也。

〔一六八〕［注釋音辯］朱（熹）云：馮音憑，滿也。珧音遥，蜃甲也，以飾弓。決，以象骨爲之，以鈎弦。羿獵射封豕，以其肉膏祭天，天猶不順之。［韓醇詁訓］謂羿獵射神豨，蒸祭天地，而天意不順也。馮，挾也。珧，弓名也。豨音希。［百家注引王逸曰］馮，挾也。珧，弓名也。決，射鞲也。封豨，神獸也。言羿不修道德，而挾弓射鞲，獵捕神獸，以快其情也。蒸，祭也。后帝，天帝也。若，順也。言羿射封豨，以其肉膏祭天帝，天帝猶不順羿之所爲也。［五百家注引蔡夢弼曰］豨，虚豈切，通作狶。《方言》：「豬謂之狶也。」《淮南·本經訓》：「堯之時，封豕、脩蛇，皆爲民害，堯乃使羿斷脩蛇於洞庭，擒封豨於桑林。」按此言有窮羿亦封豨是射，而反爲民害也。《左氏》昭公二十八年：「樂正夔生伯封，實有豕心，貪惏無厭，忿纇無期，謂之封豕。有窮后羿滅之。」帝謂天帝也。

〔一六九〕［五百家注引蔡夢弼曰］夸音誇，大言也。夫音扶，語助也。

〔一七〇〕［注釋音辯］台音怡，我也。

〔一七一〕［注釋音辯］朱（熹）云：浞，士角切。浞娶純狐氏女，眩惑愛之，遂與浞謀殺羿也。吞，滅也。揆，謀也。何羿之射藝勇力，而其衆交進吞謀之。［百家注引王逸曰］浞，羿相也。爰，於也。眩，惑也。言浞娶於純狐氏女，眩惑愛之，遂與浞謀殺羿也。吞，滅也。揆，度也。言羿好射獵，不恤政事，浞交接國中，布恩施德，而吞滅之也。［五百家注引蔡夢弼曰］浞，食角切，寒浞也。

〔一七二〕［注釋音辯］《左傳》襄公四年：「夷羿淫於原獸，寒浞，伯明氏之讒子弟也，行淫於內，殺而烹之。」［五百家注引蔡夢弼曰］戕音牆，殺也。《左氏》襄公四年：「羿不修民事，而淫於原獸，寒浞，伯明氏之讒子弟也，信之，使爲己相。浞行淫於內，施賂於外，虞羿於田，樹之詐慝，以取其國家。羿田將歸，家臣逢蒙殺而烹之，浞因羿室，生澆及豷。恃其讒慝，詐僞而不德於民，使澆用師，滅斟灌及斟尋氏。夏遺臣靡自有鬲氏收二國之燼，以滅浞，而立少康。少康滅澆於過，後杼滅豷於戈，有窮由是遂亡。」

〔一七三〕［韓醇詁訓］謂寒浞，羿相也。浞娶純狐氏女，浞謀殺羿，而羿徒恃其弧矢而不悟也。按：楊萬里《天問天對解》：「《虞人之箴》曰：『在帝夷羿，冒於原獸。』羿既滔淫，荒怠割絶，夏后相而更代之，此羿之自作孽也，奈何！誣以爲天降之乎？『震鰝厥鱗，集矢於晥』者，言河伯化爲白龍，其鱗鰝鰝，不深居而妄出，自取矢之集其目也。晥者，明星也。謂龍之目如星之明也。《左傳》云『集矢於其目』。『肆叫帝不諶，失位滋嫚』者，言河伯爲羿所射，上訴天帝，乞帝殺羿，而帝不允。蓋訴之不誠，故帝責河伯曰：『汝深守，則羿何從而犯也？』河伯失水之位而妄出，宜乎遭羿之嫚侮也。『有洛之嫮，焉妻於狡』，嫮，美也。言洛妃之美焉，肯妻於羿之兇狡也。『夸夫快殺，鼎豨以慮飽』者，言羿自矜其以殺爲快，故射封豨，爲鼎實以自飽也。『馨膏腴帝，叛德恣力，胡肥台舌喉，而濫厥福』者，謂羿以豨膏腴之香而祭天帝，無德而恃力，故帝不享之。帝若曰：『何肥甘我舌喉，以僭濫求福也？』台音怡，我也。『寒讒婦謀，后夷卒戕，荒棄於野，俾姦民是臧』者，言寒浞，伯明氏讒子弟也，而夷羿以姦民爲善人，信其讒而相之，宜浞與其婦謀，羿歸自田，殺而烹之，棄骨於野者，以姦民爲臧之故也。『舉土作仇，徒怙身弧』者，舉，率土與羿爲仇而羿不之知，方且徒恃其身之力與弧矢之能而已。恃身而不恃民，恃藝而不恃德，此其亡也。」

〔一七四〕［注釋音辯］王逸云：阻，險也。窮，窘也。越，度也。堯放鮌羽山，西行度越岑巖之險，因墮死，化爲黄熊，豈巫所能活？［百家注引王逸曰］阻，險也。窮，窘也。越，度也。言堯放鮌羽山，鮌西行度越岑巖之險，因墮死也。活，生也。言鮌死後化爲黄熊，入於羽淵，豈巫醫所能復生活也？［五百家注引蔡夢弼曰］《左傳》昭公七年：「昔堯殛鯀於羽山，其神化爲黄熊，以入於羽淵。」《晉語》作黄能。按熊，獸名。能，奴來切，三足鼈也。二書皆出《左氏》，而自爲同異。據言入於羽淵，當以黄能爲是，蓋熊非入水之物。

〔一七五〕［注釋音辯］《左傳》昭公七年：「堯殛鯀於羽山，其神化爲黄熊，入於羽淵。」［百家注引張敦頤曰］《禮部韻》：「鯀，音袞。」注云：「禹父名。」今從「魚」。詳上文，乃是「鯀」字。

〔一七六〕［注釋音辯］王逸云：禹平水土，萬民皆得耕種於雚蒲之地。［百家注引王逸曰］咸，皆也。秬黍，黑黍也。雚，草名。營，爲也。言禹平治水土，萬民皆得耕種於雚莆之地，盡爲良田也。［五百家注引蔡夢弼曰］秬音巨，黑黍也。「莆」即「蒲」字。蒲，水草，可以織席。「雚」音「丸」，與「萑」同，蓷也。或作「藿」，非。

〔一七七〕［注釋音辯］稺音雉，初稼也。莞，胡官切，一音官。［韓醇詁訓］菰音酤，莞音官，蘆音蘆。［五百家注引蔡夢弼曰］稙，徵力切，又時力切。先種曰稙，一曰長稼也。稺音雉。後種曰稺，一曰幼稼也。《詩·閟宮》：「稙稺菽麥。」莞，胡官切，又音官。《説文》：「草也，可以爲席。」

〔一七八〕［注釋音辯］王逸云：疾，病也。修，長也。盈，滿也。［百家注引王逸曰］疾，惡也。修，長也。盈，滿也。由，用也。言堯不惡鮌而戮殺之，則禹不得嗣興，民何得投種五穀乎？乃知鮌惡長滿天下也。［五百家注引洪興祖曰］言禹平水土，民得種五穀矣，何由鮌惡長滿天下乎？所謂蓋前人之愆也。

〔一七九〕［注釋音辯］《左》昭七年：「鮌爲夏郊。」［韓醇詁訓］謂鮌既不能平水土，使民得播種。鮌既殛死，禹乃嗣興，以永厥祀也。［五百家注引蔡夢弼曰］《魯國語》：「鮌障洪水而殛死，禹能以德修鮌之功。」《左氏》昭公七年：「鮌化爲黄熊，入於羽淵，實爲夏郊，三代祀之。」按：楊萬里《天問天對解》：「稺，《玉篇》云：『幼禾也。』子謂鮌之子禹也。莞蒲菰蘆之地，皆大徹去其蕪薉，以圖農功，民歡悦而美之也。都，美也。堯酷其父，而禹能憤激以成功，用能碩大其後嗣，以有天下，而鮌乃得配上帝於郊祀也。」

〔一八〇〕［注釋音辯］茀音弗，疑當作霈。王逸云：蜺雲之有色似龍者也。茀，白雲逶蛇若蛇者。逶移相嬰，何爲乎此祠堂也？［百家注引王逸曰］蜺，雲之有色似龍者也。茀，白雲逶蛇若蛇者也。言此有蜺茀氣，逶移相嬰，何爲此堂乎？蓋屈原所見祠堂也。［五百家注引蔡夢弼曰］蜺，一作霓，雌虹也。茀音弗，疑作霈。《說文》：「雲貌。」

〔一八一〕［百家注引王逸曰］臧，善也。言崔文子學僊於王子僑，子僑化爲白蜺，而嬰茀持藥與崔文子，文子驚怪，引戈擊蜺，中之，因墮其藥，俯而視之，王子僑之屍也。故言得藥不善也。

〔一八二〕［注釋音辯］王逸云：式，法也。爰，於也。言天法有善陰陽縱横之道，人失陽氣則死亡。

〔一八三〕［注釋音辯］王逸云：崔文子學僊於王子僑，化爲白蜺，而嬰茀持藥與崔文子。文子驚怪，引戈擊蜺，中之，因墮其藥。俯而視之，王子僑之屍也。文子覆之以幣筐，須臾，則化爲大鳥而鳴，開而視之，翻飛而去。文子焉能亡子僑之身乎？［百家注引王逸曰］言崔文子取王子僑之屍置之室中，覆之以幣筐，須臾，則化爲大鳥而鳴，開而視之，翻飛而去。文子焉能亡子僑之身乎？言僊人不可殺也。

〔一八四〕［注釋音辯］文，崔文子也。［百家注引童宗説曰］褫，奪衣也。褫，丑豸切。［五百家注引蔡夢弼曰］褫，丑豸切，奪衣也。操，倉刀切，持也。

〔一八五〕［注釋音辯］曶，呼骨切。［五百家注引蔡夢弼曰］懵，母亘切，不明也。號，乎刀切，呼也。曶，呼骨切，出氣詞也。**按**：楊萬里《天問天對解》：「謂文子見子喬蜺形茀裳，而魂魄驚怖褫奪，遂操戈以擊之也。曶漠莫謀，謂明爽昏黑，莫得而究也。形胡在胡亡，存亡亦不可得而推也。」

〔一八六〕［注釋音辯］王逸云：萍翳，雨師名。言雨師號呼，則雲興而雨下。［百家注引王逸曰］萍，萍翳，雨師名也。號，呼也。興，起也。言雨師號呼，興則雲起而雨下，獨何以興之乎？

〔一八七〕〔韓醇詁訓〕夑，取亂切。按：楊萬里《天問天對解》：「陰陽蒸炊而雨爾，彼苹翳特馮藉以起而號呼其所也，非號而後雨也。」

〔一八八〕〔注釋音辯〕朱本作「撰體脅鹿，何以膺之」。王逸云：天撰十二神鹿，八足兩頭。〔百家注引王逸曰〕膺，受也。言天撰十二神鹿，一身八足兩頭，獨何膺受此形體乎？〔五百家注引蔡夢弼曰〕撰，雛綰切，具也。

〔一八九〕〔五百家注引蔡夢弼曰〕脇，虛業切，兩髈也。屬音燭。連也。按：楊萬里《天問天對解》：「氣怪且神，故生此奇怪之身，脇合爲一，而支分爲八，以主天之方隅也。」

〔一九〇〕〔注釋音辯〕《列僊傳》：「有巨靈之鼇背負蓬萊之山，而抃戲滄海之中。」〔百家注引王逸曰〕鼇，大龜也。擊手曰抃。《列仙傳》曰：「有巨靈之鼇，背負蓬萊之山，而抃戲滄海之中。」獨何以安之乎？

〔一九一〕〔注釋音辯〕出《列子·湯問》篇。〔百家注引孫汝聽曰〕鼇戴山抃事見《列子》。〔五百家注引蔡夢弼曰〕《列子·湯問》篇：「渤海之東有五山焉，岱輿、員嶠、方壺、瀛洲、蓬萊，其山高下，周旋三萬里，所居之人皆僊聖之種。五山之根，無所連箸，帝命禺彊使巨鼇十五，舉首而載之，迭爲三番，六萬歲一交焉，五山始峙而不動。」

〔一九二〕〔注釋音辯〕洪興祖云：鼇在海中，負山若舟負物，今釋水而陵，反爲人所負，何罪而見徙焉？〔百家注引王逸曰〕釋，置也。舟，船也。遷，徙也。言鼇所以能負山若舟船者，以其在水中也。

使鼇釋水而陵行，則何能遷徙山乎？

〔一九三〕［注釋音辯］龍伯釣鼇，天帝怒，短小其民。窄，側格切，狹也。［五百家注引蔡夢弼曰］窄，則格切，狹也。《列子·湯問》篇：「龍伯之國有大人，舉足不盈數步，而暨五山之所，一釣而連六鼇，合負而趨。歸其國，灼其骨，以數焉。帝憑怒，侵減龍伯之國使阸，侵小龍伯之民使短。」按：楊萬里《天問天對解》：「丘即蓬丘也。宅於巨靈之背而不危，且恬安平夷也，欲釋水而陵者，天若譴以居陵，何不可之！有龍伯國人，一釣而連六鼇，帝尚以爲窄，而不足誇也。」

〔一九四〕［注釋音辯］澆，五弔切，浞之子。王逸云：澆往至其嫂户，佯有所求，因與淫亂。夏少康因田獵，放犬逐獸，遂襲殺澆，而斷其頭。［百家注引王逸曰］澆，古多力者也。《論語》曰「澆盪舟」。言澆無義，淫泆其嫂，往至其户，佯有所求，因與行淫亂也。言夏后少康因田獵，放犬逐獸，殺澆而斷其頭也。澆音梟，又五到切。［五百家注引蔡夢弼曰］澆，五弔切，一作奡，五耗切。寒浞子也。

〔一九五〕［注釋音辯］嫪音勞，又郎到切，妒戀也。［韓醇詁訓］澆音梟。嫪，郎到切。麀音憂。［五百家注引蔡夢弼曰］嫪音勞，妒也。又郎到切。《説文》：「姻也。」《聲類》：「婟嫪，戀惜也。」麀音幽，牝鹿也。《禮記》：「故父子聚麀。」按：楊萬里《天問天對解》：「澆淫且力也，故曰嫪以力。」

〔一九六〕［注釋音辯］王逸云：女歧，澆嫂也，與澆淫佚，爲之縫裳，於是共舍而宿止。少康夜襲，得女歧頭以爲澆，因斷之。［百家注引王逸曰］女歧，澆嫂也。爰，於也。言女歧與澆淫泆，爲之縫裳，於是共舍而宿止也。逢，遇也。殆，危也。言少康夜襲，得女歧頭以爲澆，因斷之，故言易首爲遇危殆也。

〔一九七〕［韓醇詁訓］謂咸墜厥首者。

〔一九八〕［注釋音辯］朱（熹）云：「『湯』疑作『康』，謂少康也。有衆一旅，遂滅過澆。［百家注引王逸曰］湯，殷王也。旅，衆也。言殷湯欲變易夏衆，使之從己，獨何以厚待之乎？按：蔣之翹輯注本曰：「湯與上句『過澆』，下句『斟尋』事不相涉，疑本『康』字之誤，謂少康也。子厚乃實以湯事對之。」

〔一九九〕［注釋音辯］癸，桀名也。傴，委羽切。［韓醇詁訓］謂湯伐罪弔民，征自葛始。傳曰「葛伯仇餉」，此之謂也。傴，委羽切。［百家注引文讜曰］言湯奮伐桀之衆，自葛而始也。［五百家注］蔡（夢弼）曰：癸，居誄切，桀名也。傴，委羽切。拊，斐甫切。傴拊，謂矜憐撫掩之也。《尚書》：「湯與桀戰於鳴條之野。」詰，去吉切，問也。餉，式亮切，饋也。《尚書·仲虺之誥》：「乃葛伯仇餉，初征自葛始，攸徂之民，室家相慶曰：『徯我後，後來其蘇，民之戴商，厥惟舊哉！』」《孟子·滕文公》篇：「湯居亳，與葛爲鄰，葛伯放而不祀，湯使人問之曰：『何爲不祀？』曰：『無以供犧牲也。』湯使遺之牛羊，葛伯食之，又不以祀。又使人問之曰：『何爲不祀？』曰：『無以供粢盛也。』湯使亳衆往爲之耕，老弱饋食，葛伯率其民，要其有酒食黍稻者奪之，不授者殺之。有童子以黍肉餉，殺而奪之。《書》曰『葛伯仇餉』，此之謂也。爲其殺是童子而征之，四海之内皆曰：『非富天下也，爲匹夫匹婦復讎也。』」嚴有翼曰：言成湯欲變改夏桀之衆，何以傴拊而厚之，殊不知湯之厚其衆以德而已，所謂以詰仇餉是也。

〔二〇〇〕［注釋音辯］王逸云：言少康滅斟尋氏，奄若覆舟。［百家注引王逸曰］覆，反也。舟，船也。斟尋，國名也。言少康滅斟尋氏，奄若覆舟，獨以何道取之乎？

〔二〇一〕［注釋音辯］事見《左傳》襄公元年。［五百家注引蔡夢弼曰］焉，於虔切，安也。《左氏傳》襄公元年：「昔有過澆殺斟灌以伐斟尋，滅夏后相，后緡方娠，逃歸有仍，生少康焉。爲仍牧正，能布其德，以收夏衆，遂滅過戈。」按此則，取斟尋乃有過澆，非少康也。王逸注非是。子厚亦以康復舊物爲言，承逸之誤也。按：楊萬里《天問天對解》：「湯之奮興而變夏衆，以煦嫗拊摩而得之，自葛始以誅仇餉也。少康復舊物，故斟尋安得而保其國，其易如取如攜爾。以覆舟喻之，猶爲難也。湯之殛桀，非湯也，桀自淫自暴以啟之。」

〔二〇二〕［注釋音辯］妹，莫撥切。嬉，一作喜。［百家注引王逸曰］桀，夏亡主也。蒙山，國名也。言夏桀征伐蒙山之國，而得妹嬉也。言桀得妹嬉，肆其情意，故湯放之南巢。［五百家注引蔡夢弼曰］妹，莫撥切。嬉，一作喜，許其切。《晉國語》：「昔夏桀伐有施，有施人以妹嬉女焉。」注：「有施，喜姓之國，妹喜其女也。」

〔二〇三〕［韓醇詁訓］謂桀伐蒙山之國而得妹嬉，民棄不保，馴致南巢之伐也。［百家注引文讜曰］戎，言以兵而得也。［五百家注引蔡夢弼曰］《淮南子・本經訓》：「湯以革車三百乘伐桀於南巢，放之夏臺。」

〔二〇四〕［注釋音辯］朱本「鰥」作「鱞」。姚，舜姓。［百家注引王逸曰］舜，帝舜也。閔，憂也。無妻曰鰥。言舜爲布衣，憂憫在家，其父頑母嚚，不爲娶婦，乃至於鰥也。［五百家注引蔡夢弼曰］鰥，克頑切，獨也。

〔二〇五〕［百家注引王逸曰］姚，舜姓也。言堯不告舜父母而妻之。如令告之則不聽，堯女當何親附乎？［五百家注引蔡夢弼曰］《孟子》云：「舜不告而娶，爲無後也，君子以爲猶告也。」又云：「帝之妻舜而不告，何也？曰：帝亦知告焉，則不得妻也。」伊川程氏曰：「舜不告而娶，固不可，堯命瞽瞍使舜娶，舜雖不告，堯固告之爾。堯之告也，以君治之而已。」

〔二〇六〕［注釋音辯］女，尼據切。嬀，居危切。汭，如鋭切，舜之所居。［韓醇詁訓］謂瞽叟仇舜而鰥在下，堯以二女娶之也。儷音麗。嬀，俱爲切。汭音芮。姚，舜姓也。［五百家注引蔡夢弼曰］女，尼據切。以女妻人曰女。《尚書・堯典》：「女于時，觀厥刑于二女，釐降二女于嬀汭，嬪于虞。」劉向《列女傳》：「二女，娥皇、女英也。」《尚書・堯典》：「父頑母嚚象傲，克諧以孝，烝烝乂。」嬀，居危切。汭，如鋭切。嬀水之汭，舜之所居也。按：楊萬里《天問天對解》：「瞽不可告，故堯自專而女焉。女，去聲。」

〔二〇七〕［注釋音辯］朱（熹）云：意，古億字。［百家注引王逸曰］言賢者預見施行萌芽之端，而知其存亡善惡之所終，非虚意也。

〔二〇八〕［百家注引王逸曰］璜，石次玉者也。言紂作象箸而箕子歎，預知象箸必有玉杯，玉杯必盛熊膰豹胎，如此則必崇廣宫室。紂果作玉臺十重，糟丘酒池，以至於亡也。

〔二〇九〕［注釋音辯］朱（熹）云：賢者預見萌芽之端。紂作象箸而箕子歎，果作玉臺十重。［韓醇詁訓］謂紂爲玉臺十重，而箕子知其必亡。［五百家注引蔡夢弼曰］璜音黄，美玉也。紂爲璜臺，知其必有亡之兆者，箕子也。《淮南子·本經訓》：「紂爲璿室、瑶臺、象廊、玉牀。」

〔二一〇〕［注釋音辯］王逸云：言伏羲始作八卦，修行道德，萬民登以爲帝，誰開道而尊尚之也。

〔二一一〕［注釋音辯］洪興祖云：「師」一作「帥」。登帝，謂匹夫而有天下。［韓醇詁訓］伏羲以德，而民登以爲帝。按：楊萬里《天問天對解》：「德則爲帝，天下相帥，而推以爲元首。」蔣之翹輯注本曰：「登帝謂匹夫而有天下者，舜禹之類是也。舊注以爲伏羲，無據，特以下句爲女媧故耳。」

〔二一二〕［注釋音辯］王逸云：女媧人頭蛇身，一日七十化，其體如此。誰所制匠而圖之乎？［五百家注引蔡夢弼曰］媧，古華切，古風姓天子也。《山海經》：「女媧之腸化爲神，處栗廣之野。」注：「女媧，古神女帝，人面蛇身，一日中七十變，其腸化爲此神。」《列子》：「女媧氏人面蛇身，牛首虎鼻，此有非人之狀，而有大聖之德。」《淮南子》：「黄帝生陰陽，上駢生耳目，桑林生臂手，此女媧所以七十化也。」

〔二一三〕［韓醇詁訓］對以爲詭也。按：楊萬里《天問天對解》：「相傳其蛇身，則以蛇占之，而圖以類之也。豈有化七十之説。皆盡工詭異而爲之爾。」

〔三四〕［注釋音辯］象謀殺舜。［百家注引王逸曰］服，事也。厥，其也。言舜弟象施行無道，舜猶服而事之，然象終欲害舜也。言象無道，肆其犬豕之心，燒廩窴井，欲以殺舜，然終不能危敗舜身也。

〔三五〕［五百家注引蔡夢弼曰］「眂」與「視」同。《史記・舜紀》：「舜父瞽叟盲而舜母死，瞽更娶妻而生象。愛後妻子，常欲殺舜。舜順事父，及後母與弟，日以謹篤。」劉向《列女傳》：「瞽叟與象謀殺舜，使塗廩，舜告二女，二女曰：『時惟其戕汝，時惟其焚女，鵲汝衣裳，鳥工往。』舜既治廩，旋階，瞽叟焚廩，舜往飛。復使浚井，舜告二女，二女曰：『時亦惟其戕汝，時其掩汝，汝去衣裳，龍工往。』舜往浚井，格其入出，從掩舜，舜潛出。」

〔三六〕［注釋音辯］鼻即有庳，象所封邑。［韓醇詁訓］謂象欲殺舜，而舜弟之雖欲肆其犬豕之心，而終不能害舜。且封之有庳，而富貴之也。［五百家注引蔡夢弼曰］齗，魚斤切。疑當作「狺」，犬鬭聲也。鼻，毘至切。《集韻》：「有庳，國名，象所封。」通作鼻。《前漢・鄒陽傳》作「有卑」，並同音。《孟子・萬章》篇：「仁人之於弟也，親之欲其貴也，愛之欲其富也，封之有庳，富貴之也。」《倦游録》：「道州、永州之間，有地名鼻亭，去兩州各二百里。岸有廟，即象祠也。」按：楊萬里《天問天對解》：「舜之弟眂舜如仇，浚井則屠之以水，塗廩則屠之以火，象如犬之自齗齗爾，烏能禍舜！而舜盡其兄之道，用之爲諸侯，以致其愛；邑之於有鼻，以富其給。」

〔三七〕［注釋音辯］古公亶父。［百家注引王逸曰］獲，得也。迄，至也。古，謂古公亶父也。言吴國得賢君。至古公亶父之時，而遇太伯，陰讓避王季，辭，之南嶽之下採藥，於是遂止而不還也。

〔二八〕［注釋音辯］太伯仲雍。［百家注引王逸曰］期，會也。昔古公有少子曰王季，而生聖子文王，古公欲立王季，令天命至文王。長子太伯及弟仲雍，去而之吴，吴立以爲君。誰與期會而得兩男子，兩男者謂太伯、仲雍二人也。

〔二九〕［韓醇詁訓］謂吴國得賢者如太伯，讓王季而居南嶽之下，仲雍亦去而之吴，而文王立，二子爲可嘉也。［五百家注引蔡夢弼曰］伯謂太伯，季謂季歷，雍謂仲雍也。「遜季」一作「遜弟」。《史記·吴世家》：「吴太伯、弟仲雍，皆古公亶父之子，而王季歷之兄也。季歷賢而有聖子昌，古公欲立季歷以及昌，於是太伯、仲雍乃奔荆蠻，以避季歷。自號勾吴，荆蠻義之，從而歸者千餘家，立爲吴太伯。卒，弟仲雍立。」按：楊萬里《天問天對解》：「太伯之仁，遜王季而羈旅於南嶽，仲雍實同此高義，以成吴國之美。度音鐸。」

〔三〇〕［注釋音辯］伊尹烹鵠羹，飾玉鼎。［百家注引王逸曰］后帝，謂殷湯也。言伊尹始仕，因緣烹鵠鳥之羹，修飾玉鼎以事於湯，湯賢之，遂以爲相也。［五百家注引蔡夢弼曰］饗，叶音去聲，歆也。

〔三一〕［百家注引王逸曰］言湯遂用伊尹之謀伐夏，桀終以滅亡也。［五百家注引蔡夢弼曰］喪音去聲，亡也。

〔三二〕［注釋音辯］《列子》注：「伊尹母居伊水之上，既孕，夢神告曰：『臼水出而東走無顧。』明日，臼出水，東走十里，其邑盡爲水，身因化爲空桑。有莘氏女採桑，得嬰兒空桑之中，故命曰伊尹。獻其君，令庖人養之。」瞯，居莧切，又音閑。［韓醇詁訓］謂伊尹因緣烹鵠鳥之羹，修飾玉鼎以事湯，唯孟子謂其以堯舜之道要湯，未聞以割烹也。瞯，居莧切，視也。［五百家注引蔡夢弼曰］《列子》「伊尹生於空桑」。注：「《傳記》曰：伊尹母居伊水之上，既孕，夢神告曰：『臼水出而東走無顧。』明日，視臼水出，東走十里，其邑盡爲水，身因化爲空桑。有莘氏女子採桑，得嬰兒空桑之中，故命曰伊尹。獻其君，令庖人養之。」《史記·殷本紀》：「阿衡欲干湯而無由，乃爲有莘氏媵臣，負鼎俎，以滋味説湯，致於王道。」軻，孟子名也。瞯，居莧切，又音閑，視也，與「覸」同。不，與「否」同。《孟子·公孫丑》篇：「敢問夫子惡乎？長曰：我知言。」《萬章》篇：「萬章問曰：『伊尹以割烹要湯，有諸？』孟子曰：『否，不然。吾聞以堯舜之道要湯，未聞以割烹也。』」［五百家注引洪興祖曰］伊尹負鼎干湯，猶太公屠釣之類，於傳有之，孟子不以爲然者，慮後世貪鄙之徒，託此以自進耳。若謂初無負鼎之説，則古書皆不可信乎？

〔三三〕［注釋音辯］揚雄《方言》：「秦晉宋衛之間，謂殺曰劉。」［韓醇詁訓］謂以仁格愚，人將不謀而從，如叢雀淵魚焉。［五百家注引蔡夢弼曰］《孟子·離婁》篇：「民之歸仁也，猶水之就下，獸之走壙也，故爲淵驅魚者獺也，爲叢驅爵者鸇也，爲湯武驅民者桀與紂也。」［五百家注引蔡夢弼曰］虐后，謂桀也。劉，《説文》：「殺也。」揚雄《方言》：「晉、宋、衛之間，謂殺曰劉。」

〔三四〕［注釋音辯］（摯）尹名。［百家注引王逸曰］帝，謂湯也。摯，伊尹名也。言湯出觀風俗，乃憂下民，博選於衆，而逢伊尹，舉以爲相也。

〔三五〕［百家注引王逸曰］條，鳴條也。黎，衆也。説，喜也。言湯行天下之罰以誅於桀，放之鳴條之野，天下衆民大喜説也。

〔三六〕［韓醇詁訓］謂相湯以成功者，非伊尹孰承之也。摯音至，伊尹名也。

〔三七〕［注釋音辯］（疣）於求切。［韓醇詁訓］謂鳴條之伐，南巢之放，如民之癰疽決而膚革平安，無不説者。疣音尤。［五百家注引蔡夢弼曰］《書·湯誓》篇：「伊尹相湯伐桀，遂與桀戰於鳴條之野。」《伊訓》篇：「造攻自鳴條，朕哉自亳。」《仲虺之誥》篇：「成湯放桀于南巢。」疣，於求切，贅也。按：楊萬里《天問天對解》：「伊尹生於空桑，負鼎干湯，羹鵠以諂，此皆妄説也，惟孟子知言，視之以爲不也。瞯，視也，音胡澗切，不，音方鳩切。湯之伐桀，以至仁而革易至愚至危之桀，又曷用揆度而計謀哉！桀之於湯，爲叢驅爵，爲淵驅魚者也，民皆逃鸇獺而歸叢淵，此虐君之所以爲湯虔劉也。劉，殺也。湯觀於天下，未有如伊尹者，非尹孰承用哉！伐桀於鳴條，而放之南巢，如爲民潰其身之瘡疣，而平夷其肌膚也，曷不悦而歌哉！」

〔三八〕［注釋音辯］簡狄侍於臺上，吞燕卵而生契。［百家注引王逸曰］簡狄，帝嚳之妃也。玄鳥，燕也。貽，遺也。言簡狄侍帝嚳於臺上，有飛燕墮遺其卵，喜而吞之，因生契者也。［五百家注引蔡夢弼曰］嚳，苦篤切。帝嚳高辛氏，黄帝曾孫也。喜，協音去聲，悦也。

〔三九〕［注釋音辯］「㲉」當作「縠」，卵也。［百家注引韓醇曰］天子求子之神曰禖，《禮》「祀高禖」是也。謂嚳、狄禱禖得契，於乙鷇何有也。［五百家注引蔡夢弼曰］禖，謀杯切。《説文》：「祭也。」古者求子，祠于高禖。契，私列切。《説文》：「高辛氏子字，與离同。」胞音包，又音抛。《説文》：「兒生裹也。」乙，通作「鳦」，玄鳥也。鷇，居候、丘候二切。《説文》：「鳥子生哺者。」按簡狄所吞者乙卵，即非鷇也，字恐當作「㲉」，克角切，卵也。《史記・殷本紀》：「契母曰簡狄，有娀氏之女，爲帝嚳次妃。行浴見玄鳥墮其卵，簡狄吞之，因孕生契。」《詩・玄鳥》篇：「天命玄鳥，降而生商。」注：「簡狄配高辛氏帝，帝辛與之祈於郊禖而生契。」按：楊萬里《天問天對解》：「言契以禖而生，不以燕之怪。」

〔三〇〕［注釋音辯］朱（熹）云：此章未詳，諸説亦異。詳此「該」字恐是「啟」字。［百家注引王逸曰］該，包也。秉，持也。父謂契也。季，末也。臧，善也。言湯能包持先人之末德，修其祖父之善業，故天祐之，以爲民主也。［五百家注引蔡夢弼曰］子厚之對，以「該」爲「蓐收」，然以下文「恒秉季德」求之，則「恒」既非人名，則「該」豈人名乎？子厚之言亦自相戾也。按該，兼也。言啟能兼大禹之末德也。

〔三一〕［注釋音辯］王逸云：該，包也。父謂契也。言湯能包持先人之末德。柳文元注云：「『該』謂蓐收，王逸注誤。」案下文「恒秉季德」，既非人名，子厚之言，亦自相戾。《國語》：「虢公夢神人面白毛，虎爪執鉞，立於西阿。史嚚曰：『如君之言，則蓐收也。天之刑神也。』」［韓醇詁訓］按《禮記》注疏：「蓐收，少皞氏之子曰該，爲金官。」《國語》：「虢公夢在廟，有神人面白毛，虎爪執鉞，立於西阿，公覺，召史嚚占之。史嚚對曰：『如君之言，則蓐收也，天之刑神也。』」所取者本此。［五百家注］元注曰：「『該』爲蓐收，王逸注誤也。」蔡（夢弼）曰：《左氏傳》昭公二十九年：「少皞氏有四叔：曰重、曰該、曰脩、曰熙。實能金木及水。使該爲蓐收，世不失職，遂濟窮桑。」注：「蓐收，金正也。該能治其官，使不失職，濟成少皞之功。」《山海經》：「西方蓐收，金神也。左耳有毒蛇，乘兩龍，面目有毛，虎爪執鉞。」《國語》：「虢公夢在廟，有神人面白毛，虎爪執鉞，立於西阿。公覺，召史嚚占之。史嚚曰：『如君之言，則蓐收也，天之刑神也。』」所取者本此。按：楊萬里《天問天對解》：「有扈，澆國名也。澆滅夏國相，相之子少康爲有仍牧正，典牛羊。後殺澆滅扈，以復夏。」朱熹《楚辭集注》：「詳此『該』字，恐是『啟』字，字形相似也。但牧夫牛羊未有據，而其文勢似啟反爲扈所弊，不可考也。」又曰：「該秉季德，王逸以爲湯能秉契之末德，而厥父契善之，以契爲湯父，固謬。柳又以爲即《左傳》所云少皞氏之子該爲蓐收者，亦與有扈氏不相關。惟洪氏以爲啟者近之。疑『該』即『啟』字，轉寫之誤也。但終弊於有扈，牧夫牛羊，乃似謂啟爲有扈所弊，而牧夫牛羊者，不知有何説也。下章又云『有扈牧豎』，亦不可曉。豈以少康嘗爲牧正而誤邪？大率此篇所問有扈、弈、浞事，或相混並，蓋其傳聞之誤，當闕之耳。」蓐收見《國語·晉語二》、《山海經·海外西經》。該即《山海經·大荒東經》之王亥、郭璞注引《竹書》之殷侯子亥，《史記·殷本紀》作振。王國維《殷卜辭中所見先公先王考》云：「卜辭多記祭王亥事……卜辭人名中又有季，季亦殷之先公，即冥是也。《楚辭·

天問》曰『該秉季德，厥父是臧』，又曰『恒秉季德』，則該與恒皆季之子。該即王亥，恒即王恒，皆見於卜辭。則卜辭之季，當是王亥之父冥矣。」王氏以卜辭爲證，可視爲定論，然柳宗元已首疑該爲人名矣。

〔三二〕［注釋音辯］有扈伐啟，啟伐滅之，有扈遂爲牧豎。［百家注引王逸曰］有扈，澆國名也。澆滅夏后相，相遺腹子曰少康，後爲有仍牧正，典主牛羊，遂攻殺澆，滅有扈，復禹舊跡，祀夏配天也。［五百家注引蔡夢弼曰］按《尚書·甘誓序》：「啟與有扈戰于甘之野。」則滅有扈者啟也，非少康也。又《左氏傳》襄公四年：「少康滅澆於過。」則滅澆者少康也，非有扈也，明矣。今逸之注以爲少康殺澆，滅有扈，誤矣。此蓋言禹得天下以揖讓，而啟用兵以滅有扈氏，有扈氏子孫遂爲牧豎也。

〔三三〕［注釋音辯］踣，蒲墨切。王逸云：有扈，澆國名。少康爲仍牧正，豈子厚承逸之誤歟？［五百家注引蔡夢弼曰］踣，蒲墨切，僵也。逸注非是。子厚之對，豈非亦承其誤歟？按：楊萬里《天問天對解》：「少康以戒懼興，有扈以驕淫亡。」

〔三四〕［注釋音辯］王逸云：干，求。舞，務。協，和。懷，來也。言少康。朱（熹）云：舜懷有苗。［百家注引王逸曰］干，求也。舞，務也。協，和也。懷，來也。言夏后相既失天下，少康幼小，復能求得時務，調和百姓，使之歸己，何以懷來者也。按：何焯《義門讀書記》卷三五：「注言少康，非。朱云：舜懷有苗。」

〔二三五〕［注釋音辯］狃，女久切。［韓醇詁訓］言夏能求協時務，柳對之義不與王説同。［百家注引孫汝聽曰］《書》：「舞干羽於兩階，七旬，有苗格。」對與王逸注不同。［五百家注引蔡夢弼曰］狃，女久切，相狎也。《尚書·大禹謨》篇：「三旬，苗民逆命，帝乃誕敷文德，舞干羽於兩階，七旬，有苗格。」**按**：楊萬里《天問天對解》：「舞干羽以格有苗，不在於干羽也，緩其死而開其生，則苗民何狃於爲盜而不懷！」

〔二三六〕［注釋音辯］王逸云：紂爲無道，天下乖離，懷憂臞瘦，而反形體曼澤。［百家注引王逸曰］言紂爲無道，諸侯皆畔，天下乖離，當懷憂臞瘦，而反形體曼澤，獨何以能平脅肥盛乎？

〔二三七〕［注釋音辯］駭，五駭切。辛，紂也。紂敗，衣寶玉之衣，赴火而死。武王斬紂頭，懸之太白之旗。［百家注引韓醇曰］謂紂如此，宜不免於蹈火而死也。［五百家注引蔡夢弼曰］辛謂紂也。駭，五駭切，童昏也。《史記·殷本紀》：「武王伐紂，紂兵敗，紂走入，登鹿臺，衣其寶玉之衣，赴火而死。武王遂以黄鉞斬紂頭，懸之太白之旗。」**按**：楊萬里《天問天對解》：「不憂故肥，以貪故自焚。」

〔二三八〕［注釋音辯］言啟擊殺有扈於牀。［百家注引王逸曰］言有扈氏本牧豎之人耳，因何逢遇而得爲諸侯乎？言啟攻有扈之時，親於其牀上擊而殺之，其先人失國之原，何所從出乎？［五百家注引洪興祖曰］言有扈之子孫，遂爲民庶，牧夫牛羊也。

〔二三九〕［韓醇詁訓］謂有扈氏釋牧豎而爲諸侯也。謂有扈氏不安於民，故啟擊之於牀而殺之也。斮，側略切，斬也。［百家注］寓，亦作寓。按：楊萬里《天問天對解》：「扈以力而侯，故失民心而無所居。」

〔二〇〕［注釋音辯］朴，大也。［百家注引王逸曰］恒，常也。季，末也。朴，大也。言湯常能秉持契之末德，修而弘之，天嘉其志，出田獵得大牛之瑞也。按：恒即王恒，季即王季，皆殷之先人。參注〔三二〕。

〔二一〕［百家注引王逸曰］營，得也。班，徧也。言湯往田獵，不但驅馳往來也，還輒以所獲得禽獸，徧施惠於百姓也。

〔二二〕［五百家注引蔡夢弼曰］朴，匹角切。《説文》：「特，牛父也。」［百家注引文讜曰］言後世托符瑞以勤民心也。

〔二三〕［注釋音辯］朱（熹）云：湯出獵，得大牛，不但驅馳往來而已，還輒以所獲，徧施禄惠於百姓。［韓醇詁訓］謂湯往營班禄，所以市民心也。按：楊萬里《天問天對解》：「湯能踵契之德以得天下者，實也。班禽而得牛者，非也。此陋民蒙冒而稱其瑞，小惠是班以市民心，湯豈在是哉！」

〔二四〕［注釋音辯］王逸云：循闇微之道，爲夷狄之行。謂解居父聘吴過陳，見婦人負子，欲與之肆情，婦人曰：「墓門雖無人，棘上猶有鴞。」［百家注引王逸曰］昏，闇也。循，遵也。言人有循闇微之道，爲淫泆無恥之行，不可以安其身也。謂晉大夫解居父也。言解居父聘乎吴，過陳之墓門，見婦人負其子，欲與之淫泆，肆其情欲，婦人則引《詩》刺之曰：「墓門有棘，有鴞萃止。」故曰繁鳥萃棘也。言墓門有棘，雖無人，棘上猶有鴞，汝獨不愧也！

〔二四五〕［注釋音辯］赧，乃板切，愧也。［韓醇詁訓］公對之意，蓋取諸此。謂遭怨懟之婦，寧得不赧也。［五百家注引蔡夢弼曰］解，胡買切。父，方武切。赧，乃板切，面愧赤也。言解父有無恥淫泆之行也。劉向《列女傳》：「陳辯女者，陳國採桑之女也。晉大夫解居使於宋，道過陳，遇採桑之女，止而戲之曰：『女爲我歌，吾將舍女。』乃歌『墓門』之一章。又曰：『爲我歌其二。』乃歌其二章。大夫曰：『其楳則是，其鴞安在？』女曰：『陳，小國也，攝乎大國之間，因之以饑饉，加之以師旅，其人且亡，而況鴞乎？』大夫乃服而釋之。」按：楊萬里《天問天對解》：「以解父之强暴，而遭陳婦之正言，安得而不愧赧乎！此解父不見陳婦之心，而見其色者也。」

〔二四六〕［注釋音辯］象也。［百家注引王逸曰］眩，惑也。厥，其也。言象爲舜弟，眩惑其父母，共爲淫泆之惡，欲其危害舜也。言象欲殺舜，變化其態，內作姦詐，使舜治廩，從下焚之，令舜浚井，從上窴之，終不能害舜。舜爲天子，封象於有鼻，而後嗣之子孫長爲諸侯。［五百家注引蔡夢弼曰］兄，協音去聲。

〔二四七〕［韓醇詁訓］謂象雖浚井全廩，肆害舜之謀，而舜不藏怒，又封之有庳，以紹厥愛也。［五百家注引蔡夢弼曰］龔，居容切。《集韻》：「與恭同。」《說文》：「肅也。」劉向《列女傳》：「瞽瞍與象謀殺舜，使舜塗廩，瞽瞍焚廩。使浚井，格其入出，從掩舜。舜潛出。」《孟子·萬章》篇：「仁人之於弟也，不藏怒焉，不宿怨焉，親愛之而已。親之欲其貴也，愛之欲其富也。封之有庳，富貴之也。」按：楊萬里《天問天對解》：「象不恭其兄，而謀危其兄，此象之凶也。然舜之聖，豈怒其凶哉！不藏怒而親愛之，此象之嗣所以繼紹而久長，皆舜之親愛所延也。」

〔二四八〕［注釋音辯］（小臣）伊尹也。［百家注引王逸曰］有莘，國名也。爰，於也。極，至也。言湯東巡狩至有莘國，以爲婚姻也。小臣謂伊尹也。言湯東巡狩，從有莘氏乞匃伊尹，因得吉善之妃，以爲内輔也。

〔二四九〕［韓醇詁訓］對之意，以爲湯東巡，得有莘氏之女，則有之，乞彼小臣而吉妃是得，爲不然也。妃音霏，又音配。

〔二五〇〕［注釋音辯］伊尹生空桑中。［韓醇詁訓］王逸注：小子謂伊尹。媵，送也。言伊尹母妊身，夢神女告之曰：「臼竈生鼃，亟去無反。」居無幾何，臼竈中有生鼃，母去東走，顧視其邑，盡爲大水，母因溺死，化爲空桑之林。水乾之後，有小兒啼，水涯人取養之。既長大，有殊才。有莘惡伊尹從木中出，因以送女也。

〔二五一〕［注釋音辯］蠍，胡葛切，木中蠹蟲。喻伊尹。［百家注引童宗説曰］蠍，木中蟲，音曷，又蠆也，音許竭切。

〔二五二〕［注釋音辯］墊，都念切。［韓醇詁訓］對之意以謂不然，謂爲是説者是蠹亂厥聖，詭説害正，未有盡邑以墊而伊可生也。譯音亦。墊，都念切。《書》：「下民昏墊。」［五百家注引蔡夢弼曰］

喙，竹救切。《説文》：「口也。」墊，都念切，溺也。譯，夷益切，傳言也。事見《列子》，注見前。

[蔣之翹輯注]翹按：傳記皆謂伊尹生於空桑，孔子亦生於空桑。《春秋孔演圖》云：「孔子母顔氏徵在游大陂之澤，夢黑帝使請己，己往，夢交語曰：『汝乳必於空桑中。』覺則若感，生丘於空桑，首類泥丘山，故以名。」干寶云：「顔氏生孔子於空桑之地，今名空竇，在魯南山空竇中，無水。當祭，灑掃以告，輒有清泉自石門出，足以周用。祭訖泉枯。今俗名女陵山。」況史又有空桑之瑟，則知空桑本地名，非樹也。已載見《騷注糾謬》。

〔二三〕[注釋音辯]朱(熹)云：重泉，地名，所謂夏臺，桀拘湯於此。[百家注引王逸曰]重泉，地名也。言桀拘湯於重泉而復出之，夫何用法之不審也！

〔二四〕[注釋音辯]挑，徒了切。王逸云：湯不勝衆心而伐桀，桀先挑之也。[百家注引王逸曰]帝謂桀也。言湯不勝衆人之心而以伐桀，誰使桀先挑之也。[五百家注引蔡夢弼曰]挑，徒了切。《倉頡篇》：「挑，招呼也。」或音他凋切，撓也。

〔二五〕[注釋音辯]辟，婢亦切，法也。[韓醇詁訓]謂湯之行與桀異，故因之重泉。重泉者，地名也。[五百家注引蔡夢弼曰]重，傳容切。《前漢志》左馮翊有重泉。《史記》：「桀不務德，召湯，囚之夏臺。」辟，婢亦切，法也。

〔二六〕[注釋音辯]癸，桀也。[韓醇詁訓]謂湯之德與桀異，從衆欲以割正有夏，桀實有以啟之，非湯之所忍爲也。挑音桃。按：楊萬里《天問天對解》：「臣湯何以不識，言湯自識之也。伊尹母妊身，夢神女告之曰：『臼竈生鼃，亟去。』母走，其邑盡爲大水，母溺死，化爲空桑。有兒啼，人取養之，即伊尹也。柳子曰：或者爲是説以蠹伊尹之聖也，爲是説者，不良之人欺謾以害正道也。盡邑皆溺，果孰傳此夢哉！其誕也必矣。湯之行不類於桀，故桀囚之，衆怒桀之囚，湯而割夏，實夏癸自挑之以致讎爾。」

〔二七〕[注釋音辯]（鼂）與「朝」同。[韓醇詁訓]此言武王將伐紂，紂使膠鬲視武王師，膠鬲問曰：「欲以何日至殷？」武王曰：「以甲子日。」膠鬲還報紂。會天大雨，道難，武王晝夜行。或諫曰：「雨甚，軍士苦之，請且休息。」武王曰：「吾許膠鬲以甲子日至殷，今報紂矣。以甲子日不到，紂必殺之，吾故不敢休息，欲救賢者之死也。」遂以甲子朝，誅紂，不失期也。[五百家注引蔡夢弼曰]「鼂」與「朝」同。《詩》：「會朝清明。」《書・牧誓》篇：「時甲子昧爽，武王朝至于商郊牧野，乃誓。」

〔二八〕[注釋音辯]蒼鳥，鷹也。[百家注引王逸曰]蒼鳥，鷹也。萃，集也。言武王伐紂，將帥勇猛如鷹鳥群飛，誰使武王集聚之者乎？《詩》云「維師尚父，時維鷹揚」是也。

〔二九〕[注釋音辯]潘（緯）云：比，毗至切，近也。楘，疑當作「務」，剥也。王逸云：紂使膠鬲視師，武王曰：「以甲子至。」會於雨，武王晝夜行，或請休息，武王曰：「膠鬲今報紂矣，甲子不到，紂必殺之。」[韓醇詁訓]「楘」與「鼇」同，凌之切，福也。[百家注引張敦頤曰]楘，與「鼇」同，凌之切。[五百家注引蔡夢弼曰]鬲音隔，又音歷，商之賢臣也。比，毗至切，近也。「楘」疑當作

「劈」，音鼇，《説文》：「剥也，劃也。」按：陳景雲《柳集點勘》卷二：「注『嫠』當作『劈』是也，然似作『離』亦得，與前『胡離厥考』之『離』同。離，殊也，謂殊死也。」訓「嫠」爲「劈」或「鼇」，皆可通。

〔三六〇〕［韓醇詁訓］此對之意，以謂武王不失期而行，猶以水救火，人無不從，如鷹鳥之群飛，無不集者。［五百家注引蔡夢弼曰］盎，於浪切，盆也。按：楊萬里《天問天對解》：「嫠，沫也。紂將殺膠鬲而爲沫矣，故武王如期而往，如捧盎水以救焚灼。顛禦未詳。嫠音禧。」

〔三六一〕［注釋音辯］（旦）周公也。［百家注］王逸曰：旦，周公名也。嘉，美也。言武王始至孟津，八百諸侯不期而到，皆曰：「紂可伐也。」白魚入於王舟，群臣咸曰：「休哉！」周公曰：「雖休勿休。」故曰「叔旦不嘉」也。新添《楚詞贅説》曰：吕望、周公親相武王，率師以伐紂，心非不同也。師至河上，甚雨疾雷，周公引軍而止之，太公曰：「君何不馳也？」周公曰：「天時不順，龜燋不兆，占筮不吉，妖而不祥，星變又凶，何可馳也？」故曰「叔旦不嘉」。所謂「何親揆發足周之命以咨嗟」者，言周公何爲始親揆度天命以告武王發，而卒乃足成周之命令已殺商受，且又咨嗟自歎耶？夫湯放桀，武王伐紂，其事一也。孔子之論《韶》、《武》，獨以《武》爲未盡善，而不及湯，豈非湯嘗引過自咎，以予有慚德，且恐來世以貽爲口實，則所以杜百世之亂者，猶未忘也，武王獨未有一言及此，周公所以不嘉，豈無其意哉！周公之於紂，則君也，於武王則親也，周公豈固徇愛親之私心，而滅君臣之大義哉！爲天下計也。至於足周伐商之命，而終於克商者，乃以是耳。原之言有及於此，因疑以問之，亦足以見其能明周公之心矣。王逸注與下二句意不協，故余論其如此。按：上所引自「言周公」以下，五百家注引作周少隱（紫芝）曰。

〔二六二〕［百家注引王逸曰］揆，度也。言周公於孟津揆度天命，發足還師而歸。當此之時，周公之命令已行天下，百姓咨嗟，歎而美之也。

〔二六三〕［注釋音辯］朱（熹）云：武王以黄鉞斬紂，周公旦不喜親斬紂頭之事耳。［韓醇詁訓］（周公）雖幸武王順天應人，歛福錫民，而咨嗟之詞，雖美之而實戒之也。考之《周書》，其詳可得而推矣。［五百家注引蔡夢弼曰］《史記·周本紀》：「武王以黄鉞斬紂頭，懸之太白之旗。」［蔣之翹輯注］未見周公不喜與其咨嗟之事。按：柳之意認爲周公對武王親斬紂頭有微意。

〔二六四〕［百家注引王逸曰］言天地始授殷家以天下，其王位安所施用乎？善施若湯也。言殷王位已成，反覆亡之，其罪惟何乎？罪若紂也。

〔二六五〕［韓醇詁訓］謂武王之仁，足以庇民，而紂之不道，衆所共棄也。［世綵堂］圮，部鄙切，毁也。

〔二六六〕［百家注引王逸曰］伐器，攻伐之器也。言武王伐紂，發遣干戈攻伐之器，争先在前，獨何以行之乎？言武王三軍樂戰，並載馳載驅，赴敵争先，前歌後舞，梟藻歡呼，奮擊其翼，獨何以將率之也。［五百家注引蔡夢弼曰］《太公六韜》曰：「翼其兩傍，疾擊其後。」擊翼，蓋兵法也。

〔二六七〕［韓醇詁訓］謂天下咸避虐政，而干戈攻伐之器皆争先而行，前歌後舞，梟藻讙呼，奮擊其翼，而不自知也。［世綵堂］逭，胡玩切，逃也。［蔣之翹輯注］子厚之對，直謂天下咸避虐政，故勇於奮擊如此耳。

〔二六八〕[注釋音辯]王逸云：昭王出遊，南至於楚，楚人沉之，昭王南遊何以利於楚乎？越裳獻白雉，昭王德不能致，欲親往逢迎之。[百家注引王逸曰]爰，於也。底，至也。言昭王背成王之制而出遊，南至於楚，楚人沉之，而遂不還也。厥，其也。逢，迎也。言昭王南遊，何以利於楚乎？以爲越裳氏獻白雉，昭王德不能致，欲親往逢迎之乎？

〔二六九〕[韓醇詁訓]昭王之南遊也，爲越裳氏獻白雉，王之德不能致，故親往迎之，初豈有是理也哉！[百家注引孫汝聽曰]僖四年《左氏》：「齊侯伐楚，管仲曰：『昭王南征而不復，寡人是問。』楚子曰：『昭王之不復，君其問諸水濱。』」[五百家注引蔡夢弼曰]昭謂周昭王也。《左氏傳》僖公四年：「齊侯伐楚，管仲曰：『昭王南征而不復，寡人是問。』楚子曰：『昭王之不復，君其問諸水濱。』」注：「昭王，成王之孫。南巡至於楚，楚人以膠船載之涉漢，船壞而溺。」《史記》：「昭王之時，王道微缺，南巡不返，卒於江上。其卒不赴告，諱之也。」《後漢書》：「交趾之南有越裳國，周公居攝，越裳重譯而獻白雉。」昭王不顧其德不能致，乃南巡狩，欲親迓越裳而求白雉焉。

〔二七〇〕[注釋音辯]挴，芒改切，貪也。[百家注引王逸曰]挴，貪也。言穆王巧辭令，貪好攻伐，遠征犬戎，得四白狼、四白鹿，自是後夷狄不至，諸侯不朝。穆乃更巧詞周流而往説之，欲以懷來也。環，旋也。言王者當修道德以來四方，穆王何爲乃周旋天下而求索之也？[五百家注引蔡夢弼曰〕穆謂周穆王也。挴，亡改切，其字從手。揚雄《方言》：「貪也。」《集韻》：「悔，母罪切，慚也。挴，母梅切，貪也。」諸本作「梅」。《釋文》：「每磊切。」其字從木，傳寫誤耳。

〔二七二〕〔注釋音辯〕《左》昭十二年：「祭公作《祈招》詩，止穆王之心。」西王母戴勝，與穆天子觴於瑤池之上，爲謡曰：「白雲在天，山陵自出，道理修遠，山川間之。將子無死，尚能復來。」答曰：「萬民平均，吾顧見汝。」〔韓醇詁訓〕按《列子》載周穆王肆意遠遊，命駕八駿之乘，馳驅千里，至於巨蒐氏之國。巨蒐氏乃獻白鵠之血以飲王，具牛馬之湩以洗王之足，遂宿於崑崙之阿。觀黄帝之宫，遂賓於西王母，觴於瑤池之上。西王母爲王謡，王和之，其詞哀焉。此對、問之所交譏也。〔五百家注引蔡夢弼曰〕懵，母亘切，不明也。招，常摇切，又音招，逸詩篇名。祈父，周之司馬，世掌甲兵之職，招其名也。《左氏傳》昭公十二年：「穆王欲肆其志，周行天下，將必有車轍馬跡焉。祭公謀父作《祈招》之詩，以止王心，是以獲没於祗宫。」《史記》：「穆王得驥，温驪、驊騮、騄耳之駟，西巡狩樂而忘歸。」紿，徒愷切，欺也。載音戴，《禮記》載與戴同。《山海經》：「西王母狀如人，豹尾蓬頭載勝，善嘯，居洵水之涯。」前漢司馬相如《大人賦》：「吾乃今日觀西王母，暠然白首，載勝而穴處兮。」注：「勝，婦人首飾也。」《穆天子傳》：「天子見西王母，觴於瑤池之上，西王母爲王謡曰：『白雲在天，山陵自出。道理修達，山川間之。將子無死，尚能復來。』天子答曰：『予歸東土，和治諸夏，萬民平均，吾顧見汝。』」此所謂之迭謡也。

〔二七三〕〔注釋音辯〕朱（熹）云：衒，熒絹切。有二龍止於夏庭，龍亡而漦在。周厲王發而觀之，漦流於庭，處妾遇之而生女，棄之。時有謡曰：「檿弧箕服，寔亡周國。」後有賣是器於市者，以爲妖怪，執而戮之，夜得亡去。聞所棄女啼聲，哀而收之，遂奔襃。後襃人入此女贖罪，幽王惑而愛之。［韓醇詁訓］蓋周幽王前世有童謡曰：「檿弧箕服，實亡周國。」後有夫婦賣是器者，以爲妖而曳戮之於市，此禍之所從始也。襃姒，周幽王后也。昔夏后氏之衰也，有二神龍止於夏庭，而告曰：「余，襃之二君也。」夏后布幣糈而告之，龍亡而漦在，櫝而藏之。夏亡傳商至周，不敢發也。至厲王發而觀之，漦流於庭，化爲玄黿，入王後宫。後宫處妾遇之而孕，無夫而生子，懼而棄之。時被戮夫婦夜亡，聞啼聲，哀而收之，遂奔襃。襃人後有罪，幽王欲誅之，遂入此女以贖罪，是爲襃姒。幽王竟爲犬戎所殺。按：見《國語·鄭語》。

〔二三〕［百家注引童宗説曰］檿，山桑也。檿，於琰切。［五百家注引蔡夢弼曰］檿，於簟切，山桑木也。弧音胡。木弓也。幽謂幽王也。挐，女居切，牽引也。［世綵堂］漁色之漁。

〔二四〕［注釋音辯］「蔑」即「幾」字。［韓醇詁訓］此對問之意，蓋罪幽王淫刑嗜殺，以自取滅亡，未可盡歸妖夫化黿之徵也。［五百家注引蔡夢弼曰］黿，魚袁切，似鼈而大。事詳見《史記·周本紀》。［世綵堂］蔑，莫結反。漦音癡，龍吐沫也。按：楊萬里《天問天對解》：「《祈招》之詩，見《左傳》。西王母虎骨戴勝，觴穆王於瑶池之上，爲王謡。其詩曰『白雲』，見《列子》。孺賊厥詵，詵音參，疑作『説』。言幽王以侵漁其民而亡，以淫於嗜慾而亡，以輕殺諫臣而亡，豈有歸咎於龍漦化黿之説，與夫檿弧之謡哉！此世儒繆説害之也。」

〔二五〕〔注釋音辯〕朱（熹）云：反側言無常也。〔百家注引王逸曰〕言天地神明降與人之命，反側無常，善者祐之，惡者罰之。

〔二六〕〔五百家注引蔡夢弼曰〕厶音私。《説文》：「姦衺也。」《韓非子》曰：「倉頡造字，自營爲厶。」通作「私」。一本作「么」，伊堯切，小也。「么」當作「幺」。

〔二七〕〔注釋音辯〕朱（熹）云：九、糾通用。卒，終也。蓋桓公之會十有五。〔百家注引王逸曰〕言齊桓公九合諸侯，一匡天下，任豎刁、易牙，子孫相殺，蟲流出尸，一人之身，一善一惡，天命無常，罰祐之不常也。

〔二八〕〔韓醇詁訓〕謂齊桓九合諸侯，震而矜之，叛者九國，卒至見殺，非天道之無常，亦其自取然也。〔五百家注引蔡夢弼曰〕《論語》：「孔子曰：桓公九合諸侯，不以兵車。」九合之説，《國語》：「兵車之會六，乘車之會三。」《史記》：「兵車之會三，乘車之會六。」《穀梁傳》：「衣裳之會十有一。」范甯注：「莊公十三年會北杏，十四、十五年會鄄，十六年、二十七年會幽，僖公元年會檉，二年會貫，三年會陽穀，五年會首戴，七年會甯毌，九年會葵丘。」凡十一會，不取北杏及陽穀爲有九也。孫明復尊王發微，桓公之會十有五。范甯所言之外，僖公八年會洮，十三年會鹹，十五年會牡丘，十六年會淮是也。孔子止言其九者，蓋十三年會北杏，桓始圍伯，其功未見，十四年會鄄，又是伐宋，諸侯會洮、會鹹、會牡丘、會淮，皆有兵車也，故止言其會之盛者九焉。**按**：楊萬里《天問天對解》：「天遠而幽，人小以散，何可以合天人而論之，又從而責其罰佑之不常哉！齊桓之事，皆自取爾，天何與焉！挾其大以號令天下，而忽於屬任之人，故幸而得良臣，則能成九合之功，乃不幸而遭嬖孽小人，則壞矣。皆人事，非天命也。」

〔二五九〕［百家注引王逸曰］惑，妲己也。服，事也。言紂惡輔弼，不用忠直之言，而專用讒諂之人也。

〔二六〇〕［百家注引文讜曰］言紂之惡，自爲惑亂，非人所使也。

〔二六一〕［百家注引王逸曰］比干，聖人，紂諸父也。諫紂，紂怒，乃殺之，剖其心也。雷開，佞臣也，阿順於紂，乃賜之金玉而封之也。

〔二六二〕［注釋音辯］比干、雷開。雷開，佞人。［韓醇詁訓］謂紂自惑亂，棄賢用讒，比干諫而死，雷開佞而用也。［五百家注引蔡夢弼曰］劉向《新序》：「紂作炮烙之刑，比干曰：『主暴不諫，非忠臣也；畏死不言，非勇士也。見過則諫，不用則死，忠之至也。』遂諫，三日不去朝，紂囚而殺之。」《史記·殷本紀》：「紂愈淫亂，比干曰：『爲人臣者，不得不以死争。』迺强諫，紂怒曰：『吾聞聖人之心有七竅。』剖比干以觀其心。」

〔二六三〕［百家注引王逸曰］聖人，謂文王也。卒，終也。言文王仁聖，能純一其德，則天下異方，終皆歸之也。梅伯，紂諸侯也。言梅伯忠直而數諫紂，紂怒，乃殺之，菹醢其身。箕子見之，則被髮佯狂也。［五百家注引蔡夢弼曰］梅音浼，紂諸侯號。醢音海，肉醬。

〔二六四〕［注釋音辯］文王也。［韓醇詁訓］謂文王之德純一，虞、芮質厥成，而天下無異志。鞫音匊。謂梅伯，紂之諸侯，數諫而紂殺之，菹醢其身。箕子被髮佯狂，不願仕也。此兩語，疑當與前紂

「讒諂是服」事文理相屬，對亦隨問意耳。［五百家注引蔡夢弼曰］文謂文王也。芮，如鋭切，謂虞芮也。鞫，居六切。《説文》：「窮理罪人也。」《詩·大雅·緜》之八章「虞芮質厥成」。注：「虞、芮之君争田，久而不平，乃相謂曰：『西伯仁人也，曷往質焉。』」乃相與朝周，入其境，則耕者讓畔，行者讓路。入其邑，男女異路，班白不持挈。入其朝，士讓爲大夫，大夫讓爲卿。二國之君，感而相謂曰：『我等小人，不可以履君子之庭。』乃相讓，以其所争爲閒田而退。天下聞而歸者四十餘國。」《淮南子·淑真訓》：「桀、紂燔生人，辜諫者，醢鬼侯之女，菹梅伯之骸。」《史記》：「紂爲淫泆，箕子諫不聽，乃被髮佯狂爲奴，遂隱而鼓琴以自悲。」按：楊萬里《天問天對解》：「紂誰使之惑哉？志使之爾。志使之惑，故倒行逆施，惟讒是寵。比干以異己而死，雷開以同惡相濟而侯也。文王行德，以被天下，故虞、芮之訟順之。紂以醢梅伯之直，奴箕子之忠，故忠良皆喪，而醜德愈厚。」蔣之翹輯注：「按問言聖人同德異術，特爲梅、箕以發難耳。子厚乃以文王質成虞、芮事對之，荒謬殊甚。此特承王逸之誤也。」蓋屈問之「聖人」謂梅伯、箕子，柳宗元理解爲文王，承王逸之説也。

〔二六五〕［百家注引王逸曰］元，大也。帝謂天帝也。篤，厚也。言后稷之母姜嫄，出見大人之跡，怪而履之，遂有娠而生后稷。后稷生而仁賢，天帝獨何以厚之乎？投，棄也。燠，温也。言姜嫄以后稷無父而生，棄之於冰上，有鳥以翼覆薦温之，以爲神，乃取而養之。《詩》曰：「誕寘之寒冰，鳥覆翼之。」［五百家注引蔡夢弼曰］「篤」一作「竺」。《爾雅》：「竺，厚也。」與「篤」同。燠音鬱，熱也。

〔二八六〕［韓醇詁訓］謂稷生而神靈，天實厚之。后稷之母姜嫄氏見大人之跡，履之，遂有娠，棄之冰上，有鳥以翼覆温之。可以見天之厚於稷者如此。［五百家注引蔡夢弼曰］棄，后稷名。《詩·生民》篇：「厥初生民，時惟姜嫄。生民如何，克禋克祀。以弗無子，履帝武敏歆，攸介攸止。載震載肅，載生載育。時維后稷，誕彌厥月。先生如達，以赫厥靈。上帝不寧，不康禋祀，居然生子。誕寘之隘巷，牛羊腓字之。誕寘之平林，會伐平林。誕寘之寒冰，鳥覆翼之。鳥乃去矣，后稷呱矣。」《史記·周本紀》：「后稷其母有邰氏曰姜嫄，爲帝嚳妃。出野見巨人跡，心欣然説，欲踐之，踐之而身動如孕者。居期而生子，以爲不祥，初欲棄之，因名曰棄。」

〔二八七〕［注釋音辯］王逸云：馮，大。挾，持也。言后稷長，持大强弓，挾箭矢。洪興祖云：此與下文相屬。言武王能馮弓挾矢，而將之以殊能。［五百家注引洪興祖曰］此與下文相屬。「馮」如上文「馮珧」之「馮」，言武王多材多藝，能馮弓挾矢，而將之以殊能者，武王也。子厚引《詩》以對，承逸之誤也。按：洪説是。

〔二八八〕［百家注引王逸曰］帝謂紂也。言武王能奉承后稷之業，致天罰，加誅於紂，切激而數其過，何逢後世繼嗣之長也？

〔二八九〕［韓醇詁訓］謂紂有凶德，武王能紹后稷之業。［五百家注引蔡夢弼曰］嶷，一作「嶷」，魚力切。《詩》：「克岐克嶷。」小兒有知識之貌。

〔二九〇〕［注釋音辯］文王。［百家注引王逸曰］伯昌謂文王也。秉，執也。鞭以喻政。言紂號令既衰，文王執鞭持政，爲雍州之牧也。徹，壞也。社，土地之主也。言武王既誅紂，令壞邠、岐之社，言已受天命而有殷國，因徙以爲天下大社也。

〔二九一〕［韓醇詁訓］文王之秉政，化於江漢之國，易岐社以正天命也。［五百家注引蔡夢弼曰］《尚書》「西伯戡黎」，正義曰：「西伯，文王也。時國於岐，封爲雍州伯，國在西，故曰西伯。」《史記·殷本紀》：「紂以西伯爲三公，賜弓矢斧鉞，使得專政伐。」滸音虎。《説文》：「水厓也。」《詩·漢廣》篇：「文王之道，被于南國。」美化行乎江漢之域。太音泰。岐在右扶風美陽中水鄉。《禮記》曰：「王爲群姓立社曰太社。」岐嘗有社矣。至武王誅紂，然後能易岐社以爲太社。因岐山以名，太王自徙焉。［世綵堂］武，武王也。

〔二九二〕［注釋音辯］王逸云：文王。朱（熹）云：言文王徙其寶藏來就岐下。［百家注引王逸曰］言文王始與百姓徙其寶藏來就岐下，何能使其民依倚而隨之也。

〔二九三〕［注釋音辯］《莊子·徐无鬼》篇：「蟻慕羊肉，羊肉羶也。」［韓醇詁訓］謂文王始與百姓遷於岐山之下，民皆歸之，如蟻慕羶也。［五百家注］蔡（夢弼）曰：《詩·公劉》篇：「迺積迺倉，迺裹餱糧。于橐于囊。」《孟子·梁惠王》篇：「昔者太王居邠，狄人侵之，事之以皮幣犬馬珠玉，不得免焉。邠人曰：『仁人也不可失也。』從之者如歸市。」嚴有翼曰：公劉之居邠也，居之有積倉，行者有裹糧。至太王爲狄人所侵，去邠，踰梁山，邑於岐山之下居焉。則遷藏就岐，乃王跡之所化也，故歸市之衆，如蟻之慕羶也。

〔二四〕［注釋音辯］王逸云：謂妲己惑誤於紂，不可復譏諫也。

〔二五〕［注釋音辯］妲，丹達切。痡音敷，又普吴切，病也。亟，紀力切，疾也。［韓醇詁訓］謂紂爲妲己所惑，流毒於民，民皆去也。［五百家注引蔡夢弼曰］妲，丹達切，紂妃妲己也。痡音敷，又普吴切，病也。亟，訖力切，疾也。《國語》：「殷辛伐有蘇，有蘇氏以妲己女焉，殷辛惑之，毒痡四海。故民皆亟去。」

〔二六〕［注釋音辯］朱（熹）云：紂醢梅伯，以賜諸侯，文王受之，以祭告語於上帝。帝乃親致紂之罪罰，故殷之命不可復救也。［百家注引王逸曰］兹，此也。西伯，文王也。言紂醢梅伯，以賜諸侯，文王受之，以祭告語於上天也。上帝，謂天帝也。言天帝親致紂之罪罰，故殷之命不可復救也。

〔二七〕［注釋音辯］「烏」當作「曷」。［韓醇詁訓］謂紂醢梅伯以賜諸侯，西伯所以訴於天，此天所以親致紂之罰，故殷之命至於絶而不續也。「殄」與「殄」同。［五百家注引蔡夢弼曰］「烏」恐作「曷」。台音怡，我也。《史記·殷本紀》：「紂醢九侯，並脯鄂侯，西伯聞之竊嘆。紂囚西伯羑里。」《淮南子·俶真訓》：「紂醢九侯之女，菹梅伯之骸。」

〔二八〕［注釋音辯］后謂文王也。昌，文王名。［百家注引王逸曰］師望謂太公也。昌，文王名也。言太公在市肆而屠，文王何以志知之乎？后謂文王也。言吕望鼓刀在列肆，文王親往問之，吕望對曰：「下屠屠牛，上屠屠國。」文王喜，載與俱歸也。［五百家注引蔡夢弼曰］識音誌，記也。一作「志」。喜，協音去聲，悦也。

〔二九九〕［韓醇詁訓］謂太公望姓姜名牙，隱於屠牛，漁於渭濱，有諸中而形諸外，惟文王以心識之。［百家注引童宗説曰］瞭，目明也。瞭音了。《周官》有眂瞭。［五百家注引蔡夢弼曰］《史記·齊世家》：「太公吕望尚者，東海上人，姓姜氏。以漁釣干西伯，西伯出獵，遇太公於渭陽。」索隱引譙周曰：「姓姜名牙。」《戰國策》：「太公望，老婦之逐夫，朝歌之廢屠。」《淮南子》「太公之鼓刀」，注：「河内汲人，有屠釣之困。」瞭，盧皎切，目明也。眂，與「視」同。

〔三〇〇〕［注釋音辯］髀髖，音陛寬。吕望屠牛，文王問之，吕望曰：「下屠屠牛，上屠屠國。」［五百家注引蔡夢弼曰］髀音陛，又必爾切，股骨也。髖音寬，髀上也。《前漢·賈誼傳》：「屠牛坦一朝解十二牛，而芒刃不頓者，所排擊剥割，皆衆理解也。至於髖髀之所，非斤則斧也。」注：「言其骨大，故須斤斧也。」

〔三〇一〕［注釋音辯］王逸云：尸，主也。載文王木主。［百家注引王逸曰］言武王發欲誅紂，何所悁悒而不能久忍也？尸，主也。集，會也。言武王伐紂，載文王木主，稱太子發，急欲奉行天誅，爲民除害也。

〔三〇二〕［注釋音辯］以栗爲主。［韓醇詁訓］謂武王伐殷，欲救民於虐焰中，在文王則栗栗危懼，有所不敢，在武王則不敢不敬承文謨。卒武功也。故載文王木主以討紂，有不得已焉。［五百家注引蔡夢弼曰］發，武王名也。粟，謂以粟爲主也。《史記》：「武王東觀兵至於萌津，爲文王木主載以車中軍，武王自稱太子發，言奉文王以伐，不敢自專也。」按：楊萬里《天問天對解》：「易岐社以大者，易一國之社爲天下之大社也。蹡梁橐囊者，《詩》所謂『于橐于囊』也。羶仁萃蟻者，文王遷岐而民從之，其仁如羶，其萃者如慕羶之蟻也。羶蟻，見《莊子》。烏不台訴者，台音怡，我也。我者，天自謂也。言紂肉梅伯以爲醢，而頒諸侯，諸侯焉有不訴於天者哉！大抵屈原《天問》。原之問天也，柳子《天對》，柳子代天而答原也。孰盈癸惡者，言紂之惡盈於夏癸，故兵其躬而殄其祀也。牙伏牛漁者，姜子牙隱伏於屠釣，非真屠釣也，其隱於内而見於外，惟文王能見其心甚明，故太公樂爲之用，屠商如屠牛之髀髖也。髀髖，見《賈誼傳》。發殺曷逞，寒民於烹者，武王之殺紂，非有憤悒而逞也，出民於烹熬之中，而置之寒涼之地而已。惟粟厥文考者，『粟』當作『栗』。武王曰：『予克紂惟朕，文考無罪。』武王衹栗文考之靈，故伐商也。而虔予以徂征，予亦天自謂也。武王之伐商，下畏文王，上畏天命，故徂征爾。又栗者，文王之木主也，以栗木爲主也。『虔予』一作『虔子』，言虔其子道以徂征也。《禮》：『小祥，以栗爲主。』」何焯《義門讀書記》卷三五：「所謂救民於水火之中也。」

〔三〇三〕［注釋音辯］王逸云：謂申生。［百家注引王逸曰］伯，長也。林，君也。謂晉太子申生爲後母驪姬所譖，遂雉經而自殺也。言驪姬讒殺申生，其冤感天，又讒逐群公子，當復誰畏懼？

〔三〇四〕［韓醇詁訓］雉，如字。《禮記》正義云：「雉，牛鼻繩。或曰：雉遇獲多自死。」［五百家注引蔡夢弼曰]《左氏傳》：「晉獻公伐驪戎，驪戎男女以驪姬歸，生奚齊。驪姬嬖，欲立其子，使太子居曲沃。姬謂太子曰：『君夢齊姜，必速祭之。』太子祭於曲沃，歸胙於公，姬毒而獻之，泣曰：『賊由太子！』太子奔新城。十二月戊申，縊於新城。」《國語》：「雉經於新城之廟。」注：「雉經，頭搶而懸死也。」《禮記》曰：「再拜稽首，乃卒。」是以爲恭世子也。按：何焯《義門讀書記》卷三五：「不列，不自明也。」

〔三〇五〕[注釋音辯]蝡蟯喻驪姬。[韓醇詁訓]謂晉太子申生爲後母驪姬所譖，遂雉經以自殺而敬君也，豈讒說可以變天地哉！蝡，弋尹切，蟲名。《説文》云：「側行者。」蟯音堯。《説文》：「蟲在人腹者。」以二蟲譬驪姬之譖耳。[五百家注引蔡夢弼曰]蝡音引，又音演。「蝡」與「蚓」同，蚯蚓也。蝡，《説文》云：「蟲側行者。」蟯音要，又音饒，人腹中蟲。按：楊萬里《天問天對解》：「恭太子爲驪姬譖之於内，而不得陳列也。死者如蚓之訟，譖者如蟯之賊爾，此安能感天地！柳子之論，大抵以天人爲不相關，以天理爲漠然無知，皆憤懟狠忮之所發，非正論也。」

〔三〇六〕[百家注引王逸曰]言皇天集禄命而與王者，王者何不常畏慎而戒懼也？言王者既循行禮義，受天之命而王有天下矣，又何爲至使他姓代之乎？

〔三〇七〕[注釋音辯]天祐下民，作之君師。[韓醇詁訓]謂皇天惟相有德，以集厥命，後世子孫，不能恐懼以自棄，則將祐下民而作之君，所不免也。按：楊萬里《天問天對解》：「德則畀，怠則奪也，天又祐之，言不祐也。」[蔣之翹輯注]《書》：「天佑下民，作之君，作之師。」

〔三〇八〕［注釋音辯］摯，伊尹名。［百家注引王逸曰］言湯初舉伊尹，以爲凡臣耳，後知其賢，乃以備輔翼承疑，用其謀也。卒，終也。緒，業也。言伊尹佐湯命，終爲天子，尊其先祖，以王者禮樂祭祀，緒業流於子孫者乎？

〔三〇九〕［韓醇詁訓］謂進用伊尹，禮樂祭祀，緒業流於子孫，使昧其經始之難，不自昭其明德，卒終無以成其功也。［五百家注引蔡夢弼曰］摯，伊尹名也。按：楊萬里《天問天對解》：「臣之兹謂昧，承之兹謂昭。」

〔三一〇〕［注釋音辯］王逸云：吴闔廬祖父壽夢也。闔廬怨不得爲王，少離散，亡放在外，乃刺王僚，代爲吴王，大有功勳。壯，大也。嚴，威也。［百家注引王逸曰］勳，功也。闔，吴王闔廬也。夢，闔廬祖父壽夢。壽夢卒，太子諸樊立。諸樊卒，傳弟餘祭。餘祭卒，傳弟夷末。夷末卒，太子王僚立。闔廬，諸樊之長子也，怨不得爲王，少離散亡放在外，乃使專諸刺王僚，代爲吴王，子孫世盛也。伍子胥爲將，大有功勳也。壯，大也。言闔廬少小離亡，何能壯大，厲其勇武，流其威也。

〔三一一〕［注釋音辯］光，闔廬名。［韓醇詁訓］言闔廬少小被放於外，不得立，及其壯大，終能厲其武勇，以大吴國也。傍音旁，偟音皇。［五百家注引蔡夢弼曰］光謂吴公子光，即闔廬也。夢，莫公切，謂壽夢也。《史記・吴世家》：「吴自太伯十九世至壽夢，始益大，稱王。壽夢卒，長子諸樊立。卒，傳至王僚立。公子光者，諸樊之子也，常以爲光父先立，當傳至光，乃陰納勇士專諸，弒僚而代立，是爲吴王闔廬也。」按：楊萬里《天問天對解》：「惟其憾於離散，是以厲其威武。」

〔三二〕〔注釋音辯〕彭祖名鏗，獻雉羹於堯。〔百家注引王逸曰〕彭鏗，彭祖也。好，和滋味，善斟雉羹，能事帝堯。帝堯美而饗食之。言彭祖進雉羹於堯，堯饗食之以壽考。彭祖至八百歲，猶自悔其不壽，恨枕高而唾遠也。〔五百家注〕蔡（夢弼）曰：鏗，丘耕切。饗，叶音香，歆也。孫（汝聽）曰：《神僊傳》：「彭祖姓籛名鏗，帝顓頊之玄孫。善養性，能調鼎。進雉羹於堯，堯封於彭城。歷夏經商，至周年七百六十七而不衰。」

〔三三〕〔韓醇詁訓〕對之意，以謂無是理焉。按：楊萬里《天問天對解》：「其死自晚爾，豈有饗其羮而使之壽者！」

〔三四〕〔注釋音辯〕岐首之蛇，争共食牧草，自相齧。〔百家注引王逸曰〕牧，草名也。后，君也。言中央之州有岐首之蛇，争共食牧草之實，自相啄嚙，以喻蠻夷相與忿争，君上何故當怒之乎？

〔三五〕〔百家注〕王逸曰：言蠭蟻有蠚毒之蟲，受天命負力堅固，屈原以喻蠻夷自相毒蠚，固其常也。獨當憂秦、吴耳。新添《楚辭贅説》曰：王逸注無所據，引不可信。原意謂：中央者，中國也。共牧者，共九州之牧也。若使中國共牧，無所戰争，則君何怒而有討乎？今蠭蟻微命而好争，其力甚固，蓋蠭有毒而蟻好鬬故也。以喻上失其政，九州無牧，諸侯戰争，不可禁止，以譏當時之事耳。或謂原因見楚之宗廟有岐首之蛇，如今古祠中多畫毒蛇怪物之類者，故因以諷焉，不可知也。〔五百家注引蔡夢弼曰〕蠭音峰。蟻或作「蛾」。蛾，古「蟻」字。蠚音若，痛也。

〔二六〕［注釋音辯］螝，胡對切。一云虺字。［韓醇詁訓］此對之意亦然，故取二蟲以爲喻。［百家注引童宗説曰］《説文》：「螝，蠶蛹也。」螝，胡對切。細腰，蜂也。《博物志》：「細腰蜂無雌雄之類，取桑蟲及阜螽子抱而爲己子。」蟄，施隻切。［五百家注引蔡夢弼曰］螝，胡對切。《説文》：「蠶蛹也。」《古今字》詁「螝」古「虺」字。《韓非子》：「蟲有螝者，一身兩口，争食相齕，遂相殺也。」齧，倪結切，噬也。螫，式亦切，蟲行毒也。按：蔣之翹輯注本曰：「（王逸）其説既無引據，殊爲可笑。……子厚不知，乃亦承逸之誤。」

〔二七〕［注釋音辯］王逸云：昔者女子采薇菜，有所驚而走。萃，止也。女子驚而北走，至於回水之上，止而得鹿，遂有福喜。朱（熹）云：未詳。

〔二八〕［韓醇詁訓］對以爲避禍而得鹿，亦偶然耳。按：楊萬里《天問天對解》：「其昌偶然，鹿何爲焉！」蔣之翹輯注曰：「采薇驚鹿，事無所考。按《廣博物志》云：伯夷、叔齊逃首陽，棄薇不食，白鹿乳之。其説與問稍詞合，但於『女』字未安。北至回水，或恐又是一事，俟考之。」

〔二九〕［注釋音辯］元注云：「問云百兩，蓋謂車也。王逸以爲百兩金，誤也。」朱（熹）云：舊注以爲秦公子鍼之事，然與《左傳》不同，未知是否。［百家注引王逸曰］兄謂秦伯也。噬犬，嚙犬也。弟，秦伯弟鍼也。言秦伯有嚙犬，弟鍼欲請之。言秦伯不肯與弟鍼犬，鍼以百兩金易之，又不聽，因逐鍼而奪其禄也。

〔三〇〕［注釋音辯］《晉語》：「秦后子奔晉，車千乘。」［百家注引孫汝聽曰］昭元年《左氏》：「秦景公母弟鍼出奔晉，其車千乘。」鍼字后子，桓公子也。［五百家注引蔡夢弼曰］鍼，其鹽切，秦后子也。兩音亮，車數也。《秦秋》昭西元年夏，秦伯之弟鍼出奔晉。《左氏傳》：「罪秦伯也。」《晉國語》：「秦后子來仕，其車千乘。」后子即鍼也。按：楊萬里《天問天對解》：「以多車，而卒爲旅人於晉也。」劉夢鵬《屈子章句》以爲噬犬謂翟犬，所問爲趙簡子夢帝與一翟犬事，見《史記・趙世家》及《扁鵲倉公列傳》，其説近之。則柳氏之對，非屈原本意。

〔三一〕［注釋音辯］王逸云：屈原書壁所問略訖，日暮欲去，天雨雷電復至，自解曰：「歸何憂乎？」朱（熹）云：此下皆不可曉。［百家注引王逸曰］言屈原書壁所問略訖，日暮欲去，時天大雨雷電，思念復至，自解曰：「歸何憂乎？」言楚王惑信讒佞，其威嚴當日墮，不可復奉成，雖從天帝求福，神無如之何。［五百家注引洪興祖曰］薄暮，喻年將老也。雷電，喻君暴惡也。歸何憂者，自寬之辭也。

〔三二〕［百家注引王逸曰］爰，於也。云，言也。吾將退於江濱，伏匿穴處耳，當復何言乎？荆，楚也。師，衆也。勳，功也。初，楚邊邑之處女與吴邊邑處女争採桑於境上，相傷，二家怒而相攻，於是楚爲此興師，攻滅吴之邊邑，而怒始有功。時屈原又諫言：我先爲不直，恐不可久長也。［五百家注引蔡夢弼曰］《史記・吴世家》：「吴王僚九年，公子光伐楚，拔居巢鍾離，取兩都而去。」言楚雖有功，吴復伐楚，非長久之策也。此楚平王時事，屈原徵往事以諷耳。

〔三三〕［百家注引王逸曰］欲使楚王覺悟，引過自與，以謝於吴。不從其言，遂相攻伐，禍其於細微也。

〔三四〕［百家注引童宗説曰］很，戾也。很，户懇切。［韓醇詁訓］對亦憫其當此禮義消亡之時也。

〔三五〕［注釋音辯］（以施）音伊憂。［韓醇詁訓］謂屈原伏匿草野，尚興詞怨憤，欲何爲也？謂楚懷王之時，秦欲代齊，齊與楚從親，惠王患之，乃令張儀厚幣事楚，使楚絶齊，願獻商於之地六百里。楚懷王貪而信張儀，遂絶齊使，使如秦受地。張儀詐之曰：「儀與王約六里，不聞六百里。」懷王怒，舉兵伐秦，大敗於丹陽。明年，秦割漢中地與楚以和。時秦昭王欲與懷王會，王欲行，屈原諫之曰：「秦虎狼之國，不可信，不如無行。」懷王信子蘭言，竟行，遂死於秦。此對之意，所以詳言原當日諫之不聽，以至於斯云爾。［五百家注引蔡夢弼曰］啗，徒濫切，與「噉」同。《説文》：「食也。」按：陳景雲《柳集點勘》卷二：「醜齊謂懷王信張儀之言，既絶齊好，復遣勇士宋遺北罵齊王也。『徂秦』謂淮王赴武關之會。二者皆爲秦所詐，懷王不悟，以致國蹙身辱，故曰『啗厥詐讒』。『登狡庸』謂信上官大夫及狡童子蘭用事也。耆德屏棄，讒佞登庸，其行事咈人心甚矣，故曰『咈以施』。」

〔三六〕［注釋音辯］（罷）音疲，勞也。［韓醇詁訓］謂原雖若諫而楚王不聽，剛愎不化，以及於敗亡而不救也。愎，蒲逼切，很也。

〔三七〕［注釋音辯］吴光即闔閭。［百家注引王逸曰］光，闔廬名。言吴與楚相伐，至於闔廬之時，吴兵入郢都，昭王出奔，故曰吴光争國。久余是勝，言大勝我也。

〔三八〕［五百家注引蔡夢弼曰］闔謂吴王闔廬也。楚昭王十年，吴王闔廬伐楚，楚大敗，吴兵入郢。

〔三九〕［注釋音辯］朱（熹）云：子文事見《論語》，他則不可曉矣。

〔三〇〕［注釋音辯］元注云：「問云『爰出子文』，哀今無此人，但任子蘭也。」王逸云：子文之母，鄖公之女，旋穿閭社通於丘陵，以淫而生子文，棄之。有虎乳之。楚人謂乳爲穀，謂虎爲於菟，故名穀於菟。穀，如口切。於音烏，菟音徒。［韓醇詁訓］問、對皆哀今無此賢者，但任子蘭之徒也。［五百家注引蔡夢弼曰］《左氏傳》宣公四年：「初，若敖娶於䢵，生鬬伯比。若敖卒，從其母畜於䢵，淫於䢵子之女，生子文焉。䢵夫人使棄諸夢中，虎乳之，䢵子田見之，懼而歸，夫人以告，遂使收之。楚人謂乳爲穀，謂虎爲於菟，故命之曰鬬穀於菟。以其女妻伯比，實爲令尹子文。」

〔三一〕［注釋音辯］朱（熹）云：堵敖者，楚文王子，成王兄也。［百家注引王逸曰］堵敖，楚賢人也。屈原放時，語堵敖曰：「楚國將衰，不復能久長也。」

〔三二〕［注釋音辯］元注云：「楚人謂未成君而死曰『敖』。堵敖，楚文王兄也。今哀懷王將如堵敖不長而死，以此告之。逸注以爲堵敖楚賢人，大謬。」［韓醇詁訓］然考之《左氏》莊公十四年：「楚子如息，以息嬀歸，生堵敖及成王焉。」則堵敖，成王之兄，而非文王之兄也。公之注亦誤矣。［五百家注引蔡夢弼曰］闕，烏葛切，塞也，止也。按《左氏傳》莊公十四年：「楚子滅息，以息嬀歸，生堵敖及成王焉。」楚子，文王也。莊公十九年杜敖立，二十三年成王立，杜敖即堵敖也。則堵敖乃成王之兄。子厚以爲文王兄，亦誤矣。楚懷王爲秦昭王所詐，令會武關，强留之，要以割地，懷王卒死於秦。此所謂旅尸也。

〔三三〕［百家注引王逸曰］屈原言：「我何敢嘗試君上，自號忠直之名，以顯彰後世乎？誠以同姓之故，中心懇惻，義不能已也。」

〔三四〕［韓醇詁訓］謂原苟無尚名之心，則《天問》曷極其辭如此。按：楊萬里《天問天對解》：「言原之咨吟於野，何其很然懵懣而不釋也！楚之威將墜而誼將殄，自有當其任者，道合則行，道違則匿，固其所也。原之咿嚘忿毒，意欲與誰合哉？楚與齊久交而絶之，與秦宿讎而往朝之，餌於秦之詐而不自悟也。讒者登之，狡者用之，楚之政所以逆理咈衆而施也。禍凶且至而甘於處，鋤滅不遠而恬於翫，此其愎，諫固不可化矣。原之忠懇憂怛，徒自汝疲而已，何救於楚之亡哉！闔廬以武而强，以侈而頹，而況楚哉！於菟，子文也。原之思子文而子文死矣，不可作矣，原其誰與歸也？款，告也。闕，天闕也。若敖，謂懷王也。告懷王之祚將短矣。懷王卒以客死於秦。旅，客也。尸，死也。誠若名不尚，曷極而辭者，言汝之忠名誠不足尚，何以窮極汝之忠憤之辭如此乎！所以深言忠名之足尚也。」

【集評】

韓醇《詁訓唐柳先生文集》卷一四引晁補之係曰：宗元博學無不窺，又妙於辭，頗愛《離騷》之幽獨，能高尋遠抉，其有所得，如墜雲出淵，於原之辭無廋焉，此唐以來《離騷》之雄也。蓋屈原作《離騷經》，揚雄爲《反離騷》，補之嘗曰：非反也，合也。而宗元爲《天對》以媲《天問》，雖問對非反，其於發揚則同。《離騷》因反而始明，《天問》因對而益彰。凡設疑以稽合，則遠者邇，昧者曉，恍惚者連屬，而義於是焉白。則反與對。皆以明原者也，非反者獨異也。是雄與宗元之意同也。又太史公曰：「天道無親，常與善人。若伯夷、叔齊，可謂善人者非邪？積仁潔行，如此而餓死。盜跖聚黨數千人，横行天下，競以壽終，是遵何德哉！」此亦昔人天問之意也。《書》曰「天畏棐忱」，又曰「天難諶命靡常」。夫既以謂天輔信則宜常矣，而又以謂天難信而不可常，何哉？天未始不信而以民之作德者不常，故天之吉凶或反。倫而要其終，天常輔信，則靡常者每常。昔申包胥曰：「人衆者勝天，天定亦能勝人。」故論天者必於其定，則天可以不問而誠著。抑屈原雖不忍濁世而自沈，苟以意逆志，亦必不肯以其身葅醢，故《離騷》之際，未免於憂患，而辭皆微。《天問》雖假怪物行事揆理之不合者，以寓其疑，而凡天之所以不合而原疑者，孰愈於人事之吉凶哉！此原所欲問而難斥者也。故因《天對》頗推本之以廣原之意云。

葉夢得《避暑録話》卷上：子厚《天問》、《晉問》、《乞巧文》之類，高出魏晉，無後世因緣卑陋之氣。至於諸賦，更不蹈襲屈、宋一句。

洪興祖《楚辭補注》卷三：楚之興衰，天邪人邪？吾之用舍，天邪人邪？國無人，莫我知也，知我者，其天乎？此《天問》所爲作也。太史公讀《天問》悲其志者以此。柳宗元作《天對》，失其旨矣。

朱熹《楚辭集注》卷三：此篇所問，雖或怪妄，然其理之可推，事之可鑒者尚多有之，而舊注之説，徒以多識異聞爲功，不復能知其所以問之本意，與今日所以對之明法。至唐柳宗元，始欲質以義理，爲之條對，然亦學未聞道，而誇多衒巧之意，猶有雜乎其間。以是讀之，常使人不能無遺恨。若補注之説，則其厖亂不知所擇，又愈甚焉。

陳善《捫蝨新話》卷四：《月蝕詩》要是難誦，遽讀之，有不能句者。予曰：「柳子厚《天對》更自難讀，時時問人，人皆不解，其屈曲聱牙，不獨三盤五誥也，只此便可試侍讀侍講矣。」團坐大笑。

楊萬里《天問天對解引》：予讀柳文，每病於《天對》之難讀。少陵曰「讀書難字過」，然則前輩之讀書，亦有病於難字者耶？病於難，前輩與予同之。初病於難而終則易焉，予豈前輩之敢望哉！因取《離騷》、《天問》及二家舊注，釋文而酌，以予之意以解之，庶以易其難云。（《誠齋集》卷九六）

薛季宣《讀天問》：蕩蕩乎民，無能名焉，茲天之所以爲大，屈原爲是興問。柳宗元爲之《天對》，何哉？傳曰畫蛇而安其足，宗元爲似之。（《浪語集》卷二七）

樓鑰《林德久祕書寄楚詞故訓傳及叶音草木疏求序於余病中未暇因以詩寄謝》：平時盛歎屈靈均，離騷三誦涕欲零。向來傳注賴王逸，尚以舛陋遭譏評。河東天對最傑作，釋問多本山海經。練塘後出號詳備，晦翁集注尤精明。比逢善本窮日誦，章分句析無遁情。林侯忽又示此帙，正欲參考搴華英。（《攻媿集》卷六）

黄伯思《東觀餘論》卷下：《天問》之章，詞嚴義密，最爲難誦。柳柳州於千祀後，獨能作《天對》以應之，深弘傑異，析理精博，而近世文家亦難遽曉。故分章辨事，以其所對，别附於問，庶幾覽者瑩然，知子厚之文，不苟爲艱深也。

高似孫《緯略》卷二：柳宗元《天對》，精深環古，成一家言，《離騷》而後，一人而已。

劉克莊《後村詩話》前集卷一：子厚《天對》，真可以答《天問》。今人號爲摹擬某作，求其近似者少矣。

陳世崇《隨隱漫録》卷五：柳宗元恃叔文輩爲冰山，設爲《天對》，投文弔湘，有二子之才，無三閭之忠，寧不發屈、賈之笑。

黄震《黄氏日鈔》卷六〇：不可曉。

王應麟《困學紀聞》卷九：顔之推《歸心篇》、孔毅父《星説》，皆倣屈子《天問》之意，然《天問》不若《莊子·天運》之簡妙，巫咸招之言，不對之對，過柳子《天對》矣。

王若虚《文辨》：代古人爲文者，必彼有不到之意，而吾爲發之，且得其體製，乃可。如柳子《對天》、蘇氏《侯公説項羽》之類，蓋庶幾矣。（《滹南遺老集》卷三七）

黄仲元《鄭雲我存藁序》：柳之醇正固不及韓，柳之奇崛亦韓所不及。《天對》文義，聱牙難讀。山水諸記，出語崔嵬，似窘邊幅。若《段太尉逸事狀》，老史筆當避三舍。《晉問》峭拔高妙，夐出魏晉。（《四如集》卷三）

陸夢龍《柳子厚集選》卷二：不獨工辭得敵，名理奥至，足酬三閭。

蔣之翹《七十二家集注楚辭》卷三《天問》：《天問》一篇，原屈子不顧其可問不可問，只是矢口而談，縱筆之所之，以發吾之牢騷焉。故後之讀者，亦不必論其言之經與否也。柳宗元不知，迺作《天對》以摭其實，詞多附會可笑。試思凡事皆於發難生情，一説出，縱解頤之論，亦覺無味，況所對大不合所問者乎？

蔣之翹輯注《柳河東集》卷一四：子厚於騷賦雖窺一斑，實未曾知《天問》中奥義，是作徒以艱難之詞，文其淺近之説也。故予舊評《天問》云：凡義皆於發難生情，若一指破，縱解頤之論，亦覺無味，況所對大不合所問乎！

蔣驥《楚辭餘論》卷上《天問》：古人重辭達，屈子之文本皆平易正大，《天問》亦然。間有艱深佶屈之言，乃當時故實經秦火後，荒略無稽，或間有錯簡譌字，故使人難曉。柳子《天對》乃務爲奇僻，欲以擬《騷》，此震霆塞聰之智也。胡元端《甲乙剩考目鄭錦衣博古圖序》曰：「此閩粤田農，卷舌作燕趙語耳，何堪一吷。」《天問》有塞語，如「天地隅隈」之類是也；有謾語，如「彈日傾地」之類是也；有隱語，如「平脅曼膚，朴牛噬犬」之類，但據圖所載而未著其名者也；有淺語，如「比干何逆，雷開何順」之類，本人所共知而特寄其慨者也。塞語則不能對，謾語則不必對，隱語則無可對，淺語則無俟對。然則《天對》之作，不近於附贅懸疣也乎？（《山帶閣注楚辭》）

何焯《義門讀書記》卷三五：定遠（馮班）云：柳州作《天對》，其文亦幾於三間也。題曰《天對》，似是未安。天尊不可問，故不曰問天。柳子之文自擬於天，斯罔矣。宜曰《對天問》也。

焦循批《柳文》卷一四：柳自法《穀梁傳》，獨陰不生，獨陽不生，獨天不生，三合然後生。王逸以爲天、地、人，非也。又：文章難於無好題，柳州真善製題也。或謂不必對，或謂對之不當，乃真鈍才。此類奇文，一生不多得，一代不多得。

方東樹《昭昧詹言》卷一：夫屈子幾於經，淺者昧其道而襲其辭，安得不取憎於人？朱子論柳宗元《對天問》以爲學未聞道，而誇多衒巧之意猶有雜乎其間。柳此文乃以正屈子者，而猶然，況不及柳者乎？

林紓《韓柳文研究法·柳文研究法》：《天問》多泥當時舊説，語雖奇古，而設問之詞多可笑。如天有八柱，月死復生，天圓地方等等，皆新學未發明時語氣，可不必講。即其造語之工，亦不易學。

柳宗元集校注卷第十五

問答

晉問

吴子問於柳先生曰〔一〕：「先生，晉人也〔二〕，晉之故宜知之①。」曰：「然。」「然則吾願聞之可乎？」曰：「可。晉之故封，太行掎之〔三〕，首陽起之〔四〕，黄河迤之〔五〕，大陸靡之〔六〕。或巍而高，或呀而淵〔七〕，景霍汾澮〔八〕，以經其壖〔九〕。若化若遷，鈎嬰蟬聯，然後融爲平川，而侯之都居〔一〇〕，大夫之邑建焉。其高壯，則騰突撑拒〔一一〕，聱岈鬱怒②〔一二〕，若熊羆之咆〔一三〕，虎豹之嗥〔一四〕，終古而不去。攫秦搏齊〔一五〕，當者失據，燕狄惴怯，若卵就壓③〔一六〕，振振業業，覤闟蹀户〔一七〕，惕若僕妾。其按衍，則平盈旋縁，紆徐夷延，若飛鳶之翔舞〔一八〕，洄水之容與〔一九〕。以稼則碩，以植則茂，以牧則蕃，以畜則庶，而人用是富，而邦以之阜。其河，則濬源崑崙，入于天淵〔二〇〕，出乎無門，行乎無垠，自匈奴而南，以界西鄙④〔二一〕，衝奔太華〔二二〕，運肘東指。混潰后土〔二三〕，濆濁麋沸〔二四〕，黿鼉詭怪〔二五〕，于于汩汩，騰倒駃越〔二六〕，委泊涯涘〔二七〕，呀呷歙納〔二八〕，摧雜失墜。其所盪激，則連山參差，廣野壞裂，轟雷努風〔二九〕，撼鴿干嵈⑤〔三〇〕，崩石之所轉躍，大木之所擢拔，淜泙洞踏者〔三一〕，彌數千里，若萬夫之斬伐。而其軸艫之所負〔三二〕，橦檣之所御〔三三〕，鱗川林壑，隳雲遁雨，瞬目而下者〔三四〕，榛榛沄沄⑥〔三五〕，百舍一赴，若是何如？」

吴子曰：「先生之言豐厚險固，誠晉之美矣。然晉人之言表裏山河者〔三六〕，備敗而已，非以爲榮觀顯大也。吴起所謂在德不在險〔三七〕，此晉人之藉也⑦。願聞其他。」先生曰：「太鹵之金〔三八〕，棠谿之工〔三九〕，火化水淬〔四〇〕，器備以充。爲棘爲矛〔四一〕，爲鎩爲鈎〔四二〕，爲鏑爲鏃〔四三〕，爲槊爲鍭⑧〔四四〕。出太白，徵蓐收，召招摇，伏蚩尤〔四五〕，肅肅褷褷⑨〔四六〕，合衆靈而成之。博者狹者，曲者直者，歧者勁者，長者短者，攢之如星，奮之如霆，運之如縈，浩浩弈弈，淋淋滌滌〔四七〕，熒熒的的〔四八〕，若雪山冰谷之積。觀者膽掉〔四九〕，目出寒液〔五〇〕。當空發耀，英精互繞，晃蕩洞射，天氣盡白，日規爲小，鑠雲破霄〔五一〕，跕墜飛鳥〔五二〕。弓人之弓，函人之甲，膠角百選，犀兕七屬〔五三〕。乃使跟超掖夾之倫〔五四〕，服而持之，南瞰諸華〔五五〕，北讋群夷〔五六〕，技擊節制〔五七〕，聞於天下，是爲善師。延目而望之，固以拳拘喘汗，免胄肉袒〔五八〕，進不敢降〔五九〕，退不敢竄。若是何如？」

吴子曰：「夫兵之用，由德則吉，由暴則凶，是又不可爲美觀也。先軫曰：『師直爲壯⑩，曲爲老〔六〇〕。』況徒以堅甲利刃之爲上哉！」先生曰：「晉國多馬，屈焉是産〔六一〕。土寒氣勁，崖坼谷裂，草木短縮，鳥獸墜匿，而馬蕃焉。師師兟兟〔六二〕，溶溶紜紜，轠轠轔轔〔六三〕，或赤或黄，或玄或蒼，或醇或駹〔六四〕，黟然而陰〔六五〕，炳然而陽，若旌旃旂幟之煌煌〔六六〕。乍進乍止，乍伏乍起，乍奔乍躓〔六七〕，若江漢之水，疾風驅濤，擊山盪壑〔六八〕，雲沸而不止。群飲源槁〔六九〕，迴食野赭〔七〇〕，浴川蹙浪，噴震播灑〔七一〕，瀆瀆焉〔七二〕，若海神駕雪而來下。觀其四散惝怳⑪〔七三〕，開合萬狀，喜者鵲厲〔七四〕，怒者人搏，決然坌躍〔七五〕，千里相角，風駿霧鬣〔七六〕，斸山抉壑〔七七〕，耳摇層雲，腹捎衆木〔七八〕，寂寥遠遊，不夕而復。攫地跳梁，堅骨蘭筋〔七九〕，交頸互齧〔八〇〕，闞目相馴，聚溲更嘘，昂首張斷〔八一〕。其小者則連牽繳繞〔八二〕，仰乳俯齕〔八三〕，蟻雜蠡集〔八四〕，啾啾濼濼〔八五〕，旅走叢立。其材之可者，收斂攻教，掉手飛縻，指毛命物，百步就羈。牽以苟息〔八六〕，御以王良〔八七〕，超以范鞅〔八八〕，軒以欒鍼〔八九〕，以佃以戎，獸獲敵摧。若是何如？」

吴子曰：「恃險與馬者，子不聞乎？故曰冀之北土，馬之所生，是不一姓〔九〇〕。請置此，而新其説。」先生曰：「晉之北山有異材，梓匠工師之爲宫室求大木者，天下皆歸焉。仲冬既至〔九一〕，寒氣凝成，外凋内貞，瀋液不行〔九二〕，乃堅乃良。萬工舉斧以入，必求諸巖崖之歆傾，磵壑之紆縈，淩巑岏之杪顛〔九三〕，漱泉源之淦瀯〔九四〕。根絞怪石，不土而植，千尋百圍，與石同色。羅列而伐者，頭抗河漢，刃披虹霓，聲振連巒，栜墳層谿⑫〔九五〕。丁丁登登〔九六〕，硠硠稜稜〔九七〕，若兵車之乘凌。其響之所應，則潰潰漰漰〔九八〕，洶洶薨薨〔九九〕，若騫若崩，若螭龍之鬬，風霆相騰。其殊而下者，札嶀捎殺〔一〇〇〕，摧崒坱圠〔一〇一〕，霞披電裂，又似共工觸不周而天柱折〔一〇二〕。鶡鸛鵞鶬〔一〇三〕，號鳴飛翔，貙豻虎兕〔一〇四〕，奔觸讋慄⑬，伏無所入，遯無所脱。然後斷度收羅〔一〇五〕，捎危顛，芟繁柯，乘水潦之波，以入于河而流焉。盪突硉兀〔一〇六〕，轉騰冒没，類秦神驅石以梁大海〔一〇七〕。抵曲鱗蹙⑭，匯流雷解〔一〇八〕，前者汩越，後者迫隘，乃下龍門之懸水⑮〔一〇九〕，摺拉頹踏〔一一〇〕，捽首軒尾〔一一一〕，澒入重淵〔一一二〕，不知其幾百里也。濤波之旋，滔山觸天，既渟既平，彌望悠焉。良久，乃始昂屹涌溢，挺拔而出，林立峰崒，穿雲蔽日，涣然自撓，復就行列，渾渾而去，以至其所。唯良工之指顧，叢臺阿房〔一一三〕，長樂未央〔一一四〕，建章昭陽〔一一五〕，之隆麗詭特，皆是之自出。若是何如？」

吴子曰：「吾聞君子患無德不患無土，患無土不患無人，患無人不患無宫室，患無宫室不患材之不已有。先生之所陳，四累之下也。且虒祁既成，諸侯叛之〔一一六〕。」先生曰：「河魚之大，上迎濤波〔一一七〕，羅壅津涯⑯，千里雷馳，重馬輕車，遂以君命，矢而縱觀焉〔一一八〕。大罟斷流，脩綱亘山⑰，罩罶罜麗〔一一九〕，織紝其間。巨舟軒昂，仡仡迴環，水師更呼，聲裂商顏〔一二〇〕。於是鼓譟沓集而從之，扼龍吭〔一二一〕，拔鯨鰭〔一二二〕，戮白黿〔一二三〕，逐毒螭⑱〔一二四〕，叱馮夷〔一二五〕，立水湄。搜攬流離〔一二六〕，掬縮推移，梁會網罾，騰天彌圍，掉躃擁踴〔一二七〕，以登夫歷山之垂〔一二八〕。如川之歸，如山之摧⑲，如雲之披。其有乘化會神，振拔漣淪〔一二九〕，擿奇文〔一三〇〕，出怪鱗，騰飛濤而上逸，生電雷於龍門者，猶仰綸飛繳〔一三一〕，頓踏而取之⑳，莫不脱角裂翼，呀嚇匍匐〔一三二〕，復就臠切，莫保龍籍，具糅五味㉑〔一三三〕，布列雕俎，風雲失勢，沮散遠去。若夫魦鱨鮪鯉、鰋鱧魴鱮之瑣屑蔑裂者㉒〔一三四〕，夫固不足悉數。漏脱紘目，養之水府，而三河之人，則已填溢饜飫，腥膏爲鹵，聞膾炙之美，則掩鼻蹙頞〔一三五〕，賤甚糞土而莫顧者也。若是何如？」

吴子曰：「一時之觀，不足以夸後世，口舌之味，不足以利百姓。姑欲聞其上者。」先生曰：「猗氏之鹽〔一三六〕，晉寶之大者也。人之賴之與穀同，化若神造，非人力之功也。但至其所，則見溝塍畦畹之交錯輪囷〔一三七〕，若稼若圃，敞兮勻勻，涣兮鱗鱗，邐濔紛屬〔一三八〕，不知其垠。俄然決源釃流〔一三九〕，交灌互澍㉓〔一四〇〕，若枝若股，委屈延布㉔，脈寫膏浸，潗濕滑汩〔一四一〕，彌高掩庳〔一四二〕，漫壠冒塊〔一四三〕，決決没没，遠近混會，抵值堤防，瀴瀛霈濊〔一四四〕。偃然成淵，漭然成川〔一四五〕，觀之者徒見浩浩之水，而莫知其以及。神液陰漉〔一四六〕，甘鹵密起〔一四七〕，孕靈富媪〔一四八〕，不愛其美〔一四九〕。無聲無形，慓結迅詭〔一五〇〕，迴眸一瞬，積雪百里。皛晶羃羃㉕〔一五一〕，奮儥離析〔一五二〕，鍛圭椎璧〔一五三〕，眩轉的皪〔一五四〕。乍似隕星及地，明滅相射㉖〔一五五〕，冰裂雹碎，巃嵸增益〔一五六〕，大者印纍〔一五七〕，小者珠剖，涌者如坻〔一五八〕，坳者如缶，日晶熠煜〔一五九〕，螢駭電走，亘步盈車，方尺數斗。於是裒斂合集〔一六〇〕，舉而堆之，皓皓乎懸圃之巍巍〔一六一〕，皦乎溔乎狂山太白之淋漓〔一六二〕。駭化變之神奇，卒不可推也。然後驢驘牛馬之運〔一六三〕，西出秦隴，南過樊鄧〔一六四〕，北極燕代，東逾周宋。家獲作鹹之利〔一六五〕，人被六氣之用，和鈞兵食，以征以貢〔一六六〕。其賫天下也〔一六七〕，與海分功〔一六八〕，可謂有濟矣。若是何如？」

吴子曰：「魏絳之言曰：近寶則公室乃貧〔一六九〕。豈謂是耶？雖然，此可以利民矣，而未爲民利也。」先生曰：「願聞民利。」吴子曰：「安其常而得所欲，服其教而便於己，百貨通行而不知所自來，老幼親戚相保而無德之者，不苦兵刑，不疾賦力，所謂民利，民自利者是也。」先生曰：「文公之霸也，援秦破楚，囊括齊宋，曹衛解裂，魯鄭震恐〔一七〇〕，定周于温〔一七一〕，奉册受錫，夾輔糾逖，以爲侯伯〔一七二〕，齊盟踐土〔一七三〕，低昂玉帛。天子恃焉以有諸侯，諸侯恃焉以有其國，百姓恃焉以有其妻子而食其力。叛者力取，附者仁撫，推德義，立信讓，示必行，明所嚮，達禁止，一好尚。《春秋》之事〔一七四〕，公侯大夫，策文馬〔一七五〕，馳軒車，出入環連，貫于國都，則有五筵之堂，九几之室〔一七六〕，大小定位，左右有秩，禽牢饔餼〔一七七〕，交錯文質，饗有嘉樂〔一七八〕，宴有庭實〔一七九〕，登降好賦〔一八〇〕，犧象畢出〔一八一〕，犒勞贈賄〔一八二〕，率禮無失。六卿理兵，大戎小戎〔一八三〕，鐘鼓丁寧〔一八四〕，以討不恭。車埒萬乘〔一八五〕，卒半天下。鼓之則震，旆之則畏〔一八六〕，其號令之動，若水之源，若輪之旋，莫不如志。當此之時，咸能驩娱以奉其上，故其民至于今好義而任力。此以民力自固，假仁義而用天下㉗，其遺風尚有存者。若是可以爲民利也乎？」

吴子曰：「近之矣，然猶未也。彼霸者之爲心也，引大利以自嚮，而摟他人之力以自爲固〔一八七〕，而民乃後焉。非不知而化，不令而一，異乎吾嚮之陳者，故曰近之矣，猶未也。」

先生曰：「三河，古帝王之更都焉〔一八八〕，而平陽，堯之所理也〔一八九〕。有茅茨采椽土型之度〔一九〇〕，故其人至于今儉嗇。有温恭克讓之德〔一九一〕，故其人至于今善讓。有師錫、僉曰、疇咨之道〔一九二〕，故其人至于今好謀而深。有百獸率舞、鳳凰來儀、於變時雍之美〔一九三〕，故其人至于今和而不怒。有昌言、儆戒之訓〔一九四〕，故其人至于今憂思而畏禍〔一九五〕。有無爲、不言、垂衣裳之化㉘〔一九六〕，故其人至于今恬以愉。此堯之遺風也，願以聞於子何如？」

吴子離席而立，拱而言曰：「美矣善矣，其蔑有加矣，此固吾之所欲聞也。夫儉則人用足而不淫㉙，讓則遵分而進善〔一九七〕，其道不鬭，謀則通於遠而周於事，和則仁之質，戒則義之實，恬以愉則安而久於其道也。至乎哉！今主上方致太平，動以堯爲準，先生之言，道之奥者，若果有貢於上，則吾知其易易焉也㉚〔一九八〕。舉晉國之風以一諸天下，如斯而已矣。」敬再拜受賜。

【校 記】

①原注與詁訓本、世綵堂本注：「『故』下一有『封』字。」注釋音辯本注：「『故』字下一本有『封』字者，因下文而誤。」

②原注與世綵堂本注：「（『怒』下）一本有『焉』字。」詁訓本即作「鬱怒焉」。

③原注與詁訓本、世綵堂本注：「就，一作甄。」注釋音辯本注：「壓，或作甄。」

④界，注釋音辯本作「介」。

⑤原注與注釋音辯本、詁訓本、世綵堂本注：「鴒，諸韻無此字，一本作『領』，音憾。」干，原作「于」，據世綵堂本改。章士釗《柳文指要》上《體要之部》卷一五：「鴒音撼，撼鴒疊韻，干嶹雙聲，撼鴒言雷之轟，干嶹言風之努，皆動貌。」

⑥原注與詁訓本、世綵堂本注：「榛，音蓁。一本作溱，音同。」

⑦此，注釋音辯本、詁訓本作「皆」。注釋音辯本注：「皆，一本作此。藉，一本作籍。」原注與世綵堂本注：「藉，或作籍。籍，記也。」

⑧注釋音辯本無「槊」字，並注：「晏本如此寫，宣獻本無『爲鏃爲』三字。」詁訓本、世綵堂本於「爲

鏃爲」字下注：「晏本少一字，別本無『爲鏃爲』三字。」百家注本則注於「爲鏃」下，無後「爲」字。蔣之翹輯注本：「今按諸本皆非是，詳其文勢，『爲爲』字中必更有一字，或枉、絜、矰、茀、恒、庳之類是也，不敢妄增，姑爲空，如《穆天子傳》、《汲冢周書》例云。」按：有「爲」字是。「爲」字下尚脱「槷」字，據《全唐文》補。

⑨ 褷褷，原注與注釋音辯本、詁訓本、世綵堂本注：「一作祁祁。」

⑩ 詁訓本無「爲」字。

⑪ 惝，詁訓本作「儆」，五百家注本作「敞」。原注：「一本作𢢼。」世綵堂本注：「一本作敞。」

⑫ 谿，原作「豁」，據注釋音辯本、世綵堂本、五百家注本改。

⑬ 慄，詁訓本作「慓」。

⑭ 陳景雲《柳集點勘》卷二：「『抵』當作『坻』，乃與下『匯流』屬對爲切。」

⑮ 下，注釋音辯本、游居敬本、《全唐文》作「下夫」。世綵堂本注：「『下』字下或有『夫』字。」

⑯ 原注與世綵堂本注：「一無羅字。」注釋音辯本無「羅」字，並注：「一有羅字。」

⑰ 山，原作「川」，據諸本改。

⑱ 世綵堂本注：「毒，一作素。」

⑲ 原注與詁訓本、世綵堂本注：「摧，一作崔，亦音摧。」注釋音辯本作「崔」，並注：「音摧，字亦作摧。」

⑳原注與注釋音辯本、詁訓本、世綵堂本注：「踏，一本作蹅。」

㉑原注與注釋音辯本、詁訓本、世綵堂本注：「具，一作甘。」

㉒原注與詁訓本、世綵堂本注：「鱠，一作鰡，音緇。」

㉓原注與世綵堂本注：「互音濩，一作㸦。」

㉔原注與注釋音辯本、詁訓本、世綵堂本注：「屈，一作曲。」

㉕羃羃，原注與注釋音辯本、世綵堂本注：「一本作幕幕。」詁訓本作「幕幕」，並注：「幕音覓，一作羃羃。」

㉖原注與注釋音辯本、詁訓本、世綵堂本注：「滅，一本作激。」五百家注本作「減」。

㉗世綵堂本注：「一作『此以力假仁義而用天下』。」

㉘原注與注釋音辯本、世綵堂本注：「晏本無『裳』字。」

㉙原注與世綵堂本注：「一有凡字。」詁訓本「夫」上有「凡」。

㉚「易」原闕，據注釋音辯本、詁訓本、世綵堂本補。注釋音辯本注：「一本只有一『易』字」。

【解　題】

［注釋音辯］晁无咎嘗取此文附《續楚詞》，其繫曰：「枚乘《七發》蓋以微諷吳王濞毋反，《晉問》亦七，蓋效《七發》以諷時君薄事役而隆道實云。」［韓醇詁訓］平陽，堯之所都，即晉州之地。《唐·

蟋蟀》詩曰：「此晉也，而謂之唐，本其風俗憂深思遠，儉而用禮，乃有堯之遺風焉。」其風俗淳厚可知矣。公，晉人，實以堯之故都爲重，故設武陵之問，而悉以晉之名物對。一曰晉之山河表裏而險固，二曰晉之金鐵甲堅而刃利，三曰晉之名馬其强可恃，四曰晉之北山其材足取，五曰晉之河魚可爲偉觀，六曰晉之鹽寶可以利民，七又極言文公霸業之盛，猶未免乎假仁義以用天下，其末也以堯之遺風而終焉。吴子離席拱手，非特無以難，且敬拜以受賜。玩其意而觀其辭，其爲文可謂工矣。**按**：文中吴子謂吴武陵，則此文作於永州，確年不詳。文擬《七發》，是一篇稱揚晉地山河物産及人文風俗的問答體文，柳宗元爲河東人，表現了作者對故鄉的熱愛。文章稱頌堯之遺風，一尚儉，一克讓，其宗旨亦概如晁補之之言。

【注　釋】

〔一〕［注釋音辯］吴子，吴武陵也。先生，子厚自謂。［百家注引童宗説曰］吴子，武陵。

〔二〕［百家注引童宗説曰］公河東人。

〔三〕［注釋音辯］掎，舉綺切，偏引也。［韓醇詁訓］太行在澤州晉城縣南，又云在懷州修武縣西北，則此山當在二州之界也。［百家注引孫汝聽曰］《漢·地理志》：「太行山在河内山陽縣西北。」掎，謂掎角也。掎，舉綺切。

〔四〕［注釋音辯］首陽，山名。［韓醇詁訓］首陽，山名，在河東蒲阪縣華山之北，河曲之中。［蔣之翹輯注〕首陽山即《禹貢》雷首山也。

〔五〕〔注釋音辯〕潘（緯）云：迤，演爾切，邪行也。字亦作池。〔韓醇詁訓〕黄河之源出自崑崙，循雍州北徼，達華陰，至於德州而入於海。晉地蓋當河之曲也。迤，移爾切，邪行也。

〔六〕〔注釋音辯〕大陸，澤名。靡，曼也。〔韓醇詁訓〕按《通典》：「在趙州昭慶縣，即隋大陸縣地，有大陸澤。」又云：「深州有陸澤縣，大陸亦在此。」則此澤當在二州之界也。靡，釋云：「靡，曼也。」〔百家注引孫汝聽曰〕《書》：「大陸既作。」《漢・地理志》：「在鉅鹿縣北，澤名也。」〔蔣之翹輯注〕大陸云者，四無山阜，曠然平地，邢、趙、深三州其地也。今俱屬北直隸真定府。按：《爾雅・釋地》十藪：「晉有大陸。」當謂此。

〔七〕〔注釋音辯〕〔韓醇詁訓〕呀，虚加切，張口也。按：百家注本引作童宗説曰。

〔八〕〔注釋音辯〕《晉語》注：「景，大也。霍山在河東。汾、澮，水名。」潘（緯）云：汾，符分切。澮，古外切。〔韓醇詁訓〕上音焚，下音檜。〔百家注引孫汝聽曰〕《晉語》：「景霍以爲城，汾河涑澮以爲淵。」注云：「景，大也。景霍，謂霍太山，在河東彘縣。汾、河、涑、澮，四水名。」按：陳景雲《柳集點勘》卷二：「注：景，大也。誤。景、霍，二山名。《晉語》周宰孔曰：『晉景霍以爲城，河汾澮以爲淵。』此文所本也。」所引見《國語・晉語二》。李吉甫《元和郡縣圖志》卷一二絳州：「景山在（聞喜）縣東南十八里。」即此。

〔九〕〔注釋音辯〕堧，而宣切，在河邊地。〔韓醇詁訓〕而宣切。《説文》：「城下田也。」汾澮，即汾水耳。［百家注引張敦頤曰］《説文》：「壖，城下田也。」壖，如緣切。

〔一〇〕［百家注引孫汝聽曰］晉侯之國。［蔣之翹輯注］侯，晉侯。大夫，韓、魏、趙也。

〔一一〕［注釋音辯］撐，由庚切，衺柱也。拒，捍也。［韓醇詁訓］上抽庚切，衺柱也。下音巨，捍也。按：百家注本引作童宗説曰。

〔一二〕［注釋音辯］聱，五交切，語不入。岈，許加切，山深貌，與谺同，谷中大空。［韓醇詁訓］聱，五交切，語不入也。岈，許加切。峆岈，山深貌。按：百家注本引作童宗説曰。

〔一三〕［注釋音辯］（咆）音匏。［韓醇詁訓］熊音雄。羆音碑。咆音庖，嘷也。

〔一四〕［注釋音辯］［韓醇詁訓］（嘷）音豪。

〔一五〕［注釋音辯］［韓醇詁訓］攫，厥縛切，持也。按：百家注本引作張敦頤曰。

〔一六〕［百家注引孫汝聽曰］若泰山之壓累卵。

〔一七〕［注釋音辯］［韓醇詁訓］覰，七慮切，伺視也。蹀，達協切，蹈也。按：百家注本引作張敦頤曰。

〔一八〕［注釋音辯］童（宗説）云：𪀦，與「鳶」同，餘專切。按：韓醇詁訓本同。

〔一九〕［韓醇詁訓］洄音回，逆洄也。《釋文》：「逆流而上。」按：百家注本引作張敦頤曰。

〔二〇〕［韓醇詁訓］黄河，見上注。

〔二一〕［韓醇詁訓］匈奴單于，在晉之西北。

〔二二〕［注釋音辯］（華）去聲，山名，在晉之西。［韓醇詁訓］太華即華嶽也，在晉之西。［蔣之翹輯

注〕太華山，即西嶽也，在晉之西陝西華陰縣。

〔二三〕〔注釋音辯〕混音渾。潰，胡對切。〔韓醇詁訓〕潰，胡對切。釋云：「散也。」按：百家注本引作童宗説曰。

〔二四〕〔注釋音辯〕〔韓醇詁訓〕濆音汾，又房吻切，湧也。按：百家注本引作張敦頤曰。

〔二五〕〔韓醇詁訓〕黿音元，似鼈而大。鼉，徒河切，水蟲。力至猛，能攻陷河岸。按：百家注本引作童宗説曰。

〔二六〕〔注釋音辯〕潘（緯）云：汩音骨。駃音佚，馬足疾貌。〔韓醇詁訓〕駃音佚，侵駃也。

〔二七〕〔注釋音辯〕〔韓醇詁訓〕（涘）音俟，水涯。按：百家注本引作童宗説曰。

〔二八〕〔注釋音辯〕〔韓醇詁訓〕呀，呼加切，張口也。呷，迄甲切，吸也。欱，呼合切，大歠也。按：百家注本引作童宗説曰。

〔二九〕〔注釋音辯〕轟，呼宏切。努音弩。〔韓醇詁訓〕轟，呼宏切。

〔三〇〕〔注釋音辯〕撼，户敢切，摇也。鴿，諸韻無此字。一本作「頷」，音撼。嶱音戛。按：韓醇詁訓本尚云：「釋云：頤下也。」百家注本引作張敦頤曰。撼鴿，風大貌。

〔三一〕〔注釋音辯〕淜，披朋切，水激有聲。泙，白明切，水鳴。踏音沓。按：韓醇詁訓本尚云「泙」與「洴」通。百家注本引作童宗説曰。

〔三二〕〔注釋音辯〕舳音逐，船尾施柂處。艫音盧，船上刺櫂處。又漢律名船方長爲舳艫。二字皆當從舟。按：韓醇詁訓本同。

〔三三〕［注釋音辯］［韓醇詁訓］橦，傳江切。檣，音牆，船桅也。按：百家注本引作童宗説曰。

〔三四〕［注釋音辯］［韓醇詁訓］瞬音舜，摇目。

〔三五〕［韓醇詁訓］沄音雲。按：榛榛沄沄，衆多、連綿不絶貌。

〔三六〕［注釋音辯］《左》僖二十八年子犯云。［韓醇詁訓］《左氏》僖公二十八年：「子犯曰：『晉表裏山河，必無害也。』」按：百家注本引孫汝聽注略同。

〔三七〕［注釋音辯］見《史記·魏世家》。［百家注引孫汝聽曰］《史記》：「魏武侯浮西河而下，謂吴起曰：『美哉山河之固，此魏國之寶也。』起曰：『在德不在險。』」

〔三八〕［注釋音辯］［韓醇詁訓］鹵音魯。太原晉陽縣。［百家注引孫汝聽曰］太鹵，太原晉陽縣。［蔣之翹輯注］《左傳》：「晉有大鹵之地。」注：「地不生物曰鹵。」今山西太原、榆次、交城、五臺縣，及平定州俱産鐵，所謂大鹵之金也。按：見《左傳》昭公元年。

〔三九〕［注釋音辯］［韓醇詁訓］棠谿屬蔡州。［百家注引孫汝聽曰］《史記》：「蘇秦説韓宣惠王曰：『韓卒之劍戟，皆出於冥山棠溪。』」徐廣曰：「汝南吴房有棠溪亭。」［蔣之翹輯注］棠谿在河南汝寧西平縣，唐爲蔡州。按：陳景雲《柳集點勘》卷二：「《戰國策》蘇秦説韓王曰：『韓之劍戟，出於棠谿。』韓乃三晉之一，故文引之。《九域》注云：『蔡州冶爐城，韓國鑄劍之地是也。』舊注未明。」

〔四〇〕［注釋音辯］潘（緯）云：取内切。《前漢》作「焠」，注：「謂燒而内水中以堅之。」［韓醇詁訓］（淬）取内切，滅火。按：韓注，百家注本引作童宗説曰。

〔四一〕［注釋音辯］棘，即戟字。［百家注引孫汝聽曰］《説文》云：「酋矛也，建於兵車，長二丈。」［蔣之翹輯注］《周禮・冶氏》職云：「戟廣寸有半，内三之，胡四之。援五之矛，前矛也，建於兵車，長二丈。」

〔四二〕［注釋音辯］鎩音殺，長矛。［百家注引孫汝聽曰］長矛曰鎩。［蔣之翹輯注］長矛曰鎩。鉤，曲鉤也。引來曰鉤，推去曰攘。

〔四三〕［注釋音辯］鏑音的。鏃，作木切，並矢鋒。按：百家注本引作童宗説曰。

〔四四〕［注釋音辯］張（敦頤）云：鍭音侯，矢名。［百家注引孫汝聽曰］《説文》云：「矢金鏃翦羽曰鍭。」音侯。

〔四五〕［韓醇詁訓］太白、招摇、蚩尤，皆星名。《漢志》：「太白，兵象也。」《晉志》：「招摇，主胡兵。」《隋志》：「旋星散爲蚩尤旗，見則王者征伐四方。蓐收，天之刑神。」［百家注引孫汝聽曰］太白，星名。注《漢志》：「太白，兵象也。」昭二十九年《左氏》：「少昊氏之子曰該，爲蓐收。西方之神。」招摇，北斗七星也。《春秋運斗樞》云「北斗七星，第一天樞，第二旋，第三機，第四權，第五衡，第六開陽，第七摇光。」摇光即招摇也。漢武帝建元六年，蚩尤之旗見，其長亘天。蚩尤，慧星。

〔四六〕［注釋音辯］童（宗説）云：褷，山宜切。從麗，或從徙。按：肅肅，森然貌。褷褷，衆多貌。

〔四七〕［韓醇詁訓］淋音林，以水沃也。滌音迪，灑也。按：百家注本引童宗説注同。

〔四八〕［韓醇詁訓］熒音螢。

〔四九〕［注釋音辯］（掉）徒弔切。［韓醇詁訓］音調。

〔五〇〕［注釋音辯］（寒液）淚也。按：百家注本引作童宗説曰。

〔五一〕［韓醇詁訓］（鑠）式酌切。

〔五二〕［注釋音辯］跕，都牒切，又它協切。［韓醇詁訓］跕，的協切。《後漢書》：「飛鳶跕跕墮水中。」《釋文》：「跕跕，墮落也。」按：見《後漢書·馬援傳》。

〔五三〕［注釋音辯］童（宗説）云：（屬）音注。《周禮·考工》：「函人犀甲七屬。」［百家注引孫汝聽曰］《周禮》：「弓人爲弓，取六材必以其時。角也者，以爲疾也。膠也者，以爲和也。函人爲甲，犀甲七屬，兕甲六屬。」屬音注。按：蔣之翹輯注本尚引《周禮》注曰：「屬者，甲之札葉相續也。」

〔五四〕［注釋音辯］童（宗説）云：跟音根，足踵。夾音俠。按：韓醇詁訓本同。「掖」通「腋」。

〔五五〕［注釋音辯］［韓醇詁訓］瞰，苦濫切，遠視。按：百家注本引作張敦頤曰。

〔五六〕［注釋音辯］讋，質涉切，失氣。［韓醇詁訓］讋，質涉切，失氣言也。

〔五七〕［注釋音辯］《荀子》：「齊之技擊，威文之節制。」［百家注引孫汝聽曰］《荀子》：「齊之技擊，不可以遇魏之武卒。魏之武卒，不可以遇秦之鋭士。秦之鋭士，不可以當桓文之節制。」按：見《荀子·議兵》。

〔五八〕［世綵堂］《左傳》：「鄭伯肉袒牽羊以逆。」［蔣之翹輯注］《左傳》：「郤至見楚子，必下免胄而趨。」《禮記》：「君再敗稽首，肉袒割牲，敬之至也。」按：前見《左傳》宣公十二年，後見《左傳》成公十六年、《禮記·明堂位》。

〔五九〕［注釋音辯］（降）胡江切。

〔六〇〕［注釋音辯］出《左傳》僖公二十八年。［韓醇詁訓］《左傳》僖公二十八年：「晉侯侵曹伐衛，楚人救曹，子犯曰：『師直爲壯，曲爲老，豈在久乎？』」此爲先軫之言，恐誤。按：子犯爲狐偃字，子厚誤記。

〔六一〕［注釋音辯］屈，求勿切，又居勿切。屈地生良馬。［韓醇詁訓］《左氏》僖公二年：「晉荀息請以屈産之乘，假道於虞以伐虢。」杜預注：「屈地生良馬，故以爲名。」按：百家注本引孫汝聽注同韓醇本。

〔六二〕［注釋音辯］［韓醇詁訓］兟音詵，進也。按：百家注本引作童宗説曰。師師，齊整貌。兟兟，行進貌。

〔六三〕［注釋音辯］［韓醇詁訓］輷音雷。轔音鄰。［蔣之翹輯注］輷，擊也。《漢書》：「輷轤不絶。」轔轔，衆車聲。按：輷輷轔轔，車聲。

〔六四〕［注釋音辯］［韓醇詁訓］駹莫江切，雜色。按：百家注本引作張敦頤曰。

〔六五〕［注釋音辯］黭音揜，黑色。按：百家注本引作童宗説曰。

〔六六〕［韓醇詁訓］幟音侈。

〔六七〕［注釋音辯］［韓醇詁訓］（躓）音致，跲也。按：百家注本引作張敦頤曰。

〔六八〕［韓醇詁訓］盪音蕩，他浪切。

〔六九〕［百家注引童宗説曰］源槁，水竭。

〔七〇〕［注釋音辯］［韓醇詁訓］（赭）音者，赤色。按：百家注本引作張敦頤曰。

〔七一〕［注釋音辯］［韓醇詁訓］噴，普問切，鼓鼻也。灑音灑。

〔七二〕［蔣之翹輯注］潰潰，横亂四出也。

〔七三〕［注釋音辯］童（宗説）云：倘，齒兩切。本作敞怳，許往切。倘怳，强貌。按：韓醇詁訓本釋作「狂貌」。

〔七四〕言如烏鵲之振翅飛舞也。

〔七五〕［注釋音辯］［韓醇詁訓］坌，蒲悶切。［蔣之翹輯注］坌，塵也。

〔七六〕［注釋音辯］祖紅切。［韓醇詁訓］騣，祖紅切。鬣音獵。

〔七七〕［注釋音辯］［韓醇詁訓］斸音燭，斫也。按：百家注本引作童宗説曰。

〔七八〕［注釋音辯］潘（緯）云：捎，師交切，芟也，又音宵。

〔七九〕[注釋音辯]《相馬經》：一筋從玄中出，謂之蘭筋。玄中者，目上陷如井字，蘭筋豎者千里。

〔八〇〕[韓醇詁訓]（齧）倪結切。[蔣之翹輯注]《莊子》：「夫馬陸居，則食草飲水，喜則交頸相靡，怒則分背相踶。」按：見《莊子·馬蹄》。

〔八一〕[蔣之翹輯注]齗，齒根肉也。

〔八二〕[韓醇詁訓]（繳繞）上古了切，下爾紹切。

〔八三〕[注釋音辯][韓醇詁訓]（齕）下没切，齧也。按：百家注本引作童宗説曰。

〔八四〕[韓醇詁訓]上音終，蝗也。[百家注引童宗説曰]螽，蝗也，音終。

〔八五〕[注釋音辯]張（敦頤）云：七立切。《上林賦》「湁潗鼎沸」，注：「謂水激也。」[韓醇詁訓]啾，即由切，聲也。

〔八六〕[注釋音辯]《穀梁》僖二年：「荀息牽馬操璧而前。」[韓醇詁訓]見上注。

〔八七〕[注釋音辯]《左》哀二年：「郵良曰：我御之上也。」即王良。[韓醇詁訓]王良，晉之善御者。[百家注引孫汝聽曰]哀二年《左氏》：「郵良曰：『我兩靷將絶，吾能止之，我御之上也。』」

〔八八〕[注釋音辯]《左傳》襄公二十三年：「范鞅請超乘，持帶，逐超乘。」[韓醇詁訓]范鞅，士匄之子，即獻子也。[百家注引孫汝聽曰]襄二十三年《左氏》：「范鞅逆魏舒，請驂乘持帶，遂超乘。」

〔八九〕[注釋音辯]童（宗説）云：（欒鍼）上音鸞，下其廉切。人姓名。《左傳》成十六年：「欒鍼爲右，掀公出於淖。」掀音軒，舉也。［韓醇詁訓］欒鍼，欒黶之弟。已上四公，皆晉之臣也。欒音鸞，鍼音鈐，又諸侵切。［百家注引孫汝聽曰］成十六年《左氏》：「步毅御晉厲公，欒鍼爲右，掀公以出於淖。」

〔九〇〕［注釋音辯］《左傳》昭公四年晉司馬侯云。［韓醇詁訓］《左傳》昭公四年：「楚使椒舉求盟於晉，晉侯弗許，公曰：『晉有三不殆，其何敵之有？恃險而多馬，齊楚多難有，是三者，何鄉而不濟？』司馬侯對曰：『恃險與馬，而虞鄰國之難，是三殆也。九州之險，是不一姓。冀之北土，馬之所生，無興國焉。恃險與馬，不可以爲固也。』」冀北，即冀州之北。

〔九一〕［百家注引孫汝聽曰］《周禮》：「仲冬斬陽木。」按：見《周禮·地官司徒·山虞》。

〔九二〕［注釋音辯］童（宗説）云：瀋，昌枕切，《説文》「汁也」。液音亦。［韓醇詁訓］液音亦，津液。［百家注引孫汝聽曰］《左氏》：「猶拾瀋也。」按：見《左傳》哀公三年。

〔九三〕［注釋音辯］巑，祖丸切。岏，五官切，山鋭貌。杪音眇，標末也。巔，山之高處。［韓醇詁訓］杪音眇。《釋文》：「木標末也。」即枝上端。

〔九四〕［注釋音辯］淦，古南切。瀯音營，水流貌。［韓醇詁訓］上古南切，沈也。下音營，水回貌。按：百家注本引作童宗説曰。

〔九五〕［注釋音辯］童（宗説）云：柹音肺，方廢切，削木札也。［韓醇詁訓］柹音肺，削木札，樸也。陳楚謂櫝爲柹。

〔九六〕［注釋音辯］丁，中莖切。［韓醇詁訓］中莖切。《詩·伐》：「伐木丁丁。」按：見《詩經·小雅·伐木》。

〔九七〕［注釋音辯］硠，吕唐切。［韓醇詁訓］上吕唐切，《説文》「石聲」。一曰：硠硠，堅也。下盧登切，《説文》「四方木也」。

〔九八〕［注釋音辯］（淜）披萌切。

〔九九〕［注釋音辯］洶，許拱切。［韓醇詁訓］上許拱切，《説文》「湧也」。一曰：洶湧，水聲也。下呼肱切。

〔一〇〇〕［注釋音辯］［韓醇詁訓］嶱音戛。

〔一〇一〕［注釋音辯］崒，作没、昨律二切，山峻貌。坱，烏朗切，塵也。圠音軋，山曲也。［百家注引孫汝聽曰］賈誼賦：「坱圠無垠。」按：韓醇詁訓本與注釋音辯本略同。《楚辭·招隱士》「坱兮軋山曲岪」，王逸注：「坱軋，相切摩之音。」

〔一〇二〕［注釋音辯］《列子》。［韓醇詁訓］［百家注引孫汝聽曰］《列子·湯問》篇：「共工氏與顓頊争爲帝，怒而觸不周之山，折天柱，絶地維。」張湛注：「不周山在西北之極。」

〔一〇三〕［注釋音辯］童（宗説）云：（鵾鸛鶖鶬）音昆灌秋倉。［韓醇詁訓］鵾音昆。《爾雅》：「鷄三尺爲鵾。」鸛音灌。似鵠而巢樹者爲白鸛，曲頸爲黑鸛。鶖音秋，《説文》「秃鳩也」。鶬音倉，《説文》「麋鴰也。關西呼爲鴰，山東通謂之鶬」。

〔一〇四〕［注釋音辯］貙，敕俱切。豻音岸。［韓醇詁訓］貙，敕俱切。《釋文》：「貙劉也，似貍，能捕獸祭天。」豻音岸，胡地犬也。

〔一〇五〕［百家注引孫汝聽曰］《魯頌》：「是斷是度。」斷音短。按：見《詩經·魯頌·閟宮》。斷度指砍伐木材。

〔一〇六〕［注釋音辯］童（宗説）云：硉，郎兀切。硉兀，危石也。按：韓醇詁訓本同。

〔一〇七〕［注釋音辯］《三齊略記》：「秦始皇驅石下海，石去不速，神人鞭之。」［百家注引孫汝聽曰］《三齊略記》曰：「秦始皇作石梁，欲過海觀日出處，於時有神人能驅石下海，城陽一山石盡起立，嶷嶷東傾，狀似相隨而去。云石去不速，神人輒鞭之，盡流血，石莫不悉赤，至今猶爾。」按：見《藝文類聚》卷六、卷七九引《三齊略記》。

〔一〇八〕［注釋音辯］匯音會，水合流。一音胡罪切，水迴。［韓醇詁訓］匯音潰，又户賄切，水合流。按：百家注本引作童宗説曰。

〔一〇九〕［蔣之翹輯注］按《淮南子·道應訓》：「翟煎對惠王曰：『今夫舉大木者，前呼邪許，後亦應之。』」此舉重助力之歌也。近代王維楨《順天試録序》云：「頃者臣自關中來，而渡於孟津，見有轉大木於河滸者，前呼輿謣，後皆應之，木翩然如馳焉。」二説可以互參。

〔一一〇〕［注釋音辯］童（宗説）云：摺，質涉切，敗也。張（敦頤）云：拉，落合切，摧也。亦通作摺。按：韓醇詁訓本同。

〔一二〕［注釋音辯］捽，昨没切。［韓醇詁訓］捽，昨没切，《説文》「持頭髮也」。《漢・貢禹》：「捽草把土。」

〔一三〕［注釋音辯］［韓醇詁訓］澒，胡動切，太水濛澒。按：百家注本引作童宗説曰。

〔一三〕［注釋音辯］叢臺在邯鄲城中，連聚非一，趙武靈王建。房音旁，始皇造。［韓醇詁訓］張平子《東京》：「賦楚建叢臺於後。」注：「趙武靈王起。」阿房，秦宫名。房音旁。［百家注引孫汝聽曰］六國時趙王故臺，在邯鄲城中。連聚非一，故名叢臺。《史記》：「秦始皇三十五年，營作朝宫渭南上林苑中。先作前殿阿房。」

〔一四〕［百家注引孫汝聽曰］漢宫闕名，曰長安有長樂宫、未央宫。

〔一五〕［注釋音辯］漢宫殿。［韓醇詁訓］並西漢宫殿名。［百家注引孫汝聽曰］武帝太初元年，起建章宫，在未央宫西。昭陽，亦殿名。

〔一六〕［注釋音辯］虒音斯。一本作褫。《左傳》昭公十三年：「晉成虒祈之宫，諸侯皆有二心。」注：「虒祈，地名，在絳縣之西地。」［韓醇詁訓］《左傳》昭公八年，晉侯方築褫祁之宫。至昭十三年，晉成褫祁，諸侯朝而歸者皆有二心。杜預注：「褫祁，地名，在絳西四十里，臨汾水。」褫音斯，又作虒。祁，巨之切。

〔一七〕［韓醇詁訓］河當是黄河也。［百家注引孫汝聽曰］秦始皇八年，河魚大上，輕車重馬東就食。

〔一八〕［注釋音辯］［韓醇詁訓］《左傳》隱公五年：「矢魚於棠。」注：「矢，陳也。」

〔一九〕［注釋音辯］罩，都教切，曲梁。罶，力九切。罷音鹿。童（宗説）云：張衡《西京賦》「設罜罷」，注云：「魚網也，音獨鹿。」《唐韻》：古賣切，又胡卦切。皆不説是漁網。今上文四物皆是魚網，當音獨鹿。［韓醇詁訓］罜，《唐韻》：古賣切，又胡卦切。《集韻》、《官韻》並作罫，見去聲十五卦。罫，礙也。罷音鹿。罩罶罜罷，皆魚罟也。［百家注集注］《詩》：「烝然罩罩。」罩，音都教切。又《詩》：「魚麗於罶。」注：「罶，曲梁也。」按：章士釗《柳文指要》上《體要之部》卷一五引查夏重曰：「按『罣』字訛，當作『罜』。《廣韻》音獨，魚罟也。《西京賦》『張九罭，布罜罷』，此其證也。今刻本皆作『罣』者誤。」

〔二〇〕［注釋音辯］商山之顔，見《前漢志》。［韓醇詁訓］商，山名，在商州。［百家注引孫汝聽曰］見《漢書·溝洫志》。［蔣之翹輯注］顔，額也。商顔，商山之顔。按：商山又名商顔山。《史記·河渠書》：「自徵引洛水至商顔山下。」

〔二一〕［注釋音辯］吭，户郎切。

〔二二〕［注釋音辯］（鰭）音耆。［韓醇詁訓］上巨京切，大魚也。下音耆，魚脊上骨。

〔二三〕［韓醇詁訓］（黿）音元，似鼈而大。

〔二四〕［韓醇詁訓］（螭）抽知切，無角，如龍而黄。

〔二五〕［韓醇詁訓］《清泠傳》曰：「馮夷，華陽潼鄉隄首人也。服八石，得水仙，是爲河伯。」按：亦見趙令畤《侯鯖録》卷八引《清泠傳》。

〔二六〕〔注釋音辯〕〔韓醇詁訓〕攪，古巧切。

〔二七〕〔注釋音辯〕童（宗説）云：躃音璧，《説文》「人不能行也」。〔韓醇詁訓〕踴音勇，跳也。

〔二八〕〔韓醇詁訓〕歷山在河東。〔蔣之翹輯注〕歷山在蒲州，即舜耕處。至今荆棘不生。

〔二九〕〔注釋音辯〕漣音連，水成文也。淪音倫，小波。按：韓醇詁訓本同。

〔三〇〕〔韓醇詁訓〕摛，丑知切。

〔三一〕〔注釋音辯〕繳音灼。〔韓醇詁訓〕音灼，生絲縷。亦作繁。

〔三二〕〔注釋音辯〕呀，虚加切，張口。嚇音赫，口拒人，怒也。〔韓醇詁訓〕嚇音赫，又虚訝切，怒也。亦云口拒人。

〔三三〕〔注釋音辯〕〔韓醇詁訓〕糅，女救切，雜也。

〔三四〕〔注釋音辯〕魦音沙。鱨音常。鮪音洧。鯉音里。鰋音偃。鱧音禮。魴音防。鱮音叙，上聲。〔韓醇詁訓〕義並見《設漁者對》注。

〔三五〕〔注釋音辯〕〔韓醇詁訓〕（頞）阿葛切。按：同「額」。

〔三六〕〔注釋音辯〕猗，於宜切，縣名。有鹽池，屬河中。〔韓醇詁訓〕猗氏，猗頓也。《史記》：「猗頓用鹽鹽起，與王者埒富。」〔百家注引孫汝聽曰〕猗氏縣屬河中。猗氏之鹽，即河中兩池也。〔蔣之翹輯注〕猗氏，縣名，屬山西平陽府。古郇國。秦猗氏，以猗頓名猗氏之鹽。其鹽池在解州，接安邑界，週一百四十餘里。按：見《史記·貨殖列傳》。

〔一三七〕［注釋音辯］塍，神陵切，稻中畦。［韓醇詁訓］畹，於阮切，田三十畝曰畹。［百家注引孫汝聽曰］《説文》云：「塍，稻中畦。」又云：「田五十畝曰畦，三十畝曰畹。」塍音承，畹音宛。

〔一三八〕［注釋音辯］邐，力紙切。瀰音彌。屬音燭。

〔一三九〕［注釋音辯］釃，山宜切，又所綺切。［韓醇詁訓］上山宜切，又所寄切。

〔一四〇〕［注釋音辯］（澍）注、樹二音。［韓醇詁訓］（互澍）上音護，差互也。下音樹。《説文》：「澍生萬物。」按：「澍」通「注」。

〔一四一〕［注釋音辯］潗，即入切。滑，户八切。汩音骨，又越筆切。［韓醇詁訓］潗，即入切。湁潗，水貌。滑，户入切，利也。汩音骨，又越筆切。按：百家注本引作童宗説曰。

〔一四二〕［韓醇詁訓］（庳）與卑通。

〔一四三〕［注釋音辯］漫，平聲。［韓醇詁訓］漫，平聲。壠音隴，田中高處。

〔一四四〕［注釋音辯］瀴，伊盈切。濊，火活切，水聲。［韓醇詁訓］瀴，伊盈切。瀴溟，水絶遠貌。霈，普蓋切。濊，呼栝切，礙流也。按：百家注本引作童宗説曰。

〔一四五〕［注釋音辯］漭音莽，大水貌。［韓醇詁訓］漭音莽。沆漭，大水貌。按：百家注本引作童宗説曰。

〔一四六〕［韓醇詁訓］（漉）音鹿。

〔一四七〕［注釋音辯］鹵鹹水。按：百家注本引作童宗説曰。

〔一四八〕［注釋音辯］童（宗説）云：媪，烏皓切，老女稱。《前·禮樂志》：「后土富媪。」［百家注引孫汝聽曰］《漢·禮樂志》：「后土富媪。」媪，女老稱也。坤爲母，故稱媪。

〔一四九〕［百家注引孫汝聽曰］《禮記》：「地不愛其寶。」

〔一五〇〕［注釋音辯］張（敦頤）云：熛，卑遥切。《説文》云：「火飛也。」按：韓醇詁訓本、百家注本引孫汝聽注皆同。

〔一五一〕［注釋音辯］皛，胡了、胡灼二切，明也。冪音密。［韓醇詁訓］皛，胡了切，顯也。按：百家注本引作童宗説曰。

〔一五二〕［注釋音辯］童（宗説）云：僨，方問切，僵也。按：韓醇詁訓本同。

〔一五三〕［注釋音辯］鍛，丁貫切。椎音槌。言鹽之狀。［韓醇詁訓］鍛，丁貫切，小冶。椎音槌。按：百家注本引孫汝聽注同。

〔一五四〕［韓醇詁訓］昡音縣。

〔一五五〕［注釋音辯］射，食亦切。

〔一五六〕［注釋音辯］巃，格孔切。嵸，祖紅、子孔二切，山貌。［百家注引張敦頤曰］《上林賦》。按：韓醇詁訓本同。巃嵸本形容山高，此以形容鹽堆。

〔一五七〕［百家注引孫汝聽曰］《漢書》：「印何纍纍。」

〔一五八〕［注釋音辯］張（敦頤）云：坻音墀，水渚也。又典禮切。按：韓醇詁訓本同。

〔一五九〕〔注釋音辯〕晶音精。熠，羊入切。煜音育。〔韓醇詁訓〕煜音育，燿也。

〔一六〇〕〔韓醇詁訓〕裒，薄侯切。

〔一六一〕〔韓醇詁訓〕（魏）音危。〔百家注引孫汝聽曰〕懸圃，在崑崙上。

〔一六二〕〔注釋音辯〕皦，古了切，白也。漾，弋沼切，大水貌。太白，山名。漓，潘本云作灕，流貌。一曰水滲入地。〔韓醇詁訓〕皦，古了切，白也。漾，弋沼切。浩漾，大水貌。〔百家注引孫汝聽曰〕太白，山名，在扶風。〔蔣之翹輯注〕狂山，詳見《天對》。太白山，在陝西武功縣。山常積雪，冬夏不消。

〔一六三〕〔注釋音辯〕〔韓醇詁訓〕「羸」與「騾」同。

〔一六四〕〔韓醇詁訓〕樊即樊城縣，今襄州臨漢縣也。鄧即鄧州也。〔蔣之翹輯注〕隴，隴西也。樊即樊城，其地今屬襄陽。鄧即鄧州也。

〔一六五〕〔百家注引孫汝聽曰〕潤下作鹹。

〔一六六〕〔百家注引孫汝聽曰〕征，稅也。

〔一六七〕〔百家注引孫汝聽曰〕賚，利也。

〔一六八〕〔百家注引孫汝聽曰〕與海鹽分功也。

〔一六九〕〔注釋音辯〕出《左傳》成公六年。〔百家注引孫汝聽曰〕成六年《左氏》：「晉人謀去故絳，諸大夫皆曰：『必居郇瑕氏之地，沃饒而近鹽。』韓獻子曰：『山澤林鹽，國之寶也。近寶，公室乃貧。』」《説文》：「鹽，河東鹽池，袤五十一里，廣七里，周總百一十六里。」按：韓獻子爲韓厥，文言魏絳，當是柳宗元誤記。王應麟《困學紀聞》卷六：「柳子《晉問》魏絳之言近寶則公室乃貧，按《左傳》成六年，此乃韓獻子之言。」何焯《義門讀書記》卷三五：「『吴子曰魏絳之言曰』，魏絳當爲韓厥。此本《水經注》澮水下誤以爲魏獻子也。」

〔一七〇〕［百家注引孫汝聽曰］賈生《過秦論》曰：「囊括四海。」括，結囊也。僖二十七年《左氏》：「楚子及諸侯圍宋，晉文公率齊、秦救之，狐偃曰：『楚始得曹，而新婚於衛，若伐曹、衛，楚必救之，則齊、宋免矣。』文公於是分曹、衛之田以畀宋。」僖三十年，晉侯圍鄭，以其無禮於晉。按：何焯《義門讀書記》卷三五：「援秦破楚，援秦未詳。疑作『挾秦』。」「援秦」即「引秦」也，何疑未是。

〔一七一〕［百家注引韓醇曰］僖二十四年，周襄王辟昭叔之難，居於鄭地。二十五年，文公取昭叔於温，殺之於隰城，迎王於鄭。四月，王入於王城。

〔一七二〕［注釋音辯］逖，敕力切。《左傳》僖公二十八年：「策命晉侯，糾逖王慝。」注：「逖，遠也。有惡於王者，糾而遠之。」［百家注引韓醇曰］僖二十八年，王命尹氏策命晉侯爲侯伯，賜之大輅之服、戎輅之服、彤弓一、彤矢百、玈弓矢千、秬鬯一卣、虎賁三百人。曰：「王謂叔父，敬服王命，以綏四國，糾逖王慝。」

〔一七三〕［韓醇詁訓］《史記·晉世家》：文公二年三月，晉乃發兵至陽樊，圍温，入襄王於周。五年四月，晉敗楚師，作王宮於踐土。五月，天子使王子虎命晉侯爲伯，賜大輅、彤弓、矢百、玈弓矢千、秬鬯一卣、珪瓚。作《晉文侯命》。逖，他歷切。齊，側皆切。踐土，鄭之地也。［百家注引孫汝聽曰］僖二十八年五月，魯侯、晉侯、齊侯、宋公、蔡侯、鄭伯、衛子、莒子盟於踐土。踐土，鄭地。

〔一七四〕［注釋音辯］［百家注引孫汝聽曰］謂朝聘之事。

〔一七五〕［百家注引孫汝聽曰］宣二年《左氏》：「宋人以兵車百乘、文馬百駟，贈華元於鄭。」注云：「文馬，畫馬爲文。」

〔一七六〕［注釋音辯］筵八尺，几三尺。《周禮·冬官》云：「室中度以几，堂上度以筵。」度，待洛切。按：百家注本引孫汝聽注同。

〔一七七〕［百家注引孫汝聽曰］《周禮·掌客》：「諸侯之禮，上公乘禽日九十雙，饗餼九牢。侯伯乘禽日七十雙，饗餼七牢。子男乘禽日五十雙，饗餼五牢。」

〔一七八〕［百家注引孫汝聽曰］定十年《左氏》：「孔子曰：『犧象不出門，嘉樂不野合。』」注云：「嘉樂，鐘磬。」

〔一七九〕［百家注引孫汝聽曰］莊二十二年《左氏》：「庭實旅百。」

〔一八〇〕［百家注引孫汝聽曰］謂賦詩以見志。

〔一八一〕［注釋音辯］張（敦頤）云：犧，素何切。犧象，皆尊名。按：韓醇詁訓本同。

〔一八二〕〔注釋音辯〕勞，郎到切，賞功。賄，呼罪切，貨也。〔韓醇詁訓〕勞，郎到切。《釋文》：「賞勤功曰勞。」賄，呼罪切，貨賄。按：百家注本引作童宗説曰。

〔一八三〕〔百家注引韓醇曰〕戎，兵車也。

〔一八四〕〔注釋音辯〕《左傳》宣公四年注：「丁寧，鉦也。」〔百家注引孫汝聽曰〕宣四年《左氏》：「博勞射王汰輈，及鼓跗，著於丁寧。」注云：「丁寧，鉦也。」

〔一八五〕〔注釋音辯〕埒音劣，侔也。成，去聲。〔韓醇詁訓〕埒音劣，卑垣也。按：百家注本引作張敦頤曰。

〔一八六〕〔注釋音辯〕《左傳》昭公十三年：「復旆之，諸侯畏之。」注：「軍將戰，則旆故曳施以恐之。」〔百家注引孫汝聽曰〕昭十三年平丘之會。八月辛未，治兵，連而不旆。壬申，復旆之，諸侯畏之。

〔一八七〕〔注釋音辯〕〔韓醇詁訓〕摟音婁。〔百家注引王儔補注〕取《孟子》「摟諸侯以伐諸侯」之意。

〔一八八〕〔注釋音辯〕更音庚。三河，河東、河南、河北也。舜都蒲阪，禹都夏縣，皆在河東。伏羲、神農都陳郡，在河南。一云伏羲都曲阜。黄帝都鄭州，少昊都窮桑，皆在河南。黄帝都涿鹿，則在河北。又云堯都河東，殷都河内，周都河南。〔韓醇詁訓〕三河，河東、河南、河北道也。蓋河東道之河中府蒲阪縣，舜之所都。絳州夏縣，禹之所都。河南道之陳郡，伏羲、神農之所都。一云伏羲又都於曲阜。黄帝都於鄭州，而少昊都於窮桑，即今之兗州曲阜縣，則又皆隸河南道也。而河北道之涿鹿山，則黃帝之都耳。平陽，蓋今之晉州焉。［百家注引孫汝聽曰］《史記·貨殖傳》：「唐人都河東，殷人都河内，周人都河南。三河，王者所更居也。」

〔一八九〕［注釋音辯］平陽，今晉州。［百家注引孫汝聽曰］堯都平陽，舜都蒲阪。［蔣之翹輯注］平陽，唐晉州，今爲平陽府。

〔一九〇〕［注釋音辯］型音形，羹器，以瓦爲之。韓子云：「堯彩椽不斲，茅茨不翦，啜土型。」［韓醇詁訓］型音刑。鑄器之法，以土爲法曰型也。［百家注引孫汝聽曰］韓子曰：「堯舜采椽不刮，茅茨不翦，飯土塯，啜土型。」土塯，飯器。土型，羹器。皆以瓦爲之。按：采椽見《韓非子·五蠹》，土型見《韓詩外傳》卷三。

〔一九一〕［蔣之翹輯注］《書·堯典》：「允恭克讓。」

〔一九二〕［蔣之翹輯注］僉，衆也。疇，誰。咨，訪問也。詳《書》。按：《尚書·堯典》「師錫帝曰」，《舜典》「僉曰伯禹作司空」，《堯典》「疇咨若時登庸」，即堯舜之道也。

〔一九三〕［注釋音辯］［韓醇詁訓］於音烏。按：《尚書·堯典》：「予擊拊石，百獸率舞。」又《益稷》：「簫韶九成，鳳皇來儀。」《堯典》：「黎民于變時雍。」

〔一九四〕［韓醇詁訓］儆，居引切。按：《尚書·大禹謨》「禹拜昌言」，又「儆戒無虞」。

〔一九五〕［百家注引孫汝聽曰］《詩》：「本晉也，而謂之唐，本其風俗，憂深思遠。」按：見《詩經·唐風·蟋蟀》序。

〔一九六〕［百家注引王儔補注］《易·繫》：「堯、舜垂衣裳而天下治。」

〔一九七〕［注釋音辯］分，扶問切。［韓醇詁訓］分，扶問切，分守也。按：百家注本引作張敦頤曰。

〔一九八〕［注釋音辯］易，並以豉切。易易，出《禮記·鄉飲酒義》。［百家注引孫汝聽曰］《禮記》：「吾觀於鄉，知王道之易易也。」

【集　評】

《新刊五百家注音辯唐柳先生文集》附録卷二引蘇軾《跋晁无咎畫馬》：晁无咎所藏野馬八，出没山谷間，意象慘淡，如柳子厚所云「風鬃霧鬣，千里相角」。然筆法稍疎，當是有遠韻人而不甚工者。元祐三年，宋遐叔、張文潛同觀。

黄庭堅《跋韓退之送窮文》：《送窮文》蓋出於揚子雲《逐貧賦》，制度始終極相似，而《逐貧賦》文類俳，至退之亦諧戲而語稍莊，文采過《逐貧》矣。大概擬前人文章，如子雲《解嘲》擬宋玉《答客難》，退之《進學解》擬子雲《解嘲》，柳子厚《晉問》擬枚乘《七發》，皆文章之美也。至於追逐前人，不能出其範圍，雖班孟堅之《賓戲》、崔伯庭之《達旨》、蔡伯喈之《釋誨》，僅可觀焉，况下者乎！（《山谷集·别集》卷一一）

韓醇《詁訓唐柳先生文集》卷一五：晁太史无咎取之以附《續楚辭》，其繫有曰：昔屈原作《九章》，九，陽數。言己所陳與天合度。自宋玉《九辯》以下，皆依以立義。至枚乘《七發》，意亦沿此，蓋以微諷吴王濞毋反。班固稱原有古詩惻隱之風，謂乘已下，没其諷諭之稱，意是不然。觀乘《七發》既設客説太子，久執不廢大命，乃傾爲陳王之可嗜悦者七，末乃言孟子持籌而算之，萬不失一，以言吴計謬，其意深矣。《晉問》亦七，蓋效《七發》以諷時君薄事役而隆道實云。

張表臣《珊瑚鉤詩話》卷一：近代歐公《醉翁亭記》，步驟類《阿房宫賦》，《晝錦堂記》議論似《盤谷序》，東坡《黄樓賦》氣力同乎《晉問》，《赤壁賦》卓絶近於雄風，則知有自來矣。

洪邁《容齋隨筆》卷七：枚乘作《七發》，創意造端，麗旨腴詞，上薄騷些，蓋文章領袖，故爲可喜。其後繼之者如傅毅《七激》、張衡《七辯》、崔駰《七依》、馬融《七廣》、曹植《七啟》、王粲《七釋》、張協《七命》之類，規倣太切，了無新意。傅玄又集之以爲《七林》，使人讀未終篇，往往棄諸几格。柳子厚《晉問》乃用其體，而超然别立新機杼，激越清壯，漢晉之間，諸文士之弊，於是一洗矣。

李塗《文章精義》：《維摩詰經》亦有作文法，三十二菩薩各説不二法門，此未得不二法門者也。維摩默然，不説不二法門者，乃真得不二法門者也。子厚《晉問》，微用此體。

黄震《黄氏日鈔》卷六〇：《晉問》以地儉也，兵革也，馬之良、木之大、鹽之富也，文公之霸也，皆不如堯之遺風焉。理正而文工。

孫因《越問序》：若昔河東柳先生會萃三河之遺事，網羅千古之異聞，作爲《晉問》，以昭來世。斯文也，可謂大述作矣。先生，晉人也，居晉土，習晉事，爲《晉問》，職也。晉有堯之遺風，不可以有加矣。……柳河東《晉問》於魚、鹽，一物各爲專條，以侈其富饒，鋪張揚厲，無慮數百字。彼三河所出，尚未敵海藏之什一也。（張淏《會稽續志》卷八）

樓昉《崇古文訣》卷一五：晉國之美多矣，自山河而兵，自兵而馬，曰木、曰魚、曰鹽，一節細如一節，至於晉文公之霸業盛矣。然以道觀之，亦何足貴，卻有一項最可貴者，曰堯之遺風也。至此，則前面所舉，可以盡廢。此是善占地步，一着最高，特地留在後面説，譬如賈人之善售物者，必不肯先將好底出來。

馬祖常《周剛善文稿序》：唐韓愈挈其精微，而振發於不羈，嘻，文亦豈易言哉！柳宗元駕其説，忿懥恚怨，失於和平。《淮西雅歌》、《晉問》諸篇，馳騁出入古今天人之間，蔚乎一代之製，而學士大夫皆宗師之。（《石田文集》卷九）

唐桂芳《題八駿圖》：讀杜工部《馬詩》雖工，柳儀曹《晉問》益工，韓吏部《畫記》八十三馬不厭其多，蘇翰林十九馬不覺其少，所謂詩文照耀今古，雖無畫焉可也。（《白雲集》卷七）

王鏊《震澤長語》卷下：韓子《進學解》準東方朔《客難》作也，柳子《晉問》準枚乘《七發》作也，然未嘗似之。若班固《賓戲》、曹子建《七啟》，吾無取焉耳。

王世貞《藝苑卮言》卷四：退之《海神廟碑》猶有相如之意，《毛穎傳》尚規子長之法，子厚《晉問》頗得枚叔之情，《段太尉逸事》差存孟堅之造，下此益遠矣。

《王荆石先生批評柳文》卷四：此等摭實瓌壯之文，韓子不能作。又：文則美矣，但《七發》皆自小而大，今兵馬宮室俱未當客心，而末乃瓅陳魚膾，失次第矣。又：言及上古，歸之淡泊，一入巵辭，便落惡道，故寂寥數語而止。

茅坤《唐宋八大家文鈔》卷二五：即漢魏以來七之遺也，然所見不遠，姑存之，以見子厚詞賦之麗云。

徐師曾《文體明辨序説·問對》：按問對者，文人假設之詞也。其名既殊，其實復異。故名實皆問者，屈平《天問》、江淹《邃古篇》之類是也。名問而實對者，柳宗元《晉問》之類是也。

又《七》：按七者，文章之一體也。詞雖八首，而問對凡七，故謂之七。則七者，問對之别名，而《楚詞·七諫》之流也。……至唐柳宗元《晉問》，體裁雖同，辭意迥别，殆所謂不泥其跡者歟！

彭輅《文論》：柳之騷賦、《晉問》諸篇，出幽入祕，精摛秀掞，韓豈能之哉！（黄宗羲編《明文海》卷九〇）

明闕名評選《柳文》卷六「獸獲敵摧」句下引穆文熙曰：《莊子·馬蹄》云：「夫馬，陸居則含草飲水，喜則交頸相靡，怒則分背相踶。」此數句下得最活，分明似個畫馬圖字。子厚此篇尤曲盡馬之情狀。「北山有異材」句下：此言材木之壯。「羅列而伐者」句下：此言伐木。「水潦之波」句下：此言運木。「河魚之大」句下：此言魚膾之精。「猗氏之鹽」句下：此言藴味之多。「明滅相射」句下引孫月峰曰：「奮儹離析，鍛圭椎璧，冰裂雹碎，積雪殞星」等句，極描寫，極壯麗。「文公之霸也」句下：此先之以霸功。「車埒萬乘」句下引李東陽曰：縷縷陳述，句法悉模仿《左氏》，而精采過之。「帝王之更都焉」句下：此終之以帝王。

蔣之翹輯注《柳河東集》卷一五：子厚《晉問》，宏偉瓌奇，若能超枚《發》之格，以躋班賦之域，則才具覺更大矣，故議者尚以所見不遠短之。又引劉辰翁曰：固是作詞賦麗手。「萬夫之斬伐」句下引王世貞曰：詞甚鏗然。「冰谷之積」句下引唐順之曰：此篇文字翻空處，全在數個「若」字、「如」字增許多光景，又在疊字上增許多氣勢。「新其説」下引唐順之曰：子厚論馬之文，大概與畫馬相似。畫馬者必先有全馬在胸中，若能積精儲神，賞其神駿久久，則胸中有全馬矣。信意落筆，自然超妙，所謂用意不分，乃凝於神者也。山谷詩云：「李侯畫骨亦畫肉，筆下馬生如破竹。」看來此文亦無絲毫走作，可謂筆下馬生，非想像杜撰者。「諸侯叛之」句下引孫樓曰：子厚作《晉問》，凡所引吴起、先軫、魏絳、虒祁之類，皆不脱晉事。此篇全憑此數處轉换精神。「而莫顧者也若是何如」句下：按里革之告君曰：「古者大寒降，土蟄發，水虞於是乎講罛罶，取名魚，登川禽，而嘗之寢廟，行諸國人，助宣氣也。」子厚此篇，不過導欲以縱觀，然文字俊偉。「卒不可推也」句下引孫鑛曰：描寫極壯麗。「民利也乎」句下引洪邁曰：柳子厚極力褒稱晉文公之勳業，終不若孔、孟括之以一言曰「譎而不正」，曰「無道桓文之事」者。是晉文千古罪案，子厚即千萬言救不得。然以晉人而誇示晉之事功，不得不煩悉而張大之，理固然也。「聞於子何如」句下引唐順之曰：按朱晦翁謂唐地土瘠民貧，勤儉質樸，憂深思遠，有堯之遺風。則子厚所稱儉嗇善讓、憂思畏禍者，未必無也。而張南軒氏則謂堯之遺風只是儉，而用禮一事，亦不必事事稱有遺風，觀者詳焉。「至乎哉」句下引茅坤曰：儉、讓等字，一一回應。文末引黄震曰：以地隙兵强，及文公之霸，皆不如堯之遺風，理正而文工。

儲欣《河東先生全集録》卷三：長袖善舞，而又秀氣孤秉，宜其辭之窮工極詭，至如此也。上掃魏晉之規，下斷宋元明作者。劉辰翁亦最賞此篇。

孫梅《四六叢話》卷二六：然惟柳子厚《晉問》一篇，精刻獨造，追軼枚叟，他若子建、孟陽，亦同塵土矣。

何焯《義門讀書記》卷三五：「太行掎之」：山。「首陽起之」：西。「黄河迤之」：河。「大陸靡之」：東。「景霍汾澮」：景、霍小山，汾、澮支河。……「今主上方致太平動以堯爲准」：唐起晉陽，因始封之，國爲有天下之號。高祖内禪，神堯是崇，以作歸宿，似更密。枚、馬同時，無所與讓，曹、張於是失步矣。

焦循批《柳文》卷一四：此篇寫地勢，寫兵，寫馬，寫木，寫魚，寫鹽，皆極其刻畫。末二段以澹宕之筆終焉，製格之善至矣。此等文真可與《七發》並傳，張、曹輩未免鈍根未除。又：讀枚乘《七發》及柳先生《晉問》，須得其空靈劖峭之意，徒效其用詞，鮮有不失之肥縟者。《七發》、《晉問》皆瘦絶之文，歐、曾曷足以語此？

林紓《韓柳文研究法·柳文研究法》：《晉問》者，仿枚乘《七發》體。《七發》所以隱諷老濞，於是仿者至衆，咸以七名。《晉問》亦七，不云七問者，避其名也。子厚晉人，重堯之故都，因武陵之問，悉以晉之名物對。一言山河之險固，雖規模都、京，好用奇字，形容山水，然時時見造語之工，非專取隱僻之字，用銜淵博。（如「攫秦搏齊」、「轟雷怒風」、「㶇雲遁雨」，皆奇句也。）次言兵甲之堅利，然較諸描摹山川險阻，少欠展拓，亦不易形容。中間如「若雪山冰谷之積，觀者膽掉，目出寒液，當空發耀，英精互繞，晃蕩洞射，天氣盡白，日規爲小，鑠雲破霄，跕墜飛鳥」諸句，直逼漢魏賦手，與第一段亦銖兩相稱。又次言晉國名馬所產，以屈在晉地也。寫名馬較寫兵甲，易抒其雄放騖蕩之氣。如「群飲源槁，迴食野赭，浴川蹙浪，噴震播灑」，言馬之衆也。「喜者鵲厲，怒者人搏，決然坌躍，千里相角」，「攫地跳梁，堅骨蘭筋，交頸互齧，鬬目相馴，聚溲更噓，昂首張斷」，寫馬之態也。較諸少陵、東坡詠馬諸作，似別開生面矣。又次言晉産名材，然木長於山，既采，則乘河流而下，寫木不能兼叙山川，不知者似爲第一段微有複沓之筆。然叙山則言因山而伐木，叙水則言因勢而漂木，初不見混尤妙者，「揹危顛，芟繁柯，乘水潦之波，以入於河而流焉。蕩突硉兀，轉騰冒没，類秦神驅石，以梁大海。抵曲鱗蹙，匯流雷解」。「捽首軒尾，澒入重淵」。僕在南中，見采木者乘溪漲而下，適肖此可狀。讀之，歎子厚體物之工也。又次言河魚之多，又次言鹽之利，奇氣少殺，以魚、鹽二事，難於著筆也。終叙文公霸業，言民之好義，而任力近矣。然仍歸本於王道，以儉讓爲宗，率堯之遺風，醒出用意所在。以文始，以質終。

答問

有問柳先生者曰：「先生貌類學古者，然遭有道不能奮厥志，獨被罪辜，廢斥伏匿，交游解散〔一〕，羞與爲戚，生平嚮慕，毁書滅跡。他人有惡，指誘增益，身居下流，爲謗藪澤，罵先生者不忌，陵先生者無謫。遇揖目動，聞言心惕，時行草野，不知何適，獨何劣耶？觀今之賢智，莫不舒翹揚英〔二〕，推類援朋，疊足天庭，魁礨恢張①〔三〕，群驅連行。奇謀高論，左右抗聲，出入翕忽，擁門填扃，一言出口，流光垂榮，豈非偉耶？先生雖讀古人書，自謂知理道，識事機，而其施爲若是其悖也！狼狽擯僇〔四〕，何以自表於今之世乎？」先生答曰：「敬聞命。然客言僕知理道，識事機，過矣。僕懵夫屈伸去就〔五〕，觸罪受辱，幸得聯支體，完肌膚，猶食人之食，衣人之衣〔六〕，用人之貨，無耕織居販〔七〕，然而活給羞愧恐慄之不暇，今客又推當世賢智以深致誚責〔八〕。吾縲囚也〔九〕，逃山林入江海無路②，其何以容吾軀乎？願客少假聲氣，使得詳其心、次其論。」

客曰：「何敢③！」先生曰：「僕少嘗學問，不根師説，心信古書，以爲凡事皆易，不折之以當世急務，徒知開口而言，閉目而息，挺而行，躓而伏〔一〇〕，不窮喜怒，不究曲直，衝羅陷穽，不知顛踣〔一一〕，愚惷狂悖〔一二〕，若是甚矣，又何以恭客之教而承厚德哉？今之世工拙不欺，賢不肖明白。其顯進者，語其德，則皆茫洋深閎，端貞鯁亮，苞并涵養，與道俱往，而僕乃蹇淺窄僻，跳浮嚄唶〔一三〕，抵瑕陷厄，固不足以趑趄批捩而追其跡〔一四〕。舉其理，則皆謨明淵沉，剖微窮深〔一五〕，劈析是非〔一六〕，校度古今，而僕乃緘鉗塞默④〔一七〕，耗眊窒惑〔一八〕，抉異探怪〔一九〕，起幽作匿，攸攸恤恤〔二〇〕，卒自䶂賊〔二一〕，固不足以睢盱激昂而效其則〔二二〕。言其學，則皆總攬羅絡，横豎雜博〔二三〕，天旋地縮，鬼神交錯，而僕乃單庸擞莩〔二四〕，離疏空虚，竊聽道塗，顓嚚蒙愚〔二五〕，不知所如，固不足以抗顔摇舌而與之俱。稱其文，則皆汗漫輝煌，呼嘘陰陽⑤，轇轕三光〔二六〕，陶鎔帝皇，而僕乃朴鄙艱澀，培塿潗湁⑥〔二七〕，毫聯縷緝，塵出坱入〔二八〕，固不足以攄摛踊躍而涉其級。兹四者懸判，雖庸童小女，皆知其不及，而又裹以罪惡，纏以羈縶〔二九〕，客從而擠之〔三〇〕，不亦忍乎？且夫白羲騄耳之得康莊也〔三一〕，逐奔星〔三二〕，先飄風，而跛驢不出泥滓。黄鐘元間之登清廟也〔三三〕，鏗天地，動神祇，而嗚嗚咬哇〔三四〕，不入里耳〔三五〕。西子毛嬙之蹈後宫也〔三六〕，皦朝日，焕浮雲，而無鹽逐於鄉里〔三七〕。蛟龍之騰於天淵也，彌六合，澤萬物，而蝦與蛭不離尺水〔三八〕。卓詭倜儻之士之遇明世也〔三九〕，用智能，顯功烈，而麽眇連蹇〔四〇〕，顛頓披靡，固其所也。客又何怪哉？且夫一涉險阸，懲而不再者，烈士之志也。知其不可而速已者，君子之事也。吾將竊取之以没吾世，不亦可乎？」

乃歌曰：「堯舜之修兮，禹益之憂兮，能者任而愚者休兮。[illegible][illegible]籧藋〔四一〕，樂吾囚兮⑦。文墨之彬彬⑧〔四二〕，足以舒吾愁兮。已乎已乎，曷之求乎！」客乃笑而去。

【校　記】

①疊，注釋音辯本作「壘」，並注：「一本作疊。」二字通。原注與注釋音辯本、世綵堂本注：「張，一本作能。」

②林，原作「陵」，據注釋音辯本、詁訓本、世綵堂本及《英華》改。

③敢，原作「取」，諸本同，《英華》作「敢」，據改。何焯《義門讀書記》卷三五：「『客曰何取』，『取』作『敢』。」

④塞默，原作「默塞」，據注釋音辯本、詁訓本、《英華》改。何焯《義門讀書記》卷三五：「『默塞』作『塞默』。」

⑤原注與注釋音辯本、詁訓本、世綵堂本注：「噓，一作噏。」

⑥培，原注與注釋音辯本、詁訓本、世綵堂本注：「或作碚。」

⑦原注：「吾，一作天。」詁訓本作「天」，五百家注本作「夫」。世綵堂本注：「吾，一作夫。」

⑧彬彬，原注與注釋音辯本、世綵堂本注：「一本作申申。」

【解　題】

［韓醇詁訓］公永貞元年九月自監察御史坐王叔文之黨，黜爲邵州刺史，十一月改永州司馬。據問云「先生遭有道，不能奮厥志，獨被罪伏匿」，則《答問》之作當在到永州後。按：此文作於永州，然

不可確考。文亦東方朔《答客難》、揚雄《解嘲》之類也。文章以自我調侃的形式出之，然能作自我調侃者，自有一種心理上的優越感，其不平之氣，讀者還是感覺得到的。

【注　釋】

〔一〕［注釋音辯］解音蟹。［韓醇詁訓］解音邂，散也。

〔二〕［百家注引童宗説曰］翹，高也。

〔三〕［注釋音辯］魁，口賄切。壘音磊。魁壘，壯貌。［百家注引孫汝聽曰］《漢書·鮑宣傳》：「朝臣無有大儒魁壘之士。」魁壘，壯貌。

〔四〕［注釋音辯］（僇）音戮。［韓醇詁訓］狼音郎，狽音貝。按：段成式《酉陽雜俎》卷一六：「或言狼狽是兩物，狽前足絶短，每行，常駕於狼腿上，狽失狼則不能動。故世言事乖者稱狼狽。」

〔五〕［韓醇詁訓］懵，母亘切，不明也。又莫紅、目總二切。按：百家注本引張敦頤注同。

〔六〕［韓醇詁訓］上「衣」字於既切，下「衣」字音依。

〔七〕［注釋音辯］居，儲貨也。

〔八〕［韓醇詁訓］（誚責）上才肖切。

〔九〕［注釋音辯］縲，倫追切，黑索。［韓醇詁訓］縲，倫追切，按何晏注《論語》云「黑索也」。

〔一〇〕［注釋音辯］躓音致。［韓醇詁訓］躓音至，跲也，與「疐」同。

〔一一〕[注釋音辯][韓醇詁訓](踣)蒲比切。

〔一二〕惷，同「蠢」。

〔一三〕[注釋音辯]嚄，《集韻》：「胡陌切，大呼也。又壅唶，多言也。」《唐韻》：「嚄唶，大喚也。唶，子夜切，嘆聲也。又側伯切，大聲也。」[世綵堂]二字出《史記·信陵君傳》「晉鄙嚄唶」。嚄，烏百切，大呼也。唶，莊白切，歎聲也，從《史記》音。總言多言也。按：韓醇詁訓本同。百家注本引作張敦頤曰。跳浮，輕浮貌。嚄唶，大聲説話貌。吴曾《能改齋漫録》卷七：「柳子厚《答問》：『僕乃蹇淺窄僻，跳浮嚄唶。』按《魏公子無忌列傳》：『公子曰：晉鄙嚄唶，宿將往，恐不聽。』上音烏百反，下音莊白反，唶聲也。《左傳》『行扈唶唶』，唶又音子夜切。《廣雅》曰：『唶唶，鳴也。』《漢光武贊》『唶曰』，亦用此字。嚄，《廣韻》云：『嚄嘖大喚。』亦聲也。」

〔一四〕[注釋音辯]趑，于咨切。趄，千余切。行不進貌。批，蒲結切。捩，力結切。[韓醇詁訓]趑趄，趦不進也。按：章士釗《柳文指要》上《體要之部》卷一五：「趑趄言足，批捩言手，謂竭手足之力，皆滯拙不足以追及之也。批捩猶言撇捩，謂身輕轉動便利。杜甫《大食刀歌》『鬼神撇捩辭坑壕』。」

〔一五〕[注釋音辯][韓醇詁訓]剖，普後切。

〔一六〕[注釋音辯][韓醇詁訓]劈，匹歷切。

〔一七〕[注釋音辯]緘，五咸切。鉗，其廉切。

〔一八〕［注釋音辯］眊音冒，目少精。［韓醇詁訓］耗，虚到切。眊音冒，目少精也。

〔一九〕［韓醇詁訓］抶，一決切，挑也。探音貪。

〔二〇〕［注釋音辯］［百家注引孫汝聽曰］《左傳》昭公十二年：「恤恤乎，湫乎攸乎。」注：「攸，懸危貌。恤，憂患也。」

〔二一〕［注釋音辯］「旣」即「禍」字。［韓醇詁訓］「旣」與「禍」同。

〔二二〕［注釋音辯］童（宗説）云：睢，翾規切，仰目也。盱，匈於切，張目也。按：韓醇詁訓本同。百家注本引作張敦頤曰。

〔二三〕［韓醇詁訓］豎音樹，立也。按：百家注本引作童宗説曰。

〔二四〕［注釋音辯］童（宗説）云：擻，匹蔑切，字正作「擎」。［韓醇詁訓］擻，匹蔑切。字正作「擎」，擊也。［蔣之翹輯注］擻葶，謂所學空疏也。按：章士釗《柳文指要》上《體要之部》卷一五：「《佩文韻府》引本文，加按語：『擻葶，謂所學空疏也。』據此，正與本文下一語『離疏空虚』相同，然則下一語恐是解釋『擻葶』之旁注，而竄入正文。觀於此删去此一語，使『單庸擻葶，竊聽道塗，顓嚚蒙愚，不知所如』，成爲與上下相配合之四句，始恰符文式。今五句參差，意又重複，諒子厚原文不如是。」

〔二五〕［韓醇詁訓］「顓」與「專」同。

〔二六〕［注釋音辯］轇轕，音交葛，長遠貌。一曰雜亂。按：韓醇詁訓本同。

〔二七〕［注釋音辯］張（敦頤）云：培，薄口切。塿，朗口切。《博雅》：「培塿，塚也。」《左氏》魯襄公二十四年云「部婁無松柏」，字不從「土」。童（宗説）云：潗，子入、七立二切。湁，丑入切。水貌。［韓醇詁訓］《説文》：「潗湁，水貌。」按：潗湁，小水貌。言己之文如小墳丘、小水溝也。方以智《通雅》一一：「相如賦『湁潗鼎沸』，郭璞曰：『水微轉細湧貌。』《説文》曰：『湒，雨下也。一曰沸湧貌。』」或釋爲汗出貌、水濕貌，故方以智曰：「諸書一義而有數字，一字而有數音，形容雙聲，率不過假借，何必强爲分析乎？」

〔二八〕［注釋音辯］坱，於朗切。［蔣之翹輯注］坱，塵埃也。《楚辭》「坱兮軋兮」，注：「霧昧貌。」

〔二九〕［注釋音辯］［韓醇詁訓］（羈縶）上居宜切，下陟立切。

〔三〇〕［注釋音辯］［韓醇詁訓］（擠）牋西、子計二切，排也。

〔三一〕［注釋音辯］義，晏本作蟻，馬名。《列子》云：「周穆王駕八駿之乘，右騄耳，左白義。」又《爾雅》：「道五達謂之康，六達謂之莊。」［韓醇詁訓］白義、騄耳，馬名。騄音緑。［百家注引孫汝聽曰］《列子》：「周穆王命駕八駿之乘，左服華騮而右騄耳，右驂赤驥而左白義。」「義」字晏本作「蟻」，《史記》作「犧」。按：見《列子·周穆王》。

〔三二〕［蔣之翹輯注］《符瑞圖録》：「流星，天使自上而降曰流星，自下而上曰飛，大者曰奔。奔亦流星也。」梁吴均詩：「馬頸照落日，劍尾掣流星。」

〔三三〕［注釋音辯］《國語》云：「元間大吕。」注：「在陽律之間。」潘（緯）云：間，如字。又間廁之間。

［百家注引孫汝聽曰］《國語》：「有六間：元間大呂，二間夾鐘，三間中呂，四間林鐘，五間南呂，六間應鐘。」［世綵堂］《國語》：「元間大呂，助宣物也。」注：「陰繫於陽，以黄鐘爲主。」按：見《國語・周語下》。

〔三四〕［注釋音辯］嗚嗚，秦聲。咬，五巧切。哇，於加、烏瓜二切。邪聲。［百家注引孫汝聽曰］《史記》：「李斯曰：『擊甕叩缻，彈箏搏髀，而歌呼嗚嗚，真秦之聲也。』」嗚嗚，當是秦曲名。按：見《史記・李斯列傳》。章士釗《柳文指要》上《體要之部》卷一五：「咬音交，鳥聲。哇音娃，小兒學語聲。梅堯臣詩『何必絲管喧咬哇』，則用作普通歌聲矣。」

〔三五〕［百家注引孫汝聽曰］《莊子》：「大聲不入於里耳。」按：見《莊子・天地》。

〔三六〕［注釋音辯］西子，西施也。毛嬙，越王嬖姬。［百家注引孫汝聽曰］《孟子》曰：「西子蒙不潔。」西子，西施，越女。《莊子》曰：「毛嬙，麗姬，人之所美也。」毛嬙，蓋越王嬖姬也。按：見《孟子・離婁下》、《莊子・齊物論》。

〔三七〕［注釋音辯］無鹽，齊女。［百家注引孫汝聽曰］《列女傳》：「無鹽，齊女。」［蔣之翹輯注］貌最醜。按：見劉向《列女傳》卷六。

〔三八〕［注釋音辯］［韓醇詁訓］蛭音質，水蟲。

〔三九〕［注釋音辯］倜，他歷切。儻，他黨切。不羈也。按：百家注本引作童宗説曰。

〔四〇〕［注釋音辯］麽，目果切，細也。連，盧蹇切。出《前・揚雄傳》。［韓醇詁訓］麽，目果切，《説文》「細也」。按：百家注本引作童宗説曰。「麽」通「幺」，細小之稱。眇，深邃之稱。揚雄《解嘲》：「孟軻雖連蹇，猶爲萬乘師。」

〔四一〕［注釋音辯］躚音仙。藋，徒叫切，藜藋也。［韓醇詁訓］躚音仙。蹁躚，旋行貌。藋，徒弔切，釋云「堇草」。

〔四二〕［韓醇詁訓］（彬）音邠。

【集　評】

鄭瑗《井觀瑣言》卷二：柳子厚《貞符》效司馬長卿《封禪書》體也，然長卿之諛不如子厚之正。子厚《答問》效東方曼倩《答客難》體也，然子厚之懟不如曼倩之安。

蔣之翹輯注《柳河東集》卷一五：雖强詞文過，原其情實可憫，而詞亦騷雅。篇終用歌，亦屈原《漁父》法也。

儲欣《河東先生全集録》卷三：末掇一歌，明己志也。文做漢人，出入曼倩、子駿之間。

何焯《義門讀書記》卷三五：《達旨》、《釋誨》之間。

乾隆敕纂《御選唐宋文醇》卷一二：宗元既竄，自放山澤間，其堙厄感鬱，一寓諸文，讀者悲惻。又嘗遺所善翰林蕭俛、京兆尹許孟容輩，道其愁苦無聊，衆畏其才高，懲其復進，無復用力者。久汨不振，乃爲《答問》，以明己之無意於世，殆以止媢嫉者之索垢吹瘢云。

焦循批《柳文》卷一四：文遜《晉問》，以整齊有餘，而靈氣不足也。

林紓《韓柳文研究法·柳文研究法》：《答問》及《起廢答》皆解嘲語。《答問》之文，不及《進學解》之恢張。《起廢答》略趣，然罵世太酷。文語語皆柳州本色，惟狃於數見，故亦平易視之。

起廢答

柳先生既會州刺史，即治事，還，遊于愚溪之上。溪上聚黧老壯齒〔一〕，十有一人，謖足以進〔二〕，列植以慶〔三〕。卒事，相顧加進而言曰：「今茲是州，起廢者二焉，先生其聞而知之歟？」答曰：「誰也？」曰：「東祠躄浮圖〔四〕，中廄病顙之駒〔五〕。」曰：「若是何哉？」曰：「凡爲浮圖道者，都邑之會必有師，師善爲律，以敕戒始學者與女釋者，甚尊嚴，且優游。躄浮圖有師道，少而病躄，日愈以劇，居東祠十年，扶服輿曳〔六〕，未嘗及人，側匿愧恐殊甚①。今年，他有師道者悉以故去，始學者與女釋者倀倀無所師②〔七〕，遂相與出躄浮圖以爲師，盥濯之〔八〕，扶持之，壯者執輿，幼者前驅，被以其衣，導以其旗，怵惕疾視，引且翼之〔九〕。躄浮圖不得已，凡師數百生③，日饋飲食，時獻巾帨〔一〇〕，洋洋也，舉莫敢踰其制。中廄病顙之駒，顙之病亦且十年，色玄不厖④，無異技，硿然大耳〔一一〕。然以其病，不得齒他馬，食斥棄異皁〔一二〕，恒少食，屏立擯辱，掣頓異甚〔一三〕。垂首披耳⑤，懸涎屬地，凡廄之馬，無肯爲伍。會今刺史以御史中丞來涖吾邦⑥〔一四〕，屏棄群駟，舟以泝江，將至，無以爲乘。廄人咸曰：『病顙駒大而不庬，可秣飾焉。他馬，巴、僰庳狹〔一五〕，無可當吾刺史者。』於是梟牽駒上燥土大廡下〔一六〕，薦之席，縻之絲，浴剔蚤鬋〔一七〕，刮惡除洟〔一八〕，莝以雕胡〔一九〕，秣以香萁〔二〇〕，錯貝鱗纕〔二一〕，鑿金文羈。絡以和鈴〔二二〕，纓以朱綏〔二三〕，或膏其鬛〔二四〕，或劘其脽〔二五〕，御夫盡飾，然後敢持。除道履石，立之水涯〔二六〕，幢旗前羅〔二七〕，杠蓋後隨〔二八〕。千夫翼衛，當道上馳，抗首出臆〔二九〕，震奮遨嬉〔三〇〕。當是時，若有知也，豈不曰宜乎？」

先生曰：「是則然矣，叟將何以教我？」黧老進曰：「今先生來吾州亦十年，足軼疾風〔三一〕，鼻知膻香〔三二〕，腹溢儒書，口盈憲章，包今統古，進退齊良，然而一廢不復，曾不若躄足涎顙之猶有遭也〔三三〕。朽人不識，敢以其惑，願質之先生。」先生笑且答曰：「叟過矣！彼之病，病乎足與顙也。吾之病，病乎德也。又彼之遭，遭其無耳。今朝廷洎四方，豪傑林立，謀猷川行，群談角智，列坐争英，披華發輝，揮喝雷霆⑦，老者育德，少者馳聲，丱角羈貫〔三四〕，排廁鱗征，一位暫缺，百事交并，駢倚懸足〔三五〕，曾不得逞，不若是州之乏釋師大馬也。而吾以德病伏焉，豈躄足涎顙之可望哉？叟之言過昭昭矣。無重吾罪。」於是黧老壯齒，相視以喜⑧，且吁曰：「諭之矣！」拱揖而旋，爲先生病焉。

【校　記】

①側，注釋音辯本作「仄」，並注：「仄，一本作側。一本無『殊』字。」原注與世綵堂本亦注：「一無殊字。」

②詁訓本無「與」字。

③生，詁訓本作「人」。注釋音辯本注：「一云『人生』。」原注與世綵堂本注：「一本作『人』，一又作『人生』。」

④何焯《義門讀書記》卷三五：「『厖』作『黄』。」

⑤披，原作「捕」，據諸本改。

⑥「以御史」三字原闕，據注釋音辯本、詁訓本、世綵堂本及《全唐文》補。

⑦霆，詁訓本作「電」。

⑧何焯校本曰：「『喜』疑作『嘻』。」

【解　題】

［韓醇詁訓］公自永貞元年十一月，自邵州刺史改永州司馬，明年即改元元和，留永既久，至元和十年正月方召至京。此文云「先生來吾州亦十年」，則《起廢答》當在九年作。按：韓説是也。文云「會今刺史以御史中丞來涖吾邦」，謂崔能，元和九年由黔州觀察使謫授永州刺史，亦可證此文作於元和九年。此文亦以自嘲自解也。跛和尚、病顙駒尚有用武之地，風光一時，己獨何以貶謫十年，淪

落擯棄，猶不得被起用？彼二者適逢機遇，機遇一來，則雞毛也可上天。己之不逢其時，可知矣。是文雖自解，卻已顯現柳宗元當時所承受之精神壓力。

【注釋】

〔一〕〔注釋音辯〕黧音黎，黑黄色。按：韓醇詁訓本、百家注本引孫汝聽注皆同。

〔二〕〔注釋音辯〕〔韓醇詁訓〕謖，山六切，起也。按：百家注本引作童宗説曰。

〔三〕〔百家注引孫汝聽曰〕《莊子》：「壞植散群。」植，行列也。植音值。

〔四〕〔注釋音辯〕躄，於益切，不能行。〔韓醇詁訓〕躄，於益切，亦書作「躃」，《説文》「人不能行也」。

按：百家注本引作張敦頤曰。

〔五〕〔注釋音辯〕（駒）音拘。〔韓醇詁訓〕廄音究，馬舍也。顙，寫囊切。按：百家注本引作童宗説曰。顙，額頭。

〔六〕〔注釋音辯〕〔百家注引孫汝聽曰〕扶服，與「匍匐」同。

〔七〕〔注釋音辯〕童（宗説）云：倀，丑良切。倀倀，無見貌。又音棖，獨立也。

〔八〕〔注釋音辯〕〔韓醇詁訓〕盥，古緩、古玩二切，澡也。按：百家注本引作童宗説曰。

〔九〕〔百家注引孫汝聽曰〕《詩》：「以引以翼。」按：見《詩經·大雅·行葦》。引且翼，引導、保護也。

〔一〇〕［注釋音辯］（帨）始鋭切，佩巾。

〔一一〕［注釋音辯］［韓醇詁訓］硿，苦東、户宋二切。

〔一二〕［注釋音辯］（皁）在早切，馬閑。按：皁，馬食槽。

〔一三〕［韓醇詁訓］掣，尺制、尺列二切。

〔一四〕［百家注引孫汝聽曰］貞元九年，御史中丞崔公來涖永州。按：陳景雲《柳集點勘》卷二：「按元和九年，黔州廉使崔能謫刺永州，自黔抵永皆水道，故屏騎登舟曰泝江者，蓋泝湘江而南也。」

〔一五〕［注釋音辯］［韓醇詁訓］僰，蒲墨切。［百家注引童宗説曰］巴、僰，地名。［蔣之翹輯注］《禮記》：「西方曰僰。」

〔一六〕［韓醇詁訓］廡音武，堂下周屋。按：百家注本引作張敦頤曰。

〔一七〕［注釋音辯］剔，他歷切。蚤，與「爪」同，謂除爪。鬋，子淺切，翦鬣。［韓醇詁訓］剔，他歷切。蚤音爪。鬋，子淺切。《莊子》：「爲天子之諸御，不爪鬋。」［百家注引孫汝聽曰］《禮記》：「乘髦馬，不蚤鬋。」蚤，謂除蚤也。鬋，謂翦鬣也。按：見《禮記·曲禮下》、《莊子·德充符》。蚤鬋，謂爲馬修蹄翦鬣。

〔一八〕［韓醇詁訓］刮，古刹切。按：洟，鼻涕。

〔一九〕［注釋音辯］莝音剉，斬芻也。雕胡，菰草。［韓醇詁訓］莝音挫，斫芻也。［百家注引孫汝聽曰］雕胡，草名，菰也。

〔二〇〕［注釋音辯］（萁）音箕，豆莖。潘（緯）云：粱曰香萁。［韓醇詁訓］秣音末。萁音基。按：百家注本引作童宗説曰。

〔二一〕［注釋音辯］錯，千落切。纕音襄，馬腹帶。［韓醇詁訓］錯，七各切。纕音襄，佩帶。按：百家注本引作張敦頤曰。

〔二二〕［注釋音辯］和，合作「鉌」，車衡上鈴。［百家注引孫汝聽曰］《左氏》：「錫鸞和鈴，昭其聲也。」注：「和在衡，鈴在旂。」按：見《左傳》桓公二年。

〔二三〕［注釋音辯］（綏）儒隹切，纓也。［韓醇詁訓］纓音嬰。緌，儒隹切。緌，纓也。按：注釋音辯本、詁訓本「綏」作「緌」，二字通。

〔二四〕［韓醇詁訓］鬣音獵。

〔二五〕［注釋音辯］童（宗説）云：劘音磨，平聲。張（敦頤）云：脽，視隹切，尻也。［韓醇詁訓］劘音磨，平聲，削也。脽，視隹切，尻也。

〔二六〕［注釋音辯］（涯）音沂。

〔二七〕［注釋音辯］幢，傳江切，旌旗屬。旟音輿，旗畫鳥隼。［韓醇詁訓］幢，傳江切，《説文》「旌旗之屬」。旟音輿。《周禮》：「鳥隼爲旟。」

〔二八〕［注釋音辯］［韓醇詁訓］杠音江，旗竿。按：百家注本引作童宗説曰。

〔二九〕［注釋音辯］（臆）音一。［韓醇詁訓］音億。

〔三〇〕［韓醇詁訓］（遨嬉）上音敖。

〔三一〕［注釋音辯］張（敦頤）云：軼，徒結切，車相過也，又音逸。按：韓醇詁訓本同。

〔三二〕［注釋音辯］「膻」與「羶」同。［韓醇詁訓］膻，尸連切。與「羶」同。

〔三三〕［韓醇詁訓］［百家注引張敦頤曰］涎，夕連切，口涎也。

〔三四〕［注釋音辯］［韓醇詁訓］丱，古患切，束髮。按：百家注本引作童宗説曰。

〔三五〕［韓醇詁訓］駢，蒲眠切。

【集　評】

黄震《黄氏日鈔》卷六〇：《答問》及《起廢答》，自傷不復用。起廢，謂躄浮圖、病顙駒，皆廢十年而有遭，子厚之廢亦十年。

王若虚《臣事實辨》：柳子厚附麗小人以得罪天子，所謂自貽伊戚者，安於流落可也，而乃刺譏怨懟，曾無責己之意。其起廢之説，悲鳴可憐，至有羨於顙馬、躄浮圖，既不知非，又何其不知命也。（《滹南遺老集》卷二九）

《王荆石先生批評柳文》卷四：閒冷。

蔣之翹輯注《柳河東集》卷一五：此皆望幸喜進之語，具見浮薄態。

儲欣《河東先生全集録》卷三：十年不復，不及躄僧病馬之有遭，言何哀也！此雖小文，亦入西漢。

柳宗元集校注卷第十六

説

天説①

韓愈謂柳子曰②：「若知天之説乎？吾爲子言天之説。今夫人有疾痛、倦辱、饑寒甚者，因仰而呼天曰：『殘民者昌，佑民者殃。』又仰而呼天曰：『何爲使至此極戾也？』若是者，舉不能知天。夫果蓏、飲食既壞〔一〕，蟲生之。人之血氣敗逆壅底爲癰瘍、疣贅、瘻痔〔二〕，亦蟲生之③。木朽而蝎中〔三〕，草腐而螢飛〔四〕，是豈不以壞而後出耶？物壞，蟲由之生。元氣陰陽之壞，人由而生。蟲之生而物益壞，食齧之〔五〕，攻穴之，蟲之禍物也滋甚。其有能去之者，有功於物者也。繁而息之者，物之讎也。人之壞，元氣陰陽也亦滋甚。墾原田〔六〕，伐山林，鑿泉以井飲，窾墓以送死〔七〕，而又穴爲偃溲④〔八〕，築爲牆垣、城郭、臺榭、觀游，疏爲川瀆、溝洫、陂池⑤，燧木以燔〔九〕，革金以鎔，陶甄琢磨〔一〇〕，悴然使天地萬物不得其情〔一一〕，倖倖衝衝〔一二〕，攻殘敗撓而未嘗息。其爲禍元氣陰陽也，不甚於蟲之所爲乎？吾意有能殘斯人使日薄歲削⑥，禍元氣陰陽者滋少，是則有功於天地者也。蕃而息之者⑦，天地之讎也。今夫人舉不能知天⑧，故爲是呼且怨也。吾意天聞其呼且怨⑨，則有功者受賞必大矣，其禍焉者受罰亦大矣。子以吾言爲何如？」

柳子曰：子誠有激而爲是耶？則信辯且美矣，吾能終其說。彼上而玄者，世謂之天；下而黄者，世謂之地⑩。渾然而中處者，世謂之元氣；寒而暑者，世之謂之陰陽〔一三〕。是雖大，無異果蓏、癰痔、草木也。假而有能去其攻穴者，是物也，其能有報乎？蕃而息之者⑪，其能有怒乎？天地，大果蓏也；元氣，大癰痔也；陰陽，大草木也，其烏能賞功而罰禍乎？功者自功，禍者自禍，欲望其賞罰者大謬矣。呼而怨，欲望其哀且仁者，愈大謬矣⑫。子而信子之仁義以游其内⑬，生而死爾，烏置存亡得喪於果蓏、癰痔、草木耶？

【校記】

①《英華》題作「説天」。又按：百家注本、五百家注本、世綵堂本文後俱附以劉禹錫《天論》三篇，注釋音辯本則列入書後附録，云：「劉禹錫云：『柳子厚作《天説》以折韓退之之言，文信美矣，蓋有激而云，非所以盡天人之際，故作《天論》以極其辯。』附録集末。」

②詁訓本「柳子」下有「厚」。

③「亦」原闕，據《英華》補。何焯《義門讀書記》卷三五：「『蟲』上有『亦』字。」

④原注與注釋音辯本、世綵堂本注：「偃，一作匽。」

⑤陂，《英華》作「波」。

⑥有，詁訓本作「其」。

⑦蕃，原作「繁」，據注釋音辯本改。

⑧原注與詁訓本、世綵堂本注：「『人』下一有『之』字。」《英華》「人」下有「之」。

⑨其，詁訓本作「而」。

⑩謂之，五百家注本作「之謂」。

⑪蕃，原作「繁」，據注釋音辯本、世綵堂本改。

⑫愈，《文粹》作「亦」。

⑬世綵堂本無「仁」字。

【解　題】

［韓醇詁訓］考之昌黎集中，不見與公論所謂天之説者。觀二公之出處，亦相先後貶謫，其同在朝之日亦不久，作之年月於他文無見焉。然劉禹錫云：「余之友河東解人柳子厚作《天説》以折韓退

之之言，文信美矣，蓋有激而云，非所以盡天人之際，故作《天論》三篇，以極其辯。」則其説首出於韓不誣。禹錫論三篇，見其集，兹不具載。然公繼與禹錫書云：「發書得《天論》三篇，以僕所爲《天説》爲未究，欲畢其言。始得之大喜，謂有以開明吾志慮。及詳讀五六日，求其所以異吾説，卒不可得。凡子之論，乃吾《天説》附注耳。」其言云云。三君子之所言，學者覽其書，當自得之也。按：此文作年未詳，疑作於貞元中。韓愈之文，韓集不載，由柳文所轉引，可知韓文大意謂人類墾田伐山、築城修墓等行爲，破壞天地元氣，此種人愈少愈好，天有知，必使禍害自然環境者受罰，保護自然環境者受賞。柳宗元的意思則是説：天不能賞功罰禍，欲使天干預人的行爲大謬也。正如柳文所言，韓愈是有激之言，則柳宗元的反駁似乎亦無的放矢。柳宗元一向持天人相分的觀點，故對天意賞罰之説不以爲然。然則柳氏天地果蓏、人猶蠹蟲之喻，皆以人類爲自然環境的破壞者，與韓愈亦相通矣。章士釗《柳文指要》上《體要之部》卷一六云：「子厚《天説》，固近乎今之唯物家言，照耀千年，如日中天，即劉夢得持論略異，而子厚猶切切示之曰：『凡子之論，非天預乎人一語了之。』」又云：「子厚《天説》，要語只二，曰：功者自功，禍者自禍。結論只一，曰：天人不相預。」亦頗得之。

【注釋】

〔一〕〔注釋音辯〕童（宗説）云：蓏，魯果切。在本曰果，在地曰蓏。〔韓醇詁訓〕魯果切。許慎《説文》：「在木曰果，在地曰蓏。」張晏曰：「有核曰果，無核曰蓏。」應劭曰：「木實曰果，草實曰菰。」一説：有殼果，無殼菰也。

〔二〕[注釋音辯]瘍音陽。瘻音漏。痔，丈里切，《説文》「後病也」。[韓醇詁訓]癰音邕，《説文》「腫也」。瘍音陽，《説文》「頭瘡曰瘍」。疣音尤。贅，朱芮切，謂贅肉也。瘻音漏，《説文》「頸腫也」。一曰久創。痔，丈里切，《説文》「後病也」。按：百家注本引作童宗説曰。

〔三〕[注釋音辯]張（敦頤）云：蝎音曷，木中蟲，非螫毒音歇者。按：韓醇詁訓本云「蝎音葛」，餘同張注。《爾雅·釋蟲》：「蝎，蛣蝠。」郭璞注：「木中蠹蟲。」郝懿行《爾雅義疏》云：「蝎即蝤蠐，今亦通呼爲蝎蟲。《詩。碩人》正義引孫炎曰：『蝎，木蟲也。』下又云：『蝎，桑蠹。』」

〔四〕[韓醇詁訓]腐音輔，爛也。按：《禮記·月令》季夏之月「腐草爲螢」，孔穎達疏：「腐草此時得暑濕之氣，故爲螢，不云化者。」郝懿行《爾雅義疏》云：「蓋螢本卵生，今年放螢火於屋内，明年夏，細螢點點生光矣。」

〔五〕[韓醇詁訓]（齧之）上倪結切。

〔六〕[韓醇詁訓]墾音懇，耕治也。按：百家注本引張敦頤同。

〔七〕[注釋音辯]窾音欵。[韓醇詁訓]窾音欵，空也。

〔八〕[注釋音辯]溲音蒐，溺也。[韓醇詁訓]音蒐，溺謂之溲。[百家注引童宗説曰]偃，溷也。

〔九〕[注釋音辯]（燔）音煩，爇也。[韓醇詁訓]燧音遂。燔音煩，爇也。按：百家注本引劉崧注同韓醇詁訓本。

〔一〇〕［百家注］甄，居延切。

〔一一〕［韓醇詁訓］悻，秦醉切。

〔一二〕［韓醇詁訓］(倖)音幸。

〔一三〕［蔣之翹輯注］《纂要》：「天地，元氣之所生。天謂之乾，地謂之坤。天圓而玄，地方而黄。」《易》：「立天之代曰陰與陽。」

【集評】

石介《與范十三奉禮書》：思遠足下：辱書謂熙道言天感應爲失。天至高也，在蒼蒼而可仰者知其天也，而不可就而測之也。天感應不感應，不可得而知。若取子厚《天説》、《禮説》，曰：「天地大果蓏也，元氣大癰痔也，陰陽大草木也，其烏能賞功而罰禍乎？功者自功，禍者自禍。」則似不合聖人六經中旨。《書》曰「天福善禍淫」，「皇天無親，惟德是輔」，「非天私我有商，惟天祐於一德」，「天作孽，猶可違；自作孽，不可逭」，「作善降之百祥，作不善降之百殃」；《易》曰「自天祐之，吉無不利」，「樂天知命，故不憂」；《語》曰「君子畏天命」，果不能賞功而罰禍乎？《禮説》曰：「致雨返風，蝗不爲災，虎負子而趨，所謂偶然者。」……如子厚之説，汩彝倫矣。天感應不感應，吾則不知。六經，夫子所親經手，吾取聖人之言而言之，子厚之説是耶？聖人之言是耶？足下至乃謂人自人，天自天，天人不相與，斷然以行乎大中之道，行之則有福，異之則有禍，非由感應也。夫能行大中之道，則是爲善，善降之福，是人以善感天，天以福應善也。不能行大中之道，則是爲惡，惡則降之禍，是人以惡感天，天以禍應惡也。此所謂感應者也，而曰非感應，吾所未達也。（《徂徠集》卷一五）

鄭獬《天説》：柳子厚作《天説》，謂天之元氣陰陽壞，則人由之生，譬之果蓏、癰痔、草木之敗逆，而蟲生焉。功者自功，禍者自禍，是天與人絶不相預焉。嗚乎，亦怪辯矣哉！劉禹錫又作《天論》，繁枝葉而扶其説。是二子者，困廢於時，謂天不相其道，故云耳。俾二子而充其欲，必不有是言。……然則不修而務信天者非也，修而務不信天者亦非也。修之者在我也，貴之賤之在天也。不修而務信天則怠，修而務不信天則妄。怠與妄，君子不由也。今二子外其天事而一推之人，則達者必矜其才智，厲其吻齒，力排而前，曰：「在人而已，天何預我哉！」其窮者，又將不忍其狷憤，變易其操守，亦力排而前，曰：「在人而已，天何預我哉！」烏乎！以二子之博學，溺而爲詭文，則信其説之駁而不免於世焉。孔子曰：「不怨天，不尤人。」若二子者，其怨天者歟？其尤人者歟？（《鄖溪集》卷一七）

程俱《天辨》：觀柳子厚《天説》，退之固有激而云，然騁豪辯而失正理，子厚爲之説，亦至於芒忽兩忘而止。余嘗深究天人消長之由，若有得者，因奮筆作《天辨》矯二子，歸之正，以祛君子之惑焉。（《北山集》卷一五）

《新刊增廣百家詳補注唐柳先生文》卷一六引黄唐曰：韓文公登華而哭，有悲絲泣歧之意，惟沈顔能知之。今其言曰「人能賊元氣陰陽而殘人者則有功」，蓋有激而云。柳子因而爲之説，謂天地元氣陰陽不能賞功而罰惡，要其歸，欲以仁義自信，其説當矣。然曰天不能賞罰善惡者，何自而勸沮乎？韓文公曰：「今之言性者，雜佛老而言。」正爲柳子設也。

黄震《黄氏日鈔》卷六〇：《天説》以天地爲無知，喻諸果蓏，怨天甚矣，其果何哉？

孫緒《無用閒談》：柳子厚《天説》謂天地如果蓏，人生其間，鑿剖元化，如果蓏中蟲蠹。人能剔除蟲蠹，是有恩於果蓏者；人能戕害人，是有恩於天地者。故惡人常爲天之所庇，而善人常爲天之所災。劉禹錫謂其有激而言，言雖過激，然亦有所本，即《莊子》「人之小人，天之君子；人之君子，天之小人」之説。又謂天地於人，猶父母於子。父母有命，子不從則爲悍。天欲禍人，而仁人逆天以福之，是亦悍之類也。故金踴躍自以爲莫耶，則大冶必以爲不祥之金；人成形自以爲人，則造化必以爲不祥之人。造物之視人，猶大冶之視金，此則柳子之宗也。但文詞奇嶇，柳子不能爲耳。（《沙溪集》卷一五）

《王荆石先生批評柳文》卷五：此非正論，故篇中下「有激」二字，借人自解。

茅坤《唐宋八大家文鈔》卷二五：類莊生之旨。

陸夢龍《柳子厚集選》卷三：憤疾之談。又：説天是大果蓏，無能報應，愈憤激矣。

蔣之翹輯注《柳河東集》卷一六：子厚作《天説》以折退之之言，劉禹錫論之爲非所以盡天人之際，故作《天論》三篇以極其辯。然子厚繼與禹錫書云：「凡子之論，乃吾《天説》注疏耳。」故舊本附見篇末，今删去。兩家之説，俱於理未精，而文極奇肆。又引王世貞曰：此非正論，故篇中下「有激」

二字，借人自解。又引孫鑛曰：瓌異詭喬。「人由而生」句下：此議論結穴處。「物之讎也」句下：立論愈出愈奇，匪夷所思。又文末評：其意只從前進一步爾。至「功者自功，禍者自禍」二句，其義大有歸宿。但以天爲無知，喻諸果蓏，宗元亦怨天甚矣。

張履祥《讀諸文集偶記》：子厚《天説》，誣誕不經之文。（《楊園先生全集》卷三〇）

汪琬《湘中草序》：天之生才，將以有爲也。既已生之矣，而又斬刈困折，俾爲之而不底於成，何也？於是後之學者儻慌憒懣，無所呼籲，不得已而設爲《天問》、《天對》。無憀之辭，反覆三致意於其中，然猶未獲其解，遂有謂天人之際漠然若不相涉者，此柳子厚果蓏癰痔草木之説也。及其甚也，又有謂天之於人，往往愛不肖而忌才，故其所培毓者，恒在妄庸無知之倫，而其斬刈困折俾爲之而不底於成者，則必歸於賢若智，此孔、孟所以皇皇，而顔、閔以下亦訖於短命也。蓋即莊周氏人之君子、天之小人之説，而又加詭激焉。雖其言未合於正，然知其出於無憀不得已者，決也。（《堯峰文鈔》卷二八）

邵長蘅《周縠城遺稿序》：嘗讀柳子果蓏癰痔草木之説，以爲人之生能攻穴天地之陰陽元氣，而天地亦讎視之，其説詭已。而韓愈氏則以謂天之好惡與人異，賢者恒不遇，恒夭，恒窮餓困踣，則旋而死，不賢者恒比肩青紫，恒志滿氣得，恒眉壽。予每疑其過激。顧念亡友周縠城之死，則又以爲信。（《青門賸稿》卷四）

儲欣《河東先生全集録》卷三：此亦可謂怪於文矣，讀之亦如捕長蛇、搏虎豹，急與之角，而力不敢暇。想見當日二公談鋒亹亹，泉湧電發，籍、湜亦當退舍避之。然水部責韓公好與人爲無實駁雜之論，則此説必其所腹誹也。

袁枚《書柳子天説後》：柳子曰：「天地大果蓏也，元氣大癰痔也，陰陽大艸木也，烏能賞功而罰禍乎？」袁子曰：天地有功禍而無賞罰，賞罰者有心之用也，功禍者無心之值也。漢高所居五色雲起，諸葛將薨大星墜地，是天地有功禍也。漢高何德以興，諸葛奚罪而亡，是天地無賞罰也。雷擊嬰兒，電焚艸木，以有知之威，罪無知之物，其威是也，其所以用威者非也。國政不修，兵荒水旱，以有忒之辟，殃無辜之氓，其罰是也，其所以行罰者非也。然則天之於人，猶人之於蟻乎？遺肉於地，聚者百族，負焉而趨，隆焉而居。利其身，肥遺子孫，人之功而非賞；羅烈火，濯沸湯，卵傾覆，浮屍百萬，人之禍而非罰也。彼蟻者，豈無善惡功罪叫號呼切日辯論於人之側者乎？而人無見聞也。天則大矣，龍蛇虎豹蠻夷蟲豸鬼魅，皆如人之呼吁叫號於其下，而天無見聞也。人與蟻俱藏於天之下，而人爲蟻禍福，人與天俱托於氣運之中，而天爲人禍福。有時人爲天所禍福，而並及於蟻。有時天地爲氣運所禍福，而並及於人。（《小倉山房文集》卷二三）

張惠言《續柳子厚天説》：或曰：「柳子之説天也，比之果蓏、癰痔、草木，天固若是無知乎？」曰：蒼蒼者謂之天，亭亭者謂之地，歔歔翕翕者謂之元氣陰陽，其有知也，無知也，吾不得而知也。審無知乎？柳子之説備矣。審有知乎？吾爲柳子竟之。凡有知者，孰過於人？人之身，枵然而虚其中者天地耶？呼吸而往來者元氣陰陽耶？人之以有知者，神也，其帝之主宰於天地陰陽元氣者耶？然則人居天地之中，其猶心毛肝葉耶？其脾之榮，膽之精，肺之魂魄耶？必且猶蟯蛕之居且食於藏者耶？其有不善之生也，不猶蠱之與瘕者耶？蟯蛕之在於藏也，未有知之者也，其死而出於後，然後知藏之有蟯蛕也。其奚則生？其奚則死？其亦仰而訴於吾乎？其亦哀而欲吾之仁之乎？人且有恩，若罰於蟯蛕者耶？寒溼之宛，而蠱生焉，食之蠱而蠱生焉，其生而戕於藏府，痛知於身，而不知其爲蠱也，有扁鵲者藥而下之，扁鵲者知之，其人不知也。魯之氓有食生菜而蛭生於腹者，病三年，他日誤食芫華而病愈，故自生以至其斃，而魯之氓不知有蛭也。夫屏穀而導引者去三蟲，蟯蛕未有生焉者也，其次和藏氣，調血脈，瘕蠱未有生焉者也。神之濁而有蟯蛕，神之亂而有瘕蠱，然則人之生於元氣陰陽之薄也，決也。彼且及知有生其間者耶？知有生其間者，毋亦待彼芫華、扁鵲者耶？而怨之，而哀之，而望其賞與罰焉者，非惑耶？（《茗柯文初編》）

何焯《義門讀書記》卷三五：發端處，李（光地）云：二子皆有激乎其言之而拾莊生之餘者也。雖然，亦見其止於此。若以草木喻之，人則果蓏也；以果蓏喻之，人則其中之子實也。烏得以蟲螢喻？……「今夫人舉不能知天」至「以吾言爲何如」：隱然見天視自我民視，天聽自我民聽，時主已日在危亡之中，大可憂懼也。「柳子曰」以下：韓子之説，蓋嘆夫回天跖壽之不讎也，柳子則曰：夫天亦何所爲哉，吾則自盡其爲我而已。然韓之説正言若反，爲殘斯人者，非吾所得指斥，故迂謬其説，猶有半焉，引而不發耳。柳子則直以天爲無心矣。則古聖人曰天位，曰天禄，曰天職者，豈其誣歟？天既無心，人之仁義又何能自信歟？言之似正而實昧其本。於韓之廋詞，亦有所不察也。

焦循批《柳文》卷一二：奇論，似周秦子書。又：全是學於賓客，必從而辨之，迂矣。

林紓《韓柳文研究法·柳文研究法》：《天說》至奇。因韓氏之言，而與之伸辯也。柳氏斥韓氏爲激，實則韓氏尚謂天爲有知，不過有知而倒行其賞罰，似咎人不應鑿混沌之竅，而施其智力，故天罰之也。柳氏之詞，則不激而近藐，藐天之無知，並謂不信其有賞罰，凡爲賞爲罰，均自人目中所見，而天一不之知。明似平韓氏之憤，慰韓氏之悲，乃不覺斥造化之漫無彰癉處，爲語更激。猶之人詆桀紂爲顛倒順逆，福惡來而禍比干，此尚近情之言。甚者謂桀紂如毒蛇猛獸，一無所知，但能禍人，並無喜怒恩怨，語似寬縱，實則詆天彌甚，則謂之二氏皆激可也。文言「元氣陰陽之壞，人由之生」，此語不知據何理而言。妙在「繁而息之者，物之讎也」句，把人、物合併而言。蟲者物之讎，病者人之讎，而人者天之讎也。蟲與病，能戕人物，則人能戕天之物，故天之讎人，亦右人物之讎蟲病耳。讎天而求天之福，是大不然之數，故受罰滋大。以上所言，均主天之示罰言，然終不能言人之害，轉邀天之功，故言「吾意有能殘斯人使日薄歲削，是則有功與天者也」。此是用虛寫之筆。總言之，韓氏眼中但見善人不受福於天，故有此語。然此說不見之韓集，意者因柳之貶，爲此憤懣之詞，用以慰柳，柳因爲之進一解焉。隱言己身之禍，與天無涉。天地之中，有元氣，有陰陽，然元氣既謂之渾然，則一切不管，功焉而不知所報，害焉而不直所禍，其偶然得福，偶然得禍，萬不算是賞罰。謂爲賞罰者，謬也。二氏之説，於聖人畏天命説大歧。然行文奇詭，言人所未嘗言，自是韓、柳鉤心鬬角之作。

【附録】

劉禹錫《天論上》：世之言天者二道焉。拘於昭昭者則曰：「天與人實影響，禍必以罪降，福必以善徠，窮阨而呼必可聞，隱痛而祈必可答，如有物的然以宰者。」故陰隲之説勝焉。泥於冥冥者則曰：「天與人實相異，霆震於畜木，未嘗在罪，春滋乎堇荼，未嘗擇善。跖、蹻焉而遂，孔、顔焉而厄，是茫乎無有宰者。」故自然之説勝焉。余之友河東解人柳子厚作《天説》，以折韓退之之言，文信美矣，蓋有激而云，非所以盡天人之際。故余作《天論》，以極其辯云。大凡入形器者，皆有能有不能。天，有形之大者也；人，動物之尤者也。天之能，人固不能也，人之能，天亦有所不能也。故余曰：天與人交相勝耳。其説曰：天之道在生植，其用在强弱；人之道在法制，其用在是非。陽而阜生，陰而肅殺，水火傷物，木堅金利，壯而武健，老而耗眊，氣雄相君，力雄相長，天之能也。陽而蓺樹，陰而揫斂，防害用濡，禁焚用酒，斬材窾堅，液礦硎鋩，義制强訐，禮分長幼，右賢尚功，建極閑邪，人之能也。人能勝乎天者，法也。法大行，則是爲公是，非爲公非，天下之人蹈道必賞，違善必罰。當其賞，雖三旌之貴，萬鍾之禄，處之咸曰宜，何也？爲善而然也。當其罰，雖族屬之夷，刀鋸之慘，處之咸曰宜，何也？爲惡而然也。故其人曰：「天何預乃人事耶？唯告虔報本，肆類授時之禮，曰天而已矣。福兮可以善取，禍兮可以惡召，奚預乎天邪？」法小弛則是非駁，賞不必盡善，罰不必盡惡。或賢而尊顯，時以不肖參焉；或過而僇辱，時以不辜參焉。故其人曰：「彼宜然而信然，理也。彼不當然而固然，豈理邪？天也。福或可以詐取，而禍或可以苟免。」人道駁，故天命之説亦駁焉。法大弛則是非易位，賞恒在佞而罰恒在直，義不足以制其强，刑不足以勝其非，人之能勝天之實盡喪矣。夫實已喪而名徒存，彼昧者方挈挈然提無實之名，欲抗乎言天者，斯數窮矣。故曰：天之所能者，生萬物也。人之所能者，治萬物也。法大行，則其人曰：「天何預人邪？我蹈道而已。」法大弛，則其人曰：「道竟何爲邪？任天而已。」法小弛，則天人之論駁焉。今以一已之窮通，而欲質天之有無，惑矣。余曰：天恒執其所能以臨乎下，非有預乎治亂云爾。人恒執其所能以仰乎天，非有預乎寒暑云爾。生乎治者，人道明，咸知其所，自故德與怨不歸乎天。生乎亂者，人道昧，不可知，故由人者舉歸乎天。非天預乎人爾。（百家注本、五百家注本、世綵堂本附，《劉夢得文集》卷一二作《天論并序》）

又《天論中》：或曰：「子之言天與人交相勝，其理微，庸使户曉，盍取諸譬焉。」劉子曰：若知旅乎？夫旅者，群適乎莽蒼，求休乎茂木，飲乎水泉，必强有力者先焉，否則雖聖且賢莫能競也，斯非天勝乎？群次乎邑郛，求蔭於華榱，飽於餼牢，必聖且賢者先焉，否則强有力莫能競也，斯非人勝乎？苟道乎虞、芮，雖莽蒼猶郛邑然。苟由乎匡、宋，雖郛邑猶莽蒼然。是一日之途，天與人交相勝矣。吾固曰：是非存焉，雖在野，人理勝也；是非亡焉，雖在邦，天理勝也。然則天非務勝乎人者也。何哉？人不宰則歸乎天也，人誠務勝乎天者也。何哉？天無私，故人可務乎勝也。吾於一日之途而明乎天人，取諸近也已。或者曰：「若是，則天之不相預乎人也信矣，古之人曷引天爲？」答曰：若知操舟乎？夫舟行乎濰、淄、伊、洛者，疾徐存乎人，次舍存乎人。風之怒號，不能鼓爲濤也；流之泝洄，不能峭爲魁也。適有迅而安，亦人也；適有覆而膠，亦人也。舟中之人未嘗有言天者，何哉？理明故也。彼行乎江、河、淮、海者，疾徐不可得而知也，次舍不可得而必也。鳴條之風，可以沃日；車蓋之雲，可以見怪。恬然濟，亦天也；黯然沈，亦天也；阽危而僅存，亦天也。舟中之人未嘗有言人者，何哉？理昧故也。問者曰：「吾見其騈焉而濟者，風水等耳，而有沈有不沈，非天曷司歟？」答曰：水與舟，二物也。夫物之合并，必有數存乎其間焉。數存，然後勢形乎其間焉。一以沈，一以濟，適當其數乘其勢耳。彼勢之附乎物而生，猶影響也。本乎徐者其勢緩，故人得以曉也。本乎疾者其勢遽，故難得以曉也。彼江、海之覆，猶伊、淄之覆也。勢有疾徐，故有不曉耳。問者曰：「子之言數存而勢生，非天也，天果狹於勢邪？」答曰：天形恒圓而色恒青，周回可以度得，晝夜可以表候，非數之存乎？恒高而不卑，恒動而不已，非勢之乘乎？今夫蒼蒼然者，一受其形於高大，而不能自還於卑小；一乘其勢於動用，而不能自休於俄頃，又惡能逃乎數而越乎勢耶？吾固曰：萬物之所以爲無窮者，交相勝而已矣，還相用而已矣。天與人，萬物之尤者耳。問者曰：「天果以有形而不能逃乎數，彼無形者，子安所寓其數耶？」答曰：若所謂無形者，非空乎？空者，形之希微者也。爲體也不妨乎物，而爲用也恒資乎有，必依於物而後形焉。今爲室廬，而高厚之形藏乎内也；爲器用，而規矩之形起乎内也。音之作也有大小，而響不能踰；表之立也有曲直，而影不能踰，非空之數歟？夫目之視，非能有光也，必因乎日月火炎而後光存焉。所謂晦而幽者，目有所不能燭耳。彼狸、狌、犬、鼠之目，庸謂晦爲幽邪？吾固曰：以目而視，得形之粗者也；以智而視，得形之微者也。烏有天地之内有無形者耶？古所謂無形，蓋無常形耳，必因物而後見耳，烏能逃乎數耶？又《天論下》：或曰：「古之言天之曆象，有宣夜、渾天、《周髀》之書。言天之高遠卓詭，有《鄒子》。今子之言有自乎？」答曰：吾非斯人之徒也。大凡入乎數者，由小而推大必合，由人而推天亦合。以理揆之，萬物一貫也。今夫人之有顔、目、耳、鼻、齒、毛、頤、口，百骸之粹美者也，然而其本在夫腎、腸、心、腑。天之有三光懸寓，萬象之神明者也，然而其本在乎山川五行。濁爲清母，重爲輕始。兩位既儀，還相爲庸，噓爲雨露，噫爲雷風。乘氣而生，群分彙從，植類曰生，（原注：按《尚書》傳云「海隅蒼生」，謂草木也。）動類曰蟲。倮蟲之長，爲智最大，能執人理，與天交勝，用天之利，立人之紀。紀綱或壞，復歸其始。堯舜之書，首曰稽古，不曰稽天；幽厲之詩，首曰上帝，不言人事。在舜之廷，元凱舉焉，曰舜用之，不曰天授；在殷高宗，襲亂而興，心知説賢，乃曰帝賚。堯民之餘，難以神誣；商俗以訛，而引天敺。由是而言，天預人乎？

鶻　説①

有鷙曰鶻者，穴于長安薦福浮圖有年矣②〔一〕，浮圖之人室宇於其下者③，伺之甚熟。爲余説之曰：「冬日之夕，是鶻也必取鳥之盈握者完而致之，以燠其爪掌〔二〕，左右而易之④。旦則執而上浮圖之跂焉⑤〔三〕，縱之，延其首以望，極其所如。往，必背而去焉⑥，苟東矣，則是日也不東逐。南北西亦然⑦。」嗚呼！孰謂爪吻毛翮之物而不爲仁義器耶⑧〔四〕？是固無號位爵禄之欲，里閭親戚朋友之愛也，出乎鷇卵〔五〕，而知攫食決裂之事爾⑨，不爲其他。凡食類之飢〔六〕，唯旦爲甚，今忍而釋之，以有報也，是不亦卓然有立者乎？用其力而愛其死〔七〕，以忘其飢，又遠而違之，非仁義之道耶？恒其道，一其志，不欺其心，斯固世之所難得也。

余又疾夫今之説曰：以呴呴而嘿〔八〕，徐徐而俯者，善之徒；以翹翹而厲，炳炳而白者〔九〕，暴之徒。今夫梟鵂晦於晝而神於夜〔一〇〕，鼠不穴寢廟〔一一〕，循牆而走〔一二〕，是不近於呴呴者耶？今夫鶻，其立趯然〔一三〕，其動砉然〔一四〕，其視的然，其鳴革然，是不近於翹翹者耶⑩？由是而觀其所爲，則今之説爲未得也。孰若鶻者，吾願從之。毛耶翮耶，胡不我施？寂寥太清，樂以忘飢。

【校　記】

①《英華》、《文粹》題作「説鶻」。

②穴，《全唐文》作「巢」。

③《英華》無「宇」字。

④《全唐文》無「而」字。

⑤「焉」下原有「者」，據諸本删。

⑥必，詁訓本作「則」。《英華》「而去」下有「之」。

⑦注釋音辯本無「西」字。

⑧吻，《英華》作「啄」。

⑨原注與詁訓本、世綵堂本注：「『攫』字下一有『搏』字。」注釋音辯本注：「『食』字一本上有『搏』字。」

⑩世綵堂本「是不」下有「亦」。

【解　題】

［注釋音辯］鶻，胡骨切。［韓醇詁訓］韓昌黎誌公之墓，謂子厚少年勇於爲人，不自貴重顧藉，謂功業可立就，故坐廢退。既退，又無相知有氣力得位者推挽，故卒死於窮裔。觀公《鶻説》，必有當途者昔資子厚之氣力而今不知報者也。其末曰：「孰若鶻者？吾願從之。毛耶翮耶，胡不我施？寂寥太清，樂以忘飢。」則其意昭然矣。按：此文茅坤解爲「柳子疾世之獲其利而復擠之死者」，是也，非爲知恩圖報之作也。冬日，鶻執小鳥以暖其爪掌，旦則縱之，且必不去小鳥所去之方向，是有仁義之心焉。所譏爲「卸磨殺驢」、「過河拆橋」者，視他人爲用物，用畢即棄之如弊履，其意自明。如鶻

者，光明正大，感施知報，故曰「吾願從之」。似爲王叔文或武元衡而發。陸佃《埤雅》卷八：「鶻拳堅處大如彈丸，俯擊鳩鴿食之，鳩鴿中其拳，隨空中即側身自下承之，捷於鷹隼。傳云：擊鳥先高搏，鷙之勢也。舊言鶻有義性，杜甫所賦《義鶻行》是也。冬撮鳥之盈握者，夜以燠其爪掌，左右易之，旦即縱之令去，其往東矣，則是日也不東嚮搏物，南北亦然。蓋其義性有擒有縱如此，李邕《鶻賦》所謂『營全鳩以自煖，乃詰朝而見釋』是也。」

【注釋】

〔一〕［蔣之翹輯注］薦福寺在西安府城南，本隋煬帝潛藩，唐建爲寺。自神龍後翻譯佛經，並藏於此。按：宋敏求《長安志》卷七開化坊：「半已南大薦福寺。寺院半以東，隋煬帝在藩舊宅，武德中賜尚書左僕射蕭瑀。西爲園。後瑀子鋭尚襄城公主，詔别營主第，主辭……襄城薨後，官市爲英王宅。文明元年，高宗崩後，百日立爲大獻福寺，度僧二百人以實之。天授元年，改爲薦福寺。中宗即位，大加營飾。自神龍以後，翻譯佛經，並於此寺。寺東院有放生池，週二百餘步，傳云即漢代洪池陂也。」

〔二〕［韓醇詁訓］燠，乙六切，熱氣。

〔三〕［注釋音辯］跂，丘弭、去智二切。浮圖之跂，塔之最高處。［韓醇詁訓］跂，丘弭、去智二切，舉踵也。［世綵堂］浮圖之跂，塔之最高處。《詩·斯干》：「如跂斯翼。」注：「如人之跂，竦翼爾。」按：注釋音辯本之注，百家注本引作童宗説曰。跂，舉踵。韓注是。

〔四〕［注釋音辯］吻，武粉切，口邊。翮，下革切，羽莖。［韓醇詁訓］翮，下革切，羽莖也。按：百家注本引作張敦頤曰。

〔五〕［注釋音辯］鷇，古候切。鳥子須哺曰鷇，能自食曰雛。［韓醇詁訓］鷇，古候切。鳥子生而須哺曰鷇，自食曰雛。

〔六〕章士釗《柳文指要》上《體要之部》卷一六：「『食類』字頗難解，應是『鷙類』。食、鷙疊韻，因而致誤。」食類即食物之類，指鳥獸類。

〔七〕章士釗《柳文指要》上《體要之部》卷一六：「愛，惜也。」

〔八〕［注釋音辯］喣，於遇切。［韓醇詁訓］喣，吁遇切，又況羽切，蒸也。按：喣喣，和悦貌。徐徐，緩慢持重貌。

〔九〕翹翹，特出貌。炳炳，光明正大貌。

〔一〇〕［注釋音辯］梟，堅堯切，不孝鳥。鵂音休，怪鴟。［韓醇詁訓］鵂音休，鳥名。《博雅》：「怪鴟也。」按：百家注本引張敦頤注尚云：「《莊子》：『鴟鵂夜撮蚤察毫末，晝出瞋目而不見丘山。』」所引見《莊子·秋水》。

〔一一〕［百家注引孫汝聽曰］《左氏》襄二十三年：「臧武仲曰：『夫鼠晝伏夜動，不穴於寢廟，畏人故也。』」

〔三〕［百家注引孫汝聽曰］《左氏》昭七年：「正考父《鼎銘》曰：『三命而俯，循牆而走。』」

〔三〕［注釋音辯］趯音逖。［韓醇詁訓］趯音逖，跳也。

〔四〕［注釋音辯］砉，呼虢切。［韓醇詁訓］砉，呼虢切，皮骨相離聲。［蔣之翹輯注］《莊子》：「砉然嚮然。」按：見《莊子·養生主》。

【集評】

《新刊增廣百家詳補注唐柳先生文》卷一六引黄唐曰：唐之中世，酷吏羅織，姦臣擅權，朋黨相軋者四十年，藩鎮跋扈者二百載，腥風逆氣瀰漫宇内，仁人君子爲之慟哭。故巴蜀不臣，子美所以賦《杜鵑》之詩；眷屬虚名，白樂天所以有江魚、塞雁之嘆。貓或相乳，韓吏部喜而序其事，以見斯人無慈幼之恩；鶻能縱鳥，柳子從之而爲之説，以見斯人多害物之忍。是數子皆有激而云。

王若虚《文辨》：《史記·屈原傳》云：「每出一令，平伐其功，曰以爲非我莫能爲也。」「曰」字與「以爲」意重複。柳文《鶻説》云：「余疾夫今之説曰：以喣喣而默，徐徐而俯者，善之徒；翹翹而厲，炳炳而白者，暴之徒。」亦是類也。（《滹南遺老集》卷三七）

《王荆石先生批評柳文》卷五：有筆力。

茅坤《唐宋八大家文鈔》卷二五：柳子疾世之獲其利而復擠之死者，故有是文，亦可以刺世矣。

陸夢龍《柳子厚集選》卷三：「今之説曰」句下：今之爲此説者尤甚。「喣喣者耶」句下：妙語。

蔣之翹輯注《柳河東集》卷一六：「南北西亦然」句下：句法極簡而奇。「所難得也」句下：立意全在此，感慨之極。文末評：用詩法作結語，又另是一格。

何焯《義門讀書記》卷三五：「今夫梟鵂」至「呴呴者耶」：此又所謂柔惡也。

浦銑《復小齋賦話》卷下：余讀柳子厚《鶻説》：「冬日之夕，鶻必取鳥之盈握者，完而致之，以燠其掌，左右而易之，旦則縱之。」後讀李北海（邕）《鶻賦》亦云：「嚴冬沍寒，烈風迅激，譬全鳩以自暖，罔害命以招益，信終夜而懷仁，乃詰旦而見釋。」則北海已先言之矣。

王文濡《唐文評注讀本》上册：呴呴者未必果善，翹翹者未必果暴，鶻與梟鵂，其顯例也。

林紓《韓柳文研究法·柳文研究法》：《柳州集》托諷之文，可采者有五：曰《鶻説》，曰《捕蛇者説》，曰《説車贈楊誨之》，曰《謫龍説》，曰《羆説》。《鶻説》主報施言，正意尚不吐露。中間神光湧見處，在「無位號爵禄之欲，里閭親戚朋友之愛」，著一「無」字，覺世之言，全不坐實。歸入「出入鷇卵」句，人不如鳥，在有意無意間點清，工夫又全在上句一個「器」字，言「毛翮之物」，原「不爲仁義之器」。然無欲，則爲此不算沽名；無愛財，行此不爲徇私。區區以「用其力之故，遂愛其死，忘其飢」，鶻之明理近道，乃出天然之鷇卵物，無其器而有其道，則明明爲人者愧死矣。駡到此處，以賤躐貴，以物凌人，亦可止矣，然未痛快也，率性再舉梟鼠一比。二物陰而嘿，鶻則陽而厲，厲則近盜。然鶻之所爲弗盜，去陰賊者遠矣。仍是就鶻説鶻，不涉人事。末至毛翮不辭，但思奮乎太清，則憤世極矣。或言人有爲子厚所卵翼，而不知報，故斥爲鶻之不若，似亦有理。

祀朝日説①

柳子爲御史，主祀事②，將朝日〔一〕，其僚問曰：「古之名曰朝日而已，今而曰祀朝日，何也？」余曰：「古之記者③，則朝拜之云也。今而加『祀』焉者，則朝旦之云也〔二〕。今之所云非也。」問者曰：「以夕而偶諸朝，或者今之是乎？」余曰：「夕之名，則朝拜之偶也。古者旦見曰朝，暮見曰夕〔三〕，故《詩》曰：『邦君諸侯，莫肯朝夕〔四〕。』《左氏傳》曰：『百官承事，朝而不夕〔五〕。』《禮記》曰：『日入而夕。』又曰：『朝不廢朝，暮不廢夕〔六〕。』晉侯將殺豎襄，叔向夕〔七〕。楚子之留乾谿，右尹子革夕〔八〕。齊之亂，子我夕〔九〕。趙文子礱其椽，張老夕〔一〇〕。智襄子爲室美，士茁夕〔一一〕。皆暮見也。《漢儀》：『夕則兩郎向瑣闈拜，謂之夕郎〔一二〕。』亦出是名也。故曰：大采朝日，少采夕月④〔一三〕。又曰：春朝朝日，秋夕夕月〔一四〕。若是其類足矣⑤。又加祀焉，蓋不學者爲之也。」僚曰：「欲子之書其説，吾將施于世，可乎⑥？」余從之。

【校　記】

① 注釋音辯本、《英華》無「祀」字。注釋音辯本注：「一本上有『祀』字。」

②《英華》無「祀」字。
③記，《文粹》作「説」。
④少，原作「小」，據《英華》、《文粹》、《全唐文》改。
⑤原注與注釋音辯本、世綵堂本注：「一本無『其類』字。」其，《文粹》作「之」。
⑥乎，詁訓本作「矣」。

【解　題】

［韓醇詁訓］公貞元十八年爲監察御史，文正是時作。《禮記·玉藻》：「天子玄端而朝日於東門之外。」《周禮》：「王者搢大圭，執鎮圭，藻五采，五就以朝日。」《國語·魯語》：「天子大采朝日，與三公九卿祖識地德。少采夕月，與太史司載糾虔天刑。」注云：「朝日以春分，夕月以秋分也。」朝音潮。按：柳宗元貞元十九年閏十月爲監察御史裏行，天子祭日在春分，則此文貞元二十年作。韓説誤。此爲一篇考證文字。春分祭日，謂之朝日，此「朝」音「潮」。古代「旦見曰朝」，故朝日指明旦之拜見，音「昭」。春分之「朝日」即祀日，故不應曰「祀朝日」。柳宗元於學術上頗有造詣，亦堪稱有唐一代之大學者。

【注　釋】

〔一〕［注釋音辯］朝音潮。［百家注引王儔補注］唐二分朝日夕月於國城東西，各用方色犢。朝音潮，下同。

〔二〕［注釋音辯］［韓醇詁訓］朝音昭。

〔三〕［注釋音辯］見，亞去聲。

〔四〕［注釋音辯］《雨無正》詩。［百家注引孫汝聽曰］《詩·雨無正》之文。

〔五〕［注釋音辯］《左傳》成公十二年郤至云。

〔六〕［注釋音辯］《鄉飲酒義》。

〔七〕［注釋音辯］向，上聲。豎，内豎。襄，名也。出《國·晉語》。［韓醇詁訓］《國語》：「平公射鴳不死，使豎襄搏之，失。公怒，將殺之。叔向聞之夕，以諫平公，乃趣赦之。」注：「豎，内豎。襄，名也。聞之夕，謂夕至於朝也。」按：見《國語·晉語八》。

〔八〕［注釋音辯］乾谿，地名，出《左傳》昭公十二年。［韓醇詁訓］《左氏》昭公十二年：「楚帥師圍徐，楚子次於乾谿，以爲之援。僕析父從，右尹子革夕，王見之。」注：「子革鄭丹。夕，莫見。」按：百家注本引孫汝聽注較韓注稍略。

〔九〕［注釋音辯］《史記》齊簡公四年。［韓醇詁訓］《史記》：「齊簡公四年春，初，簡公與父陽生之在魯也，闞止有寵焉。及即位，使爲政，田成子憚之。御鞅言諸簡公曰：『田、闞不可並也，君其擇焉。』弗聽。子我夕，田逆殺人，逢之，遂捕以入。田氏方睦，使囚病而遺守囚者酒，醉而殺守者，得亡。子我盟諸田於陳宗。」注：「闞止，子我也。夕，省事也。」按：見《史記·齊太公世家》。

〔一〇〕［注釋音辯］礱，盧紅切。出《國語》。［韓醇詁訓］《國語》：「趙文子爲室，斲其椽而礱之，張老夕焉而見之。」按：見《國語·晉語八》。

〔一一〕［注釋音辯］茁，尺滑切。出《國語》。［韓醇詁訓］《國語》：「智襄子爲室美，士茁夕焉。」注：「襄子，智伯瑶也。士茁，智伯家臣。」茁，仄滑切。按：見《國語·晉語九》。

〔一二〕［注釋音辯］出《漢官儀》。［韓醇詁訓］《漢官儀》：「故事，黄門郎每日暮入對青瑣門拜，故謂之夕郎。」黄門郎，今之給事中云。按：見衛宏《漢官舊儀》卷上。

〔一三〕［注釋音辯］《國·魯語》云。［百家注引孫汝聽曰］《周禮》：「王搢大圭，執鎮圭，繅集五采五就以朝日。」則大采謂此朝日以五采，則夕月以三采可知。《魯語》：「天子大采朝日，與三公九卿祖識地德。少采夕月，與太史司載糾虔天刑。」按：見《周禮·春官宗伯·典瑞》、《國語·魯語下》。

〔一四〕［注釋音辯］《前·賈誼傳》。

【集　評】

陸夢龍《柳子厚集選》卷三：不學者之加多矣，觚不觚。

蔣之翹輯注《柳河東集》卷一六：博洽。

儲欣《河東先生全集録》卷三：詳核，是議制體。

焦循批《柳文》卷一二：如此繁引，而筆氣白簡。

平步青《霞外攟屑》卷七下：姚姬傳論文，謂義理、考證、詞章三端，皆不可廢。其門弟子陳石士侍郎，時舉似以告學子。《太乙舟文》（卷五）《復賓之書》云：「且能以考證入文，其文乃益古。吾師嘗語用光云：『太史公《周本紀贊》，所謂周公葬我畢，畢在鎬東南杜中，此史公之考證也。其氣體何其高古！何嘗如今人繁稱博引，刺刺不休，令人望而生厭乎！』史公此等境詣，吾師文中時時有之，此固非百詩、竹垞之所能知也。然則以考證佐義理，義理乃益可據，以考證入詞章，詞章乃益茂美。」《與伯芝書》云：「考證之學，古人惟事其實而已。至本朝始立其名。」庸讀柳文惠公《朝日説》……曾文正公《求闕齋讀書録》卷八：「柳子厚《對夕月》，開洪容齋、王伯厚及近世顧亭林、錢竹汀、王懷祖之先。故知古人讀書，非鹵莽者。」庸謂文正此條，勝石士云：「韓、柳、歐、曾、蘇、王、震川，皆不深於考據。」而又曰：「使韓、柳諸君子生於今日，亦必不薄考據。」則亦知言也。以上二條，予偶爲顩叟言之，顩叟曰：「豈特柳州哉！《荀子・勸學篇》：『口耳之間則四寸耳。』楊注引韓侍郎云：『則當爲財，與纔同。』《非相篇》：『接人則用枻。』韓侍郎云：『枻者，檠枻也，正弓弩之器也。』知文公當日亦不薄考證。故《黄陵廟碑》全篇皆辨駁王逸、郭璞諸説。柳子《辨列子》諸篇，其博引繁稱，語有斷制，真古文，真考據，豈他家所有哉！」

捕蛇者説

永州之野産異蛇，黑質而白章〔一〕，觸草木盡死，以齧人，無禦之者。然得而腊之以爲餌〔二〕，可以已大風、攣踠、瘻癘〔三〕，去死肌，殺三蟲〔四〕。其始，太醫以王命聚之，歲賦其二，募有能捕之者，當其租入〔五〕。永之人爭奔走焉。

有蔣氏者，專其利三世矣。問之，則曰①：「吾祖死於是，吾父死於是②，今吾嗣爲之十二年③，幾死者數矣。」言之，貌若甚慼者。余悲之，且曰：「若毒之乎〔六〕？余將告于蒞事者，更若役，復若賦，則何如？」蔣氏大慼，汪然出涕曰④〔七〕：「君將哀而生之乎？則吾斯役之不幸，未若復吾賦不幸之甚也。嚮吾不爲斯役，則久已病矣。自吾氏三世居是鄉⑤，積於今六十歲矣，而鄉鄰之生日蹙。殫其地之出〔八〕，竭其廬之入，號呼而轉徙⑥，飢渴而頓踣〔九〕，觸風雨，犯寒暑，呼嘘毒癘，往往而死者相藉也〔一〇〕。曩與吾祖居者，今其室十無一焉。與吾父居者，今其室十無二三焉。與吾居十二年者，今其室十無四五焉，非死即徙爾⑦。而吾以捕蛇獨存。悍吏之來吾鄉〔一一〕，叫囂乎東西⑧〔一二〕，隳突乎南北〔一三〕，譁然而駭者〔一四〕，雖雞狗不得寧焉⑨。吾恂恂而起〔一五〕，視其缶，而吾蛇尚存，則弛然而卧〔一六〕。

謹食之〔一七〕，時而獻焉。退而甘食其土之有，以盡吾齒。蓋一歲之犯死者二焉，其餘則熙熙而樂，豈若吾鄉鄰之旦旦有是哉？今雖死乎此，比吾鄉鄰之死則已後矣，又安敢毒耶⑩？」

余聞而愈悲。孔子曰：「苛政猛於虎也〔一八〕。」吾嘗疑乎是，今以蔣氏觀之，猶信。嗚呼！孰知賦斂之毒，有甚是蛇者乎！故爲之説，以俟夫觀人風者得焉。

【校記】

①《英華》無「則」字。

②《英華》「吾父」上有「而」。

③十二，詁訓本作「二十」。

④汪，詁訓本作「注」。

⑤氏，《英華》作「之」。

⑥號呼，詁訓本作「呼號」。

⑦即，原作「而」，據《全唐文》改。

⑧世綵堂本注：「囂，一作嚣。」

⑨詁訓本無「焉」字。

⑩《英華》「毒」上有「懼」。

【解　題】

［韓醇詁訓］公謫永州時作。當時賦歛之毒民，其烈如此。孔子過泰山側，有婦人哭於墓而哀，夫子式而聽之，使子貢問之，曰：「子之哭也，一似重有憂者。」而曰：「然。昔者吾舅死於虎，吾夫又死焉，今吾子又死焉。」夫子曰：「何爲不去也？」曰：「無苛政。」夫子曰：「小子識之，苛政猛於虎也。」公取夫子之言，以證捕蛇者之説，理誠相似者。按：諸評論家皆指出此文爲發揮孔子「苛政猛於虎」的思想而來，然或認爲所叙純屬虚構，則非也。此文具紀實性，當是柳宗元於永州訪一捕蛇者，因記録其事與其言，體現了作者以民生爲本的政治思想。

【注　釋】

〔一〕［百家注引孫汝聽曰］白章，謂白文也。［蔣之翹輯注］《本草》：「白花蛇，一名褰鼻，生南地及蜀郡諸山中。九、十月取捕之。」按：唐慎微《政和證類本草》卷二二：「白花蛇，味甘鹹，温，有毒。主中風、温痹不仁、筋脈拘急、口面喎斜、半身不遂、骨節疼痛、大風疥癩，及暴風瘙癢、腳弱不能久立。一名褰鼻蛇，白花者良。生南地及蜀郡諸山中。九月、十月採捕之，火乾。」

〔二〕［百家注引孫汝聽曰］腊，謂乾也。［蔣之翹輯注］腊，乾肉也。餌，藥餌也。

〔三〕［注釋音辯］已，止也。攣，閭緣切。踠音宛，又於遠切，曲腳，足疾。瘻音漏，頸腫也。一曰久創。癘音癘，疫也。按：百家注本引作童宗説曰。韓醇詁訓本同。蔣之翹輯注本：「癘，惡創。豫讓漆身爲癘。」

〔四〕［蔣之翹輯注］死肌如癱疽之腐爛者。三蟲，三屍之蟲也。

〔五〕［注釋音辯］當，去聲。

〔六〕［百家注］若，汝也。

〔七〕［百家注引孫汝聽曰］汪然，涕貌。

〔八〕［韓醇詁訓］殫音單，盡也。

〔九〕［注釋音辯］童（宗説）云：（踣）音匐，僵也。按：韓醇詁訓本同。

〔一〇〕［百家注］藉，徂夜切。

〔一一〕［韓醇詁訓］悍音旱。

〔一二〕［韓醇詁訓］囂，虚嬌切，一音敖。

〔一三〕［韓醇詁訓］突，陀没切。

〔一四〕［韓醇詁訓］譁音華。駭，下楷切。

〔一五〕［韓醇詁訓］恂音荀。

〔一六〕［百家注］弛，施氏切。

〔一七〕［注釋音辯］食音嗣。

〔一八〕［注釋音辯］《記·檀弓》：「泰山側有婦人哭，曰：『昔者吾舅死於虎，吾夫又死焉，今吾子又死焉。』夫子曰：『何爲不去也？』曰：『無苛政。』夫子曰：『小子識之，苛政猛於虎也。』」

【集評】

吕祖謙《古文關鍵》卷上：感慨譏諷體。

樓昉《崇古文訣》卷一二：犯死捕蛇，乃以爲幸，更役復賦，反以爲不幸，此豈人之情也哉？必有甚不得已者耳。此文抑揚起伏，宛轉斡旋，含無限悲傷悽惋之態，若轉以上聞，所謂言之者無罪，聞之者足以戒。

《新刊增廣百家詳補注唐柳先生文》卷一六引黄唐曰：苛政猛於虎，孔子過泰山之言也。泰山屬於魯，是時魯之政可謂苛矣。毒賦甚於蛇，柳子在零陵之言也。唐都長安、零陵相去三千五百里，見唐賦所及者遠也，是時，唐之賦可謂毒矣。又「苛政猛於虎」句下引文讜曰：公此篇放《檀弓》苛政之説，以刺當時横歛之弊，誠爲治者所宜知也。

俞文豹《吹劍録》：又《捕蛇者説》即苛政猛於虎之謂，《禮記》以八十言盡之，子厚乃六百字。文日勝，質日衰，可以觀世變矣。

黄震《黄氏日鈔》卷六〇：有益於世。

王若虚《文辨》：《捕蛇者説》云：「叫號乎東西，隳突乎南北。」殊爲不美，退之無此等也。（《滹南遺老集》卷三五）

黄佐《翰林記》卷四：（永樂三年）（解）縉嘗以《鍾山蟠龍詩》試諸人，甚稱彭汝器所作。一日，上問《捕蛇者説》，汝器即朗誦於前，上奇其才。

湛若水《格物通》卷九四：臣若水通曰：柳宗元之爲此説，所以警夫毒賦者也。蓋征賦，常事也，而捕蛇者觸之即死，然而人有願爲此不爲彼者，豈人之情也哉？然則賦斂之毒，甚於毒蛇，可知矣。蓋蛇可以技術而禦，而征賦之慘不可得而控禦，蛇毒或可幸而免，而征租則不可幸而免也。嗚呼！今之爲政者，其毋使斯民畏之甚於永州之蛇也哉！

何孟春《餘冬叙録》卷閏一：柳子厚《捕蛇者説》引孔子曰「苛政猛於虎」語，見《記·檀弓》。子厚先有意於此，而後有永州産異蛇之説，其卒用爲證者，恐人窺其微，故不敢暗竊也。

茅坤《唐宋八大家文鈔》卷二五：本孔子「苛政猛於虎」之言而建此文。

顧憲成《贈葵庵楊君擢守永州序》：往聞柳子厚爲永州司馬，不復問吏事，沛然放於山水之間，一切幽奇詭祕，悉搜而著諸文辭，而永遂一日名於天下，至今彬彬如也。予頗偉之，而竊怪以彼其材，稍能循厲志意，勉於功業，其所建立，當必有卓然可觀者，而僅僅與騷人墨士競其短長，甚細不取。雖然，子厚非漫無意於當世者也，又非詭以爲遷人，矜不治也。嘗讀其所爲《捕蛇者説》，其言哀傷悲惘，千載之下，猶令人惻然而改容。計是時，郡邑之吏，類皆競爲苛察，以就其聲，而子厚由中朝出徙，有所深創，不欲暴見殊異益釁端，且念一司馬耳，何能爲若，乃矯拂情質而投當世之好，又非其志也。姑退而托於山水，以自完耳。故夫子厚於此，有不勝其憂者，而惜乎世之莫察也。會予同曹大夫、葵庵楊君，擢守是郡，予爲大夫誦之，相對太息。已而前曰：「若大夫者，可以賀矣。」大夫愕然，予曰：「此易知耳。子厚不幸，謬爲叔文所奉，名實憔悴，而大夫雅以淳謹稱，一也。予亦見夫吏之競爲苛察也，若曰：『方今所尚爾爾，誰得而違諸？』殆非也。聖明精意元元，不遜堯舜，無必旁舉。即如頃者蠲租之詔，俄然從天而下，固宰相所不及謀，而臺諫所不及議也。大夫業覩之矣，何虞於時？二也。且大夫撫有巖郡方千里間，吏民環拱而待命者不可勝數，於是乎風以仁義，散以禮樂，束以刑辟，張則張，弛則弛，何所不逞於志？三也。大夫其勉之哉！庶幾一日政平而民成，乃以其間徵奇採祕，探九疑，浮瀟湘，容與曼衍，振於無竟，以方子厚，何如也？然則而今而往，永之益爲天下重無疑，予豈惟爲大夫賀，且爲永賀矣。」（《涇臯藏稿》卷八）

明闕名評選《柳文》卷六引林次崖（希元）曰：此文抑揚起伏，宛轉斡旋，含無限悲傷悽惋之態。「捕蛇獨存」句下：一反，應前。「安敢毒也」句下引林希元曰：緣此所以請願捕蛇數語，情態曲盡，而一段無聊之意，溢於言外。「是蛇者乎」句下引林次崖曰：此轉尤佳。總評：此文借捕蛇以論苛政，規諷世主，是有用之文，非相如、揚雄之流也，豈可以非漢文而少之！

陸夢龍《柳子厚集選》卷三：子厚諸文，苦其太盡。「哀而生之乎」句下：説得出。

蔣之翹輯注《柳河東集》卷一六：此小文耳，卻有許大議論。大抵子厚必先得孔子「苛政猛於虎」一句，然後有一篇之意者。唐宋人往往如此。又引林希元曰：此有用之文，非相如、揚雄流也，豈可以非漢文而少之？「久已病矣」句下引楊維楨曰：此句一篇之綱。余觀人，果有苦於任賦而逃服雜役者，深有味乎斯言。「相藉也」句下：寫得慘毒，是一幅流民圖。「捕蛇獨存」句下：一束，有節奏，有叫應。「以盡吾齒」句下：摹擬自得光景，真情真語，大有筆趣。「安敢毒也」句下：犯死者二，謂犯蛇毒而幾死者二次也。安敢毒，謂安敢怨其爲毒而不爲此也。「是蛇者乎」句下：自一段犯死至此，文勢凡三、四轉，愈轉愈緊。只就此轉一句作結便了，何等快絶。

林雲銘《古文析義》初編卷五：按唐史：元和年間，李吉甫撰《國計簿》，上之憲宗，除藩鎮諸道外，稅户比天寶四分減三，天下兵仰給者，比天寶三分增一，大率二户增一兵。其水旱所傷，非時調發，不在此數。是民間之重斂難堪可知。而子厚之謫永州，正當其時也。此篇借題發意，總言賦斂之害，民窮而徙，徙而死，漸歸於盡。淒咽之音，不忍多讀。其言三世六十歲者，蓋自元和追計六十年以前，乃天寶六、七年間，正當盛時，催科無擾。嗣安史亂後，歷肅、代、德、順四宗，皆在六十年之内，其下語俱有斟酌。煞是奇文。

李開鄴、盛符升評《文章正宗》卷一二：本苛政猛虎之説而爲此文，筆力善爲形容。

吴楚材、吴調侯《古文觀止》卷九：「無禦之者」句下：異蛇最毒。「殺三蟲」句下：毒蛇偏爲要藥。「爭奔走焉」句下：叙捕蛇事。「若甚戚者」句下：摹泰山婦，伏結處。「則何如」句下：言改汝捕蛇之役，復汝輸租之賦，以免其死。「之甚也」句下：犯死捕蛇，乃以爲幸，更役復賦，反以爲不幸，此豈人之常情哉？必有甚不得已者耳。「久已病矣」句下：提一句，起下文，直貫之捕蛇獨存句。「其廬之入」句下：賦斂之苦。「而頓踣」句下：迫於賦斂而徙。「相藉也」句下：寫得慘毒，是一幅流民圖。「無四五焉」句下：應前三世。「捕蛇獨存」句下：二句收上轉下，有力。「不得寧焉」句下：追呼之擾，所不忍言。「弛然而卧」句下：蛇存，放心。「時而獻焉」句下：小心養食，俟其時之所需，而獻上焉。「以盡吾齒」句下：退而甘食其土地之所産，以盡其天年。摹擬自得光景，真情真語，大有筆趣。「旦有是哉」句下：言吾犯蛇毒而死者，一歲之有兩次，非若吾鄉鄰遭悍吏之毒，無日不犯死也。「安敢毒耶」句下：今吾雖死於斯役，比吾鄉鄰被重賦而死者，已在後矣，安敢怨其爲毒，而不爲此？此段正明斯役之不幸，未若復賦不幸之甚二句，情態曲盡，而一段無聊之意，溢於言表。「是蛇者乎」句下：一句結出。總評：此小文耳，卻有許大議論。必先得孔子「苛政猛於虎」一句，然後有一篇之意。前後起伏抑揚，含無限悲傷淒惋之態。若轉以上聞，所謂言之者無罪，聞之者足戒，真有用之文。

孫琮《山曉閣選唐大家柳柳州全集》卷四：之就「苛政猛於虎」一語，發出一篇妙文。中間寫悍吏之催科，賦役之煩擾，十室九空，中谷哀鳴，莫盡其慘。然都就蔣氏口中説出，子厚只代述得一遍。以叙事起，入蔣氏語，出一「悲」字，後以「聞而愈悲」自相叫應。結乃明言著説之旨。一片憫時深思，憂民至意，拂拂從紙上浮出，莫作小文字觀。

儲欣《河東先生全集録》卷三：爲此説以俟採風，善矣。自唐以降，税愈繁、斂愈急，士君子於催科之中弗忘撫字，使民受一分之惠，而不至於雞犬之不寧，庶不枉讀此文者。

儲欣《唐宋八大家類選》卷三：仁人之言。余按：唐賦法本輕於宋、元，永州又非財賦地，爲國家所仰給，然其困如此。況以近世之賦，處財賦之邦，酷毒當何如耶？讀此能不黯然！

沈德潛《唐宋八大家文讀本》卷七：前極言捕蛇之害，後説賦斂之毒，反以捕蛇之樂形出，作文須如此頓跌。悍吏之來吾鄉一段，後東坡亦嘗以虎狼比之。有察吏安民之責者，所宜時究心也。

何焯《義門讀書記》卷三五：「永之人争奔走焉」：此句伏下。「悍吏之來吾鄉」至「又安敢毒耶」：雖無奇特，亦自雋快。此篇削去其三之一，何如？

浦起龍《古文眉詮》卷五四：感蔣氏事，本《家語》「苛政猛於虎」一言作題目，都將蛇與賦兩兩對勘，層層對剔，抉得「猛於」二字，十二分悲痛。若各開描寫，則緩懈，不刺耳矣。郭駝規良吏，捕蛇刺暴政，守官者當合而誦之。

汪基《古文喈鳳新編》卷七：夫子「苛政猛於虎」五字，已足令人酸心。柳州此篇，曲爲對勘，細用雕搜，悲咽悽愴，不忍再讀。

王應奎《柳南續筆》卷三：陸釴《漫記》云：「永樂朝教習庶吉士甚嚴，曾子啟等二十八人不能背誦《捕蛇者説》，詔戍邊，復貸之，令拽大木。啟等書訴執政，執政極陳辛苦狀，得釋歸。」當時待詞臣如此，政亦酷矣。

乾隆敕纂《御選唐宋文醇》卷一一：文本《檀弓》「苛政猛於虎」意，當時賦役之煩重可以想見。

至「悍吏之來吾鄉」一段，摹寫尤精。蓋百姓徵求之苦，困於守令者什之三，困於胥吏者什之七。朝廷雖寬租減税，視民如子，而守令不才，德意不下逮，四境之内，保無有吏虎而冠者，叫囂乎東西，隳突乎南北耶？爲大吏者，急當三復斯文。

朱宗洛《古文一隅》卷中：作者意中，先有「苛政猛於虎」句，因借捕蛇立説，想出一「毒」字，爲通篇發論之根。或從捕蛇之毒，形出供賦之尤毒。或極言供賦之毒，見得捕蛇之毒尚不至是。至説到捕蛇雖毒，形以供賦之毒亦不敢以爲毒，則用意更深更慘。至其抑揚唱歎，曲折低徊，情致正復纏綿也。中間兩段，將供賦捕蛇或對勘，或互説，顛倒順逆，用筆極變化，而題意亦透發無餘矣。至其前後伏筆，及呼應收束，亦一字不苟。「毒」字爲通篇眼目。起處「則曰」以下，已透出毒字意矣。卻之將「貌若甚戚者」句虚文按住，而於自己口中説出，此其用筆之變也。以下隨作一跌，轉處著「大戚」字，「汪然出涕」字，此從自己目中看出毒字。中二段又從捕蛇口中，形出毒字，此其用筆之又變也。前云「余悲之」，後云「余聞而愈悲」，只增一二字，而前後呼應深淺，令閲者心目了然，此又用筆之以不變爲變也。其餘佳處，已盡旁擬，不贅。

余誠《古文釋義》卷八：永州三段是言蛇之毒，予悲三段是言賦斂之毒甚是蛇。言蛇之毒處説得十分慘，則言賦斂之毒甚是蛇處更慘不忍言。文妙在將蛇之毒及賦斂之毒甚是蛇，俱從捕蛇者口中説出，末只引孔子語作證，用「孰知」句點眼，在作者口中，絶無多語。立言之妙，亦即結構之精。末説到俟「觀人風者得焉」，足見此説關係不小。

蔡鑄《蔡氏古文評注補正全集》卷七：過珙原評：此本借捕蛇以論苛政，故前面設爲此辭，與捕蛇者應答，驚奇詭譎，令人心寒膽栗。後卻明引「苛政猛於虎」事，作證催科無法，其害往往如此。淒咽之音，不堪朗讀。蔡氏評：當時賦斂煩苛，民不聊生。子厚感愴於中，因藉捕蛇者之言立論，以規諷當世。又按此篇亦是空中結撰，不必有捕蛇之人，不必有捕蛇之事。妙在將賦斂之毒於蛇處，俱借蔣氏口中說出，作者只加「孰知」二字，全不費力。此與昌黎《送李愿歸盤谷序》同是一格。此韓、柳之所並稱，而髯蘇不敢學步也。

劉熙載《藝概・文概》：柳州係心民瘼，故所治能有惠政。讀《捕蛇者説》、《送薛存義序》，頗可得其精神鬱結處。

林紓《韓柳文研究法・柳文研究法》：《捕蛇者説》胎「苛政猛於虎」而來，命意非奇，然蓄勢甚奇。「當其租入」句，是通篇發端所在，見得賦役之酷。雖祖、父皆死，猶冒爲之。然上文僅言歲賦其二，未爲苛責之詞，而役此者實日與死近。此處若疾入賦之不善，或太息，或譏毀，文勢便太直率矣。文輕輕將更役復賦四字，鞭起蔣氏之言，且不説賦役與捕蛇之害，作兩兩比較，但言民生日蹙，至於死徙垂盡，縮腳用「吾以捕蛇獨存」爲句，屹如山立。然此特言大略，但就民之被害爲言，尚未説到官吏所以害民之手段。「悍吏之來吾鄉」六字，寫得聲色俱厲。此處若將蛇之典實，拈采掩映，便立時墜落小樣。妙在「恂恂而起」，「弛然而卧」，竟托毒蛇爲護身之符，應上「當其租入」句。文字從容暇豫中，卻形出朝廷之弊政，俗吏之殃民，不待點染而情景如畫。收處平平無奇。

䄍說

柳子爲御史主祀事，將䄍進有司〔一〕，以問䄍之説，則曰：「合百神於南郊，以爲歲報者也。先有事必質于户部，户部之詞曰：『旱于某，水于某，蟲蝗于某，癘疫于某〔二〕。』則黜其方守之神，不及以祭〔三〕。」余嘗學《禮》，蓋思而得之，則曰：「『順成之方，其䄍乃通〔四〕。』若是，古矣。」繼而歎曰：「神之貌乎，吾不可得而見也①。祭之饗乎，吾不可得而知也②。是其誕漫惝怳③〔五〕，冥冥焉不可執取者。夫聖人之爲心也④，必有道而已矣，非于神也，蓋于人也。以其誕漫惝怳，冥冥焉不可執取，而猶誅削若此，況其貌言動作之塊然者乎？是設乎彼而戒乎此者也，其旨大矣⑤。」

或曰：「若子之言，則旱乎、水乎、蟲蝗乎、癘疫乎，未有黜其吏者，而神黜焉，而曰『蓋于人者』，何也？」予曰：「若子之云，旱乎、水乎、蟲蝗乎、癘疫乎⑥，豈人之爲耶⑦？故其黜在神。暴乎、眊乎、沓貪乎、罷弱乎〔六〕，非神之爲也⑧，故其罰在人。今夫在人之道，則吾不知也。不明斯之道，而存乎古之數，其名則存，其教之實則隱⑨。以爲非聖人之意，故歎而云也。」曰：「然則致雨反風〔七〕，蝗不爲災〔八〕，虎負子而趨〔九〕，是非人之爲則何以？」余曰：

「子欲知其以乎？所謂偶然者信矣〔一〇〕。必若人之爲，則十年九潦、八年七旱者〔一一〕，獨何如人哉？其黜之也，苟明乎教之道，雖去古之數可矣。反是，則誕漫之説勝，而名實之事喪，亦足悲乎！」

【校記】

① 注釋音辯本、詁訓本無「可」字。

② 詁訓本無「可」字。

③ 漫，詁訓本、《英華》作「慢」。

④ 原注與注釋音辯本、詁訓本、世綵堂本注：「一本無『心也』字。」

⑤ 詁訓本、五百家注本「矣」下有「哉」。

⑥ 原注與詁訓本注：「一無上十字。」世綵堂本注：「一本無『旱乎』至『癘疫乎』十字。」

⑦ 之爲，注釋音辯本、《英華》、《文粹》作「爲之」。

⑧ 之爲，注釋音辯本、詁訓本、《英華》、《文粹》均作「爲之」。也，原作「耶」，據《英華》、《文粹》改。《義門讀書記》卷三五：「『非神之爲耶』，『耶』當作『也』。北方讀此二字音相近。」

⑨ 其，注釋音辯本、世綵堂本、《英華》、《文粹》作「而」，注釋音辯本注：「而，一本作其。」教，五百家注本作「數」。

【解　題】

［注釋音辯］童（宗説）云：禬音乍，祭名也。《禮記》作「蜡」。［韓醇詁訓］《禮記》：「八蜡以記四方。四方年不順成，八蜡不通，以謹民財也。順成之方，其蜡乃通，以移民也。」鄭注云：「其方穀不熟，則不通於蜡焉。」公貞元十九年時爲監察御史主祀事，因有是説。蜡音乍。［蔣之翹輯注］《禮記》疏：「天子大蜡八，一先嗇，二司嗇，三農，四郵表畷，五貓虎，六防，七水庸，八昆蟲。伊耆氏始爲蜡。蜡者，索也。歲十二月，合聚晚物而索饗之。」傳曰：「夏曰嘉平，殷曰清祀，周曰大蜡，漢曰臘。」《玉燭寶典》曰：「腊者祭先祖，蜡者祭百神。同日異祭也。」按：關於此文之旨，正如黄震《黄氏日鈔》卷六〇所説：「水旱蟲癘之方，則黜其神不祭，然則事之不治，亦當黜其人。」柳宗元認爲天災固不可免，而官員則要負一定的責任，何況貪暴、昏悖、疲廢之事乎？「人治」比「神治」更重要。此爲柳宗元一貫的政治思想。章士釗《柳文指要》上《體要之部》卷一六云：「子厚所爲《禬説》，乃其黜神崇人之一顯斷也。」

【注　釋】

〔一〕［百家注引孫汝聽曰］禬，祭名也。夏曰嘉平，殷曰清祀，周曰大禬，漢曰腊。《禮記》曰：「禬者，索也。歲十二月，合聚萬物以索饗之。」按：見《禮記·禮運》。

〔二〕［韓醇詁訓］癘音厲。疫，越壁切。

〔三〕［百家注引孫汝聽曰］唐制：䄍祭凡一百八十七坐，當方年穀不登，則闕其祀。

〔四〕［注釋音辯］《記·郊特牲》篇句。

〔五〕［注釋音辯］童（宗説）云：誕音但，徒旦切。漫，謨宮切，又莫半切。惝，齒兩切。怳，許往切。

［韓醇詁訓］惝怳，驚貌。

〔六〕［注釋音辯］眊，莫報切。罷音疲。［韓醇詁訓］上音冒，目少精。罷音疲，下同。

〔七〕［韓醇詁訓］《金縢》：「周公居東，天大雷電以風。王出郊，天乃雨。反風，禾則盡起。」按：百家注本引張敦頤同。見《太平御覽》卷九、卷八三九引《尚書·金縢》。

〔八〕《藝文類聚》卷五〇引司馬彪《續漢書》：「卓茂遷密令，其治民舉善而教，不能則勸，口不出惡言，勞心憂念吏民，知其有緩急，以恩信待吏，吏畏而愛之，不忍欺也。元始中，天下蝗，河南二十縣蝗，獨不入密界。」王充《論衡》卷五《感虚》：「世稱南陽卓公爲緱氏令，蝗不入界，蓋以賢明至誠，災蟲不入其縣也。」《藝文類聚》卷一〇〇尚引有多則蝗不入境事。

〔九〕［注釋音辯］劉昆、宋均等。［韓醇詁訓］宋均爲九江太守，郡多虎，均到，下令屬縣，去其檻穽。其後傳言虎相與東游渡江。又山陽、楚、沛多蝗，其飛至九江界者，輒東西散去。［百家注］劉昆爲弘農守，崤、黽多虎災，昆爲政三年，虎皆負子渡河。按：劉昆事見《後漢書·儒林傳上·劉昆》，宋均事見《後漢書·宋均傳》。

〔一〇〕［注釋音辯］劉昆云偶然耳。按：《後漢書·儒林傳上·劉昆》：「詔問昆曰：『前在江陵反風滅火，後守弘農虎北渡河，行何德政而致是事？』昆對曰：『偶然耳。』左右皆笑其質訥。帝歎曰：『此乃長者之言也。』」

〔二〕［注釋音辯］《莊子·秋水篇》。［韓醇詁訓］（潦）郎到切。［百家注引王儔補注］二句《莊子·秋水》之文。

【集評】

《新刊增廣百家詳補注唐柳先生文》卷一六引黄唐曰：子貢觀蜡，歎一國之人皆狂。孔子以文武弛張之道，辭而闢之，言若可已而不可已也。子厚《褙説》謂名存實隱，欲舉而去之，是豈知孔子意乎？且其説曰：「水旱、蟲蝗、癘疫，可以黜神，暴眊、沓貪、罷弱，可以責人。」要其言欲歸重於人之罰，輕神之責，是矣。然又有致雨反風、去蝗與虎者，爲出於偶然。堯、湯水旱，非人之罪，處人事於不可信，又孰不委於天而盡廢人事耶？（按：蔣之翹輯注本引作潘緯云。）

陸夢龍《柳子厚集選》卷三：「非神爲之耶」句下：轉佳。總評：論頭甚正，可以想其爲人。

儲欣《河東先生全集録》卷三：此説甚正。堯湯一段，畫蛇添足矣。湯不嘗以六事自責乎？截絶天人，放廢箕範，子厚宿疾，痼不可治。

何焯《義門讀書記》卷三五：「蓋於人也以其誕漫惝怳」至「其旨大矣」：柳子疾當時有司無狀，不舉其罰，故假此致嘆。幽明理一也，其有報者，必亦有責。先王於山川鬼神鳥獸魚鱉無不治也，豈名立於此，教存乎彼哉？……「則十年九潦八年七旱者，獨何如人哉」：人未嘗以此病聖人，而聖人必引以自儆自責，仍不可委之誕漫，若氣數方否，而人事不修，無以返而之泰，則極不威、福不嚮，帝黜其命矣。

乘桴説

子曰：「道不行，乘桴浮于海①〔一〕，從我者其由也歟②！」子路聞之喜。子曰：「由也好勇過我，無所取材。」説曰：海與桴與材，皆喻也。海者，聖人至道之本，所以浩然而游息者也。桴者，所以游息之具也。材者，所以爲桴者也。《易》曰：「復，其見天地之心乎？」則天地之心者，聖人之海也。復者，聖人之桴也。所以復者③，桴之材也。孔子自以拯生人之道④，不得行乎其時，將復於至道而游息焉。謂由也勇於聞義，果於避世，故許其從之也。其終曰「無所取材」云者⑤，言子路徒勇於聞義，果於避世，而未得所以爲復者也⑥。此以退子路兼人之氣，而明復之難耳⑦。然則有其材以爲其桴⑧，而游息於海，其聖人乎？子謂顔淵曰：「用之則行，舍之則藏，唯我與爾有是夫。」由是而言，以此追庶幾之説⑨，則回近得矣。而曰「其由也歟」者，當是歎也，回死矣夫。或問曰：「子必聖人之云爾乎？」曰：「吾何敢！以廣異聞⑩，且使遯世者得吾言以爲學，其於無悶也⑪，撻焉而已矣⑫〔二〕。」

【校記】

①《英華》無「于」字。
②「也」原闕，據注釋音辯本、詁訓本補。
③《英華》無「以」字。
④拯，原作「極」，據注釋音辯本改。原注與詁訓本、世綵堂本注：「極，一作拯。」
⑤《英華》無「云」字。
⑥「者」原闕，據注釋音辯本、詁訓本、《英華》補。
⑦何焯《義門讀書記》卷三五：「『明復之難耳』，『復』下有『者』字。」
⑧原注與世綵堂本注：「一作『以爲桴』，無『其』字。」注釋音辯本注：「一本『桴』字上無『其』字。」詁訓本注：「一無『其』字。」
⑨原注與詁訓本、世綵堂本注：「追，一作迨。」
⑩《英華》「以」上有「吾」。何焯《義門讀書記》卷三五：「『以』上有『吾』字。」
⑪《英華》無「於」字。

⑫ 原注與注釋音辯本、詁訓本、世綵堂本注：「揵，一作捷。」

【解 題】

［韓醇詁訓］公爲是論，以爲道之不行，其避世者當如聖人之言。皆元和後廢退窮裔時作。按：孔子「乘桴」之言，見《論語·公冶長》。此言向有不同的解釋。何晏集解引鄭玄云：「子路信夫子欲行，故言好勇過我。無所取材者，無所取於桴材。以子路不解微言，故戲之耳。一曰：子路聞孔子欲浮海，便喜，不復顧望，故孔子歎其勇曰：『過我，無所取哉。』言唯取於己。古字『材』、『哉』同。」柳宗元以爲「乘桴」是喻言，顯然也受舊説之啟發。此文正如作者所言「以廣異聞」，並無深意，爲個人讀經之體會。以「海」喻「道」，未必是孔子原意，然「海」「道」之喻，爲不得行乎其時者之游息之地，則柳宗元心志之寄託也。此文當作於元和年間。章士釗《柳文指要》上《體要之部》卷一六：「文似高頭講章，雖取意特新，而無多大義藴。桴、復雙聲，子厚因此推闡爲文，獨謂孔門以顏子最與師近，而孔子舍回而取由者，殆謂回死已久之故，此一推斷彌確。」

【注 釋】

〔一〕［韓醇詁訓］桴，芳無切。［百家注引孫汝聽曰］桴，編竹木以渡，大者曰筏，小者曰桴。

〔二〕［注釋音辯］潘（緯）云：揵，居偃切，距也。［蔣之翹輯注］揵，閉也。按：何焯《義門讀書記》

卷三五：「揵，拒也。」「揵」通「楗」，楗爲門閂，亦取此義，謂己閉門所得而已。

【集評】

《新刊增廣百家詳補注唐柳先生文》卷一六引黄唐曰：韓退之説《論語》，與世之學者大異，如「子在回何敢死」，而曰：「回何敢先，子所雅言，詩書執禮，皆雅言也。」而曰「子所雅言」之類，皆自出新意，不同諸子而每求異，亦失之鑿。柳子於《論語》，其語不多異，而《乘桴》一説，蓋出於諸儒言意之外，非聖心之決然者。是知韓、柳二家，皆不免穿鑿之弊。

黄震《黄氏日鈔》卷六〇：真妄説也。子厚妙於文耳，敢議經乎？

何焯《義門讀書記》卷三五：文無取。

吴汝綸《周易象義辨正序》：昔柳子厚釋乘桴，説堯舜禪讓，其言皆絶異。然謂子厚不知經，故不可也。（《桐城吴先生文集》卷三）

説車贈楊誨之

楊誨之之將行，柳子起而送之，門有車過焉①，指焉而告之曰：「若知是之所以任重而行於世乎？材良而器攻〔一〕，圓其外而方其中然也。材而不良則速壞②。工之爲功也，不攻則速敗。中不方則不能以載，外不圓則窒拒而滯。方之所謂者箱也〔二〕，圓之所謂者輪也。匪箱不居，匪輪不塗，吾子其務法焉者乎？」曰：「然。」曰：「是一車之説也，非衆車之説也，吾將告子乎衆車之説。澤而杼，山而侔〔三〕，上而輊，下而軒且曳〔四〕。祥而曠左〔五〕，革而長轂以戟③〔六〕，巢焉而以望〔七〕，安以愛老〔八〕，輜以蔽内〔九〕，垂綏而以畋〔一〇〕，載十二旒，而以廟以郊以陳于庭④〔一一〕，其類衆也。然而其要，存乎材良而器攻，圓其外而方其中也，是故任而安之者箱〔一二〕，達而行之者輪，恒中者軸〔一三〕，搊而固者蚤〔一四〕，長而撓、進不罪乎馬、退不罪乎人者轅〔一五〕，卻暑與雨者蓋〔一六〕，敬而可伏者軾〔一七〕，服而制者馬若牛，然後衆車之用具⑤。今楊氏，仁義之林也，其産材良。誨之學古道，爲古辭，沖然而有光，其爲工也攻。果能恢其量若箱，周而通之若輪，守大中以動乎外而不變乎内若軸⑥，攝之以剛健若蚤，引焉而宜御乎物若轅，高以遠乎汙若蓋，下以成乎禮若軾，險而安，易而利，動而法，則庶乎車之全也。《詩》之言曰：『四牡騑騑，六轡如琴〔一八〕。』孔氏語曰：『左爲六官，右爲執法〔一九〕。』此其以達於大政也。凡人之質不良，莫能方且恒⑦。質良矣，用不周，莫能以圓遂。孔子於鄉黨，恂恂如也，遇陽虎必曰諾⑧〔二〇〕，而其在夾谷也⑨，視叱齊侯若畜狗⑩〔二一〕，不震乎其内。後之學孔子者，不志於是，則吾無望焉耳矣。」

誨之，吾戚也，長而益良，方其中矣。吾固欲其任重而行於世，懼圓其外者未至⑪，故說車以贈。

【校　記】

①門，《英華》作「聞」。
②《英華》無「而」字。
③戟，《英華》作「戰」。
④以廟以郊，《英華》作「以郊以廟」。
⑤具，《英華》作「俱」。
⑥變，原作「孿」，據注釋音辯本、世綵堂本、《英華》改。
⑦且，《英華》注：「一作直。」
⑧虎，詁訓本作「貨」。
⑨其在，《英華》作「在其」。
⑩畜，注釋音辯本、世綵堂本作「蓄」。
⑪《英華》「懼」下有「其」。

【解　題】

［注釋音辯］楊憑之子也。憑貶臨賀尉，故其子由永州至賀州。［韓醇詁訓］楊誨之，憑之子也。憑以元和四年自京兆尹貶臨賀尉，按《地理志》臨賀在嶺南道賀州之屬邑，公時已在永，誨之道永之賀，公作是説以送。然誨之猶以爲柔外剛中則未必不爲弊車，柔外剛中未必不爲常人，反復論辯，有二書見於集，具別卷。按：韓説可從。此文當作於元和五年，與第三十三卷之《與楊誨之書》同時作。楊誨之爲柳宗員妻弟，赴賀州省父，作此文以贈。時誨之之父楊憑剛遭貶謫，其父子心情鬱悶可知，宗元「懼圓其外者未至」，故在文中以處世之道諄諄囑之。此處世之道，約而言之曰「外圓內方」，柳宗元本人亦未必能做到，然欲其親友之好，於此文可見。

【注　釋】

〔一〕［百家注引孫汝聽曰］攻，牢也。

〔二〕［百家注引孫汝聽曰］箱所以載。

〔三〕［注釋音辯］童（宗説）云：杼，直吕切。《周禮·考工記》：「行澤欲杼。」注：「削薄其踐地也。」《考工記》：「行山欲侔。」注：「侔謂上下等。」［韓醇詁訓］杼，直吕切。《周禮·考工記》：「行澤欲杼，行山欲侔。」

〔四〕［注釋音辯］輊音致，俯也。軒，仰也。《六月》詩注：「從後視之如輊，從前視之如軒。」［韓醇詁訓]《詩》：「戎車既安，如輊如軒。」輊音致。[百家注引孫汝聽曰]「且曳」字本《易》「曳其輪」。按：見《詩經・小雅・六月》。

〔五〕[注釋音辯]《記・曲禮》句注：「葬車，空神位也。」[韓醇詁訓]《禮記》：「祥車曠左。」注：「葬之乘車也。」按：曠左即虚左，虚其左位。

〔六〕[注釋音辯]《周禮》革車，即戎車。《左傳》注：「長轂，戎車也。」[韓醇詁訓]革，革車也。轂音穀。[百家注引孫汝聽曰]革謂革車。《左氏》曰：「長轂九百。」注：「長轂，戎車也。」按：見《左傳》昭公五年。

〔七〕[注釋音辯]巢，當作「轈」。《左》成十六年注：「巢車，車上爲櫓。」《釋文》云：「兵車高加巢，以望敵。」[韓醇詁訓]「巢」本作「轈」，省作「巢」。兵車高加巢，以望敵也。《春秋》：「楚子登巢車。」按：百家注本引韓醇注引成十六年《左氏》：「楚子登巢車以望晉師。」

〔八〕[注釋音辯]《曲禮》：「大夫七十，乘安車。」[韓醇詁訓]安，安車也。《禮記》：「大夫七十而致仕，乘安車，自稱曰老夫。」[百家注引孫汝聽曰]漢武帝以安車迎枚乘。

〔九〕[注釋音辯]輜音緇，載衣物車，前後皆蔽。[韓醇詁訓]輜音菑。《説文》：「軿車前，衣車後也。」《字林》：「載衣物車，前後皆蔽，若今庫車。」按：百家注本引作張敦頤曰。

〔一〇〕[注釋音辯]緌，宣佳切。《曲禮》：「武車緌旌。」注：「謂垂舒之。」按：韓醇詁訓本、百家注本引劉崧引作《禮記》，見《禮記・曲禮上》。

〔一二〕［注釋音辯］《周禮》巾車。［韓醇詁訓］《周官·巾車》：「王之五路，一曰玉路，建太常，十有二斿，以祀。」斿音流。

〔一三〕［韓醇詁訓］箱，大車之箱也。《詩》疏：「車内容物之處爲箱。」

〔一三〕［百家注］（軸）音逐。

〔一四〕［注釋音辯］掮音局，戟持也。蚤音爪，謂輻入牙中者。牙，去聲。［韓醇詁訓］掮音局，戟持也。「蚤」當爲「爪」。《考工記》注：「蚤謂輻入牙中者也。」

〔一五〕［韓醇詁訓］《考工記》：「大車之轅摯，其登又難，既克其登，其覆車也必易。此無故，惟轅直且無撓也。」轅音袁。

〔一六〕［韓醇詁訓］［百家注引張敦頤曰］《考工記》：「輪人爲蓋。」注：「蓋，主爲雨設也。」

〔一七〕［韓醇詁訓］軾音式，車前横板隆起者也。

〔一八〕見《詩經·小雅·車舝》。

〔一九〕章士釗《柳文指要》上《體要之部》卷一六：「查《孔子家語》中無此兩成語，《大戴禮·盛德》篇亦不載，惟《家語·執轡》篇有相應紀録。篇之言曰：『天子以六官爲轡，已與三公爲執六官，均五數，齊五法，故亦唯其所引，無不如志。』六官者，即冢宰、司徒、宗伯、司馬、司寇、司空，篇已具列在前，執法殆包括天子與三公而言。」

〔二〇〕《論語·鄉黨》：「孔子於鄉黨，恂恂如也，似不能言者。」又《陽貨》記孔子遇陽貨，曰：「諾，吾將仕矣。」

〔三〕［百家注引孫汝聽曰］魯定公十年，會齊侯於夾谷，孔丘相。［蔣之翹輯注］《左傳》定公十年：「公會齊侯於夾谷，孔丘相。犂彌言於齊侯曰：『孔丘知禮而無勇，若使萊人以兵劫之，必得志焉。』齊侯從之。孔丘以公退，曰：『士兵之兩君合好，而裔夷之俘以兵亂之，非齊君所以命諸侯也。裔不謀夏，夷不亂華，俘不干盟，兵不偪好，於神爲不祥，於德爲衍義，於人爲失禮，君必不然。』齊侯聞，遽辟之。」

【集　評】

《新刊增廣百家詳補注唐柳先生文》卷一六引黄唐曰：唐世士風敝甚矣，其相戒約曰：「君欲求權，須方須圓。」元次山嫉之，欲毁小兒轉圜之器，以謂寧方爲皂隸，不圓爲公卿。柳子説車以贈楊生者盡矣。其末篇曰：「誨之方其中，櫂圓其外者未至。」愚謂楊生誠能方其中，則其外當濟以圓，不害乎時中也。使其自得也未至，而更以圓教之，則不同乎流俗者幾希。然則柳子之學，或見笑於次山之家。（按：蔣之翹輯注本引作洪邁曰。）

黄震《黄氏日鈔》卷六〇：亦有益處世。

釋大訢《題曾大方北磵禪師方中字説後》：古人所謂方於中者爲正直，爲剛果，爲不詭隨，圜於外者爲智謀，爲權爲變，應於無窮，而行於無事也。其有以愎執爲方、以諂以柔爲圜者無取。柳子厚

《説車》固善，而陷伍、文之黨，於圜之義，得無少辨乎？（《蒲室集》卷一三）

茅坤《唐宋八大家文鈔》卷二五：子厚之文多峻峭鑱巖，而骨理時深。

明闕名評選《柳文》卷六：「衆車之説」句下：奇語。

蔣之翹輯注《柳河東集》卷一六：文特深致，其句法俱得之《考工記》，所以博而不雜，詳而能奥。又引唐順之曰：子厚之文多峻峭鑱巖，而骨理時深。

儲欣《河東先生全集録》卷三：豔富蒼堅，兼《國語》、《考工》之美。

張伯行《唐宋八大家文鈔》卷四：材良喻質，器攻喻學。方其中，所以載；圓其外，所以行，此車之大體也。而衆車既非一類，即一車之中，而又折之各有其具，猶士之通方具宜，而用無不周也。總以方中圓外爲主，體物既精，而文詞峭健，類《考工記》。

何焯《義門讀書記》卷三五：詞勝理，以爲車説則備矣。「視叱齊侯類蓄狗」：李（光地）云：柳文不雅馴若此，此言藺相如猶不可也。

孫琮《山曉閣選唐大家柳柳州全集》卷四：前幅説車處，寫出許多材良、工攻、圓外、方中、若箱、若輪、若軾、若軸等。後幅説入誨之，只將前幅説車許多一一點合，妙義迴環，前照後應，錯落成文。

乾隆敕纂《御選唐宋文醇》卷一一：君子所貴乎道者三，出辭氣遠鄙倍，其一也。纂組六經之語，左仁右義，聲周咳孔，無異於聖人，而片言單辭，不覺流露，以是知誠之不可揜，而文之不可以爲僞也。宗元《説車》以喻君子以成德爲行者，信善矣。乃謂孔子在夾谷，視叱齊侯類蓄狗，則其平日之多曠於禮，大類陽處父行，並植於晉國，不没其身，其氣象畢見矣。按《史記》夾谷之會，孔子兩度趨進，歷階而升，不盡一等，舉袂而言，請命有司。《左傳》則曰：齊使萊人以兵劫魯侯，孔子以公退，曰士兵之兩君合好，而夷裔之俘以兵亂之，非齊君所以命諸侯也。合而觀之，烏睹所謂叱齊侯類蓄狗者耶？此文洵美如玉矣，而斯語者，非大珪之纇哉？

焦循批《柳文》卷一二：可爲運用經典之法。

林紓《韓柳文研究法·柳文研究法》：近詞費，然造句峭勁，須學其用字鍊字法。

謫龍説

扶風馬孺子言〔一〕：年十五六時在澤州〔二〕，與群兒戲郊亭上，頃然，有奇女墜地，有光曄然①〔三〕，被緅裘白紋之裏〔四〕，首步摇之冠〔五〕。貴游少年駭且悦之②，稍狎焉，奇女頩爾怒曰〔六〕：「不可。吾故居鈞天帝宫〔七〕，下上星辰，呼嘘陰陽，薄蓬萊，羞崑崙〔八〕，而不即者。帝以吾心侈大，怒而謫來③，七日當復。今吾雖辱塵土中，非若儷也〔九〕。吾復，且害若。」衆恐而退。遂入居佛寺講室焉④。及期，進取杯水飲之，嘘成雲氣，五色，翛翛也〔一〇〕。因取裘反之，化爲白龍，徊翔登天，莫知其所終。亦怪甚矣。嗚呼！非其類而狎其謫，不可哉！孺子，不妄人也，故記其説。

【校　記】

①曄，五百家注本、《全唐文》作「煜」。

②少年，注釋音辯本作「年少」。

③詁訓本無「來」字。

④室，詁訓本作「堂」。

【解　題】

［韓醇詁訓］觀其説，不可謂無是理。然其末曰「非其類而狎其謫不可哉」，是蓋有所激而云，當在貶謫後作。按：章士釗《柳文指要》上《體要之部》卷一六：「《謫龍説》者，乃子厚有所爲而作，非戲謔也。己不虐人而見虐於人，因爲文以警之也。」此文所云是否實爲馬孺子所言無關緊要，作文之意，諸注家所云極是。其中描寫龍女容貌服飾一段，雖寥寥數語，已爲傳奇筆法矣。

【注　釋】

〔一〕陳景雲《柳集點勘》卷二：「案此文，柳子謫官後作，蓋時有過之不善者，故寓言見意。李習之有《祕書少監馬公誌》，云公諱某，字盧符，九歲貫涉經史，師魯山令元德秀，魯山奇之，號公爲馬孺子，爲之著《神聰贊》。此孺子殆即是人，惜未詳其名也。但祕監歿於元和之季年，登八十，視柳子幾倍長矣，乃不舉其官而仍孺子之名不改，豈以魯山之品目爲重，故不妨略其齒爵乎？」卞孝萱《冬青書屋·柳宗元〈謫龍説〉與李朝威〈柳毅傳〉》考證馬孺子爲馬宇。李翺《祕書少監史館修撰馬君墓誌》稱馬孺子「遷主客員外郎，使於東海，復命，授興元少尹。」《唐尚書省郎官石柱題名》有馬宇；韓愈《順宗實録》卷二：「（貞元二十一年二月）兵部郎中兼中丞元季方告哀於新羅，且册立新羅嗣王，主客員外郎兼殿中監馬于（宇）爲副。」又誌云馬孺子撰有《歷代紀録》、《類史》、《鳳池録》、《纂寶》、《折桂録》、《新羅紀行》、《將相别録》，《新唐書·藝文志二》有馬宇《段公别録》二卷，注云「秀實」，當爲《將相别録》中之一。以上爲卞孝萱所舉。《册府元龜》卷五五六：「馬宇爲祕書少監、史館修撰，有史學，撰《鳳池録》五十卷。」李翺所爲誌中即有《鳳池録》，益可證馬孺子即馬宇。

〔二〕［蔣之翹輯注］澤州在山西，唐曰蓋州。

〔三〕［韓醇詁訓］曄音頁，光也。［百家注引舊注］曄，目動也，光也，音葉。

〔四〕［注釋音辯］緅，將侯切，又側鳩切，帛青赤色。按：韓醇詁訓本同。

〔五〕［百家注引孫汝聽曰］步摇，冠名。言行步則摇，自漢時有之。

〔六〕［注釋音辯］頩，普名切，又普泠切。《文選》：「頩薄怒以自持兮，知不可乎犯干。」潘（緯）云：

頩，普涇切，美貌。一曰斂容。《玉篇》作「葩」。［韓醇詁訓］頩，普丁切。《博雅》：「艴頩，怒色也。」［百家注引童宗説曰］《楚辭》：「玉色頩以脕顔。」又《博雅》云：「艴頩，色也。」按：頩即斂容，發怒貌。洪邁《容齋隨筆》卷三《高唐神女賦》：「頩音疋零反，斂容，怒色也。柳子厚《謫龍説》有『奇女頩爾怒』之語，正用此也。」

〔七〕［蔣之翹輯注］《淮南子》：「中央曰鈞天。」按：見《淮南子·天文》。

〔八〕［蔣之翹輯注］《山海經》：「蓬萊之山，海中之神山，非有道者不至。」《水經》：「崑崙墟在西北，去嵩高五萬里，地之中也。」

〔九〕［注釋音辯］儷，郎計切，偶也。若，汝也。［韓醇詁訓］儷，郎計切，偶也。按：百家注本引作童宗説曰。

〔一〇〕［注釋音辯］翛音宵。［韓醇詁訓］翛音霄，羽敝也。按：翛翛，此形容濃密。

【集評】

曾季貍《艇齋詩話》：韓子蒼詩「塵緣吾未斷，不是薄蓬萊」，「薄蓬萊」三字，蓋柳子厚《謫龍説》「吾薄蓬萊羞崑崙」。

黄震《黄氏日鈔》卷六〇：文極佳。

郁逢慶《書畫題跋記》卷八：康里夔草書柳子厚《謫龍説》（在紙上，文在柳集，不書）：「彦中，判府賢友，久不覿僕惡札，因草書《謪龍説》，往想展覽之際，如相見焉。康里夔再拜。」「謪龍之事甚奇，河東之文尤奇，康里公之書益奇，可謂三奇矣。康里公標望絶人，簡交際，重然諾，雖不倦與人作書，然非其人，終身不得也。彦中公交契之素，於是乎見之。鄱陽周伯琦記。」「故人河海隔音聞，爲寫河東柳子文。寄與江南葉少府，臨風展玩憶青雲。西夏昂吉。（趙文朱文印）」「章文簡孫伯昌氏所藏康里夔公爲葉判府書柳河東《謪龍説》，判府乃伯昌外族，而得之。余嘗聞韓昌黎評柳子厚文雄深雅健，崔蔡不足多也，而子山平章書似公孫大娘舞劍器法，名擅當代，前後相去數百載，而具美於卷中。展玩之，如秋濤瑞錦，光采飛動，可謂妙絶古今矣。伯昌宜寶之。庚子七月廿八日高平瞿智謹識。」「謪龍之説，柳河東在南荒時，意有所激而云。彦中公少年登朝，赫然有聲，晚乃仕於郡縣，平昔交好於子山獨密，其於是説，豈無意乎？伯昌，公之外孫也，多鍾愛於外大父，故得公中朝諸公書尺最富，皆一一寶藏之，不獨此紙而已。六一翁云：視其所好，可以知其人。余於伯昌亦云。辛丑夏五，越人胡悌書。」

《王荆石先生批評柳文》卷五：有爲而作。

陸夢龍《柳子厚集選》卷三：自況。「非其類」句下：勁不可當。

蔣之翹輯注《柳河東集》卷一六：子厚好譚怪，故後人僞撰《龍城録》，稱爲子厚所作。其中羅浮梅花夢、華陽洞小兒化龍二事，皆依託此而成之者也。

儲欣《河東先生全集録》卷三：柳文於凡寓言，每用一語見本意，冷絶，峭絶。

何焯《義門讀書記》卷三五：「吾復，且害若，衆恐而退」：暗用夏侯泰初「事復，且害若」。淺丈夫之言也。

焦循批《柳文》卷一二：此其指王叔文事而云耶？

馬位《秋窗隨筆》：柳子厚《謫龍説》，可補入《搜神記》。

林紓《韓柳文研究法·柳文研究法》：《謫龍説》，重要在「非其類而狎其謫」句。想公在永州，必有爲人所侵辱者。文亦淺顯，易讀。

復吴子松説①

子之疑木膚有怪文，與人之賢不肖、壽夭、貴賤，果氣之寓歟？爲物者裁而爲之歟？余固以爲寓也。子不見夫雲之始作乎？教怒衝涌〔一〕，擊石薄木，而肆乎空中，偃然爲人，拳然爲禽，敷舒爲林木②，嵑巘爲宫室〔二〕，誰其搏而斲之者〔三〕？風出洞窟，流離百物，經清觸濁，呼召竅穴③〔四〕，與夫草木之儷偶紛羅，雕葩剡芒〔五〕，臭朽馨香，采色之赤碧白黄，皆寓也，無裁而爲之者④。又何獨疑兹膚之奇詭〔六〕，與人之賢不肖、壽夭、貴賤參差不齊者哉？是固無情，不足窮也。然有可恨者。人或權褒貶黜陟，爲天子求士者，皆學於聖人之道，皆又以仁義爲的⑤，皆曰：「我知人，我知人。」披辭窺貌，逐其聲而覈其所蹈者⑥，以升而降。其所升，常多蒙瞀禍賊⑦、僻邪罔人以自利者〔七〕；其所降，率多清明沖淳⑧、不爲害者。彼非無情物也，非不欲得其升降也，然猶反戾若此。逾千百年，乃一二人幸不出於此者，徵之，猶無以爲告。今子不是病，而木膚之問爲物者有無之疑，子胡横訊過詰擾擾焉如此哉⑨！

【校　記】

①吴，《英華》作「吾」。

②木，《英華》作「麓」。

③原注與詁訓本注：「竅，一作覈。」世綵堂本注：「『竅』作『覈』非。」

④原注與詁訓本、世綵堂本注：「一無之字。」注釋音辯本、《英華》無「之」字。

⑤詁訓本無「又」字。

⑥逐，詁訓本作「遂」。

⑦常，《英華》作「恒」。

⑧「率」下原有「恒」，並注：「一無恒字。」詁訓本、世綵堂本皆同。《全唐文》無「恒」字。此句與上句爲對偶句，無「恒」字是，故據以删。

⑨訊，詁訓本作「許」。

【解　題】

［注釋音辯］答吳武陵。［韓醇詁訓］吳子，武陵也。元和四年到永，此文當繼是而作。然其説有及於爲天子求士者，披辭窺貌，終不能知人，則其説又非徒作云。按：章士釗《柳文指要》上《體要之部》卷一六：「此文由木膚有怪文，皆寓也，而無裁而爲之者，推論到天子求士所爲黜陟升降之反戾不得其道，殆與武陵傷子厚竄逐久，到處奔走，爲彼訴説申理有關。」

【注　釋】

〔一〕［注釋音辯］［韓醇詁訓］教，蒲没切。按：「教」爲「勃」之異體。五百家注本、《英華》作「勃」。

〔二〕［注釋音辯］嵑，或作巀，苦曷、丘葛二切。巘，魚列、牙葛二切，山高貌。［韓醇詁訓］嵑，苦曷切。巘，魚列切。按：百家注本引作童宗説曰。巘，當作「巕」。

〔三〕［韓醇詁訓］斮音卓。

〔四〕［蔣之翹輯注］《水經注》：「比屋縣故地西十里有風山，其上有穴如輪，風氣蕭森，常不止。」在朔州。按：竅穴，即洞穴，蔣注非。

〔五〕［百家注］葩，披巴切。［蔣之翹輯注］炎，以冉切。炎，光貌。按：炎，削尖也。

〔六〕［韓醇詁訓］詭，古委切。

〔七〕［注釋音辯］童（宗説）云：（瞀）音霧，又莫候切，目不明。按：韓醇詁訓本同。

【集　評】

黄震《黄氏日鈔》卷六〇：謂壽夭、貴賤皆寓也，非造物，亦怨辭歟？

羆　説

鹿畏貙〔一〕，貙畏虎，虎畏羆〔二〕。羆之狀，被髮人立，絶有力，而甚害人焉。楚之南有獵者，能吹竹爲百獸之音。昔云持弓矢罌火而即之山①〔三〕，爲鹿鳴，以感其類，伺其至，發火而射之。貙聞其鹿也，趨而至，其人恐，因爲虎而駭之。貙走而虎至，愈恐，則又爲羆，虎亦亡去。羆聞而求其類，至則人也，捽搏挽裂而食之②〔四〕。今夫不善内而恃外者，未有不爲羆之食也。

【校　記】

①昔，《英華》作「嘗」。世綵堂本注：「昔云，一作寂寂。」按：「云」疑爲衍字。

②挽，《英華》作「挩」。

【解　題】

〔韓醇詁訓〕觀其説云「楚之南有獵者」，亦到永州後作。然言四物之相畏，不善内而恃外者，未有不爲羆之食，則在當時必有所指而言也。〔百家注引童宗説曰〕公之爲《羆説》，蓋有所指而言。

按：此文寓言不靠自己的力量以圖改善困境，而是希藉外力，最終是達不到目的的。有自我警示之意。章士釗《柳文指要》上《體要之部》卷一六：「子厚善爲小文，每一文必提數字結穴，使人知儆，《三戒》其著例也，而《羆説》則重在不善内而恃外一語。」

【注　釋】

〔一〕〔注釋音辯〕（貙）敕俱切。〔韓醇詁訓〕敕俱切。《釋文》：「貙劉也，似貍，能捕獸祭天。」〔蔣之翹輯注〕貙似虎而五爪，郭璞云：「似貍而大。」

〔二〕〔百家注引孫汝聽曰〕《説文》：「羆如熊，黄白色。」〔蔣之翹輯注〕羆似熊，白文，長頭高腳，猛憨多力，能拔木。關西呼爲貑熊。

〔三〕〔韓醇詁訓〕（罌火）上音鸎，瓦缶也。

〔四〕〔注釋音辯〕捽，昨没切。〔韓醇詁訓〕捽，昨没切，《説文》「持頭髮也」。按：百家注本引作童宗説曰。

【集評】

陸夢龍《柳子厚集選》卷三：妙喻文，層累而不俳。

儲欣《河東先生全集録》卷三：作僞者當汗下。不善内而恃外，權門尤甚。其爲人捽搏挽裂，腦腐骨爛於鼎鑊間者，時時有之。而前轅甫敗，來軫方遒，可慨也。

何焯《義門讀書記》卷三五：總領三句，甚健。

王符曾《古文小品咀華》卷三：此百鍊精金也，不愧與韓並駕。中、晚以後絶響矣。

林紓《韓柳文研究法·柳文研究法》：《羆説》在「不善内而恃外」句，與《謫龍説》同。似信手拈來，得此句後，始足成全文者。

觀八駿圖説

古之書有記周穆王馳八駿升崑崙之墟者，後之好事者爲之圖①，宋、齊以下傳之②。觀其狀甚怪，咸若騫若翔，若龍鳳麒麟，若螳蜋然〔一〕。其書尤不經，世多有，然不足采。世聞其駿也，因以異形求之，則其言聖人者，亦類是矣。故傳伏羲曰牛首，女媧曰其形類蛇〔二〕，孔子如倛頭〔三〕，若是者甚衆。孟子曰：「何以異於人哉？堯、舜與人同耳〔四〕。」今夫馬者，駕而乘之，或一里而汗，或十里而汗，或千百里而不汗者③，視之，毛物尾鬣，四足而蹄，齕草飲水〔五〕，一也。推是而至於駿，亦類也。今夫人有不足爲負販者，有不足爲吏者，有不足爲士大夫者，有足爲者，視之，圓首横目，食穀而飽肉，絺而凊④，裘而燠，一也。推是而至於聖⑤，亦類也。然則伏羲氏、女媧氏、孔子氏，是亦人而已矣⑥。驊騮、白羲、山子之類〔六〕，若果有之，是亦馬而已矣。又烏得爲牛，爲蛇，爲倛頭，爲龍鳳麒麟螳蜋然也哉？然而世之慕駿者⑦，不求之馬，而必是圖之似⑧，故終不能有得於駿也。慕聖人者，不求之人⑨，而必若牛、若蛇、若倛頭之問⑩，故終不能有得於聖人也。誠使天下有是圖者，舉而焚之，則駿馬與聖人出矣。

【校　記】

① 詁訓本無「者」字。

② 原注與注釋音辯本、詁訓本、世綵堂本注：「下，一作來。」《英華》作「來」。

③ 或千百里，《英華》、《全唐文》作「或數十里百里」。鄭定本、世綵堂本注：「一無『百』字，一作『數十里』。」

④ 凊，原作「清」，據世綵堂本、《全唐文》改。《釋文》：「凊，七性反。字宜從冫，從氵者，假借也。凊，涼也。」

⑤ 是，注釋音辯本作「進」。

⑥《英華》無「是」字。

⑦之，《英華》作「人」。

⑧《英華》無「而」字。

⑨《英華》「之」下有「於」。何焯《義門讀書記》卷三五：「『慕聖人者不求之人』，作『不求之於人』。」

⑩原注與注釋音辯本、世綵堂本注：「問，一作間。」詁訓本作「間」，並注：「一作問。」

【解　題】

［韓醇詁訓］《列子》云：「周穆王不恤國事，不樂臣妾，肆意遠遊，命駕八駿之乘，右服驊騮而左緑耳，右驂赤驥而左白羲。次車之乘，右服渠黄而左踰輪，左驂盜驪而右山子。馳驅千里，至於巨蒐氏之國，遂宿於崑崙之阿，赤水之陽。」古書記穆王馳八駿，莫此爲詳。晉王嘉《拾遺記》又記八駿之名，一曰絶地，二曰翻羽，三曰奔霄，四曰越影，五曰踰暉，六曰超光，七日騰霧，八曰挾翼。其圖必本諸此云。按：所引見《列子·周穆王》、《拾遺記》卷三。此文作年未詳，疑貞元中在京城時作。張彦遠《歷代名畫記》卷九：「古人畫馬有《八駿圖》，或云史道碩之跡，或云史秉之跡，皆螭頸龍體，矢激電馳，非馬之狀也。晉、宋間顧、陸之輩，已稱改步，周、齊間董、展之流，亦云變態。雖權奇滅没，乃屈産蜀駒，尚翹舉之姿，乏安徐之體。至於毛色多騧騮騅駁，無他奇異。」柳宗元又有《龍馬圖贊》，持

説全然相反，言非一端，各以不同角度立論也。元稹《八駿圖詩并序》，諷神馬而不神車與人；白居易《新樂府·八駿圖》「戒奇物懲佚遊也」，亦各有意焉。

【注釋】

〔一〕［百家注引孫汝聽曰］蝗螂，蟳蟰母。《方言》：「譚、魯以南謂之蟷蠰，三河之間謂之螳螂。」按：羅願《爾雅翼》卷二五：「許叔重又云：世謂之天馬，蓋驤首奮臂，頸長而身輕，其行如飛，有馬之象，故贊《八駿圖》者以爲其狀如麟鳳螳蜋然。」

〔二〕［注釋音辯］並出《帝王世紀》。［韓醇詁訓］（媧）公蛙切。［百家注引童宗説曰］《帝王世紀》：「伏羲女媧，蛇身人首。神農，人身牛首。」按：見蕭繹《金樓子》卷一、《藝文類聚》卷一一引《帝王世紀》。

〔三〕［注釋音辯］倛音欺，方相也。出《荀子·非相篇》。［百家注］孫（汝聽）曰：《荀子》云：「仲尼之狀，面如蒙倛。頭者，蒙倛之頭。」韓（醇）曰：倛，方相也，音欺。

〔四〕見《孟子·離婁下》。

〔五〕［注釋音辯］齕，下没切。［韓醇詁訓］齕，下没切，齧也。

〔六〕［注釋音辯］羲，一作蟻。《列子》云：「周穆王駕八駿之乘，右服驊騮而左緑耳，右驂赤驥而左白羲。次車之乘，古服渠黄而左踰輪，左驂盜驪而右山子。」

【集評】

《新刊增廣百家詳補注唐柳先生文》卷一六引黄唐曰：韓子曰：「古之聖人，有若牛、蛇、鳥喙、蒙倛者，貌似而心不同，不可謂之非人。」此所以歎鶴言之爲怪。柳子曰：「慕聖人者，不求之人，而必若牛、若蛇、若蒙倛之問，終不能有得。」此所以欲焚八駿之圖。文公之於聖人，信其有形貌之似而重求其心；子厚之於聖人，概之以人，而不信其爲禽獸蟲魚之怪。二子之意，蓋大同而小異。

黄震《黄氏日鈔》卷六〇：駿馬，馬之類。聖人，人之類。求以異形者非。

茅坤《唐宋八大家文鈔》卷二五：俊逸。

陸夢龍《柳子厚集選》卷三：俊甚。又：快哉！

蔣之翹輯注《柳河東集》卷一六：按《穆天子傳》……皆無所考見。故先輩王元美云「疑（王）嘉未見《穆王本傳》」，其言故不誣也。況此説中，亦曰騝騮、白羲、山子之類，又可證其非矣。

儲欣《河東先生全集録》卷三：從駿圖引入聖人，雙股開合，亦一法。

沈德潛《唐宋八大家文讀本》卷七：只堯舜與人同，意借駿圖説入聖人，剥去異説，獨標正論，筆力矯然。

孫琮《山曉閣選唐大家柳柳州全集》卷四：只就馬之無異，説出聖人無異。前幅叙出兩段世人好異。中幅從馬類推八駿，從人類推聖人，俱見得無異。妙在後幅，説聖人、駿馬無異處，寫作兩段，兩段又分作四段，正説反結，反説正結，令讀者但見其曲折不窮，忘其正反相生之妙。

王文濡《唐文評注讀本》上册：聖狂之判，判於克罔兩念，形貌求之，神異矜之，誤矣。駿之與聖，兩兩對舉，而義自見。柳文多峭刻，此作較平易，初學爲義學也。

柳宗元集校注卷第十七

傳

宋清傳

宋清，長安西部藥市人也。居善藥〔一〕，有自山澤來者，必歸宋清氏，清優主之。長安醫工得清藥輔其方，輒易讎〔二〕，咸譽清。疾病疕瘍者①〔三〕，亦皆樂就清求藥，冀速已〔四〕。清皆樂然響應②，雖不持錢者，皆與善藥，積券如山，未嘗詣取直。或不識，遥與券〔五〕，清不爲辭。歲終，度不能報，輒焚券〔六〕，終不復言。市人以其異，皆笑之曰：「清，蚩妄人也。」或曰：「清其有道者歟？」清聞之曰：「清逐利以活妻子耳，非有道也。然謂我蚩妄者，亦謬。」清居藥四十年，所焚券者百數十人，或至大官，或連數州，受俸博，其餽遺清者，相屬於户。雖不能立報，而以賒死者千百③，不害清之爲富也。清之取利遠，遠故大，豈若小市人哉！一不得直，則怫然怒〔七〕，再則駡而仇耳④。彼之爲利，不亦翦翦乎〔八〕？吾見蚩之有在也。清誠以是得大利，又不爲妄，執其道不廢，卒以富，求者益衆，其應益廣。或斥棄沉廢，親與交；視之落然者，清不以怠。遇其人，必與善藥如故。一旦復柄用，益厚報清〔九〕。其遠取利，皆類此。

吾觀今之交乎人者，炎而附，寒而棄，鮮有能類清之爲者。世之言，徒曰市道交〔一〇〕。嗚呼！清，市人也，今之交有能望報如清之遠者乎⑤？幸而庶幾，則天下之窮困廢辱得不死亡者衆矣，市道交豈可少耶？或曰：「清⑥，非市道人也。」柳先生曰：清居市不爲市之道，然而居朝廷、居官府、居庠塾鄉黨，以士大夫自名者，反争爲之不已，悲夫！然則清非獨異於市人也。

【校記】

①咸，原訛作「或」，據諸本改。原校與注釋音辯本、世綵堂本校曰：「一本作『咸譽清信能療病，故病者』。」詁訓本作「咸譽清信能療病，故病者」，並校：「一作『咸譽清，疾病疕瘍者』。」

②世綵堂本校：「皆，一作咸。」

③原校與注釋音辯本、詁訓本、世綵堂本校曰：「賒，一本作賤。」

④世綵堂本校：「耳，一作取。」

⑤《英華》「交」下有「者」字。清之遠者，詁訓本作「遠之清者」。

⑥《英華》無「清」字。

【解　題】

［韓醇詁訓］觀其文，當作於謫永州後。《傳》曰：「今之交有能望報如清之遠者乎？幸而庶幾，則天下之窮困廢辱得不死亡者衆矣。」豈非有怨於當時交游者不爲之汲引，附炎棄寒，有愧於清之爲者，託是以諷焉？按：此文作年未詳，亦未必作於貶謫之後，疑貞元間在長安作。李肇《唐國史補》卷中：「宋清賣藥於長安西市，朝官出入移貶，清輒賣藥迎送之。貧士請藥，常多折券。人有急難，傾財救之，歲計所入，利亦百倍。長安言：『人有義聲，賣藥宋清。』」可知宋清實有其人。陶穀《清異録》卷下：「長安宋清以鬻藥致富，嘗以香劑遺中朝簪紳，題識器曰：『三匀煎，焚之，富貴清妙。』其法止龍腦、麝末、精沈等耳。」疑亦一人。此文之旨，諸評論家皆以爲有諷。至於其所諷之意，或以爲柳宗元慨歎無人援己，非是。蓋柳宗元諷世人只見眼前之利，而不知利亦有近遠、小大之別，故傳宋清以爲樣版。柳宗元並不諱言「利」，此亦不同於口是心非之假道學。「義」與「利」是一對矛盾統一體，並非水火不相容，見利忘義，唯利是圖，爲人所鄙，由義而利，則未嘗不可。

【注釋】

〔一〕［注釋音辯］居猶積也。［百家注引孫汝聽曰］居，謂積也。

〔二〕［注釋音辯］易，以豉切。讎音售，賣也。［韓醇詁訓］上以豉切，下音售，賣也。按：百家注本引作童宗説曰。

〔三〕［注釋音辯］疕，卑履切，頭瘡。瘍音羊，身瘡。［韓醇詁訓］疕，卑履切。按：《周禮·天官冢宰·醫師》：「凡邦之有疾病者，疕瘍者造焉，則使醫分而治之。」鄭玄注：「疕，頭瘍，亦謂秃也。身傷曰瘍。」

〔四〕［蔣之翹輯注］已，止也。

〔五〕遥，遠。指從遠方寄來的借券。

〔六〕［世綵堂］《漢·高紀》「折券」注：「以簡牘爲契券。」《戰國策》：「馮驩使吏召諸民悉來合券，券徧合，因燒其券。」按：見《戰國策·齊策四》。

〔七〕［韓醇詁訓］佛音佛。按：怒也。

〔八〕［韓醇詁訓］翦，子踐切。按：翦翦，淺狹貌。《莊子·在宥》：「而佞人之心翦翦者，又奚足以語至道？」

〔九〕［百家注］（清）音青。

〔一〇〕市道交，以做買賣的方法結交朋友。戰國廉頗爲趙將，一旦失勢，賓客紛去，後再爲將，賓客又至，廉頗命客退，客曰：「吁，君何見之晚也！夫天下以市道交，君有勢我則從君，君無勢則去此，固其理也，有何怨乎？」見《史記·廉頗列傳》。

【集評】

釋道潛《贈鄒醫》：君不見宋清市藥長安西，衆工就取資刀圭。瘡瘍疾病一皆往，所應不必黄金賫。度未能酬輒焚券，恥學庸生憂噬臍。人人德清莫肯負，日獲遠利豐子妻。公侯餽遺日相屬，螘食華衣乘駃騠。羅池神人爲作傳，至今名譽横雲霓。鄒君業醫世淮海，瀉盛補衰知徑蹊。玉函金匱恣探討，拏以自副能不迷。頃年西遊抵京室，達官貴吏争品題。歸來鄉縣頗蕭瑟，湖水粘雲芳草萋。憐余寢瘵古佛刹，每辱珍劑相扶攜。傾囊倒橐願爲贈，唯有圓蒲並杖藜。君聞掉頭不我顧，止索詩句光衡圭。夜披陳編見清事，重嗟此道今如泥。君誠有意嗣前躅，篋笥不憂無錦綈。（《參寥子詩集》卷三）

樓鑰《李堯卿（唐佐）輓詞》：里社久相從，知君陰有功。救人多藥喜，持論恥雷同。素業諸郎在，浮生一夢空。淒涼宋清傳，健筆媿河東。（《攻媿集》卷一四）

張憲《挽盧處士》：月掩少微星，幽人奪壽齡。宋清良可傳，郭泰不慚銘。斷壟荒煙白，新阡野樹青。猶賢玉川叟，有子抱遺經。（《玉笥集》卷八）

高啟《贈醫士徐仲芳序》：昔柳子傳宋清，言清居善藥，有就清求藥者，雖不持錢，皆與之。積券如山，度不能報，輒焚券。余固疑清之未善也。苟不責報，尚何以券爲哉？又言清取利遠，故大，而卒以富。是知清猶未免於利耳。（《鼂藻集》卷三）

周是修《贈名醫劉友謙序》：余蚤歲嘗讀柳宗元《宋清傳》，意謂善矣，而未之大可也。後二十年，遊覽半宇内，觀世之醫鳴者，凡以疾來候，不三反而不至，欲重其術也。藏一藥，非倍價不售，欲豐其利也。孜孜焉惟能之，是矜貨之是殖其能，以濟人爲急，而候之輒行、求之輒與者，幾何而見其人乎？然後知宋清爲人之信奇，而宗元之傳爲世勸者，其意固有在也。（《芻蕘集》卷五）

茅坤《唐宋八大家文鈔》卷二一：亦風刺之言。

明闕名評選《柳文》卷四：「落然者」眉批：力摹寫。「復柄用」句下：以下無限深情。「或曰」眉批引王荆石曰：臨了出「或曰」，亦奇。

蔣之翹輯注《柳河東集》卷一七：最簡潔，議論亦好，但子厚作文，每只用此局法。孫鑛曰：以市字貫徹，情深風刺。「皆類此」下引唐順之曰：極力摹寫。「豈可少邪」下評：文勢至此已抑而不振，故下文又翻出一「或曰」以揚之。又文末評：一結有含蓄。

顧炎武《日知録》卷一九：列傳之名，始於太史公，蓋史體也，不當作史之職，無爲人立傳者，故有碑有誌有狀而無傳。梁任昉《文章緣起》言：傳始於東方朔，作《非有先生傳》。是以寓言而謂之傳。韓文公集中傳三篇：《太學生何蕃》、《圬者王承福》、《毛穎》（又有《下邳侯革華傳》，是僞作）。柳子厚集中傳六篇：《宋清》、《郭橐駝》、《童區寄》、《梓人》、《李赤》、《蝜蝂》。何蕃僅採其一事而謂之傳，王承福之輩皆微者而謂之傳，毛穎、李赤、蝜蝂則戲耳，而謂之傳，蓋比於稗官之屬耳。若段太尉則不曰傳，曰《逸事狀》，子厚之不敢傳段太尉，以不當史任也。自宋以後，乃有爲人立傳者，侵史官之職矣。

張伯行《唐宋八大家文鈔》卷四：宋清多蓄善藥，施於人而不求報，卒以此得大利，此古今大有經紀人也。而柳子特推言今之交無此人，又結言清居市不爲市道，今以士大夫自名者，反争爲市道，直是無窮感慨。

何焯《義門讀書記》卷三五：爲此説以冀人之拯己，陋矣。「然而居朝廷居官府」至末：益陋。此賈豎女子詬其曹耳，柳子其未遠於鄙悖哉，漢武所嘆於汲生之無學也。

孫琮《山曉閣選唐大家柳柳州全集》卷四：只是借宋清不速望，極調侃世人一番，痛駡世人一番。妙在前幅寫宋清市藥一段，中幅亦寫宋清市藥一段，特於中間忽起二波，寫出人笑宋清一段，宋清解嘲一段，便令文章無波瀾處生出波瀾，無點染處生出點染，峰巒絶佳。

儲欣《河東先生全集録》卷三：傳之變體，與昌黎《太學生何蕃傳》略同，俱叙事議論，參雜而出。

儲欣《唐宋八大家類選》卷一三：跌宕跳脱，開東坡海外篇。

沈德潛《唐宋八家文讀本》卷九：以一「市」字發出無限感慨，後段如太史公憤激於親戚交游莫救視也。筆下亦跳脱，有活龍虎之狀。

李開鄴、盛符升評《文章正宗》卷二〇：「市」字一篇照應，「遠」、「大」二字是主意。

乾隆敕纂《御選唐宋文醇》卷一一：韓愈所爲私傳，皆其人於史法不得立傳，而事有關於人心世道，不可無傳者也。宗元則以發抒己議，類莊生之寓言。如《梓人》，如《郭橐駝》等，皆與此同，非所爲信以傳信者矣。然其議論有可取者，則亦具録於編。此篇蓋慨交道之如市，且謂善賈者必有遠慮，有行義，若今之交，並市道之不若也。炎而附、寒而棄者之晨鐘矣。雖然，猶未聞君子之所謂朋友之道也。顧嘗論之，君臣、父子、夫婦、兄弟之倫，皆由天定。朋友者，人事之適然耳，而聖人列諸五倫，與四者並重，何哉？於戲！人必明於朋友之倫，而後四者之道可幾而明且行也。由家言之，父子之有慈孝，兄弟之有友恭，夫婦之有義正，固已。而情事萬端，道心微而人心危，何以撤其情慾氣質之偏，而趨乎慈孝、友恭、義正之域，誰爲講明切究扶掖而閑衛之者，非朋友歟？由國言之，君者出令者也，臣者行君之令而致之民者也。君令而不違者，豈曰唯其言而莫予違哉？亦曰唯其言而莫違乎天下之人之心也。則相與心誠，求夫天下之人之心，以明夫令之若否者，必有師臣焉，必有賓臣焉，必有友臣焉，非欲盡九州之才俊以供一身之使令也。故曰臣哉鄰哉，鄰哉臣哉，貴爲天子，其朋友之倫未嘗絶也。若臣與臣之夙夜交儆，以事一人者，更爲朋友之分之大端矣。爲長爲貳，爲伍爲考，爲股爲輔，内而臺省，外而牧守，近而聯曹，遠而隔域，爵有高卑，分有小大，而其所謀與所事者，莫非所以行天子之令以致之於民，以生養安全教訓化成斯民者也。然則其相親也，如股肱耳目之同處一體，雖父子、兄弟、夫婦有不可得而踰者，以其所係者大，非一身一家之事所可比擬，此自然而然，非彊欲云然而然者也。如是，而朋友之道可識矣。於國無益於君民，於家無益於孝弟，而猶曰朋友，是其朋何朋、而其友何友也？《常棣》之詩曰：「兄弟鬩于牆，外禦其侮，每有良朋，烝也無戎。」是詩也，非言朋友不如兄弟之肯禦侮也，朋友之義不在禦侮無戎義也。不得以身許人，如聶政、荆軻之爲也。其次章曰：「喪亂既平，既安且寧，雖有兄弟，不如友生。」是詩也，非言待兄弟不如朋友，而譏其共患難不共安樂之謂也。喪亂既平，既安且寧，斯時也，何以安不忘危、存不忘亡，未雨綢繆，而及時修德乎？必將就有道而正焉，則非一家兄弟之智謀才力所可任也。雖有兄弟，不如友生，言當求友之亟也。《伐木》之詩曰：「相彼鳥矣，猶求友聲。矧伊人矣，不求友生。神之聽之，終和且平。」言出谷遷喬，撤昏祛蔽，而日進於高明，未有不求友生而能自得之者也。其次章曰：「既有肥羜，以速諸父。既有肥牡，以速諸舅。」其三章曰：「籩豆有踐，兄弟無遠。」則初未嘗一言及於友生，此以見親親之恩，唯當施於諸父諸舅兄弟，而所謂友生者，不得狎與其間也。親親之殺，尊賢之等，各有當矣。施親親之恩於朋友，正所謂朋友道衰也。《易》曰：「西南得朋，東北喪朋。」西南者坤方，萬物皆致養焉，人臣所當勞勤心力耳目之地也。故利得朋，天下大矣，萬事變矣，一手一足之烈，其奚能爲？群策群力，多多益善，人若於此而有不欲得朋之心，則必所謂人之有技，媢嫉以惡之，人之彦聖而違之俾不通，實不能容者也。東北者寅方，始萬物終萬物者也。事之始也，當稟其令於君，事之終也，當歸其成於主。義非人臣之所得私，夫且不得有其身，而安得有朋？人若於此而有不能喪朋之心，則所爲臣無有作福作威玉食，臣之有作福作威玉食，其害於而家，凶於而國，人用側頗辟，民用僭慝者也。是故推得朋之義，則曰朋盍簪，曰朋來朋至，曰以其彙、以其鄰，莫非勗其一乃心力，勤勞王事之辭也。推喪朋之義，則曰涣其群，曰朋亡，曰絶類，上莫非戒其履霜堅冰，尾大不掉之辭也。於戲！讀《易》與《詩》，朋友所繫，不綦重哉？交道既喪，庠序之間，所謂以文會友，以友輔仁，以成風俗之美者無聞。朝廷之上，所謂拔茅連茹，彙征並進，以成得人之慶者無聞。平居嬉游征逐，握手出肺肝相示，而非相勖以忠孝也。其在位則結納汲引，黨同伐異，專以熒惑君上，博取人間富貴，則無論炎而附、寒而棄，即使久要不忘，其爲交也，猶糞土耳，豈曰金石哉？柳宗元慨士大夫交輕相負，無歲寒之雅，爲傳宋清市藥得利之遠，以忻動而愧勵之，不知苟不達於《伐木》友生之義、大《易》得朋喪朋之言，則雖白頭如新、傾蓋如故，其於聖賢所爲朋友之道，猶是適秦而越其轅者也。

浦起龍《古文眉詮》卷五四：世之言徒曰市道交，此感觸之因也。因憶宋清事借發，伏應玲瓏，全在複疊轉旋見筆妙。

章學誠《文史通義》外篇卷三《雜説中》：昔歐陽詠歎李氏，懲二臣也。柳子激賞宋清，悲窮途之無與援也。莊生歎異申屠，表德充之符也。無莊生與歐、柳之意，而但取婦女、市儈、殘疾之人，以衡天下之名教，且謂於是寄感慨，則感慨不可勝用矣。

吴德旋《初月樓古文緒論》：《史記》未嘗不罵世，卻無一字纖刻。柳文如《宋清傳》、《蝜蝂傳》等篇，未免小説氣，故姚惜抱於諸傳中只選《郭橐駝》一篇也。所謂小説氣，不專在字句，有字句古雅，而用意太纖太刻，則亦近小説。看昌黎《毛穎傳》，直是大文章。

焦循批《柳文》卷九：其清在骨，誦之足滌煩。

王文濡《唐文評注讀本》下册：宋之取利有道，誠異乎市儈之翦翦者。此亦借題發揮之作。

賀濤《書柳子宋清傳後》：子長得罪，知交莫救，《游俠傳》慨乎言之。子厚傳宋清，意與子長同。子長之意隘矣，子厚又從而甚焉。於清之得遠利，數數言之，其意蓋曰：「有援我者，吾之報之也。」豈後於德清者之報清，此傳之意也。不然，清之遇人足以傳矣，數言其得遠利，則賈人之尤巧者也，何足道哉！古之君子，其進也難，其退也易，雖獲譴以去，而充然有以自得也，吾讀子厚與許、蕭諸書，益不能無惑焉。夫子長之辭激，子厚之辭敖，其於君子自得之趣，已邈乎其不相及矣。然彼二子者，謫非其罪，特假偏鷙激宕之辭，笑訕怒詈而攄其憤耳。子厚既自反之不縮，而又倖人之憐而收之也，故其志幽抑，其音哀促，其氣亦遂萎然不能舉其辭，抑猶在二子之後歟？雖然，子厚以命世之才，鋭於見功，至蹈大戾，其冀得復用，蓋欲直前過而竟吾才之所能耳。夫以斥逐廢滯無人省録之身，抱壹鬱紆軫無聊之志，而施政於遐僻瘴癘之地，其所錯置已足表暴於當世，使得復枋用，其效功天下豈可量耶？又烏得與奔世竊榮苟徼富貴者等觀而類視之耶？然卒絀於讒毁，不得少伸，雖平生故舊所賞，致書而希其扳接，如蕭俛、許孟容、李建諸人者，亦終不肯爲言，此退之所謂材不爲世用，道不行於時也。嗚呼！豪逸之士不容於世也久矣，庸謭痿竄之徒，席恒蹈順，倖免於戾者，方且日伺吾之隙，而以其所操尺墨繩之，一不自檢攝，而身敗名裂，終不復振者，不可勝數也。子厚之斥也，惜之者退之而已。李陵之敗，惜之者子長而已。吾著而論之，使操用人之柄者，苟遇英特非常之士，當懲其躁妄，而委曲而全之，無沮遏其志而敗壞其才，而士之自持其身者，尤當致謹於出處進退之際。世無退之、子長，則子厚乃竄斥之罪人，而李陵乃一降虜耳，雖有文學勳烈，誰復稱道之哉？孟堅爲《李陵傳》，既侈陳戰狀以表其功，於其致敗及所以降而不反者，言之絶痛，而陵之本志，復於《蘇武傳》言之，可謂得子長之意矣。陳湯奇才偉功，以過犯屢嬰大譴，間以疾毁，卒致廢死，孟堅既直書其功罪，而備載劉向、谷永、耿育頌湯之疏，以致其痛惜之意。嗚呼！此班氏所以爲良史與？

（轉引自章士釗《柳文指要》上《體要之部》卷一七）

種樹郭橐駝傳

郭橐駝不知始何名〔一〕，病僂①〔二〕，隆然伏行，有類橐駝者，故鄉人號之駝。駝聞之曰：「甚善，名我固當〔三〕。」因捨其名，亦自謂橐駝云。其鄉曰豐樂鄉〔四〕，在長安西。駝業種樹，凡長安豪富人②，爲觀游及賣果者，皆爭迎取養。視駝所種樹，或移徙，無不活，且碩茂，蚤實以蕃。他植者雖窺伺傚慕，莫能如也。

有問之，對曰：「橐駝非能使木壽且孳也③〔五〕，能順木之天④，以致其性焉爾。凡植木之性，其本欲舒，其培欲平，其土欲故，其築欲密〔六〕。既然已⑤，勿動勿慮，去不復顧⑥，其蒔也若子〔七〕，其置也若棄，則其天者全而其性得矣。故吾不害其長而已，非有能碩茂之也⑦，不抑耗其實而已，非有能蚤而蕃之也。他植者則不然，根拳而土易，其培之也，若不過焉則不及⑧。苟有能反是者，則又愛之太殷⑨，憂之太勤，旦視而暮撫，已去而復顧。甚者爪其膚以驗其生枯，摇其本以觀其疏密，而木之性日以離矣。雖曰愛之，其實害之，雖曰憂之，其實讎之，故不我若也。吾又何能爲哉⑩！」

問者曰：「以子之道，移之官理，可乎？」駝曰：「我知種樹而已。理⑪，非吾業也。然吾居鄉⑫，見長人者好煩其令，若甚憐焉，而卒以禍。旦暮吏來而呼曰：『官命促爾耕，勗爾植〔八〕，督爾穫。蚤繅而緒〔九〕，蚤織而縷〔一〇〕。字而幼孩，遂而雞豚〔一一〕。』鳴鼓而聚之，擊木而召之。吾小人輟飧饔以勞吏者⑬〔一二〕，且不得暇，又何以蕃吾生而安吾性耶？故病且怠。若是，則與吾業者其亦有類乎？」問者嘻曰⑭：「不亦善夫！吾問養樹⑮，得養人術。」傳其事以爲官戒也⑯。

【校記】

① 僂，原作「瘻」，據注釋音辯本及《英華》改。僂，指駝背，瘻，頸部腫大，故作「僂」是。

② 原校與注釋音辯本、世綵堂本校曰：「一本『橐』字下有『家』字。」《英華》即作「橐家」。詁訓本則曰：「（橐下）一有人字。」

③《英華》、《全唐文》「木」下有「之」。

④原校與注釋音辯本、世綵堂本校曰：「一有『以』字。」詁訓本及《英華》「能」上有「以」。

⑤蔣之翹輯注本：「既然已」三字疑衍。

⑥原校與注釋音辯本、詁訓本、世綵堂本校曰：「去，一本作亦。」五百家注本、《英華》作「亦」。

⑦《英華》、《全唐文》「茂」上有「而」。

⑧原校與注釋音辯本、詁訓本、世綵堂本校曰：「（『及』下）一有『焉』字。」

⑨殷，原作「恩」，據《英華》改。

⑩原校與注釋音辯本、世綵堂本校曰：「一本『哉』字上有『矣』字。」《英華》即作「矣哉」。

⑪蔣之翹輯注本：「理，一本亦作『官理』。」

⑫世綵堂本校：「吾，一作而。」

⑬世綵堂本校：「輟，一作具。一無『者』字。」

⑭嘻曰，《英華》、《全唐文》作「曰嘻」。原校與注釋音辯本、詁訓本、世綵堂本校曰：「嘻，一作喜。」

⑮詁訓本「樹」下有「焉」字。

⑯「也」原闕，據注釋音辯本、《英華》、《文粹》、《全唐文》補。原校與世綵堂本校：「一有『也』字。」

【解　題】

［韓醇詁訓］據《傳》曰：「其鄉曰豐樂，在長安西。」當在貞元末年爲藍田尉前後作。其曰「問養樹得養人」，其益於爲政者，豈獨當時然哉？取其道而移之官，則民得安其全矣。橐音託。駝，徒何切。［百家注引孫汝聽曰］姓郭，號橐駝。駝，馬類也，背肉似橐，故以名之。按：橐駝即駱駝，因此人駝背，故以名之，蓋外號也。文因講種樹之道，徐光啟《農政全書》卷三一、卷三七皆引其中文字，以至尚有人造作《郭橐駝種樹書》。然此文既非寫人，亦非講種樹，蓋寓言規諷，以種樹之道喻治民之道也。司馬光《資治通鑑》卷二三九特略述《梓人傳》及此篇，並云「此其文之有理者也」。韓醇云作於貞元末，然亦可能作於柳州刺史時，柳宗元身爲州郡長官，作此文以明己治民之道也。

【注　釋】

〔一〕［世綵堂］《史記》荆王劉賈：「諸劉者不知其何屬。」《漢史》荆王劉賈：「不知其初起時。」劉屈氂：「不知其始所以進。」公文法本此。

〔二〕［注釋音辯］（僂）力主切，病傴。［韓醇詁訓］（瘻）隴主切，尫瘻，《釋文》「傴疾」。

〔三〕［世綵堂］《史記》「陳勝敗固當」，見《項羽本紀》。《漢書》亦同。公語法本此。

〔四〕豐樂鄉，唐屬京兆府長安縣。

〔五〕［韓醇詁訓］孳音字。乳化曰孳，又津之切。［世綵堂］《漢書》：「萬物孳萌於子。」孳音兹。

〔蔣之翹輯注〕《説文》：「乳化曰孳。又生息也。」按：《漢書·律曆志上》：「故陽氣施種於黄泉，孳萌萬物。」顔師古注：「孳讀與滋同，滋益也。萌，始生也。」

〔六〕〔蔣之翹輯注〕舒，展也。故，舊也。密，實也。

〔七〕〔注釋音辯〕蒔音時，種也。〔韓醇詁訓〕蒔音侍，種也。〔蔣之翹輯注〕顧，視也。蒔，種也。按：百家注本引作童宗説曰。

〔八〕〔韓醇詁訓〕勗，呼玉切，勉也。〔百家注引張敦頤曰〕勗，勉也，呼玉切。

〔九〕〔韓醇詁訓〕繅，蘇曹切。繹繭爲絲。按：繅同繰。

〔一〇〕〔蔣之翹輯注〕縷，布縷也。按：縷謂織成布帛。

〔一一〕字，養育。遂，生長。

〔一二〕飧，晚餐。饔，早餐。《孟子·滕文公上》：「賢者與民並耕而食，饔飧而治。」趙岐注：「饔飧，熟食也。朝曰饔，夕曰飧。」

【集　評】

《新刊增廣百家詳補注唐柳先生文》卷一七引黄唐曰：事有可觸類而長者，聞解牛得養生，問鑄金得鑄人，爲天下之道與牧馬何異，牧民之道以牧羊而知，《橐駝傳》宜其有爲而作也。

鄭剛中《圃中雜論序》：柳子厚謂郭橐駝若種樹所植，無不碩大且蕃，人問其故，則曰能順木之

天而已矣。由是知根荄微物，皆有理性，得其性，未有不毓者。（《北山集》卷五）

陳耆卿《代通王舍人書》：昔者竊聞之，至賤託於至貴，王承福之圬託於韓退之而顯，郭橐駝之種樹託於柳子厚而顯。圬也，種樹也，藝之無足道者也，而猶若是，況大者乎？（《篔窗集》卷五）

樓昉《崇古文訣》卷一二：凡事有心則費力，求工則反拙，曲盡種植之妙，非特爲種植作也。與《捕蛇説》同一機栝。

黄震《黄氏日鈔》卷六〇：戒煩苛之擾。

王應麟《困學紀聞》卷一〇：《淮南子》曰：「春貸秋賦，民皆欣；春賦秋貸，衆皆怨。得失同，喜怒爲别，其時異也。爲魚德者，非挈而入淵；爲蝯賜者，非負而緣木。縱之其所而已。」亦見《文子》。此柳子《種樹傳》之意。

方岳《泊龍灣》：安得蓬籠雨一蓑，蘆花深處卧煙波。籌邊事付韓擒虎，種樹書傳郭橐駝。從古市朝如此耳，攙閒天地奈之何。秫田雖少亦堪釀，底處不容人醉歌。（《秋崖集》卷九）

胡祗遹《論司農司》：樊遲請學稼，子曰：「吾不如老農。」蓋學業有專攻，苟以不通無用之虚言亂人耳目，則不若不論之爲愈也。老子亦曰：「我無事而民自富。」唐柳子厚見當時勸農之弊，反致勞民，廢奪農務，故以種樹爲喻，而作《郭橐駝傳》，誠萬世不刊之名言也。（《紫山大全集》卷二二）

《資治通鑑》卷二三九唐憲宗元和十年胡三省注：《梓人傳》以諭相，《種樹傳》以諭守令，故温公取之，以其有資於治道也。

湛若水《格物通》卷五〇：臣若水通曰：《堯典》曰：「疇若予上下草木。」聖人盡人物之性，在順之而已矣。柳宗元橐駝之論，蓋本諸此。方今之弊日甚矣，蓋使司一局面也，監司一局面也，分巡一局面也，分守一局面也，州府一局面也，縣邑一局面也，是所謂一羊而九牧者也。上有所令，則下必承之，而擾民耗財，又不特一吏，不但如饔飧勞吏而已也。是故長吏之不才者，既多端以迫之，而吏胥之尤不才者，復藉其威以害之，而令之所頒，況非促耕督穫之意乎？

茅坤《唐宋八大家文鈔》卷二一：守官者當深體此文。

明闕名評選《柳文》卷四文末眉批引楊升庵（慎）曰：歸結處似淡，然一篇精神命脈，全賴此句收拾，便覺淡中有味。

陸夢龍《柳子厚集選》卷三：前段有妙理，後若不説出本意，當更佳。抑文多不免盡。

蔣之翹輯注《柳河東集》卷一七：借議論叙事，略無痕暇，兼以詳確明快。即不謂規諷世道作正經文字看，尚得爲山家種樹方。又引林希元曰：此與《梓人傳》絶似韓退之《圬者傳》。又引王世貞曰：詩家最忌粘皮著骨，文家都不甚忌，更説得痛切，更覺精神，須讀此傳。「橐駝云」句下評：以上了郭橐駝名。「其性焉爾」句下評：一篇之意，已盡於此。「則不然」句下引王鏊曰：此數語只淺淺。就植木上説道理，亦説得十分痛快。又引李廷機曰：似從孟子養氣工夫體貼出來。「其有類乎」句下引茅坤曰：寫出俗吏情弊，民間疾苦，讀之令人淒然，可與韓文公《贈崔復州序》參觀。文末引王慎中曰：歸結處似冷澹，然一篇精神命脈，全賴此句收拾。

吕留良《晚村先生八家古文精選·柳文精選》：養樹養人分兩段，而養人一段，亦向橐駝口中得之，何也？蓋若從旁推論，必將養人之術貼定養樹。洗發殆盡，議論雖暢，而亦少含蓄矣。此只就橐駝居鄉所見冷冷數語，語未畢而意已透，使讀之者尚有餘味。此等處皆文章妙訣也。又：此本爲有愛民之心而煩擾者言之，然世之官吏，往往本無愛民之心，而故爲煩擾，以粉飾故事，此種又須分别。故後段若甚憐焉，放作活句以該之，誰識良工心苦。

金聖歎批《才子古文》卷一二：純是上聖至理，而以寓言出之，頗疑昌黎未必有此。

林雲銘《古文析義》二編卷六：政在養民，即唐虞不廢戒董，以其能致民之性也。後世具文煩擾，而民始病。郭橐駝種樹之道，若移之官理，便是居敬行簡一副學問。即充而至於舜之無爲、禹之無事，不越此理。然前段以種樹之善不善分提，後段單論官理之不善，但云以他植者爲戒，不説以橐駝爲法。蓋知古治，必不易復。省一事，斯民間省一擾，即漢詔以不煩爲循吏之意，非謂居官可以不事事也。細玩方知其妙。

張伯行《唐宋八大家文鈔》卷四：子厚之禮物精矣，取喻當矣。爲官者當與民休息，而不可生事以擾民，雖曰愛之，適以害之，是可歎也。然所謂煩其令者，雖未得愛民之道，而猶有愛民之心焉。若今日之吏來於鄉者，追呼耳，掊克耳，是直操斧斤以入山林也，豈特爪其根、摇其本已哉？噫！

何焯《義門讀書記》卷三五：此文王荆公對症之藥也。李（光地）云：文不甚高，而論有可存者。

吴楚材、吴調侯《古文觀止》卷九：「橐駝云」句下：以上先將橐駝命名寫作一笑。「在長安西」

句下：何爲書其鄉？只爲欲寫其在長安，長安人争迎也。「爲觀遊」句下：種樹行樂。「賣果者」句下：種樹謀生。「無不活」句下：無不活，雙承種與遷。「實以蕃」句下：活外又添寫此一句。「莫能如也」句下：又反襯一句，伏後文。「且孳也」句下：折一筆。「其性焉爾」句下：一篇之意，已盡於此。「植木之性」句下：承其性字。「築欲密」句下：此四「欲」字，本性欲也。「其性得矣」句下：此段是暢講「無不活」三字理。「而蕃之也」句下：此段又反覆碩茂蚤蕃四字理。以上只淺淺就植木上説道理，從孟子養氣工夫體貼出來。「則不然」句下：一句提轉。上言無心之得，下言有心之失。「何能爲哉」句下：此段明他植者莫能如一句理。以上論種樹畢，以下入正意，發出議論。「卒以禍」句下：總提一句，下就他植者則不然一段摹出。「亦有類乎」句下：寫出俗吏情弊，民間疾苦，讀之令人悽然。文末：一篇精神命脈，直注末句結出。語極冷峭。又總評：前寫槖駝種樹之法，瑣瑣述來，涉筆成趣。純是上聖至理，不得看爲山家種樹方。末入官理一段，發出絶大議論，以規諷世道。守官者當深體此文。

儲欣《河東先生全集録》卷三：以煩爲戒。雖然，此特有司之好事喜名者耳，較諸悍吏之來，叫囂乎東西，隳突乎南北，害之輕重何如耶？近世有司有命促爾耕者乎？督爾獲者乎？視窮甿之耕織，畜字藐焉。不勗動其心，而叫囂隳突無虚日也，是則官戒有緩急。吾顧長人者急敗彼而徐讀此可也。

儲欣《唐宋八大家類選》卷一三：順木之天，其義類甚廣，爲學養生，無不可通。然柳氏自爲長人者而發，後世併促耕督獲之呼，亦無暇及矣。叫囂隳突，雞犬不寧，如捕蛇説所云，則無間日夜也。悲夫！

孫琮《山曉閣選唐大家柳柳州全集》卷四：前幅寫槖駝命名，寫槖駝種樹，寫槖駝與人問答種樹之法，瑣瑣述來，純是涉筆成趣。讀至後幅，陡然接入官理一段，變成絶大議論。於是讀者讀其前文，竟是一篇游戲小文章，讀其後文，又是一篇治人大文章，前後改觀，咄咄奇事。

沈德潛《唐宋八家文讀本》卷九：此爲勤民而不得其道者言，若戕虐其民，如根拳土易一流，固不待言也。柳子主意，蓋在蓋公治齊一邊，問養樹得養人術，古帝王所以詢於芻蕘也。古人立私傳，每於史法不得立傳，而其人不可埋没者，别立傳以表章之。若柳子郭槖駝、宋清諸傳，同於莊生之寓言，無庸例視。

朱宗洛《古文一隅》卷中：峭。又評：嘗謂大家之文，多以意勝，而意養要善達。其所以善達者，非以詞糾纏敷衍之謂也，蓋一意耳。或借粗以明精，如此文養樹云云是也。或借彼以證此，如以他植者來陪襯是也。或去淺而取深，如「既然已」，及「苟有能反是者」，與「甚者」云云是也。或反與正相足，如中間其本欲舒數句，而後又用非有能以反徼是也。至一段中或先用虚提，中用申説，後用實徼，或兩段中一正一反、一逆一順錯間相生，或一篇中前虚後實、前賓後主、前提後應，變化伸縮，則題意自達，不犯糾纏敷衍之病矣。處處樸老簡峭，在柳集中應推爲第一。

浦起龍《古文眉詮》卷五四：特爲良吏作官箴，詡詡講惠政，不持大體，病往往類此。重在既然、反是兩轉筆也。叙事不多，通述橐駝言，並富禮亦不作傳者語，脱甚。

乾隆敕纂《御選唐宋文醇》卷一一：《康誥》曰：「如保赤子。」《大學》申之曰：「心誠求之，雖不中，不遠矣。」夫父母之於子，無名之可立也。惟不以名求而以心誠求，故神聽無響，而飲食寒暖之宜，必適得乎不能言之赤子之心，而終未嘗厭其煩。長民者，民之父母也，民，赤子也。乃有父母之責，而未嘗稍存父母之心，不以爲獲利之區，即以爲立名之地，赤子奚乳焉？宗元所言長人者好煩其令，民輟饔飧以勞吏者，且不得暇，又何以蕃吾生而安吾性？誠足以爲官戒矣。雖然，其所以至是者，豈以赤子視斯民而致然哉？爲其以民事爲立名之地而致然也。果甚憐其民，而促耕督穫之勤且劬如是，又安得使民輟饔飧以勞吏？唯其爲此者名也。名既至，而赤子與我即秦越，是以若甚憐焉，而卒以禍。如心誠求之，則或煩或簡，於民各有所利也。其簡也固，種樹者之置若棄也。其煩也非，即種樹者之蒔若子乎？

錢大昕《十駕齋養新録》卷一六《東坡學韓柳》：《表忠觀碑》仿子厚《義門銘》也，《萬石君羅文傳》仿退之《毛穎傳》也，《蓋公堂記》用子厚《郭橐駝傳》之意而變其面目。

蔡鑄《蔡氏古文評注補正全集》卷七：過珙評：借種樹以喻居官，與《捕蛇説》同一機軸。蔡氏評：牧民當順民性，亦猶種樹不可拂其性也。借言規諷，可以垂世。

林紓《古文辭類纂選本》卷七：此文較《王承福傳》稍直致，無伸縮吐茹之功。文所謂全性得天者，似《莊子》語。其譏操切之吏，尚屬有心民事者，不過講具文耳。讀者須觀其造句古樸堅實處。

王文濡《評校音注古文辭類纂》卷三七：養人之術通於養樹，傳其事以爲官戒，乃作者之正意，此文之有關繫者。

童區寄傳

柳先生曰：越人少恩，生男女必貨視之①。自毁齒已上〔一〕，父兄鬻賣〔二〕，以覬其利。不足，則盜取他室②，束縛鉗梏之〔三〕。至有鬚鬣者〔四〕，力不勝，皆屈爲僮。當道相賊殺以爲俗。幸得壯大，則縛取么弱者〔五〕。漢官因以爲己利③〔六〕，苟得僮，恣所爲，不問，以是越中户口滋耗。少得自脱，惟童區寄以十一歲勝，斯亦奇矣④〔七〕。桂部從事杜周士爲余言之〔八〕。

童寄者，柳州蕘牧兒也⑤，行牧且蕘〔九〕，二豪賊劫持反接，布囊其口，去逾四十里之墟所賣之⑥〔一〇〕。寄僞兒啼恐慄，爲兒恒狀。賊易之，對飲酒，醉⑦。一人去爲市，一人卧，植刃道上。童微伺其睡⑧，以縛背刃，力下上⑨，得絶，因取刃殺之。逃未及遠，市者還，得童⑩，大駭，將殺童，遽曰：「爲兩郎僮，孰若爲一郎僮耶？彼不我恩也。郎誠見完與恩〔一一〕，無所不可。」市者良久計曰：「與其殺是僮，孰若賣之？與其賣而分，孰若吾得專焉⑪？幸而殺彼，甚善。」即藏其尸，持童抵主人所，愈束縛牢甚。夜半，童自轉，以縛即爐火，燒絶之，雖瘡手勿憚。復取刃殺市者⑫。因大號，一墟皆驚。童曰：「我區氏兒也⑬，不當爲僮。賊二人得我，我幸皆殺之矣，願以聞於官。」墟吏白州，州白大府，大府召視，兒幼愿耳⑭。刺史顔証奇之〔二〕，留爲小吏，不肯。與衣裳，吏護還之鄉。鄉之行劫縛者側目，莫敢過其門，皆曰：「是兒少秦武陽二歲〔三〕，而討殺二豪⑮，豈可近耶？」

【校記】

① 原校與注釋音辯本、詁訓本、世綵堂本校曰：「必，一本作以。」《全唐文》作「以」。

② 「盜」原闕，據注釋音辯本、詁訓本、《英華》補。世綵堂本校：「『則』下有『盜』字。」

③ 注釋音辯本、《英華》無「以」字。注釋音辯本校：「一本『爲』字或有『以』字。」

④ 詁訓本無「斯」字。

⑤ 柳，原作「郴」，各本皆同，此據《英華》改。陳景雲《柳集點勘》卷二：「杜周士爲余言之，按柳子在永州有《送杜留後序》，即此傳中桂部從事杜周士也。區寄事即聞之桂部從事，而區寄乃郴州蕘牧兒，郴係潭部屬郡，非桂所部。又傳言州白大府，刺史顔証奇之，據舊史，証以貞元二十年除桂州刺史、桂管觀察使，則州所白大府蓋桂管，非潭部也。『郴』當從《文苑》作『柳』。」陳説是。

⑥ 墟，蔣之翹輯注本作「虛」，並注：「虛，古墟字，通。」墟，集市。

⑦詁訓本無「醉」字。

⑧伺，詁訓本作「持」。

⑨下上，《英華》作「上下」。

⑩童，注釋音辯本作「僮」。

⑪原校與注釋音辯本、詁訓本、世綵堂本校曰：「一有『然』字。」

⑫市，《英華》作「是」。

⑬氏兒，五百家注本作「兒氏」。

⑭《英華》「兒」上有「而」字。

⑮討，《英華》、《全唐文》作「計」。

【解　題】

［韓醇詁訓］詳其文，當在柳州時作。其曰桂部從事爲余言之，則非謫永時文也。［百家注引王儔補注］東坡有《劉醜廝詩》云：「曰此可名寄，追配郴之蕘。恨我非柳子，擊節爲爾謡。」謂此。按：此文非柳州時作。柳宗元有《同吴武陵送杜留後詩序》，即送杜周士，元和三年作於永州，區寄事即聞之於杜周士，則亦元和三年永州時作。文云桂管觀察使顏証，顏証貞元末至元和初在任，亦可證此文非作於柳州。此文寫一少年憑靠自己的勇敢和智慧殺了兩個掠賣人口的强盗，得以脱逃，

與《宋清傳》、《梓人傳》等借人事以寓意者不同，故人物形象躍然紙上。

【注釋】

〔一〕［百家注引孫汝聽曰］《説文》：「男八月齒生，八歲而齔。女七月齒生，七歲而齔。齔，毁齒也。」

〔二〕［韓醇詁訓］（鬻賣）上音育。按：鬻即賣。

〔三〕［注釋音辯］［韓醇詁訓］鉗，其廉切。梏，姑沃切。［百家注引孫汝聽曰］鉗者，以鐵束之。梏，手鉗。［世綵堂］梏，手械。

〔四〕［韓醇詁訓］鬣音獵。［百家注引孫汝聽曰］鬣，長鬚也，音獵。按：指年長者。

〔五〕［百家注］么，小也。按：章士釗《柳文指要》上《體要之部》卷一七：「意謂僮而幸得壯大，又掠取他僮以爲己利，世代相續，遂成族性。」

〔六〕陳景雲《柳集點勘》卷二云：「按唐時嶺表大吏多貢南口，或以充賂遺，所謂因爲己利者此也。」

〔七〕［世綵堂］此用太史公《與任安書》「斯亦奇矣」語法，公凡數用之。

〔八〕［百家注引孫汝聽曰］（杜）周士，貞元十七年第進士，元和中從事桂管。

〔九〕［百家注引童宗説曰］蕘，採薪也。

〔一〇〕［注釋音辯］［韓醇詁訓］南越中謂野市曰虚。

〔一〕章士釗《柳文指要》上《體要之部》卷一七以爲「郎」爲「我」字之誤，文中凡區寄自稱皆曰「我」，稱對方爲「郎」，此爲自稱之語氣。按：此處「郎」以稱對方，未必誤。

〔二〕［注釋音辯］童（宗説）云：（証）音征，又之盛切。［百家注引童宗説曰］証，杲卿之孫，元和初爲桂管刺史觀察使。証音征，又之刃切。按：《舊唐書·德宗紀下》：「（貞元二十年十二月）庚午，以桂管防禦使顏証爲桂州刺史、桂管觀察使。」白居易有《與顏証詔》。「証」或誤作「證」，據《元和姓纂》卷四瑯琊江都顏氏條改。

〔三〕［注釋音辯］《戰國策》：「燕有勇士秦武陽，年十三殺人，人不敢忤視。」《史記》云「舞陽」。［韓醇詁訓］《戰國策》：「燕太子丹欲以匕首刺秦王，燕國有勇士秦武陽，年十三殺人，人不敢忤視，乃令爲荆軻副而往之。」《史記》作「舞陽」。按：見《戰國策·燕策三》、《史記·刺客列傳》。

【集評】

茅坤《唐宋八大家文鈔》卷二一：事亦奇。

孫琮《山曉閣選唐大家柳柳州全集》卷四：事奇，人奇，文奇。叙來簡老明快，在柳州集中又是一種筆墨，即語史法，得龍門之神。班、范以下都以文字掩其風骨，推而上之，其《左》、《國》之間乎？

何焯《義門讀書記》卷三五：「是兒少秦武陽二歲」：與發端暗配。又：通體叙致分明。

儲欣《河東先生全集録》卷三：事奇，文奇。一結有拔山之勇。

沈德潛《唐宋八家文讀本》卷九：此即事傳事，與《梓人》、《宋清》、《郭橐駝》諸傳別有寄託者異也。簡老明快，字字飛鳴，詞令亦復工妙。假令其持地圖藏匕首上殿，必不至變色失步，同秦武陽之怯矣。我愛之畏之。

乾隆敕纂《御選唐宋文醇》卷一一：子厚未嘗爲史，此文絶似《後漢書》，固子厚之史也。

焦循批《柳文》卷九：自《左》、《史》以來，叙事工者，皆以能刻畫瑣細爲能。此文力學《左》、《史》而得其神者也。世之言文者，乃欲捨細微而取大端，吾不知其所從來矣。

凌揚藻《書柳子厚童區寄傳後》：柳州蕘牧兒童區寄，以十一歲殺二豪，至鄉之行縛劫者，莫敢過其門，抑何壯哉！吾以爲非獨其器與識之異乎人，亦其勢之所值有以激之也。向使逡巡隱忍，罔識夫事機之宜，其不屈而爲僮者幾希。又使無隙可伺，賊賣之，獲金而去，寄雖黠，不過逋逃以負其主人，亦何從而傳其事耶？甚矣，機之可乘，而時之勿可失也。夫人當履夷處順，溺乎所便安，未由激發其志氣，惟臨艱厄，遇事變，顛跌撼頓而奮生焉，充其類可以至仁人，次亦不失爲慷慨激昂之志士，故知其所當行，無或轉念，天下事不足爲也。彼童區寄者，亦若是焉已耳。不然，背刃絶縛，即爐瘡手，豈可嘗試於平時者哉？而或者謂：慷慨就死易，君子無敢焉。嗟乎！此苟且因循，蒼黄反覆，僥倖於利害之私，而卒流於小人之歸者，之所以接跡於天下也。（《海雅堂集》卷一九）

梓人傳

裴封叔之第在光德里〔一〕，有梓人款其門〔二〕，願傭隟宇而處焉〔三〕。所職尋引、規矩、繩墨〔四〕，家不居礱斲之器〔五〕。問其能，曰：「吾善度材，視棟宇之制，高深圓方短長之宜，吾指使而群工役焉。捨我，衆莫能就一宇。故食於官府，吾受禄三倍；作於私家，吾收其直太半焉。」他日，入其室，其牀闕足而不能理，曰：「將求他工。」余甚笑之，謂其無能而貪禄嗜貨者。

其後，京兆尹將飾官署，余往過焉。委群材，會衆工，或執斧斤，或執刀鋸，皆環立嚮之。梓人左持引、右執杖，而中處焉。量棟宇之任，視木之能，舉揮其杖曰：「斧彼〔六〕。」執斧者奔而右。顧而指曰：「鋸彼〔七〕。」執鋸者趨而左。俄而斤者斲、刀者削，皆視其色、俟其言，莫敢自斷者。其不勝任者，怒而退之，亦莫敢愠焉。畫宫於堵，盈尺而曲盡其制①，計其毫釐而構大廈，無進退焉。既成，書於上棟〔八〕，曰某年某月某日某建，則其姓字也②，凡執用之工不在列③。余圜視大駭〔九〕，然後知其術之工大矣。

繼而歎曰：彼將捨其手藝，專其心智，而能知體要者歟？吾聞勞心者役人，勞力者役於人〔一〇〕，彼其勞心者歟？能者用而智者謀，彼其智者歟？是足爲佐天子、相天下法矣，物莫近乎此也。彼爲天下者本於人，其執役者，爲徒隸，爲鄉師里胥〔一一〕，其上爲下士，又其上爲中士、爲上士，又其上爲大夫、爲卿、爲公〔一二〕，離而爲六職，判而爲百役〔一三〕。外薄四海〔一四〕，有方伯連率〔一五〕。郡有守，邑有宰，皆有佐政。其下有胥吏，又其下皆有嗇夫版尹④〔一六〕，以就役焉，猶衆工之各有執伎以食力也。彼佐天子相天下者，舉而加焉，指而使焉，條其綱紀而盈縮焉，齊其法制而整頓焉，猶梓人之有規矩繩墨以定制也。擇天下之士使稱其職⑤，居天下之人使安其業，視都知野，視野知國，視國知天下，其遠邇細大，可手據其圖而究焉，猶梓人畫宮於堵而績于成也⑥。能者進而由之，使無所德；不能者退而休之，亦莫敢慍。不衒能〔一七〕，不矜名，不親小勞，不侵衆官，日與天下之英才討論其大經，猶梓人之善運衆工而不伐藝也，夫然後相道得而萬國理矣。相道既得，萬國既理，天下舉首而望曰：「吾相之工也。」後之人循跡而慕曰：「彼相之才也。」士或談殷、周之理者，曰伊、傅、周、召〔一八〕，其百執事之勤勞而不得紀焉，猶梓人自名其功而執用者不列也。大哉相乎！

通是道者，所謂相而已矣。其不知體要者反此。以恪勤爲公，以簿書爲尊，衒能矜名，親小勞，侵衆官，竊取六職百役之事，听听於府廷〔一九〕，而遺其大者遠者焉，所謂不通是道者也。猶梓人而不知繩墨之曲直、規矩之方圓、尋引之短長，姑奪衆工之斧斤刀鋸以佐其藝，又不能備其工，以至敗績用而無所成也，不亦謬歟？

或曰：「彼主爲室者，儻或發其私智，牽制梓人之慮，奪其世守而道謀是用〔二〇〕，雖不能成功，豈其罪耶？亦在任之而已。」余曰：不然。夫繩墨誠陳，規矩誠設，高者不可抑而下也，狹者不可張而廣也。由我則固，不由我則圮〔二一〕。彼將樂去固而就圮也，則卷其術，默其智，悠爾而去⑦，不屈吾道。是誠良梓人耳。其或嗜其貨利，忍而不能捨也，喪其制量，屈而不能守也，棟撓屋壞，則曰「非我罪也」，可乎哉？可乎哉⑧？余謂梓人之道類於相，故書而藏之。

梓人，蓋古之審曲面勢者〔二二〕，今謂之都料匠云。余所遇者，楊氏，潛其名。

【校　記】

①制，五百家注本作「致」。

②字，詁訓本作「氏」，且無「也」字。

③凡，《英華》作「幾」，「工」作「功」。

④又，《英華》作「及」。

⑤稱，五百家注本作「得」。

⑥ 績，原誤作「積」，據諸本改。
⑦ 何焯《義門讀書記》卷三五：「『悠』當作『攸』。」按：攸，疾走貌；悠，憂思貌，皆通。
⑧《英華》不重「可乎哉」三字。

【解　題】

〔韓醇詁訓〕傳蓋託物以寓意，端爲佐天子相天下，進退人才設也。其曰「裴封叔之第在光德里」，又云「其後京兆尹將飾官舍，余往過焉」，此文當作於貞元十七年後調藍田尉及將拜監察御史時作。封叔終萬年令，公誌其墓，見別卷。按：韓説可從。文章以梓人喻爲相之道，其意不在寫人，故先叙人事，後發議論，兩者並重。

【注　釋】

〔一〕〔注釋音辯〕裴封叔名墐，子厚之姊夫。〔百家注引孫汝聽曰〕名墐，公之姊夫。按：光德里，唐長安坊里名，在外郭城。

〔二〕欵，叩。

〔三〕〔注釋音辯〕童（宗説）云：「隟」當作「隙」，寫轉作「隟」，乞逆切。詳注第九卷。〔韓醇詁訓〕隟，去逆切，《説文》「隖塞也」。按：百家注本引童宗説注尚引《説文》：「隟，壁際孔也。」傭，租賃。隟宇，空屋。

〔四〕［百家注引孫汝聽曰］尋，八尺。引，十丈。尋引，所以度長短也。按：職，使用。尋引指軟尺，規矩指圓規與直角尺，繩墨指木匠畫直綫用的墨斗。

〔五〕［韓醇詁訓］礱音籠，斲音卓。按：礱斲之器，指磨石與斧子。

〔六〕［世綵堂］或曰「斧」爲句絶。按：斷句或在「斧」字下，「彼」字屬下句，亦通。

〔七〕［世綵堂］或曰「鋸」爲句絶。按：意思同上。

〔八〕［百家注引孫汝聽曰］《易》：「上棟下宇，以避風雨。」按：見《周易·繫辭下》。

〔九〕［百家注引孫汝聽曰］《賈誼傳》：「天下圜視而起。」注云：「驚愕也。」按：見《漢書·賈誼傳》。

〔一〇〕《孟子·滕文公上》：「勞心者治人，勞力者治於人，治於人者食人，治人者食於人，天下之通義也。」

〔一一〕［百家注引孫汝聽曰］徒隸，給傜役者。鄉師，一鄉之長。里胥，一里之長。胥，謂其有才智爲什長者。［世綵堂］（胥）平、上二聲通。

〔一二〕《禮記·王制》：「諸侯之上大夫卿、下大夫、上士、中士、下士，凡五等。」公則爲一方諸侯。

〔一三〕六職，即六部，吏、户、禮、兵、刑、工。百役，百官。

〔一四〕［百家注引童宗説曰］《尚書》之文。按：《尚書·益稷》：「外薄四海，咸建五長。」

〔一五〕［注釋音辯］（率）與「帥」同。《記·王制》：「千里之外設方伯。」又云：「十國以爲連，連有帥。」按：百家注本引作張敦頤曰。

〔一六〕［注釋音辯］版尹，掌户版者。［百家注引孫汝聽曰］漢制：鄉小者置嗇夫一人。版尹，掌户版者。按：胥吏，官府中掌管文書的官員。

〔一七〕［注釋音辯］童（宗説）云：衒音縣，行且賣也。［蔣之翹輯注］衒，行且賣也，伐誇也。按：韓醇詁訓本同童宗説注。

〔一八〕伊，伊尹，佐商湯滅夏。傅，傅説，商王武丁的大臣。周，周公姬旦，周武王之弟，制訂周朝典章制度。召，召公姬奭，與周公共同輔佐成王。

〔一九〕［注釋音辯］听，魚隱切。［韓醇詁訓］听，魚隱切。听听然，笑也。按：司馬相如《子虛賦》「亡是公听然而笑曰」，《史記·司馬相如列傳》裴駰集解引郭璞曰：「听，笑貌也。」陳景雲《柳集點勘》卷二：「听听於府庭，案听乃笑貌，如《子虛賦》『听然而笑』是也。與此不切，當作『齗齗』，《史記》注：『齗齗，鬬争貌。』觀下『姑奪衆工』句，正對上齗齗言之耳。」《古文觀止》卷九注：「听听，猶齗齗，辯争貌。」

〔二〇〕［注釋音辯］《詩》：「如彼築室于道謀。」按：見《詩經·小雅·小旻》。《古文觀止》卷九注：「言築室而與行道之人謀之，人人得爲異論，不能有成也。」

〔二一〕［注釋音辯］［韓醇詁訓］（圮）部鄙切，毁也。

〔三〕［注釋音辯］《禮・考工記》注：「審察五材曲直，方面形勢之宜。」［百家注引童宗説曰］《周禮・考工記》之文。按：《周禮・冬官考工記》：「審曲面勢，以飭五材，以辨民器，謂之百工。」

【集　評】

《資治通鑑》卷二三九唐憲宗元和十年：宗元善爲文，嘗作《梓人傳》，以爲梓人不執斧斤刀鋸之技，專以尋引規矩繩墨度群木之材，視棟宇之制，相高深圓方短長之宜，指麾衆工各趨其事，不勝任者退之。大廈既成，則獨名其功，受禄三倍，亦猶相天下者立綱紀、整法度，擇天下之士使稱其職，居天下之人使安其業，能者進之，不能者退之。萬國既理，而談者獨稱伊、傅、周、召，其百執事之勤勞不得紀焉。或者不知體要，衒能矜名，親小勞，侵衆官，听听於府庭，而遺其大者遠者，是不知相道者也。

李綱《與張相公第二十六書》：柳子厚作《梓人傳》，謂斲削在於衆工，而成功收於梓匠，此最知宰相職業者。平時猶當如此，而況於艱難之際乎？（《梁谿集》卷一二六）

吕祖謙《古文關鍵》卷上：抑揚好，一節應一節，嚴序事實。

《新刊增廣百家詳補注唐柳先生文》卷一七引黄唐曰：王承福圬者，而得傳於韓；楊潛梓人，而得傳於柳。又曰：《梓人傳》意大抵出於《孟子》。孟子言爲巨室，必使工師求大木，是何異於梓人所謂量棟宇之任，視木之能否者乎？孟子言教玉人雕琢之爲非，是何異於梓人所謂由我則固，不由我則圮，不奪於主人之牽制者乎？

樓昉《崇古文訣》卷一二：東萊批抹盡之，抑揚好，一節應一節，規模從《吕氏春秋》來。但他人不曾讀，故不能用，且不知子厚來處耳。

程大昌《演繁露》續集卷三：柳子厚《梓人傳》述其作室之樵曰「不愆於素」。《左氏》哀元年：「楚子圍蔡，里而栽，夫屯，晝夜九日，如子西之素。」杜注曰：「本計爲壘，九日而成。」

黄震《黄氏日鈔》卷六〇：喻爲相者之道也。文字宏闊。

王應麟《困學紀聞》卷一〇：迂齋（樓昉）云：《梓人傳》規模從《吕氏春秋》來。愚按：吕氏《分職篇》云：「使衆能與衆賢，功名大立於世，不予佐之者而予其主，其主使之也。譬之若爲宫室，必任巧匠，奚故？曰：匠不巧則宫室不善。夫國，重物也。其不善也，豈特宫室哉？巧匠爲宫室，爲圓必以規，爲方必以矩，爲平直必以準繩。功已就，不知規矩繩墨而賞匠巧也。巧匠之宫室已成，不知巧匠而皆曰善，此某君某王之宫室也。」柳子立意本於此。

《元史·庫庫傳》：若柳宗元《梓人傳》、張商英《七臣論》，尤喜誦説。

許有壬《丙吉問牛圖》：肥充列鼎健充車，厚養專爲薄領驅。千古清風梓人傳，憑誰書繼丙家圖。（《至正集》卷二四）

湛若水《格物通》卷七一：臣若水通曰：柳宗元梓人之喻，可謂得爲相之體矣。《書》曰：「昧昧我思之。若有一介臣斷斷，猗無他技。」又曰：「人之有技，若己有之。人之彦聖，其心好之。不啻若自其口出，寔能容之。」其得爲相之道乎？故爲宫室者，規矩繩墨司其用，其環立奔左右者司其能，其怒而退者司其勸懲，其畫宫於堵者司其規模，而梓人獨若無所技能焉，然其成也，獨書其姓字者何哉？大匠不自用其技能，而衆工之技能皆其技能也。故爲相者不自任其聰明，而天下之聰明皆其聰明也。雖然，爲相之體，宗元能言之，而爲相之道，則宗元未必知也。惟知聖學者知之，宗元非其人矣。然亦不以人廢言可也。

楊慎《丹鉛總録》卷一二：郭象《莊子》注曰：「工人無爲於刻木，而有爲於運矩。主上無爲於親事，而有爲於用臣。」柳子厚演之爲《梓人傳》一篇，凡數百言。毛萇《詩》傳曰：「漣，風行水成文也。」蘇老泉演之爲《蘇文甫字説》一篇，亦數百言，得奪胎换骨之三昧也。

《王荆石先生批評柳文》卷五：落筆如雲煙，得《史》傳、《國策》之髓，方是古文。

王世貞《藝苑卮言》卷四：子厚諸記，尚未是西京，是東京之潔峻有味者。《梓人傳》，柳之懿乎？然大有可言。相職居簡握要，收功用賢，在於形容梓人處已妙。只一語結束，有萬鈞之力，可也，乃更喋喋不已。夫使引者發而無味，發者冗而易厭，奚其文！奚其文！

茅坤《唐宋八大家文鈔》卷二一：序次摹寫，井井入彀。又引唐荆川（順之）曰：此文體方，不如《圬者傳》圓轉，然亦文之佳者。

何喬新《春秋左傳擷英序》：予少讀昌黎、河東二家文，愛其叙事峻潔，摛詞豐潤。及讀《春秋左氏傳》，迺知二家之文皆宗左氏。如韓之《田弘正家廟碑》、《董晉行狀》，柳之《封建論》、《梓人傳》，

玩其詞而察其態度，宛然《左氏》之榘矱也。予因慨然曰：有志學古者，《左傳》不可廢。（《椒丘文集》卷九）

丁自申《與王九難郎中》：讀柳之文，自《梓人傳》、《封建論》數篇之外，其餘諸製，終涉俳體。造語類多苦思，尚未脱八代氣習，而無韓子起衰振古之才。歐生於宋，雖自爲一代之文，若論其至者，自當與韓頡頏，恐柳氏亦不得以唐之家數揜之也。（黄宗羲編《明文海》卷一五六）

明闕名評選《柳文》卷四：「問其能曰」眉批：以言語代叙事。「余往過焉」眉批引林次崖曰：此段梓人之能，可謂曲盡。句法亦瀟灑可愛。「既成」眉批引王應麟曰：「既成」數語，尤極含蓄，爲下文張本，乃一篇精神命脈。「相天下法矣」眉批引林次崖曰：此闡相道之合梓人處。凡五段，文勢層層，措詞有法。「相天下者」眉批引樓迂齋曰：段段回應得好。

蔣之翹輯注《柳河東集》卷一七：以梓人喻相，非子厚創語也。唐太宗嘗謂魏徵曰：「金在鑛，何足貴，冶鍛而爲器，人乃寶之。朕方自比於金，以御爲良匠。」其説近似。「嗜貨者」句下引劉辰翁曰：似真似謔，是文章佈景處。「之工大矣」句下：言言如畫，筆杪信有流雲漪水，故予賞此文，不在議論縱横處，而在叙述之妙於點綴處。王應麟曰：「既成」數語，尤極含蓄，爲下文張本，乃一篇精神命脈。「近乎此也」句下引唐順之曰：連下三「歟」字贊美，方轉下去，如黄河之流九折而入海，何等委曲。「以食力也」句下引林希元曰：自此下闡相道之合梓人處，凡五段，文勢層層，措詞有法。「執用者不列也」句下引王應麟曰：有歆動時相意。「不亦謬歟」句下：又用一反作證，文氣方足。「余曰不然」句下引茅坤曰：又生一意，以主爲室者喻人君任相。一篇意思，何等滿暢。「可乎哉」句下引虞集曰：此又示以合則留，不合則去，不可貶道，亦不可嗜利，意亦從梓人上喻相道。文末引茅坤曰：此篇規模，從《吕氏春秋》來，但他人不曾讀，故不能用，且不知子厚來處耳。按《吕氏春秋》云：「夫馬者，伯樂相之，造父御之，賢主乘之，一日千里，無御相之勞而有其功，則知所乘矣。今召客者酒酣歌舞，鼓瑟吹笙，明日不拜樂己者而拜主人，主人使之也。先生之立功名，有似如此使衆能與衆賢，功名大立於世，不予佐之者而予其主，主使之也。譬之若爲宫室，必召巧匠，奚故？曰：匠不巧，則宫室不善。夫國，重物也。其不善也，豈特宫室哉！巧匠爲宫室，爲員必以規，爲方必以矩，爲平直必以準繩，功已就，不知規程準繩而賞巧匠。巧匠之宫室已成，不知巧匠，皆曰善，此某君某王之宫室。此不可不察也。」

吕留良《晚村先生八家古文精選·柳文精選》：文以理勝，又間架峻整，文勢跌宕，造語精警，可謂盡善。荆川乃云：文體方，不如《圬者》圓轉。此等講究，適見荆川之陋。通篇喻相體，末一段用舍行藏之道，所論益大。前段猶蕭、曹、房、杜所能，後非伊、吕莫能與也。

金聖歎批《才子古文》卷一二：前幅細寫梓人，後幅細合相道。段段、句句、字字精鍊，無一懈字、懈句、懈段。

林雲銘《古文析義》二編卷六：相臣貴知大體，而大體在於識時務善用人，天下之治亂安危，即相臣所以爲能否，非可以才藝見長也。陳平不對決獄，丙吉不問殺人，雖未必能盡爲相之道，第其言，頗得不親小勞、不侵衆官之意，實千古相臣龜鑒。是篇借梓人能知體要，痛發其通於相業，段段回應，井井曲盡，文中亦有規矩繩墨者。史稱其善於文，且以是篇與《郭橐駝傳》，均贊其文之有理，洵不易之評矣。

孫琮《山曉閣選唐大家柳柳州全集》卷四：此傳分兩大幅看，前半幅詳寫梓人，後半幅詳寫相道。前半幅寫梓人，處處隱伏下半幅。後半幅寫相道，處處回抱上半幅。末幅另發一議，補出不合則去，於義更無遺漏。又引孫月峰（鑛）云：落筆如煙雲，得《史》、《傳》、《國》之髓，方是古文。又引程戴翼云：如李光弼將兵，部伍刁斗，雖不臨陣，森然不亂。

張伯行《唐宋八大家文鈔》卷四：相臣之道，備於此篇。末段更補出以道事君不可則止意，是古今絶大議論。

儲欣《河東先生全集録》卷三：分明一篇大臣論，借梓人以發其端，由賓入主，非觸而長之之謂也。王弇洲乃云形容梓人處已妙，只一語結束可也，喋喋不已，複而易厭。如弇洲言，是認煞公爲梓人立傳，而觸類相臣，失厥指矣。

儲欣《唐宋八大家類選》卷一三：胸中實實見得相道如此，借梓人發出。叙梓人處極重，後自省力。

何焯《義門讀書記》卷三五：「爲鄉師里胥」至「以就役焉」：世得云：周官鄉師職尊，不應與里胥對舉。郡守以下，又以秦漢官制混之，而意義復與上文不殊，爲多而已。「又其下皆有嗇夫版尹」：版尹果里魁之職否？……「悠爾而去」：「悠」作「攸」。李（光地）云：上半截論梓人處悉無漏義矣，便以末意作收場，而曰梓之道類乎相，豈非引而不發，意味深長，文之極佳者也。中間詳釋，翻成贅剩。

沈德潛《唐宋八家文讀本》卷九：結構精嚴，無一懈筆。又：題用譬喻，不須説出正義，令人言外思之，此則六義中比體也。先喻後正，而透發正義處，層層迴抱前文，文各有體，不得以太盡議之。

吴楚材、吴調侯《古文觀止》卷九：「礱斲之器」句下：出語便作意凝注。「大半焉」句下：此以言語代叙事。「嗜貨者」句下：故作一折。「會衆工」句下：寫梓人一。「中處焉」句下：寫梓人二。「趨而左」句下：寫梓人三。「自斷者」句下：寫梓人四。「莫敢愠焉」句下：寫梓人五。「無進退焉」句下：寫梓人六。「不在列」句下：寫梓人七。「之工大矣」句下：句句包含下意，摹寫甚工緻，「既成」數句，尤極含蓄。爲下文張本。「繼而歎曰」句下：筆轉。「捨其手藝」句下：照不居礱斲之器。「專其心智」句下：照所職尋引規矩繩墨。「體要者歟」句下：體要二字，是一篇之綱。「智者歟」句下：又就專其心智句寫作二層。「近乎此也」句下：連下三「者歟」字贊美，方轉入正意，如黄河之流，九折而入海，何等委曲。以下將梓人一一翻案。「爲百役」句下：此以王都内言。「就役焉」句下：此以王都外言。「以食力也」句下：猶衆工一。「以定制也」句下：猶梓人二。「績于成也」句下：猶梓人三。「不伐藝也」句下：猶梓人四。「萬國理矣」句下：單承一句，側出第五段，句法變化。「執用者不列也」句下：猶梓人五。以上闡相道之合梓人處，凡五段。文勢層疊，措詞有法。

「相而已矣」句下：一贊作總結，即宕起不知體要一段。「不亦謬哉」句下：此就上五猶梓人意反寫一段，文字已畢，下另發議。「任之而已」句下：此以主爲室者，喻人君之任相當事一意。「可乎哉」句下：此又從梓人上喻爲相者，以合則留，不合則去，不可貶道，亦不可嗜利意。「書而藏之」句下：喻意正意，總結一句。文末：住法亦奇。又總評：前細寫梓人，句句暗伏相道。後細寫相道，句句回抱梓人。末又補出人主任相、爲相自處兩意，次序摹寫，意思滿暢。

浦起龍《古文眉詮》卷五四：欄楹整齊，材植輸會，文便似京兆官衙，稍嫌結體版實而盡，然爲功制舉家甚溥，既汰而又收之。

過珙《古文評注》卷七：寫梓人卻寫得體尊望重，運籌如意，便不是單寫梓人。入後通於相道之大，句句就梓人回抱説，乃知寫梓人早已寫相，故特地寫個體尊望重也。

王之績《鐵立文起》前編卷一：王懋公曰：史傳有正、變二體……托傳如韓愈《圬者王承福傳》、柳宗元《梓人傳》。

陳景雲《柳集點勘》卷二：此與《種樹郭橐駝》兩傳，司馬温公皆採入《資治通鑑》，胡三省謂二作有資於治，故公取之，然似未盡公意也。當公編《通鑑》時，方設三司條例司，以宰相而下行吏事，正柳子所謂親小勞、侵衆官、遺其遠大、昧於體要者，此非以此代爲時宰之藥石乎？至《橐駝傳》中令煩民病諸語，熙寧新法亦正蹈斯弊。公自請留臺歸洛後，已絶口不論時事，一二文之録，蓋所感深矣。漢成帝心知劉向《洪範》、《五行》之傳爲王氏而起，召見歎息，悲傷其意。當時邇英進讀，不知神宗亦嘗反覆老臣惓惓效忠之微意，爲之掩卷長歎否也？

焦循批《柳文》卷九：此文之佳，全在委曲夭矯。

朱琦《雲谷瑣録序》：《雲谷瑣録》者，吾粤西馬翁自記所興建，附以家世端末，雲谷其自號也。自道光辛卯，翁監貢院告成，爲人言或太息，道往事，必曰貢院一役至難耳，非某公與某公多爲之助，亦弗之濟也。昔柳子厚傳梓人，而得相天下之道，操其進退於百職司，蓋天下以有助而成，無助而孤。委群村，會衆工，大廈之成，非一丘之木，雖作室且然，翁豈易言哉！然吾觀翁數典巨工，謗者沸騰，同人瑟縮思避，翁獨堅持以竢其後，是亦子厚所謂不屈其道，由我則固，不由我則圮者也。抑余又聞翁之言曰：「往者與人役，吾測焉，凡助我者必同我，異我者必謗我。同我者惟其言是聽，若唯恐失吾指，雖有忒焉，弗之告也，非真助我者也。異我者以其費之大也，不詆其好事也，即疑其私己也，己不爲，又惡他人爲之，敗則幸，成則忌。彼共役者，亦既聞而見之矣，然而意見不少合焉則懟，請謁偶弗遂焉則忮，小不忍而謀亂矣，豈復知有公家之事哉？是故更事多者，知人之情僞審，不敢以其助我而爲之徇也，不敢以其謗我而爲之沮也。堅忍之而已，勉力以畢吾事而已，姑俟時焉，以待明者之察而已。」余以翁言類有道者，又所爲余多與焉，爲次其語於卷首。（《怡志堂集》，轉引自章士釗《柳文指要》上《體要之部》卷一七）

李赤傳

李赤，江湖浪人也。嘗曰：「吾善爲歌詩，詩類李白①。」故自號曰李赤。遊宣州，州人館之②。其友與俱遊者有姻焉，間纍日，乃從之館。赤方與婦人言，其友戲之，赤曰：「是媒我也，吾將娶乎是。」友大駭曰：「足下妻固無恙〔一〕，太夫人在堂，安得有是？豈狂易病惑耶〔二〕？」取絳雪餌之〔三〕，赤不肯③。有間，婦人至，又與赤言，即取巾經其脰〔四〕，赤兩手助之，舌盡出。其友號而救之，婦人解其巾走去。赤怒曰：「汝無道。吾將從吾妻④，汝何爲者？」赤乃就牖間爲書，輾而圓封之〔五〕。又爲書，博封之〔六〕。訖，如廁。久⑤，其友從之，見赤軒廁抱甕，詭笑而側視，勢且下入，乃倒曳得之。又大怒曰：「吾已升堂面吾妻⑥，吾妻之容，世固無有。堂之飾⑦，宏大富麗，椒蘭之氣，油然而起，顧視汝之世，猶溷廁也〔七〕。而吾妻之居，與帝居鈞天、清都無以異〔八〕，若何苦余至此哉？」然後其友知赤之所遭，乃廁鬼也。聚僕謀曰：「亟去是廁。」遂行宿三十里。夜，赤又如廁久，從之，且復入矣。持出，洗其汙，衆環之以至旦。去抵他縣，縣之吏方宴，赤拜揖跪起無異者。酒行，友未及言，已飲而顧赤⑧，則已去矣。走從之。赤入廁，舉其牀捍門，門堅不可入，其友叫且言之。衆發牆以入，赤之面陷不潔者半矣。又出洗之。縣之吏更召巫師善呪術者守赤⑨，赤自若也。夜半，守者怠，皆睡。及覺，更呼而求之⑩，見其足於廁外⑪，赤死久矣。獨得尸歸其家。取其所爲書讀之⑫，蓋與其母妻訣⑬，其言辭猶人也。

柳先生曰：李赤之傳不誣矣，是其病心而爲是耶？抑固有廁鬼耶⑭？赤之名聞江湖間，其始爲士，無以異於人也。一惑於怪，而所爲若是，乃反以世爲溷，溷爲帝居清都⑮，其屬意明白〔九〕。今世皆知笑赤之惑也，及至是非取與向背決不爲赤者，幾何人耶？反修而身，無以欲利好惡遷其神而不返，則幸矣⑯，又何暇赤之笑哉〔一〇〕？

【校記】

① 原不重「詩」字，此據注釋音辯本、詁訓本、世綵堂本、《文粹》及《全唐文》改。

② 原校與注釋音辯本、世綵堂本校曰：「一本無『州人』二字。」

③ 《文粹》「肯」下有「服」字。

④ 吾，《英華》作「我」。

⑤ 詁訓本校：「（『久』上）一有『而』字。」

⑥ 升，詁訓本作「外」。詁訓本不重「吾妻」二字。

⑦ 《英華》、《全唐文》校「堂」下有「宇」字。

⑧ 已飲，《文粹》、《全唐文》作「飲已」。
⑨ 巫師，詁訓本作「師巫」。
⑩ 詁訓本無「更」字。
⑪ 注釋音辯本無「於」字。
⑫ 爲，《文粹》、《全唐文》作「封」。
⑬ 母妻，詁訓本作「妻母」。
⑭ 有，《英華》作「是」。
⑮ 居，《英華》作「君」。
⑯ 原校與詁訓本、世綵堂本校：「（矣）一作耳。」注釋音辯本作「耳」，並校：「一本作矣。」

【解　題】

［韓醇詁訓］自謂歌詩類李白，而赤其名，狂士也。其所養可知矣，傳所載當不誣。其曰：「今世皆知笑赤之惑也。反修而身，無以欲利好惡遷其神而不返，則幸耳。」誠有旨哉！其曰「赤之名聞江湖間」，亦永州時作。按：《太平廣記》卷三四一引《獨異志》亦載李赤事，與柳文相較：《獨異志》李赤友人爲趙敏之，柳文無名；《獨異志》云李赤遊衢州，柳文云遊宣州；《獨異志》云李赤死爲「僵仆於地」，柳文云赤爲廁汙所淹死。則李赤當實有其人，傳聞有異耳。至於云《姑熟十詠》爲李赤所作

則不可信。其説出自蘇軾，亦爲傳聞，難以爲據。陸游《入蜀記》卷二：「李太白集有《姑熟十詠》，予族伯父彦遠嘗言：東坡自黄州還，過當塗，讀之撫手大笑曰：『贋物敗矣，豈有李白作此語者？』郭功父争以爲不然，東坡又笑曰：『但恐是太白後身作耳。』功父甚愠。蓋功父少時詩句俊逸，前輩或許之以爲太白後身，功父亦遂以自負，故東坡因是戲之。或曰：《十詠》及《歸來乎》、《笑矣乎》、《僧伽歌》、《懷素草書歌》，太白舊集本無之，宋次道再編時，貪多務得之過也。」《入蜀記》卷三又云：「然觀太白此歌（按指《秋浦歌》）高妙乃爾，則知《姑熟十詠》決爲贋作也。」過於相信蘇軾之言。羅願《新安志》卷一〇：「東坡嘗疑《富陽國清彭澤興唐詩》及《姑熟十詠》非太白所作，而王平甫疑《十詠》出於李赤，按南唐自有一翰林學士李白，曾子固以爲《十詠》是此人所爲。」然南唐李白未見之於任何文獻記載，南唐文獻傳於後世者亦復不少，如馬令、陸游的兩部《南唐書》、史虚白《釣磯立談》、龍衮《江南野史》、鄭文寶《南唐近事》、《江南餘載》等，南唐士人入宋者也不在少數，如徐鉉、張洎、鄭文寶等，何以無一言及南唐李白？李白爲鼎鼎大名之詩人，若南唐亦有一與詩人李白同名之人，定爲茶餘飯後之談資，不當默默無聞。故南唐李白之説不足徵信。要之，唐時李赤並非虚構之人物，但《姑熟十詠》非李赤作，爲盛唐李白詩。李赤詩無存。柳宗元以傳奇筆法叙李赤事，頗爲生動，活畫出一精神病患者的形象，雖意有所諷，然與其他刻意寓託之作不同。

【注釋】

〔一〕〔世綵堂〕《漢書·李陵傳》：「霍與上官無恙乎？」師古注：「恙，憂病也。」

〔二〕〔注釋音辯〕〔韓醇詁訓〕易音亦。

〔三〕〔蔣之翹輯注〕絳雪，藥名。《道高傳》：「趙雲容與周元之乞延生之藥，元之與絳雪丹一粒，後果再生。」按：蔣引見馬永易《實賓録》卷一一，爲趙雲容與田元之事。《太平廣記》卷六九張雲容與天師事與之相類。《藝文類聚》卷二引《漢武内傳》：「西王母云：仙之上藥有玄霜絳雪。」實爲道家之丹藥。

〔四〕〔注釋音辯〕（脰）音豆，項也。〔百家注引孫汝聽曰〕經，縊也。脰，項也，音豆。

〔五〕〔注釋音辯〕童（宗説）云：輾音展，又尼展、女箭二切。按：百家注本引童宗説注及韓醇詁訓本尚云：「卧不闔口曰輾。」輾，尼展切之「尼展」，韓醇詁訓本作「足展」，百家注本引作「左展」。蔣之翹輯注本：「輾，轉也。」當是。

〔六〕〔蔣之翹輯注〕博，大也。

〔七〕〔注釋音辯〕溷，胡困切。

〔八〕〔百家注引孫汝聽曰〕《史記》：「趙簡子夢遊鈞天、廣樂。」〔蔣之翹輯注〕《列子》：「周穆王執化人之裾，騰而上者中天，王實以爲清都紫微，鈞天廣樂，帝之所居。」按：鈞天即天之中央。清都則指天帝所居。《史記·趙世家》：「居二日半，簡子寤，語大夫曰：『我之帝所，甚樂，與百神遊於鈞天，廣樂九奏萬舞，不類三代之樂，其聲動人心。』」蔣引見《列子·周穆王》。

〔九〕［注釋音辯］屬音燭。

〔一〇〕［注釋音辯］東坡有李赤詩題跋。［百家注引王儔補注］東坡有李赤詩並題跋，見本集。

【集評】

蘇軾《書李白十詠》：過姑孰堂下，讀李白《十詠》，疑其語淺陋。見孫邈，云聞之王安國，此李赤詩，祕閣下有赤集，此詩在焉，白集中無此。赤見柳子厚集，自比李白，故名赤，卒爲廁鬼所惑而死。今觀此詩止如此，而以比太白，則其人心恙已久，非特廁鬼之罪。（《蘇軾文集》卷六七《題跋》）

又《書學李白詩》：李白詩飄逸絶塵而傷於易，學之者又不至，玉川子是也，猶有可觀者。有狂人李赤，乃敢自比謫仙，準律不應，從重。（同上）

孫覿《燕香堂記》：世有李赤之徒，喪心病狂，入廁抱甕，陷面滅頂而不可救藥。輸西園之銅，窒東海之瓠，轉蜣蜋之圓，守鮑魚之肆，耆茄腊鼠，遺臭千載，可不爲之大哀乎？（《鴻慶居士集》卷二三）

《新刊增廣百家詳補注唐柳先生文》卷一七引黄唐曰：司馬長卿名相如，以名慕藺相如者也。不效其全璧之高風，而佞諛之辭，有藺氏所不爲。牛僧孺字思黯，以字慕汲黯者也。不效其好諫之高節，而市人之行，有汲直所不齒。李太白以神仙風姿，布衣入翰苑，使高力士脱鞾，眼空四海，而李赤惑於妖鬼，以世爲溷，以溷爲帝居清都，白固如是耶？

王應麟《困學紀聞》卷一八：張碧字太碧，黄居難字樂地，慕太白、樂天也，亦李赤之類歟？

吴澄《題李赤傳後》：宗元之傳李赤，善矣。王、韋之門，非大厠溷歟？過者掩鼻，而宗元出入陽陽，則固視猶鈞天清都也。奇袤之與齒少自好者羞之，而將倚之以興堯舜之道，非以厠鬼爲殊麗而妻之者邪？其友之號而捄者，蓋有矣，而宗元不悟，竟以殛死。死且不悟，易曰迷，復凶於赤，尚何罪哉？（《吴文正集》卷五四）

曹安《讕言長語》：李斯不向倉中悟，陳止齋作《李斯夢鼠傳》。柳宗元作《李赤傳》，吴草盧跋謂王叔文亦厠鬼也。二文説盡二人之心。

王正德《餘師録》卷三引李朴《書柳子厚集》：子厚文辭淳正，雖不及退之至氣格雄絶，亦退之所不及。然子厚論著，大抵非怨懟必刺毁。《辨論語》下篇尤害道。論天地陰陽猶果蓏草木不能賞功罰罪，雖詼諧之詞，施於仁義教化，其蝨膸歟？至若傳河間、李赤事以譏切當世，屬意明白，而卒身自蹈其弊，豈所謂工於訶人而拙於用己耶？吾不竇夫，論之如是也。

王世貞《宛委餘編·七》：柳子厚記李赤死厠鬼事，以爲其人慕李白，故名赤，已可笑矣。《霏雪録》所載慕太白者張碧，字太碧；慕樂天者黄居難，字樂地。又富家子杜四郎自號荀鴨，以比杜荀鶴者，尤可笑也。（《弇州四部稿》卷一六二）

郎瑛《七修類稿》卷二〇：柳文載《李赤傳》，人以柳州寓言譏諷時人，以文爲戲，然吕山吴汝琇家有李赤詩集數章，又讀《唐詩品彙》亦載李赤詩短叙，以李後爲厠鬼所惑而終，據此，則二文實有是事矣。

徐𤊹《李翰林集》：李太白《姑孰十詠》，東坡怪其語淺，不類太白。孫邈子思以爲李赤之詩，且謂赤詩止此，而以太白自比，則其心疾已久矣，豈厠鬼之罪哉！今觀《十詠》，體格聲調無可指摘，且中多佳句，如「波翻曉霞影，岸疊春山色」，又「小女棹輕舟，歌聲逐流水」，又「竹裹無人聲，地中虚月白」，又「石甃冷蒼苔，寒泉湛孤月」，又「翠色落波深，虚聲帶寒早」，又「岸映松色寒，石分浪花碎」，此非太白不能辨也。藉令果出赤手，亦自可傳，何至詆爲病狂喪心之語，俗儒吠聲，一至於此。愚又謂唐人譏諷時事，多託爲寓言，如李赤、河間婦，亦烏有先生之類耳。以爲實有其人，似亦憒憒。蘇東坡謂李太白集中「笑矣乎」、「悲來乎」，及《贈懷素草書》數詩，決非太白作，爲唐宋五代貫休、齊己輩詩。此蘇公望太白過高，非真知太白者。太白豪宕，歌行中率易之句時見筆端，不獨此數詩也。又謂太白或有妄庸假託，子美斷無僞撰，此亦尊杜之過，非確論也。後世學杜者衆矣，豈無一篇相肖，雜於集中，而莫辨者耶？（黄宗羲編《明文海》卷二五三）

陸樹聲《適園語録》：揚子雲作《太玄》，而《美新》之文身不免焉，豈清静寂寞，乃亦有未玄之理邪？柳宗元傳李赤，而伾、文之黨躬自蹈焉，豈清都帝居，乃亦慕赤之所爲耶？文章家不貴能言也。

【附録】

《太平廣記》卷三四一引《獨異志》：貞元中，吴郡進士李赤者，與趙敏之相同遊閩，行及衢之信安，去縣三十里，宿於館廳。宵分，忽有一婦人入庭中，赤於睡中蹶起，下階與之揖讓，良久，即上廳，開篋取紙筆，作一書與其親，云「某爲郭氏所選爲壻」，詞旨重疊。訖，乃封於篋中，復下庭，婦人抽其巾縊之。敏之走出大叫，婦人乃收巾而走。及視其書，赤如夢中所爲。明日，又偕行。南次建中驛，白晝又失赤，敏之即遽往廁，見赤坐於牀，大怒敏之曰：「方當禮謝，爲爾所驚。」浹日至閩，屬寮有與赤遊舊者，設燕飲次，又失赤。敏之疾索於廁，見赤僵仆於地，氣已絶矣。

蝜蝂傳

蝜蝂者，善負小蟲也。行遇物，輒持取，卬其首負之①，背愈重②，雖困劇不止也。其背甚澀，物積因不散③，卒躓仆不能起〔一〕。人或憐之，爲去其負，苟能行，又持取如故。又好上高，極其力不已，至墜地死。今世之嗜取者，遇貨不避，以厚其室，不知爲己累也。唯恐其不積，及其怠而躓也。黜棄之，遷徙之，亦以病矣。苟能起，又不艾〔二〕。日思高其位、大其禄，而貪取滋甚，以近於危墜，觀前之死亡不知戒④。雖其形魁然大者也，其名人也，而智則小蟲也，亦足哀夫⑤！

【校　記】

①原校與注釋音辯本、詁訓本、世綵堂本校曰：「卬音昂，亦作『仰』。」注釋音辯本且引作童宗説曰。《英華》作「昂」。

②愈，《英華》作「逾」。

③原校與注釋音辯本、世綵堂本校曰：「因，一本作固。」詁訓本作「固」，並校：「固，一作因。」

④原校與注釋音辯本、世綵堂本校曰：「一本（『不』上）有『曾』字。」詁訓本「不」上有「者曾」二字。

⑤原校與注釋音辯本、詁訓本、世綵堂本校曰：「一本『哀』作『悲』。」

【解　題】

［注釋音辯］蝜音負，又扶缶切。蝂音板。［韓醇詁訓］作之年月無見焉。然傳之所言，蓋指當時用事貪取滋甚者，必元和後既棄黜而作。蝜音負，蝂音版。［百家注引孫汝聽曰］蝜蝂，《爾雅》作「負版」。按：《爾雅·釋蟲》：「傅，負版。」舊注未詳。郝懿行《爾雅義疏》云：「《釋文》『版』亦作『蝂』。《玉篇》云：『蝜蝂蟲，大如蜆，有毒。』又云：『蝂，蛗蝜也。』按蝂、版聲轉，蛗蝜即版之合聲。柳子《蝜蝂傳》云……今驗此蟲黑身，爲性躁急，背有齟齬，故能負不能釋。但其名今未聞。」然終難

明其爲何蟲。柳宗元此文當爲寓言，蓋諷刺貪得無厭者。章士釗《柳文指要》上《體要之部》卷一七以爲此文爲王涯而發，過於指實。

【注釋】

〔一〕〔注釋音辯〕〔韓醇詁訓〕躓，知利切。仆音赴，又音匐。

〔二〕艾，終止。

【集評】

《新刊增廣百家詳補注唐柳先生文》卷一七引黄唐曰：多藏必厚亡，財多必害己，古人所歎。子厚知此，其憎王孫，則爲其竊食自實也；其招海賈，則爲其以利易生也。腰千金以甘溺，所以哀零陵之氓；貪重負以至死，所以閔蝜蝂之蟲。戒之深矣。然而規權逐私，卒陷黨籍，將言之不能行歟？抑其及禍而後悔歟？又曰：橐駞善負，愈重而後起，然工於爲人，故獲養而無害。蝜蝂遇物，愈貪而不已，然無所用，故受禍而莫救。

黄震《黄氏日鈔》卷六〇：譏貪者。

王應麟《困學紀聞》卷八：傅，負版，郭璞注未詳。即柳子所爲作《蝜蝂傳》者也。

陸夢龍《柳子厚集選》卷三：去後一段，妙甚。

蔣之翹輯注《柳河東集》卷一七：此當是子厚貶後自悔之言。又引陳仁錫曰：公所諷託，宜其持己剛矣，卒不免於黨錮，豈於此輸一着邪？

儲欣《河東先生全集録》卷三：折肱之談。

何焯《義門讀書記》卷三五：頗峭潔，而無甚高之論。

王符曾《古文小品咀華》卷三：偶爾游戲之筆，然力追龍門而奴視蘭臺，所以久傳。

湯右曾《過愚溪》：我讀蝜蝂傳，居嘗念高危。柳侯亦知道，未用譏訶爲。慷慨功與名，失墜差豪釐。（原注：柳詩：「豈知千仞墜，祇爲一豪差。」）文墨本小道，況乃工奕棊。群小既喧豗，國事幾紛披。風波一蹉跌，遠逝湘水湄。扣舷動哀吟，離騷詠江蘺。西山萬古色，冉溪清漣漪。種漆思南國，成器詎可期。三亭哀草没，故蹟誰復知。兹溪非云愚，使君失意時。瀠瀠漱寒石，清潭有餘悲。我來愚溪上，更詠溪居詩。（《懷清堂集》卷一）

林紓《韓柳文研究法·柳文研究法》：文士原不爲達官立傳，而子厚身爲黨人，爲謫官，想無中朝耆碩託之爲傳者，且又不領史職，以故集中率多寓言。凡善爲寓言者，隻手寫本事，神注言外，及最後收束一語，始作畫龍之點睛，翛然神往，方稱佳筆。子厚之《宋清傳》、《郭橐駝傳》、《梓人傳》，均發露無餘，似《宋清》、《橐駝》、《梓人》，皆論説之冒子，其後乃一一發明之，即爲此題之注腳。文固痛快淋漓，惜發露無餘，不如《蝜蝂》一傳之含蓄。

曹文洽韋道安傳 文闕

【解 題】

［韓醇詁訓］傳，諸本皆闕。然集中有《韋道安》詩，言其事甚詳。觀其詩，則傳之意可見矣。題云《曹文洽韋道安傳》，則事必相關，豈詩所謂自言故刺史者耶？或與道安同救刺史之急者也。［百家注引孫汝聽曰］曹文洽者，義成軍牙將也。貞元十六年，監軍薛盈珍遣小吏程務盈誣奏節度使姚南仲罪，文洽亦奏事長安，知之，追及務盈於長樂驛，中夜殺之，沉盈珍表於廁中，自作表雪南仲之冤，且首專殺之罪，亦作狀白南仲，遂自殺。明旦，門不啟，驛吏排之入，得表狀於文洽尸旁。上聞而異之。又是歲五月庚戌，徐州節度使張建封卒。壬子，軍亂，殺判官鄭通誠，建封子愔知軍事，以抗王命。韋道安死之。按：陳景雲《柳集點勘》卷二：「集中《曹文洽韋道安傳》止存其目，而闕其文。案文洽，義成節度使姚南仲牙將也。南仲爲監軍誣搆，文洽追殺其進奏吏於道中，並自殺，以直南仲冤。道安，隸徐帥張建封麾下。建封没，徐軍違詔立新帥，道安義不從亂，自剄轅門。蓋二人義烈相似，故子厚特合爲一傳以表之。惜其文之已逸也。然文洽事已詳新、舊唐史及《通鑑》，則柳傳猶未亡，但未詳其餘耳。至道安大節，微柳詩，則後並無從得其梗概矣。」曹文洽事除兩唐書《姚南仲傳》、《資治通鑑》卷二三五所録外，范祖禹《唐鑑》卷一六、《册府元龜》卷六七〇、《太平廣記》卷一六七及

卷二三九引《談賓録》亦皆收之。《新唐書·藝文志三》小説家類著録胡璩《譚賓録》十卷，云「字子温，文、武時人」。晁公武《郡齋讀書志》卷三下亦有著録，並稱「皆唐朝史之所遺」。原書散佚，各種類書及史書時有徵引。《太平廣記》卷一六七所引載曹文洽事當最接近柳文之傳，故録於附録。

又按：柳文有目無文者不止二傳。沈晦《四明新本河東先生集後序》云：「曰曾丞相家本，篇數不多於二本，而有邢郎中、楊常侍二行狀，《冬日可愛》、《平權衡》二賦，共四首，有其目而亡其文。」《平權衡賦》爲貞元九年進士試賦，是年柳宗元進士及第。《冬日可愛賦》當是貞元十一年應博學宏詞試賦，然是年柳宗元未及第。可參看本書所附《柳宗元年表》。《楊常侍行狀》是爲其岳父楊憑所作的行狀。《舊唐書·楊憑傳》：「楊憑字虚受，弘農人。舉進士，累佐使府，徵爲監察御史。不樂檢束，遂求免。累遷起居舍人、左司員外郎、禮部、兵部郎中、太常少卿、湖南江西觀察使，入爲左散騎常侍、刑部侍郎、京兆尹。」《邢郎中行狀》則是爲邢宇而作。《文苑英華》卷七六七崔祐甫《廣喪朋友議》：「又間歲，祐甫佐江南西道連帥魏尚書，時屬幕中之參佐有加官者，聚合藥餌，卜日爲宴。宴前行人至，知團練副使、考功邢郎中宇捐館於荆南。邢與魏鄉國接近，且邢郎中則諸魏之出，於尚書爲内外昆弟，適受朝命爲尚書倅。」其中魏尚書爲魏少游，時爲洪州刺史、江西觀察團練等使。可知邢宇曾爲考功郎中。邢宇爲元德秀弟子，柳識、柳渾友人。《新唐書·卓行傳·元德秀》：「是時程休、邢宇、宇弟宙、張茂之、李崿、崿族子丹(叔)、惟岳、喬潭、楊拯、房垂、柳識，皆號門弟子。」又：「宇字紹宗，宙字次宗，河間人。」李華《李遐叔文集》卷二《三賢論》：「廣平程休士美，端重寡言。河間邢宇紹宗，深明持操。宇弟宙次宗，和而不流。南陽張茂之季豐，守道而斷。趙郡李崿伯高，含大雅之素。崿族子丹叔南，誠莊而文。丹族子惟岳謀道，沉邃廉静。梁國喬潭德源，昂昂有古風。弘農楊拯士扶，敏而安道。清河房垂翼明，志而好古。河東柳識方明，遐曠而才。是皆慕於元者也。」今將四篇有目無文者之考辨，附記於此。

【附　録】

《太平廣記》卷一六七引《談賓録》：曹文洽，鄭滑之裨將也。時姚南仲爲節度使，被監軍薛盈珍怙勢干奪軍政，南仲不從，數爲盈珍讒於上，上頗疑之。後盈珍遣小使程務盈馳表南仲，誣讒頗甚。文洽時奏事赴京師，竊知盈珍表中語，文洽憤怒，遂晨夜兼道，追務盈至長樂驛。及之，與同舍宿，中夜，殺務盈，沉盈珍表於廁中，乃自殺。日旰，驛吏開門，見血傷滿地，傍得文洽二緘，一狀告盈珍，一表理南仲冤，且陳謝殺務盈。德宗聞其事頗疑，南仲慮釁深，遂入朝。初至，上曰：「盈珍擾卿甚耶？」南仲曰：「盈珍不擾，臣自隳陛下法耳。如盈珍輩所在，雖羊、杜復生，撫百姓、御三軍，必不能成愷悌父母之政，師律善陣之制矣。」德宗默然久之。

柳宗元集校注卷第十八

騷①

乞巧文

柳子夜歸自外庭②，有設祠者，餈餌馨香〔一〕，蔬果交羅③，插竹垂綏〔二〕，剖瓜犬牙〔三〕，且拜且祈。怪而問焉。女隸進曰：「今兹秋孟七夕，天女之孫，將嬪於河鼓〔四〕。邀而祠者，幸而與之巧，驅去蹇拙，手目開利，組紝縫製〔五〕，將無滯於心焉。爲是禱也。」柳子曰：「苟然歟！吾亦有所大拙，倘可因是以求去之。」乃纓弁束衽〔六〕，促武縮氣，旁趨曲折，傴僂將事〔七〕，再拜稽首稱臣而進曰：

下土之臣，竊聞天孫，專巧于天，轇轕璇璣〔八〕，經緯星辰。能成文章，黼黻帝躬，以臨下民。欽聖靈、仰光耀之日久矣。今聞天孫，不樂其獨，得貞卜於玄龜，將蹈石梁，欵天津〔九〕，儷於神夫④〔一〇〕，于漢之濱。兩旗開張，中星耀芒〔一一〕，靈氣翕欻〔一二〕，兹辰之良。幸而弭節〔一三〕，薄遊民間，臨臣之庭，曲聽臣言。臣有大拙，智所不化，醫所不攻，威不能遷，寬不能容。乾坤之量，包含海岳，臣身甚微，無所投足。蟻適于垤，蝸休于殼〔一四〕，黿鼉螺蚌〔一五〕，皆有所伏。臣物之靈，進退唯辱，彷徉爲狂〔一六〕，局束爲諂，吁吁爲詐，坦坦爲忝。他人有身，動必得宜，周旋獲笑，顛倒逢嘻。己所尊昵〔一七〕，人或怒之，變情徇勢，射利抵巇〔一八〕。中心甚憎，爲彼所奇，忍仇佯喜，悦譽遷隨。胡執臣心，常使不移？反人是己，曾不惕疑⑤，貶名絶命，不負所知。抃嘲似傲，貴者啟齒，臣旁震驚，彼且不恥。叩稽匍匐，言語譎詭，令臣縮恧〔一九〕，彼則大喜。臣若效之，瞋怒叢己，彼誠大巧，臣拙無比。王侯之門，狂吠狴犴〔二〇〕，臣到百步，喉喘顛汗⑥，睢盱逆走，魄遁神叛。欣欣巧夫，徐入縱誕，毛群掉尾，百怒一散。世途昏險，擬步如漆〔二一〕，左低右昂，鬭冒衝突，鬼神恐悸，聖智危慄。泯焉直透⑦，所至如一。是獨何工，縱横不恤〔二二〕，非天所假，彼智焉出？獨嗇於臣，恒使玷黜。沓沓騫騫〔二三〕，恣口所言，迎知喜惡⑧，默測憎憐⑨。摇唇一發，徑中心原⑩。膠加鉗夾⑪〔二四〕，誓死無遷，探心扼膽，踊躍拘牽。彼雖佯退，胡可得旃〔二五〕？獨結臣舌，喑抑銜冤〔二六〕，擘眥流血〔二七〕，一辭莫宣。胡爲賦授，有此奇偏？眩耀爲文，瑣碎排偶，抽黄對白，啽哢飛走〔二八〕。駢四儷六〔二九〕，錦心繡口，宫沉羽振，笙簧觸手。觀者舞悦，誇談雷吼，獨溺臣心，使甘老醜。嚚昏莽鹵〔三〇〕，樸鈍枯朽，不期一時，以俟悠久。旁羅萬金，不鬻弊帚〔三一〕，跪呈豪傑，投棄不有。眉矉頞蹙〔三二〕，喙唾胸歐〔三三〕，大赧而歸，填恨低首⑫。天孫司巧，而窮臣若是，卒不余畀，獨何酷歟？敢願聖靈悔禍，矜臣獨艱，付與姿媚，易臣頑顔。鑿臣方心，規以大圓，拔去吶舌〔三四〕，納以工言。文詞婉軟，步武輕便〔三五〕，齒牙饒美，眉睫增妍。突梯卷臠〔三六〕，爲世所賢，公侯卿士，五屬十連〔三七〕。彼獨何人，長享終天⑬？

言訖，又再拜稽首，俯伏以俟。至夜半，不得命。疲極而睡，見有青褏朱裳〔三八〕，手持絳節，而來告曰：「天孫告汝，汝詞良苦。凡汝之言，吾所極知。汝擇而行，嫉彼不爲，汝之所欲，汝自可期。胡不爲之，而誑我爲？汝唯知恥，謟貌淫辭，寧辱不貴，自適其宜。中心已定，胡妄而祈？堅汝之心，密汝所持，得之爲大，失不汙卑。凡吾所有，不敢汝施⑭。致命而昇，汝慎勿疑⑮。」嗚呼！天之所命，不可中革。泣拜欣受，初悲後懌。抱拙終身，以死誰惕！

【校記】

① 詁訓本標作「騷一十首」。

② 庭，注釋音辯本、五百家注本作「夜」。

③ 交，詁訓本作「皆」。

④夫，五百家注本作「天」。

⑤惕，注釋音辯本、五百家注本、游居敬本及《全唐文》均作「懼」。

⑥喉，五百家注本作「咳」。

⑦世綵堂本注：「透，一作遂。」何焯《義門讀書記》卷三五：「『透』作『遂』。」

⑧惡，蔣之翹輯注本及朱熹《楚辭集注》引此文作「怒」。

⑨測，原作「則」，據注釋音辯本、五百家注本、世綵堂本改。

⑩中心，詁訓本作「心中」。

⑪加，詁訓本、五百家注本作「如」。

⑫填，原作「慎」，據注釋音辯本、詁訓本等改。

⑬長，詁訓本作「多」。

⑭原注：「敢，一作安。」世綵堂本同，詁訓本、《英華》作「安」。詁訓本注：「不安，一作不敢。」

⑮慎，五百家注本作「惟」。

【解　題】

［韓醇詁訓］《荆楚歲時記》：「七夕，婦人以綵縷穿七孔針，陳几筵酒脯瓜果於庭中，以乞巧。或云見天漢中奕奕白氣，有光五色，以爲徵應，見者得福。」此乞巧之所自也。然公假是以自見其拙

於謀己耳。文曰：「貶名絶命，不負所知。」此文當作於貶謫之後，皆元和以後作。［蔣之翹輯注］周處《風土記》：「七月七日，其夜灑掃於庭，露施几筵，設酒脯時果，散香粉，於河鼓、織女乞富乞壽，無子乞子，惟得乞一，不得兼求，三年乃得。言之頗有受其祚者。」《荆楚歲時記》：「七夕，婦人女子結綵樓，穿七孔針。或以金銀鍮石爲針，陳瓜果於庭中，以乞巧。有喜子網於瓜上，則以爲得。或云：見天漢中奕奕白氣，有光五色，以爲徵應，見者得福。」此乞巧之所自也。然子厚爲此，特假是以見其拙於謀己耳。**按**：此文當作於永州。作者就當時七夕乞巧習俗，説自己拙直，何不也向天孫乞巧？於是稽首祈禱。夜半夢朱裳使者來告：「凡吾所有，不敢汝施。」乞巧無得，於是便堅定了「抱拙終身」的意志。此文表現了柳宗元對自己以往行爲與人格的反省，表示儘管爲世俗所不容，但仍然堅持特立獨行的志向，不同流合汙。至於此文的章法，章士釗《柳文指要》上《體要之部》卷一八云：「彼全文分巧在言、在文、在官、在工四段，每段概用四字句，一韻一轉，偶或兩韻。」

【注釋】

〔一〕［注釋音辯］童（宗説）云：饘，諸延切，厚粥也。潘（緯）云：饘，之然、之善二切。以稻米與狼䐗膏爲饘。［韓醇詁訓］饘，諸延切，厚粥也。餌，仍吏切。［蔣之翹輯注］饘，諸延切，與饘同。又：饘，厚粥也。饘餌，舊注謂以稻米與狼䐗膏爲之。至今吴中尚存其遺風。七月七日，民家皆以餳蜜和麪，熬煎作餌，比之寒具少潤，名曰巧餅，山林供則稱之爲蜜食。**按**：章士釗《柳文指要》上《體要之部》卷一八：「《楚辭・招魂》：『粔籹蜜餌，有餦餭些。』此即餦餭也。」

〔二〕〔注釋音辯〕（綏）與緌同，而追切。〔蔣之翹輯注〕插竹，疑即古人結草折竹以卜之義，《楚辭》所謂筳篿也。禮內則緌，結纓頷下，以固冠。結之餘者，散而下垂，謂之緌。按：章士釗《柳文指要》上《體要之部》卷一八：「筳篿即杯珓，俗稱曰卦。破竹根成兩半，擲於地以占陰陽，兩仰曰陽卦，兩偃曰陰卦，一仰一偃曰勝卦。插竹云者，指備未擲出狀。綏謂之緌，頷下結纓，有散而下垂部分，因曰垂綏。然本文垂綏，乃以飾竹，非指人之纓冠也。」又云：「文曰插竹，杯珓非可插者，恐所陳非杯珓，而爲籤筒。」其說未的。王仁裕《開元天寶遺事》卷下「乞巧樓」條：「宮中以錦結成樓殿，高百尺，上可以勝數十人，陳以瓜果酒炙，設坐具，以祀牛、女二星。」宮中以錦結成樓殿，民間可簡化之，插竹即立竹爲柱，兩竹間連以彩索，婦女坐其上，以俟夜深。

〔三〕〔蔣之翹輯注〕犬牙，言其瓜之形似也。

〔四〕〔韓醇詁訓〕吴均《續齊諧記》云：「七月七日，織女當渡河，暫詣牽牛。」《爾雅》曰：「河鼓謂之牽牛。」〔百家注引孫汝聽曰〕《漢・天文志》云：「織女，天女孫。」嬪，婦也。按：牽牛織女之傳說，由來已久。胡仔《苕溪漁隱叢話》後集卷七：「《藝苑雌黄》云：《荆楚歲時記》曰：『七月七日，世謂織女牽牛聚會之日。』晉傅玄《擬天問》云：『七月七日，織女牽牛會天河。』此則其事，杜公瞻注云：『此出於流俗小説，尋之經史，未有典據。』《詩》云：『睆彼牽牛，不以服箱。跂彼織女，終日七襄。』説者以爲二星有名無實，即古詩所云『織女無機杼，牽牛不負軛』。豈復能爲夫婦，歲一聚會乎？《史記·天官書》云：『牽牛爲犧牲，其北河鼓。河鼓大星，上將；左右，左右將。』則是河鼓、牽牛，大同小異。《爾雅》云：『河鼓謂之牽牛。』李巡注云：『河鼓牽牛，皆二十八宿名。』郭璞注云：『今荆楚人，呼牛星爲擔鼓。』此則河鼓之據。《夏小正》言：『七月初昏，織女正東向。十月，織女正北向。』此皆據星也，亦無會合之文。近代有此説耳。曹植《九詠》曰：『乘回風兮浮漢渚，目牽牛兮眺織女。交有際兮會有期，嗟吾子兮來不時。』注云：『牽牛爲夫，織女爲婦，各處河之傍。七月七日，得一會同。』古歌辭云：『黄姑織女時相見。』黄姑即河鼓也，語訛所致。漢武帝於昆明池中作二石人，爲牽牛織女象，蓋欲神異其水，比方河漢。班固賦云：『左牽牛兮右織女，似天漢之無涯。』雖不云七月七日聚會，其意以爲夫婦之象，天道深遠，所不敢言也。又《歲時記》言《緯書》云：『牽牛娶織女，取天帝二萬錢下禮，久不還，被驅在營室。』言雖不經，有足爲怪。《齊諧記》亦云：『桂陽成武丁有仙道，常在人間，忽謂其弟曰：「七月七日，織女當渡河，諸仙悉還宫。吾已被召，與爾别矣。」弟問曰：「織女何事渡河？」曰：「暫詣牽牛。」世人至今云織女嫁牽牛焉。』此類皆不足信。故杜詩云：『牽牛處河西，織女出其東。萬古永相望，七夕詎相同？神光竟難候，此事終朦朧。颯然精靈合，何必秋遂逢。』蓋亦不信有此事也。世傳又有烏鵲填河成橋，與夫乞巧穿針之事，皆無可據。河鼓與牽牛，《史記》以爲二星，《爾雅》以爲一星。河字又或作何。苕溪漁隱曰：《文選》注云：『織女一名天女孫。』柳子厚《乞巧文》云：『今兹孟秋七夕，天女之孫將嬪於河鼓。』余嘗和人七夕詩云：『乞巧筵前玉露秋，一鈎涼月掛西樓。人間百巧方無奈，寄語天孫好罷休。』」

〔五〕［注釋音辯］組，總古切。紝，女鴆切。［百家注引童宗説曰］組，補縫也。紝，機縷也。上總古切。下女鴆切。

〔六〕［百家注引張敦頤曰］弁，冠也。衽，衣衿也。按：衽同袵。

〔七〕［注釋音辯］傴，委羽切。僂，隴主切。按：傴僂，彎腰鞠躬。

〔八〕［注釋音辯］轇音交。轕音葛。［百家注引孫汝聽曰］轇轕，猶交加也。《書》：「在璿璣玉衡。」璣，正天文器。璿，美玉。轇轕音交各。按：章士釗《柳文指要》上《體要之部》卷一八：「《史記·司馬相如傳》『雜沓膠葛以方馳』，《漢書》『葛』作『轕』，師古曰：『猶交加也。』璿璣，正天文之器，機件複沓，彼此交加，正言其巧。又按《魯靈光殿賦》：『迢嶢倜儻，豐麗博敞，洞轇轕乎其無垠也。』郭璞曰：『言曠遠深邈貌。』璿璣乃窺天之器，非曠遠深邈不得，如郭解釋亦通。」

〔九〕［注釋音辯］天津九星，横天河中。［百家注引孫汝聽曰］天津九星横河中，主四瀆津梁。

〔一〇〕［百家注引孫汝聽曰］儷，伉儷也。

〔一一〕［注釋音辯］《晉·天文志》：「左旗九星，在河鼓左。右旗在河鼓之右。」［韓醇詁訓］《晉·天文志》：「左旗九星，在天河鼓左旁。右旗亦如之。而河鼓居其中。」按：中星即謂河鼓。

〔一二〕［注釋音辯］（欻）呼勿切。按：翕欻，言時光迅疾。

〔一三〕［百家注引孫汝聽曰］弭，徐行也。

〔一四〕［世綵堂］殻，合作「㲉」，字書本不從几。

〔一五〕［注釋音辯］（螺蜯）上音蠃，盧戈切。下音蚌。［韓醇詁訓］上音蠃，下音蚌。

〔一六〕［注釋音辯］潘（緯）云：仿佯音房羊，徙倚也。按：即徘徊。

〔一七〕［蔣之翹輯注］昵，尼質切。又：昵，親近也。

〔一八〕［注釋音辯］童（宗説）云：巇音羲，山險也。按：韓醇詁訓本同。陳景雲《柳集點勘》卷二：「案《鬼谷子》有《抵巇篇》，抵，擊實也。巇，釁隙也。柳、韓引之皆作抵巇，如此文及釋言是也。」「巇」當釋爲「隙」。抵巇，鑽縫也。

〔一九〕［注釋音辯］（恧）女六切，下同。［韓醇詁訓］女六切，慙也。

〔二〇〕［注釋音辯］狴音陛，又邊迷切。犴音岸，獄也。［蔣之翹輯注］狴犴，狂犬也。亦謂之獄者，以其爲犬所守也。

〔二一〕［世綵堂］《漢書・揚雄傳》：「欲行者擬步而投跡。」公用此意。

〔二二〕［蔣之翹輯注］恤，一作卹。按：二字通，憐惜。

〔二三〕［蔣之翹輯注］沓，達合切。又：《詩》：「噂沓背憎。」沓沓，疾也。按：沓沓，語多貌。鶱鶱，放肆貌。

〔二四〕［注釋音辯］潘（緯）云：鉗，其炎切。或作「鉆夾」，讀爲甲。《周禮》「並夾」注：「鉆，箭具也。」［蔣之翹輯注］膠加鉗夾，謂巧言膠固者。按：《周禮・夏官司馬・射鳥氏》「並夾鍼箭具」，注：「夾音甲。」

〔二五〕［蔣之翹輯注］旃，語詞。

〔二六〕［注釋音辯］喑音陰。按：即啞，發不出聲音。

〔二七〕［注釋音辯］眥音劑。［蔣之翹輯注］眥，瞋目貌。按：眥爲眼眶，擘眥即裂眥，形容憤怒。

〔二八〕［注釋音辯］［韓醇詁訓］噑音弇。哢音弄，鳥聲。［世綵堂］噑哢，鳥聲也。音弇弄。噑，吾含切。《列子》：「眠中噑囈呻吟。」

〔二九〕［蔣之翹輯注］駢音便，平聲。

〔三〇〕［蔣之翹輯注］嚚音銀。按：嚚昏，愚昧昏暗。

〔三一〕［百家注引王儔補注］《文選》：「家有弊帚，享之千金。」［蔣之翹輯注］帚，止酒切。又《選》：「文非有一體，鮮能備善，是以各以所長，輕其所短。語曰：『家有弊帚，享之千金。』不自見之患也。」按：見《文選》曹丕《典論·論文》。

〔三二〕［注釋音辯］矉音頻，目恨張也。頞音遏。［蔣之翹輯注］《説文》：「蹙頞曰矉。」頞，鼻莖也。按：韓醇詁訓本與注釋音辯本同。百家注本引作童宗説曰。

〔三三〕［注釋音辯］喙，呼惠切。唾，吐卧切。「歐」即「嘔」字，吐也。

〔三四〕［注釋音辯］「吶」與「訥」同。

〔三五〕［韓醇詁訓］（便）平聲。

〔三六〕［注釋音辯］《楚詞》云：「突梯滑稽。」突梯，隨俗貌。《莊子》云：「臠卷傖囊。」卷臠，不申舒貌。卷音拳。臠音攣，又劵勉、力轉二切。［韓醇詁訓］（卷臠）上音拳，下音攣。［百家注引孫汝聽曰］《楚辭·卜居》云：「將突梯滑稽以絜楹乎？」突梯，隨俗貌。《莊子》：「臠卷搶攘而亂天下。」卷臠，不申舒貌。音拳攣，又劵勉、力轉二切。按：見《莊子·在宥》。

〔三七〕［注釋音辯］《禮記·王制》：「五國以爲屬，十國以爲連。」［韓醇詁訓］《王制》：「五國以爲屬，屬有長。十國以爲連，連有帥。」屬音注。按：百家注本引童宗説注同韓注。

〔三八〕［注釋音辯］褏音袖。［韓醇詁訓］褏音袖，衣袂也。［世綵堂］袖同。［蔣之翹輯注］《説文》：「褏，衣袂也。」

【集評】

朱熹《楚辭後語》卷五引晁補之曰：《乞巧文》者，柳宗元之所作也。傳曰：「周鼎鑄象而使吃其指。」先王以見大巧之不可爲也。故子貢教抱甕者爲桔槔，用力少而見功多，而抱甕者羞之。夫鳩不能巢，拙莫比焉，而屈原乃曰：「雄鳩之鳴逝兮，吾猶惡其佻巧。」原誠傷世澆僞，固詆拙以爲巧，意昔之不然者，今皆然矣，甚之也。柳宗元之作雖亦閔時奔騖，要歸諸厚，然宗元愧拙矣。（按：韓醇詁訓、百家注詳注、世綵堂諸家於解題中皆引晁氏此評。）

葉夢得《避暑録話》卷上：唯韓退之、柳子厚始復傑然知古作者之意。古今文辭，變態已極，雖源流不免有所從來，終不肯屋下架屋。《進學解》即《答客難》也，《送窮文》即《逐貧賦》也。小有出入，便成一家。子厚《天問》、《晉問》、《乞巧文》之類，高出魏、晉，無後世因緣卑陋之氣。至於諸賦，更不蹈襲屈、宋一句，則二人，皆在嚴忌、王褒上數等也。

周必大《與奚元美書》：子厚《乞巧文》今可作否？彼最喜模倣前人，如《新堂記》、《答韋中立書》之類，吾人獨不可遊戲於斯乎？（《文忠集》卷一八七）

《新刊增廣百家詳補注唐柳先生文》卷一八引黄唐曰：聖賢之學，急於内而緩於外。所造有淺深，所見有昏明，所養有寬狹，所聞有多寡，是巧拙之所由分。若夫言之聽不聽，仕之遇不遇，身名榮辱，爵位高下，則非巧拙之所繫也。故大智若愚，大辨若訥。如愚者，聖人所與，無智名者，史氏所稱。世俗所謂拙者，安知其非真巧歟？子厚既廢，不重責己，其論巧拙，之大意特在於言語用舍仕宦進退之間，又何足以知真巧拙所在耶？

洪邁《容齋續筆》卷一五：韓文公《送窮文》、柳子厚《乞巧文》，皆擬揚子雲《逐貧賦》。韓公《進學解》擬東方朔《客難》，柳子《晉問》篇擬枚乘《七發》，《正符》擬《劇秦美新》，黄魯直《跛奚移文》擬王子淵《僮約》，皆極文章之妙。

王楙《野客叢書》卷六：僕謂古今文人遞相祖述何限，人局於聞見，不暇遠考耳。據耳目之所及，皆知韓、柳一作擬揚子雲矣，又烏知子雲之作無所自乎？《續筆》謂文公之後，王振又作《送窮詞》矣，又烏知子厚之後，孫樵亦作《乞巧對》乎？樵又有《逐痁鬼文》，甚工，其源正出於《逐貧賦》。

類以推之，何可勝紀。

陳郁《藏一話腴》外編卷上：若柳宗元之《乞巧文》、劉禹錫之《問大鈞》，則同時而暗合者也。

樓昉《崇古文訣》卷一五：當與《送窮文》相對看。然退之之固窮，乃其真情。子厚抱拙終身，豈其本心歟？看他詰難過度處。

劉克莊《答陳卓然書》：《離騷》爲詞賦宗祖，固也。然自屈、宋没後，繼而爲之者，如《鵩鳥》、《弔湘》、《子虛》、《大人》、《長楊》、《二京》、《三都》、《思玄》、《幽通》、《歸田》、《閑居》之類，雖名曰賦，皆騷之餘也。至韓退之恥蹈襲，比之盜竊，集中僅有《復志》、《感二鳥》二賦，不類騷體。柳子厚有《乞巧》、《駡屍蟲》、《斬曲几》等作十篇，託名曰騷，然無一字一句與騷相犯。僕嘗謂賈、馬而下，於騷皆學柳下惠者也，惟韓、柳庶幾魯男子之學柳下惠者矣。（《後村先生大全集》卷一三一）

吴子良《荆溪林下偶談》卷三：子厚《乞巧文》與退之《送窮文》絶類，亦是擬揚子雲《逐貧賦》，特名異耳。

方逢辰《吴是齋問乞巧文内子厚少陵事》：少陵、子厚，嬉笑皆成文章，執事拈出，俾某忝注腳。某妄論謂：方員苟齟齬，丈夫多英雄，少陵生平不遇者在此。子厚附叔文，終身爲巧誤，所謂天之所命，抱拙終身，豈因巧而得拙與？然不以人廢言，皆吾輩一段鞭警也。先生以爲如何？（《蛟峰文集》卷二）

曹安《讕言長語》：柳宗元在八司馬中最巧者也，作《乞巧文》，又作《愚溪對》，以愚自名而謂，宗元豈拙愚者哉！

王立道《跋柳宗元乞巧文》：士之不得意於時者，其辭多憤激過情，有怨尤之心焉。予觀柳州所爲文，往往自謂其愚且拙，至於山水，而亦欲以愚蒙之。其作《乞巧文》，固也。然予知柳州非愚者。叔文之用事也，入其門者類，非斤斤遲鈍椎魯之士，而斤斤遲鈍椎魯者，亦必非叔文輩所能容，予是故知柳州非愚者。其作《乞巧》，抑以解嘲云耳。夫柳子所乞，其一事爲文章。讀《乞巧文》，即文之至巧者，又何加焉！且愚者多不自見，柴之愚，武子之愚，惟夫子知之，二子未知云。故惟不自知其愚，而後爲真愚。知其愚者，必非愚也，亦觀人之法然耳。予因讀而疑之，遂竊識焉，使知柳州之巧有不待乞者。（《具茨集》卷六）

王達《卻巧文序》：昔柳儀曹曾製《乞巧文》，千載之下，有鐵厓（楊維楨）亦常擬之矣。余讀二先生之文，感而作《卻巧文》。井窺管見，其敢追踵前賢哉？姑自釋其抱耳。（《明文衡》卷二二）

陸樹聲《適園語録》：柳子厚於八司馬中可謂至巧者矣，作《乞巧文》，巧非不足也。晚來作《愚溪對》，以愚自命，豈真愚者哉？然以子厚之巧，而昧於進退從違之義，孰謂子厚非愚也？

《王荆石先生批評柳文》卷五：韓之《送窮》類此，而描寫處沉鬱遒茂不及柳。「不樂其獨」句下評：寔而質。「瑣碎排偶」句下評：以下分假四句，不板。

茅坤《唐宋八大家文鈔》卷二六：予覽子厚所托物賦文甚多，大較由遷謫僻徼，日月且久，簿書之暇，情思所嚮，輒鑄文以自娱云。其旨雖不遠，而其調亦近於風騷矣，予故録而存之。又評《乞巧文》：文與昌黎之《送窮》相上下，而所占地位下一格。

陸夢龍《柳子厚集選》卷三：暢曲。

蔣之翹輯注《柳河東集》卷一八：詞特暢麗耳，其氣骨遜昌黎《送窮》遠甚。吴興沈下賢亦爲此文，又瞠乎後矣。又引孫鑛曰：篇中無一處不自占地步。

儲欣《河東先生全集録》卷三：非自懺，實自頌也。雕刻世態，劇於《送窮》。

何焯《義門讀書記》卷三五：《乞巧文》爲《送窮》所壓，識殊，詞亦不能追也。

尤侗《西堂雜俎》初集卷三：予讀柳州《乞巧文》：傴僂半夜，失望而歸，輒爲絶倒。豈非抱拙終身，正在吾輩耶？抑天孫送巧，偏賜女郎耶？乃命家人以酒脯瓜果設席上，而予爲之辭。雖然，予文先拙，安望巧來，尚賴天孫以七襄之手而色之，爰拜手稽首以告。

乾隆敕纂《御選唐宋文醇》卷一八：人病宗元以巧進被謫，而作《乞巧文》自謂抱拙終身。考諸史傳，其爲人蓋喜立事，急功名，以至於敗，非爲機變之巧者也。如爲陽城作《遺愛碣》，及《與太學諸生書》，此豈巧人所肯爲耶？《乞巧》、《送窮》，同是子雲《解嘲》之流，文亦光怪陸離如七襄錦矣。

紀昀《雪山集卷頭語》：蓋青詞跡涉異端，不特周、程、張、朱諸儒所不肯爲，即韓、柳、歐、蘇諸大家，亦正集所未見。若韓愈之《送窮文》、柳宗元之《乞巧文》，此乃擬託神靈，游戲翰墨，不過借以喻言，並非實有其事。偶一爲之，固屬無害。（王質《雪山集》卷首）

焦循批《柳文》卷二一：詞美而意太淺。

孫梅《四六叢話凡例》：四六之名何自昉乎？古人有韻謂之文，無韻謂之筆，梁時沈詩任筆，劉氏三筆六詩是也。駢儷肇自魏晉，厥後有齊梁體、宫體、徐庾體，工綺遞增，猶未以四六名也。唐重文選學，宋目爲辭學，而章奏之學，則令狐楚以授義山，别爲專門。今考《樊南甲乙》，始以四六名集。而柳州《乞巧文》云「駢四儷六，錦心繡口」，又在其前。《辭學指南》云：「制用四六，以便宣讀。」大約始於制誥，沿及表啟也。

林紓《韓柳文研究法·柳文研究法》：《乞巧文》意本《解嘲》，而體則祭祀，事屬兒女，而語則牢騷。且入手叙天孫嬪河鼓，悠謬之談，公然見之文中，此在詩家詞家或能出以纖詞，施諸韻語，而文近祭祀，斷難如此著筆。文乃曰：「今聞天孫不樂其獨，得貞卜於玄龜，將蹈石梁，欸天津，儷於神夫，於漢之濱。」寫得欽嚴莊麗，一似織女牽牛七夕之會，確有其事者。於是從乞巧二字，舍去穿針瓜果事，描出巧言巧官之醜態。借一「巧」字，痛駡一場。以小題目爲大文字，造語横空盤硬，不下昌黎。乞哀之第一段，特出「拙」字。「拙」字爲「巧」字之反面。言乾坤之良，可以曲包，蟻蝸螺蚌之屬，皆蒙覆幬，「臣爲物之靈，進退唯辱」，何也？此是發問之始。至「變情順勢，射利抵巇」，我憎之而彼反用以爲奇，此臣心執而不移之故，亦自知之。夫執即不巧，此是自咎無能之詞，此宜乞之第二段。次言此等之巧，臣奚不知，顧一效之，則轉形瞋怒，似巧中别有工夫在内，所以宜乞，此宜乞之第三段。次則舉不巧之身，與巧夫比較得喪，其辭曰：「欣欣巧夫，徐入縱誕，毛群掉尾，百怒一散。」世途昏險，擬步如漆，左低右昂，鬭冒衝突。鬼神恐悸，聖智危慄，泯然直透，所至如一。」是獨何工，縱横不恤，非天所假，彼智焉出？」此則坐實造化之相巧夫，而獨嗇其傳授於己，所以必乞，此又宜乞之第四段。以上言巧宦抱虚求進之工夫，描寫精透已極。以下斥巧言矣，「沓沓騫騫」，非善言者也。工夫在知喜怒，測憎憐，所以如意。臣之所以不如者，在暗抑莫宣，無可歸怨，不能不歸怨於賦授。且口之所宜，與筆之所達者爲文。文亦言也。顧以抽黄對白之技能，使觀者舞悦，則已負高世之文，自然斥爲老醜。雖跪呈豪傑，徒見投棄，取辱至矣。此一段不是乞，是質問語，到底世之所謂巧者安在？天之賦人以巧者，亦何至美醜顛倒如此。付姿媚，易頑顔，鑿方心，規大圓，拔吶舌，納工言，一切陳情，皆以反面爲正面語。度天孫所萬辦不到者，偏吐此難題。經天孫示夢一勸戒，謂「汝惟知恥，諂貌淫詞，寧辱不貴，自適其宜」，醒出本意。似此説雖經天孫和解，究據勝著，雖近詞費，然擬騷不得不如此。

罵尸蟲文 并序①

有道士言：「人皆有尸蟲三〔一〕，處腹中，伺人隱微失誤，輒籍記。日庚申，幸其人之昏睡，出讒于帝以求饗〔二〕。以是人多謫過、疾癘、夭死。」柳子特不信②，曰：「吾聞聰明正直者爲神，帝，神之尤者③。其爲聰明正直宜大也，安有下比陰穢小蟲，縱其狙詭〔三〕，延其變詐，以害于物，而又悦之以饗？其爲不宜也殊甚。吾意斯蟲若果爲是，則帝必將怒而戮之，投于下土，以殄其類。俾夫人咸得安其性命④，而苛慝不作，然後爲帝也。」余既處卑，不得質之于帝，而嫉斯蟲之説，爲文而駡之：

來，尸蟲！汝曷不自形其形⑤？陰幽詭側而寓乎人⑥，以賊厥靈。膏肓是處兮〔四〕，不擇穢卑。潛窺默聽兮⑦，導人爲非。冥持札牘兮，摇動禍機。卑陬拳縮兮〔五〕，宅體險微。以曲爲形，以邪爲質，以仁爲凶，以僭爲吉，以淫諛諂誣爲族類，以中正和平爲罪疾，以通行直遂爲顛蹶，以逆施反鬭爲安佚。譖下謾上〔六〕，恒其心術，妬人之能，幸人之失。利昏伺睡，旁睨竊出〔七〕，走讒于帝，遽入自屈。羃然無聲〔八〕，其意乃畢。求味己口，胡人之恤？彼脩蛕恙心⑧〔九〕，短蟯穴胃〔一〇〕，外搜疥癘〔一一〕，下索瘻痔〔一二〕，侵人肌膚⑨，爲己得味。世皆禍之，則惟汝類。良醫刮殺〔一三〕，聚毒攻餌，旋死無餘，乃行正氣。汝雖巧能，未必爲利。帝之聰明，宜好正直，寧懸嘉饗，答汝讒慝？叱付九關⑩，貽虎豹食〔一四〕。下民舞躍⑪，荷帝之力。是則宜然，何利之得？速收汝之生，速滅汝之精⑫，蓐收震怒〔一五〕，將敕雷霆，擊汝酆都〔一六〕，糜亂縱横，俟帝之命，乃施于刑。群邪殄夷，大道顯明，害氣永革⑬，厚人之生，豈不聖且神歟⑭！

祝曰〔一七〕：尸蟲逐，禍無所伏，下民百禄，惟帝之功，以受景福。尸蟲誅，禍無所廬，下民其蘇，惟帝之德，萬福來符。臣拜稽首，敢告于玄都〔一八〕。

【校　記】

①《英華》題無「文」字。

②原注與注釋音辯本、詁訓本、世綵堂本注：「一本無特字。」

③原注與注釋音辯本、詁訓本、世綵堂本注：「一本無者字。」

④「咸」原闕，據諸本補。

⑤原注與世綵堂本注：「一作自刑其形。」詁訓本作「自刑」，並注云：「一作形。」注釋音辯本注：「一本作『自刑』者非。」

⑥詭，原作「跪」，不切於義。原注與注釋音辯本、詁訓本、世綵堂本注：「跪，一本作詭。」《英華》即作「詭」，據改。

⑦原注與詁訓本、世綵堂本注：「窺，一作覷。」詁訓本並注：「（覷）比居、七慮二切。」注釋音辯本、《英華》作「覷」。注釋音辯本注：「覷，一本作窺。潘（緯）云：七慮切。」

⑧原注與世綵堂本注：「蛕，腹中長蟲也，音回。它本『蛕』作『蛸』。」注釋音辯本注：「蛕，一作蛸。童（宗説）云：蛕，胡枚切，並同。」

⑨侵人肌膚，《英華》作「食人肥膏」。何焯《義門讀書記》卷三五：「『侵人肌膚』四字與『恙心』『穴胃』不切，從《英華》本作『食人肥膏』。」

⑩吪，詁訓本作「以」。

⑪ 躍，原作「蹈」，此據注釋音辯本、詁訓本及《英華》改。

⑫ 上二句《英華》無二「之」字。

⑬ 革，詁訓本作「卒」，《英華》作「平」。

⑭ 聖且神，注釋音辯本、五百家注本作「神且聖」。

【解　題】

［韓醇詁訓］《酉陽雜俎》載：「人有三尸，上尸清姑伐人眼，中尸白姑伐人五藏，下尸血姑伐人胃命。凡庚申日，三尸言人過於帝。古語云：『三守庚申三尸伏，七守庚申三尸滅。』」公之此文非曰誠然，蓋有所寓焉耳。公自貞元十九年以御史裏行善王叔文、韋執誼，二人者奇其才，及得政，引內禁近，與計事，擢禮部員外郎。俄而叔文敗，公貶邵州刺史。不半道，貶永州司馬。然宰相哀才且困，將澡濯用之，會程异復起，領運務，乃詔補袁州刺史。而武元衡方執政，諫官頗言不可用，遂罷。當時之讒公者衆矣，假尸蟲以嫉其惡，端有所指也。當在元和謫永後作。［百家注引韓醇曰］公此文蓋有所寓耳。永貞中，公以黨累貶永州司馬。宰相惜其才，欲澡濯用之，詔補袁州刺史。其後諫官頗言不可用，遂罷。當時之讒公者衆矣，假此以嫉其惡也。當是謫永州後作也。［蔣之翹輯注］道家言人身有三尸蟲，每庚申日，乘人之睡，以其過惡陳之天帝，故學道者遇是夕輒不睡。語云「三守庚申三尸伏，七守庚申三尸滅」是也。《酉陽雜俎》云：「上尸清姑伐人眼，中尸白姑伐人五臟，下尸血

姑伐人胃命。」道書則云：「上尸彭倨，中尸彭質，下尸彭矯。」其説不一。但子厚之作此文，當必有所寓耳。按：韓云此文作於永州，又云曾詔補柳宗元爲袁州刺史，史無其事。章士釗《柳文指要》上《體要之部》卷一八駁之曰：「此説顯有矛盾。蓋宰相惜才湔濯，應是元和十年八司馬全體召還時，方有此機。如此文對當時議者而發，則不可能在永州作。儲同人謂：『袁州遷擢，公集中並未一見。韓公墓志曰：既廢，又無相知有氣力者推挽。則宰相惜才之言，虚實未定。』所駁甚當。」韓云此文作於永州，亦非是。《龍城録》卷下有「賈宣伯有治三蟲之藥」條，三蟲即屍蟲。此文云「有道士言」，道士即賈宣伯也，爲柳宗元在柳州所結識的友人，可知此文作於柳州。又按：段成式《酉陽雜俎》卷二：「魂以精爲根，魄以目爲户，三魂可拘，七魄可制。庚申日，伏尸言人過。本命日，天曹計人行。三尸一日三朝。上尸青姑伐人眼，中尸白姑伐人五藏，下尸血姑伐人胃命。亦曰玄靈。又曰：一居人頭中，令人多思，欲好車馬，其色黑。一居人腹，令人好食飲恚怒，其色青。一居人足，令人好色喜煞。七守庚申三尸滅，三守庚申三尸伏。」韓引出此。宗元不信尸蟲之説，以此種特殊的形式駁斥之，在對尸蟲口誅筆伐的同時，也融入了自己的某種感受。

【注　釋】

〔一〕三尸又名三彭。張讀《宣室志》卷一：「契虚因問棒子曰：『吾向者謁覲真君，真君問我三彭之讎，我不能對。』棒子曰：『夫彭者，三尸之姓。常居人身中，伺察功罪，每至庚申日籍於上帝，故凡學仙者當先絶其三尸。如是，則神仙可得。不然，雖苦其心，無補也。』契虚悟其事。自是而歸，因廬於太白山，絶粒吸氣，未嘗以稚川之事聞於人。」其説由來已久。吴景旭《歷代詩話》卷五二「三尸」條：「許渾詩『夜寒初共守庚申』。吴旦生曰：《中山玉櫃經》云：『人身並有三尸九蟲，常以庚申日夜，上告天帝，記人罪過，絶人生籍，欲令速死，魂昇於蒼天，魄入於黄泉。惟有蟲尸，獨在地上遊走曰鬼。或四時八節，三牲祭祀不精，輒與人作禍害，伐人性命。上尸名彭倨，好寶物。中尸名彭質，好五味。下尸名彭矯，好色慾。此三尸狀如小兒，或似馬形狀，皆有鬚髮，毛長三四寸。人既死，遂出作鬼耳，如人生時形象，衣服長短。親人見之，謂是亡人還家，實非亡人，靈也。』《上清無始録》云：『每至庚申日，夕不眠，以守之，令不得訴天帝，罪滿五百條，其人必死。三守庚申，三尸振扶；七守庚申，三尸長絶。太玄鑊湯，煮而死矣，爾乃精神安定，五臟恬和，不復騷擾。』柳子厚有《罵尸蟲文》，吴淵潁有《三彭傳》。李頎《王母歌》云：『若能鍊魄去三尸，後當見我天皇所。』温庭筠詩：『風捲蓬根屯戊巳，月移松影守庚申。』陸放翁詩：『積雨恐侵春甲子，昏燈懶守夜庚申。』近董思白詩：『谷名子午真盈一，坐守庚申不但三。』《芝田録》云：『朝士夜集終南太乙觀，拉醫師同守庚申，醫云：不守庚申亦不疑，此心良與道相依。玉皇已自知行止，任汝三彭説是非。』」

〔二〕［注釋音辯］《酉陽雜俎》：「上尸清姑伐人眼，中尸白姑伐人五藏，下尸血姑伐人胃命。」潘（緯）云：按《道書》：上尸彭倨，中尸彭質，下尸彭矯。

〔三〕［注釋音辯］潘（緯）云：狙，七餘切。狙善詐，故以爲名。

〔四〕［注釋音辯］肓音荒，心上鬲下也。［百家注引童宗説曰］成十年《左氏》：「晉侯求醫於秦，秦伯使醫緩爲之。未至，公夢疾爲二豎子曰：『彼良醫也，懼傷我焉，逃之。』其一曰：『居肓之上、膏之下，若我何？』醫曰：『疾不可爲也，在肓之上、膏之下，攻之不可，達之不及。』」《説文》：「肓，心上鬲下也，音荒。」

〔五〕［注釋音辯］潘（緯）云：踧，走侯、側留二切。《莊子》：「卑踧失色。」注：「愧懼貌，顔色不自得也。」

〔六〕［注釋音辯］謾，謨官切。［韓醇詁訓］謾，莫官切，欺也。按：百家注本引童宗説注與韓醇注本同。

〔七〕［百家注引張敦頤曰］睨，斜視也。睨，五計切。［韓醇詁訓］睨，五計反。

〔八〕［注釋音辯］冪音覓。按：韓醇詁訓本同。

〔九〕［韓醇詁訓］蛕，胡恢切。人腹中長蟲也。按：「蛕」同「蛔」。

〔一〇〕［注釋音辯］蟯，如消、去消二切。［韓醇詁訓］蟯，如消、去消二切，腹中蟲也。

〔一一〕［百家注引張敦頤曰］疥，瘙癢也。癘，疫氣也。［蔣之翹輯注］癘，癩也。按：韓醇詁訓本同張注。

〔一二〕［注釋音辯］瘻，力鬬切，頸腫也。痔，直里切。［百家注引張敦頤曰］瘻，瘡也。痔，後病。瘻，力鬭切。痔，治里切。按：韓醇詁訓本同張注。

〔一三〕［注釋音辯］潘（緯）云：刮，古刹切。《周禮注》：「劀，謂刮去膿肉。殺，謂以藥食其惡肉。」按：見《周禮・天官冢宰・瘍醫》鄭玄注。

〔一四〕［百家注引童宗説曰］《楚辭》宋玉《招魂》：「虎豹九關，啄害下人。」言天門九重，使神虎豹執其關閉，主啄齧天下欲上之人而殺之。按：韓醇詁訓本與童注同。

〔一五〕［注釋音辯］《國語》：「蓐收，天之刑神。」［韓醇詁訓］蓐收，天之刑神。《禮記》孟秋之月：「其神蓐收。」按：見《禮記・月令》。《國語・晉語二》：「則蓐收也，天之刑神也。」韋昭注：「蓐收，西方白虎金正之官也。」傳曰：少皞氏有子曰該，爲蓐收。刑殺之神也。」

〔一六〕［注釋音辯］潘（緯）云：《道書》：「北都羅酆。」注：「山名，即北帝之鬼都也。」［韓醇詁訓］酆音豐。按：范成大《吴船録》卷下：「百二十里至忠州酆都縣。去縣三里有平都山仙都道觀，本朝更名。復冒大暑往游，阪道數折，乃至峰頂。碑牒所傳，前漢王方平、後漢陰長生皆在此得道仙去。有陰君丹爐，及兩君祠堂，皆存。祠堂，唐李吉甫所作，壁亦有吉甫像。有晉、隋、唐三殿。」即道教所傳之鬼都。

〔一七〕［注釋音辯］潘（緯）云：祝，七敕切，詛也。

〔一八〕玄都，天帝所居。

【集評】

葉夢得《避暑録話》卷下：道家有言三尸，或謂之三彭，以爲人身中皆有。是三蟲能記人過失，至庚申日乘人睡去，而讒之上帝，故學道者至庚申日輒不睡，謂之守庚申。或服藥以殺三蟲。小人之妄誕有至此者。學道以其教言，則將以積累功行，以求升舉也。不求無過而反惡物之記其過，又且不睡以守，爲藥物以殺之，豈有意於爲過，而幸蔽覆藏匿，欺妄上帝，可以爲神仙者乎？上帝照臨四方，納三尸陰告而謂之讒，其悖謬尤可見。然凡學道者未有不信其説。柳子厚最號强項，亦作《罵尸蟲文》。且唐末猶有道士程紫霄，一日朝士會終南太極觀守庚申，紫霄笑曰：「三尸何有？此吾師託是以懼爲惡者爾。」據牀求枕作詩，以示衆曰：「不守庚申亦不疑，此心長與道相依。玉皇已自知行止，任爾三彭説是非。」投筆，鼻息如雷。詩語雖俚，然自昔其徒未有肯爲是言者。孰謂子厚而不若此士也？

羅大經《鶴林玉露》甲編卷四：柳子厚文章精麗，而心術不掩焉，故理意多舛駁。余嘗書其《罵尸蟲文》後云：尸蟲伏人骸竅間，狙伺隱慝，上訴之帝，意求飲食，人以是多罹咎讁。柳子憎而罵之。余謂尸蟲未果有也，果有之，疑帝藉以爲耳目，未可罵也。世之人唯不知有尸蟲，世之人而知有尸蟲，則豈特摩牙奮距，昂昂然以凶毒自名者，削跡於世哉！色厲内荏，聲善實狠，若共、兜、少正卯輩，當亦少衰矣。故余謂尸蟲之有裨於世教甚大，帝之福善禍淫，有藉於尸蟲甚切。帝之飲以飲食也，初非賞讒。尸蟲之嘵嘵上訴也，亦非以讒。故仁人君子謂宜彰尸蟲之功於天下。俾警焉，可矣，駡者何也？且柳子何畏乎尸蟲？謹修而身，宅而心，七情所動，不違其則，雖有尸蟲，將焉攸訴？彼若鼓其讒頰，咀毒銜鋒，謂巢、由汙，龍逢、比干佞，謂周、孔不仁，則帝之聰明，將怒殛之矣，奚聽信以降割於我民。設或循其首以至踵，未能無面熱汗下，徒憎其不爲己隱，申之以駡焉。余恐祇益其訴帝之說而已。

王十朋《和永貞行》：子厚年少躁飛騰，身陷醜黨羅薰蒸。著文擬騷愁畏凝，欲自辨白終莫曾。王孫尸蟲託駡憎，色豈不媿明窗燈。所記先友時良肱，忍使柳氏家聲崩。吁嗟匪人何足憑，士勿妄進當戰兢。退之鯁直憤不勝，詩篇史筆兩可徵。永貞覆轍宜痛懲。（《梅溪王先生文集》前集卷九）

黄震《黄氏日鈔》卷六〇：道人言人有尸蟲處腹中，伺人隱微，日庚申，讒於帝。柳子特不信，爲文駡之。

王若虛《滹南遺老集》卷三五：柳子厚放逐既久，憔悴無聊，不勝憤激，故觸物遇事，輒弄翰以自託，然不滿人意者甚多。若《辨伏神》、《憎王孫》、《駡尸蟲》、《斬曲几》、《哀溺》、《招海賈》之類，苦無義理，徒費雕鐫，不作焉可也。《黔驢》等說，亦不足觀。

又：《駡尸蟲文》，意本責尸蟲，而終之以祝天帝，首尾相背矣。

孫緒《無用閒談》：柳子厚作《駡尸蟲文》，謂其匿人腹骸間，伺人隱慝，上訴天帝，故人多殃咎。文字甚精麗。然亦寓言，譬當時惡己者，以快私忿。余謂使無尸蟲則已，若人人有之，且人人知其能上訴，則孰敢爲惡以殃民戕世哉？故放利小人，惟恐有尸蟲，憂世君子，惟恐無尸蟲也，而肯駡哉？

在我修身慎禮，慈良愷悌，尸蟲雖讒巧，敢鼓其口吻，以變亂黑白哉？謂巢、由汙，謂龍逢、比干諛，謂周公不仁，適取誅殛而已。（《沙溪集》卷一二）

都穆《南濠詩話》：道家言人身中有三尸，又謂之三彭，每庚申日乘人之睡，以其過惡陳之上帝，故學道者遇是夕輒不睡，許郢州詩云：「夜寒初共守庚申」是也。柳子厚集有《罵尸蟲文》，元吴淵穎有《三彭傳》，則儒者亦有是物矣。

《王荆石先生批評柳文》卷五：亦見氣魄。

儲欣《河東先生全集録》卷三：舊注云：公貶永州司馬，宰相惜其才，欲澡雪用之，詔補袁州刺史，諫官頗言不可，遂罷。作此以嫉其惡也。余按袁州選擢，公集中並未一見，韓公墓志曰：既廢，又無相知有氣力者推挽。則宰相惜才之言，虚實未定。大較此文之作，以罵世之萋斐工謡啄者也。

林紓《韓柳文研究法·柳文研究法》：洩露無味。

斬曲几文

后皇植物〔一〕，所貴乎直，聖主取焉①，以建家國。亘爲棟楹〔二〕，齊爲閫閾〔三〕，外隅平端，中室謹飭②。度焉以几〔四〕，維量之則，君子憑之，以輔其德③。末代淫巧，不師古式，斵兹揉木〔五〕，以限肘腋。欹形詭狀，曲程詐力，制類奇邪〔六〕，用絶繩墨。勾身陋狹，危足僻側，支不得舒，脅不遑息。余胡斯蓄。以亂人極！

追咎厥始，惟物之殘，稟氣失中，遭生不完。託地墝埅[七]，反時燠寒，鬱悶結澀④，癃蹇艱難⑤。不可以遂，遂虧其端，離奇詰屈[八]，縮恧巑岏[九]。含蝎孕蠹[一〇]，外邪中乾[一一]，或因先容，以售其蟠[一二]。病夫甘焉，制器以安。彼風毒敗形，陰沴遷魄[一三]，禍氣侵骨，淫神化脈。體仄筋倦，榮乖衛逆，乃喜茲物，以爲己適。器之不祥，莫是爲敵，烏可昵近，以招禍癖[一四]。且人道甚惡，惟曲爲先，在心爲賊，在口爲愆。在肩爲僂，在膝爲攣，戚施踦跂[一五]，匍匐拘拳。古皆斥遠，莫致於前，問誰其類？惡木盜泉[一六]。朝歌迴車，簡牘載焉⑥[一七]，昭王市骨，樂毅歸燕[一八]。今我斬此，以希古賢，諂諛宜惕，正直宜宣。道焉是達，法焉是專，咨爾君子，曷不乾乾[一九]。既和且平，獲祐于天，去惡在微，慎保其傳。

【校　記】

① 原注與詁訓本、世綵堂本注：「主，一作王。」

② 原注與詁訓本、世綵堂本注：「飭，一作飾。」注釋音辯本作「飾」，注曰：「一本作飭。」

③ 原注：「其，一作有。」詁訓本作「有」，並注：「（有德）一作其德。」

④ 原注與注釋音辯本、詁訓本、世綵堂本注：「悶，一作閉。」

⑤ 原注與注釋音辯本、世綵堂本注：「癃音隆。蹇，一作塞。」詁訓本注：「(蹇)一作塞。」

⑥ 原注與注釋音辯本、世綵堂本注：「載，一作稱。」

【解　題】

〔韓醇詁訓〕觀其文，蓋指當時以諂曲獲用者。其言「或因先容，以售其蟠」，則必有所指，明矣。繼之以「病夫甘焉」，「乃喜兹物，以爲己適」，則又以見用者不明，棄直而用曲，則不才者進，其指微矣。皆貶謫後作，與前篇相後先云。**按**：此篇疑作於永州，確年未詳。章士釗《柳文指要》上《體要之部》卷一八云：「鄙意此嶄嶄爲棄絶闒宦而作，循文考義，焯然可知。文曰：『追咎厥始，惟物之殘，稟氣失中，遭生不完。』此非謂身遭殘賊，其體不完乎？」可備一説。然若以此文必爲某事而作，則膠矣。

【注　釋】

〔一〕〔注釋音辯〕《楚詞·九章》「后皇嘉樹」，注：「后土、皇天。」〔韓醇詁訓〕《楚辭·九章》：「后皇嘉樹，橘徠服兮。」注：「后，后土也。皇，皇天也。」**按**：所引爲屈原《橘頌》。

〔二〕〔韓醇詁訓〕(棟楹)上音凍，下音盈。

〔三〕〔韓醇詁訓〕(閫閾)上苦本切，下音域。**按**：泛稱門檻。

〔四〕［注釋音辯］度，待各切。《周禮》：「室中度以几。」［韓醇詁訓］度，時洛切。［百家注引孫汝聽曰］《周禮》：「室中度以几。」几，三尺也。按：見《周禮·冬官考工記·匠人》。

〔五〕［韓醇詁訓］揉，屈伸木也。

〔六〕［注釋音辯］奇，居宜切。［韓醇詁訓］（奇邪）上音畸，下音衺。

〔七〕［注釋音辯］墝，苦交切。垤，徒結切。［韓醇詁訓］上口交切。何休注曰：墝埆不生五穀曰不毛。垤，徒結切，垤塚也。

〔八〕［注釋音辯］離奇，力爾、於綺二切。一讀各如本字。［百家注引韓醇曰］鄒陽上書云：「蟠木根柢，輪囷離奇，而爲萬乘器者，以左右先爲之容也。」

〔九〕［注釋音辯］（巑岏）上音攢，下五官切。［韓醇詁訓］上音攢，下五官切。鋭上也，高也。

〔一〇〕［注釋音辯］蝎音曷。蠹，木中蟲。［韓醇詁訓］蝎，胡葛切，木中蠹蟲也。蠹音妬。

〔一一〕［韓醇詁訓］（乾）音干。

〔一二〕［注釋音辯］《前·鄒陽傳》：「蟠木云云，以左右先爲之容。」［韓醇詁訓］售音壽，蟠音盤。鄒陽書：「蟠木根柢，輪囷離奇，而爲萬乘器者，以左右爲之先容也。」［蔣之翹輯注］售，賣也。

〔一三〕［注釋音辯］沴，閭計切。［韓醇詁訓］沴，閭計切。相傷爲之沴。

〔一四〕［注釋音辯］［韓醇詁訓］（癖）音僻。

〔一五〕［注釋音辯］戚施，病俯而不能仰者。踦，舉綺切，曲也。跂，丘弭切，跟不着地。［韓醇詁訓］上舉綺切，曲也。下丘弭切。有跂踵國，其人行，腳跟不着地。［百家注引任淵曰］戚施，不能仰者。踦，曲也。跂，有跂踵國，其人行，腳跟不着地。上舉綺切。下丘弭切。［世綵堂］《詩》：「得此戚施。」注云：「戚施，不能仰者。」按：見《詩經・邶風・新臺》。

〔一六〕［注釋音辯］《管子》云：「士懷耿介之心，不蔭惡木之枝。」又《尸子》云：「孔子至於盜泉，渴矣而不飲。」［韓醇詁訓］《選》陸士衡《猛虎行》：「渴不飲盜泉水，熱不息惡木陰。」［百家注引孫汝聽曰］《管子》云：「士懷耿介之心，不廕惡木之枝。惡木尚猶恥之，況與惡人同處。」《尸子》云：「孔子至於盜泉，渴矣而不飲，惡其名也。」按：見《文選》陸機《猛虎行》李善注引《管子》及《尸子》。《藝文類聚》卷九引《論語撰考讖》：「水名盜泉，仲尼不漱。」

〔一七〕［注釋音辯］《前・鄒陽傳》：「邑號朝歌，墨子迴車。」［百家注］孫（汝聽）曰：漢鄒陽書云：「里名勝母，曾子不入。邑號朝歌，墨子回車。」韓（醇）曰：晉灼曰：「紂作朝歌之音，朝歌者，不時也。」

〔一八〕［注釋音辯］燕昭王厚幣以招賢者，郭隗曰：「古之人君有使涓人求千里馬者，馬已死，買其首而反。不朞年，千里馬至者三焉。」昭王爲隗築宮而事之，於是士爭趨燕，樂毅自魏往，以爲亞卿。［韓醇詁訓］燕昭王厚幣以招賢者，郭隗曰：「古之人君有以千金使涓人求千里馬者，馬已死，買其首五百金而返。君大怒，涓人曰：『死馬且買，況生者乎？』不期年，千里之馬至者三。今王致士，先從隗始，況賢於隗者哉！」昭王爲隗改築宮而師事之，於是士爭趨燕。樂毅自魏往，以爲亞卿。按：見《戰國策·燕策一》及《史記·燕召公世家》。

〔一九〕［注釋音辯］張（敦頤）云：前「中乾」音干。後「曷不乾乾」音虔。［韓醇詁訓］音虔。《易》：「君子終日乾乾。」按：見《周易·乾》。自强不息貌。

【集評】

洪芻《次子字韻呈鄭太玉》：斯文不可見，猶欣識之子。端如逃虚空，而聞蛩音喜。歷歷海南事，細話傾我耳。悠悠世上情，毁譽私彼己。是事姑置之，斯文長已矣。風味契淵明，流落逾子美。從來直如弦，多作道邊死。寄聲柳柳州，未用斬曲几。（《老圃集》卷上）

《新刊增廣百家詳補注唐柳先生文》卷一八引黄唐曰：好惡根於心，而託物以自見。廉者不飲貪泉，正者不食邪蒿，反本者必悲黑白之絲，執方者不蓄圓轉之器，宜也。子厚急於禄仕，曲腰罄折，同於傴僂者多矣，而反斬絶曲几，几而有神，得無濫誅之冤乎！

方岳《答汪運幹》：若子厚之不敢於爲賤人，固曰非有慊於其文也。某則曰懼有慊於其文也。《乞巧》之文、《招海賈》之文、《斬曲几》之文，謂子厚而無慊於此乎！然則子厚之不敢爲師亦非。吾之所願師也，執事所以枉教者，非某所敢當。（《秋崖集》卷二七）

黄震《黄氏日鈔》卷六〇：《斬曲几文》謂物貴乎直，末代淫巧，揉木爲几。愚恐几乃古之年高者席地時所憑手，其形抱身，不容不曲。几非後世所用也。

《王荆石先生批評柳文》卷五：尚非得意之文。

茅坤《唐宋八大家文鈔》卷二六：經曰曲而等，聖人未嘗絶曲也。子厚性獨剛直，故以此得世謗嫉而斬之情，見乎文。

蔣之翹輯注《柳河東集》卷一八：精深諷託，而詞近似於謔。

儲欣《河東先生全集録》卷三：「在心爲賊」一段，凜凜爰書。

宥蝮蛇文 并序

家有僮善執蛇，晨持一蛇，來謁曰：「是謂蝮蛇〔一〕，犯於人，死不治①。又善伺人，聞人咳喘、步驟，輒不勝其毒。捷取巧噬〔二〕，肆其害。然或慊不得於人，則愈怒〔三〕。反齧草木，草木立死。後人來觸死莖，猶墮指、攣腕、腫足②〔四〕，爲廢病。必殺之，是不可留。」余曰：「汝惡得之？」曰：「得之榛中。」曰：「榛中若是者，可既乎？」曰：「不可，其類甚博。」余謂僮曰：「彼居榛中，汝居宫内，彼不汝即③，而汝即彼，犯而鬬死，以執而謁者，汝實健且險，以輕近是物。然而殺之，汝益暴矣。彼耕獲者，求薪蘇者〔五〕，皆土其鄉，知防而入焉，執耒操鞭持芟〔六〕，扑以遠其害。汝今非有求於榛者也，密汝居，易汝庭〔七〕，不凌奥，不步闈，是惡能得而害汝？且彼非樂爲此態也，造物者賦之形，陰與陽命之氣，形甚怪僻，氣甚禍賊，雖欲不爲，是不可得也。是獨可悲憐者，又孰能罪而加怒焉？汝勿殺也。」余悲其不得已而所爲若是，叩其脊，諭而宥之。其辭曰：

吾悲夫天形汝軀④，絶翼去足，無以自扶，曲膂屈脅，惟行之紆。目兼蜂蠆〔八〕，色混泥塗，其頸蹙恧⑤，其腹次且〔九〕。褰鼻鈎牙，穴出榛居，蓄怒而蟠，銜毒而趨。志蘄害物，陰妬潛狙〔一〇〕。汝之禀受若是，雖欲爲鼉爲蠙〔一一〕，焉可得已⑥？凡汝之爲惡，非樂乎此，緣形役性，不可自止。草摇風動，百毒齊起，首拳脊努，呥舌摇尾〔一二〕。不逞其凶，若病乎己，世皆寒心，我獨悲爾。吾將薙吾庭〔一三〕，葺吾檻，窒吾垣⑦，嚴吾扃，俾奥草不植，而穴隟不萌〔一四〕。與汝異途，不相交争，雖汝之惡，焉得而行？

嘻，造物者胡甚不仁，而巧成汝質！既禀乎此，能無危物，賊害無辜，惟汝之實。陰陽爲戾，假汝忿疾，余胡汝尤，是戮是抶〔一五〕。宥汝于野，自求終吉。彼樵豎持芟，農夫執耒，不幸而遇，將除其害，餘力一揮，應手糜碎。我雖汝活，其惠實大，他人異心，誰釋汝罪？形既不化，中焉能悔，嗚呼悲乎，汝必死乎，毒而不知，反訟其内⑧。今雖寛焉，後則誰賚⑨？陰陽爾，造化爾，道烏乎在？可不悲歟！

【校　記】

①治，詁訓本作「活」。

②腫，世綵堂本注：「腫，時勇切。一本作瘇。」注釋音辯本作「瘇」，並注：「瘇，時勇切。一本作腫。」

③汝即，五百家注本、世綵堂本、鄭定本作「即汝」。

④原注與世綵堂本注：「夫，一作乎。」注釋音辯本、詁訓本即作「乎」，注云：「乎，一本作夫。」

⑤原注與注釋音辯本、世綵堂本注：「頸，一作頭。」詁訓本作「頭」，並注：「一作頸。」

⑥已，蔣之翹輯注本：「『已』字疑當作『乎』。」按：「乎」字是。

⑦窒，原作「窖」，據詁訓本改。窒，堵塞。原注與注釋音辯本、世綵堂本注：「窖音教，一本作窒。」詁訓本作「窒」，並注：「一作窖。」

⑧其，注釋音辯本、五百家注本作「乎」。

⑨賫，原注與注釋音辯本、詁訓本、世綵堂本注：「一作賴。」按：賫，賜予，未如作「賴」義切。

【解　題】

［韓醇詁訓］與前文先後永州作。按：韓説可從。蝮蛇是一種毒蛇，柳宗元不主張見即殺之，彼亦大自然之生物，自有其存在的理由，遠而避之，可相安無事。前人多以有所寓託解説此文，但寓託

之意，實在乎可喻不可喻之間。

【注　釋】

〔一〕［注釋音辯］蝮，音覆，毒蛇名。［韓醇詁訓］蝮音覆，毒蛇也。［百家注引王儔補注］蝮，毒蛇名。色如綬文，鼻上有針。大者長七八尺。一名反鼻，出南方。

〔二〕［注釋音辯］［韓醇詁訓］（噬）音誓。

〔三〕［注釋音辯］［韓醇詁訓］慊，苦簟切。恨也。

〔四〕［注釋音辯］攣，力緣切。腕，烏貫切。［韓醇詁訓］攣，閭緣切。腕，烏貫切。腫，時勇切。

〔五〕［百家注引孫汝聽曰］《漢書》：「樵蘇後爨。」蘇，草也。按：見《漢書·韓信傳》。顏師古注：「樵，取薪也。蘇，取草也。」

〔六〕［蔣之翹輯注］殳，丈二無刃。按：《國語·齊語》：「權節其用，耒、耜、枷、芟。」韋昭注：「芟，大鎌（鐮），所以芟草也。」

〔七〕［注釋音辯］易，以豉切。謂芟治其草木。按：百家注本引孫汝聽注同。

〔八〕［韓醇詁訓］（蜂蠆）上音峰，下丑邁切。

〔九〕［注釋音辯］［韓醇詁訓］（次且）上七私切，下七余切。按：通「趑趄」，欲進未進貌。

〔一〇〕［注釋音辯］（狙）子余切。潘（緯）云：謂密伺之。字本作覰。

〔一二〕［注釋音辯］鼃，音蛙。螾，戈忍切。［韓醇詁訓］鼃音蛙，蝦蟇也。螾，弋忍切，螼螾也。螼螾，反行，即寒蚓也。按：螾即蚯蚓。

〔一三〕［注釋音辯］呥，音冉，噍貌。潘（緯）云：呥，而廉切。按：「呥」通「䛁」，吐舌。

〔一三〕［注釋音辯］薙，音替，又丈几切。除草也。［韓醇詁訓］薙，他計切，除草。

〔一四〕［注釋音辯］童（宗説）云：「隟」字當作「隙」，乞逆切。［韓醇詁訓］隟，去逆切，義與「隙」同。

〔一五〕［注釋音辯］（抶）敕栗切，擊也。［韓醇詁訓］音迭。

【集評】

韓醇《詁訓唐柳先生文集》卷一八：晁无咎取《罵尸蟲》、《憎王孫》並此《宥蝮蛇文》以附《變騷》，繫之曰：《離騷》以虯龍鸞鳳託君子，以惡禽臭物指讒佞。王孫、尸蟲、蝮蛇，小人讒佞之類也。其憎之也，罵之也，投畀有北之意也。其宥之也，以遠小人不惡而嚴之意也。蓋《離騷》備此義，而宗元放之焉。（按：《新刊增廣百家詳補注唐柳先生文》、《五百家注音辯唐柳先生文集》亦皆引此。）

黄震《黄氏日鈔》卷六〇：彼居榛中，不汝賊而殺之，暴矣。

《王荆石先生批評柳文》卷五：逸。

茅坤《唐宋八大家文鈔》卷二六：子厚不殺蝮蛇，胸次亦大。

明闕名評選《柳文》卷六「焉得而行」句下：君子遠惡人，以避咎也。

陸夢龍《柳子厚集選》卷三：所謂長歌之悲，深於痛哭。

儲欣《河東先生全集録》卷三：先生騷文，命題便妙。曰罵、曰斬、曰宥、曰憎、曰逐，皆爲賊賢害能之小人發也。然而宥愈乎曰：「先生欲自持其身，無逢其害，故悲而宥之。」讀是文，覺與其受宥無寧受罵、受逐、受憎，猶爲愈乎爾。

周瑛《柳子宥蝮蛇辯》：柳子家僮得蝮蛇，將殺之，柳子宥其死而遣之。其説以爲蝮蛇爲毒，甚非得已，緣形役性，不可自止。且未即人而人即，彼執而殺之，則益暴矣。蒙中子曰：柳子之見其駁哉！夫以蝮蛇爲毒非得已，則天地生蝮蛇，豈得已乎？天地生蝮蛇非得已，則人所以治蝮蛇者，惡可已乎？蓋天地生物，氣化不齊，伸縮盈虚，錯綜雜揉，故其偏駁乖戾之甚，必生而爲毒螫饞噬之物，蓋非天地欲生此物也。氣之所至，不得不生之也。有聖人者出，明大中至正之道，凡非天地之得已者，皆從而治之。若禹鑄鼎而治神奸，益烈山澤而治禽獸，周公相武王，誅紂伐奄，而治虎豹犀象之屬，是數聖人者，豈過用其心哉！誠以物害不去，民生不安也。今夫蝮蛇爲毒，嚙草則草枯，嚙木則木瘁，嚙人，不死則亦肢體拘攣而不能伸縮，其毒甚矣，乃歸於氣化之偏，而可以無殺。推是心也，設有人焉，如古越椒氏生而豺狼之聲，長而傷人害物，乃委曰氣化之偏使然，而可以無殺，刑政不亦頗乎？且天地生萬物，人爲貴，故王者養萬民，亦以人爲主。若夫水土之産昆蟲、草木、鱗介之屬，皆惟人之用，不可與人論輕重也。故先王制刑，凡人殺人者，其罪死。若折一木、戮一獸、踐踏一螻蟻，先王豈罪之乎？今以蝮蛇爲未傷人而罪不至死，則將俟殺一人而後戮一蝮蛇，是視人之命與蝮蛇等也，輕重失倫甚矣。嗚呼！柳子之説行，則民奸物怪之害興，生人族類之滅久矣。予偶讀其文，病其見之駁，且懼其禍也，故不辭夫僭，而爲之辯。（《翠渠摘稿》卷四）

林紓《韓柳文研究法·柳文研究法》：在三篇中（按：與《罵尸蟲文》、《憎王孫文》）爲第一。以不宜宥而宥，竟言出所以得宥之理，良爲仁者之言。入手述僮言甚凶厲，似犯人「死不活」，一不宜宥。又善伺人，捷取巧噬，二不宜宥。不得人而齧草木，後人「來觸死莖」，猶得廢病，三不宜宥。文似無可翻身矣。妙在不問蝮蛇，先問蝮蛇得處，以下即可納入全身遠害之意。要在密居易庭，不凌奥而步闇，蝮雖毒，惡得害！雖然，此猶就人而言，若在蝮者，賦怪僻之形，含禍賊之氣，受之於天，非蝮之罪也。憐且不暇，何由加怒，純是一片仁恕之言。蓋子厚嘗世變深，知小人之毒，萬不能校，只合聽之而已，方有此作。凡慨世之言，慨深甚於詈酷也。辭仍序意，重説一過，不過有韻與無韻之别耳。

憎王孫文 并序①

猨、王孫居異山，德異性，不能相容〔一〕。猨之德静以恒，類仁讓孝慈，居相愛，食相先，行有列，飲有序。不幸乖離，則其鳴哀。有難〔二〕，則内其柔弱者。不踐稼蔬。木實未熟，相與視之謹〔三〕。既熟，嘯呼群萃，然後食，衎衎焉②〔四〕。山之小草木，必環而行，遂其植。故猿之居，山恒鬱然。王孫之德躁以囂〔五〕，勃諍號呶〔六〕，唶唶彊彊〔七〕，雖群不相善也。食相噬齧〔八〕，行無列，飲無序，乖離而不思。有難，推其柔弱者以免。好踐稼蔬，所過狼藉披攘。木實未熟，輒齕齩投注〔九〕。竊取人食，皆知自實其嗛③〔一〇〕。山之小草木，必凌挫折挽，使之瘁然後已。故王孫之居山恒蒿然〔一一〕。以是猨群衆則逐王孫，王孫群衆亦齚猨④。猨棄去，終不與抗。然則物之甚可憎，莫王孫若也。余棄山間久，見其趣如是，作《憎王孫》云：

湘水之浟浟兮⑤〔一二〕，其上群山。胡茲鬱而彼瘁兮，善惡異居其間。惡者王孫兮善者猨，環行遂植兮止暴殘。王孫兮甚可憎，噫，山之靈兮胡不賊旃〔一三〕？跳踉叫囂兮〔一四〕，衝目宣齗〔一五〕。外以敗物兮，内以争群。排鬭善類兮，譁駭披紛〔一六〕。盜取民食兮，私己不分。充嗛果腹兮〔一七〕，驕傲驩欣。嘉華美木兮碩而繁，群披競齧兮枯株根。毁成敗實兮更怒喧，居民怨苦兮號穹旻⑥〔一八〕。王孫兮甚可憎，噫！山之靈兮，胡獨不聞⑦？猨之仁兮受逐不校，退優游兮惟德是傚。廉來同兮聖囚〔一九〕，禹稷合兮兇誅〔二〇〕。群小遂兮君子違⑧，大人聚兮孽無餘。善與惡不同鄉兮，否泰既兆其盈虚〔二一〕。伊細大之固然兮⑨，乃禍福之攸趨。王孫兮甚可憎，噫，山之靈兮，胡逸而居？

【校　記】

①「并序」二字原闕，據注釋音辯本、世綵堂本補。

②《英華》無「食」字。何焯《義門讀書記》卷三五：「『然後食衎衎焉』，無『食』字。衎衎即飲食也。」

③五百家注本、世綵堂本、鄭定本「皆」下無「知自」二字。

④亦，注釋音辯本、五百家注本作「則」。原注與詁訓本、世綵堂本注：「齴，仁革切，齧也。一作齕。」注釋音辯本注：「晏本作『齴』，一作齕。鋤革切，齰同。」

⑤湫湫，注釋音辯本作「悠悠」，注云：「一本作湫湫。」

⑥怨，注釋音辯本、五百家注本、《英華》作「厭」。

⑦獨，《英華》作「猶」。

⑧遂，原作「逐」，據注釋音辯本、詁訓本、五百家注本、《英華》、《全唐文》改。原注與世綵堂本注：「『小』字下，一本有『人』字。」詁訓本作「小人」，注云：「一無人字。」

⑨蔣之翹輯注本：「『固』字，疑作『同』字。」

【解　題】

［韓醇詁訓］與前文先後永州作。後漢王延壽嘗爲《王孫賦》，有云「顏狀類乎老公，軀體似乎小

兒」，則猴之類而小者也。按：此文作於永州。永州山上多猴子，成群結隊而行，不免毀人蔬稼，甚至入室破壞，宗元此文顯然有感於此而作。至於文中諷寓，只可意會。章士釗《柳文指要》上《體要之部》卷一八：「此明明提出湘水，似乎貶永十年，人既不習，言語風俗咸絶異，凡己與居民間，不可能全無彼此誤會，以及群衆排闘諸惡劣跡相，足資詠歎。細讀子厚與諸友好札牘，以深懔有言不信尚口乃窮之戒，凡己身所遘大小朝野諸不幸事，都付之喑默以終，則蠻夷中跳踉譁駭，群披競齧之所爲，又何等鄙野，安足道述？則子厚集中，並未發見咎責治所之紀載，了不足怪。惟在戲謔文字中，吾意子厚應不强設此類局限，何況名歸湘水，而事屬普存，其文僅留知言人同情追歎之地，不予獷悍者以可攻之口實乎？」其説可參考。

【注　釋】

〔一〕〔蔣之翹輯注〕猨與沐猴相類，其性仁，不貪食，多群。雄者黑，雌者黄。雄者善啼。王孫，猴也。狀似愁胡，兩手足如人。其聲嗝嗝若咳，其性躁，見物輒闘，好殘毁物器。

〔二〕〔注釋音辯〕〔韓醇詁訓〕難，乃旦切。

〔三〕〔蔣之翹輯注〕句。

〔四〕〔蔣之翹輯注〕衎音看。衎衎，樂也。

〔五〕〔韓醇詁訓〕（嚣）虚驕切，又牛刀切。

〔六〕［注釋音辯］［韓醇詁訓］（號呶）上音豪，下尼交切。

〔七〕［注釋音辯］唶，子夜切，又仄伯切。［韓醇詁訓］唶，子夜切，又則伯切。［百家注引孫汝聽曰］唶唶，大聲也。彊彊，相隨貌。《詩》：「鵲之彊彊。」唶音責，又子夜切。按：見《詩經·鄘風·鶉之奔奔》。

〔八〕［韓醇詁訓］（齧）倪吉切。

〔九〕［注釋音辯］齕，下没切。齩，五狡切。［韓醇詁訓］（齕齩）上，下結切。下，五狡切。按：皆咬義。

〔一〇〕［注釋音辯］（嗛）苦簟切。以頰貯食曰嗛。［韓醇詁訓］音歉。以頰聚食曰嗛。［百家注引舊注］以頰貯食，蓋謂猿藏食也。

〔一一〕蒿然，草木零落貌。蒿通槁。

〔一二〕［韓醇詁訓］［百家注引童宗説曰］湘水，出零陵郡。［蔣之翹輯注］《水經注》：「湘水出零陵始安縣陽海山。」

〔一三〕［蔣之翹輯注］賊，害也。

〔一四〕［注釋音辯］跳，徒彫切。踉，吕唐切。［韓醇詁訓］上徒彫切，下吕唐切。按：跳躍也。

〔一五〕［注釋音辯］［韓醇詁訓］齗，魚巾切，齒根肉。

〔一六〕［韓醇詁訓］譁音華。駭，下揩切。

〔一七〕［注釋音辯］果，苦火切，飽貌。又如字。［韓醇詁訓］《莊子》：「腹猶果然。」音如字，又苦火反。［蔣之翹輯注］《莊子》：「三飡而返，腹猶果然。」注：「飽貌。」按：見《莊子·逍遥遊》。

〔一八〕［注釋音辯］［韓醇詁訓］號音毫。旻音瑉。按：穹旻，蒼天。

〔一九〕［注釋音辯］紂用飛廉、惡來，囚文王於羑里。［韓醇詁訓］蜚廉、惡來，紂之臣。紂囚西伯羑里。按：《孟子·滕文公下》：「飛廉，紂諛臣，驅之海隅而戮之。」惡來、羑里事見《史記·殷本紀》。

〔二〇〕［韓醇詁訓］謂舜用禹、稷，去四兇也。［百家注引張敦頤曰］謂舜用禹、稷，去四兇。按：四兇謂渾敦、窮奇、檮杌、饕餮，見《左傳》文公十八年。

〔二一〕［韓醇詁訓］否，備鄙切。

【集　評】

朱熹《楚辭後語》卷五引晁補之曰：《憎王孫文》者，柳宗元之所作也。《離騷》以虯龍鸞鳳託君子，以惡禽臭物指讒佞，而宗元倣之焉。

莊綽《雞肋編》卷中：後漢王延壽作《王孫賦》云：「有王孫之狡獸，形陋觀而醜儀，顔狀類乎老公，軀體似乎小兒。儲糧食於耳頰，稍委輪於胃脾，同甘苦於人類，好餔糟而啜醨。」柳子厚作《憎王孫》，其名蓋出於此。余謂自王公而次侯，故以王孫寄之耳。

《新刊增廣百家詳補注唐柳先生文》卷一八題下引王儔補注：陳長方云：余嘗疑《宥蝮蛇》、《憎王孫文》序已述其意，詞又述之。閭丘鑄曰：柳子晚年學佛書，先述其義，乃作偈曰：「柳子熟之，下筆遂爾。」余爲一笑。

又文後引黄唐曰：子厚《憎王孫文》以猨喻君子，王孫喻小人，有意乎用君子而去小人也。當時君子孰賢於韓退之、白居易？小人孰甚於王伾、王叔文？子厚不與韓、白爲徒，直節不屈，乃附叔文以求進，卒與八司馬同貶。向謂猨衆則逐王孫，今固不與猨而從王孫，以自取禍者耶？

黄震《黄氏日鈔》卷六〇：王孫者，湘山間獸名，與猿異性，擾人者。

茅坤《唐宋八大家文鈔》卷二六：亦足風刺。

林俊《邇言序》：司馬遷之《史記》，揚子雲之《法言》，《錢神》、《定命》、《逐貧》之論，《憎王孫》之文，要皆發洩其胸中偃蹇拂鬱不平之氣，以寄其弗售之懷。（《見素集》卷四）

明闕名評選《柳文》卷六「湘水之悠兮」句下引唐荆川曰：灑然。

陸夢龍《柳子厚集選》卷三：序罷靏亹亹，極寫人之憎，文更灑然。

蔣之翹輯注《柳河東集》卷一八：漢王延壽嘗爲《王孫賦》，意似有所諷刺，子厚效之而爲是文。但子厚黨叔文而與八司馬同貶，吾恐其自爲王孫而受逐於猨多矣，乃嘵嘵然，反謂王孫之逐猨邪？又「不能相容」句下：先提出猨與王孫之異，有法有勢。「胡獨不聞」句下：重「王孫」二句，凡三見，應前。

儲欣《河東先生全集録》卷三：辭可唱歎，騷味猶深。

林紓《韓柳文研究法·柳文研究法》：幽渺峭厲，能曲狀小物，皆盡其致。

逐畢方文 并序

永州元和七年夏多火災，日夜數十發，少尚五六發，過三月乃止。八年夏，又如之。人咸無安處，老弱燔死〔一〕，晨不爨〔二〕，夜不燭①，皆列坐屋上②，左右視，罷不得休③〔三〕，蓋類物爲之者〔四〕。訛言相驚，云有怪鳥，莫實其狀。《山海經》云：「章莪之山④，有鳥如鶴，一足，赤文白喙，其名曰畢方。見則其邑有譌火〔五〕。」若今火者，其可謂譌歟？而人有以鳥傳者⑤，其畢方歟？遂邑中狀而圖之，禳而磔之〔六〕，爲之文而逐之：

后皇庇人兮敬授群材⑥，大施棟宇兮小蔽草萊⑦。各有攸宅兮時闔而開⑧，火炎爲用兮化食生財⑨。胡今兹之怪戾兮，日十爇而窮災〔七〕。朝儲清以聯邃兮，夕蕩覆而爲灰。焚傷羸老兮炭死童孩，叫號隳突兮户駭人哀。祖夫狂走兮倏忽往來〔八〕，鬱攸孽暴兮混合恢台〔九〕。民氣不舒兮僵踣顛頹〔一〇〕，休炊息燎兮仄伏煨煤。門甍晦黑兮啟伺姦回，若墜之天兮若生之鬼⑩。令行不訛兮國恐盍已，問之禹書，畢方是祟⑪〔一一〕。嗟爾畢方兮胡肆其志？皇亶聰明兮念此下地〔一二〕。災皇所愛兮僇死無貳〔一三〕，幽形扇毒兮陰險詭異。汝今不懲兮衆愬咸至〔一四〕，皇斯震怒兮殄絶汝類⑫。祝融悔禍兮回禄屏氣〔一五〕，太陰施威兮玄冥行事〔一六〕。汝雖赤其文，隻其趾，逞工衒巧，莫救汝死。黠知亟去兮⑬〔一七〕，愚乃止此。高飛兮翱翔〔一八〕，遠伏兮無傷。海之南兮天之裔，汝優游兮可卒歲。皇不怒兮永汝世⑭，日之良兮今速逝。急急如律令〔一九〕。

【校記】

①原注與世綵堂本注：「夜，一作暝。」注釋音辯本作「暝」，注云：「暝，一本作夜。」

②上，原作「工」，據注釋音辯本、詁訓本、世綵堂本等改。

③得，《英華》作「能」。

④莪，原作「義」，據詁訓本改。

⑤人有以，《英華》作「人又有」，《文粹》作「有以」。

⑥授，詁訓本作「救」。群，《英華》作「其」。

⑦《英華》無「兮」字。

⑧開，《英華》作「門」。

⑨《英華》於「生」字下注：「一作先。」

⑩ 原注與注釋音辯本、詁訓本、世綵堂本等皆注：「墜，一作墮。」

⑪ 蔣之翹輯注本：「『書』字下以例按之，當亦有『兮』字。」蔣説是。

⑫ 怒，《英華》作「恕」。

⑬ 亟，原作「急」，據諸本及《英華》改。

⑭ 怒，《英華》作「恕」。

【解　題】

［注釋音辯］潘（緯）云：《山海經》。漢武帝時，有獻獨足鶴，東方朔奏曰：「所謂畢方鳥也。」《淮南子》「木生畢方」，注：「木之精也，狀如鳥，青色，赤腳一足，不食五穀。」［韓醇詁訓］元和七八年，公尚爲永州司馬，至十年方召至京師。當在八年夏作。［蔣之翹輯注］《神異經》：「漢武帝時，有獻獨足鶴，東方朔曰：所謂畢方鳥也。」按：《山海經・西山經》：「又西二百八十里曰章莪之山，無草木，多瑤碧。……有鳥焉，其狀如鶴，一足，赤文青質而白喙，名曰畢方。其鳴自叫也。見則其邑有譌火。」《淮南子・氾論》「木生畢方」高誘注：「木之精也，狀如鳥，青色，赤腳一足，不食五穀。」《藝文類聚》卷八八引《尸子》：「木之精氣爲畢方。」《文選》張衡《東京賦》「況魃魊與畢方」薛綜注：「畢方，老父神，如鳥，兩足一翼者。常銜火，在人家作怪災也。」李綽《尚書故實》：「漢武帝時，嘗有外域獻獨足鶴，人皆不知，以爲怪異。東方朔奏曰：『此《山海經》所謂畢方鳥也。』驗之果是。」

即諸家所引或未引有關畢方之文。永州夏多山林火災，柳宗元家也多次遭火，《與楊京兆憑書》云「又永州多火災，五年之間，四爲天火所迫」，顯然爲此而作，希望主火神鳥不要再殘害生靈，焚滅財物，故爲文以逐之。其意義則同韓愈《鱷魚文》，而言辭更爲嚴厲。

【注釋】

〔一〕［韓醇詁訓］燔，音煩。按：燒也。

〔二〕［韓醇詁訓］（爨）取亂切。按：炊也。

〔三〕［注釋音辯］［韓醇詁訓］罷，音疲。按：亦「疲」義。

〔四〕［注釋音辯］物，鬼物也。

〔五〕［注釋音辯］「譌」與「訛」同，吾禾切。［韓醇詁訓］（譌火）上五戈切。妖言曰譌。［百家注引孫汝聽曰］已上皆《山海經》之文。按：其文已見本文解題所引。

〔六〕［注釋音辯］磔，陟格切。潘（緯）云：磔，禳祀除厲也，磔牲以禳於四方之神。［韓醇詁訓］磔，裂也，張格切。［蔣之翹輯注］《左傳》：「國不市，大爲社，祓禳於四方，振除火災，禮也。」按：見《左傳》昭公十八年。

〔七〕［韓醇詁訓］爇，如劣切。按：火燃曰爇。

〔八〕［百家注引張敦頤曰］祖，謂肉祖。

〔九〕［注釋音辯］《左》哀三年注：「鬱攸，火氣。」暴，音剥。［百家注引孫汝聽曰］哀三年《左氏》：「濟濡帷幕，鬱攸從之。」注：「火氣也。」暴音剥。［韓醇詁訓］《騷》云：「收恢炱之孟夏兮。」［百家注引韓醇曰］《楚辭·九辯》云：「收恢炱之孟夏兮。」炱，音台。按：《楚辭》宋玉《九辯》「收恢台之孟夏」洪興祖補注引黄庭堅曰：「恢，大也。台即胎也。言夏氣大而育物。」方以智《通雅》卷一二：「山谷《跋希圓禹廟詩》：『高閣無恢台，直言無暑氣耳。《楚辭》「恢台之長夏」，恢，大也。台，胎也。《爾雅》曰「夏爲長贏」，即恢台也。高閣無長贏，可乎？』智按：恢台，猶《説文》灰炱也，言火氣也，猶炎爗也。《文選》注引《國語》曰：『水無沉氣，火無炎爗。』音初延切。蜀王衍立，當面廚烹爗。傅毅《舞賦》『舒恢炱之廣度』，其義大也。而字以炱，蓋火氣發揚，即有動盪廣大之意。希圓詩自不佳，然於恢炱之本訓胎，合山谷主大胎之説，反謬。」章士釗《柳文指要》上《體要之部》卷一八：「炱於台古字通。恢一做灰。灰炱，煤也，俗謂之煙煤，炱表黑色。」恢台以言火氣，引申而言熱烈。

〔一〇〕［注釋音辯］僵，音薑。踣，匹候、蒲北二切。［韓醇詁訓］僵音薑。踣，蒲北切。

〔一一〕［注釋音辯］《山海經》，禹所撰。祟音邃。［韓醇詁訓］《山海經》乃禹所撰，故云。按：劉秀《上山海經表》稱：「而益等類物善惡，著《山海經》。」益爲禹時人。

〔一二〕［百家注引童宗説曰］《書》：「亶聰明作元后。」亶，信也。按：見《尚書·泰誓上》。

〔一三〕［注釋音辯］僇，即戮字。

〔一四〕〔韓醇詁訓〕愬，音訴。按：同「訴」。

〔一五〕〔注釋音辯〕屏，必郢切。祝融，火正。回禄，火神。〔韓醇詁訓〕祝融，火神。《鄭語》：「黎爲高辛氏火正，光照四海，命之曰祝融。」注：「祝，始也。融，明也。」回禄，火神也。〔百家注引孫汝聽曰〕《左氏》：「禳火於玄冥、回禄。」玄冥，水神。回禄，火神。按：見《國語·鄭語》及《左傳》昭公十八年。

〔一六〕〔注釋音辯〕玄冥，大陰之神。〔韓醇詁訓〕《楚辭·九歎》「考玄冥於空桑」。注：「玄冥，大陰之神。」

〔一七〕〔韓醇詁訓〕黠，下八切。

〔一八〕〔百家注〕翱翔，音敖祥。

〔一九〕〔注釋音辯〕潘（緯）云：李濟翁《資暇録》云：「令宜讀爲零。律令雷邊捷鬼，善走，與雷相疾速，故云如此鬼之疾速也。」按：李匡乂《資暇集》卷中：「急急如律令，符祝之類。末句急急如律令者，人皆以爲如飲酒之律令，速去不得滯也。一説：漢朝每行下文書，皆云如律令，言非律非令之文書，行下當亦如律令，故符祝之類末句，有如律令之言。並非也。案律令之令字宜平聲，讀爲零，（原注：音若毛詩盧重令之令，若人姓令狐氏之令也。）律令是雷邊捷鬼。學者豈不知之？此鬼善走，與雷相疾速，故云如此鬼之疾走也。」程大昌《演繁露》卷一二：「李濟翁《資暇録》言令人符咒，後言急急如律令者，令音零。律令雷鬼之最捷者，謂當如律令鬼之捷也。按《風俗通》論漢法九章，因言曰：『夫吏者治也，當先自正，然後正人。故文書下如律令。』言當承憲履繩，動不失律令也。今道流符咒家，凡行移悉倣官府制度，則其符咒之云如律令者，是倣官文書爲之，不必鑿言雷鬼也。」王楙《野客叢書》卷一二亦云：「《資暇集》曰：……僕謂雷邊捷鬼之説，出於近世雜書，西漢末之聞也。漢人謂如律令者，戒其如律令之施行速耳，豈知所謂捷鬼耶？此語近於巫史，不經之甚。宋時有文書如千里驛行之語，正漢人如律令之意也。」程、王二説是。符咒之云「急急如律令」，仿漢時官府文書也。黄伯思《東觀餘論》卷上載一漢朝官府行文，云：「近歲關右人發地得古甕，中有東漢時竹簡甚多，往往散亂不可考。獨永初二年討羌符，文字尚完。皆章草書，書蹟古雅可喜。其詞云：『永初二年六月丁未朔二十日丙寅，得車騎將軍莫府文書，上郡屬國都中二千石守丞廷義縣令三水，十月丁未到府受印綬，發夫討畔羌。急急如律令。』」可證。

【集評】

晁説之《謝圓機除祟賦》：祟鬼當年曾蹔解（原注：柳子厚作《解祟賦》），賦成今日永嘉祥。無煩鑄鼎圖群象，可笑時儺逐畢方。蕩滌辭源能澎濞，誅鋤筆陣更光芒。此身强健餘何事？枉是靈均嘆國殤。（《嵩山文集》卷八）

《王荆石先生批評柳文》卷五：遊戲，自佳。

辨伏神文 并序

余病痞且悸〔一〕，謁醫視之，曰：「唯伏神爲宜。」明日買諸市，烹而餌之，病加甚。召醫而尤其故，醫求觀其滓〔二〕，曰：「吁！盡老芋也。彼鬻藥者〔三〕，欺子而獲售，子之懵也，而反尤於余，不以過乎①？」余戍然慙，愾然憂〔四〕，推是類也，以往則世之以芋自售而病乎人者衆矣，又誰辨焉！申以詞云：

伏神之神兮惟餌之良②，愉心舒肝兮魂平志康。敺開滯結兮調護柔剛〔五〕，和寧悦懌兮復彼恒常。休嘉訢合兮邪怪遁藏③〔六〕，君子食之兮其樂揚揚。余殆於理兮榮衛蹇極，伏盃積塊兮悸不得息〔七〕。有醫導余兮求是以食。往沽之市兮欣然有得④〔八〕，滌濯爨烹兮專恃爾力。反增予疾兮昏憒馮塞⑤〔九〕，余駭其狀兮往尤于醫。徵滓以觀兮既笑而嘻，曰子胡昧愚兮兹謂蹲鴟〔一〇〕。處身猥大兮善植圩卑〔一一〕，受氣頑昏兮陰僻欹危⑥。累積星紀兮以老爲奇，潛苞水土兮混雜蟓蚳〔一二〕。不幸充腹兮唯痼之宜〔一三〕，野夫忮害兮假是以欺〔一四〕。刮肌刻貌兮觀者勿疑，中虛以脆兮外澤而夷〔一五〕。誤而爲餌兮命或殆而，今無以追兮後慎觀之。嗚呼！物固多僞兮知者蓋寡，考之不良兮求福得禍，書而爲詞兮願寤來者。

【校　記】

①蔣之翹輯注本：「以，一作亦。」

②兮，五百家注本、《英華》作「乎」。

③訢合，詁訓本作「宜訢」。

④然，注釋音辯本、詁訓本作「焉」。

⑤憒，原作「潰」，據諸本及《全唐文》改。

⑥原注與世綵堂本注：「欹，丘宜切，亦作攲。」注釋音辯本、詁訓本注：「欹，丘奇切，亦作攲。」

【解　題】

［韓醇詁訓］據集元和四年與李建書云：「僕自去年八月末，痞疾稍已。」又與楊憑書云：「一二年來，痞氣尤甚。」又云：「每人大言，則蹶氣震怖，撫心而按膽，不能自止。」此文自言「病痞且悸」，作於永州時也。［蔣之翹輯注］伏，《本草》作「茯」。《本草》：「茯苓抱根者名茯神。味平，主辟不祥，療風眩、風虚、五勞、口乾，止驚悸、多恚怒、善忘。開心益智，安魂魄，養精神。生泰山山谷大松下。」按：韓説可從。此文元和四年作於永州。李時珍《本草綱目》卷三七：「茯苓，《史記·龜策

傳》作伏靈，蓋松之神靈之氣伏結而成，故謂之伏靈、伏神也。《仙經》言伏靈大如拳者，佩之令百鬼消滅，則神靈之氣亦可徵矣。俗作苓者，傳寫之訛爾。下有伏靈，上有兔絲，故又名伏兔。或云其形如兔，故名。亦通。」此文寫買伏神治病，卻被商販所欺，「物固多僞」，故告誡人們要善於辨別真假，以免上當受騙。

【注釋】

〔一〕［注釋音辯］痞，部鄙切，腹内結病。悸，其季切，心動。潘（緯）云：鄙、圮、缶三音。［韓醇詁訓］痞，部鄙切。

〔二〕［韓醇詁訓］（滓）壯士切，澱也。

〔三〕［韓醇詁訓］鬻，音育。按：賣也。

〔四〕［注釋音辯］［韓醇詁訓］愾，口溉切。

〔五〕［注釋音辯］［韓醇詁訓］毆，音區。按：通「驅」。

〔六〕［注釋音辯］潘（緯）云：訢，虛其切，烝也。《禮記》云：「天地訢合。」注云：「讀曰熹，一音欣。」［韓醇詁訓］訢音忻。按：見《禮記·樂記》。

〔七〕［注釋音辯］［百家注引孫汝聽曰］《史·倉公傳》：「陽虛侯病痹，根在左脅下，大如覆盃。」

〔八〕［世綵堂］沽，買也。

〔九〕［注釋音辯］憒，胡對切。馮，音憑。［韓醇詁訓］憒，胡對切。

〔一〇〕［注釋音辯］蹲，音存。鴟，處脂切。蹲鴟，芋魁。［韓醇詁訓］上音存。下處脂切。蹲鴟，芋魁也。［世綵堂］《史記》：「汶山之下沃野，有蹲鴟。」注：「蹲鴟，芋魁也。」按：見《史記·貨殖列傳》。

〔一一〕［百家注引孫汝聽曰］圩卑，謂下濕之地。

〔一二〕［注釋音辯］蝝，余專切，蝗子。蚳，音墀，又直基切，蟻子。［韓醇詁訓］上惟船切，蝗子也。下丈饑切，蟻卵也。

〔一三〕［蔣之翹輯注］痼，音固。

〔一四〕［注釋音辯］忮，支義切，音寘。狠也。［韓醇詁訓］忮音寘，狠也。

〔一五〕［注釋音辯］脆，青歲切。

【集評】

黄震《黄氏日鈔》卷六〇：賈伏神，得老芋，而病加甚。

《王荆石先生批評柳文》卷五：尚淺。

愬螭文 并序①

零陵城西有螭，室于江〔一〕。法曹史唐登浴其涯〔二〕，螭牽以入。一夕②，浮水上。吾聞凡山川必有神司之，抑有是耶？於是作《愬螭》投之江。曰：

天明地幽，孰主之兮〔三〕？壽善夭殤，終何爲兮？堆山釃江〔四〕，司者誰兮？突然爲人，使有知兮。畏危慮害，趨走祇兮。父母孔愛，妻子嘻兮③。出入公門，不獲非兮。漱漱湘流〔五〕，清且微兮。陰幽洞石，蓄怪螭兮。胡濯兹熱④，卒無歸兮。親戚叫號，閭里思兮。魂其安游，覬湘纍兮〔六〕。嗟爾怪螭，害江湄兮〔七〕。涎沫重淵⑤，物莫威兮⑥。蟉形決目〔八〕，潛伺窺兮。膏血是利，私自肥兮。歲既大旱，澤莫施兮。妖猾下民，使顛危兮⑦。充心飽腹，肆敖嬉兮。洋洋往復，流逶迤兮〔九〕。惟神高明，胡縱斯兮？蔑棄無辜，逞怪姿兮。胡不降罰，肅川坻兮？舟者欣欣，游者熙兮。蒲魚浸用，吉無疑兮。牲牷玉帛〔一〇〕，人是依兮。匪神之愬，將安期兮。神之有亡，於是推兮。投之北流，心孔悲兮⑧。

【校　記】

①《英華》題無「文」字。

②夕，原注及諸校本皆注云：「一作昔。」

③嘻，原作「嬉」，據諸本改。《玉篇》：「嘻嘻，和樂聲。」嬉，娱樂，未如「嘻」切。

④兹，《英華》作「益」。

⑤原注與世綵堂本注：「涎，徐連切。字當作『次』，重，平聲。」蔣之翹輯注本：「（涎）字當作蜒。」《英華》、《全唐文》「涎」作「游」。原注與詁訓本、世綵堂本注：「淵，一作瀾。」注釋音辯本、《英華》作「瀾」。注釋音辯本注：「瀾，一本作淵。」按：「次」同「涎」，口水。「涎」字當從《英華》作「游」。

⑥戚，世綵堂本作「戚」。

⑦兮，《英華》作「焉」。

⑧鄭定本無「心孔悲兮」四字。

【解　題】

［韓醇詁訓］零陵，永州郡名。文作於元和末召之時。按：韓説是。章士釗《柳文指要》上《體要之部》卷一八：「此文一韻到底，波瀾起處，能發能收。中有曰『魂其安游，覯湘纍兮』，乃歸本於

騷，以明本旨。」此文當據當時真實發生之事寫成，然螭爲傳説之龍，非實有，疑拖唐登入水者即爲鱷魚。因目睹者少，且距離遠而看不清，故傳爲螭龍所爲耳。

【注釋】

〔一〕［韓醇詁訓］螭，丑知切。［百家注引王儔補注］零陵，永州郡名。《説文》：「螭，若龍而黄。一説無角曰螭。」螭，丑知切。

〔二〕［韓醇詁訓］（涯）音沂。

〔三〕［韓醇詁訓］《莊子》：「天其運乎，地其處乎，孰主張是？」按：見《莊子·天運》。

〔四〕［注釋音辯］灑，山宜、所綺二切。潘（緯）云：分其流也。［韓醇詁訓］灑，山宜、所綺二切。

〔五〕［注釋音辯］［韓醇詁訓］童（宗説）云：潊，音攸，水流貌。

〔六〕［注釋音辯］纍，力追切。揚雄《反騷》云：「欲弔楚之相纍。」注：「不以罪死曰纍。」［韓醇詁訓］揚雄《反離騷》：「因江潭而㢊記兮，欽弔楚之湘纍。」注：「纍，力追切。諸不以犯罪死曰纍。屈原赴湘死，故曰湘纍也。」

〔七〕［韓醇詁訓］湄，音眉。

〔八〕［注釋音辯］蟉，力幽、巨糾二切。潘（緯）云：蚴蟉，龍行動貌。［韓醇詁訓］蟉，力幽、巨糾二切。按：「蟉」爲龍行貌，疑「形」爲「行」之訛。決目，即張目。

〔九〕〔注釋音辯〕迻，於危切。迤，音移，又移爾切，亦作池。〔韓醇詁訓〕上於危切，下音移。按：迻迤，起伏長遠貌。

〔一〇〕〔世綵堂〕《左傳》：「牲牷肥腯。」注：「牷，純色完全也。」按：見《左傳》桓公六年。

哀溺文 并序①

永之氓咸善游②〔一〕，一日，水暴甚，有五六氓乘小船絶湘水，中濟，船破，皆游③。其一氓盡力而不能尋常〔二〕，其侶曰：「汝善游，最也，今何後爲？」曰：「吾腰千錢，重，是以後。」曰：「何不去之？」不應，摇其首。有頃，益怠。已濟者立岸上，呼且號曰：「汝愚之甚，蔽之甚。身且死，何以貨爲？」又摇其首，遂溺死。吾哀之。且若是，得不有大貨之溺大氓者乎？於是作《哀溺》④：

吾哀溺者之死貨兮⑤，惟大氓之爲憂。世濤鼓以風湧兮，浩滉蕩而無舟〔三〕。不讓禄以辭富兮，又旁窺而詭求。手足亂而無如兮，負重踰乎崇丘。既浮頤而滅膂兮⑥，不忍釋利而離尤⑦〔四〕。呼號者之莫救兮，愈摇首以沉流。髪披鬟以舞瀾兮⑧〔五〕，魂倀倀而焉游〔六〕？黿鼉直進以争食兮，魚鮪族而爲羞〔七〕。始貪赢以啬厚兮⑨，終負禍而懷讎。前既没而後不知懲兮，更攬取而無時休。哀兹氓之蔽愚兮，反賊己而從仇。不量多以自諫兮，姑指幸者而爲謀。夫人固靈於鳥魚兮，胡昧罻而蒙鉤〔八〕。大者死大兮小者死小，善游雖最兮卒以道夭⑩。與害偕行兮以死自繞，推今而鑒古兮鮮克以保。其生衣寶焚紂兮〔九〕，專利滅榮〔一〇〕。豺狼死而猶餓兮，牛腹尸而不盈〔一一〕。民既貿貿而無知兮⑪〔一二〕，故與彼咸謚爲泯⑫。死者不足哀兮，冀中人之爲余再更⑬〔一三〕。噫！

【校　記】

①《英華》題無「文」字。

② 原注與詁訓本、世綵堂本注：「永，一本作『零陵』二字。」注釋音辯本作「零陵」，並注：「零陵，一本作永。」

③ 原注與世綵堂本注：「一作『皆浮游』。」注釋音辯本注：「一本『游』字上有『浮』字。」詁訓本即有「浮」字。

④ 注釋音辯本、《英華》「溺」下有「文」字。

⑤ 溺，《英華》作「游」。

⑥ 原注：「浮頤，一作摇頭。」詁訓本作「摇頭」，注云：「一作浮頤。」注釋音辯本注：「浮頤，一作『摇頭』者非。」

⑦原注與詁訓本、世綵堂本注：「忍，一作欲。」注釋音辯本作「欲」，注云：「欲，一本作忍。」

⑧灡，《英華》作「淵」。

⑨以，《英華》作「而」。

⑩蔣之翹輯注本：「善游雖最，一本作雖最善游。」

⑪原注云：「一無民字。」諸本皆同。

⑫泯，諸本皆作「氓」。文中已稱永之平民爲「氓」，不當再謚死者爲「氓」，故「泯」近是。泯，滅於水也。泯，屬平聲真韻，與庚韻通押。

⑬注釋音辯本、五百家注本、世綵堂本皆無「之」字。

【解題】

［韓醇詁訓］零陵，永州郡名。文蓋指事以寓意。其曰「得不有大貨之溺大氓者乎」，蓋端指貪利以捐生者。文意皆指是，非哀夫永之溺者，而哀夫世之溺者云耳，與《招海賈》之意同。按：此文作於永州，然作年無考。此文當是睹事而興慨之作，非有意寄託也。人多以此篇爲作者所虚構的寓言，以諷刺「要錢不要命」者，非是。章士釗《柳文指要》上《體要之部》卷一八：「子厚平生不作無病之呻吟，《哀溺》當亦非無所爲而作，以意揣之，或是警八司馬中之程异。……八司馬中唯异名不見於柳集，而异以善理財著稱，事敗後，獨异起復最早，其因亦即近幸要脅，指爲憲宗聚斂之故。此中

所藏巇險，旁觀者豈不見之甚瑩？卒之异無甚自利慾，而勤慎將事，得不如楊炎、劉晏之受禍，而優游卒歲，未始不由於有友忠告，知所警惕云。」其説無據。

【注釋】

〔一〕［百家注引童宗説曰］游，泅也。《説文》：「行水也。」

〔二〕［注釋音辯］［百家注引孫汝聽曰］八尺曰尋，倍尋曰常。

〔三〕［注釋音辯］［韓醇詁訓］滉，户廣切。

〔四〕［韓醇詁訓］《離騷經》：「進不入以離尤兮，退將復修吾初服。」注：「離尤，遭禍也。」

〔五〕［注釋音辯］鬤，如陽切，髮亂。［韓醇詁訓］《楚詞·大招》：「豕首縱目，披髮鬤只。」鬤，如陽切，亂髮也。按：百家注本引作張敦頤曰。

〔六〕［注釋音辯］童（宗説）云：倀，丑良切，又音振。潘（緯）云：無見貌。［韓醇詁訓］倀，丑良切，又音棖。

〔七〕［蔣之翹輯注］《古今注》：「鯉之大者曰鱣，鱣之大者曰鮪。」按：見崔豹《古今注》卷中。

〔八〕［注釋音辯］罻，音蔚。［韓醇詁訓］罻音尉，網也。按：百家注本引作童宗説曰。

〔九〕［韓醇詁訓］紂衣寶玉，焚於鹿臺。［百家注引孫汝聽曰］《史記》：「紂兵敗，走入鹿臺，衣其寶玉衣，赴火而死。」按：見《史記·殷本紀》。

〔一〇〕［注釋音辯］《國・周語》：「榮公好專利，而不知大難。」［韓醇詁訓］榮夷公專利，見《周紀》。［百家注引孫汝聽曰］《國語》：「周厲王好利，近榮夷公。芮良夫諫曰：『王室其將卑乎，夫榮公好專利而不知大難。』」按：見《國語・周語上》及《史記・周本紀》。

〔一一〕［百家注引孫汝聽曰］尸亦死也。牛至死，腹猶未滿。［蔣之翹輯注］豺狼，貪猛之獸。《國語》：「楚令尹問蓄聚積實如餓豺狼。」按：見《國語・楚語下》。《國語・晉語八》：「叔魚生，其母視之曰：『是虎目而豕喙，鳶肩而牛腹，谿壑可盈，是不可饜也，必以賄死。』」後者典出此，以牛腹喻貪婪也。

〔一二〕［注釋音辯］貿，音茂。潘（緯）云：《禮記》：「貿貿然而來。」注：「目不明貌。」［韓醇詁訓］貿音茂。按：「貿」即「貿」。見《禮記・檀弓下》。

〔一三〕［注釋音辯］更，平聲。

【集　評】

孫緒《無用閒談》：柳子厚作《哀溺文》，其序曰：「吾哀之且若是，得不有大貨之溺大氓者乎！」一句引入本意，筆力甚巨。劉伯温《伐寄生賦》序曰：「若瘡瘍脱身，大奸去國，斧鉞之時用大矣哉！」雖少費數言，然俊偉痛快，讀之灑然。晚宋有人作《責鼠文》云：「汝有倉囷，不恤人之無食。汝有皮毛，不惜人之無衣。何施顔面，以戴天履地？」此語雖近俚俗，然亦可以誅壟斷放利者之心。

（《沙溪集》卷一四）

陸夢龍《柳子厚集選》卷三：戲而真。

蔣之翹輯注《柳河東集》卷一八：文中指事寓意，與《招海賈》之説同。

儲欣《河東先生全集録》卷三：柳先生以騷詞發舒憤懣，而教戒寓焉，蓋三百篇之遺也。其可録者最多，而《哀溺》、《招海賈》其卓卓尤著者。嗟乎！余讀《哀溺》篇，公所以木鐸大氓者至矣。珊瑚八九尺、胡椒八百斛，適足爲饕磔身赤族之資，可無哀乎？

林紓《韓柳文研究法・柳文研究法》：與《蝜蝂傳》同一命意。然柳州每於一篇言之中，必有一句最有力量、最透闢者鎮之。文言永民善游，乃以腰千金之故，不捨而溺。序之結尾即曰「得不有大貨之溺大氓者乎」，語極沈重，有關係。文中如「既浮頤而滅膂兮，不忍釋利而離尤」，「髮披鬛而舞瀾兮，魂倀倀而焉游」，寫溺狀如畫。

招海賈文①

咨海賈兮，君胡以利易生而卒離其形②？大海盪汩兮顛倒日月③〔一〕，龍魚傾側兮神怪隮突〔二〕。滄茫無形兮往來遽卒〔三〕，陰陽開闔兮氛霧滃渤〔四〕，君不返兮逝怳惚④。舟航軒昂兮下上飄鼓，騰趠嶢嵲兮萬里一覩⑤〔五〕。崒入泓坳兮視天若畝⑥〔六〕，奔螭出抃兮翔鵬振舞。天吴八首兮更笑迭怒⑦〔七〕，垂涎閃舌兮揮霍旁午〔八〕，君不返兮終爲虜。黑齒戲鬿鱗文肌〔九〕，三角駢列耳離披〔一〇〕。反斷叉牙踔嶔崖〔一一〕，蛇首豨鬣虎豹皮〔一二〕。群没互出讙遨嬉，臭腥百里霧雨瀰，君不返兮以充飢。溺水蓄縮⑧〔一三〕，其下不極，投之必沉，負羽無力〔一四〕。鯨鯢疑畏〔一五〕，淫淫嶷嶷〔一六〕，君不返兮卒自賊。怪石森立涵重淵〔一七〕，高下迥罝滔危顛〔一八〕。崩濤搜疏刿戈鋋〔一九〕，君不返兮砉沉顛〔二〇〕。其外大泊泙淪〔二一〕，終古迴薄旋天垠〔二二〕。八方易位更錯陳，君不返兮亂星辰。東極傾海流不屬⑨〔二三〕，泯泯超忽紛盪沃。殆而一跌兮沸入湯谷〔二四〕，舳艫霏解梢若木〔二五〕，君不返兮魂焉薄？海若嗇貨號風雷〔二六〕，巨鼇頷首丘山穨〔二七〕。猖狂震虩翻九垓〔二八〕，君不返兮糜以摧。

咨海賈兮，君胡樂出幽險而疾平夷，恂駭愁苦而以忘其歸〔二九〕？上黨易野恬以舒〔三〇〕，蹈蹂厚土堅無虞〔三一〕。歧路脈布彌九區，出無入有百貨俱。周游傲睨神自如，撞鐘擊鮮恣歡娱〔三二〕，君不返兮欲誰須？膠鬲得聖捐鹽魚〔三三〕，范子去相安陶朱〔三四〕。吕氏行賈南面孤〔三五〕，弘羊心計登謀謨〔三六〕。煮鹽大冶九卿居〔三七〕，禄秩山委收國租。賢智走諸争下車，逍遥縱傲世所趨，君不返兮謚爲愚。

咨海賈兮，賈尚不可爲，而又海是圖，死爲險魄兮生爲貪夫。亦獨何樂哉？歸來兮，寧君軀。

【校　記】

①《英華》題無「文」字。

②形，《英華》注：「一作刑。」

③汩，原作「泊」。原注與注釋音辯本、世綵堂本注：「泊，晏（殊）本作汩。」詁訓本注：「泊，一作汩。」按：當作「汩」。汩，水湧動貌。泊，止也，於義不切。據改。

④原注與注釋音辯本、詁訓本、世綵堂本注：「一本無逝字。悢與恍同。」

⑤原注與世綵堂本注：「嶢音堯，或書作嶤。」趙，《英華》注：「一作踔。」

⑥畝，原作「畮」，原注與世綵堂本皆注云：「《説文》：六尺爲步，百尺爲畮。莫候切。與晦、畝同。」注釋音辯本注：「即畝字。」詁訓本注：「《説文》：與晦同。」據改。

⑦八，原作「九」，據《英華》改。百家注本引孫汝聽注、詁訓本、世綵堂本注：「《山海經》云：『朝陽之谷神曰天吴，是爲水伯。其爲獸也，八首、八足、八尾，背青黄，人面。』此爲『九首』，恐誤。」

⑧溺，原作「弱」。原注與注釋音辯本、世綵堂本注：「弱，一作溺。」詁訓本注：「一作溺水。」據改。

⑨《英華》「極」下有「西」字，「不」作「下」。

【解　題】

［注釋音辯］賈音古。［韓醇詁訓］據文意，亦永州作。按：此爲一篇爲死於海難的商賈招魂之

文，模仿《楚辭·招魂》的寫法。文章首言海上兇險，不可以居，招魂歸來。次言内地亦可經商致富，何必非去海上冒險？結言：「死爲險魄，生爲貪夫，亦獨何樂哉？」以爲唯利是圖者戒。雖爲哀悼死者而作，然亦寓深沉之感慨，爲貪財逐利者發也。

【注釋】

〔一〕［韓醇詁訓］［百家注］盪，音蕩。

〔二〕［韓醇詁訓］隳，翾規切。突，陁没切。按：隳突，破壞，騷擾。

〔三〕［注釋音辯］［百家注］卒，子忽切。

〔四〕［注釋音辯］滃，烏孔切。渤，蒲没切。按：韓醇詁訓本同。滃渤，盛鬱貌。

〔五〕［注釋音辯］趠，敕教切，超也。又敕角切，疾走貌。嶢，音堯。嵲，魚列切，危高也。［韓醇詁訓］趠，敕角切。嶢，牛幺切。嵲，牛結切。［百家注引童宗説曰］嶢嵲，危高也。

〔六〕［注釋音辯］萃，昨没、昨律二切。泓，烏宏切。坳，於交切。［韓醇詁訓］崒，才律切，峰巉岀也。泓，烏宏切。坳，於交切。按：坳，坑，低凹之處。此指旋渦。萃通崒。

〔七〕［注釋音辯］更音庚。《山海經》云：「天吴，水伯。八首、八足、八尾，背青黄，人面。」按：見《山海經·海外東經》。

〔八〕［世綵堂］《漢書》：「使者旁午。」注：「分布也。師古曰：一從一横爲旁午。」按：見《漢書·

霍光傳》。

〔九〕［注釋音辯］齴，士眼切，齒不正。齴，魚蹇切，齒露。［韓醇詁訓］木玄虚《海賦》：「或汎汎悠悠於黑齒之邦。」注：「黑齒，海外國名。」齴，士眼切，齒不正。齴，魚蹇切，齒露。按：見《文選》。《史記·趙世家》「黑齒雕題」。《後漢書·東夷傳》：「至裸國、黑齒國。」

〔一〇〕［韓醇詁訓］《山海經》：「鯪魚背腹皆有刺，如三角菱。」鯪，音陵。按：見《初學記》卷三〇引《山海經》。

〔一一〕［注釋音辯］齗，魚巾切，齒根肉。踔，敕教、尺約、敕角三切，踶也。嶔，音欽，山高險。［韓醇詁訓］齗，魚斤切，齒根肉。踔，敕教、敕角二切，踶也。嶔音欽，山高險。按：注釋音辯本之注，百家注本引作童宗説曰。又牙，高低不平貌。

〔一二〕［注釋音辯］狶，音希，又許豈切。字作豨，豕也。［韓醇詁訓］沈懷遠《南越志》：「鯪魚，鯉也，形如蛇而四足。」沈瑩《臨海水土異物志》：「虎䱜長五尺，黄黑斑文，耳目齒牙有似虎形，或變乃成虎。」狶音希，豕也。

〔一三〕［韓醇詁訓］張衡《思玄賦》「亂弱水之潺湲兮」，注引《山海經》曰：「崑崙之丘，其下有弱水之川環之。」《楚詞·大招》：「東有大海，溺水浟浟只。」注：「東海，其水淖溺，死没萬物也。」按：出《楚辭·大招》。弱水繞崑崙山，非海也。「弱」當作「溺」。

〔一四〕［百家注引孫汝聽曰］《山海經》云：「崑崙之丘，其下有弱水環之，不能載鴻毛。」按：見《山海經・大荒西經》。此將崑崙弱水之典用於東海，以形容溺水必沉。

〔一五〕[韓醇詁訓]鯨，其京切。鯢，音倪。[百家注引童宗説曰]鯨鯢，大魚也。

〔一六〕[注釋音辯][韓醇詁訓]（嶷）魚力、魚其二切。按：淫淫，放縱貌。嶷嶷，狡獪貌。

〔一七〕[韓醇詁訓][百家注]涵，音含。

〔一八〕[注釋音辯]迾，吕結切，遮也。按：百家注本引作童宗説曰。

〔一九〕[注釋音辯][韓醇詁訓]鋋，時連切，小矛。按：百家注本引作張敦頤曰。

〔二〇〕[注釋音辯]砉，霍號、呼臭二切。按：砉，象聲。

〔二一〕[注釋音辯][韓醇詁訓]泙，音平，水名，谷也。奫，於倫切。奫淪，水深廣貌。[蔣之翹輯注]泙，水聲也。按：泙，象水衝擊聲。蔣注是。

〔二二〕[蔣之翹輯注]垠音銀。

〔二三〕[注釋音辯]（屬）音燭。按：此句言東極傾斜，海水下流。不屬，無所依屬。

〔二四〕[注釋音辯]跌，徒結切。[韓醇詁訓]跌，徒結切。《離騷》、《遠遊》「朝濯髮於湯谷」，注：「湯谷在東方少陽之位。《淮南》言日出湯谷，入虞淵也。」[百家注引孫汝聽曰]《淮南子》云：「日出湯谷，入虞淵。」按：見《淮南子・説林》，然「湯谷」作「暘谷」。

〔二五〕[注釋音辯]舳音軸。艫音盧。若木在崑崙西。[韓醇詁訓]舳音軸，艫音盧。若木，《楚辭》注：「在崑崙西極，其華照下地。」[百家注引孫汝聽曰]《淮南子》云：「建木在廣都，若木在建木西。」按：《淮南子・墬形》：「建木在都廣」，「若木在建木西，末有十日，其華照下地。」高誘注：「末端也。若木端有十日，狀如蓮華，華猶光也，光照其下也。」

〔二六〕［注釋音辯］海若，海神名。號，平聲。［韓醇詁訓］［百家注引童宗説曰］海神名曰海若。

〔二七〕［韓醇詁訓］《列子》：「渤海之東有大壑焉，其中有五山。一曰岱輿，二曰員嶠，三曰方壺，四曰瀛洲，五曰蓬萊。而山根無所著，隨波上下，不得暫峙。仙聖訴於帝，使巨鼇十五舉首而戴之，迭爲三番，六萬歲一交焉。」鼇，音敖。頷，户感切。［百家注引孫汝聽曰］《天問》云：「鼇戴山抃，何以安之？」按：見《列子・湯問》。

〔二八〕［注釋音辯］虩，許隙切。垓音該。［韓醇詁訓］虩，許逆切。［百家注引孫汝聽曰］《易》：「震雷虩虩。」按：見《周易・震》。虩，恐嚇。

〔二九〕［注釋音辯］［韓醇詁訓］恟音匈。按：恟，恐懼。

〔三〇〕［注釋音辯］易，以豉切，平也。上黨，潞州。［韓醇詁訓］上黨，潞州也。言天下平陸之地，足以爲賈，而無虞也。［百家注引孫汝聽曰］《周禮》：「險野以人爲主，易野以車爲主。」易，平也。按：見《周禮・夏官司馬・大司馬》。

〔三一〕［注釋音辯］蹂，忍久、如又二切。［韓醇詁訓］蹂，忍久切，踐也。［百家注引舊注］蹈，徒到切。

〔三二〕［注釋音辯］潘（緯）云：新殺曰鮮，音仙。出《前漢・陸賈傳》。［世綵堂］《陸賈傳》「數擊鮮」，注：「鮮，新殺之肉。」

〔三三〕［韓醇詁訓］《孟子》：「膠鬲舉於魚鹽之中。」按：見《孟子·告子下》。膠鬲遭亂，鬻販魚鹽，文王舉之。

〔三四〕［注釋音辯］范蠡。相，息亮切。［韓醇詁訓］范蠡乘扁舟浮江湖，變姓名，適齊爲鴟夷子，之陶爲朱公。治産積居，與時逐，言富者皆稱陶朱公。按：見《史記·越王勾踐世家》。

〔三五〕［注釋音辯］賈，音古。吕不韋，陽翟大賈人也，封文信侯，南面稱孤。［韓醇詁訓］吕不韋，陽翟大賈人也，往來販賤賣貴，累千金。後事秦莊襄王，以爲丞相，封文信侯。按：見《史記·吕不韋列傳》。

〔三六〕［注釋音辯］桑弘羊。［韓醇詁訓］桑弘羊以心計言利事，析秋毫，領大司農，盡管天下鹽鐵，作平準之法。貴時商賈所轉販者爲賦而相灌輸，置平準於京師，盡籠天下之貨，使商賈無所牟利於是民，不益賦而天下用饒。賜弘羊爵左庶長。按：見《史記·平準書》。

〔三七〕［注釋音辯］東郭咸陽，齊之大煮鹽。孔僅，南陽大冶。武帝時皆爲大司農。按：見《史記·平準書》。司馬貞索隱：「東郭，姓；咸陽，名也。案《風俗通》東郭牙，齊大夫。咸陽其後也。」

【集評】

朱熹《楚辭後語》卷五引晁補之曰：《招海賈文》者，唐柳州刺史柳宗元之所作也。昔屈原不遇於楚，徬徨無所依，欲乘雲騎龍，遨遊八極，以從己志而不可，猶怛然念其故國，至於將死，精神離散，四方上下，無所不往。又有衆鬼虎豹怪物之害，故大招其魂而復之，言皆不若楚國之樂者。《招海賈文》雖變其義，蓋取諸此也。言賈尚不可爲，而又浮於海，大泊瀇瀁，八方易位，魚龍神怪，其禍不測。孰與上黨易野，出入無虞而可樂哉！上黨亦晉地。宗元以謂崎嶇冒利，遠而不復，不如己故鄉常産之樂。亦以諷世之士行險以徼倖，不如居易以俟命云。（按：韓醇詁訓本、百家注本、世綵堂本等於解題下皆引晁氏此評。）

洪邁《容齋三筆》卷三：先王謚以尊名節以壹惠，故謂爲易名，然則謚之爲義，正訓名也。司馬長卿《諭蜀文》曰：「身死無名，謚爲至愚。」顔注云：「終以愚死。」後葉傳稱，故謂之謚。柳子厚《招海賈文》曰：「君不返兮謚爲愚。」二人所用，其意則同。唯王子淵《簫賦》曰：「幸得謚爲洞簫兮，蒙聖主之渥恩。」李善謂謚者號也，言得謚爲簫，而常施用之。以器物名爲謚，其語可謂奇矣。

黄震《黄氏日鈔》卷六〇：戒其貪利犯危也。

劉克莊《翀甫姪四友除授制》：世皆以列於《楚辭》者爲騷，殊不知荀卿之相，賈、馬之賦，韓之《琴操》，柳之《招海賈》、《哀溺》、《乞巧》諸篇，皆騷也。同一脈絡，同一關鍵，而融液點化，千變萬態，無一字相犯，至此而後可以言筆力。（《後村先生大全集》卷一〇八）

許學夷《詩源辯體》卷二三：嚴滄浪云：「唐人惟柳子厚深得騷學。」愚按：子厚騷辭，惟《懲咎》、《哀溺》、《弔萇弘》、《弔屈原》、《弔樂毅》、《招海賈》諸文爲勝，而《招海賈》則又《招魂》之變，較諸篇爲尤勝。然諸篇雖爲騷之正派，而無漢武、小山、摩詰、太白詩趣，故《品彙》不録。

陸夢龍《柳子厚集選》卷三：似騷。

儲欣《河東先生全集録》卷三：作者第咨海賈者，然賈尚不可爲，而况於海！　海賈尚不可爲，而況溺乎宧海！　亦爲大泯言提其耳矣。

何焯《義門讀書記》卷三五：《招海賈文》，閎壯。　子厚之先晉人，「上黨易野安以舒」，其托海賈以招魂歟？

林紓《韓柳文研究法·柳文研究法》：《招海賈文》踵《大招》而作。　屈原將死，精神離散，防爲鬼物所窘，故大招其魂，言皆不如楚國之樂。　柳州此文，即變其義，謂胸利遠游，亦不如故鄉之樂。用諷世人，但居易，切勿行險。　文凡九段。　前七段，一言海之神怪多，氛霧甚惡，易至迷惘。　第二段，言奔螭、翔鵬、天吴之屬，皆足害人。　第三段，言黑齒之巇巇，三角之騈列，直將攫人以充饑。　第四段，叙弱水之險，負羽無力，觸之立沈。　第五段，言瀇瀹之泙八方，或因迴旋而易位，舟行且不自返。第六段，言舟行殆而一跌，即沸入湯谷，爲日炙死。　第七段，言海若一怒，足生風雷，九垓且翻，況在一舟，此所以必當反也。　至第八段，勸其易野而蹈，蹂乎厚土，則捨險而即安矣。　第九段，引膠鬲諸賢，專居陸之利，俾海勿行而就險。　上七段語其害，下二段舉其利。　文至明顯，句至奇崛。

柳宗元集校注卷第十九

弔贊箴戒①

弔萇弘文②

有周之羸兮邦國異圖〔一〕，臣乘君則兮王易爲侯。威强逆制兮鬱命轉幽③，疹蠱膠密兮肝膽爲仇④〔二〕。姦權蒙貨兮忠勇以劉〔三〕，伊時云幸兮大夫之羞。嗚呼危哉！河渭潰溢兮横軀以抑，嵩高坼陊兮舉手排直⑤〔四〕。壓溺之不慮兮〔五〕，堅剛以爲式。知死不可撓兮，明章人極。夫何大夫之炳烈兮，王不寤夫讒賊。卒施快於剽狡兮⑥〔六〕，怛就制乎强國〔七〕。松柏之斬刈兮，蓊茸欣植〔八〕。盜驪折足兮〔九〕，罷駑抗臆〔一〇〕。鷙鳥之高翔兮〔一一〕，孽狐惴而不食〔一二〕。竊畏忌以群朋兮，夫孰病百而伸一。挺寡以校衆兮⑦，古聖人之所難。矧援羸以威慠兮〔一三〕，兹固蹈殆而違安。殺身之匪予戚兮，閔宗周之不完。豈成城以夸功兮，哀清廟之將殘〔一四〕。嫉彪子之肆誕兮，彌皇覽以爲謾〔一五〕。姑捂道以從世兮，焉用夫考古而登賢？指白日以致憤兮⑧，卒頹幽而不列。版上帝以飛精兮，黮寥廓而殄絶〔一六〕。朅馮雲以羾愬兮〔一七〕，終冥冥以鬱結。欲登山以號辭兮〔一八〕，愈洋洋以超忽。心沍涸其不化兮〔一九〕，形凝冰而自慄。圖始而慮末兮，非大夫之操。陷瑕委厄兮，固衰世之道。知不可而愈進兮，誓不偷以自好。陳誠以定命兮，侔貞臣與爲友⑨。比干之以仁義兮⑩〔二〇〕，緬遼絶以不群。伯夷殉潔以莫怨兮〔二一〕，孰克軌其遺塵？苟端誠之内虧兮⑪，雖耆老其誰珍？古固有一死兮，賢者樂得其所。大夫死忠兮君子所與，嗚呼哀哉⑫，敬弔忠甫⑬！

【校記】

①五百家注本作「雜著」。詁訓本有「十五首」三字。

②弘，詁訓本作「叔」。《英華》「文」下有「辭」字。

③原注與注釋音辯本、世綵堂本注：「轉，一作輔。」詁訓本注：「一作輔幽。」《英華》「轉」作「輔」。

④原注與世綵堂本注：「疹，恥忍切，又音軫。字當作疢。」仇，原注與詁訓本、世綵堂本注：「一作尤。」注釋音辯本作「仇」。並注：「尤，一作仇。」按：「疹蠱」當作「疢蠱」。疢，熱病，見《説文》。蠱，神智錯亂之病。疹則爲皮膚病，於義不切，故當作「疢」。

⑤高，詁訓本作「宗」。

⑥快，五百家注本、濟美堂本、蔣之翹輯注本作「怏」，當是。剽，《英華》作「慓」。

⑦挺，世綵堂本作「挻」。

⑧憒，詁訓本作「慣」。

⑨原注與世綵堂本注：「『臣』下一有『以』字。」注釋音辯本即有「以」字，並注：「一本無以字。」

⑩注釋音辯本注：「晏（殊）本作『之仁義兮』。宋本無『義』字。」原注與詁訓本、世綵堂本注：「一本作『比干之仁義兮』，一本作『比干之仁義類兮』。一無『義』字。」《英華》「義」下有「類」字。

⑪端誠，《英華》作「誠端」。

⑫詁訓本、鄭定本及《楚辭後語》句下有「兮」字。

⑬弔，原作「余」，據注釋音辯本、鄭定本、游居敬本及《英華》、《全唐文》改。注釋音辯本注：「一本『弔』字下更有『予』字。」詁訓本即有「予」字，並注：「一作敬弔忠甫。」原注與世綵堂本注：「一作敬弔忠甫，一作敬弔予忠甫。」何焯《義門讀書記》卷三五：「『敬余忠甫』作『敬弔忠甫』。」

【解　題】

［韓醇詁訓］萇弘字叔，周靈王之賢臣，爲劉文公之屬大夫。敬王十年，劉文公與弘欲城成周，使告於晉。魏獻子涖政，悦萇弘而與之，合諸侯於狄泉。衛彪傒曰：「萇弘其不殁乎！《周詩》有之曰：『天之所壞，不可支也。』」及范、中行之難，周人殺萇弘。莊周云：「萇弘死，藏其血，三年而化爲碧。」蓋語其忠誠然也。公哀弘以忠死，故弔云。晁无咎取此文於《變離騷》。萇，音長。按：萇弘事

見《國語·周語下》及《莊子·外物》。此文當作於爲永州司馬時。章士釗《柳文指要》上《體要之部》卷一九：「子厚弔萇弘，實乃弔王叔文。蓋叔文遇羸病之主，而革政不成，致以身殉，於萇弘欲城成周，以强周室，卒爲周人所殺，事微異而愚忠頗同。」可備一說。

【注釋】

〔一〕［韓醇詁訓］羸，力追切。［蔣之翹輯注］羸，弱也。

〔二〕［注釋音辯］［韓醇詁訓］疹，音軫。蠱，音古。［蔣之翹輯注］疹，疾。蠱，毒也。

〔三〕［注釋音辯］劉，殺也。

〔四〕［注釋音辯］張（敦頤）云：陊，丈爾切。《説文》曰：「小崩也。」《韻》曰：「山摧。」［韓醇詁訓］陊，丈爾切。《説文》：「小堋也。一曰山摧。」［蔣之翹輯注］陊，柁、治二音。《説文》：「陊，落也，壞也，山崩也。」

〔五〕［韓醇詁訓］壓，乙甲切。溺，奴狄切。

〔六〕［注釋音辯］剽，匹妙切。狡，古巧切。范、中行之難，萇弘與之，晉以爲討，周人殺萇弘。［韓醇詁訓］剽，匹妙切。狡，古巧切。按：百家注本引孫汝聽注與注釋音辯本同。

〔七〕怛，音達，痛也。

〔八〕［注釋音辯］蓊，烏孔切。茸，如容、而隴二切。［蔣之翹輯注］張衡《賦》：「阿那蓊茸，風靡雲拔。」注：「竹盛貌。」按：見《文選》張衡《南都賦》。蓊茸爲草木茂盛貌，以指草木。韓醇詁訓本與百家注本引孫汝聽注同注釋音辯本。

〔九〕［注釋音辯］盜驪，八駿之一也。［韓醇詁訓］驪音離。［百家注引孫汝聽曰］周穆王八駿，其一曰盜驪。［蔣之翹輯注］《穆天子傳》：八駿其一曰盜驪。按：見《穆天子傳》卷一、《爾雅·釋畜》及郭璞注。

〔一〇〕［注釋音辯］罷，音皮。［韓醇詁訓］罷音疲。按：抗臆，昂首也。

〔一一〕［注釋音辯］［韓醇詁訓］鷙，音至。［蔣之翹輯注］鳥之鷙者曰鷹隼。

〔一二〕［注釋音辯］㜸，音孽。惴。之瑞切。［韓醇詁訓］惴，之瑞切。按：㜸通孽。《莊子·庚桑楚》：「步仞之丘陵，巨獸無所隱其軀，而㜸狐爲之祥。」指爲妖之狐。

〔一三〕慠，同「傲」，倨也，高居上也。

〔一四〕［蔣之翹輯注］初，王子朝作亂於魯，昭二十三年夏，王子朝入於王城，敬王如劉。秋，敬王居於翟泉成周之城，周墓之所在也。魯公二十六年四月，敬王師敗，出居滑。十月，晉人救之，王入於成周，子朝奔楚。其餘黨儋扁之徒，多在王城，敬王畏之。於是晉、衛諸侯戍周，月役煩勞，故萇弘欲城成周，以保周也。

〔一五〕［注釋音辯］（謾）平聲。［韓醇詁訓］平聲。《騷》云：「皇覽揆余於初度兮。」［蔣之翹輯注］彪子，衛彪傒也。覽，觀也。「皇覽」字見《楚辭》。

〔一六〕〔注釋音辯〕黮，徒感切，不明貌。〔韓醇詁訓〕黮，徒感切。

〔一七〕〔注釋音辯〕竭，丘傑切，去也。馮音憑，依也。羾音貢，至也，又音紅。〔韓醇詁訓〕羾音貢，《説文》：「飛聲。」〔百家注引童宗説曰〕羾，《説文》云：「飛聲。」音貢，一音紅。

〔一八〕〔蔣之翹輯注〕號，平聲。

〔一九〕〔注釋音辯〕童（宗説）云：沍音互。涸音鶴，又胡故切。按：韓醇詁訓本同童注。

〔二〇〕〔韓醇詁訓〕《論語》：「微子去之，箕子爲之奴，比干諫而死，子曰：『商有三仁焉。』」按：見《論語·微子》。

〔二一〕〔韓醇詁訓〕子貢曰：「伯夷、叔齊何人也？」曰：「古之賢人也。」曰：「怨乎？」曰：「求仁而得仁，又何怨？」〔蔣之翹輯注〕比干、伯夷，俱詳見《論語》。按：百家注本引作童宗説曰。見《論語·述而》。

【集評】

朱熹《楚辭後語》卷五引晁補之曰：《弔萇弘文》者，柳宗元之所作也。萇弘字叔，周靈王之賢臣，爲劉文公之屬大夫。敬王十年，劉文公與弘欲城成周，使告於晉，魏獻子爲政，悦萇弘而與之，合諸侯於狄泉。衛彪傒曰：「萇弘其不歿乎？《周詩》有之曰：『天之所壞，不可支也。』」及范、中行之難，周人殺萇弘。莊周云：「萇弘死，藏其血，三年而化爲碧。」蓋語其忠誠然也。宗元哀弘之以忠死，故弔云。（按：韓醇詁訓本、百家注本補注等於解題下皆引晁氏此評。）

祝堯《古賦辯體》卷一〇：愚謂此文皆用比、賦義。

蔣之翹輯注《柳河東集》卷一九：固是忠臣怨夫、惻怛深至之詞。王世貞曰：李獻吉有《弔申徒狄文》，哀怨似之。

何焯《義門讀書記》卷三五：以萇叔自比。

王之績《鐵立文起》前編卷五：王懋公曰：弔有二：並時而弔者不待言，有相去千百年而相弔，如柳宗元之於萇弘、賈誼之於屈原、陸機之於曹瞞是也。

乾隆敕纂《御選唐宋文醇》卷一八：三綱湮，九法斁，則乾坤或幾於息矣，其所由來者，微在論利害而不論是非耳。夫敬王，周天子也，遭王子朝之亂，出居成周，諸侯戍之，月役煩勞，萇叔乃請城之。此如子弟之衛父兄，手足之捍頭目，且無所爲是，而又安得有非？乃衛彪傒適周，見單穆公，謂萇叔必不得其死，天之所支，不可壞也，其壞亦不可支也。周既爲天所壞，而萇叔猶欲支之，當必爲戮。適晉范吉射中行寅叛，責周爲之援，周乃殺萇叔。千載而下，惑於彪傒之誕論，群謂萇叔支天之所壞，而受天罰焉，豈非所爲論利害而不論是非者乎？孔子，萬世師也，其言必可信也。千古是非，宜所折衷也。公山弗擾以費叛，召子欲往，而曰：「如有用我者，我其爲東周乎？」可知孔子未嘗一日忘周。雖叛其大夫之陪臣，至賤至鄙，而如欲用之，即思因之以興周室矣。孔子既然，可無疑於萇叔之事矣。萇叔身爲周之大夫，合諸侯城成周，以衛蒙塵之天子，此豈天之所惡耶？蒼蒼者，豈猶有我見存焉。而惡人支其所欲壞也，乃當時議之，後世疑之，亦可謂三綱淪而九法斁已。宗元之謫，因欲收宦官兵柄以崇唐室，而爲一時之所詬訾，故興慨於萇叔之死，而爲文弔之，殆自弔也。

林紓《韓柳文研究法·柳文研究法》：子厚初志，托二王以進，意亦欲進忠款於王室耳。二王既敗，悔憤交迫，往往取古人之懷忠貶死者，用以自方，因之多騷怨文字。萇弘事與子厚至不相類。周以范中行之難，殺萇弘媚晉，唐非封建之國，子厚又不因强國之劫脅而流貶，弔之無謂也。大抵以莊周所言：萇弘死，藏其血，三年而化爲碧。子厚一腔熱血，自謂不後萇弘，因有此弔耳。文自「有周之羸」起，至「大夫之羞」，蓄意在「臣乘君則」一語。欲强宗周，故有成周之城。此一段叙萇弘之忠誠也。遂接入河渭之潰，非軀所抑，嵩高之陊，非手所排。以欲明章人極之故，卒就制於强國以死。於是忠讜去而畏忌生，寧病百而不肯伸一矣。此處忽大聲高唱，言「挺寡校衆，聖人所難」，唯欲援羸威懒之故，遂致殺身，即城成周，豈爲誇功。彼彪子之言，故作解事，直捨道而從世，亦復何取。「指白日」、「版上帝」以下數句，極狀萇弘之懷忠而冤死。狃愬號辭，均屬無濟，但心涸形慄而已矣。「圖始而慮末兮，非大夫之操。陷瑕委厄兮，固衰世之道。」兩語反言也。下云「不可愈進」，正是萇弘之心。末以賢者樂得死所爲結，清出敬弔忠臣之正意。

弔屈原文①

後先生蓋千祀兮，余再逐而浮湘〔一〕。求先生之汨羅兮〔二〕，擥蘅若以薦芳〔三〕。願荒忽之顧懷兮，冀陳辭而有光②。先生之不從世兮，惟道是就。支離搶攘兮〔四〕，遭世孔疚〔五〕。華蟲薦壤兮進御羔褏〔六〕，牝雞咿嚘兮孤雄束咮〔七〕。哇咬環觀兮蒙耳大吕〔八〕，堇喙以爲羞兮焚棄稷黍〔九〕。犴獄之不知避兮③〔一〇〕？宫庭之不處。陷塗藉穢兮榮若繡黼〔一一〕，榱折火烈兮娛娛笑舞④〔一二〕。讒巧之嘵嘵兮，惑以爲咸池〔一三〕。便媚鞠恧兮，美逾西施⑤〔一四〕。謂謨言之怪誕兮⑥，反寘瑱而遠違〔一五〕。匿重痼以諱避兮，進俞緩之不可爲〔一六〕。何先生之凛凛兮，厲鍼石而從之〔一七〕。但仲尼之去魯兮⑦，曰吾行之遲遲〔一八〕。柳下惠之直道兮，又焉往而可施〔一九〕？今夫世之議夫子兮，曰胡隱忍而懷斯⑧？惟達人之卓軌兮，固僻陋之所疑。委故都以從利兮，吾知先生之不忍。立而視其覆墜兮，又非先生之所志。窮與達固不渝兮，夫唯服道以守義。矧先生之悃愊兮〔二〇〕，蹈大故而不貳⑨〔二一〕。沉璜瘞佩兮〔二二〕，孰幽而不光？荃蕙蔽匿兮〔二三〕，胡久而不芳？先生之貌不可得兮，猶髣髴其文章。託遺編而歎喟兮，涣余涕之盈眶〔二四〕。呵星辰而驅詭怪兮〔二五〕，夫孰救於崩亡？何揮霍夫雷電兮⑩〔二六〕，苟爲是之荒茫。耀姱辭之曭朗兮〔二七〕，世果以是之爲狂。哀余衷之坎坎兮〔二八〕，獨藴憤而增傷⑪。諒先生之不言兮⑫，後之人又何望〔二九〕？忠誠之既内激兮⑬，抑銜忍而不長⑭。芈爲屈之幾何兮⑮〔三〇〕，胡獨焚其中腸？

吾哀今之爲仕兮，庸有慮時之否臧⑯〔三一〕？食君之禄畏不厚兮，悼得位之不昌。退自服以默默兮，曰吾言之不行。既媮風之不可去兮〔三二〕，懷先生之可忘。

【校　記】

①《英華》題無「文」字。

②光，原注與注釋音辯本、詁訓本、世綵堂本注：「一本作明。」《英華》作「明」。

③犴，《英華》、《全唐文》作「岸」。何焯《義門讀書記》卷三五：「犴作岸。」按：《詩經·小雅·小宛》「宜岸宜獄」，朱熹《詩集傳》：「岸，亦獄也。韓詩作『犴』。」二字可通。

④原注與注釋音辯本、詁訓本、世綵堂本注：「娱娱，一本作娭娭。」何焯《義門讀書記》卷三五：「娱娱，作俁俁。」按：俁音雨，大貌。非是。娭音嬉，嬉戲貌。娱，歡樂貌。皆通。

⑤逾，注釋音辯本及《英華》作「愈」。《英華》注：「集作逾。」

⑥謨，注釋音辯本、五百家注本、游居敬本、《英華》作「誣」。

⑦原注與注釋音辯本、詁訓本、世綵堂本注：「一本『去』下有『舍』字。」五百家注本、《英華》、《楚辭

後語》無「但」字。

⑧ 胡，《英華》作「何」。

⑨ 蹈，原作「滔」，據《英華》、《全唐文》改。何焯《義門讀書記》卷三五：「滔大故而不貳，『滔』作『蹈』。」

⑩ 原注與詁訓本、世綵堂本注：「一無夫字。」電，世綵堂本作「霆」。

⑪ 藴，《英華》作「愠」。

⑫ 生，《英華》作「王」。

⑬ 忠，《英華》作「中」，注云：「集作忠。」

⑭ 抑，原作「仰」，據諸本改。

⑮ 「兮」原闕，據諸本補。

⑯ 否，《英華》作「不」。

【解　題】

［韓醇詁訓］晁无咎取以附《變騷》，曰：……余謂斯言誠有旨，然公再逐而過湘江，要亦不能無感云。按：此文爲柳宗元永貞元年貶抵永州時所作。此次赴永州，浮湘水，過汨羅，所經皆有屈原遺蹤。當年賈誼爲長沙王太傅，過湘水時曾作《弔屈原賦》，以祭悼屈原，宗元亦仿而爲之。然宗元此

文實爲以古喻今，悼念屈原，即感傷自己，故聲長而語悲。章士釗《柳文指要》上《體要之部》卷一九：「熟讀此文，足見子厚騷學本領，騷意亦同屈原一致。陋儒輒謂子厚比暱匪人，不能仰企三閭，乃楚辭門外漢之謬論。」

【注釋】

〔一〕［注釋音辯］子厚貶邵州刺史，再貶永州司馬。［百家注引孫汝聽曰］永貞元年九月，公初貶邵州刺史，十一月再貶永州司馬。湘，水名。出零陵縣陽海山，北入江。

〔二〕［注釋音辯］汨羅，（汨）音覓，水名，在長沙汨羅縣。屈原所沉處。［韓醇詁訓］屈原爲楚懷王左徒，以上官大夫讒於頃襄王，王怒而遷之。屈原至於江濱，被髮行吟澤畔，顔色顦顇，形容枯槁。漁父見而問之，乃作《懷沙賦》。於是懷石，遂自投汨羅以死。汨音覓。按：百家注本引童宗説曰與韓醇詁訓本同。見《史記·屈原列傳》。

〔三〕［注釋音辯］擥，魯敢切，持也。杜衡、杜若，皆香草。［韓醇詁訓］蘅音行。《離騷》：「雜杜衡與芳芷。」若，杜若也，皆香草名。［百家注引孫汝聽曰］擥，持也。蘅，杜蘅。若，杜若。並香草也。擥，魯敢切。蘅音行。

〔四〕［注釋音辯］［韓醇詁訓］搶，千羊切。攘，如羊切。［百家注引孫汝聽曰］《賈誼傳》云：「國制搶攘。」搶，千羊切。攘，如羊切。

〔五〕［韓醇詁訓］（疚）音究。［百家注引孫汝聽曰］孔，甚也，疚，病也。《詩》：「憂心孔疚。」疚音究。按：見《詩經·小雅·采薇》。

〔六〕［注釋音辯］（褻）與袖同。《左》襄十四年，右宰穀曰：「予狐裘而羔褻。」［韓醇詁訓］《書·益稷》：「予欲觀古人之象，日月星辰，山龍華蟲，作會宗彝。」注：「華象草。華蟲，雉也。宗廟彝罇，以華蟲等爲飾。」壤，土壤也。羔音高，羊子，小曰羔。褻與袖同，衣袂也。《左氏》襄十四年：「衛右宰穀曰：『余狐裘而羔褻。』」先生之意，蓋以言貴者不獲用，而賤者又得以進御云耳。

〔七〕［注釋音辯］咿音伊。嚘，音憂。咮與噣同，陟救切，喙也。［韓醇詁訓］《書》：「牝雞之良，惟家之索。」咿音伊。嚘音憂。「咮」與「噣」同，陟救切，啄也。蓋亦以喻賢者不獲伸其喙，而小人反以肆其説耳。按：見《尚書·牧誓》。

〔八〕［注釋音辯］哇，烏瓜切。咬，於交切，淫聲。［韓醇詁訓］哇咬，淫聲也。哇，烏瓜切。梁元帝《纂要》：「淫歌曰哇歌。」咬，於交切。大吕，六吕中之一也。先生蓋亦以取喻云。［百家注引孫汝聽曰］謂淫聲乃環而觀之，聞黄鍾、大吕之聲，則蒙耳而不聽也。大吕，六吕之一。蒙，蔽也。按：見《初學記》卷一五引《纂要》。

〔九〕［注釋音辯］堇音覲，烏頭。喙，許穢切。烏喙，並毒藥。［韓醇詁訓］堇音覲，藥草烏頭也。［百家注引韓醇曰］堇，烏頭。喙，烏喙，皆藥之有毒者。羞，饍羞也。堇音覲。

〔一〇〕［注釋音辯］犴音岸。［世綵堂］《詩》：「宜岸宜獄。」注：「鄉亭之繫曰犴，朝廷曰獄。」按：見《詩經・小雅・小宛》。

〔一一〕［世綵堂］藉，慈夜切。

〔一二〕［韓醇詁訓］梍音衰，屋椽。周謂之梍，齊魯謂之桷。

〔一三〕［注釋音辯］嘵，欣幺切。咸池，黄帝樂。［韓醇詁訓］嘵，馨幺切，與憢同。《説文》：「懼也。」《詩》曰：「予惟音嘵嘵。」咸池，黄帝樂也。按：分别見《詩經・豳風・鴟鴞》、《禮記・樂記》及鄭玄注。

〔一四〕［韓醇詁訓］《離騷》：「有西施之美容。」恧，女六切。按：西施，春秋時美女。

〔一五〕［注釋音辯］瑱，他甸切。以玉充耳曰瑱。《楚語》云：「吾慭寘之於耳，是以規爲瑱也。」［韓醇詁訓］瑱，他甸切。以玉充耳。按：見《國語・楚語上》。

〔一六〕［注釋音辯］俞跗、秦緩，古之良醫。［韓醇詁訓］俞，俞跗。緩，秦緩。皆古良醫也。按：百家注本引作張敦頤曰。俞跗見《史記・扁鵲列傳》，秦緩見《左傳》成公十年。

〔一七〕［注釋音辯］鍼與針同。石，砭也。［韓醇詁訓］鍼與針同。按：《韓非子・喻老》：「扁鵲曰：『疾在腠理，湯熨之所及也。在肌膚，鍼石之所及也。在腸胃，火齊之所及也。在骨髓，司命之所屬，無奈何也。』」

〔一八〕［韓醇詁訓］孔子之去齊，接淅而行。去魯，曰：「遲遲吾行也，去父母國之道也。」按：見《孟子・萬章下》。

〔一九〕〔韓醇詁訓〕柳下惠爲士師，三黜而不去，且曰：「直道而事人，焉往而不三黜。」按：百家注本引童宗説注同韓注本。見《論語・微子》。

〔二〇〕〔注釋音辯〕〔韓醇詁訓〕悃，胡本切。愊，迫逼切。按：悃愊，至誠。

〔二一〕〔蔣之翹輯注〕賈誼《弔屈原》有云：「歷九州而相其君兮，何必懷此都也。」故子厚辨之。

〔二二〕〔注釋音辯〕〔韓醇詁訓〕瘞，於罽切。〔百家注〕瘞，於計切。按：埋也。

〔二三〕〔注釋音辯〕荃，一音孫。蕙、荃，香草。〔韓醇詁訓〕《離騷經》：「蘭芷變而不芳兮，荃蕙化而爲茅。」注：「荃蕙，皆美香也。」荃音孫。按：百家注本引童宗説注同韓注本。

〔二四〕〔注釋音辯〕（眶）音匡。〔韓醇詁訓〕去王切，眼眶也。〔百家注引張敦頤曰〕眶，目厓。音匡。

〔二五〕〔韓醇詁訓〕謂屈原放逐，見楚廟圖畫天地山川、神靈譎詭，及古聖賢、怪物行事，書其壁，呵而問之，作《天問》，假以稽疑而洩憤悶也。

〔二六〕〔蔣之翹輯注〕揮霍雷電，如《騷經》所謂「雷師告予以未具」，又「吾令豐隆乘雲」是也。

〔二七〕〔注釋音辯〕嫮音誇，好也，又奢貌。矘音儻，目無睛，不明也，又直視。〔韓醇詁訓〕嫮，音誇。奢貌。矘，音儻，目無睛直視也。按：百家注本引作張敦頤曰。

〔二八〕坎坎，憤憒不平貌。

〔二九〕〔注釋音辯〕（望）平聲。

〔三〇〕［注釋音辯］芈音弭，楚姓。［韓醇詁訓］芈音敉。《國語》：「融之興者，其在芈姓乎？」芈，楚姓也。按：百家注本引韓醇注尚云：「屈，楚同姓。」所引見《國語·鄭語》。

〔三一〕［注釋音辯］潘（緯）云：否，補靡切，又俌久切。《周易》、《左傳》皆有兩音，唯《詩》釋文獨音鄙。臧，善也。否，惡也。

〔三二〕［百家注］媮音偷。

【集　評】

朱熹《楚辭後語》卷五引晁補之曰：《弔屈原文》者，柳宗元之所作也。原没，賈誼過湘，初爲賦以弔原。至揚雄亦爲文，而頗反其辭，自嶓山投諸江以弔之。誼愍原忠，逢時不祥，以比鸞鳳、周鼎之竄棄。雄則以義責原何必沉身。二人者不同，亦各從志也。及宗元得罪，與昔人離讒去國者異，太史公所謂「虞卿非窮愁亦不能著書以自見於世」者。故補之論宗元之弔原，殆困而知悔者，其辭塹矣。（按：韓醇詁訓本、百家注本、世綵堂本等皆於解題下引有晁氏此評。）

《新刊增廣百家詳補注唐柳先生文》卷一九引黄唐曰：賈生得罪於漢，投文汨羅以弔屈。皮日休不用於唐，沉文沅、湘以悼賈。賈之見讒，有似屈原之忠而沮於上官、靳尚也。皮之不用而隱，有似賈生之才而投閑長沙也，其擬人固以倫矣。子厚昵比匪人，視三閭大夫相去幾驛，乃徒追慕其文。《天對》之辭，倣《騷》十九，塹悳深矣，又不加省，而投文弔之，亦足以發中流千古之笑。

陳世崇《隨隱漫録》卷五：賈生獲罪於漢，投文汨羅以弔屈原。皮日休不用於唐，投文沅、湘以悼賈誼。賈之見讒，似屈之忠。日休不用，似賈之投閑長沙，洩其忠憤，可悲已。柳宗元恃叔文輩爲冰山，設爲《天對》，投文弔湘，有二子之才，無三閭之忠，寧不發屈、賈之笑。

祝堯《古賦辯體》卷一〇：晁氏曰：「宗元得罪，與昔人離讒去國者異。其弔原，殆困而知悔者，其辭慙矣。」愚謂此篇亦用比賦體，而雜出於風興之義。其跡原之心，亦頗得之。晦翁嘗稱揚、柳於楚辭逼真，必非苟言者。

孫緒《無用閒談》：賈誼《弔屈原》曰：「烏乎哀哉兮逢時不祥，鸞鳳伏竄兮鴟鴞翱翔。……」真可一唱三嘆，尚有餘音。柳子厚學之曰：「先生之不從世兮，惟道是就。支離搶攘兮，遭世孔疚。……」詞語固佳，較之於賈，則覺其雕琢飣餖，無復紆餘曲折悲憤感慨之意。（《沙溪集》卷一四）

《王荆石先生批評柳文》卷五：善用助語。

茅坤《唐宋八大家文鈔》卷二六：文不如賈誼所弔屈原者之賦，而詞亦曭朗。

蔣之翹輯注《柳河東集》卷一九：文磊落，大近騷體。但其人不足言，其志大可憫也。然魏武心已無漢，《短歌行》尚説文王、周公，於子厚又奚怪邪！

儲欣《河東先生全集録》卷三：當與賈太傅並馳，而所見似出太傅上。

李贄《反騷》：唐柳柳州有云：「委故都以從利兮，吾知先生之不忍立。……」其傷今念古，亦可感也，獨太史公《屈原傳》最得之。（《焚書》卷五）

乾隆敕纂《御選唐宋文醇》卷一八：賈誼曰：「般紛紛其離此郵兮，亦夫子之故也。歷九州而相其君兮，何必懷此都也。鳳皇翔於千仞兮，覽德輝而下之。見細德之險微兮，遥增擊而去之。彼尋常之汙瀆兮，豈容吞舟之魚。横江湖之鱣鯨，固將制乎螻蟻。」蓋深歎屈原之不去楚，卒以自戕。如云「襲生竟夭天年，非吾徒之謂也」。至柳宗元乃曰：「委故都以從利兮，知先生之不忍立。而視其覆墜兮，又非先生之所志。」然後貴戚之卿，國存與存、國亡與亡之義乃著。及朱子益闡其幽光，而謂《九歌》等皆托神以爲君，言爲人間隔，不可企及，如已不得親近於君之意，未嘗怨懟。而屈子之微言大義，標炳天壤，死而不亡，其道大光矣。

林紓《韓柳文研究法·柳文研究法》：《弔屈原》，賈誼爲之，揚雄也爲之，子厚則又爲之。誼忠憤，自謂以忠見屏，故理直而詞悲。雄自謂儒者，責原不必沉身以表直。子厚之得罪，所以附非人，不能掏己所懷如賈生之憤激，故文中但叙屈原之被讒懷忠而死，極力搬演，似無甚意味。以永、邵二州，皆宜浮湘，似爲謫官應有文字耳。

弔樂毅文①

許縱自燕來，曰：「燕之南有墓焉，其志曰樂生之墓②〔一〕。」余聞而哀之。其返也，與之文使弔焉。

大廈之騫兮風雨萃之〔二〕，車亡其軸兮乘者棄之〔三〕。嗚呼夫子兮，不幸賴之，尚何爲哉？昭不可留兮道不可常，畏死疾走兮狂顧徬徨③〔四〕。燕復爲齊兮〔五〕，東海洋洋。嗟夫子之專直兮，不慮後而爲防。胡去規而就矩兮，卒陷滯以流亡。惜功美之不就兮，俾愚昧之周章〔六〕。豈夫子之不能兮，無亦惡是之遑遑！仁夫對趙之悃款兮〔七〕，誠不忍其故邦。君子之容與兮，彌億載而愈光。諒遭時之不然兮，匪謀慮之不長。跽陳辭以隕涕兮④〔八〕，仰視天之茫茫。苟偷世之謂何兮，言余心之不臧⑤。

【校　記】

① 注釋音辯本注：「一作樂生。」百家注本、世綵堂本注：「一本作『弔樂生文』。」《英華》即作《弔樂生文》。

② 五百家注本「樂」下有「先」。

③ 狂，《英華》作「枉」。

④ 跽，五百家注本作「跪」，《英華》作「怨」。

⑤ 原注與注釋音辯本、詁訓本、世綵堂本注：「言，一作信。」作「信」意長。不，《英華》作「所」。

【解　題】

〔韓醇詁訓〕晁无咎故亦取之於《變騷》。按：此文未詳作時。章士釗《柳文指要》上《體要之部》卷一九：「柳子《弔樂毅文》，乃平生痛心疾首之作也。夫毅往矣，後來論者對毅之評價非一，蘇子瞻曾於毅有微詞，而王元美護之。彼此駁辯，誠與柳子無涉，而以取證毅之功高而品直，苦心孤詣，爲燕不終，卒乃受謗以去，一暝不返，爲仁人君子隕涕傾慕，藉明子厚異地陳詞，究不同無謂之濫頌也。」又云：「子厚之《弔樂毅》，蓋借毅以自喻。昭不可留，以喻順宗之驟崩。『嗟夫子之專直』四句，實自喻依倚二王，奮心直往，全不慮後，以致遠竄。」後者可參考。

【注　釋】

〔一〕〔百家注引孫汝聽曰〕志，謂石刻。按：李吉甫《元和郡縣圖志》卷一九磁州：「樂毅墓在（邯鄲）縣西南十八里。」《明一統志》卷四廣平府：「樂毅墓，在邯鄲縣東二十里。……又順天府良鄉縣亦有樂毅墓。」

〔二〕〔百家注引孫汝聽曰〕騫，壞也。

〔三〕〔百家注引孫汝聽曰〕大廈與軸，皆以喻毅。

〔四〕〔注釋音辯〕謂田單反間既行，毅懼誅，遂降趙。〔韓醇詁訓〕即上所載畏誅降趙之意。按：樂毅事，見《史記·樂毅列傳》。

〔五〕〔韓醇詁訓〕趙封毅於觀津，號曰望諸君，尊寵毅，以警動燕、齊。田單與燕軍戰，逐燕，北至河上，盡復得齊城。

〔六〕〔蔣之翹輯注〕《家語》：「周章遠望，覩亡國之墟。」注：「征營之貌。」按：見《孔子家語》卷一。

〔七〕〔注釋音辯〕潘（緯）云：悃，口本切。《楚辭》：「悃悃欵欵。」注：「志一，純也。」〔韓醇詁訓〕初毅去趙歸燕，昭王問伐齊之事，對曰：「齊，霸國之餘業也，地大人衆，未易獨攻也，莫如與趙及楚、魏。」於是樂毅約趙惠王，别使連楚、魏，令趙嚪秦以伐齊。諸侯皆争合從，與燕伐齊。昭王以毅爲上將軍，趙惠王以相國印授毅，並護趙、楚、韓、魏兼兵伐齊。其後又捐燕歸趙，始終對趙之意可見矣。〔百家注引孫汝聽曰〕樂毅奔趙，燕惠王使人讓毅，且謝之。毅報書云云。

〔八〕〔注釋音辯〕跽，巨几切。〔韓醇詁訓〕《離騷經》：「攬茹蕙以掩涕兮，霑餘襟之浪浪。跪敷衽以陳辭兮，耿吾既得此中正。」跽，巨几切，長跪也。

【集評】

朱熹《楚辭後語》卷五引晁補之曰：《弔樂毅文》者，柳宗元之所作也。樂毅其先曰樂羊。燕昭王以子之之亂，而齊大敗燕，昭王怨齊，未嘗一日而忘報齊也。迺先禮郭隗，而毅往委質焉。以爲上將軍，下齊七十餘城。田單間之，毅畏誅，遂西降趙。以書遺燕惠王曰：「臣聞聖賢之君，功立而不廢，故著於《春秋》。蚤知之士，名成而不毁，故稱於後世。」宗元傷毅之有功而不見知，而以讒廢也，故弔云。（按：韓醇詁訓本、百家注本、世綵堂本等皆於解題下引有晁氏此評。）

祝堯《古賦辯體》卷一〇：愚謂子厚三弔古，文皆本於《騷》，而用比賦之義爲多。然《弔屈文》意最佳，《弔萇弘》次之，《弔樂毅》又次之。

陸夢龍《柳子厚集選》卷三：率自胸臆，而極悲感之致。

焦循批《柳文》卷二一：序簡浄。

伊尹五就桀贊 并序①

伊尹五就桀。或疑曰：「湯之仁聞且見矣，桀之不仁聞且見矣，夫何去就之亟也②〔一〕？」柳子曰：惡〔二〕，是吾所以見伊尹之大者也。彼伊尹，聖人也③。聖人出於天下，不夏、商其心，心乎生民而已。曰：孰能由吾言？由吾言者爲堯舜，而吾生人，堯舜人矣〔三〕。退而思曰：湯誠仁，其功遲。桀誠不仁，朝吾從而暮及於天下可也。於是就桀，桀果不可得，反而從湯。既而又思曰：尚可十一乎？使斯人蚤被其澤也。又往就桀。桀不可，而又從湯。以至於百一、千一、萬一。卒不可，乃相湯伐桀。俾湯爲堯、舜，而人爲堯、舜之人，是吾所以見伊尹之大者也。仁至於湯矣，四去之；不仁至於桀矣，五就之。大人之欲速其功如此。不然，湯、桀之辨，一恒人盡之矣，又奚以憧憧聖人之足觀乎④〔四〕？吾觀聖人之急生人，莫若伊尹。伊尹之大，莫若於五就桀。作《伊尹五就桀贊》：

聖有伊尹，思德於民。往歸湯之仁，曰仁則仁矣，非久不親。退思其速之道，宜夏是因。就焉不可，復反毫殷〔五〕。猶不忍其遲，亟往以觀⑤。庶狂作聖⑥〔六〕，一日勝殘〔七〕。至千萬冀一，卒無其端。五往不疲，其心乃安。遂升自陑〔八〕，黜桀尊湯，遺民以完。大人無形，與道爲偶。道之爲大，爲人父母。大矣伊尹，惟聖之首。既得其仁，猶病其久。恒人所疑⑦，我之所大。嗚呼遠哉，志以爲誨⑧。

【校記】

① 「并序」二字原闕，據蔣之翹輯注本、《英華》及《全唐文》補。

② 何，注釋音辯本、五百家注本、世綵堂本及《英華》作「胡」。

③ 五百家注本「尹」下有「者」字。

④ 之，原作「而」，據諸本改。

⑤ 世綵堂本注：「觀，一作親。」

⑥ 世綵堂本注：「庶，一作度。」狂，五百家注本作「往」。

⑦ 人，詁訓本作「之」。

⑧ 志，注釋音辯本、五百家注本作「忘」。誨，詁訓本注：「一作晦。」

【解　題】

〔韓醇詁訓〕作之年月不可考，先儒或以爲到永州後作。謂柳以附王叔文逐，嘗與許京兆書云：「早歲與負罪親善，始奇其能，謂可以共立仁義，裨教化。過不自料，廑廑勉勵，惟以忠正信義爲志，以興堯舜孔子之道，利元元爲務，不知愚陋不可力强，其素意如此。」今又作此贊，以陰自解説，蓋以桀比叔文，言其居勢順便，可以速得志云耳。以叔文爲桀，而以德宗爲湯，是果公之意哉？按：此文當是永州時作，然確年不可考。《孟子·告子下》：「居下位，不以賢事不肖者，伯夷也。五就湯、五就桀者，伊尹也。不惡汙君，不辭小官者，柳下惠也。三子者不同道，其趨一也。」趙岐注：「伊尹爲湯見貢於桀，不用而歸湯，湯復貢之，如是者五。思濟民，冀得施行其道也。」《鬼谷子·忤合》：「故伊尹五就湯，五就桀，然後合於湯。」宗元此文稱伊尹爲聖人，並贊賞其行爲，指出伊尹不以夏、商爲不可跨越之界限，而以生民爲重。皮日休《文藪》卷九《鹿門隱書》：「孟子曰：伯夷隘，柳下惠不恭，伊尹五就湯、五就桀。皮子採廉於伯夷，廉於天下，不爲隘矣。擇和於下惠，和於天下，不爲不恭矣。取志於伊尹，志於天下，不爲不大矣。」可謂與柳同道。此文可當一篇史論。前人多以爲宗元此文爲己附從二王作辯解，無據。章士釗《柳文指要》上《體要之部》卷一九云：「子厚一生爲學入政之大宗旨，不外『急生人』三大字，合乎此義者，至不恤枉尋直尺以殉之，此殆子厚貶竄終身而不悔者也。」得此文之意。

【注　釋】

〔一〕［注釋音辯］亟，去吏切，頻也。

〔二〕［蔣之翹輯注］惡，平聲。按：惡音烏。《孟子·公孫丑上》趙岐注：「曰惡者，深嗟歎也。」

〔三〕《孟子·萬章上》：「伊尹曰：吾豈若使是君爲堯舜之君哉？吾豈若使是民爲堯舜之民哉？」

〔四〕［注釋音辯］［韓醇詁訓］憧，昌容切。［百家注引孫汝聽曰］《易》：「憧憧往來。」憧，赤容切。按：見《周易·咸》。憧憧，意未定也。

〔五〕《史記·殷本紀》：「湯始居亳。」裴駰集解引皇甫謐曰：「梁國穀熟爲南亳，即湯都也。」又：「（盤庚）乃遂涉河南治亳。」集解引鄭玄曰：「治於亳之殷地，商家自此徙，而改號曰殷亳。」

〔六〕［韓醇詁訓］《書》：「惟聖罔念作狂，惟狂克念作聖。」按：見《尚書·多方》。

〔七〕［百家注引張敦頤曰］善人爲邦百年，亦可以勝殘去殺。《語》。［蔣之翹輯注］勝殘見《論語》。按：見《論語·子路》。勝殘，戰勝殘暴之人，使不爲惡。

〔八〕［注釋音辯］［韓醇詁訓］（陑）音而。按：陳景雲《柳集點勘》卷二：「遂升自陑，《書序》：『伊尹相湯伐桀，升自陑。』孔傳：『陑在河曲之南。』」見《尚書·湯誓》。

【集評】

田錫《伊尹五就桀論》：柳宗元嘗有《伊尹五就桀贊》……錫以爲柳公所美之意尚未盡……伊尹知時久矣，五就之言，錫謂孟子垂訓之旨也。若然者，雖欲疾速其功，可得而疾速乎？設使桀能返狂作聖，伊尹而相之，其仁雖朝夕及於天下矣，而天之曆數復棄湯而在桀乎？伊尹，聖人也，豈懵於天時人事之向背，而惑於醜夏適亳之去就哉！（《咸平集》卷一一）

蘇軾《柳子厚論伊尹》：元祐八年，讀柳宗元《五就桀贊》，終篇皆妄。伊尹往來兩國之間，豈其有意教誨桀而全其國耶？不然，湯之當王也久矣，伊尹何疑焉？桀能改過而免於討，可庶幾也。能用伊尹而得志於天下，雖至愚知其不然，宗元意欲以此自解其從王叔文之罪也。（《蘇軾文集》卷六五。按：《志林》卷一〇亦載此文，文字小有出入。）

陳善《捫蝨新話》卷一二：予讀柳子厚《伊尹五就桀贊》，未嘗不憐其志也。伾、叔文雖小人，而子厚欲因以行道，故以就桀自比，然學者至今罪之。按《順宗實録》：帝自初即位，則疾患，不能言，天下事皆斷於叔文，而李忠言、王伾爲之内主，韋執誼行之於外。又云：伾主往來傳授，劉禹錫、陳諫、韓曄、韓泰、柳宗元、房啟、凌準等主謀議唱和，採聽外事。此其朋黨之跡也。其專權竊柄，誠爲可罪。然予觀順宗即位未幾，而首貶李實，次罷宫市，次禁毋令寺觀選買乳母，次禁五坊小兒張捕鳥雀，横暴閭里，次停鹽鐵使進獻，次出後宫三百人，次用姜公輔、蘇弁爲御史，追陸贄、鄭餘慶、韓皋、陽城赴京師，次出後宫並教坊女妓六百人，繼罷關中萬安監。不數月間，行此數事，人情大悦。雖王政何以加此？豈非子厚等爲之歟？而世不知察，徒罪其朋黨，則亦見其不恕矣。《春秋》之法，不以功掩過，亦不以罪廢德。責備而言，則子厚之罪，在於附小人以求進。若察其用心，則尚在可恕之域，況一時之善有不可掩者乎？蘇子由著《唐代論》，以牛僧孺與李德裕俱爲當世偉人，而馮道得爲盛德，其論甚恕。獨念子厚之賢，未有爲之湔滌者，予故表而出之，以告後世君子。

《新刊增廣百家詳補注唐柳先生文》卷一九引黄唐曰：觀人之言，必求其意。柳子贊伊尹，謂其去湯就桀，意桀改過而救民之速，學者皆信其説。蘇氏曰：不然，湯之當王久矣，伊尹何疑焉？桀能改過而不免於討，可庶幾也。能用伊尹而得志於天下，雖至愚知其不然，宗元意欲以此自解説其從二王之罪也。蘇氏可謂能以意逆志矣。

黄震《黄氏日鈔》卷六〇：不夏商其心，心乎生民而已。湯誠仁，其功遲。桀誠不仁，朝吾從而暮及於天下可也。於是就桀，卒不可。

王惲《玉堂嘉話》卷四：柳文《五就桀贊》序云：伊尹聖人也，不夏商乎心，心乎生民而已。曰：孰能由吾言？由吾言爲堯舜，而吾生人，堯舜人矣。退而思曰：湯誠仁，其功遲。桀誠不仁，朝吾從而暮及於天下可也。於是就桀，至於卒不可，乃相湯伐桀。俾湯爲堯舜，而人爲堯舜之人，吾所以見伊尹急生人之大。

何孟春《餘冬敘録》卷四五：柳宗元作《伊尹五就桀贊》，而蘇子瞻非之，謂宗元意欲以此自解其從王叔文之罪也。宗元非其人矣。

茅坤《唐宋八大家文鈔》卷二五：尹之五就桀處，尹知之，吾不能言之。然而子厚揣摩，亦綽有入思緻處。

陸夢龍《柳子厚集選》卷三：議頗支離，文甚峻潔。

張履祥《讀諸文集偶記》：子厚《伊尹五就桀贊》。愚竊度伊尹就桀，湯進之也。古者諸侯歲得貢士於天子，桀爲無道，湯進伊尹，將有以革之也。桀不可事，而尹去之，尹去桀，而湯又進之，以至於五。湯之欲曲成其君也如此。必不得已而伐夏，伐夏非湯志也。葛，鄰國也，葛之君放而不祀，湯使遺之牛羊，又不以祀，湯使亳衆往爲之耕。湯之欲曲成其鄰也如此。必不得已而伐葛，伐葛豈湯之志哉？吾是以知伊尹五就桀，湯五進之也。柳子顧以大人之欲速其成功，豈足以論聖人哉？借伊尹之事以自解而已。（《楊園先生全集》卷三〇）

何焯《義門讀書記》卷三五：趙云：「伊尹爲湯見貢於桀，不用而歸湯，湯復貢之，如是者五，思濟民，冀得施行其道也。」必合此論於君臣之義，乃爲無敝，漢注之最精者。柳子但欲贊尹之大，然君臣之分既定，亦安得若此憧憧者哉？按此篇，疑他人文，不簡健。或欲示當時，庸人自解與伾文相結之失耶？

乾隆敕纂《御選唐宋文醇》卷一二：宗元與劉禹錫輩佐王叔文，欲以收天下奄寺之兵柄，而還之朝廷，勇於立事，不自顧藉貴重，不知非所據而據焉，身必危迨。叔文輩敗。天下以黨人目之，而要其本志爲帝室，非爲身家，此昌黎輩所以始終與爲友也。此贊伊尹五就桀，其意蓋謂苟可以膏澤下於民，則桀尚可就，況其未至於桀者，於人何擇焉？所以自解也。雖然其亦不明於聖賢去就之正矣，伊尹之就桀也，湯之薦人於天子也，四棄而四薦之，湯之所爲無慙德也，尹之所爲無枉尺也。桀者，天下之共主，尹之就之，又何疑焉？豈若叔文輩，當順宗之寢疾，無所稟承，鼠竊國命，自相部署。即使其能一旦盡復唐故所没地，舉藩鎮而空之，猶爲不得其正，君子無取焉。況乃謇淹留而無成哉！

龍翰臣《伊尹五就桀解》：余讀《孟子》書，嘗疑伊尹五就桀之説，及觀柳子所爲贊，以爲是伊尹之大心乎生民，而欲速其功。蓋知尹知深者，莫柳子若也。既思而疑之，以爲尹苟如是，則無以處湯。湯一見尹之賢，必舉之爲相，而與共夫禄位，豈肯令其栖栖皇皇，如是席不暇煖者耶？尹於桀爲五就，於湯必有五去，謂湯不知其去耶？不足以爲明。謂湯爲知其去而不留，烏在其爲任賢耶？然則孟子之説爲果無其事歟？曰：非也。尹之去，蓋湯使之爲之，而冀桀之終能一用耳。一薦之不已而至於再，再薦之不已而至於三，三薦之不已而至於四五，湯於是知命之不可易，尹於是知事之不可爲，遂決然舍桀就湯而無疑。是尹之於湯也未嘗去，而其於桀也，則疑若五就下焉，尹之明非不知桀之終不可爲，湯愛桀之深，望桀之切，以爲一旦能聽尹之説而用其身，則天下可不至於亡，己亦無樂乎放伐之事。湯之心即文王三分有二以服事之心，而其薦尹於桀者，亦文王薦膠鬲於殷之意。古聖人忠於所事，而不利天下之人才以私己也。……惟後人不能心聖人之心，以無負其所事，爲之佐者，亦樂居於俊傑識時務者之名，而以伊之去湯就桀爲藉口，則安知不以心乎生民，欲速其功之

説，移而用之於其主，豈非柳子之言階之厲耶？（《經德堂集》）

焦循批《柳文》卷九：亦以交叔文而發爾。柳子急於及物，而被謫斥，故以伊尹自解也。

吴闓生《古文範》卷三：此與上篇（按指《論語辨》）皆見柳子爲學立身本末。蓋自古偉大之人物，借具偉大之志量、學識，而非僅以文字見也。若尋章摘句之徒，其何足與於此？先大夫曰：此子厚解嘲之作，非强顔作高語，其所自負故如此也。自宋君子出，談道理益精，而子厚之見器伾、文，退之之上書宰相，皆深蒙世譏，而雄奇傲岸，自詭不顧，世之氣亦益衰少矣。

高步瀛《唐宋文舉要》甲編卷四引吴汝綸曰：此子厚解嘲之作，非强顔作高語，其所自負故如此也。又引吴北江（闓生）曰：英壯磊落，由其理盛，故其詞岸偉而其氣雄厚。又總評：序意態奡岸，贊筆意從横，而句句遏抑之，使人忘其爲有韻之文。

梁丘據贊

齊景有嬖曰梁丘子①〔一〕，同君不争，古號媚士〔二〕，君悲亦悲，君喜亦喜〔三〕。曷賢不贊，卒贊于此？媚予所仇，激贊有以。梁丘之媚②，順心狎耳。終不撓厥政，不嫉反己。晏子躬相，梁丘不毁，逖其爲政，政實允理③。時睹晏子食，寡肉缺味④，愛其不飽⑤，告君使賜〔四〕。中心樂焉，國用不墜。後之嬖君，罕或師是。導君以諛〔五〕，聞正則忌。讒賢協惡，民蠹國圮⑥〔六〕。嗚呼！豈惟賢不逮古，嬖亦莫類。梁丘可思，又況晏氏？激贊梁丘⑦，心焉孔瘁。

【校記】

①詁訓本「景」下有「公」字。

②《英華》「丘」下有「氏」字。

③實，《英華》作「貴」。

④《英華》無「缺」字。

⑤愛，《英華》作「憂」。何焯《義門讀書記》卷三五：「愛其不飽，愛作憂。」按：「愛」可訓爲「惜」，不誤。

⑥圮，原作「玘」，據諸本改。圮，毁壞。

⑦世綵堂本注：「激贊，一作贊是。」鄭定本作「贊是」。

【解題】

［注釋音辯］梁丘據，字子猶。事見《左傳》昭公二十年。［韓醇詁訓］《左傳》昭公二十年，齊侯疥，遂痁，期而不瘳。梁丘據與裔欵皆齊嬖大夫也，言於公曰：「是祝史之罪也。」請誅祝史。晏子以

爲君若欲，誅於祝史，修德而後可。公説，使有司寬政，毁關去禁，薄斂已責。又齊侯田於沛，至自田，晏子侍於遄臺，子猶馳而造焉。子猶即梁丘據也。公曰：「唯據與我和夫。」晏子對曰：「據亦同也，焉得爲和？君所謂可，據亦曰可。君所謂否，據亦曰否。若以水濟水，誰能食之？」此君所謂「終不撓厥政，不嫉反己」者也。夫以孟子之賢，臧倉猶得以沮君。而梁丘據不毁晏子之賢，是誠可取。方子厚貶竄遠方，左右近臣有能一爲子厚之地者乎？其曰「激贊梁丘」，誠有以哉。按：此文亦當作於永州。梁丘據諂媚其主，然不忌賢妒才，亦有可取之處，較之媚上欺下者爲優，是宗元所着眼點。宗元深贊梁丘據，其意在鞭撻惡濫小人，其意可以明矣。章士釗《柳文指要》上《體要之部》卷一九云：「豈惟賢不逮古，嬖亦莫類。子厚此贊，可謂沉痛之至。」

【注釋】

〔一〕［百家注引孫汝聽曰］梁丘據字子猶，齊之嬖大夫。

〔二〕百家注本引韓醇注已見解題。

〔三〕［百家注引孫汝聽曰］《列子》云：「齊景公游於牛山，北臨其國城而流涕曰：『使古無死者，寡人將去斯而之何？』據從而泣。」按：見《列子・力命》，又見《晏子春秋・諫上》。

〔四〕［蔣之翹輯注］《晏子春秋》：「晏子相齊三年，政平民悦。梁丘據見晏子中食而肉不足，以告景公，旦日，割地將封晏子。」按：見《晏子春秋・雜下》。

〔五〕〔韓醇詁訓〕（謏）音腴。

〔六〕〔韓醇詁訓〕（圮）部鄙切。

【集　評】

陸夢龍《柳子厚集選》卷三文首評：解頤。又「不嫉反己」下：安得「不嫉反己」之梁丘？諒而與之。

儲欣《河東先生全集録》卷三：升降之感拈出，可涕。

何焯《義門讀書記》卷三五：梁丘之不毁，是亦景公之明也，《晏子春秋》備之。

乾隆敕纂《御選唐宋文醇》卷一二：此亦激昂風世之論。然如晏子相景公，而景公煩於刑，至於國之諸市，屨賤踴貴。則晏子之不得行其志，而梁丘據輩之長君逢君，多所闢塞而牽掣之者，可知也。嬖倖之與賢良，豈真能並立於朝哉？

霹靂琴贊引

霹靂琴①〔一〕，零陵湘水西震餘枯桐之爲也〔二〕。始枯桐生石上，説者言有蛟龍伏其竅②〔三〕，一夕暴震，爲火之焚，至旦乃已，其餘硿然倒卧道上〔四〕。震旁之民，稍柴薪之。

超道人聞③，取以爲三琴。琴莫良於桐，桐之良莫良於生石上，石上之枯又加良焉，火之餘又加良焉④，震之於火爲異。是琴也，既良且異⑤，合而爲美⑥，天下將不可再焉⑦。微道人，天下之美幾喪。余作贊辭，識其越之左與右⑧〔五〕，以著其事。又益以序，以爲他傳。辭曰：

惟湘之涯，惟石之危。龍伏之靈，震焚之奇。既良而異，爰合其美。超實爲之，贊者柳子。

【校　記】

①《文粹》、《全唐文》「琴」下有「者」字。

②窾，《英華》作「寂」。

③《全唐文》「聞」下有「之」字。

④世綵堂本無此句。

⑤且，《英華》作「而」。

⑥《文粹》、《全唐文》作「合爲二美」。

⑦再，原作「載」，原注與詁訓本、世綵堂本皆注曰：「載，一作再。」作「再」是，故據改。百家注本引孫汝聽注曰：「不可載，言美之至也。」蔣之翹輯注本：「不可載，言美之至不得復見也。」皆强作

解也。

⑧左與右，《英華》作「右與左」。

【解　題】

［韓醇詁訓］贊云零陵，在永州時作也。按：章士釗《柳文指要》上《體要之部》卷一九云：「此文簡勁，是子厚本色，讀之快心爽口。」

【注　釋】

〔一〕［韓醇詁訓］（霹靂）上音僻，下音歷。

〔二〕［百家注引王儔補注］零陵屬永州。［百家注引孫汝聽曰］雷之甚者爲震。

〔三〕［注釋音辯］［韓醇詁訓］（窾）音欵，空也。

〔四〕［注釋音辯］硿，苦東、窾宋二切。［韓醇詁訓］硿，苦東、户宋二切。石聲。按：百家注本引作張敦頤曰。

〔五〕［注釋音辯］《禮記·樂記》：「朱絃而疏越。」注：「越，瑟底孔也。」［韓醇詁訓］越，如字。《禮記》：「朱絃而疏越。」注云：「越，瑟底孔也。」

【集　評】

何焯《義門讀書記》卷三五：妙在不濫。

林紓《韓柳文研究法·柳文研究法》：引愈於贊。引中之言曰：「琴莫良於桐，桐之良莫良於生石上，石上之枯又加良焉，火之餘又加良焉。」五用「良」字，語有深淺，讀之不見其贅。子厚以累劫之身，殆以焚餘之桐自方。累用「良」字，是否身分語？

尊勝幢贊　并序①

以佛之爲尊而尊是法②，嚴之於頂，其爲最勝宜也。既尊而勝矣，其爲拔濟尤大③。塵飛而災去④，影及而福至，睦州於是誠焉不疑〔一〕。礱石六觚〔二〕，其長半尋，乃篆乃刻，立之爲福馬孺人之墓⑤〔三〕。孺人之生，奉佛道未嘗敢怠。今既没，睦州又成其志，擇最勝且尊之道⑥，文之於石⑦，以延其休。則其生佛所得佛道⑧，宜無疑也。贊曰：

世所尊兮又尊道，勝無上兮以爲寶⑨。拔大苦兮升至真，靈合贊兮神而神。駕元氣兮濟玄津〔四〕，誰爲友兮上品人。德無已兮石無磷⑩〔五〕，延永世兮奠坤垠〔六〕，靈受福兮公之勤。

【校記】

①詁訓本無「并序」二字。

②《英華》無「爲」字。

③「爲」原闕，據諸本補。《英華》「拔濟」下有「也」字。

④飛，詁訓本作「非」。

⑤世綵堂本注：「一本無『爲福』二字。」鄭定本亦無此二字。按：「福」用作動詞，福祐也。「爲福」非衍文。

⑥且，《英華》作「具」。

⑦世綵堂本注：「文，一作石。」

⑧「生佛」之「佛」字疑衍。

⑨上，注釋音辯本、五百家注本、游居敬本作「立」。

⑩磷，《英華》作「璘」。

【解題】

［韓醇詁訓］觀序云「睦州於是誠焉不疑」，謂李睦州也。馬孺人，睦州之外婦馬淑也。據集有淑墓誌，元和五年五月卒。而此序云「立之爲福馬孺人之墓」，贊當同時作。按：韓説是。李睦州爲李

幼清，柳宗元爲馬淑所作墓誌見外集。馬淑信佛，其死後，李幼清爲之立幢於墓側。幢爲刻有佛的名號或經咒的石柱。當是宗元應李之請而爲此贊，附刻於石幢。章士釗《柳文指要》上《體要之部》卷一九云：「此贊於子厚實爲大謬，而子厚愛友，以愛友轉而佞佛，冀在貶所解除沈鬱，其道誠苦，而其事殆亦可諒。」又云：「以是吾疑《尊勝幢贊》爲非子厚親作，或者李永（當作幼）清爲外婦草是贊，不便自具名，而倩子厚代尸之，子厚礙友誼無能辭。抑或文全與子厚無涉，而由編者東拉西扯混入，俱未可知。」因持子厚爲無神論者而致疑此文，全無道理。退而言之，即子厚作此文，亦不得云佞佛也。故所云無據。

【注釋】

〔一〕［注釋音辯］李睦州以李錡叛，貶循州。元和三年，以赦量移永州。［百家注引孫汝聽曰］睦州，即李睦州也。以李錡之叛得罪，貶循州。元和三年正月，以赦，量移永州。按：即李幼清。

〔二〕［韓醇詁訓］（觚）音孤。《史記》：「漢興，破觚爲圓，斲雕爲樸。」觚謂方也。

〔三〕［注釋音辯］馬孺人，睦州外婦。詳見外集《馬淑墓誌》。［百家注引王儔補注］馬孺人，睦州外婦，元和五年五月卒於永州，因葬焉。公有《太府李卿外婦馬淑誌》，見外集。

〔四〕［蔣之翹輯注］王中《頭陀寺碑》：「釋網更維，玄津重柟。」注：「指道家也。」按：見《文選》。李善注：「僧叡師《十二法門序》曰：『奏希聲於宇宙，濟溺喪於玄津。』」張銑注：「釋網玄津，並佛法也。」

〔五〕［韓醇詁訓］（磷）音鄰。按：磷，薄也，磨損。

〔六〕［蔣之翹輯注］垠音銀。按：垠，邊際。

【集評】

徐一夔《鐘偈序》：余惟唐李睦州製尊勝幢以資冥福，而柳州先生實爲之贊。余覩茲稀有而不能贊一辭。（《始豐稿》卷一二）

陸夢龍《柳子厚集選》卷三：「塵飛而災去」二句：好詞。又評《贊》：員溜，正合當行。

龍馬圖贊 并序

始吾聞明皇帝在位，靈昌郡得異馬於河①〔一〕，而莫知其形②。好事者涿人盧遵以其圖來示余③〔二〕，其狀龍鱗、虺尾〔三〕、拳鬐〔四〕、環目、肉鬣〔五〕，馬之靈怪有是耶？居帝閑〔六〕，爲馬幾二十年，從封禪、郊籍〔七〕，鳴和鑾者數十事〔八〕。遇禍亂④，帝西幸〔九〕，馬至咸陽西，入渭水，化爲龍泳去，不知所終。且其來也宜于時，其去也存其神，是全德也。既覩其形⑤，不可以不贊。

靈和粹異，孕至神兮。倮尾童鬣〔一〇〕，疏紫鱗兮。巍然特出，瑞聖人兮〔一一〕。理平和樂，百樂陳兮⑥。鳴鑾在御，大路遵兮〔一二〕。世瘥道悖〔一三〕，還吾真兮。哀鳴延首，渭水濱兮⑦。沛焉潛泳，旋𩗺淪兮〔一四〕。淵居海逝⑧，靈無鄰兮。出處孔時，類至仁兮。嗟爾衆類，孰是倫兮⑨。進昏死亂，阽厥身兮〔一五〕。匪馬之慕，吾誰親兮？贊之斯圖，宜世珍兮。

【校　記】

①《全唐文》「河」下有「西」字。

②知，《英華》作「覩」。

③詁訓本無「來」字。

④《文粹》、《全唐文》無「禍」字。

⑤覩，《英華》作「觀」。

⑥原注與世綵堂本注：「百，一作禮。」詁訓本即作「禮」，並注：「禮，一作百。」注釋音辯本注：「百，一本作伯。」百樂，《英華》、《全唐文》作「百禮」。疑作「伯樂」是。伯樂，古善相馬者。

⑦渭，原作「慕」，諸本同，據《文粹》改。何焯《義門讀書記》卷三五：「慕水濱兮，『慕』作『渭』。」按：上文有「馬至咸陽西入渭水」句，作「渭」是。

⑧逝，《英華》、《文粹》、《全唐文》作「游」。

⑨倫，原作「淪」，據諸本改。

【解題】

〔韓醇詁訓〕靈昌，滑州郡名也。明皇開元二十九年三月，滑州刺史李邕獻馬，肉鬣鱗臆，嘶不類馬，日行三百里，與公贊所狀皆合。公嘗説周穆王八駿之圖可焚，而獨於此贊龍馬之神，此必有可信不誣者哉？序稱盧遵，從柳來南者，此贊亦永州作。集有《送盧遵遊桂州序》，蓋其内弟云。按：此文贊駿馬圖而順便記及關於此馬之傳説，未嘗不可。馬之化龍而去，章士釗《柳文指要》上《體要之部》卷一九云：「從來用兵荒亂之際，馬被擠入水，因而溺死，屍體順流而去，撈取不得，事實上乃大大可能，而人遂以化龍神之，繪圖貼説，誇張其事。」開元二十九年滑州刺史李邕獻馬事，見《册府元龜》卷二四、《新唐書·五行志下》。

【注釋】

〔一〕〔注釋音辯〕滑州。〔百家注引孫汝聽曰〕靈昌，滑州郡名。〔蔣之翹輯注〕今爲大名府滑縣。

〔二〕〔百家注引孫汝聽曰〕遵，涿州人，公之内弟。

〔三〕〔韓醇詁訓〕虺，許尾切。按：虺，蛇類。

〔四〕唐太宗有名馬拳毛騧。杜甫《韋諷録事宅觀曹將軍霸畫馬圖》：「昔日太宗拳毛騧，近時郭家師子花。」髦通毛。

〔五〕［韓醇詁訓］（鬣）音獵。按：「鬣」當爲「鬉」之訛。「鬉」同「鬃」，或作「騣」。馬頸上有一片肉，上生鬃毛，倒披一旁，稱肉鬃。杜甫《驄馬行》：「隅目青熒夾鏡懸，肉騣碨礧連錢動。」《册府元龜》卷二一四作「肉鬃鱗臆」，《新唐書·五行志下》作「肉鬉鱗臆」。

〔六〕［注釋音辯］（閑）闌校也。按：閑，本義爲柵欄，引申爲禁衛之所。

〔七〕［百家注引孫汝聽曰］開元十三年十一月，玄宗封泰山。二十三年正月，耕籍田。

〔八〕［百家注］鑾音鸞。

〔九〕［百家注引孫汝聽曰］天寶十五年，玄宗幸蜀。按：禍亂指安史之亂。

〔一〇〕［注釋音辯］（倮）良涉切。［韓醇詁訓］倮，力果切。按：「倮」同「裸」。童鬣，馬頸首毛禿。鬣，頸領毛。

〔一一〕［韓醇詁訓］顔延年《赭白馬賦》：「實有騰光吐圖，疇德瑞聖之符焉。」

〔一二〕［韓醇詁訓］［百家注引童宗説曰］《詩》：「遵大路兮。」按：見《詩經·鄭風·遵大路》。

〔一三〕［韓醇詁訓］痝，莫江切。按：同「庬」，雜亂也。

〔一四〕［注釋音辯］淪，於倫切。淪倫，水深廣皃。［韓醇詁訓］淪，於倫切。按：百家注本引作張敦頤曰。

〔一五〕〔注釋音辯〕〔韓醇詁訓〕阽，音鹽，又都念切，猶危也。按：百家注本引作童宗説曰。

【集　評】

陸夢龍《柳子厚集選》卷三評《序》：一字不苟。

誡懼箴①

人不知懼，惡可有爲〔一〕？知之爲美，莫若去之。非曰童昏，昧昧勿思。禍至後懼②，是誠不知。君子之懼，懼乎未始。幾動乎微，事遷乎理。將言以思，將行以止。中決道符，乃順而起。起而獲禍，君子不恥。非道之愆③〔二〕，非中之詭。懼而爲懼，雖懼焉如？君子不懼，爲懼之初。

【校　記】

①《英華》題無「誡」字。

②原注與詁訓本、世綵堂本注：「後，一作而。」注釋音辯本、《英華》作「而」。

③ 愆，《英華》作「僭」。

【解　題】

［韓醇詁訓］或疑其《憂》、《懼》二箴在貞元末年王叔文將敗時作，恐未必然。觀其詞意，亦貶謫後文云。按：韓説可從。文云人應知懼，但應在禍事發生之前。若己之言行合乎道義，則君子雖獲禍而心安也。

【注　釋】

〔一〕［注釋音辯］惡，平聲。

〔二〕愆音遷，過失。

憂　箴

憂可無乎？無誰以寧。子如不憂，憂日以生。憂不可常①，常則誰懌？子常其憂，乃小人戚〔一〕。敢問憂方，吾將告子：有聞不行，有過不徙。宜言不言，不宜而煩。宜退而勇，不宜而恐。中之誠慤，過又不及〔二〕。憂之大方，唯是焉急。内不自得，甚泰爲憂。省而不疚，雖死優游。所憂在道，不在乎禍。吉之先見〔三〕，乃可無過。告子如斯，守之勿墮。

【校　記】

① 世綵堂本注：「一作『憂可常乎』。」

【解　題】

此文亦當作於永州。章士釗《柳文指要》上《體要之部》卷一九：「或謂：此較之叔文空吟『出師未捷』之句，不禁涕淚者，殆不知超出幾許。釗案：是，指過或不及。」

【注　釋】

〔一〕《論語·述而》：「君子坦蕩蕩，小人長戚戚。」

〔二〕孔子語，見《論語·先進》。

〔三〕［韓醇詁訓］《易》：「幾者動之微，吉之先見者也。」按：見《周易·繫辭下》。

【集　評】

楊萬里《誠齋詩話》：韓退之《行箴》云：「宜悔而休，汝惡曷瘳。宜休而悔，汝善安在。」柳子厚《憂箴》云：「宜言不言，不宜而煩。宜退而勇，不宜而恐。」二箴相似，未知孰先爲之者。

乾隆敕纂《御選唐宋文醇》卷一二：《易》曰：「懼以終始，其要无咎。」《語》曰：「勇者不懼。」《記》曰：「君子有終身之憂。」《易》曰：「樂天知命，故不憂。」《語》又曰：「内省不疚，夫何憂何懼？」同一孔子之言，而相反乃如是。既一心以憂懼，又一心以不憂不懼，兩心奚能齊發而並存？處萬事應萬幾皆此天，君之出令，而歧焉若此哉？不知下學立心之始，直上達天德之終，皆以此爲樞機也。《丹書》曰：「敬勝怠者吉，怠勝敬者滅，義勝欲者從，欲勝義者凶。」怠也，欲也，則日涉於可憂可懼之途，而不知憂不知懼否，則有長戚戚之憂，與患得患失之懼。一以爲熱火，一以爲寒冰，雖輪轉循環，而要之非憂懼，即不憂懼，斷無齊發而並存者。若敬也，義也，二者夾持，以毋不敬之心，各從乎義之所宜，則耳目口體血氣心知之欲，所爲甘以壞者，必若蹈虎尾，涉於春冰，無時無處而少弛其念，而以之歷乎造次顛沛之域，遺大投艱盤根錯節之區，又必無幾微動於心曲，見於顔面者。若是乎憂不憂、懼不懼，實齊發並存於一心，而絲毫不相悖。孔子之言，非自相反也。宗元《懼》、《憂》二箴，其言若有見於道者，蓋其歷於憂患也深，而研窮於《謨》、《訓》者久矣。

師友箴 并序

今之世，爲人師者衆笑之，舉世不師，故道益離。爲人友者，不以道而以利，舉世無友，故道益棄。嗚呼！生於是病矣〔一〕，歌以爲箴，既以儆己，又以誡人。

不師如之何，吾何以成①？不友如之何，吾何以增？吾欲從師，可從者誰？借有可從，舉世笑之。吾欲取友，誰可取者〔二〕？借有可取，中道或捨。仲尼不生，牙也久死〔三〕。二人可作，懼吾不似②。中焉可師〔四〕，恥焉可友。謹是二物，用惕爾後。道苟在焉，傭丐爲偶。道之反是，公侯以走。内考諸古，外考諸物，師乎友乎，敬爾無忽③。

【校記】

① 以成，《英華》注：「永本作『以承』。」何焯《義門讀書記》卷三五：「『成』作『承』。」

② 世綵堂本注：「似，一作以。韓作『不吾以』。」《英華》「似」作「以」。

③ 無，五百家注本、鄭定本、世綵堂本作「毋」，《全唐文》作「不」。

【解　題】

〔韓醇詁訓〕觀集中《與嚴厚輿書》在元和八年，書云「怪僕所作《師友箴》與《答韋中立書》」，此箴當作於八年之前也。按：韓説是。

【注　釋】

〔一〕章士釗《柳文指要》上《體要之部》卷一九：「生，子厚自謙之詞。」

〔二〕〔韓醇詁訓〕《孟子·離婁下》：「尹公之他，端人也，其取友必端矣。」按：百家注本引童宗説注同韓注。

〔三〕〔注釋音辯〕鮑叔牙與管仲爲友。〔韓醇詁訓〕鮑叔牙與管仲爲友，後薦仲於桓公，以爲相。杜甫詩云：「君不見管鮑貧時交，此道今人棄如土。」蓋管、鮑，善交友者也。

〔四〕中，去聲。即中道，與道合者。

【集　評】

《新刊增廣百家詳補注唐柳先生文》卷一九解題引黄唐曰：子厚《師友箴》曰：吾欲從師取友，而天下無可者，必得仲尼、叔牙而師友之。退之《師説》曰：「師不必賢於弟子，弟子不必不如師，聞道有先後，術業有專攻爾。」由退之之説，則學者不敢恃己之長，有所資於人。由子厚之説，則學者輕人之能，而終於自是。韓柳優劣，由此而判。

王十朋《策問》：問：韓愈、柳宗元俱以文鳴於唐世，目曰韓柳，二人更相推遜，雖議者亦莫得而雌雄之。然其好惡議論之際，顧多不同者。韓排釋氏甚嚴，其《送浮屠序》責子厚不以聖人之道告之。柳謂釋氏之說與《易》、《論語》合，且譏退之知石而不知韞玉。韓謂世無孔子，則己不在弟子列，作《師說》以號召後學。柳則以好爲人師爲患，有《師友箴》，有答韋、嚴二書，且有雪白之喻，又有毋以韓責我之説。韓著《獲麟解》，以麟爲聖人之祥，《賀白龜表》以龜爲獲蔡之驗。柳則作《正符》，詆談符瑞者爲淫巫瞽史。韓碑淮西歸功裴度，而不及李愬。柳於裴、李則各有雅章。韓以作史有人禍天刑之可畏，柳則移書以辯之。韓以人禍元氣爲天所罰，柳則著論以非之。其指意不同，多此類者。且退之名在子厚《先友記》中，蓋其父兄行，且年又長柳，宜以兄事之可也。然韓每及柳則字而稱之，柳語及韓則斥而名之爾，抑又何耶？今二文並行於世，學者之所取法，真文章宗匠也。然讀其文，切疑二人陽若更譽而陰相矛盾者，不可以不辯。夫韓柳邪正，士君子固能言之，至於議論，則未可因人而輕重，願與諸君辯其當否。（《梅溪王先生文集》前集卷一五）

陸夢龍《柳子厚集選》卷三評《序》：精切。

蔣之翹輯注《柳河東集》卷一九解題引陳仁錫曰：舉世誰將，二事作商量。要之，有師不患無友。

乾隆敕纂《御選唐宋文醇》卷一二：韓愈作《師説》，宗元不肯爲人師，其《答韋中立書》，即引退之以爲戒。論者以爲韓柳不同。今其言曰：「不師如之何，吾何以成。」是即愈所云「古之學者必有師」之意也。其曰：「今之世爲人師者，衆笑之，舉世不師，故道益離。」即愈所云「士大夫之族，曰師曰弟子者，則群聚而笑之」之意也。然則宗元不爲師，懼世患耳，非謂師道之可以不立也。

敵戒

皆知敵之仇，而不知爲益之尤①；皆知敵之害，而不知爲利之大。秦有六國，兢兢以强，六國既除，訑訑乃亡〔一〕。晉敗楚鄢，范文爲患〔二〕，厲之不圖，舉國造怨〔三〕。孟孫惡臧，孟死臧恤：藥石去矣，吾亡無日〔四〕。智能知之，猶卒以危，矧今之人，曾不是思。敵存而懼，敵去而舞，廢備自盈，衹益爲瘉〔五〕。敵存滅禍，敵去召過，有能知此，道大名播。懲病克壽，矜壯死暴，縱欲不戒，匪愚伊耄〔六〕。我作戒詩，思者无咎。

【校記】

①尤，《英華》作「由」。何焯《義門讀書記》卷三五：「『尤』作『由』。」按：尤，甚也，最也，於義爲長。

【解　題】

［韓醇詁訓］作之年月雖不詳，然觀其詞旨，當與前三箴前後作。按：章士釗《柳文指要》上《體要之部》卷一九云：「爲子厚編年譜諸家，大抵謂是貶永晚期所爲，吾竊料時當更晚，或竟晚至元和平蔡以後。以有若干詞句，似隱隱針對憲宗晚節之失也。緣章武以猜忌之姿，救貞元之弊，志清二釁，唯恐失時。二釁者何？即河北强藩，與北司閹宦是。迨蔡州蕩平，海内向治，以爲二釁已去其半，恃功而驕，刻毒加深。……子厚由柳州遠瞰中朝，形乃洞如觀火，文中『矜壯死暴』四字，及縱欲、愚耄等語，不啻爲章武殘年寫照。」其説可取。此文當作於柳州時。

【注　釋】

〔一〕［注釋音辯］訑音怡，作詑同。自得貌，又淺意。［韓醇詁訓］謂秦滅齊、楚、燕、趙、韓、魏六國，後不二世而亡也。訑，音怡，自得貌。［百家注引韓醇曰］謂秦滅齊、楚、燕、趙、韓、魏六國，後不二世而亡。訑訑，自得貌。又淺意。《説文》云：「欺也。」《孟子》：「訑訑之聲音顔色。」訑音怡，又湯何切。按：所引見《孟子·告子下》，然「訑」作「訑」。

〔二〕［注釋音辯］鄢，音偃。《左》成十六年，敗楚於鄢陵。范文子曰：「君幼，諸臣不佞，何以及此，君其戒之。」［韓醇詁訓］晉厲公六年，鄭倍晉，與楚盟。晉怒，發兵，厲公自將。五月渡河，聞楚兵來救，范文子請公欲還，郤至曰：「發兵誅逆，見强避之，無以令諸侯。」遂與戰。癸巳，射中楚共王目，楚兵敗於鄢陵。子反收餘兵，欲復戰，晉患之。鄢音偃。［百家注引孫汝聽曰］成十六年《左氏》：「晉師敗楚於鄢陵，范文子曰：『君幼，諸臣不佞，何以及此，君其戒之。』」

〔三〕［注釋音辯］（成公）十七年，晉厲公侈，多外嬖。反自鄢陵，欲盡去群大夫而立其左右。按：百家注本引孫汝聽注引作成十七年《左氏》，文字同上。

〔四〕［注釋音辯］《左傳》襄公二十三年，孟孫曰：「季孫之愛我，疾疢也；孟孫之惡我，藥石也。美疢不如惡石。孟孫死，吾亡無日矣。」［韓醇詁訓］季武子無適子，公彌長，而愛悼子，欲立之。訪於臧紇，曰：「彌與紇，吾皆愛之，欲擇才焉。」臧紇曰：「飲我酒，吾爲子立之。」季氏飲大夫酒，臧紇爲客，既獻，臧孫命北面重席，新樽絜之，召悼子，降逆之。大夫皆起。及旅，而召公鉏，使與之齒。公鉏既廢，於是季孫愛臧孫，孟孫惡之。孟孫卒，臧孫入哭，甚哀出涕。其御曰：「孟孫之惡子也，而哀如是，若之何？」臧孫曰：「季孫愛我，疾疢也。孟孫惡我，藥石也。孟孫死，吾亡無日矣。」

〔五〕［注釋音辯］（瘉）音愈，病也。［韓醇詁訓］瘉音愈，又音俞。［百家注引童宗説曰］《説文》：「瘉，病瘳也。」音庾，又音臾。

〔六〕［蔣之翹輯注］耄謂老而無知也。

【集　評】

《新刊增廣百家詳補注唐柳先生文》卷一九解題引黄唐曰：入則無法家拂士，出則無敵家外患者，國常亡。子厚《敵戒》，其立意亦同《孟子》。常竊思范文子之言，而後知孟子、柳子之説有爲而發。文子云：「惟聖人能外内無患，自非聖人，外寧必有内憂。」此晉厲公侈，文子欲釋楚爲外懼之言也。審此，則孟子之存敵國固以警戰國之君，而子厚之爲《敵戒》亦爲德宗、順宗設耳。

王霆震《古文集成》卷七八：敩齋云：此篇論敵存滅禍。

《王荆石先生批評柳文》卷五：明言。

蔣之翹輯注《柳河東集》卷一九：此與《孟子》「生於憂患，死於安樂」同意。

儲欣《河東先生全集録》卷三：諸箴此爲第一。出則無敵國外患，孟子憂之矣。始皇滅晉，足洗穆公三敗之恥，然秦不亡於穆而亡於始皇，可鑒也。

乾隆敕纂《御選唐宋文醇》卷一二：宗元放逐後，益肆力於古，而覺平生冒没輕進之非，使一往不返，負累滋大，且將終其身不自知矣。然則宗元學問文章光於千古者，擠之者之恩歟？述《孟子》「生於憂患死於安樂之義」，作《敵戒》，明切警悚。語云：「苟非其人，求一言之幾於道而不可得。」斯言可謂幾於道已夫。

三戒 并序

吾恒惡世之人①，不知推己之本②，而乘物以逞，或依勢以干非其類，出技以怒强，竊時以肆暴，然卒迨于禍。有客談麋、驢、鼠三物，似其事，作《三戒》。

臨江之麋

臨江之人，畋得麋麑〔一〕，畜之。入門，群犬垂涎，揚尾皆來，其人怒，怛之。自是日抱就犬，習示之③，使勿動，稍使與之戲④。積久，犬皆如人意。麋麑稍大⑤，忘己之麋也，以爲犬良我友，抵觸偃仆，益狎。犬畏主人，與之俯仰，甚善，然時啖其舌〔二〕。三年，麋出門⑥，見外犬在道甚衆，走欲與爲戲，外犬見而喜且怒，共殺食之，狼藉道上。麋至死不悟⑦。

【校　記】

①　恒，詁訓本作「常」，爲避宋諱改。

②「知」原闕，據諸本及《英華》、《全唐文》補。

③《英華》無「之」字。

④《英華》、《全唐文》「使」下有「麋」字。

⑤注釋音辯本無「麋」字，注云：「一本『麑』字上有『麋』字。」

⑥注釋音辯本、五百家注本「門」下有「外」字。

⑦《英華》、《文粹》、《全唐文》「死」下有「終」字。

【解　題】

［韓醇詁訓］公之自序之意明矣，戒言永某氏之鼠，當在適永州時作。按：韓説是。確年未詳。此爲一組寓言文，包括三篇短文，前加一序。其有意爲諷，則不言而喻。至於諷刺對象，與其坐實，字比句附，不如視作寬泛之喻，爲針對某種人醜惡或愚蠢的行爲而發。或曰《三戒》對事不對人，作此理解亦無不可。章士釗《柳文指要》上《體要之部》卷一九：「子厚爲小文，序與文併，每以一語提綱，另以一語相映作結。《臨江之麋》『依勢以干其非類』，綱也，『麋至死不悟』則結。《黔之驢》『出技以怒强』，綱也，『技止此耳』則結。《永某氏之鼠》『竊時以肆暴』，綱也，『以飽食無禍爲可恒』則結。」柳宗元此文影響甚大，後人模擬者多。除蘇軾外，尚有宋薛季宣，其《浪語集》卷一四《五監》序曰：「昔柳子厚作《三戒》，東坡蘇公著《二説》，顧事有類是者。述《五監》以足之，非敢繼二先生之作，亦各言其事也。」明

趙撝謙《趙考古文集》卷二《三戒》序曰：「昔柳子厚作麋、驢、鼠《三戒》，蘇子瞻愛其辭，復以《河豚》以下三者擬之，其風戒之意切矣。近有觸予懷者，頗類乎是，故亦作三篇。」當爲其著者。

【注　釋】

〔一〕［注釋音辯］童（宗説）云：麋音眉。麑音倪，鹿子也。［韓醇詁訓］上音眉，下音倪，鹿子也。

〔二〕［注釋音辯］［韓醇詁訓］啖音淡。［蔣之翹輯注］啖，食也。啖其舌，言犬自縮其舌，而不敢齧麋也。

【集　評】

《王荆石先生批評柳文》卷五：（序文）老筆。

王霆震《古文集成》卷七八：敷齋云：此篇戒依勢以干非其類者。

王符曾《古文小品咀華》卷三：狀物之工，幾於繪影繪聲。韓、柳二公既往，此種筆意，絶響久矣。外間不知愛惜，何也？此戒依勢以干非類也。子厚一蹶不復振，正坐此病。

林紓《韓柳文研究法·柳文研究法》：喻恃寵之小人，所謂「群犬垂涎，揚尾皆來」者，則妬寵者將進而揞之也。日抱就犬，則用大力劫脅，使嫉者毋動也。忘己之麋，謂犬良我友，譏小人之無檢而不知備也。時啖其舌，則兇焰露矣。至外犬之共殺食，則主者之勢不及，或焰衰而事去，平日積憤於人，至是挫而盡之，此小人收場之必至也。文不涉人，而但言麋。讀之焯然自了其用意之所在。

黔之驢

黔無驢〔一〕，有好事者船載以入①。至則無可用，放之山下。虎見之，尨然大物也，以爲神。蔽林間窺之，稍出近之，慭慭然莫相知〔二〕。他日，驢一鳴，虎大駭遠遁，以爲且噬己也，甚恐。然往來視之，覺無異能者。益習其聲，又近出前後，終不敢搏。稍近，益狎，蕩倚衝冒，驢不勝怒，蹄之。虎因喜，計之曰：「技止此耳。」因跳踉大㘚〔三〕，斷其喉，盡其肉，乃去。噫！形之尨也類有德，聲之宏也類有能，向不出其技，虎雖猛，疑畏卒不敢取。今若是焉，悲夫！

【校記】

①《英華》「載」下有「驢」字。

【注釋】

〔一〕［蔣之翹輯注］黔音虔。黔，地名。今有黔陽縣，屬湖廣辰州。

〔二〕［注釋音辯］愸，魚僅切。［韓醇詁訓］愸，魚僅切，恭敬也。［百家注引孫汝聽曰］張齗怒貌，魚僅切。

〔三〕［注釋音辯］潘（緯）云：（𡅞）虎檻、許鑒二切。［韓醇詁訓］虎檻切。按：吼也。

【集　評】

王霆震《古文集成》卷七八：敷齋云：此篇戒出技以怒强者。

明闕名評選《柳文》卷六文首引胡時化曰：布景妙。文末引林次崖（希元）曰：「形類有德」數句收拾精神。殷浩敗於桑山，房琯敗於陳濤，亦此類也。

林紓《韓柳文研究法·柳文研究法》：喻全身以遠禍也。驢果安其爲驢，尚無死法。惟其妄怒而蹄，去死始近。孔北海、禰正平，皆龐然大物也，乃不知曹操、黄祖之爲虎，怒而蹄之，既無異能，終至於斷喉盡肉而止。故君子身居亂世，終以不出其技爲佳。若徐穉、梅福、茅容者，可謂其真不爲驢矣。

永某氏之鼠

永有某氏者，畏日，拘忌異甚①。以爲己生歲直子，鼠，子神也，因愛鼠②，不畜貓犬③，禁僮勿擊鼠。倉廩庖厨，悉以恣鼠不問④。由是鼠相告，皆來某氏，飽食而無禍。某氏室無完器，椸無完衣〔一〕，飲食大率鼠之餘也。晝累累與人兼行〔二〕，夜則竊齧鬭暴，其聲萬狀，不可以寢。終不厭。數歲，某氏徙居他州，後人來居，鼠爲態如故。其人曰：「是陰類，惡物也，盜暴尤甚，且何以至是乎哉！」假五六貓，闔門撤瓦灌穴，購僮羅捕之，殺鼠如丘，棄之隱處，臭數月乃已〔三〕。嗚呼！彼以其飽食無禍爲可恒也哉？

【校記】

① 異，《文粹》、《全唐文》作「特」。

② 《英華》無「因」字。

③ 原注與注釋音辯本、詁訓本、世綵堂本注：「犬，一作又。」《英華》即作「又」。按：若作「又」，則「又」字屬下句。

④ 恣，《英華》作「資」。

【注釋】

〔一〕［注釋音辯］椸音移。《方言》：「榻前几，趙、魏之間謂之椸。一曰衣架。」［韓醇詁訓］椸音移，衣架也。按：百家注本引童宗説注尚引《禮記》：「男女不同椸架。」見《禮記·内則》，「架」作「枷」。

〔二〕［注釋音辯］［韓醇詁訓］累，倫追切。

〔三〕［注釋音辯］臯即臭字。［韓醇詁訓］臯，尺救切，與臭同。

【集　評】

王霆震《古文集成》卷七八：敎齋云：此篇戒竊時以肆暴者。

陸夢龍《柳子厚集選》卷三：「彼以其飽食」句：力能扛鼎。

蔣之翹輯注《柳河東集》卷一九：逗。冷語作結，然實大有警醒。韓、柳俱好用此法。

王符曾《古文小品咀華》卷三：菩薩心腸，和盤托出。

林紓《韓柳文研究法·柳文研究法》：與前篇（按指《臨江之麋》）大同而小異。麋之恃寵，穉耳。如董賢之類，不過寵盛勢貴，尚不至於害人，然其道已足以取死。永之鼠，則分宜之鄢懋卿、趙文華耳。倉廩庖廚，悉以恣鼠不問，名爲寵之，是預授之以殺身之機倪。鼠相告皆來某氏，則小人之招其黨類，稱曰無禍，亦就小人眼中所見而言者。至竊齧鬭暴，其聲萬狀，則小人黨中之自閧，因利而争，勢所必至。迨後人來居，鼠爲態如故，曲繪小人之無識，禍至不知斂懼。假貓灌穴之事，遂了了在人意中。文用「彼以其飽食無禍爲可恒」句一束，「可恒」二字中含無限慨歎。見得權臣當國，引用黨徒，迨一旦勢敗，則依草附木，恣爲豪暴者，匪不盡死，顧終以利故，一不之悟，此所以可哀也。

三篇總評：

蘇軾《二魚説序》：予讀柳子厚《三戒》而愛之，又悼世之人有妄怒而招悔、欲蓋而彌彰者，遊吴，得二事於海濱之人，亦似之。作《二魚説》，非意乎續子厚者，亦聊以自警云。（《蘇軾文集》卷六四。按：注釋音辯本、韓醇詁訓本、百家注本等皆引作：「東坡云：予讀柳子厚《三戒》而愛之，乃作《河豚魚》、《烏賊魚》二説，并序以自警。」）

李之儀《題柳子厚三戒後》：余讀柳子厚《三戒》，未嘗不反覆而屢嘆。竊謂倫類中豈復有是事，特子厚出奇以爲警爾。晚遷江上，遂於衣冠中遍見之，乃知子厚所戒爲不誣。初有疑於異類，而今輒見之於人，而又傲然歆艷，一隅方且有臨之者，是可駭也，可勝歎耶？雖賢者於禍，可得而逃哉！（《姑溪居士前集》卷四二）

趙與時《賓退録》卷六：寓言以貽訓誡，若柳子厚《三戒》、《鞭賈》之類，頗似以文爲戲，然亦不無補於世道。

真德秀《沈簡肅四益集序》：至其感物興懷，春容娱戲，課圃之作，王子淵之《僮約》也；蛛網之榆，柳羅池之《三戒》也。雖非規規摹儗前人，而筆力雄放，自與之合。（《西山文集》卷二八）

《新刊增廣百家詳補注唐柳先生文》卷一九引黄唐曰：子厚《三戒》，《臨江之麋》則爲依勢以干非類者設，《永某氏之鼠》則爲竊時以肆暴者設，二説之譏，使强而貪者知所戒也。黔驢之戒，其猶在得失之域乎？使中才庸人得是説，以匿名遁跡，不犯非分，或得爲之。然仕於王朝，人以黔驢爲戒，不才者隱其不才而疑於有才，不德者晦其不德而象於有德，則列於庶位，孰非吹竽之徒耶？

陸夢龍《柳子厚集選》卷三：三文極描畫之工。

蔣之翹輯注《柳河東集》卷一九：子厚《三戒》，《臨江之麋》則序所稱依勢以干非類也，《黔之驢》則出技以怒强也，《永某氏之鼠》則竊時以肆暴也。此皆世人之常態耳，故特揭以爲戒云。

儲欣《河東先生全集録》卷三：狀物俱史筆。

常安《古文披金》卷一四：麋不知彼，驢不知己，竊時肆暴，斯爲鼠輩也。

浦起龍《古文眉詮》卷五四：節促而宕，意危而冷，猥而深，瑣而雅，恒而警。

孫琮《山曉閣選唐大家柳柳州全集》卷四：讀此文，真如雞人早唱，晨鐘夜警，唤醒無數夢夢。妙在寫麋，寫犬，寫驢，寫虎，寫鼠，寫某氏，皆描情繪影，因物肖形，使讀者説其解頤，忘其猛醒。

王符曾《古文小品咀華》卷三：合觀三則，雖物賦形，盡態極妍，闖入史遷之室矣。予摩挲把玩，不忍釋手。世人因習舉子業，謂無所用此，遂廢置不顧，良可惜也。

章學誠《文史通義》補遺《評沈梅村古文》：唐人小品雜説，取其新穎可喜，求其宗旨，或亦靡矣。就其善者，韓子而外，元氏次山、柳氏子厚，庶幾近之。餘則不免俳諧嘲弄，不可登大雅之堂矣。

林紓《韓柳文研究法·柳文研究法》：子厚《三戒》，東坡至爲契賞，然寓言之工，較集中寓言之作爲冷雋。不作詳盡語，則諷喻亦不至露洩其本意，使讀者無復餘味。

柳宗元集校注卷第二十

銘雜題①

沛國漢原廟銘 并序②

昔在帝堯，光有四海，元首萬邦。時則舜禹稷卨〔一〕，佐命垂統，股肱天下③〔二〕。聖德未衰而内禪〔三〕，元臣繼天而受命。四姓承休〔四〕，迭有中邦；五神環運〔五〕，炎德復起。周道削滅，秦德暴戾，皇天疇庸，審厥保承，乃命唐帝之後振而興之〔六〕，又俾元臣之後翊而登之④〔七〕。所以紹復丕績，不墜厥祀。故曲逆起爲策士〔八〕，輔成帝圖，吐謀洞靈，奮奇如神⑤，舜之胄也。汝陰脱帝密網〔九〕，摧虜暴氣，扶乘天休，運行嘉謀，禹之苗也。酇侯保綏三秦〔一〇〕，控引漢中〔一一〕，宏器廓度，以大帝業，卨之裔也。淮陰整齊天兵〔一二〕，導揚靈威，覆趙夷魏，拔齊殄楚⑥〔一三〕。平陽破三秦⑦〔一四〕，虜魏王〔一五〕；絳侯定楚地〔一六〕，固劉氏〔一七〕，皆稷之裔也。克復堯緒，昭哉甚明，天意若曰：建火德者，必唐帝之胄，故漢氏興焉；翼炎運者，必唐臣之孫，故群雄登焉。是以高帝誕膺聖祚，以垂德厚，探昊穹之奥旨，載幽明之休祐。殺白帝于大澤，以承其靈〔一八〕；建赤旂于沛邑，以昭其神〔一九〕。假手于嬴，以混諸侯〔二〇〕；憑力于項，以離關東〔二一〕。奉纘堯之元命〔二二〕，而四代之後咸獻其用；德乘木之大統〔二三〕，而秦楚之盛不保其位。既建皇極，設都咸陽，撫征四方，訓齊天下。乃樂沛宫，以追造邦之本；乃歌《大風》，以昭武成之德〔二四〕。乃尊舊都⑧，以壯王業之基，生爲湯沐之邑，没爲思樂之地。且曰：「萬歲之下，魂遊于此〔二五〕。」惟兹原廟，沛宫之舊也〔二六〕。祭蚩尤於是庭而赤精降〔二七〕，導靈命於是邦而群雄至。登布衣於萬乘，而子孫得以纘其緒；化環堵爲四海，而黎元得以安其業。基岱岳之高，源洪河之長，蓄靈擁休，此焉發跡。蓋以道備于是，而後行之天下；制成于是，而後廣之宇内。天下備其道，而神復乎本；宇内成其制，而心懷于舊。宜其正名以表功，用成其始，俾生靈盡其敬焉；陳本以宅神〔二八〕，用成其終，俾生靈盡其慕焉。故高帝定位，建兹閟宫〔二九〕，惠皇嗣服，爰立清廟〔三〇〕，綿越千祀，至今血食，此所以成終而成始也。且夫以斷蛇之威，安知不運其密，用佐歲功以流澤歟？以約法之仁〔三一〕，安知不流其神，睠相舊邦之遺黎歟〔三二〕？以紹唐之餘慶，統天之遺烈，安知不奮其聖⑨，化大祐於下土歟？然則展敬乞靈⑩，烏可已也，銘于舊邑，以迪天命。其辭曰：

蕩蕩明德，時惟放勛〔三三〕。揖讓而退，祚于後昆。群蛇輔龍〔三四〕，以翊天門⑪。登翼炎運，唐臣之孫。秦網既離⑫，鹿駭東夏〔三五〕。長蛇封豕〔三六〕，蹈躍中野⑬。天復堯緒，鍾祐于劉。赫矣漢祖，播兹皇猷。揚旂沛庭，約從諸侯〔三七〕。豪暴震疊，威聲布流。總制虎臣〔三八〕，委成良疇⑭。勦殄霸楚〔三九〕，遂荒神州〔四〇〕。區宇懷濡，黔黎輯柔。表正萬國，炎靈用休。定宅咸陽，以都上游〔四一〕。留觀本邦⑮，在鎬如周〔四二〕。穆穆惠皇，宗湮克承。崇崇沛宫，清廟是憑。原念大業，肇經兹地。乃專元命，亦舉嚴祀。建旂釁鼓⑯〔四三〕，遂據天位。魂遊故都⑰，永介丕址⑱。焕列唐典⑲〔四四〕，嚴恭罔墜。勤此休銘，以昭本始。

【校記】

① 詁訓本「銘雜題」下有「一十二首」四字。五百家注本標作「雜著」。

② 注釋音辯本無「并序」二字。

③ 原注與世綵堂本注：「一本作天子。」詁訓本作「天子」。

④ 元，原作「九」，詁訓本、世綵堂本同，此據注釋音辯本、游居敬本及《全唐文》改。原注與世綵堂本注：「九，一作元字。」注釋音辯本注：「元，一本作『九』者，非也。」何焯《義門讀書記》卷三六：「『又俾九臣之後』，九作元。」

⑤ 奇，詁訓本作「其」。

⑥ 拔，詁訓本作「呑」。

⑦ 原注與世綵堂本注：「陽下或有夏字，非是。」詁訓本「陽」下有「夏」字。

⑧ 原注：「尊，或作奠。」注釋音辯本作「奠」，並注：「奠，一本作尊。」世綵堂本注：「尊，或作奠。都，一作邦。」

⑨ 聖，注釋音辯本、五百家注本作「神」。

⑩ 敬，五百家注本、世綵堂本作「慶」。

⑪ 原注：「翊，一作羾，音工。」注釋音辯本注：「翊，一本作羾，音工。童（宗説）云：羾音貢，飛至也。今本作翊，非是。《漢書》『登椽欒而羾天門』。」世綵堂本注：「翊，一作羾，音貢，飛也。」何焯《義門讀書記》卷三六：「翊作羾，較勝。」按：作「羾」是。《漢書·揚雄傳》有「登椽欒而羾天門兮」之句。

⑫ 綱，世綵堂本、《全唐文》作「綱」。

⑬ 蹈，詁訓本作「踴」。

⑭ 疇，世綵堂本作「籌」。

⑮ 觀，世綵堂本注：「觀，一作歡。」作「歡」近是。

⑯ 旂，五百家注本、世綵堂本注：「旂，一作旆。」詁訓本作「旆」。

⑰ 都，詁訓本作「鄉」。

⑱ 址，注釋音辯本、詁訓本作「祉」。

⑲ 世綵堂本注：「列，一作若。見題注。」

【解　題】

［韓醇詁訓］漢高祖十二年，自將擊黥布，還過沛宮，謂沛父兄曰：「遊子悲故鄉，吾雖都關中，萬歲之後，吾魂魄猶思沛。且朕自沛公誅暴逆，遂有天下，其以沛爲朕湯沐邑。」惠帝即位，乃詔有司立原廟。至唐尚存。［百家注引韓醇曰］漢惠帝即位，詔有司爲高帝立原廟，至唐尚存，載在祀典。按：《史記·高祖本紀》：「及孝惠五年，思高祖之悲樂沛，以沛宮爲高祖原廟。」裴駰集解：「徐廣曰：《光武紀》曰：上幸豐，祠高祖於原廟。駰按：謂原者再也。先既已立廟，今又再立，故謂之原廟。」《漢書·禮樂志》：「至孝惠時，以沛宮爲原廟。」顏師古注：「原，重也。言已有正廟，更重立也。」又《元帝紀》建昭五年：「秋七月庚子，復太上皇寢廟園原廟。」注：「文穎曰：高祖已自有廟，在長安城中。惠帝更於渭北作廟，謂之原廟。《爾雅》曰：原者再，再作廟也。晉灼曰：原，本也。始祖之廟，故曰本也。師古曰：文説是。」樂史《太平寰宇記》卷一五徐州：「漢高祖廟在（彭城）縣東南六里，臨泗水。」

【注　釋】

〔一〕［注釋音辯］（卨）與契同。［韓醇詁訓］音薛。與契同。［百家注引童宗説曰］卨，高辛氏之子。音薛。與契同。

〔二〕［百家注引張敦頤曰］《書》：「元首明哉，股肱良哉。」按：見《尚書·益稷》。

〔三〕［韓醇詁訓］［百家注］（禪）音擅。

〔四〕［注釋音辯］舜，嬀氏。夏，姒氏。商，子氏。周，姬氏。［百家注引孫汝聽曰］舜，嬀氏。禹，姒氏。后稷，姬氏。契，子氏。皆堯之元臣，其後迭有天下。

〔五〕［注釋音辯］虞，土德。夏，金德。商，水德。周，木德。漢，火德。［百家注引孫汝聽曰］五神，五德也。至漢爲火德。

〔六〕［韓醇詁訓］班固《高祖贊》：「漢帝本系出自唐帝，降及於周，在秦作劉。」又曰：「漢承堯運，德祚已盛，斷蛇著符，旗幟上赤。協於火德，自然之應，得天統矣。」［百家注引韓醇曰］《春秋》：「晉史蔡墨有言：陶唐氏既衰，其後有劉累。」班固《高祖贊》及之。

〔七〕［百家注引孫汝聽曰］九臣，九官也。謂禹作司空，棄爲后稷，契爲司徒，皋陶爲士，垂爲共工，益爲虞伯，夷爲秩宗，夔典樂，龍爲納言。按：此以「元臣」作「九臣」解之。上文已言「元臣繼天而受命」，作「元臣」是。

〔八〕［注釋音辯］（曲逆）音去遇，陳平所封。又並如字云。［韓醇詁訓］上音去。下音遇。陳平出自嬀姓，虞帝舜之後。夏禹封舜子商均於虞城，三十二世孫遏父爲周陶正，武王妻以元女大姬，生蒲，封之於陳。至平，佐漢封侯。［百家注引張敦頤曰］周封舜後於陳，陳之子孫以國爲氏。至漢，陳平佐高祖，封曲逆侯。曲逆，音去遇。

〔九〕［注釋音辯］夏侯嬰所封。［韓醇詁訓］夏侯嬰出自夏禹之後。杞閔公爲楚所滅，其弟佗奔魯，魯悼公以佗出夏后氏，爵爲侯，謂之夏侯。至嬰，佐高祖，封汝陰侯。［百家注引韓醇曰］汝陰，夏侯嬰所封。嬰之先出自姒姓，杞簡公爲楚所滅，弟佗奔魯，悼公以其夏禹之後，給以採地，爵爲侯。後因以爲夏侯氏。嬰爲沛縣吏，與高祖相愛，高祖戲而傷嬰。人有告高祖，高祖時爲亭長，重坐傷人，告故不傷嬰，嬰證之，移獄覆，嬰坐高祖，繫歲餘，笞掠數百，終脱高祖。

〔一〇〕［注釋音辯］酇音贊。蕭何所封。［韓醇詁訓］酇音贊。蕭氏出自姬姓帝嚳之後，商帝乙庶子微子，周封爲宋公。裔孫大心平南宫長萬有功，封於蕭，因以爲氏。至何，事高祖，封酇侯。［百家注引韓醇曰］酇，蕭何所封。何之先出自子姓，宋戴公裔孫蕭叔大心平南宫長萬有功，封於蕭，後因以爲氏。

〔一一〕［百家注引孫汝聽曰］項羽立沛公爲漢王，都南鄭，以何爲丞相。何進韓信，東定三秦，何留收巴蜀。

〔一二〕［注釋音辯］韓信所封。［韓醇詁訓］韓氏出自姬姓唐叔虞之後。曲沃桓叔之子萬食采於韓，因以爲氏。至信，事高祖，封淮陰侯。［百家注引韓醇曰］淮陰，韓信所封。信之先出自姬氏。

《左氏》曰：「邗、晉、應、韓，武之穆也。」曲沃桓叔之子萬食采於韓，因以爲氏。按：所引見《左傳》僖公二十四年。

〔一三〕［百家注引孫汝聽曰］覆趙，謂斬趙王成安君陳餘。夷魏，謂虜魏王豹，定河東。呑齊，謂虜齊王廣。殄楚，謂會垓下，平項羽。

〔一四〕［注釋音辯］曹參所封。［百家注引韓醇曰］平陽，曹參所封。參之先封曹，以國爲姓。

〔一五〕［百家注引孫汝聽曰］高祖至漢中，以參爲將軍，還定三秦，與韓信攻魏，獲魏王豹。

〔一六〕［注釋音辯］周勃所封。［韓醇詁訓］周氏出自姬姓。黄帝裔孫后稷封於邰，七世孫古公亶父爲狄所逼，徙居岐下之周原，故國號曰周。至勃，事漢，封絳侯。

〔一七〕［蔣之翹輯注］周勃東守嶢關，轉擊項籍，攻曲逆，最還，守敖倉，追項籍。籍已死，因東定楚地泗水、東海郡，凡得二十二縣。封爲絳侯。高帝崩，太后稱制，王陵以爲不可，絳侯周勃唯唯，王陵讓之，對曰：「於今面折廷争，臣不如君。夫全社稷、定劉氏之後，君亦不如臣。」後果誅諸吕，定劉氏焉。按：見《史記·絳侯周勃世家》。

〔一八〕［韓醇詁訓］［百家注引童宗説曰］高祖夜經澤中，有大蛇當徑，高祖拔劍斬之。後人至蛇所，有一老嫗哭曰：「吾子，白帝子也，化爲蛇當道，今者赤帝子斬之矣。」按：見《史記·高祖本紀》。

〔一九〕［韓醇詁訓］［百家注引張敦頤曰］謂高祖既立爲沛公，而旂幟皆尚赤也。

〔二〇〕［注釋音辯］嬴，秦姓。［韓醇詁訓］謂秦併六國，而復歸於漢也。

〔二一〕［韓醇詁訓］謂項羽剽悍，而關東心離也。

〔二二〕［韓醇詁訓］纘，作管切。［蔣之翘輯注］一作纂。

〔二三〕［百家注引孫汝聽曰］謂周，木德也。

〔二四〕［注釋音辯］高祖十二年，過沛，置酒沛宫，歌《大風》。［韓醇詁訓］其歌曰：「大風起兮雲飛揚，威加海内兮歸故鄉，安得猛士兮守四方。」按：百家注本引童宗説注合上注爲一。

〔二五〕［百家注引孫汝聽曰］高祖謂沛父兄曰：「遊子悲故鄉，吾雖都關中，萬歲之後，吾魂魄猶思沛，其以沛爲朕湯沐邑。」

〔二六〕［百家注引韓醇曰］惠帝詔郡國立原廟。原，重也，謂先已有廟。

〔二七〕［韓醇詁訓］［百家注引張敦頤曰］高祖既立爲沛公，祭蚩尤於沛庭。［蔣之翘輯注］高祖既爲沛公，祀黄帝，祭蚩尤於沛庭而釁鼓，於是少年豪吏如蕭、曹、樊噲等皆從之。

〔二八〕［蔣之翘輯注］宅，安也。神，高祖在天之神也。

〔二九〕［百家注引孫汝聽曰］《詩》：「閟宫有侐。」建兹閟宫，即上云沛宫也。閟，音秘。

〔三〇〕［百家注］見上注。

〔三一〕［百家注引張敦頤曰］高祖入關，與父老約法三章耳。［蔣之翘輯注］高祖入關，與父老約法三章：殺人者死，傷人及盜抵罪，餘悉除去秦法。

〔三二〕［韓醇詁訓］睠與眷同。［百家注］與婘同。

〔三三〕［注釋音辯］放，方往切。勛與勳同。堯也。［韓醇詁訓］（勛）音勳。［蔣之翹輯注］《書》曰：「若稽古帝堯，曰放勳。」按：見《尚書·堯典》。堯名放勛。

〔三四〕［百家注引孫汝聽曰］《晉世家》：「文公即位，賞從亡者，未及介子推。子推入綿上山中，至死不見。子推從者憐之，懸書宫門曰：『龍欲上天，五蛇爲輔。龍已乘雲，四蛇各入其宇。一蛇獨怒，終不見其處所。』」

〔三五〕［蔣之翹輯注］《史記·蒯通傳》：「秦失其鹿，天下共逐之，高才捷足者先得焉。」按：《史記·淮陰侯列傳》蒯通曰：「秦之綱絶而維弛，山東大擾，異姓並起，英俊烏集。秦失其鹿，天下共逐之，於是高材疾足者先得焉。」又見《漢書·蒯通傳》。

〔三六〕［韓醇詁訓］封豕，大豬也。封豕長蛇，以薦食上國。見《左氏》。按：見《左傳》定公四年。

〔三七〕［注釋音辯］［韓醇詁訓］從，將容切。

〔三八〕《尚書·顧命》：「師氏虎臣，百尹御事。」孔安國傳：「虎臣，虎賁氏。」

〔三九〕［注釋音辯］勦，子小切，絶也。［韓醇詁訓］勦，子小切。

〔四〇〕［百家注引孫汝聽曰］《詩》：「遂荒大東。」按：見《詩經·魯頌·閟宫》。

〔四一〕［蔣之翹輯注］《漢書》：「古之帝者，地方千里，必居上游。」注：「居水之上流也。」按：見《漢書·項籍傳》。

〔四二〕［百家注引孫汝聽曰］《詩》：「王在在鎬。」文王都豐，武王都鎬。按：見《詩經·小雅·魚藻》。

〔四三〕［韓醇詁訓］釁，許僅切。

〔四四〕［百家注］見題注。

【集評】

王霆震《古文集成》卷四七：敎齋云：沛國，漢高祖所生之地。原本始之意，凡人君立國，必建原廟，以其推原祖宗而奉祀之也。

《王荆石先生批評柳文》卷五：嚴勁閎整。

蔣之翹輯注《柳河東集》卷二〇：班固《高帝贊》以劉爲堯之苗裔，故子厚全用其意發揮，氣亦沈實，但造語太偶爾。

何焯《義門讀書記》卷三六：《沛國漢原廟銘》，三銘皆當時體。「昔在帝堯」云云：發端本典引來，在後人若此牽合，尤無謂。「且夫以斷蛇之威」以下：言今日亦非遂無功德。「群蛇輔龍」四語：倒敍變换，有義意。

焦循批《柳文》卷一六：立想甚奇。

劍門銘 并序

惟蜀都重險多貨，混同戎蠻，人尨俗剽〔一〕，嗜爲寇亂。皇帝元年八月，帥喪衆暴〔二〕，群疑不制〔三〕，妖孽扇行〔四〕。怙恃富强，滔天阻兵〔五〕，攻陷他部，北包劍門〔六〕，憑負丘陵，以張鷙猛，堅利鋒鏑〔七〕，以拒大順，謂雷霆之誅莫己加也。惟梁守臣禮部尚書嚴公〔八〕，以國害爲私讎〔九〕，以天討爲己任①，推仁仗信，不待司死〔一〇〕，而人致其命；立義抗憤，不待喋血〔一一〕，而士一其心。悉師出次，祇俟明詔。凡諸侯之師，必出于是。儲峙饗賚〔一二〕，取其豐穰。乃遣前軍嚴秦，奉揚王誅，誕告南土。十一月②，右師逾利州，蹈寇地，乘山斬虜，以遏奔衝。左師出于劍門，大攘頑嚚，諭引劫脅，蟻潰鼠駭，險無以固③，收奪利地④，以須王師〔一三〕。刲刳腎腸〔一四〕，振拔根柢〔一五〕，俾無以肆毒，用集我勳力。蕤鼓一振〔一六〕，元戎啟行〔一七〕，取其渠魁〔一八〕，以爲大戮。由公忠勇憤悱〔一九〕，授任堅明，謀猷弘長，用能啟闢險阨，夷爲大塗，衰沮害氣，對乎天意。帝用休嘉⑤，議功居首，增秩師長，進爲大藩〔二〇〕，宅是南服。將校群吏，願刊山石，昭著公之功，垂號無窮。銘曰：

井絡坤垠〔二一〕，時惟外區〔二二〕，界山爲門，環于蜀都。叢險積貨，混併羌髳〔二三〕。狂猾窺隙，狺狺嘯呼〔二四〕，憑據勢勝，厚其兇徒。皇帝之仁，宥而不誅，暴非德馴，害及巴渝〔二五〕。乃出王旅，乃司列岳，牧臣司梁〔二六〕，當其要束。器備攸積，糗糧是蓄〔二七〕，人無增賦，師以饒足。喋血誓士⑥，玄機在握，分命貔貅〔二八〕，陳爲掎角〔二九〕。右逾岷山，左直劍門，攻出九地〔三〇〕，上披重雲。攀天蹈空，夷視阻艱，破裂層壘，殄殲群頑。内獲固圉〔三一〕，外臨平原，天兵徐驅，卒乘嘽嘽〔三二〕。大憝囚戮〔三三〕，戎夏咸歡，帝圖厥功，惟梁是先。開國進位，南服于藩，邦之清夷，人以完安。銘功鑒亂，永代是觀。

【校記】

① 討，《英華》作「計」。

② 百家注本引孫汝聽注、世綵堂本注：「當作二月。」陳景雲《柳集點勘》卷二：「十一月右師逾利州。案《舊史·憲宗紀》：元和元年正月戊子，下詔討劉闢。是月丙寅朔，戊子乃二十三日，蓋闢之反在正月也。《紀》又云：二月乙未朔，嚴礪奏收劍州。蓋劍門之役亦即在正月。史乃記其奏到日耳。『八月』及『十一月』字，皆傳寫有誤。闢以是秋九月平，何云十一月始出師利州乎？某氏注以元年爲永貞元年，亦非也。孫注則云『十一月當作二月』，其説近是。」按：《舊唐書·憲宗紀上》：「（永貞元年八月）癸丑，劍南西川節度使、檢校太尉、中書令、南康郡王韋皋薨。」則「皇帝元年八月，帥喪衆暴」之「八月」不誤。陳云「十一月」字誤，是。當作「二月」，謂元和元年二

月。蔣之翹輯注本：「十一，按史當作十二。」亦非是。

③原注與注釋音辯本、世綵堂本注：「一本『以』下有『爲』字。」詁訓本注：「一作『以爲固』。」

④利地，詁訓本作「地利」。

⑤帝，世綵堂本作「致」，並注：「致，一作帝。」

⑥士，五百家注本、《英華》作「土」。

【解　題】

［韓醇詁訓］《憲宗紀》：永貞元年，劍南西川節度使韋皋卒，行軍司馬劉闢自稱留後。明年，元和改元，以高崇文爲行營節度使，率京西兵馬使李元奕、山南西道節度使嚴礪、劍南東川節度使李康，以討劉闢。銘謂嚴公即礪也。考礪傳亦載：劉闢反，以儲備有素，檢校尚書左僕射，節度東川，擅没吏民田宅百餘所，税外加歛錢及芻粟數十萬，元和四年卒，贈司空。後元稹奉使東川，劾發其贓，請加惡謚。此銘當作於未節度東川之前云。［蔣之翹輯注］《一統志》：「大劍山在四川劍州，一名梁山。張載《劍閣記》：『梁山之險，蜀所恃以爲外户。』即此。又名劍門山。」按：第三十六卷有《上嚴東川寄劍門銘啟》，既稱「嚴東川」，則嚴礪已由山南西道節度使移鎮劍南東川節度使矣。《舊唐書·憲宗紀上》：「（元和元年九月）戊戌，以山南西道節度使嚴礪爲梓州刺史、劍南東川節度使。」是月平劉闢，文即作於元和元年九月後。章士釗《柳文指要》上《體要之部》卷二〇：「獨討闢

之役，嚴礪祗以守臣，專司儲峙，專征大將，乃杜黄裳論薦高崇文任之。倘子厚筆有偏鋒，意存左袒，則《劍門銘》者，將不難爲退之《平淮西碑》之續，而爲人訐訟。」

【注 釋】

〔一〕［注釋音辯］剽，匹妙切，輕也。［百家注引孫汝聽曰］尨，雜也。

〔二〕［注釋音辯］永貞元年，劍南西川節度使韋臯卒，劉闢自爲留後，邀旄節。

〔三〕［世綵堂］《易》：「群疑亡也。」《漢書》：「群疑滿腹。」按：見《周易·睽》、《三國志·蜀書·諸葛亮傳》裴松之注引張儼《默記》諸葛亮《後出師表》。

〔四〕［注釋音辯］［韓醇詁訓］孽，魚列切。亦作孼。

〔五〕［百家注引孫汝聽曰］《書》：「象恭滔天。」《左氏》：「阻兵安忍。」臯既卒，支度副使劉闢自爲留後，諷諸將將徼旄節。時帝新即位，欲静鎮四方，即拜檢校工部尚書、劍南西川節度使。闢意帝可動，益驁蹇，吐不臣語，求統三川。按：「象恭」見《尚書·堯典》，孔安國傳：「滔，漫也。言共工自爲謀，言起用行事而違背之貌，象恭敬而心傲很。」「阻兵而安忍」見《左傳》隱公四年。

〔六〕［百家注引孫汝聽曰］闢欲以所善盧文若節度東川，即以兵取梓州。

〔七〕［蔣之翹輯注］鏑音的。

〔八〕［注釋音辯］嚴礪。［韓醇詁訓］［百家注引童宗説曰］蜀爲古梁州之地。［百家注引韓醇曰］宰相杜黄裳薦神策軍使高崇文勇略可用，元和元年正月，以崇文爲行營節度使，將步騎五千爲前鋒，率京西兵馬使李元奕、東川節度使李康、山南西道節度使嚴礪同討闢。

〔九〕［世綵堂］《漢書·司馬相如傳》：「人懷怒心，如報私讎。」

〔一〇〕［百家注引童宗説曰］《孟子》：「有司死之士。」按：《孟子·梁惠王下》：「穆公問曰：『吾有司死者三十三人，而民莫之死也，誅之則不可勝誅，不誅則疾視其長上之死而不救，如之何則可也？』」

〔一一〕［注釋音辯］喋，大頰切。潘（緯）云：「殺人，流血滂沱。」師古曰：「當作蹀，謂履涉之。」［百家注引孫汝聽曰］《漢文紀》：「今已誅諸呂，新喋血京師。」喋，大頰切。字當作「蹀」，謂履涉之。按：見《漢書·文帝紀》。

〔一二〕［注釋音辯］峙，一本作偫，音峙。具也。［韓醇詁訓］儲音廚。偫，直里切。

〔一三〕［百家注引孫汝聽曰］礪命嚴秦自漢原至神泉，凡數十合，下劍門，覆蕩口，收劍州，破契丹，命裨將可提彌珠斬虜之特將文德昭。

〔一四〕［蔣之翹輯注］刲音虧。刳音枯。刲，刺也。刳，剖也。

〔一五〕［蔣之翹輯注］柢音帝。柢，蒂也。

〔一六〕［注釋音辯］［韓醇詁訓］（鼖）音墳。［蔣之翹輯注］《周禮》：「以鼖鼓鼓軍。」注：「大鼓，八尺而兩面。」按：見《周禮·地官司徒·鼓人》。

〔一七〕［百家注引孫汝聽曰］《詩》：「元戎十乘，以先啟行。」按：見《詩經·小雅·六月》。

〔一八〕［注釋音辯］［百家注引孫汝聽曰］九月，行營節度使高崇文克成都，擒劉闢，送長安。［蔣之翹輯注］《書·湯誓》：「殲厥渠魁。」

〔一九〕［注釋音辯］［韓醇詁訓］憤，房吻切。悱音斐。按：憤悱，憂思蓄積。《論語·述而》：「不憤不啟，不悱不發。」

〔二〇〕［注釋音辯］［百家注引韓醇曰］（嚴礪）本傳云：「劉闢反，以儲備有素，檢校尚書左僕射。十月，以礪爲東川節度使。」

〔二一〕［注釋音辯］《河圖括地象》曰：「岷山之精，上爲井絡。」［韓醇詁訓］蜀在星分野爲井絡，在卦爲坤維。按：見酈道元《水經注》卷三三引《河圖括地象》。

〔二二〕［百家注引孫汝聽曰］張載《劍閣銘》云：「矧兹陋隘，土之外區。」外區，謂在區域之外。

〔二三〕［注釋音辯］（髳）茂侯切。［韓醇詁訓］（羌髳）上驅羊切，下音矛。《書·牧誓》：「及庸、蜀、羌、髳、微、盧、彭、濮人。」注：「八國皆戎夷，屬文王者，國名。羌在西蜀，髳、微在巴蜀。」

〔二四〕［注釋音辯］［韓醇詁訓］狺，魚巾切。亦作狾。《楚詞》：「猛犬狺狺。」［百家注引舊注］狺狺，犬吠聲。《楚辭》：「猛犬狺狺。」狺，魚巾切。狾同。按：見宋玉《九辯》。

〔二五〕［韓醇詁訓］［百家注引張敦頤曰］巴渝，在唐屬劍南道。

〔二六〕［注釋音辯］謂嚴礪。

〔二七〕［百家注引王儔補注］《書》：「峙乃糗糧。」糗，乾飯。按：見《尚書·費誓》。

〔二八〕［韓醇詁訓］（貔貅）上音毗，下音休。

〔二九〕［注釋音辯］掎，舉綺切。［韓醇詁訓］掎，居綺切。《説文》：「偏引也。」《左氏》：「譬如捕鹿，晉人角之，諸戎掎之。」按：見《左傳》僖公三十三年。

〔三〇〕［注釋音辯］《七書·孫子》：「善守者，藏於九地之下。」［百家注引孫汝聽曰］《孫子》云：「善守者藏於九地之下，善攻者動乎九天之上。」按：見《孫子·軍形》。

〔三一〕［百家注引王儔補注］《左氏》：「亦聊以固吾圉也。」按：見《左傳》隱公十一年。

〔三二〕［注釋音辯］嘽，他丹切，衆也。［韓醇詁訓］他丹切，衆也。《詩》：「嘽嘽駱馬。」按：見《詩經·小雅·四牡》。

〔三三〕［注釋音辯］憝，徒對切。謂劉闢。［韓醇詁訓］憝，徒對切。《書》：「元惡大憝。」按：見《尚書·康誥》。百家注本引孫汝聽注合上二家注。

【集評】

《王荆石先生批評柳文》卷五：無一弱語。

蔣之翹輯注《柳河東集》卷二〇：莊雅，固是金石之文，與班固《封燕然山銘》上下。

儲欣《河東先生全集録》卷三：功懋之賞。銘辭鏗鏘，然無一溢語。

康熙敕纂《御選古文淵鑒》卷三七：不作縈紆之勢，而自然矯拔，録此以式輕靡之習。卧子陳子龍曰：孟陽垂戒之文，此是銘功之作，雄雅不同，各有其體。臣（張）英曰：詞既炳焕，筆亦遒古。又評：按宋臣歐陽修曰：「唐有天下，文章無慮三變，太祖、太宗時仍江左餘風，則王、楊爲之伯。明皇好經術，崇雅黜浮，則燕、許擅其宗。大曆、貞元間，韓愈倡之，柳宗元、李翺、皇甫湜等和之，排逐百家，法度森嚴，抵轢晉魏，上軋周漢，完然爲一王法，此其極也。」今於燕許諸家各存一二，以備當時之體。其他雕琢藻繪、窮妍盡致之作，則載入别集。而韓愈之文，采録爲獨多。昔愈之門人李漢編録愈集，言「文者貫道之器」，而宋儒亦稱愈爲「因文見道」者，蓋自愈以後，士始知以道德仁義爲文章之旨歸，《易》、《詩》、《書》、《禮》、《春秋》爲文章之根柢，無論翺與湜，皆受其陶冶而成，即宗元且力與角，而卒莫出其範圍也。要之，宗元視愈，伯仲之間，而翺與湜之徒，若附庸焉。有唐一代之文，源流正變，不外是矣。

林紓《韓柳文研究法·柳文研究法》：紀度支副使劉闢之亂，旌神策軍使高崇文之功也。序文至嚴重宏麗，多以四字爲句。昌黎集中碑版之文，亦恒如此。其用四字爲句，非取其短悍也，叙事能縮繁爲簡，鱗比而下，則氣聚而不散，響徹而難梠，尤足澤以古雅之詞。惟時時復濟以長句，始不至於自促其步武。文入手言「蜀都重險多貨，混同戎蠻，人尨俗剽，嗜爲寇亂」。意謂即無劉闢鼓蕩其間，蜀亦不靖。直接入「皇帝元年八月，帥喪衆暴」，此言韋臯卒，部曲叛也。自「妖孽扇行」起，至於「堅利鋒鏑，以拒大順」止，咸斥劉闢之叛。其下將起討罪之嚴公，卻用「雷霆之誅莫己加」句，一蘇其氣，則以上所用之短句，便不迫促。「惟梁守臣禮部尚書嚴公」十字，寫得鄭重。以下叙王師之紀律，主將之仁信。「十一月右師逾利州」，「左師出劍門」，寫破賊之狀，則曰：「大攘頑嚚，諭引劫脅，蟻潰鼠駭，險無以固。」叙崇文之功，則曰「由公忠勇憤悱，授任堅明，謀猷弘長，用能啟闢險阸，夷爲大塗，衰沮害氣。對乎天意，致同休嘉，議功居首，增秩師長，進爲大藩，宅是南服」云云，語語皆含古穆之氣，讀之令人氣肅。銘詞亦激壯。

塗山銘　并序

惟夏后氏建大功，定大位，立大政，勤勞萬邦，和寧四極，威懷之道①，儀刑後王〔一〕。當乎洪流方割〔二〕，災被下土，自壺口而導百川〔三〕，大功建焉。虞帝耄期，順承天曆〔四〕，自南河而受四海〔五〕，大位定焉。萬國既同，宣省風教，自塗山而會諸侯〔六〕，大政立焉。功莫崇乎禦大災〔七〕，乃賜玄圭〔八〕，以承帝命；位莫尊乎執大象②〔九〕，乃輯五瑞〔一〇〕，以建皇極；政莫先乎齊大統，乃朝玉帛〔一一〕，以混經制。是所以承唐虞之後，垂子孫之丕業，立商周之前，樹帝王之洪範者也〔一二〕。嗚呼！天地之道尚德而右功〔一三〕，帝王之政崇德而賞功③，故堯舜至德而位不及嗣，湯武大功而祚延于世。有夏德配于二聖，而唐虞讓功焉；功冠于三代，而商周讓德焉④。宜乎立極垂統，貽于後裔，當位作聖，著爲世準。則塗山者，功之所由定，德之所由濟，政之所由立，有天下者宜取於此。追惟大號既發，華蓋既狩，方岳列位，奔走來同，山川守神，莫敢遑寧〔一四〕，羽旄四合⑤〔一五〕，衣裳咸會〔一六〕，虔恭就列，俯僂聽命。然後示之以禮樂，和氣周洽；申之以德刑，天威震耀。制立謨訓，宜在長久。厥後啟征有扈，而夏德始衰；羿距太康，而帝業不守〔一七〕。皇祖之訓不由〔一八〕，人亡政墜，卒就陵替。向使繼代守文之君，又能紹其功德，脩其政統，卑宫室，惡衣服〔一九〕，拜昌言，平均賦入，制定朝會，則諸侯常至而天命不去矣。兹山之會，安得獨光于後歟？是以周穆遐追遺法，復會于是山〔二〇〕，聲垂天下，亦紹前軌⑥，用此道也。故余爲之銘，庶後代朝諸侯、制天下者，仰則於此。其辭曰⑦：

惟禹體道，功厚德茂。會朝侯衛〔二一〕，統壹憲度。省方宣教，化制殊類。咸會壇位，承奉儀矩。禮具樂備，德容既孚。乃舉明刑⑧，以弼聖謨。則戮防風⑨，遺骨專車〔二二〕。克明克威，疇敢以渝。宣紹黎憲⑩，耆定混區⑪〔二三〕，傳祚後胤⑫，丕承帝圖。塗山巖巖，界彼東國。唯禹之德，配天無極。即山刊碑，貽後訓則。

【校　記】

①之道，《文粹》、《全唐文》作「九有」。

②尊，原作「崇」，據注釋音辯本、游居敬本、《全唐文》改。此句與「功莫崇乎禦大災」爲對仗，前句已用「崇」字，故此句當作「尊」。

③政，原作「世」，據諸本改。此句與「天地之道」作對仗，作「政」是。

④商周，詁訓本作「周商」。

⑤原注與世綵堂本注：「旄，一作毛。」

⑥何焯批校王荆石本：「亦，當爲跡。」

⑦「其」原闕，據注釋音辯本、五百家注本補。

⑧原注與世綵堂本注：「一本『明刑』作『明則』。」注釋音辯本注：「（刑）一本作則。」詁訓本即作「明則」。

⑨原注與世綵堂本注：「一本『則戮』作『刑戮』。」注釋音辯本注：「則，一本作刑。」詁訓本即作「刑戮」。

⑩原注與注釋音辯本、世綵堂本注：「（憲）一作獻。」

⑪此句《文粹》、《全唐文》作「底定寰區」。

⑫胤，詁訓本作「裔」。

【解　題】

［韓醇詁訓］《尚書》曰：「（禹）娶於塗山。」孔安國曰：「塗山，國名。」傳曰：「禹合諸侯於塗山，執玉帛者萬國。」杜預注曰：「塗山在壽春東北。」皇甫謐曰：「今九江當塗有禹廟。」則塗山在江南。作之年月未詳。［蔣之翹輯注］塗山在鳳陽懷遠縣。禹取於塗山，即此山。西南有禹會村，相傳禹會諸侯之地。按：禹會諸侯之塗山，所在之地其説有三：一，在濠州，見《左傳》哀公七年杜預注、樂史《太平寰宇記》卷一二八。二，在渝州，常璩《華陽國志》卷一：「禹娶於塗山……今江州塗山是也。」三，在越州，《越絶書》卷八《記地傳》：「塗山者，禹所娶妻之山也，去縣三十五里。」方以智《通雅》卷一三：「塗山在壽春東北，濠州鍾離縣西九十五里。禹會諸侯，周穆亦會。智又按：晉常璩《巴志》言：『禹娶塗山，今江州塗山是也。』江州縣郡治塗山有禹王廟及塗后祠，北水有銘曰：『張太守於此仙去。』有粉水，世謂江州墮林粉也。《水經注》引哀七年：『禹會諸侯於塗山。』杜預曰：『塗山在壽春東北。』《史記》索隱又以塗山在今九江。余按《國語》仲尼曰：『禹致群臣於會稽，防風後至，殺之，其骨專車。』劉向、王肅併有此説，則酈君似以塗山在會稽，王伯厚確以爲在壽春。或者禹所至山別有會稽之名乎？《地理志》：『當塗，侯國也，淮水過之。禹娶塗山，即其地。』《吕覽》曰：『江淮以辛、壬、癸、甲爲嫁娶日。』此足證也。太平之當塗，乃僑立名耳。杜預所謂塗山在壽春縣東，説者云今濠州是也。《吴越春秋》亦以會稽有塗山，又兼載《塗山之歌》。應劭云：『塗山在永興北，或云蕭山縣。』是已疑矣。蘇鶚《演義》云：『塗山有四：一會稽，二渝州，三濠州，四當塗，皆有

禹跡。』蓋傅會耳。章本清謂柳子厚《塗山銘》、蘇子由《塗山詩》指在濠州，皆非是。此疑未決耳。王楙引《翠微考異》，以宣之當塗正禹之娶所，則楙猶無識矣。當是古之會稽。所轄者大如戰國之楚，則徐州、南京皆是也。句踐滅吴，則吴地皆越，故通稱會稽。漢分爲吴郡、會稽郡，故又合言吴會。或曰：濠州之塗山甚小，豈能容諸侯？不知古言其會地豈直在山上耶？」然唐人多以濠州之塗山爲禹會諸侯之地，《唐六典》卷三言淮南道：「其名山有八公、灊、大别、霍山、羅山、塗山。」杜佑《通典》卷一八一《州郡十一》濠州鍾離郡：「昔禹會諸侯於塗山，即其地也。」李吉甫《元和郡縣圖志》卷一〇濠州：「當塗縣故城，本塗山氏國，在（鍾離）縣西南一百一十七里。禹娶於塗山，即此也。」柳宗元所銘之塗山當在會稽，由文云「則戮防風，遺骨專車」，又云「塗山巖巖，界彼東國」可知。濠州之塗山則無戮防風氏之説也。宗元有《爲薛中丞浙東奏五色雲狀》，爲代薛苹作，疑此文亦爲應薛苹之邀而作。薛苹爲浙東觀察使在元和三年至五年，則此文亦作於此期間。

【注　釋】

〔一〕〔百家注引孫汝聽曰〕《詩》：「儀刑文王。」刑，法也。按：見《詩經·大雅·文王》。

〔二〕〔百家注引張敦頤曰〕《書》：「湯湯洪水方割。」按：見《尚書·堯典》。

〔三〕〔百家注引孫汝聽曰〕《書》：「冀州即載，壺口治梁及岐。」此是治水自壺口始也。按：見《尚書·禹貢》。

〔四〕［百家注引童宗説曰］《書》：「舜宅帝位，三十有三載，耄期倦於勤。」又曰：「天之曆數在汝躬，汝終陟元后。」按：見《尚書·大禹謨》。

〔五〕［百家注引孫汝聽曰］《孟子》：「舜避堯之子於南河之南，訟獄謳歌者，不之堯之子而之舜，然後之中國即天子位焉。」今以爲禹，誤。按：見《孟子·萬章上》。

〔六〕［百家注引韓醇曰］哀七年《左氏》：「禹會諸侯於塗山，執玉帛者萬國。」注：「塗山在壽春東北。」《書》云：「娶于塗山。」孔安國云：「塗山，國名。」皇甫謐云：「今九江當塗有禹廟，則塗山在江南。」

〔七〕［百家注引孫汝聽曰］《禮記》：「能禦大災則祀之。」言禹有治水之功。按：見《禮記·祭法》。

〔八〕［百家注引童宗説曰］《書》：「禹錫玄圭，告厥成功。」按：見《尚書·禹貢》。

〔九〕［百家注引孫汝聽曰］《老子》：「執大象，天下往。」

〔一〇〕［韓醇詁訓］（輯）音集。［百家注引孫汝聽曰］五瑞，即五玉也。輯音集。

〔一一〕［蔣之翹輯注］注見上。按：即《左傳》哀公七年：「禹會諸侯於塗山，執玉帛者萬國。」

〔一二〕［蔣之翹輯注］《漢志》：「禹治洪水，錫《洛書》，法而陳之，《洪範》是也。」按：見《漢書·五行志上》。

〔一三〕［百家注引孫汝聽曰］右，亦尊也。

〔一四〕［注釋音辯］吴伐越得大骨，吴使來問，仲尼曰：「禹致群神於會稽之山，防風氏後至，禹殺而戮之。」客曰：「敢問誰守爲神？」仲尼曰：「山川之守，足以紀綱天下者，其守爲神。社稷之守爲公侯。」[百家注引孫汝聽曰]吴伐越，墮會稽，獲骨焉，節專車。吴子使來聘魯，問之仲尼，仲尼曰：「禹致群神於會稽之山，防風氏後至，禹殺而戮之，其骨節專車，此爲大矣。」客曰：「敢問誰守爲神？」仲尼曰：「山川之靈，足以紀綱天下者，其守爲神。社稷之守，爲公侯者也。」按：見《國語·魯語下》。

〔一五〕[百家注引孫汝聽曰]定四年《左氏》：「晉人假羽旄於鄭，鄭人與之。」《周禮》：「全羽爲旞，折羽爲旌。」按：見《周禮·春官宗伯·車僕》。

〔一六〕[百家注引孫汝聽曰]莊二十七年《左氏》：「衣裳之會十有一，未嘗有歃血之盟。」

〔一七〕[韓醇詁訓]啟，禹之子。而太康，啟之子也。《書·甘誓》：「啟與有扈戰于甘之野，作《甘誓》。」《五子之歌》注：「太康盤于游田，不惜民事，爲羿所逐，不得反國。」《史記》所注亦引此。

〔一八〕[百家注引孫汝聽曰]《書》：「皇祖有訓。」皇祖謂禹。按：見《尚書·五子之歌》。

〔一九〕[蔣之翹輯注]卑室惡服之類，正其祖訓也。

〔二〇〕[韓醇詁訓]昭公四年：「椒舉言於楚子曰：『康有酆宮之朝，穆有塗山之會。』」按：世綵堂注本引作《左傳》昭公四年。

〔二一〕[百家注引孫汝聽曰]侯衛，五等之諸侯。[蔣之翹輯注]所以扞衛王國者也。

〔二二〕[韓醇詁訓]《國語》：「昔禹致群神於會稽之山，防風氏後至，禹殺而戮之，其骨節專車，此爲大矣。」注：「骨節其長專車。專者擅也。」〔百家注〕見上注。

〔三〕〔注釋音辯〕耆音指，又音移。〔百家注引孫汝聽曰〕耆音旨。〔世綵堂〕《詩》：「耆定爾功。」注：「耆，致也。」按：見《詩經·周頌·武》。

【集評】

韓淲《澗泉日記》卷下：東坡《表忠觀碑》，介甫以爲序似太史公《諸侯王表》，銘似柳子厚《塗山銘》。

《王荆石先生批評柳文》卷五：此篇覺太磨洗，太顧盼，未必真柳文，或是少年筆。又：銘詞亦稍弱。

何焯《義門讀書記》卷三六：如此文豈可並存？以爲大圭之玷。「天地之道，尚德而右功」至「商周讓德焉」，論至卑淺不根。「是以周穆遐追遺法」，周穆即可以比禹乎？

孫琮《山曉閣選唐大家柳柳州全集》卷四：《塗山》一銘，只是要後王效法夏禹，是一篇主意。然欲後王效法夏禹，不得不先將夏禹功德極力推崇一起，先將大功、大政、大位總提三柱，隨即承寫，分作二層，每層分作三段，極淺深反復之妙。中幅贊頌夏禹功德，妙在將唐虞三代前後相形。後幅欲後王效法，又妙在將子孫不能繼，周穆能繼，彼此較量，總是極口推崇，極口揄揚，極盡作銘姿態。鍾伯敬曰：句句字字，精切宏偉。

焦循批《柳文》卷一六：格調愈簡愈新。

壽州安豐縣孝門銘 并序①

壽州刺史臣承思言：九月丁亥，安豐縣令臣某上所部編户甿李興〔一〕，父被惡疾，歲月就亟②，興自刃股肉，假託饋獻，其父老病已不能啖啜③〔二〕，經宿而死④。興號呼撫膺⑤，口鼻垂血，捧土就墳，沾漬涕洟〔三〕。墳左作小廬⑥，蒙以苫茨〔四〕，伏匿其中，扶服頓踊〔五〕，晝夜哭訴。孝誠幽達，神爲見異，廬上産紫芝、白芝二本〔六〕，各長一寸。廬中醴泉湧出，奇形異狀⑦，應驗圖記。此皆陛下孝理神化，陰中其心〔七〕，而克致斯事。謹案興甿庶賤陋⑧，循習淺下，性非文字所導，生與耨耒爲業⑨，而能鍾彼醇孝〔八〕，超出古列，天意神道，猶錫瑞物，以表殊異。伏惟陛下有唐堯如天如神之德〔九〕，宜加旌褒，合于上下。請表其里閭，刻石明白，宣延風美，觀示後祀，永永無極。臣昧死上請。制曰「可」。其銘云⑩：

懿厥孝思〔一〇〕，兹惟淑靈，稟承粹和，篤守天經〔一一〕。泣侍羸疾，默禱隱冥，引刃自嚮，殘肌敗形。羞膳奉進，憂勞孝誠，惟時高高〔一二〕，曾不是聽。創巨痛仍〔一三〕，號于穹旻，捧土濡涕，頓首成墳。陷膺腐眥，寒暑在廬，草木悴死，鳥獸踟躕〔一四〕。殊類異族，亦相其哀〔一五〕，肇有二位〔一六〕，孝道爰興。克修厥猷，載籍是登。在帝有虞⑪，以孝烝烝〔一七〕。仲尼述經，以教于曾〔一八〕。惟昔魯侯，見命夷宫〔一九〕。亦有考叔，寤莊稱純⑫〔二〇〕。顯顯李氏〔二一〕，實與之倫。哀嗟道路，涕慕里鄰，邦伯章奏，稽首慇懃。上動帝心，旁達明神，神錫祕祉，三秀靈泉〔二二〕。帝命薦加⑬，亦表其門，統合上下，交贊天人。建此碑號，億齡揚芬〔二三〕。

【校記】

①《唐文粹》卷六七收有此文，於題下側注：「并壽州刺史表。」且置銘於表前。又載《新唐書》卷一九五《孝友傳》。

②原注與注釋音辯本、世綵堂本注：「就，一作疾。」詁訓本注：「一作疾亟。」

③啜，詁訓本作「歠」。原注與詁訓本、世綵堂本注：「正作歠。」

④「經」原闕，據《文粹》、《全唐文》補。

⑤世綵堂本注：「撫，一作福。」

⑥「墳」上《文粹》有「遂於」二字。

⑦世綵堂本注：「異，一作瑞。」

⑧甿，原作「匹」，注釋音辯本作「亡」，據詁訓本、五百家注本、《全唐文》改。

⑨原注與注釋音辯本、詁訓本、世綵堂本注：「(業)一作伍。」

⑩原注與注釋音辯本注：「一本無上三字。」世綵堂本注：「一本無上三字。一本於『制可』側注云：『此一段在銘後。』又標云：『當先寫銘。』又塗去『其銘云』三字。」

⑪帝，注釋音辯本作「位」。

⑫純，注釋音辯本作「醇」。二字可通。

⑬加，《文粹》作「嘉」。

【解　題】

［韓醇詁訓］《唐·孝友傳》曰「壽州安豐李興亦有志行，柳宗元爲作《孝門銘》」云云。全載於傳，亦不紀其年月云。［蔣之翹輯注］按壽州，今爲縣，屬鳳陽府。按：文云壽州刺史承思，「思」乃「恩」之訛。爲楊承恩。《册府元龜》卷七一九：「王宗爲壽州團練副使。貞元十五年，壽州刺史楊承恩老耄多病，其政事委於男澄及判官卿侃、孔目官林扆等，至是疾甚。」又卷七三〇：「卿侃爲壽州刺史楊承恩判官，侃擅行威令，貪冒貨財，多欲枉法，貞元十五年七月，命權知壽州刺史王宗集衆決疑。」又《太平廣記》卷二八〇引《祥異集驗》：「麻安石，唐貞元中至壽春，謁太守楊承恩……後楊公風疾，罷歸朝。」即此楊承恩。則柳宗元此文作於貞元十五年。章士釗《柳文指要》上《體要之部》卷二〇：「以理度之，子厚似不能爲此文。蓋顯認廬上産紫芝白芝爲神異，而又鼓吹人子毁殘肢體，孝

理神化，此在退之諒已不肯爲此文，何況子厚一向側重唯物，義極明亮，胡乃忽爾高唱『天意神道，獨錫瑞物以表殊異』乎？此何其與《天説》及《斷刑論》『蒼蒼者焉能與吾事』深相刺繆乎？」又云：「《孝門銘》者，柳文中極肖孟堅之作也，《唐書·孝友傳》全採録之，以爲眉目。惟所叙乃毁傷人子肢體，以饋獻垂絶之病父，於義無取，君子惜之。至文之體制，列刺史表文及『制曰可』於前，繫銘於後，自爲一格。」又下《通要之部》卷一五《廬墓》：「子厚在《與吕恭論墓中石書》明明以廬墓爲非，而《安豐縣孝門銘》又於廬墓加以頌揚，並指所産芝草爲神異瑞物，此足證實後作之大可疑，而未必爲子厚手筆。」此爲代人所作也，非己之思辯立論之作，當分别觀之，疑之無據。

【注釋】

〔一〕［百家注］（眂）與「氓」同。

〔二〕［注釋音辯］啖，都濫切。啜，殊悦切，與歠同。［韓醇詁訓］上音淡，下姝悦切。［蔣之翹輯注］唐陳藏器《本草拾遺》謂人肉治羸疾，自是民間以父母疾，多刲股肉而進。

〔三〕［注釋音辯］（洟）音夷。［韓醇詁訓］潰，疾智切。洟音夷。

〔四〕［注釋音辯］苫，詩廉切。［百家注引孫汝聽曰］苫茨，謂以草覆屋。

〔五〕［注釋音辯］扶服即匍匐。［百家注引文詞源曰］扶服，即匍匐字。頓踊，謂躃踊也。按：頓踊，即頓足跳躍之意。

〔六〕芝，一種菌類植物，有白、紫等色。古人以爲瑞草。

〔七〕［注釋音辯］中，去聲。

〔八〕［韓醇詁訓］（醇）音淳。

〔九〕［百家注引童宗説曰］《史記》稱堯「其仁如天，其智如神」。

〔一〇〕［百家注引童宗説曰］《詩》：「永言孝思。」按：見《詩經·大雅·下武》。

〔一一〕［注釋音辯］孔子云：「夫孝，天之經也。」［百家注引童宗説曰］天經，孝也。按：蔣之翹輯注本引作《孝經》，見《孝經》卷三。

〔一二〕［百家注引孫汝聽曰］《詩》：「高高在上。」按：見《詩經·周頌·敬之》。

〔一三〕［注釋音辯］創即瘡字。《禮記·三年問》篇：「創鉅者其日久，痛甚者其愈遲。」

〔一四〕［百家注］（踟躕）上音馳，下音廚。［世綵堂］踟音馳。躕，重株切。

〔一五〕［蔣之翹輯注］相，去聲。

〔一六〕［注釋音辯］天地也。［百家注引孫汝聽曰］二位，天地也。

〔一七〕［韓醇詁訓］舜，瞽子，父頑、母嚚、象傲，克諧以孝，烝烝乂，不格姦。按：見《尚書·堯典》。烝烝，美名昭著貌。

〔一八〕［韓醇詁訓］謂《孝經》也。［百家注引孫汝聽曰］孔子《孝經》爲曾參而作。

〔一九〕［注釋音辯］周夷王廟也。《國語》：「周宣王欲得國子之能導訓諸侯者，穆仲曰：『魯侯孝。』

王乃命於夷宫中。」［韓醇詁訓］《史記·魯世家》：「周宣王伐魯，殺其君伯御，而問魯公子：『能道順諸侯者，以爲魯侯。』乃以樊穆仲之言，立稱於夷宫，是爲孝公。」注：「夷宫，宣王祖父夷王之廟。古者，爵命必於祖廟。」［百家注引孫汝聽曰］《國語》：「周宣王欲國子之能導訓諸侯者，穆仲曰：『魯侯孝。』王曰：『然則能治其民矣。』乃命魯孝公於夷宫。」按：見《國語·周語上》。

〔二〇〕［注釋音辯］《左傳》隱公元年：「鄭莊公寘姜氏於城，潁考叔有獻於公云云，公從之，遂爲母子如初。君子曰：潁考叔，純孝也，愛其母，施及莊公。」按：韓醇詁訓本與上略同。

〔二一〕［蔣之翹輯注］謂李興。

〔二二〕［注釋音辯］《楚詞》云：「采三秀於山間。」三秀，芝草也。靈泉即醴泉。［百家注引孫汝聽曰］三秀，芝草也。《楚辭·山鬼》章云：「采三秀於山間。」靈泉，即上所云醴泉湧出也。

〔二三〕［百家注引孫汝聽曰］十萬曰億。億齡，言其無窮也。

【集　評】

陳善《捫蝨新話》卷六：柳子厚《壽州安豐縣孝門銘》，自「壽州刺史承思」而下，蓋序也。以表爲序，亦文之一體也。而徐鉉所編《文粹》乃録銘於前，而於題下注云：「並壽州刺史表於銘後，以附見焉。」此鉉之陋也。《高唐》、《神女賦》自「玉曰唯唯」以前皆賦也，而蕭統謂之序，東坡嘗笑其陋，若鉉者又何足笑之。

真德秀《懿孝坊記》：昔柳子厚作《孝門銘》曰：「懿厥孝思，兹惟淑靈。」予謂懿孝之名，施之吕氏爲宜稱，故以是表其閭。（《西山文集》卷二四）

史繩祖《學齋佔畢》卷二：東坡《表忠觀碑》先列奏狀以爲序，至「制曰可」而繫之以銘，其格甚新，乃倣柳柳州所作《壽州安豐縣孝門銘》，蓋以忠比孝，全用其體製耳。柳宗元《孝門銘》，史臣既全載於唐《孝友傳》，文甚典雅。蘇軾《表忠觀碑》視柳有加，宜乎金陵王氏以太史公所作年表許之。二文旨意，其允合於史法矣。

林同《孝詩·李興》：有至行，柳子厚爲作《孝門銘》曰：「引刃自向，殘肌敗形。羞膳奉進，憂勞孝誠。」刲股如爲孝，還應載聖經。莫明柳子意，因甚取殘形。

蔣之翹輯注《柳河東集》卷二〇：聞之昌黎有言：「父母疾，烹藥餌。以是爲孝，未聞毁支體者也。苟不傷義，則聖賢先衆而爲之，是不幸，因而且死，則毁傷滅絶之罪有歸矣。安可旌其門以表異之。吾恐如此銘，昌黎斷不肯作。

儲欣《河東先生全集録》卷三：孟堅之法，孟堅之采。或謂蘇文忠嘗倣是法碑錢氏，王介甫稱其文在太史公年月表間，然文忠翩躚鼓舞，自近子長，此純乎班氏氣體，各有合也。

王士禛《居易録》卷七：《捫蝨新話》云：柳子厚《壽州安豐縣孝門銘》云云，以表爲序，而徐鉉所編《文粹》乃録銘於前，而於題下注云「並壽州刺史表」，此鉉之陋也云云。按《文粹》吴興姚鉉所撰，陳善以爲鼎臣，謬。

何焯《義門讀書記》卷三六：似蔡伯喈，其體則《表忠觀碑》文所由也。

章學誠《文史通義》卷五《古文公式》：蘇子瞻《表忠觀碑》全録趙抃奏議，文無增損，其下即綴銘詩。此乃漢碑常例，見於金石諸書者不可勝數，即唐宋八家文中，如柳子厚《壽州安豐孝門碑》亦用其例，本不足奇。王介甫詫謂是學《史記·諸侯王年表》，真學究之言也。李耆卿謂其文學《漢書》，亦全不可解。

又外篇卷二《墓銘辨例》：自西京以還，文漸繁富，銘金刻石，多取韻言，往往有序文銘頌，通體用韻，前後皆一例者，古人不過取其易於誦識，無他義也。六朝駢麗，爲人誌銘，鋪排郡望，藻飾官階，殆於以人爲賦，更無質實之意。是以韓柳諸公，力追《史》、《漢》叙事，開闢蓁蕪，其事本爲變古，而光昌博大，轉爲後世宗師，文家稱爲韓碑杜律，良有以也。但韓柳之文，舉世所宗，而彼所取裁，則非末學所喻。《淮西》、《南海》諸碑，户誦家絃，而不知經史異本。柳州《孝門》之銘，録奏爲序，乃《西嶽華廟》及《孔廟卒史》諸碑之遺。本屬漢人常例，而宋人一見蘇氏《表忠觀碑》，即鶻突不得其解，末學拘繩，少見多怪，從古然矣。

武岡銘 并序

元和七年四月，黔巫東鄙〔一〕，蠻獠雜擾〔二〕，盗弄庫兵，賊脅守帥〔三〕，南鈎牂牁〔四〕，外誘西原〔五〕，置魁立帥①，殺牲盟誓，洞窟林麓，嘯呼成群。皇帝下銅獸符〔六〕，發庸、蜀、荆、漢、南越、東甌之師〔七〕，四面討問。畏罪憑阻，遁逃不即誅②〔八〕。時惟潭部戎帥御史中丞柳公綽練立將校③〔九〕，提卒五百，屯于武岡〔一〇〕。不震不騫，如山如林，告天子威命，明白信順。亂人大恐，視公之師如百萬，視公之令如風雷，怨號呻吟，喜有攸訴，投刃頓伏，願完父子〔一一〕。卒爲忠信，奉職輸賦，進比華人，無敢不龔。母弟生壻，繼來于潭，咸致天庭。皇帝休嘉，式新厥命〔一二〕，兇渠同惡，革面向化，如醉之醒，如狂之寧。公爲藥石，俾復其性。詔書顯異，進臨江漢〔一三〕，益兵三倍，爲時碩臣，殿于大邦〔一四〕。文儒申申，有此武功。於是夷人始復，聞公之去，相與高蹈涕呼〔一五〕，若寒去裘。昔公不夸首級爲己能力，專務教誨，俾邦斯平。我老洎幼，由公之仁，小不爲虺蜮〔一六〕，大不爲鯨鯢〔一七〕，恩重事特，不邇而遠，莫可追已。願銘武岡首，以慰我思，以昭我鄰④，以示我子孫。彌億萬年⑤，俾我奉國，如令之誠⑥；鄰之我懷，如公之勤。其辭曰：

黔山之巑⑦〔一八〕，巫水之磻⑧〔一九〕，魚駭而離，獸犯而殘。户恐谷竄⑨，披攘仍亂⑩，王師來誅⑪，期死以緩。公明不疑，公信不欺。援師定命⑫，俾邦克正，皇仁天施，我反其性⑬。我塗四闔⑭，公示之門，我愚抵死，公示之恩。既骨而完⑮〔二〇〕，既亡而存，奉公之訓，貽我子孫。我始螫賊〔二一〕，由公而仁，我始寇讎，由公而親。山畋澤獻〔二二〕，輸賦于都。陶穴刊木〔二三〕，室我姻族。烹牲是祀，公受介福，揲蓍以占⑯〔二四〕，公宜百禄。皇懋公功，陟于大邦〔二五〕，遠哉去我，誰嗣其良。有穴之丹〔二六〕，有犀之顛〔二七〕。匪曰余固，公不可賂。祝鄰之德，恒遵公則。勗余之世，永謹邦制⑰。南夷作詩，刻示來裔。

【校 記】

① 原注與詁訓本、世綵堂本注：「（帥）一作伍。」

② 遁逃，注釋音辯本、五百家注本作「逃遁」。

③ 陳景雲《柳集點勘》卷二：「『時維潭部戎帥御史中丞柳公綽』，案此文子厚謫佐永州時作，永乃潭部支郡屬吏，爲大府作碑文，不宜直書其名，況中丞又其族，父屬，尊，位重，尤當加敬，明矣。『柳公』下似衍一『綽』字，如《劍門銘》中稱嚴公例耳。否則『柳』下脱一『公』字，如《湘妃碑》文之稱崔公能是也。」

④ 原注與詁訓本、世綵堂本注：「（鄰）一作類。」注釋音辯本作「類」，並注：「一作鄰。」

⑤ 「彌」原闕，據注釋音辯本、游居敬本、蔣之翹輯注本、《全唐文》補。原注與世綵堂本注：「一有彌字。」注釋音辯本注：「一本無彌字。」詁訓本注：「一作彌億萬年。」何焯《義門讀書記》卷三六：「『億』上有『彌』字。」

⑥ 令，五百家注本、蔣之翹輯注本作「今」。章士釗《柳文指要》上《體要之部》卷二〇：「『今』或作

『令』，誤。」按：或爲「公」字之誤。

⑦「黔」上五百家注本有「今」字。

⑧磻，詁訓本作「蟠」。

⑨谷，注釋音辯本、五百家注本作「合」，注釋音辯本注：「合，一本作谷。」

⑩披，注釋音辯本作「彼」，並注：「彼，一本作披。」按：披攘，分崩也。作「彼」誤。

⑪原注與注釋音辯本、世綵堂本注：「來，一作未。」詁訓本即作「未」，並注：「一作來誅。」

⑫原注與注釋音辯本、世綵堂本注：「援，一作授。」詁訓本即作「授」，並注：「一作援師。」

⑬性，詁訓本作「信」。

⑭闔，世綵堂本作「闢」。

⑮鄭定本注：「骨，一作定。」世綵堂本注：「骨，一作定，非。」

⑯摫蓍，原注與注釋音辯本、詁訓本、世綵堂本注：「一本作折蓴。」

⑰原注與注釋音辯本、世綵堂本注：「一本作『以永邦制』。」詁訓本即作「以永邦制」。

【解　題】

［韓醇詁訓］憲宗紀元和六年閏十二月，辰、漵州首領張伯靖反，寇播、費二州。八年七月己巳，劍南東川節度使潘孟陽討張伯靖。八月辛巳朔，湖南觀察使柳公綽討伯靖。丁未，伯靖降。然考

《柳公綽傳》，止載拜御史中丞，出爲湖南觀察使，以地卑濕，不可迎養，求分司東都，不聽。後徙鄂岳觀察使。不書其平張伯靖之功。若與銘所載「詔書顯異，進臨江漢」之言若少異，豈史偶逸之耶？武岡在邵州。邵與黔、辰、播、費等州，在唐皆隸江南西道，永州亦其一也。公時爲永州司馬作。〔蔣之翹輯注〕武岡，山名。在湖廣寶慶府武岡州。二岡左右對峙，州以此名。古黔中地。按：柳公綽遷鄂岳觀察使在元和八年十月，此銘當即作於此時。陳景雲《柳集點勘》卷四《文安禮柳集年譜附》：「又《武岡銘》爲潭帥柳公綽遷鄂岳作也。據唐史，公綽移鎮在八年，則此銘繫於七年者，亦誤也。」章士釗《柳文指要》上《體要之部》卷二〇：「此役由公綽與崔能、嚴綬三面交加討伐，獨公綽不録受降之功，乃史家不謹誤略，幸有此銘補史之遺。」

【注釋】

〔一〕〔韓醇詁訓〕黔音鈐。

〔二〕〔注釋音辯〕〔韓醇詁訓〕獠，竹絞切，又音老，亦作䝤。西南夷名。

〔三〕〔注釋音辯〕元和六年，辰、漵蠻酋張伯靖按黔中觀察使竇群督斂苛刻，因聚衆叛，殺長吏，劫據辰、綿諸州，連九洞以自固。〔百家注集注〕元和六年，辰、漵蠻酋張伯靖嫉黔中觀察使督斂苛刻，因聚衆叛，殺長吏，劫據辰、綿等州，連九洞以自固。九月，以蜀州刺史崔能爲黔中觀察使，貶前使竇群爲開州刺史。

〔四〕［注釋音辯］（牂牁）音臧柯。漢武帝定西南夷，置牂牁郡。［世綵堂］「盜弄兵」字，出《漢·龔遂傳》。

〔五〕［注釋音辯］蠻也。［韓醇詁訓］漢定西南夷，置牂牁郡。西原，亦西南夷地也。

〔六〕［韓醇詁訓］漢制：郡守置銅虎符、竹使符，發兵，至郡合符，符合，乃聽發兵也。按：百家注本引韓醇注尚有「符者，謂各分其半，右留京師，左以與之」之句。見《漢書·文帝紀》及應劭注。「獸」爲「虎」字之避諱。

〔七〕［百家注引孫汝聽曰］庸即上庸縣。庸、蜀，謂劍南東、西節度。荆謂荆南節度。漢謂山南東道節度。南越，謂廣州節度。東甌，謂福建觀察。

〔八〕［注釋音辯］時崔能、嚴綬、柳公綽討之，三歲不能定。

〔九〕［韓醇詁訓］潭在唐屬江南西道。［百家注引孫汝聽曰］湖南觀察使治潭州也。

〔一〇〕［百家注引韓醇曰］武岡，邵州縣名。按：李吉甫《元和郡縣圖志》卷三〇邵州武岡縣：「本漢都梁縣地，屬零陵郡。吴寶鼎元年改爲武岡縣，因武岡爲名。一云晉武帝分都梁縣置，梁天監元年以太子諱綱，故爲武强。武德四年復舊。」祝穆《方輿勝覽》卷二六武岡軍：「武岡山去軍城五里。《舊經》：東漢代五溪蠻保此崗，故曰武岡。左右岡對峙，相去可二里。」

〔一一〕［百家注引孫汝聽曰］時黔中觀察使崔能、荆南節度使嚴綬，及公綽討之，三歲不能定。綬上言曰：「臣今謹以便宜，先遣所部將李志烈齎書喻旨，俟其悛心。」伯靖亦上表，請隸荆南，乃降。

乃獨詔綬招伯靖，伯靖果以隸黔六州之地乞降。綬命志烈復往，伯靖遂以其家屬舒秀和等詣江陵就戮。詔綬皆授麾下將以撫之，以伯靖爲右威衛翊府中郎將。六州平。

〔一二〕［注釋音辯］嚴綬遣部將李志列招張伯靖，遂以其家屬舒秀和等詣江陵，詔嚴綬皆授麾下將以撫之，以伯靖爲右威衛翊府中郎將。

〔一三〕［注釋音辯］［百家注引孫汝聽曰］以柳公綽爲鄂岳觀察使。

〔一四〕［注釋音辯］殿，多見切，鎮也。［世綵堂］《詩》：「殿天子之邦。」按：見《詩經·小雅·采菽》。

〔一五〕［百家注引孫汝聽曰］哀二十一年《左氏》：「齊人歌曰：『魯人之皋，數年不覺，使我高蹈。』」注：「高蹈，猶遠行。」

〔一六〕［注釋音辯］虺，許偉切，蟲也。蜮，越福切，短狐也。似鼈三足，能含沙射人影。［韓醇詁訓］上許偉切，亦爲蝮蟲也。下胡國切，似鼈，含沙射人爲害，如短狐也。［百家注引童宗説曰］虺，蝮蟲也。蜮，短狐也，似鼈，三足。虺，許偉切。蜮音惑，又越逼切。

〔一七〕［注釋音辯］鯨，其京切。鯢，五兮切。《左》宣十二年注：「鯨鯢，大魚也，以喻不義之人吞食小國。」［百家注引孫汝聽曰］宣十二年《左氏》：「古者明王伐不敬，取其鯨鯢而封之，以爲大戮。」鯨鯢，以喻不義之人。

〔一八〕［注釋音辯］巑，族丸切，高也。［韓醇詁訓］音攢，高也。［百家注引童宗説曰］巑，高也。音攢。

〔一九〕［注釋音辯］（磻）音盤，曲也。［韓醇詁訓］（蟠）音盤，曲也。赤雞名。［世綵堂］巫水，五溪也。

[蔣之翹輯注]巫水,五溪。源出武山。志謂雄溪、樠溪、酉溪、沅溪、辰溪也。皆蠻夷雜居。

〔二〇〕[世綵堂]此用《左傳》所謂「生死以肉骨也」之意。按:「既骨而完」爲「完骨」之拆用。完骨,即全骨也。章士釗《柳文指要》上《體要之部》卷二〇:「文明用《左傳》『生死而肉骨』意,『完』即『肉』字之訛。『完』義雖亦可通,然遠不如『肉』字典切,何況上文有『頤完父子』句犯複乎?」其説非是。

〔二一〕[注釋音辯][韓醇詁訓]蝥音矛。[百家注引孫汝聽曰]《詩》:「去其螟螣,及其蟊賊。」《釋蟲》云:「食根,蟊。食節,賊。」蝥音矛。按:見《詩經·小雅·大田》及《爾雅·釋蟲》。

〔二二〕[注釋音辯](𢿘)與「魚」同。《周禮》有𢿘人。[韓醇詁訓]畋音田。「𢿘」與「漁」同。《周禮》有𢿘人。

〔二三〕[世綵堂]《詩》:「陶復陶穴。」《書》:「隨山刊木。」按:見《詩經·大雅·緜》及《尚書·益稷》。

〔二四〕[注釋音辯]渫,舌牒切,又音舌。按:渫即疊。渫蓍,擺弄蓍草以占卜。

〔二五〕[百家注引孫汝聽曰]謂遷鄂岳。

〔二六〕[世綵堂]辰州爲丹穴。[蔣之翹輯注]辰州出丹砂,老鴉井者爲上,武岡出竹子。

〔二七〕[蔣之翹輯注]犀顛,犀角也。按:章士釗《柳文指要》上《體要之部》卷二〇:「犀、丹二物,皆可作賂,故云『公不可賂』。」

【集　評】

王庭珪《答趙季成書》：昔年黄安俊叛，近時楊再興叛，皆倚武岡之險。國家若不治郡於此，則兩路皆失控扼。觀柳子厚集中《武岡銘》，則自唐以來以爲襟帶，非特今日也。向之請廢此者近類輕狂，幾誤邊防大事。（《盧溪文集》卷三〇）

《王荆石先生批評柳文》卷五：壯。

茅坤《唐宋八大家文鈔》卷二七：諸銘中此篇似優。

蔣之翹輯注《柳河東集》卷二〇：銘語高古，序亦無屬對，故自佳。

儲欣《河東先生全集録》卷三：銘詞並美劍門，叙尤高古。《舊唐書》最疏陋，序云投刃頓伏，又云繼來於潭，柳績鑿鑿明白，而伯靖之平，史不一及，並柳傳亦不書，微此銘，失之矣。

何焯《義門讀書記》卷三六：「御史中丞柳公綽練立將校」：兵素不練，又無先聲，而偏師别屯，未有不往遺之禽者也。「兇渠同惡，革面向化」：嚴綬攘公綽之功，而史仍之，賴此文而後世猶有考也。以退之與公綽書觀之，非私其族人而爲者。

乾隆敕纂《御選唐宋文醇》卷一二：「不誇首級，爲己能力，專務教誨，俾邦斯平」，數語能簡括治蠻夷大要。

孫琮《山曉閣選唐大家柳柳州全集》卷四：此篇處處寫得有聲有色。第一段寫蠻獠構亂，便有深巖古洞、蠢然嘯聚光景。第二段寫天子討問，便有提兵四出、霆奮雷擊光景。第三段寫柳公撫馭，便有坐鎮穆如、開誠布信光景。第四段寫蠻人懷德，便有感慕無窮、涕泗交流光景。奇文絶世，當爲諸銘之冠。

焦循批《柳文》卷一六：銘功刊石，其體自應如是。

井銘 并序①

始州之人〔一〕，各以罌瓶負江水〔二〕，莫克井飲。崖岸峻厚，旱則水益遠，人陟降大艱。雨多，塗則滑而顛②。恒惟咨嗟③，怨惑訛言④，終不能就。元和十一年三月朔，命爲井城北隍上〔三〕。未晦，果寒食，洌而多泉⑤〔四〕，邑人以灌。其土堅埴⑥〔五〕，其利悠久。其相者，浮圖談康、諸軍事牙將米景⑦。鑿者蔣晏。凡用罰布六千三百〔六〕，役庸三十六，大甓千七百。其深八尋有二尺〔七〕。銘曰：

盈以其神，其來不窮，惠我後之人。噫！疇肯似于〔八〕，政其來日新⑧。

【校記】

①詁訓本無「并序」二字。

②塗則，《文粹》、《全唐文》作「則塗」。

③惟，原作「爲」，據注釋音辯本、詁訓本改。

④惑，詁訓本作「或」。

⑤陳景雲《柳集點勘》卷二：「『未晦果寒食洌而多泉』，『食』字句絶。『井洌，寒泉食』，《周易》文也。一本無『食』字，則『洌』字當屬上讀。」

⑥堅垍，原注與世綵堂本注：「一本作堅壯。」注釋音辯本注：「一作壯垍。」詁訓本注：「（垍）一作壯。」

⑦注釋音辯本、五百家注本、《全唐文》「軍」上無「諸」字。

⑧原注與注釋音辯本、詁訓本、世綵堂本注：「一作盈以神。」

【解題】

［韓醇詁訓］公元和十年三月自京師謫爲柳州，此銘十一年三月作，當在柳州時文。按：趙明誠《金石録》卷九：「第一千七百六十四《唐柳州井銘》，柳宗元撰，沈傳師正書。長慶三年。」又卷二九：「右《唐柳州井銘》，柳宗元撰，沈傳師書。字畫頗不工，疑後人僞爲。然以子厚集本校之，不同者數字，此本爲善，又恐工人模刻不甚精好爾，更俟識者辨之。」長慶三年爲刻石之年。

【注　釋】

〔一〕〔注釋音辯〕柳州人。〔百家注引孫汝聽曰〕謂柳州人。

〔二〕〔注釋音辯〕甖音罌，瓶類。大腹小口。瓻，五計切。《爾雅》云：「康瓠謂之瓻。」瓠，壺也。一云：瓻，破甖也。〔韓醇詁訓〕甖音鸎。瓻，五計切。破甖也。按：見《爾雅·釋器》。

〔三〕〔世綵堂〕隍，城池。

〔四〕〔世綵堂〕《易》：「井洌，寒泉食。」洌，清也。按：「食」爲可飲用之意。多泉，多泉眼，謂水出充足。

〔五〕〔注釋音辯〕（埴）巨至切，堅土也。〔韓醇詁訓〕埴，《説文》云：「堅土也。」

〔六〕〔百家注引孫汝聽曰〕《周禮》：「廛人掌斂市之罰布。」注：「罰布者，犯市令者之泉。錢行之曰布，藏之曰泉。」按：見《周禮·地官司徒·廛人》。

〔七〕〔注釋音辯〕〔百家注引孫汝聽曰〕八尺曰尋。

〔八〕〔百家注引孫汝聽曰〕似，續也。按：疇，疇昔。似，相似。謂過去何似於今也。

【集　評】

陸夢龍《柳子厚集選》卷三：下筆神來。

儲欣《河東先生全集録》卷三：幾不能裒益一字。

何焯《義門讀書記》卷三六：古直。

焦循批《柳文》卷一六：詞簡奥，金石之文自應如是。

舜禹之事

魏公子丕，由其父得漢禪〔一〕，還自南郊，謂其人曰：「舜禹之事，吾知之矣〔二〕。」由丕以來皆笑之。柳先生曰：丕之言若是可也。嚮者丕若曰：「舜禹之道，吾知之矣。」丕罪也。其事則信。吾見笑者之不知言，未見丕之可笑者也。

凡易姓授位，公與私，仁與强，其道不同，而前者忘，後者繫，其事同。使以堯之聖，一日得舜而與之天下，能乎？吾見小争於朝，大争於野，其爲亂，堯無以已之，何也？堯未忘於人，舜未繫於人也。堯之得於舜也以聖，舜之得於堯也以聖①，兩聖獨得於天下之上，奈愚人何？其立於朝者放齊猶曰朱啟明②〔三〕，而況在野者乎？堯知其道不可，退而自忘。舜知堯之忘已而繫舜於人也，進而自繫。舜舉十六族，去四兇族，使天下咸得其人③。命二十二人，興五教，立禮刑，使天下咸得其理。合時月，正曆數，齊律、度量、權衡，使天下咸得其用〔四〕。積十餘年，人曰：「明我者舜也，齊我者舜也，資我者舜也。」天下之在位者，皆舜之人也。而堯隤然聾其聰〔五〕，昏其明，愚其聖。人曰：「往之所謂堯者果烏乎在哉？」或曰耄矣，曰匿矣。又十餘年，其思而問者加少矣。至於堯死，天下曰：「久矣，舜之君我也。」夫然後能揖讓受終於文祖〔六〕。舜之與禹也亦然④。禹旁行天下〔七〕，功繫於人者多，而自忘也晚。益之自繫亦猶是也⑤〔八〕，而啟賢聞於人，故不能。夫其始繫於人也厚⑥，則其忘之也遲，不然，反是。漢之失德久矣，其不繫而忘也甚矣。宦、董、袁、陶之賊生人盈矣⑦〔九〕，丕之父攘禍以立强〔一〇〕，積三十餘年，天下之主，曹氏而已，無漢之思也。丕嗣而禪，天下得之以爲晚，何以異夫舜禹之事耶？然則漢非能自忘也，其事自忘也⑧；曹氏非能自繫也，其事自繫也。公與私，仁與强，其道不同，其忘而繫者無以異也。堯舜之忘⑨，不使如漢，不能授舜禹；舜禹之繫⑩，不使如曹氏，不能受之堯舜⑪。然而世徒探其情而笑之，故曰笑其言者非也。

問者曰：「堯崩，天下若喪考妣，四海遏密八音三載，子之言忘若甚然，是可不可歟？」曰：是舜歸德於堯，史尊堯之德之辭者也。堯之老更一世矣〔一一〕，德乎堯者蓋已死矣⑫，其幼而存者，堯不使之思也。不若是，不能與人天下。

【校　記】

① 二「得」字後，注釋音辯本均無「於」字。

②原注與世綵堂本注：「猶，一作獨。」詁訓本作「獨」。

③人，原注與注釋音辯本、詁訓本、世綵堂本注：「一作仁。」《柳柳州外集》作「仁」。

④舜之與禹，詁訓本作「禹之於舜」。

⑤「亦」原闕，據詁訓本補。

⑥夫，《柳柳州外集》作「去」。

⑦宦，原作「官」，據注釋音辯本、五百家注本、世綵堂本改。

⑧詁訓本無「其事自忘也」一句。

⑨詁訓本無「舜」字。

⑩詁訓本無「舜」字。

⑪詁訓本無「舜」字。受，原作「授」，據諸本改。

⑫蓋，原作「益」，世綵堂本同，據注釋音辯本、詁訓本、五百家注本等改。

【解　題】

［注釋音辯］［百家注］［世綵堂］晏元獻曰：此文與下《謗譽》、《咸宜》等篇，恐是博士韋籌所作。［韓醇詁訓］《魏書·文帝紀》：「延康元年十一月丙午，漢帝以衆望在魏，乃召群公卿士，告祠高廟，使御史大夫張音持節奉璽綬禪位，乃爲壇於繁陽。庚午，王升壇即祚，成禮而反。改延康爲黄

初，大赦。」《魏氏春秋》曰：「帝升壇禮畢，顧謂群臣：『舜禹之事，吾知之矣。』」古今集中，雖皆載此文，晏元獻公謂此文連下《謗譽》、《咸宜》二首，恐是博士韋籌作。按：晏殊此説，不知有何依據。故不取。此文當作於永州，作年不詳。歷史上堯、舜禪讓之事，亦有異説。蘇鶚《蘇氏演義》卷上：「堯禪位於舜，舜復禪位於禹，經史稱其聖德，《汲冢竹書》乃云：堯禪位，後爲舜囚之。而相州湯陰縣遂有堯城。舜禪位，後爲禹囚之。而任昉云：朝歌有獄基，爲禹置虞舜之宫。劉子玄引《竹書》，以爲摭實，非也。」然柳宗元此文意不在辯明堯、舜禪讓之真相，而是用「前者忘，後者繫」的觀點對帝位禪讓與朝代更迭進行説明，是一種不拘泥於舊説的歷史觀。曹丕代漢，衛道之士以爲篡。陳亮《陳亮集》卷一二《三國紀年·魏武帝》：「東漢之衰，賢人君子相繼就戮，桓、靈於是乎不君矣。魏武猶藉漢以令天下，豈高、光遺澤猶有存者耶？法令不必盡酌之古，要以必行，蓋當時苦於無政久矣。漢雖終禪，而翦除異己，不亦勞乎。其子文帝有言：『舜禹之事，吾知之矣。』參之是時，非過論也。」葉適《習學記言序目》卷一九：「『舜禹之事且置，仲虺言：『天生民有欲，無主乃亂。』所以興商也。武王言：『亶聰明，作元后。元后作，民父母。』所以興周也。諸侯萬國，奉於有德，堯、舜、湯、武得天下之難者，形也。四海無主，民急無歸，漢高得天下之易者，亦形也。遷若有所諱挹褒美，而不能明徵其義，以警當時、訓後世，徒謂非大聖不能當天命，將使已得者據，盛滿而驕，閭巷之姦妄疑非意而奪，其害大矣。」其見解與柳宗元頗相似。章士釗《柳文指要》上《體要之部》卷二〇：「子厚行文，取曹丕與舜、禹並列，謂曹魏之有繫於當時之人，與舜、禹得天下之形勢相等，至漢氏者，天下之浸忘之也久矣，魏審時度時勢也切。操在時，而以爲己繫天下也不熟，故必待『積三十餘年，天下之主，曹氏而已』。丕始在南郊得漢禪，而躬行舜、禹之事，此是子厚之人民本位思想，充類至盡而發是論，宋代俗儒豈能知之？」

【注釋】

〔一〕［韓醇詁訓］（禪）音擅。

〔二〕《三國志・魏書・文帝紀》裴松之注引《魏氏春秋》：「帝升壇禮畢，顧謂群臣曰：『舜禹之事，吾知之矣。』」

〔三〕［蔣之翹輯注］《堯典》：「帝曰：『疇咨若時登庸。』放齊曰：『胤子朱啟明。』帝曰：『吁，嚚訟，可乎？』」放齊，臣名。按：見《尚書・堯典》。「朱」指堯之子丹朱。啟明即開明也。

〔四〕［蔣之翹輯注］事具詳《虞書》。按：又見《史記・五帝本紀》。

〔五〕［韓醇詁訓］（隤）徒回切。按：隤然，衰退貌。

〔六〕［蔣之翹輯注］《虞書》注：「文祖，堯始祖之廟也。」

〔七〕章士釗《柳文指要》上《體要之部》卷二〇：「旁，徧也。旁、徧兩字同爲重脣音，古文中恒互用。」

〔八〕章士釗《柳文指要》上《體要之部》卷二〇：「此猶言：益之自繫同一晚也。是代上文晚字。」

〔九〕［注釋音辯］曹宦官、董卓、袁紹、袁術兄弟及陶謙。［百家注引孫汝聽曰］謂董卓、袁紹、袁術、陶謙也。［世綵堂］宦謂曹節、王甫。董卓、袁紹、袁術、陶謙也。［蔣之翹輯注］謂宦官、董卓、袁紹、袁術兄弟及陶謙也。按：蔣説得之。「宦」謂靈帝末張讓、趙忠等十常侍也。

〔一〇〕［注釋音辯］曹操，字孟德。

〔一一〕章士釗《柳文指要》上《體要之部》卷二〇：「更，平聲，歷也。一世者，三十年也。文中一則曰積十餘年，再則曰又十餘年，兩者相加，即成一世。」

【集評】

《王荆石先生批評柳文》卷五：亦少年筆。又：强詞亦有可喜。

陸夢龍《柳子厚集選》卷三：文佳矣，然丕意自謂舜禹亦是逼奪耳，何曾説己德同舜禹乎？

蔣之翹輯注《柳河東集》卷二〇：「夫然後能揖讓」句下：議論亦快，但大聖人心胸，竟看作是個奸雄了。又文末評：結意不能振，近似兒童婦女之見。不信經而自信，其説然歟？又總評：果不類柳文。

何焯《義門讀書記》卷三六：「嚮者丕若曰」至「其事則信」：亦小巧。「堯知其道不可退而自忘」四句：文法頗晦，理有所短也。三載遏密，其果忘堯乎？以鄙語侈爲新奇，而反謂經言非實録，亦可憫笑。「而堯隤然聾其聰」至「加少矣」：此直小兒語也。「宦董袁陶之賊生人盈矣」：宦董袁陶，成一語乎？

孫琮《山曉閣選唐大家柳柳州全集》卷四：舜、禹，操、丕，其人何啻天壤！今卻將受禪一事，看得無二，豈不棘手？妙在分出其事同，其道不同，得此二語，便可瀾翻不窮，便是立論無弊處。一起總提，中幅分寫，後幅總斷，末幅另起一波，賈其餘勇，是有紀律文字。

焦循批《柳文》卷一〇：孟子於舜禹之文，皆歸之於天，其説固有不足也。昌黎作《對禹問》，柳州爲此篇，立論似創，而實得乎當時之實，迂儒何足以知之？又「人曰」下：戛戛獨造，透論。

謗譽

凡人之獲謗譽于人者，亦各有道。君子在下位則多謗，在上位則多譽；小人在下位則多譽，在上位則多謗。何也？君子宜于上不宜于下，小人宜于下不宜于上，得其宜則譽至，不得其宜則謗亦至，此其凡也。然而君子遭亂世，不得已而在于上位，則道必咈于君〔一〕，而利必及于人，由是謗行于上而不及于下，故可殺可辱而人猶譽之。小人遭亂世而後得居於上位，則道必合於君，而害必及于人，由是譽行于上而不及于下，故可寵可富而人猶謗之①。君子之譽，非所謂譽也，其善顯焉爾。小人之謗，非所謂謗也，其不善彰焉爾。然則在下而多謗者，豈盡愚而狡也哉？在上而多譽者，豈盡仁而智也哉？其謗且譽者，豈盡明而善褒貶也哉？然而世之人聞而大惑，出一庸人之口，則群而郵之〔二〕，且置於遠邇，莫不以爲信也。豈惟不能褒貶而已，則又蔽於好惡，奪於利害，吾又何從而得之耶？孔子曰：「不如鄉人之善者好之②，其不善者惡之〔三〕。」善人者之難見也，則其謗君子者爲不少矣，其謗孔子者亦爲不少矣。傳之記者，叔孫武叔〔四〕，時之貴顯者也③，其不可記者又不少矣。是以在下而必困也。及乎遭時得君而處乎人上，功利及於天下，天下之人皆歡而戴之④，向之謗之者，今從而譽之矣。是以在上而必彰也。

或曰：「然則聞謗譽于上者，反而求之，可乎？」曰：是惡可〔五〕，無亦徵其所自而已矣。其所自善人也，則信之；不善人也，則勿信之矣。苟吾不能分於善不善也，則已耳。如有謗譽乎人者，吾必徵其所自，未敢以其言之多而舉且信之也。其有及乎我者，未敢以其言之多而榮且懼也。苟不知我而謂我盜跖〔六〕，吾又安取懼焉⑤？苟不知我而謂我仲尼⑥，吾又安取榮焉？知我者之善不善⑦，非吾果能明之也，要必自善而已矣⑧。

【校　記】

①何焯《義門讀書記》卷三六：「『猶』字，不如作『彌』字。」

②詁訓本無「之」字。

③貴顯，注釋音辯本、詁訓本、五百家注本、《全唐文》作「顯貴」。

④戴，注釋音辯本、五百家注本作「載」。

⑤原注與世綵堂本注：「取，一作敢。」注釋音辯本注：「取，一本作最。下同。」蔣之翹輯注本：「二『取』字，一併作『敢』。」

⑥詁訓本「謂」下無「我」字。

⑦「者」原闕，據諸本補。

⑧要，《柳柳州外集》作「吾」，並注：「一作要。」

【解題】

此文當作於永州。章士釗《柳文指要》上《體要之部》卷二〇：「《舜禹之事》、《謗譽》、《咸宜》三首，晏元獻指爲韋籌所造，非子厚之作。吾既於《舜禹之事》不以晏説爲然，辨之甚詳，至《謗譽》與《咸宜》，卻不敢認定出柳手，亦不敢附和人説。」又云：「嘗謂子厚行文，往往膽大如天，以他人萬不敢出口之炎炎大言成之。……他日論君子在下位多謗，稱謗孔子者亦不爲少，猶且更進一步遺召攀同宗而不恥之盜跖先生，招邀洙泗，談仁説義，旅進旅退而無所於讓，此誠所謂聖人之道，一龍一蛇，隨時之宜，無有常家。或謂此類打穿後壁、超凡入聖之奇文鉅製，文家除子厚外，還有人能如此著筆裕如，吾兹未信。」

【注　釋】

〔一〕咈，音肥，違逆。

〔二〕［百家注引王儔補注］郵，謂如置郵之傳也。

〔三〕《論語·子路》：「子貢問曰：『鄉人皆好之，何如？』子曰：『未可也。』『鄉人皆惡之，何如？』子曰：『未可也。不如鄉人之善者好之，其不善者惡之。』」

〔四〕《論語·子張》：「叔孫武叔語大夫於朝曰：『子貢賢於仲尼。』」又：「叔孫武叔毁仲尼。」

〔五〕［注釋音辯］惡，平聲。

〔六〕［注釋音辯］［韓醇詁訓］（跖）之石切。［蔣之翹輯注］盜跖姓柳，事詳《莊子》。

【集　評】

《王荆石先生批評柳文》卷五：詞達而少針線。又：卻可疑。

茅坤《唐宋八大家文鈔》卷二六：較之昌黎《原毁》，文當退一格，然亦多雋詞。

明闕名評選《柳文》卷六「君子宜於上」引唐荆川（順之）曰：以下四句何乃似劉禹錫文。

葛鼒、葛鼐評輯《古文正集》卷七：河東最能輸服，即此較昌黎《原毁》亦自和平。（葛靖調）

陸夢龍《柳子厚集選》卷三：「上位則多謗」句下：透快。「人猶譽之」句下：妙論。

蔣之翹輯注《柳河東集》卷二〇：「豈盡明而善褒貶」句下：立論已纚纚，又連宕下三句，覺文章更有操縱。又總評：文僅聲口快利耳。

何焯《義門讀書記》卷三六：此二篇頗可觀，乃法韓、李者，其不出柳子，決也。……「然而世之人聞而大惑」至「在上而必彰也」：似可已。

金聖歎《天下才子必讀書》卷一二：不過只是「鄉人之善者好之」二句意，看他無端變出如許層折，如許轉接，如許幽秀歷落。

孫琮《山曉閣選唐大家柳柳州全集》卷二：此篇大意，只是爲世人謗譽變易，不足憑信，故將孔子之論，爲一篇觀人之法。妙在前幅先將謗譽之常者，寫作第一層，爲一篇之舊案。其次轉入世人謗譽之變者，寫作第二層，爲一篇之新案。然後轉入孔子觀人之法，寫作第三層，爲一篇之定案。尤妙在第二層説謗譽之變畢，便可入孔子之論，他卻又寫世人輕信一段在內，第三層接出孔子之論畢，便可緊接此意暢明之，他卻又再寫世人謗譽不足憑一段在內，此便是柳文曲折處。又引孫月峰（鑛）評：辭意雋永，當與韓退之《原毁》篇同看。

張伯行《唐宋八大家文鈔》卷四：得謗得譽，皆有所自。衆口附和不足信，惟以善不善之好惡爲區别，此孔氏論人大法也。此文推勘精到。後段大意，言觀人者不可以謗譽而輕爲進退，修己者不可以謗譽而輕爲憂喜，尤爲探本之論。

乾隆敕纂《御選唐宋文醇》卷一二：繪世俗任耳騰口之情狀，勵學者以返躬自求，可與昌黎《原毁》並讀。

咸宜

興王之臣多起汙賤，人曰幸也。亡王之臣多死寇盜，人曰禍也。余咸宜之。當兩漢氏之始，屠販徒隸出以爲公侯卿相，無他焉，彼固公侯卿相器也，遭時之非是以詘，獨其始之不幸，非遭高、光而以爲幸也〔一〕。漢晉之末，公侯卿相劫戮困餓，伏牆壁間以死〔二〕，無他焉，彼因劫戮困餓器也①，遭時之非是以出，獨其始之幸，非遭卓、曜而後爲禍也②〔三〕。彼困於昏亂，伏志氣，屈身體，以下奴虜，平難澤物之德不施于人，一得適其傃〔四〕，其進晚爾，而人猶幸之。彼伸於昏亂，抗志氣，肆身體，以傲豪傑，殘民興亂之伎行於天下，一得適其傃，其死後耳，而人猶禍之。悲夫！余是以咸宜之。

【校記】

① 五百家注本脱自「伏牆壁間」至「困餓」十五字。

② 世綵堂本無「後」字。

【解題】

此文當作於永州。或疑非柳宗元之文，無據。文云「興王之臣多起汙賤」，「亡王之臣多死寇盜」，以爲「咸宜」，即都有客觀道理，具有一定的規律性。本文大意，當是告誡人們出入要審時度勢，方可避禍全身。

【注釋】

〔一〕［蔣之翹輯注］高光，謂高祖、光武也。

〔二〕《後漢書·獻帝紀》建安元年經李傕、郭汜之亂，「公卿百官，或饑死牆壁間，或爲兵士所殺」。又《晉書·孝懷帝紀》永嘉五年劉曜圍洛陽，「至是饑甚，人相食，百官流亡者十八九」。

〔三〕［注釋音辯］後漢董卓、晉劉曜。［百家注引孫汝聽曰］卓、曜，謂董卓、劉曜。

〔四〕［百家注引孫汝聽曰］傃，向也。按：章士釗《柳文指要》上《體要之部》卷二〇：「傃同素，謂平素也。」

【集評】

《新刊增廣百家詳補注唐柳先生文》卷二〇引黄唐曰：遭興運而爵位，遇亂世而誅戮，柳子咸以爲宜。使居爵位而皆賢，被誅亂而皆不肖，胡爲不宜哉？然世亦有如劉文静、裴寂之徒，當李唐之興，非有卓絶之姿，而尸天之功，卒之被躁妄誅，被妖言斥，有愧於蕭、曹之輔漢。遭興運而爵位，皆謂之宜，可乎？世又有如陳蕃、孔融之徒，當東漢之末，竇后臨朝，曹節、王甫諂諛得幸，陳仲舉以名賢參政，爲黄門所困，卒死於蹋蹴。曹孟德以鬼蜮之姦，謀遷漢鼎，孔文舉直論乖忤，終以積嫌逮繫而棄市。遇亂世而誅戮者，皆謂之宜，可乎？

《王荆石先生批評柳文》卷五：亦無所發明。

陸夢龍《柳子厚集選》卷三文首評：慷慨激昂。

儲欣《河東先生全集録》卷三：亦雙排説法，而突兀峭悍，劍戟森然。至如《舜禹》、《謗譽》兩篇，未知阿誰所作，漫載河東集中，而後人或因而録之，可笑。

何焯《義門讀書記》卷三六：爽朗。

乾隆敕纂《御選唐宋文醇》卷一二：肅、代、順、德之間，閹寺執國命，藩鎮攘土地，皇綱陵遲，四海有瓦解之漸，而廟堂之上文恬武嬉，一如太平無事者。宗元所爲悼痛，而舉漢、晉之末，公卿將相以爲戒。文雖與高、光佐命，兩兩平叙，而意固獨有在也。夫天生民而樹之后王君公，承以大夫師長，豈欲其偃然肆於民上，以縱其淫而棄天地之性？雖一邑之令，固萬人之所托命焉。乃梔其貌而蠟其言，食焉而不事其事，有不寖消寖敗以至如漢晉末造者乎？《易》曰「其所由來漸矣」，由辨之不蚤辨也。搢紳之士，盍三復斯文。

焦循批《柳文》卷一〇：議論精闢，又有廉悍之筆以運之，轉折如鐵。

鞭賈

市之鬻鞭者，人問之，其賈直五十①〔一〕，必曰五萬。復之以五十，則伏而笑。以五百，則小怒；五千，則大怒。必五萬而後可②。有富者子適市買鞭，出五萬，持以夸余。視其首，則拳蹙而不遂；視其握，則蹇仄而不植。其行水者，一去一來不相承③。其節朽黑而無文④，掐之滅爪〔二〕，而不得其所窮；舉之翲然〔三〕，若揮虛焉。余曰：「子何取於是而不愛五萬？」曰：「吾愛其黃而澤，且賈者云〔四〕。」余乃召僮爚湯以濯之〔五〕，則遬然枯〔六〕，蒼然白，嚮之黃者梔也〔七〕，澤者蠟也⑤。富者不悅，然猶持之三年。後出東郊，爭道長樂坂下〔八〕，馬相踶〔九〕，因大擊，鞭折而爲五六。馬踶不已，墜於地，傷焉。視其內，則空空然⑥，其理若糞壤，無所賴者。

今之梔其貌，蠟其言，以求賈技於朝者⑦〔一〇〕，當其分則善⑧，一誤而過其分則喜，當其分則反怒。曰：「余曷不至於公卿？」然而至焉者亦良多矣。居無事，雖過三年不害。當其有事，驅之於陳力之列以御乎物，以夫空空之内，糞壤之理，而責其大擊之效⑨，惡有不折其用，而獲墜傷之患者乎⑩？

【校　記】

①直，原作「宜」，據《文粹》、《全唐文》改。何焯《義門讀書記》卷三六：「『宜』作『直』。」「宜」爲「直」之形訛。

②世綵堂本、濟美堂本、《全唐文》「必」下有「以」字。

③《英華》「不」上有「而」字。

④原注與詁訓本、世綵堂本注：「一本有材字。」注釋音辯本作「文材」，並注：「一本無材字。」

⑤鱲，原作「臘」，據諸本改。

⑥然，原作「焉」，據諸本改。

⑦「者」原闕，據注釋音辯本、《英華》、《全唐文》補。原注與詁訓本、世綵堂本注：「一有者字。」注釋音辯本注：「一本無者字。」何焯《義門讀書記》卷三六：「『朝』下有『者』字。」

⑧世綵堂本注：「一本無『當其分則善』五字。」《文粹》無此五字。

⑨注釋音辯本、詁訓本、《英華》、《全唐文》「而」下有「以」字。

⑩原注與注釋音辯本、世綵堂本注：「一無者字。」詁訓本無「者」字。

【解　題】

[注釋音辯]潘（緯）云：賈音古。[韓醇詁訓]作之年月不詳。然其言云「後出東郊，爭道長樂阪下」，則在京師未謫時作。大抵端以諷空空於内者，賈技於朝，求過其分，而實不足賴云爾。賈音古。按：韓説可從。章士釗《柳文指要》上《體要之部》卷二〇：「此文在叙述方式上至有趣。蓋『且賈者云』下，宜以賈者之語爲何爲何，乃聞者從中攔截，不待其辭畢，而即爚湯以試，故文如今式。非細心讀之，即不得瞭解其當時問答態勢，而認爲文有至味。」

【注　釋】

〔一〕[注釋音辯]賈即價字。[韓醇詁訓]賈音嫁。《孟子》：「布帛長短同，則賈相若。」按：見《孟子・滕文公上》。

〔二〕[注釋音辯]潘（緯）云：搯音滔，棺引也。今當作掐，羊甲切。爪按曰掐。[韓醇詁訓]掐，乞洽切。[百家注引孫汝聽曰]爪案曰掐。掐，乞洽切。

〔三〕[注釋音辯][韓醇詁訓]翲，紕招切。飛也。

〔四〕[注釋音辯]潘（緯）云：賈音古。

〔五〕［韓醇詁訓］爚音淪。［百家注引童宗説曰］爚，温也，音籥。

〔六〕［注釋音辯］［韓醇詁訓］遬音速。

〔七〕［韓醇詁訓］（梔也）上音支，木實，可以染黄。

〔八〕［韓醇詁訓］坂，音反，坡坂也。［百家注引童宗説曰］坂，坡也，音反。［蔣之翹輯注］坂音板。《一統志》：「長樂坂，在西安府城東北一十里滻水西岸，漢長樂宫在其西北。」按：《資治通鑑》卷二五八唐昭宗大順元年「兩軍中尉餞（張）濬於長樂坂」，胡三省注：「長樂坂在長安城東，即滻坡。」

〔九〕［注釋音辯］潘（緯）云：踶，徒計切，蹋也。《莊子》：「怒則分背相踶。」按：見《莊子·馬蹄》。踶，踢也。韓醇詁訓本同。

〔一〇〕［注釋音辯］［韓醇詁訓］賈音古。

【集評】

《新刊增廣百家詳補注唐柳先生文》卷二〇引黄唐曰：以老芋爲伏神，以梔蠟爲僞鞭，子厚之作，意在憤世嫉邪耳。然子厚所談者，不外乎堯、舜、姬、孔之道，奈何乃以伊、周、管、葛輕譽當路小人，自取敗咎？言行相反如是，而罪市人鬻者之欺，子厚真欺人耶！

楊慎《唐馬鞭價重》：柳宗元《鞭賈》云：「市之鬻鞭者，人問之其價，直五千必曰五萬。復以五十，則伏而笑之。以五百則小怒，以五千則大怒，必五萬而後可。」此雖寓言，亦必因當時鞭價而立説也。又顧況有《露青竹鞭歌》曰：「鮮于仲通正當年，章仇兼瓊在蜀川，約束蜀兒采馬鞭，聯灰煮蠟光爛然。章仇兼瓊持上天，忽見揚州北邸前，衹有人還千一錢。」蓋言其物貴而價賤也。然一鞭之直，何至五萬，而千一之錢，猶以爲少？今世雖以金玉寶珠飾之，人亦誰肯以此重價酬之者？古今好尚不同如此。又唐人進士絲鞭工緻爲最，洪武中，江南富家猶有藏之者。見高啟詩集。（《升庵集》卷六七）

《王荆石先生批評柳文》卷五：近理。

蔣之翹輯注《柳河東集》卷二〇：此子厚有感之言也。吾每見國家食肉者多鄙，在平居則皆經濟侃侃，如其一臨大難，定大計，未有不爲之敗事者，於《鞭賈》良可深慨云。

何焯《義門讀書記》卷三六：此文何味之有？不作也可。

乾隆敕纂《御選唐宋文醇》卷一二：負且乘，致寇至，子曰：「盜之招也。」外梔蠟而中糞壤，以馭奔馬，馭者固墜傷矣，然豈猶有全鞭乎？宗元託喻，非特戒取士者毋皮相，亦戒倖進者以争道相蹍之會，折爲五六，良可懼以思也。

林紓《韓柳文研究法·柳文研究法》：《鞭賈》一篇，子厚蓋藉以諷空空於内者，賈技於朝，求過其分，而實不足賴。然命題既仄，而鞭之内空外澤，又至難寫。子厚偏於仄題中能曲繪物狀，匪一不肖，不惟筆妙，亦體物工也。其狀鞭曰：「視其首，則拳蹙而不遂；視其握，則蹇仄而不植。其行水者，一去一來不相承。其節朽黑而無文，掐之滅爪，而不得其所窮，舉之翲然，若揮虚焉。」拳蹙不遂者，態可憎也。蹇仄不植者，品無取也。行水不相承者，儀不足也。節朽墨而無文者，僋也。掐之滅爪而不得其所窮者，疏而無學也。翲然若揮虚者，神氣昏瞀，不足任以事也。一鞭之微，比虚名之士，乃窮形盡相而無遁焉。然仍見取於富者，則黄澤耳。至「爚湯以濯」，「黄者梔也，澤者蠟也」，然仍試之，必至折爲五六，露其糞壤之心然後已，喻當路之任用小人，明明知其梔蠟，然堅一己之私見，屏大衆之公論，用張其氣，無古無今，恒如此也。通篇命意，原斥用人者之不善，然實惡無學而冒虚名者之矯作意。入手言：「市之鬻鞭者，人問之，其賈直五十，必曰五萬，復之以五十，則伏而笑。以五百則小怒，五千則大怒，必五萬而後可。」寫抱虚求進處，歷歷如繪。至結穴以「以空空之内，糞壤之理，而責其大擊之效，惡有不用其折，而獲墜傷之患者乎」，理明詞達，全局都醒矣。

吏　商

吏而商也①，汙吏之爲商，不若廉吏之商，其爲利也博。汙吏以貨商，資同惡與之爲曹〔一〕，大率多減耗，役傭工，費舟車，射時有得失，取貨有苦良〔二〕，盜賊水火殺敚焚溺之爲患〔三〕，幸而得利，不能什一二。身敗禄奪，大者死，次貶廢，小者惡，終不遂②。汙吏惡能商矣哉〔四〕？廉吏以行商〔五〕，不役傭工，不費舟車，無資同惡減耗，時無得失，貨無良苦，盜賊不得殺敚，水火不得焚溺，利愈多，名愈尊，身富而家强，子孫葆光〔六〕。是故廉吏之商，博也。苟修嚴潔白以理政，由小吏得爲縣，由小縣得大縣，由大縣得刺小州，其利月益各倍。其行不改，又由小州得大州，其利月益三之一。其行又不改，又由大州得廉一道〔七〕，其利月益之三倍③，不勝富矣。苟其行又不改，則其爲得也，夫可量哉？雖赭山以爲章〔八〕，涸海以爲鹽〔九〕，未有利大能若是者。然而舉世爭爲貨商④，以故貶吏相逐於道⑤，百不能一遂。人之知謀好邇富而近禍如此，悲夫！

或曰：「君子謀道不謀富，子見孟子之對宋牼乎⑥〔一〇〕？何以利教爲也⑦〔一一〕？」柳子曰：君子有二道：誠而明者，不可教以利；明而誠者，利進而害退焉。吾爲是言爲利而爲之者設也。或安而行之，或利而行之，及其成功，一也〔一二〕。吾哀夫没於利者以亂人而自敗也，姑設是，庶由利之小大登進其志⑧，幸而不撓乎下〔一三〕，以成其政，交得其大利。吾言不得已爾，何暇從容若孟子乎？孟子好道而無情，其功緩以疏，未若孔子之急民也。

【校記】

① 錢重《柳文後跋》：「重讀柳文，至《吏商》篇首句曰：『吏而商也……』常疑其造端無含蓄，必有脱句。後得善本，乃云：『吏非商也，吏而商……』於是欣然笑曰：此子厚之所以爲文也，且使子

厚不首言『吏非商也』四字，則不足以見此文之作出於不得已，欲誘爲利而仕者之意。」注釋音辯本注：「錢重作《柳文後跋》，曰得善本云：『吏非商也，吏而商。』」章士釗《柳文指要》上《體要之部》卷二〇：「《吏商》一文，諸本首句俱作『吏而商也』，義自可通。惟南宋錢重謂得善本，首句爲『吏非商也』，其下『吏而商』一轉，此一校正，似較諸本爲得。」可知文首脱「吏非商也」一句。

②二「者」字，原注與注釋音辯本、世綵堂本注：「者，一本作名。」詁訓本作「名」，並注：「名，一作者。」

③《英華》無「之」字。章士釗《柳文指要》上《體要之部》卷二〇校「之」爲「二」之訛。

④詁訓本「争」下有「以」。

⑤貶，《英華》作「敗」。何焯《義門讀書記》卷三六：「『貶』作『敗』。」

⑥牼，原作「硜」，據注釋音辯本改。宋牼，《英華》作「梁惠王」。

⑦「教」原闕，據注釋音辯本、詁訓本、《英華》補。何焯《義門讀書記》卷三六：「『利』下有『教』字。」

⑧利，詁訓本作「吏」。小大，《英華》作「大小」。

【解　題】

［韓醇詁訓］孟子謂宋牼曰：「爲人臣者懷利以事其君，爲人子者懷利以事其父，是君臣、父子、

兄弟終去仁義，懷利以相接，然而不亡者，未之有也。」公爲《吏商》，於《孟子》之言若甚戾者，故終篇引《孟子》之言，而謂「吾言有不得已者焉」，且曰「吾哀夫没於利者以亂而自敗也」。「姑設是，庶登進其志以成其政」云，則公視當世之士吏而汙者，蓋不勝其憤，不得已而有作也。後世大吏鎮一方，廉一道，所謂不勝其富者，至則日事囊橐；其去也，一方爲之騷然，何止以貨商也哉？然所謂貶而逐於道者未之聞也，而又加顯焉，是柳子之言，亦無以施於後世，而況聞孟子之言乎？作之年月不可得而詳。按：章士釗《柳文指要》上《體要之部》卷二〇：「『急民』二字，爲一篇關目。子厚嘗與吕化光論《非國語》，涉及李致用所爲《孟子評》，或者不察，以謂子厚非《國語》並非《孟子》，實則子厚未嘗爲是書也。顧子厚雖無書摭《孟子》，而以《孟子》不叶與中，未能明道，則固在寄化光書中侃言之。今又稱《孟子》好道而無情，未若孔子之急民，則柳子不諱爲孟子諍友，事甚顯白。」此文之主題，舊本因脱首句「吏非商也」，致疑柳宗元是爲官商作辯護，實則以經商之道喻做官。爲官與經商，亦有相通之處。廉潔爲官，口碑好，青雲直上，最終能得大利，吃小虧占大便宜。斤斤計較眼前小利，貪貨黷財，則不免身敗名裂。柳宗元不贊同孟子言義不言利之説，認爲以利明義，也可收到教化的效果，正確對待利，利亦無害於道。趨利避害，乃人之本性。閉口不言利，不一定超脱於利，故不承認個人利益，反不如正確認識爲實事求是。義利之争，延續千年，無利而無積極性，無義而道德淪喪，可謂兩難矣。宋李覯《盱江集》卷二九《原文》：「利可言乎？曰：人非利不生，曷爲不可言？……世俗之不喜儒，以此。孟子謂何必曰利，激也。焉有仁義而不利者乎？」可謂柳宗元同道。

【注釋】

〔一〕〔百家注引孫汝聽曰〕資，藉也。

〔二〕〔注釋音辯〕苦音古。《周禮·天官·典婦功》：「辨其善良。」〔百家注引孫汝聽曰〕《周禮》：「辨其苦良。」按：孫注是。

〔三〕〔注釋音辯〕〔韓醇詁訓〕敚，與奪同。

〔四〕〔注釋音辯〕惡音烏。〔蔣之翹輯注〕惡字平聲。

〔五〕〔注釋音辯〕行，下孟切。〔百家注〕行，下孟切。下「其行」並同。

〔六〕〔百家注引孫汝聽曰〕葆，大也，音保。

〔七〕〔注釋音辯〕廉，察也。如今監司户。〔百家注引孫汝聽曰〕廉，察也。〔蔣之翹輯注〕如今按察、廉使之類。

〔八〕〔韓醇詁訓〕赭音者。〔百家注引孫汝聽曰〕赭，赤也。章，猶枚也。《史記》「山居千章之材」是也。赭音者。〔蔣之翹輯注〕章猶枝也。按：《史記·貨殖列傳》：「山居千章之林。」裴駰集解：「徐廣曰：一作楸。駰案：韋昭曰：楸木所以爲轅。音秋。」司馬貞索隱：「《漢書》作『千章之萩』。服虔云：章，方也。故孟康亦云『言任方章』者。千枚，謂章，大林也。樂彦云：

菽，梓木也可以爲轅者。」

〔九〕［百家注引童宗説曰］涸，竭也。

〔一〇〕［注釋音辯］巠，口莖切。

〔一一〕［百家注引韓醇曰］孟子謂宋牼曰：「爲人臣者懷利以事其君，爲人子者懷利以事其父，是君臣、父子、兄弟終去仁義。懷利以相接，然而不亡者，未之有也。」按：見《孟子·告子下》。

〔一二〕［百家注引王儔補注］《禮記·中庸》之文。［世綵堂］《禮記·中庸》。

〔一三〕［韓醇詁訓］撓，女巧切。

【集評】

陳傅良《使人速得爲善之利》：昔柳宗元作《吏商》，世儒皆深排而力詆之。以愚觀之，宗元之説，責之以吾儒分内之事，誠不逃議論之域也。若上之人，施之以救末流之弊，豈不猶愈於嚴刑峻法之禁乎？世儒未可以輕議宗元也。且天下之中人所以勉於爲善者，以其知有爲善之利也。聖人之爲天下，所以上自公卿而下至匹夫，一有小善，不終朝而賞隨之，亦欲使人速得爲善之利也。夫使天下之中人勉强於爲善，而無所邀持歆羡於其間，吾恐其爲之之志，未有久而不輟者。夫惟善方形於此，利已得於彼，其善愈博，其利愈大，則天下之凡至於得者，皆將鼓舞奔走，日夜惟善之歸矣。何者？均是利也。而此以美名得之，彼以不美名得之，彼之所得者小，而此之所得者大，人豈有不棄惡而趨美，辭小而就大者哉？故曰宗元之説未可以輕議也。但不可自吾儒言之。若操賞罰以制天下者，則誠不可不知此言也。世儒於此又曰：爲善不可使人有利心。嗟夫！善固不可以利心而爲之也，然與其嚴罰峻刑制之，而終不知爲善，孰若以利心誘之，而使之樂於爲善邪？敢於刑人、罰人，不敢於誘人，愚不知其説也。今天下所患，患無廉士也。然而貪者嘗有罰而廉者，未嘗有賞也。故作天下之廉而不以其賞而勸誘之，彼貪者無所慕而爲廉也矣。（《八面鋒》卷一一）

樓鑰《書吏商贈趙仲堅題其後》：余從兄之子伯時一女，謹擇所歸，近以歸趙仲堅，佳公子也。既尉新城，以此卷來求，余言：「老矣，幾與世相忘，素不長於吏道，又非能言者，何以告子？」惟仲堅大父龍學少師，一世吏師，光顯於朝，精明强敏，誠有不可及。聞其在上虞時，忍貧如鐵石，已爲半刺，猶執卷田間，躬視僕夫糞田灌蔬，竟日一肉。故曰：人有不爲也，而後可以有爲。知宗，長子也，繼有賢譽。仲堅廉謹詳練，師祖若父，尚何他求？爲書柳河東《吏商》以贈，而繫以此。仲堅勉之哉！（《攻媿集》卷七二）

林希逸《學記》：柳河東之言有害於理者，《吏商》一則尤甚也。董子曰：「正其義不謀其利，明其道不計其功。」若以利心而爲廉，豈有識者所爲哉？況誠明、明誠之論，尤爲失當。利進而害退，又曰「明而誠者」乎？末言孟子緩而孔子急，果何所據云？爾學術不正，莫甚於斯，是豈可以爲訓？（《竹溪鬳齋十一藁》續集卷二八）

《新刊增廣百家詳補注唐柳先生文》卷二〇引黄唐曰：聖賢之道，行之以誠，區區名利，一切處之以無心。子厚爲廉將以爲商，使天下之廉者皆執是説，以要利禄，則必有弊車羸馬、惡衣菲食以沽名譽者多矣。率天下以爲僞，未必不自斯説啟之。

蔣之翹輯注《柳河東集》卷二〇引陳仁錫曰：即《宋清傳》意而鬯言之，已極痛快。

儲欣《河東先生全集録》卷三：吏而商也，百感千吁。

何焯《義門讀書記》卷三六：此文與《謗譽》二篇亦相類，或非柳所作。

孫琮《山曉閣選唐大家柳柳州全集》卷四：就吏商中分出汙吏、廉吏兩種人來。汙吏以黷貨致敗，是宦之拙者也；廉吏以清潔尊顯，是宦之巧者也。不但理義要明，即以利害相較，亦必去彼取此，唤醒宦途大夢，莫此最爲親切。末以孔孟作收，文情尤自奇矯。

焦循批《柳文》卷一〇：何嘗不淡折？然其中有精氣充之，故非枯木朽荄。

東海若

東海若陸遊，登孟諸之阿〔一〕，得二瓠焉〔二〕。刳而振其犀以嬉〔三〕，取海水雜糞壤蟯蚘而實之〔四〕，臭不可當也。窒以密石，舉而投之海。逾時焉而過之，曰：「是故棄糞耶？」其一徹聲而呼曰：「我大海也。」東海若呀然笑曰①〔五〕：「怪矣。今夫大海，其東無東，其西無西，其北無北，其南無南，旦則浴日而出之，夜則滔列星，涵太陰〔六〕，揚陰火珠寶之光以爲明〔七〕，其塵霾之雜不處也〔八〕，必泊之西澨〔九〕。故其大也深也潔也光明也，無我若者。今汝，海之棄滴也，而與糞壤同體，臭朽之與曹，蟯蚘之與居，其狹咫也〔一〇〕，又冥暗若是，而同之海，不亦羞而可憐哉！子欲之乎？吾將爲汝抉石破瓠，盪群穢於大荒之島〔一一〕，而同子於向之所陳者，可乎？」糞水泊然不悦曰：「我固同矣，吾又何求於若？吾之性也②，亦若是而已矣。穢者自穢，不足以害吾潔；狹者自狹，不足以害吾廣；幽者自幽，不足以害吾明。而穢亦海也，狹亦海也③，幽亦海也，突然而往，于然而來〔一二〕，孰非海者？子去矣，無亂我。」其一聞若之言，號而祈曰：「吾毒是久矣，吾以爲是固然不可異也，今子告我以海之大，又目我以故海之棄糞也④，吾愈急焉。涌吾沫不足以發其窒，旋吾波不足以穴瓠之腹也，就能之，窮歲月耳。願若幸而哀我哉！」東海若乃抉石破瓠⑤，投之孟諸之陸，盪其穢於大荒之島，而水復於海，盡得向之所陳者焉。而向之一者，終與臭腐處而不變也⑥。

今有爲佛者二人，同出於毗盧遮那之海〔一三〕，而汩於五濁之糞⑦〔一四〕，而幽於三有之瓠〔一五〕，而窒於無明之石⑧〔一六〕，而雜於十二類之蟯蚘〔一七〕。人有問焉，其一人曰：「我佛也。毗盧遮那、五濁、三有、無明、十二類，皆空也，一也。無善無惡，無因無果，無脩無證，無佛無衆生，皆無焉。吾何求也？」問者曰：「子之所言，性也，有事焉。夫性與事，一而二、二而一者也。子守而一定⑨，大患者至矣。」其人曰：「子去矣，無亂我。」其一人曰：「嘻！吾毒之久矣。吾盡吾力而不足以去無明，窮吾智而不足以超三有、離五濁，而異夫十二類也。就能之，其大小劫之多不可知也，若之何？」問者乃爲陳西方之事，使修念佛三昧一空有之説〔一八〕。於是聖人憐之，接而致之極樂之境〔一九〕，而得以去群惡，集萬行，居聖者之地，同佛知見矣。向之一人者，終與十二類同而不變者也。夫二人之相違也⑩，不若二瓠之水哉！今不知去一而取一，甚矣！

【校記】

①注釋音辯本「笑」上有「而」。

②吾，詁訓本作「我」。

③注釋音辯本、游居敬本無「亦海也」三字。

④詁訓本無「故」字。

⑤乃，注釋音辯本作「其」，並注：「其，一本作乃字。」

⑥與，原作「興」，據諸本改。

⑦汩，原作「汨」，據世綵堂本、《全唐文》改。

⑧窒，《英華》作「室」。石，原作「室」，據注釋音辯本、五百家注本、世綵堂本、《全唐文》改。

⑨ 定，注釋音辯本作「定則」，並注：「（而一定）一本『而則』字。」原注與世綵堂本注：「一有則字。」

⑩ 違，原作「遠」，據注釋音辯本、詁訓本改。二本注：「違，一本作遠。」原注與世綵堂本注：「遠，一作違。」

【解　題】

［注釋音辯］海神名。［韓醇詁訓］其論謂陳西方之事，使修念佛三昧，與《永州修浄土堂記》意相表裏。當是在永時爲巽上人作。按：章士釗《柳文指要》上《體要之部》卷二〇：「細味此文一過，而知作者之意，殆有取於糞壤之言。」又：「至《東海若》，篇幅擘爲兩半，一紀録海若之處置二瓠，一分别二人爲佛之所成就，分之兩美，合而兩傷，以文而言，難臻上品。吾三復斯文，終無法決定其可語上，於是乎書。」章對文意之解未的，韓醇之説有道理，惜言之未詳。此當是一篇宣揚佛教浄土之文，而出之以寓言的形式。文中「念佛三昧」者被接引至西方浄土，而「無修無證」者則永遠與臭腐爲伴。「無修無證」者既然認爲一切皆空，西方浄土自然也不存在，解脱只能靠自度。柳宗元則認爲「性」離不開「事」，佛性的修煉也離不開實踐，通過持戒、念佛等修行實踐，就可以進入極樂世界。柳宗元顯然不認爲心浄則浄，與臭腐爲伴而不以爲臭腐，非真浄也。此既是對禪宗南宗人士的批評，又曲折地反映了柳宗元希求解脱的心理。

【注釋】

〔一〕［注釋音辯］孟諸，澤名。在睢陽縣東北。［韓醇詁訓］東海若，東海神名也。孟豬，澤名。按《書》：「被孟豬。」注：「在荷東北。」荷音何，又士可切。諸，當從豕旁。［百家注集注］按《書》：「導荷澤，被孟豬。」注：「在荷東北。」《漢書·地理志》：「孟豬，在梁國睢陽縣東北。」《周禮》作「望諸」。［蔣之翹輯注］今在河南歸德府虞城。按：所引見《尚書·禹貢》。

〔二〕［韓醇詁訓］［百家注引張敦頤曰］瓠，匏也。胡故切。

〔三〕［注釋音辯］犀，瓜瓣。［韓醇詁訓］刳音枯。［百家注引孫汝聽曰］犀，瓜瓣。《詩》「齒如瓠犀」是也。刳，丘胡切。按：見《詩經·衛風·碩人》。

〔四〕［注釋音辯］童（宗説）云：蟯，如消切，腹中蟲。蚘音尤，又音回。［百家注引舊注］蟯蚘，人腹中蟲。按：韓醇詁訓本與童注同。

〔五〕［注釋音辯］［韓醇詁訓］呀，虚牙切。［百家注引童宗説曰］呀然，笑貌。

〔六〕［百家注引孫汝聽曰］太陰，月也。

〔七〕陰火，木華《海賦》：「陽冰不冶，陰火潛然。」海中鹽氣所生，陰晦之時，波如燃火。

〔八〕［韓醇詁訓］霾音埋。

〔九〕［注釋音辯］（湓）音晢。水邊增土。［韓醇詁訓］音晢。

〔一〇〕［百家注引孫汝聽曰］八寸曰咫。

〔一二〕［韓醇詁訓］盪音蕩。

〔一三〕［蔣之翹輯注］韓文：「于于然而來。」按：于然，悠然自得貌。《莊子·盜跖》：「卧則居居，起則于于。」韓愈《上宰相書》：「于于焉而來矣。」

〔一三〕［蔣之翹輯注］《道院集》：「毗盧遮那華，言是種種光明照遍。」按：毗盧遮那，佛名，即密宗大日如來。《大日經疏》卷一六《入祕密漫荼羅位品》：「所謂毗盧遮那者，日也，如世間之日，能除一切陰冥，能生長一切萬物，成一切衆生事業，今法身如來亦復如是，故以爲喻也。」

〔一四〕［蔣之翹輯注］《彌陀經》：「五濁：劫濁、見濁、煩惱濁、衆生濁、命濁。」按：《法華經·方便品》：「諸佛出於五濁惡世，所謂劫濁、煩惱濁、衆生濁、見濁、命濁。」清釋實賢《東海若解》：「五濁者，一劫濁，乃至五命濁。此五皆以染汙爲義，故喻之如糞。」

〔一五〕［蔣之翹輯注］《婆娑經》：「欲有、色有、無色有。有者何？爲一切有漏法是。佛言，若業能令後生相續是有。」按：釋實賢《東海若解》：「三有即三界，謂欲、色、無色。隔歷不同，故曰界。因果不無，故稱有。三有區局衆生，故喻如瓠。」

〔一六〕［蔣之翹輯注］（《婆娑經》）又云：「生滅故云有。墮苦集諦中，是有。」無明，即釋氏云無明火也。按：佛言無明有愈闇，缺乏真知之意。《大乘義章》卷二：「於法不了名無明。」又卷四：「言無明者，癡暗之心，體無慧明，故曰無明。」釋實賢《東海若解》：「四大區局六識，義亦如是，並得名焉。無明窒礙法性，故喻如石。」

〔一七〕［百家注引孫汝聽曰］十二類，謂子爲鼠、丑爲牛之類。按：釋實賢《東海若解》：「十二類不離三界，如蟯蚘不離人腹。」又：「言十二類者，謂胎、卵、濕、化、有色、無色，乃至非有想、非無想，如《楞嚴》所明。此之十二皆衆生數攝，如證四果，出三界，則非十二類所能攝矣。」

〔一八〕三昧，佛家語，梵語音譯，意爲「定」、「正定」等，即排除一切雜念，使心神平定。《智度論》卷七：「善心一處不動，是名三昧。」

〔一九〕極樂之境，佛教稱阿彌陀佛所居的世界。《阿彌陀經》：「從是西方，過十萬億佛土，有世界名曰極樂。……其國衆生，無有衆苦，但受諸樂，故曰極樂。」

【集　評】

蘇軾《題所書東海若後》：軾久欲書柳子厚所作《東海若》一篇刻之於石，置之浄住院無量壽佛堂中。元祐六年二月九日，與海陵曹輔、開封劉季孫、永嘉侯臨會堂下，遂書以遺僧從本，使刻之。（《蘇軾文集》卷六九《題跋》）

釋宗曉《樂邦文類》卷二引釋寶曇《跋東海若》：浄土之旨，無善惡、無取捨、無静亂、無男女，一念真正，決定往生。或者置疑於其間，先佛豈不能也。柳子厚《東海若》是亦《莊子》亡羊之詞，吾能自信不疑，何慮浄土之不生也？爲普照書此，爲來者勸。紹熙五年三月望，橘洲老衲（寶曇）敬書。

釋宗曉《跋東海若》：《東海若》一篇，誠爲《樂邦文類》之冠。本朝東萊（吕祖謙）集《麗澤文粹》亦曾編入，竊恐吕公徒愛西方之文，未必履行西方之行，而作西方之歸也。嗚呼！昔人以浄土爲妄誕，柳公故作斯文以譏其失，大哉，達佛旨者也！近世沮兹道者猶多，豈不愧於柳乎？愚頃過霅上，於李子濟家得東坡碑刻及跋文以刊之，乃知前輩高明亦有賞音者。今併橘洲之跋以刊之，庶發人之深信也。（《樂邦文類》卷二）

黄震《黄氏日鈔》卷六〇：《東海若》二瓠喻學佛者。

《王荆石先生批評柳文》卷五：有關繫。

蔣之翹輯注《柳河東集》卷二〇：此以二瓠喻學佛者，其言旨猥雜，似不可存。

何焯《義門讀書記》卷三六：是其永州儗《莊》之作。

釋實賢《東海若解序》：《東海若》者，昔有唐柳子厚愍學佛者知見不同，於浄土法門信毁不一，其間利害，不啻天淵，欲令知所去取，以造乎心性之極致，故作此文也。第習儒者，既以佛理而致之弗究，學佛者又以文字而漫不經心，間有聰明之士多闕信根，設具信根，復無智慧，致使深文奥義，韜晦於殘編斷簡中，莫之通達，豈不惜哉！因申名其義，以爲解釋，庶幾爲初機勸發之一助云。（釋實賢《東海若解》）

柳宗元集校注卷第二十一

題序①

讀韓愈所著毛穎傳後題②

自吾居夷③〔一〕，不與中州人通書。有來南者，時言韓愈爲《毛穎傳》，不能舉其辭，而獨大笑以爲怪，而吾久不克見。楊子誨之來〔二〕，始持其書，索而讀之，若捕龍蛇，搏虎豹〔三〕，急與之角而力不敢暇，信韓子之怪於文也。世之模擬竄竊，取青媲白〔四〕，肥皮厚肉，柔筋脆骨，而以爲辭者之讀之也，其大笑固宜。

且世人笑之也，不以其俳乎〔五〕？而俳又非聖人之所棄者。《詩》曰：「善戲謔兮，不爲虐兮〔六〕。」太史公書有《滑稽列傳》〔七〕，皆取乎有益於世者也。故學者終日討說答問④，呻吟習復，應對進退，掬溜播灑⑤〔八〕，則罷憊而廢亂〔九〕，故有息焉游焉之說。不學操縵，不能安絃⑥〔一〇〕，有所拘者，有所縱也。大羹玄酒〔一一〕，體節之薦〔一二〕，味之至者。而又設以奇異小蟲、水草、樝梨、橘柚〔一三〕，苦鹹酸辛，雖蜇吻裂鼻〔一四〕，縮舌澀齒，而咸有篤好之者。文王之昌蒲葅〔一五〕，屈到之芰〔一六〕，曾皙之羊棗〔一七〕，然後盡天下之奇味以足於口⑦。獨文異乎？韓子之爲也，亦將弛焉而不爲虐歟⑧〔一八〕？息焉游焉而有所縱歟？盡六藝之奇味以足其口歟⑨？而不若是，則韓子之辭若壅大川焉，其必決而放諸陸〔一九〕，不可以不陳也。

且凡古今是非六藝百家，大細穿穴用而不遺者⑩，毛穎之功也。韓子窮古書，好斯文，嘉穎之能盡其意，故奮而爲之傳，以發其鬱積，而學者得以勵⑪，其有益於世歟！是其言也固與異，世者語而貪常嗜瑣者〔二〇〕，猶呫呫然動其喙〔二一〕，彼亦甚勞矣乎⑫！

【校　記】

①詁訓本「題序」下有「六首」二字。

②著，《英華》作「作」。

③吾，《英華》作「古」。

④説，《文粹》作「論」。

⑤播，《文粹》作「掩」。

⑥原注與世綵堂本注：「絃，一作弦。」注釋音辯本注：「絃，《禮記》作『弦』，並出《學記》云。」

⑦「奇」原闕，據諸本補。

⑧不爲，《英華》作「不」。

⑨其，《英華》作「於」。

⑩《英華》校曰：「遺，一作匱。」

⑪以，注釋音辯本、世綵堂本、《英華》、《文粹》作「之」。

⑫注釋音辯本、游居敬本、《全唐文》無「彼」字。注釋音辯本注：「一本『亦』上有『彼』字。」甚勞，注釋音辯本、詁訓本、五百家注本、《英華》作「勞甚」。

【解　題】

［韓醇詁訓］據集元和五年十一月《與楊誨之書》云：「足下所持韓生《毛穎傳》來，僕甚奇其書，恐世人非之，今作數百言，知前聖不必罪俳也。」題當同時作。俳音排。［百家注引文讜曰］退之《毛穎傳》見韓集三十六卷，此不復載。按：韓説有理，可定此文作於元和五年。韓愈《毛穎傳》爲游戲之文，隱約若有寓意在其中，柳宗元既賞其諧謔，亦云「以發其鬱積」，可謂韓愈知音。《唐文粹》卷八四裴度《寄李翺書》云：「近或聞諸儕類云：恃其絶足（按：指韓愈），往往奔放，不以文立制，而以文爲戲，可矣乎？可矣乎？」即指韓愈的此類文章。《册府元龜》卷八四一：「（韓愈）又爲《毛穎傳》，譏戲不近人情，此文章之甚謬者。」

【注　釋】

〔一〕［注釋音辯］［百家注引孫汝聽曰］謂爲永州司馬。

〔二〕［注釋音辯］楊憑之子。［百家注引王儔補注］誨之，楊憑之子。

〔三〕［百家注引孫汝聽曰］搏，擊也。

〔四〕［注釋音辯］（媲）匹詣切。《爾雅》曰：「配也。」［韓醇詁訓］媲，匹計切。《爾雅》曰：「媲，配也。」

〔五〕［注釋音辯］俳音排，戲也。［百家注引孫汝聽曰］《説文》云：「俳，戲也。」音排。

〔六〕［百家注引童宗説曰］《詩·淇奥》之辭。按：見《詩經·衛風·淇奥》。

〔七〕［注釋音辯］滑音骨，亂也。稽音雞，同也。辯捷之人言非若是，言是若非，能亂同異也。潘（緯）云：圜轉縱捨無窮之狀。又《史記》云：「猶俳諧也。」滑，如字。稽音計。以言諧語滑，利其智計百出。」［韓醇詁訓］滑音骨，稽音雞。［蔣之翹輯注］《史記·滑稽傳》載淳于髡、優孟、優旃三人。按：百家注本引孫汝聽注與童宗説注略同。

〔八〕［注釋音辯］溜，力救切。謂灑掃。［韓醇詁訓］掬音菊。溜，力救切。按：此以捧水灑地喻不能無漏灑。

〔九〕［注釋音辯］罷與疲同。憊，薄拜切。［韓醇詁訓］罷音疲。憊，蒲拜切。

〔一〇〕［注釋音辯］操，七刀切。縿，末旦切。［韓醇詁訓］操，切刀切。見《禮記》注：「操縵，雜弄也。」〔蔣之翹輯注〕游焉、息焉、不學、不能，俱出《禮記》。按：見《禮記·學記》。

〔一一〕〔百家注引孫汝聽曰〕《禮記》：「大羹不和。」注云：「大羹，肉汁也。不加鹽梅。」「玄酒在室」，注云：「玄酒，明水，蓋陰鑒所取之水也。」按：「大羹不和」見《禮記·禮器》，「玄酒在室」見《禮記·禮運》。

〔一二〕〔百家注引孫汝聽曰〕體謂全體。節謂折節。

〔一三〕〔韓醇詁訓〕樝音查。〔百家注引孫汝聽曰〕樝，似梨而酢。橘柚，似橙而酢。按：《莊子·天運》：「故譬三皇五帝之禮義法度，其猶柤梨橘柚邪？其味相反而皆可於口。」柤同樝。

〔一四〕〔注釋音辯〕蜇音哲，蟲螫也。吻，武粉切，口邊。〔韓醇詁訓〕蜇音折，螫也。〔百家注引童宗説曰〕蜇，蟲蜇也，音哲。吻，無悶切。

〔一五〕〔注釋音辯〕童（宗説）云：（葅）側魚切。亦作菹。〔韓醇詁訓〕側魚切。周文王嗜昌蒲葅。〔百家注引韓醇曰〕《吕氏春秋》云：「文王嗜菖蒲葅，孔子聞而效之，縮頸而食之。三年，然後勝之。」按：見《吕氏春秋·孝行·遇合》。葅，醃菜。

〔一六〕〔注釋音辯〕屈，九勿切。《國語》：「屈到嗜芰。」〔韓醇詁訓〕（芰）音騎。楚屈到嗜芰，有疾，召其宗老，屬之曰：「祭我必以芰。」〔蔣之翹輯注〕芰，菱也。兩角爲菱，四角爲芰。按：見《國語·楚語上》。

〔一七〕〔韓醇詁訓〕曾皙嗜羊棗，而曾子不忍食羊棗。按：百家注引作《孟子》，尚云：「皙，曾點字。」

見《孟子·盡心下》。何焯《義門讀書記》卷六《孟子下》：「羊棗非棗也，乃柹之小者。初生色黄，熟則黑，似羊矢，其樹再接即成柹矣。余乙亥客授臨沂，始覩之。沂近魯地，可據也。今俗呼牛嬭柹，一名梬棗，而臨沂人亦呼羊棗曰梬棗，此尤可證。柹之小者，通得棗名，不必以《爾雅》遵羊棗之説爲疑。若邵武士人僞作正義，以羊棗爲樲棘之屬，則甚謬。此乃《本草》所收酸棗也，自出山石間，色赤味酸。」

〔一八〕［百家注引韓醇曰］《禮記》：「張而不弛，文武弗能也。」《詩》：「不爲虐兮。」虐，吁謔切。按：見《禮記·雜記下》。

〔一九〕［百家注引孫汝聽曰］《國語》：「防民之口，甚於防川。川壅而潰，傷人必多。」按：見《國語·周語上》。

〔二〇〕［百家注引孫汝聽曰］瑣，細也。

〔二一〕［注釋音辯］呫，他叶切。多言貌。（喙）呼惠切。［韓醇詁訓］呫，他協切，嘗也。喙，呼惠切。［百家注引王儔補注］呫呫，多言貌。按：呫呫，同「喋喋」。韓注非是。

【集　評】

洪邁《容齋隨筆》卷七：《毛穎傳》初成，世人多笑其怪，雖裴晉公亦不以爲可，惟柳子獨愛之。韓子以文爲戲，本一篇耳，妄人既附以《革華傳》，至於近時《羅文》、《江瑶》、《葉嘉》、《陸吉》諸傳，紛紜雜沓，皆託以爲東坡，大可笑也。

吴子良《荆溪林下偶談》卷二：柳子厚云：「夫文爲之難，知之愈難耳。」是知文之難，甚於爲文之難也。蓋世有能爲文者，其識見猶倚於一偏，況不能爲文者乎？昌黎《毛穎傳》，楊誨之猶大笑以爲怪，誨之蓋與柳子厚交游，號稍有才者也。

劉祁《歸潛志》卷八：嘗曰：之純雖才高，好作險句怪語，無意味。亦不喜司馬遷《史記》，云失支墮節者多。韓退之《原道》如此好文字，末曰：「人其人，火其書」，太下字。柳子厚「肥皮厚肉，柔筋脆骨」之類，此何等語？千古以來，惟推東坡爲第一人。

吴訥《文章辨體序説·題跋》：按蒼崖《金石例》云：「跋者，隨題以贊語於後，前有序引，當掇其有關大體者，以表章之。須明白簡嚴，不可墮人窠臼。」予嘗即其言考之：漢、晉諸集，題跋不載，至唐韓、柳，始有讀某書及讀某文題其後之名。迨宋歐、曾而後，始有跋語，然其辭意亦無大相遠也。故《文鑑》、《文類》總編之曰題跋而已。

又《雜體》：昔柳柳州《讀退之毛穎傳》有曰：「善戲謔兮，不爲虐兮。」學者終日討説習復，則罷憊而廢亂，故有「息焉游焉」之説。譬諸飲食，既薦味之至者，而奇異苦鹹酸辛之物，雖蜇吻裂鼻、縮舌澀齒，而咸有篤好之者，獨文異乎？予於是而知雜體之詩，蓋類是也。

《王荆石先生批評柳文》卷六：取青媲白，肥皮厚肉，今文之病全在此，然乃家珍弊帚，真元氣一厄。有志者會，當乞祖龍之炬耳。

茅坤《唐宋八大家文鈔》卷二五：子厚深服昌黎，故其題如此，亦其讓能之一端也。

蔣之翹輯注《柳河東集》卷二一：總只説昌黎之以文滑稽耳。議論反覆，不見重疊，是其運筆妙處。「毛穎之功也」句下：上言退之之游衍於文，無所不可其意已了，此又補出毛穎功，更見得傳之作自不容已。

毛奇齡《季跪小品制文引》：韓愈爲《毛穎傳》，人皆笑之，獨柳州刺史嘆爲奇文，此則《梓人》、《橐駝》之所由昉也。（《西河集》卷五八）

姜宸英《求志軒集題辭》：韓退之爲《毛穎傳》，時人傳笑以爲怪，獨柳子厚深善之，以爲弛焉而不爲虐，息焉游焉而不爲縱，然此猶淺之乎知韓也。凡古人文字不輕下筆，雖一時游戲滑稽之文，其中必有含諷譏切，關於比興，惟其稱物小而寓意大，屬辭近而取旨遠，故足傳也。（《湛園集》卷七）

儲欣《河東先生全集録》卷三：韓傳柳題，猶伯牙鼓琴，鍾期聽之，宜其踴躍歎賞，不遺餘力也。昌黎俳諧見許柳州，以此知材分相去，僅若尋常，則其學問性情嗜好，必有格格不相入者。觀張水部書，則知之矣。

孫琮《山曉閣選唐大家柳柳州全集》卷四：此篇前後有前後妙處，中間有中間妙處。前幅一起，獨表韓文一段，痛掃世人一段，已是寫得出色。妙在後幅説韓子之文與世異者語，不與世人語，隱隱繳到自己，獨表韓文與世人嘲笑二段，首尾綰結，又是加倍出色。中幅一段説韓子此文無害其俳，一段説韓子此文是游息之法，一段説韓子此文是嗜奇之想，已是寫得精采。妙在四段忽將上三段一總，説韓子不如此，其才更有不可遏者，得此反寫一筆，便覺上三段岌岌有勢，又是加倍精采。

姚範《援鶉堂筆記》卷五〇：《讀韓愈所著毛穎傳後題》：「不學操縵，不能安絃，有所拘者，有所縱也。」按鄭注「操縵雜弄」，疏言人將學琴瑟，若不先學調絃雜弄，則手指不便，不能安正其絃，非謂釋其拘也。（方東樹按：《説文》弦以弓，象絲軫之形。鉉曰：「今別作絃非是。」）「而不若是，則韓子之辭，若壅大川焉，其必決而放諸陸，不可以不陳也。」此言韓子不能已於辭有若是者，非謂慮其壅且決焉而爲之也。望溪誤讀。

焦循《書韓退之毛穎傳後》：昌黎韓氏作此文，當時多笑之者，柳州辨之，以明夫張弛拘縱之理，誠通儒之論哉。然而人不能學昌黎，而類能學其《毛穎傳》，人不能服膺柳州他論文之言，而類能服膺其題《毛穎傳》之言。豈真以蟄吻裂鼻縮舌澀齒之物，而可以常服哉！縱易而拘難，張苦而弛便也。且昌黎之前未有此文，此昌黎之文所以奇。有昌黎之文，踵而效之則陋矣。是故柳州重其文，而未嘗效其作。蘇長公乃有黄柑、陸吉、葉嘉、杜處士、温陶君等傳，不憚再三爲之，其亦好爲俳矣。長公吾且不取，他無論焉。（《雕菰集》卷一八）

焦循批《柳文》卷五：用筆便靈動，不可測。又：實能發出大道理，真有功世道之文。吾每服柳子爲通儒，於此益信然。「獨文異乎」句下：折法。此段轉屬餘意。須知柳州借此以立論，不專爲昌黎解嘲也。自有此文，而後之效顰者不一而足，則又柳子啟之耳。不能爲昌黎，徒效其傳毛穎，則蟄吻、裂鼻、縮舌、澀齒之物，又烏可常服乎？

劉開《書毛穎傳後》：人之情有不可以理解者。韓退之之闢浮屠也，其辭有益於世教者也，而柳子厚不以爲然。其爲《毛穎傳》也，辭之近於滑稽者也，而柳子厚見而驚歎。豈嗜好之偏，古人亦有不免者耶？非也。柳之於韓，業同而趨向異者也。韓子志在明道，故力排異端，以維聖學。柳子致力於文辭也與韓同，其好奇亦同，故得此傳急欲與之角力而不敢懈。其不能拒浮屠者，根本之學不足也。且柳以遠竄不復，與世永棄，故遺物放志，有取乎釋氏之言。韓、柳之不能强合如此。君子之取友，唯其是而已，奚必以同乎己爲賢哉？（《孟塗文集》卷一）

劉熙載《藝概·文概》：張籍謂昌黎與人爲無實駁雜之説，柳子厚盛稱《毛穎傳》，兩家所見，若相逕庭。顧韓之論文曰醇曰肆，張就「醇」上推求，柳就「肆」上欣賞，皆韓志也。

林紓《韓柳文研究法·柳文研究法》：昌黎之文，雖裴度猶引以爲怪，矧在餘人。千秋知己，惟一柳州。故昌黎之哭柳州，尤情切而語摯。即如《毛穎》一傳，開古來未開之境界，較諸《餓鄉記》尤奇，則宜乎貪常嗜瑣者之笑也。昌黎每有佳製，柳州必有一篇與之抵敵，獨《毛穎傳》一體無之，故有《讀毛穎》之作。俳字，是通篇之主人翁，以下節節爲俳字開釋，引《詩》，引史書，均爲昌黎出脱。太羹玄酒外，嗜者尚有菖蒲、芰與羊棗之類，見得古文於道理之外，拘極而縱，殊無傷也。然使裴晉公讀之，則柳州亦將爲昌黎分謗矣。

【附録】

韓愈《毛穎傳》：毛穎者，中山人也。其先明眎，佐禹治東方土，養萬物有功，因封於卯地，死爲十二神。嘗曰：「吾子孫神明之後，不可與物同，當吐而生。」已而果然。明眎八世孫䨲，世傳當殷時，居中山，得神仙之術，能匿光，使物竊恒娥，騎蟾蜍入月，其後代遂隱不仕云。居東郭者曰㕙，狡而善走，與韓盧爭能，盧不及。盧怒，與宋鵲謀而殺之，醢其家。秦始皇時，蒙將軍恬伐楚，次中山，將大獵以懼楚，召左庶長與軍尉，以連山筮之，得天與人文之兆。筮者賀曰：「今日之獲，不角不牙，衣褐之徒，缺口而長鬚，八竅而趺居。獨取其髦，簡牘是資，天下其同書。秦其遂兼諸侯乎？」遂獵圍毛氏之族，拔其毫，載穎而歸。獻俘於章臺宮，聚其族而加束縛焉。秦皇帝使恬賜之湯沐，而封諸管城，號管城子，日見親寵任事。穎爲人强記而便敏，自結繩之代，以及秦事，無不纂録。陰陽、卜筮、占相、醫方、族氏、山經、地志、字書、圖畫、九流、百家、天人之書，及至浮屠、老子、外國之説，皆所詳悉。又通於當代之務，官府簿書、市井貨錢注記，惟上所使。自秦皇帝及太子扶蘇、胡亥、丞相李斯、中車府令高，下及國人，無不愛重。又善隨人意，正直邪曲巧拙，一隨其人。雖後見廢棄，終默不洩。惟不喜武士，然見請亦時往。累拜中書令，與上益狎，上嘗呼爲中書君。上親決事，以衡石自程，雖宫人不得立左右，獨穎與執燭者常侍上，休乃罷。穎與絳人陳玄、弘農陶泓，及會稽楮先生友善，相推致，其出處必偕。上召穎三人者，不待詔，輒俱往，上未嘗怪焉。後因進見，上將有任使，拂拭之，因免冠謝。上見其髮秃，又所摹畫不能稱上意，上嘻笑曰：「中書君老而秃，不任吾用。吾嘗謂君中書，而今不中書耶？」對曰：「臣所謂盡心者。」因不復召，歸封邑，終於管城。其子孫甚多，散處中國，皆冒管城，惟居中山者能繼父祖業。太史公曰：毛氏有兩族，其一姬姓，文王之子，封於毛，所謂魯衛毛聃者也。戰國時，有毛公、毛遂，獨中山之族，不知其本所出，子孫最爲蕃昌。《春秋》之成，見絶於孔子，而非其罪。及蒙將軍拔中山之毫，始皇封之管城，世遂有名，而姬姓之毛無聞。穎始以俘見，卒見任使。秦之滅諸侯，穎與有功，賞不酬勞，以老見疏，秦真少恩哉！（《韓昌黎全集》卷三六）

裴墐崇豐二陵集禮後序①

傳曰「《詩》、《書》執禮」〔一〕。禮不執則不行②。自開元制禮，大臣諱避去《國恤》章，而山陵之禮遂無所執，世之不學者，乃妄取預凶事之説，而大典闕焉〔二〕。由是累聖山陵，皆摭拾殘缺，附比倫類，已乃斥去，其後莫能徵。永貞、元和間，天禍仍遘〔三〕，自崇陵至于豐陵〔四〕，不能周歲。司空杜公由太常相天下③〔五〕，連爲禮儀使，擇其僚以備損益，於是河東裴墐以太常丞、隴西辛祕以博士用焉〔六〕。内之則攢塗祕器〔七〕，象物之宜〔八〕；外之則復土斥上〔九〕，因山之制〔一〇〕。上之則顧命典册〔一一〕，與文物以受方國④，下之則制服節文〔一二〕，頒憲則以示四方。由其肅恭，禮無不備，且苞并總統⑤，千載之盈縮；羅絡旁午〔一三〕，百氏之異同。搜揚翦截，而畢得其中；顧問關決，而不悖於事。議者以爲司空公得其人，而邦典不墜。裴氏乃悉取其所刊定⑥，及奏復于上，辨列于下，聯百執事之儀，以爲《崇豐二陵集禮》，藏之于太常書閣，君子以爲愛禮而近古焉⑦。

昔韋孟以《詩》、《禮》傅楚，而郊廟之制，卒正於玄成〔一四〕。鄭玄以箋注師漢，而禪代之儀，卒集於小同〔一五〕。賈誼以經術起，而嘉最好學〔一六〕。盧植以儒學用，而諶爲祭法〔一七〕。舊史咸以爲榮。今裴氏，太尉公以禮匡義〔一八〕，嗣侍中公以禮議封禪⑧〔一九〕，祠部公以禮承大事〔二〇〕，大理公以禮輔東宮〔二一〕，而墐也以禮奉二陵，又能成書以充其闕，其爲愛禮近古也，源遠乎哉！

墐字封叔，其伯仲咸以文學顯於世〔二二〕。大理之兄正平節公〔二三〕，以儀範成家道，以文雅經邦政⑨〔二四〕，今相國郇公，其宗子也〔二五〕。郇公以孝友勤勞，揚于家邦⑩，遊其門若聞《韶》、《護》〔二六〕，入其廟如至鄒魯，恩溢乎九族，禮儀乎他門。則封叔之習禮也，其出於孝悌歟⑪？成書也，其本於忠敬歟？由於家而達於邦國，其取榮於史氏也果矣。

【校　記】

① 墐，原作「瑾」，據諸本改。《新唐書·宰相世系表一上》中眷裴氏裴儆子裴墐，字封叔，吉州長史。

其兄弟裴堅、裴埴、裴塤，名皆從「土」。

②原注與注釋音辯本、世綵堂本注：「一無『禮』、『執』二字。」

③下，《全唐文》作「子」。

④陳景雲《柳集點勘》卷二：「『與』疑『舉』誤。」當是。原注與世綵堂本注：「方，一作萬。」注釋音辯本、詁訓本作「萬」，並注：「萬，一作方。」

⑤原注與注釋音辯本、世綵堂本注：「晏本下『且』字作『具』。」詁訓本亦注：「一作『備具』。」若作「具」，「具」字屬上句，然文氣亦不順暢。

⑥取，詁訓本作「去」。

⑦「焉」下原有「者」，據注釋音辯本、《文粹》、《全唐文》删。注釋音辯本注：「一本無『近』字，一本無『而』、『古』二字，一本『焉』下有『者』字。」原注與詁訓本、世綵堂本注：「一無『而』、『古』字，一無『近』字，一無『者』字。」

⑧議，詁訓本作「義」。

⑨「以」上原有「又」，據注釋音辯本、五百家注本、世綵堂本删。

⑩原注與注釋音辯本、詁訓本、世綵堂本注：「一無『揚』字。」

⑪「悌」原闕，據諸本補。

【解　題】

［注釋音辯］墐，渠申切，又音僅。［韓醇詁訓］墐字封叔，嘗爲萬年令。公嘗誌其墓碣，謂其撰《崇豐二陵集禮》，藏之南閣，如序所言。據《唐書》，崇陵，德宗陵也。豐陵，順宗陵也。又據序云「司空杜公」，黄裳也。《宰相表》貞元二十年黄裳相，元和二年罷。二陵正其爲禮儀使時。然黄裳罷相後方檢校司空，此序當其罷相後作。「今相國郇公」者，裴均也。均本傳：元和三年入爲右僕射，俄檢校左僕射同中書門下平章事，爲山南東道節度，累封郇國公。故此序言相國郇公。以此時考之，當作於元和三年云。墐，渠巾切，又音僅。按：陳景雲《柳集點勘》卷二云：「『今相國郇公』，案郇公名均，元和二年爲左僕射，四年加平章事出鎮襄陽，故稱相國，蓋使相也。此文乃四年以後作。」陳説可從。《新唐書·藝文志二》儀注類：「裴墐《崇豐二陵集禮》，卷亡。」注曰：「墐字封叔，光庭曾孫。元和吉州刺史。」爲柳宗元姊夫。

【注　釋】

〔一〕［百家注引童宗説曰］《論語》之文。按：見《論語·述而》。

〔二〕［注釋音辯］《左傳》隱公元年：「豫凶事，非禮也。」［百家注引孫汝聽曰］《周禮》：「五禮：吉、凶、賓、軍、嘉也。」唐初從凶禮第五。顯慶三年正月，許敬宗、李義府上所修新禮，以爲凶事非臣子所宜言，去《國卹》一篇，自是天子凶禮遂闕。國有大故，則臨時採掇附比以從事，事已，則諱而不傳，故後世無考。按：《大唐開元禮》一百五十卷，《凶禮》中無《國卹》篇。

〔三〕［百家注引劉嵩曰］貞元二十一年正月德宗崩。元和元年正月順宗崩。

〔四〕［注釋音辯］德宗葬崇陵，順宗葬豐陵。［百家注引劉嵩曰］永貞元年十月，德宗葬崇陵。元和元年七月，順宗葬豐陵。

〔五〕［注釋音辯］杜黄裳。［百家注引韓醇曰］貞元二十年杜黄裳相，元和二年罷，其後檢校司空。

〔六〕［百家注引王儔補注］裴墐，字封叔，河東聞喜人。［百家注引孫汝聽曰］（辛）祕，貞元中擢明經第，其學於《禮》家尤洽。高郢爲太常卿，奏爲主簿，再辟禮儀使府。

〔七〕［注釋音辯］攢與菆同，徒丸切。殯也。祕器，作棺象物，塗車芻靈之屬。［百家注引孫汝聽曰］攢，積木以殯也。《漢舊儀》云：「東園祕器作棺梓，素木長二丈，崇廣四尺。」攢，徂丸切，通作「菆」。

〔八〕［百家注引孫汝聽曰］謂塗車芻靈之屬。

〔九〕［注釋音辯］《漢文紀》「張武爲復土將軍」。謂穿壙下棺。又《惠帝紀》「斥上」注：「斥，開也，謂開土地爲冢壙。」又《文帝贊》：「因其山，不起墳。」［百家注引孫汝聽曰］《漢文紀》「張武爲復土將軍」。復土，謂穿壙下棺，已而填之，即以爲墳，故云復土。復，反也。《漢惠紀》：「賜視作斥上者，將軍四十金。」服虔云：「斥上，壙上。」如淳曰：「斥，開也。開土爲冢壙，故以開斥言之。」

〔一〇〕［百家注引孫汝聽曰］《漢文贊》：「治霸陵，因其山，不起墳。」

〔一一〕［百家注引王儔補注］顧命，臨終之命，謂遺詔也。

〔一二〕［蔣之翹輯注］節文言品節禮文也。

〔一三〕［世綵堂］旁午，注見前，猶言交橫也。［蔣之翹輯注］《漢書・霍光傳》注：「一縱一横爲旁午。」

〔一四〕［注釋音辯］韋孟五世孫玄成。［韓醇詁訓］韋孟爲楚元王傅，作詩諷諫。其孫玄成以父任爲郎，元帝永光四年，詔議罷郡國廟，時玄成爲丞相，有《宜罷郡國宗廟》之議凡三。詳見本傳。按：見《漢書・韋賢傳》。百家注本引韓醇注尚云：「韋孟，彭城人。」

〔一五〕［注釋音辯］鄭玄孫名小同。［韓醇詁訓］漢鄭玄注《周易》、《尚書》、《毛詩》、《儀禮》、《禮記》、《論語》、《孝經》、《尚書大傳》、《中候》、《乾象曆》，又著《天文七政論》、《魯禮禘祫義》、《六藝論》、《毛詩譜》等凡百餘萬言，稱爲儒宗。玄之孫曰小同，仕魏爲關内侯，高貴鄉公崇三老五更，以小同爲五更，車駕躬行古禮焉。按：見《後漢書・鄭玄傳》。百家注本引韓醇注尚云：「玄字康成，北海高密人。」

〔一六〕［注釋音辯］賈誼孫名嘉。［韓醇詁訓］賈誼年少，頗通諸家之書，文帝召爲博士，後爲梁懷王太傅，死。孝武初立，舉賈生之孫二人至郡守，賈嘉最好學，能世其家。按：見《漢書・賈誼傳》。

〔一七〕［注釋音辯］盧植五世孫諶。［韓醇詁訓］後漢盧植通古今學，懷濟世志，時竇武以靈帝初秉政，朝議欲加封，植雖布衣，聞武有名譽，乃以書規之，武不能用。建寧中徵爲博士，乃始起焉。五世孫諶，事晉爲中書侍郎，撰《祭法》，注《莊子》，以行於世。按：見《後漢書·盧植傳》、《晉書·盧欽傳》附盧諶。百家注本引韓醇注尚云：「植字子幹，涿郡人。事後漢，爲北中郎將。作《尚書章句》、《禮記解詁》。五世孫諶，字子諒。」

〔一八〕［注釋音辯］墐之高祖裴行儉。［韓醇詁訓］謂裴行儉，墐之高祖。

〔一九〕［注釋音辯］曾祖光庭。［韓醇詁訓］謂裴光庭，墐之曾祖。［百家注引文讜韓醇曰］謂墐之曾祖光庭也。開元十三年，玄宗將封泰山，恐突厥入寇，光庭爲兵部侍郎，言於宰相張説云云，説奏行之。

〔二〇〕［注釋音辯］祖稹，遷祠部員外郎。［韓醇詁訓］謂裴稹，墐之祖。［百家注引韓醇曰］謂墐之祖稹也。累官起居郎。開元末，玄宗以壽王瑁母寵，欲立爲太子，稹陳申生、戾園之禍以諫，上謝之。遷祠部員外郎。

〔二一〕［注釋音辯］父儆，大理卿。［韓醇詁訓］謂裴儆，墐之父。［百家注引韓醇曰］謂墐之父儆也，字九思。官至大理卿。

〔二二〕［注釋音辯］［百家注引孫汝聽曰］儆四子：堅、墐、墳、塤，皆有文學。

〔二三〕［注釋音辯］［百家注引孫汝聽曰］稹子倩，字容卿。

〔二四〕［百家注引孫汝聽曰］倩代第五琦爲度支郎中。

〔二五〕〔注釋音辯〕倩子均，字君齊。〔百家注引孫汝聽曰〕倩子均，字君齊，元和三年九月同平章事，封郇國公。

〔二六〕〔世綵堂〕韶，舜樂。護，湯樂。

【集評】

吴曾《能改齋漫録》卷五：柳子厚《裴瑾崇豐二陵集禮後序》曰：「自開元制禮，大臣諱避去《國恤》章，而山陵之禮遂無所執。世之不學者，乃妄取預凶事之説，而大典闕焉。」以上皆柳説。予按《舊唐書·李義府傳》云：「初，五禮儀注自前代相沿，吉凶畢舉，太常博士蕭楚材、孔志約，以皇室凶禮爲預備凶事，非臣子所宜言之，義府深然之，於是悉删而焚焉。」然則義府爲相，乃高宗之初，非開元矣。子厚唐人，不應其誤如此。

蔣之翹輯注《柳河東集》卷二一：「咸以爲榮」句下：謂以爲榮而稱之也。「源遠乎哉」句下：以「愛禮近古」四字應前。

康熙敕纂《御選古文淵鑒》卷三七：通篇惟用直叙，此所謂淵雅之音，故無須於抗墜也。禹修方岳貢曰：其文質老，不求媚於俗者。臣（王）鴻緒曰：山陵禮制，見於《周官》甚詳，開元諸臣從而諱之，其陋已甚。墐所撰禮得登於太常，而子厚表章之，可云卓識。臣（張）英曰：叙裴氏家學，意重於愛禮近古，柳文之極疊聰鷟耿者。

何焯《義門讀書記》卷三六：起五行甚有筆力。「與文物以受方國」：「與」字未詳。「昔韋孟以《詩》、《禮》傳楚」至「咸以爲榮」：因其書而並及其祖宗兄弟之美，此古人作序正體。「墐字封叔」：此下太煩。

焦循批《柳文》卷五：立格整齊，用詞茂美。蓋作文亦視乎題，以爲稱也。

柳宗直西漢文類序①

左右史混久矣。言事駁亂，《尚書》、《春秋》之旨不立〔一〕。自左丘明傳孔氏〔二〕，太史公述歷古今，合而爲《史記》②〔三〕，迄于今交錯相紏③〔四〕，莫能離其説。獨《左氏》、《國語》紀言，不參於事。《戰國策》、《春秋後語》〔五〕，頗本右史《尚書》之制④，然無古聖人蔚然之道，大抵促數耗矣⑤〔六〕，而後之文者寵之⑥。文之近古而尤壯麗，莫若漢之西京。班固書傳之，吾嘗病其畔散不屬〔七〕，無以考其變。欲采比義，會年長疾作，駑墮愈日甚⑦，未能勝也。幸吾弟宗直愛古書，樂而成之。搜討磔裂〔八〕，攟摭融結〔九〕，離而同之，與類推移，不易時月⑧，而咸得從其條貫，森然炳然⑨，若開群玉之府〔一〇〕。指揮聯累，圭璋琮璜之狀〔一一〕，各有列位，不失其序，雖第其價可也。以文觀之，則賦、頌、詩、歌、書、奏、詔、策、辯、論之辭畢具①；以語觀之，則右史紀言，《尚書》、《國語》、《戰國策》成敗興壞之説大備⑩，無不苞也。噫，是可以爲學者之端耶⑪！

始吾少時，有路子者〔一二〕，自贊爲是書，吾嘉而叙其意，而其書終莫能具，卒俟宗直也。故删取其叙，繫于左，以爲《西漢文類》首紀。殷、周之前，其文簡而野，魏、晉以降，則盪而靡，得其中者漢氏。漢氏之東，則既衰矣。當文帝時，始得賈生明儒術〔一三〕，武帝尤好焉⑫，而公孫弘、董仲舒、司馬遷、相如之徒作〔一四〕，風雅益盛，敷施天下，自天子至公卿大夫士庶人，咸通焉。於是宣於詔策，達於奏議，諷於辭賦，傳於歌謡。由高帝訖于哀、平、王莽之誅，四方之文章，蓋爛然矣。史臣班孟堅修其書，拔其尤者，充于簡册⑬，則二百三十年間⑭，列辟之達道〔一五〕，名臣之大範，賢能之志業，黔黎之風美列焉。若乃合其英精⑮，離其變通，論次其叙位，必俟學古者興行之。唐興，用文理⑯，貞元間，文章特盛，本之三代，浹于漢氏⑰〔一六〕，與之相準。於是有能者，取孟堅書，類其文，次其先後，爲四十卷。

【校　記】

①《英華》題作「西漢文類序」。

②「記」原闕，據注釋音辯本、《英華》、《文粹》等補。原注與詁訓本、世綵堂本注：「一有『記』字。」

③ 紥，《英華》作「亂」。

④ 右，《英華》作「古」。

⑤ 抵，《英華》作「都」。

⑥ 文，《英華》作「本」。原注與注釋音辯本、詁訓本、世綵堂本注：「寵，一本作襲。」

⑦ 《文粹》、《全唐文》無「愈」字，《英華》無「日」字。

⑧ 易，詁訓本作「移」。

⑨ 注釋音辯本無「炳然」二字。

⑩ 「國語」原闕，據《英華》、《文粹》、《全唐文》補。壞，詁訓本作「廢」，《文粹》作「衰」。

⑪ 原注與世綵堂本注：「一無『之』字。」詁訓本無「之」字。

⑫ 焉，《英華》作「之」。

⑬ 充，《英華》作「克」。

⑭ 詁訓本無「間」字。

⑮ 精，原注與注釋音辯本、詁訓本、世綵堂本注：「一作菁。」二字通。

⑯ 理，原注與注釋音辯本、詁訓本、世綵堂本注：「一作章。」

⑰ 浹，《英華》、《全唐文》作「接」。

【解　題】

〔注釋音辯〕宗直，子厚之從弟。〔韓醇詁訓〕宗直，字正夫，公之從父弟也。元和十一年從公至柳而卒，公嘗誌其殯。謂其撰《漢書文章》爲四十卷，歌謡言議，纖悉具備，連累貫通，好文者以爲工。此即《西漢文類》之意也。宗直死時年三十三，此序在永州未召時作。〔蔣之翹輯注〕按《西漢文類》，《唐・藝文志》有之，其書不傳。宋有陶叔獻者，重編纂成，梅堯臣爲之序。按：《新唐書・藝文志四》：「柳宗直《西漢文類》四十卷。」晁公武《郡齋讀書志》卷四下：「《西漢文類》，右唐柳宗直撰，其兄宗元嘗爲之序。至皇朝其書亡，陶氏者重編纂成之。」陳振孫《直齋書録解題》卷一五：「《西漢文類》四十卷，唐柳宗元之弟宗直嘗輯此書，宗元爲序，亦四十卷。《唐・藝文志》有之，其書不傳。今書陶叔獻元之所編次，未詳何人。梅堯臣爲之序。」

【注　釋】

〔一〕〔韓醇詁訓〕駁音剥。〔百家注引孫汝聽曰〕《禮記・玉藻》：「動則左史書之，言則右史書之。」事，即動也。駁字音剥。〔百家注引童宗説曰〕《書》以記言，《春秋》以記事。

〔二〕〔百家注引王儔補注〕謂左氏爲《春秋傳》也。

〔三〕〔百家注引王儔補注〕司馬遷《自叙》曰：「卒述陶唐以來，至於麟止。自黄帝始，著十二本紀，作十表、八書、三十世家、七十列傳，凡百三十篇，五十二萬六千五百字，爲《太史公書》。」

〔四〕［注釋音辯］（糺）即糾字。［韓醇詁訓］音糾。

〔五〕［注釋音辯］晉孔衍以《戰國策》所書爲未盡善，乃引太史公所記參其同異，號《春秋後語》。［百家注引孫汝聽曰］晉孔衍，字舒元，以《戰國策》所書爲未盡善，乃引太史公所記，參其同異，删彼二家，聚爲一録，號《春秋後語》。

〔六〕［注釋音辯］數音速，出《樂記》。［百家注引童宗説曰］秏，不明也，莫報切。

〔七〕［注釋音辯］（屬）之欲切。

〔八〕［注釋音辯］［韓醇詁訓］磔，陟格切。按：磔裂，分裂。指零散的材料。

〔九〕［注釋音辯］攟，俱運切。摭，之石切。拾取也。［韓醇詁訓］攟，俱運切。摭，之石切。《説文》二字皆云拾也。［百家注引童宗説曰］《説文》云：「攟摭，拾也。」《博雅》云：「取也。」

〔一〇〕［百家注引孫汝聽曰］《穆天子傳》：「癸巳，至於群玉之山，先王之所謂册府。」注云：「言往古帝王以藏書册之府。」

〔一一〕［百家注集注］《周禮》：「六幣，圭以馬，璋以皮，璧以帛，琮以錦，琥以繡，璜以黼。」《説文》：「圭，瑞玉也，上圓下方。剡上爲圭，半圭爲璋。琮大八寸，似車釭。璜半璧。」璋音章。璜音黄。琮，徂攻切。按：見《周禮·秋官司寇·小行人》。

〔一二〕章士釗《柳文指要》上《體要之部》卷二一：「路子者，路隨也。隨名兩見於柳集……《先友記》所載路泌即隨父。」

〔一三〕［蔣之翹輯注］賈生名誼，洛陽人。漢文帝聞其名，召爲博士，至太中大夫。後以讒爲長沙王太傅。

〔一四〕［蔣之翹輯注］公孫弘，菑川人。家貧，牧豕海上。年四十餘，乃學《春秋》雜説。武帝初，舉賢良，對策第一，拜博士，待詔金馬門。董仲舒，以修《春秋》爲博士，後爲中大夫。司馬相如，字長卿，爲武騎常侍。

〔一五〕［百家注引童宗説曰］列辟，人主也。

〔一六〕［韓醇詁訓］浹，即恊切。

【集　評】

劉弇《策問上·第十五》：唐人柳宗元定著《西漢文類》，豈徒然哉？今諸君必欲講探裒掇，資之以輔經術之餘，則當誰始？萬一置身周行，所以設施應世者，又誰先也？（「直」原誤作「元定」。《龍雲集》卷二七）

程俱《西漢詔令序》：右《西漢詔令》四百一章，舊傳《西漢文類》所載，尚多闊略。（《北山集》卷一五）

張栻《西漢蒙求跋》：柳宗直輯《西漢文類》，其兄司馬序其首，有曰：「搜討磔裂，攟摭融結，離而同之，與類推移。」世謂宗直是書固足以傳遠，抑有賴於司馬之文，有以發之也。（《南軒集》卷三四）

史繩祖《學齋佔畢》卷二：唐柳宗直編西漢文章，只據正史及《文選》而編之，遺軼甚多，今略舉其一二：如王褒《祭金馬碧雞神文》曰：「漢持節使王褒敬祭金精神馬、縹碧之雞，歸徠歸徠，漢德無疆。」見於《後漢史·西南夷傳》注。又漢西都時，南宫寢殿内有醇儒王史威長死葬銘曰：「明明哲士，知存知亡。崇隴原壄，非寧非康。不封不樹，作靈垂光。厥銘何依，王史威長。」載於張華《博物志》，雖歐陽《集古》、趙明誠《金石録》，亦遺此也。如董仲舒《日食祝》，見於《周官·太祝》注。此皆文辭簡古，不可缺也，故録之，以資博識之士有考焉。

《王荆石先生批評柳文》卷六：頗仿班固。

茅坤《唐宋八大家文鈔》卷二一：覽子厚之所以序西京，而文章之旨亦可概見矣。

邵寶《重刊兩漢文鑑序》：予讀唐柳子序其弟宗直《西漢文類》，謂其條貫森然，可爲學者之端，嘗以未見是書爲恨。（《春容堂前集》卷一四）

蔣之翹輯注《柳河東集》卷二一：西漢文實精嚴而公篤，子厚之序雖能言之，然其門户終不可窺。王世貞曰：文倣班固。

康熙敕纂《御選古文淵鑒》卷三七：此篇逼真西漢，近古而尤壯麗，殆子厚所以自狀其文品也。臣（高）士奇曰：文體至西京始稱弘備，爲作者取則，由其去古未遠，推本經術，不區區以文法爲工也。

儲欣《河東先生全集録》卷三：表章宗直搜討之勤，仍删取舊序繫於後，又一體。

何焯《義門讀書記》卷三六：發端本荀仲豫。「合而爲史」：「史」下有「記」字。「欲采比義，會年長疾作」：李（光地）於「義」字爲讀。「森然炳然若開群玉之府」六句：點染「類」字，然似少味。「殷周之前，其文簡而野」：文莫盛於周，降而諸子、屈、宋，其變盡矣，漢氏得其緒耳，何謂野乎？「貞元間文章特甚」至末：李云：一結即得孟堅筆意。序後復繫一序，文之變體，從史書中來。

孫琮《山曉閣選唐大家柳柳州全集》卷二：此篇前後反覆，只是二意，一是表彰西漢文，一是贊揚宗直好古。妙在前幅欲表彰漢文，先説一段諸書之無當；欲贊揚宗直好古，先説一段自己之未能，極盡借客影主之妙。後幅一段極力再表漢文，一段極力再贊宗直，前後反覆，何等曉暢。

焦循批《柳文》卷五：此皆删其叙也。

林紓《韓柳文研究法·柳文研究法》：西漢之文，柳州平日之所從事也，柳州處唐之中葉，捨昌黎外，莫能抗者。聲響俟乎《騷》，光色合乎漢京，故序其弟宗直《西漢文類》，言之特詳。文入手，將記事記言分劃，以《尚書》、《春秋》歸入記事類，而以《春秋後語》爲記言，又病其不協於道。西京文近古，而又畔散不屬，正以記言與記事雜，不能各有列位，而從其序。宗直以賦、頌、詩、歌、書、奏、詔、策、辯、論之辭，歸入於文，以《尚書》、《戰國策》成敗興壞之説，歸之於事，所謂類者當矣。以下始大發議論，謂「殷周之前，其文簡而野，魏晉以降，則蕩而靡」，漢處其中，有賈、董、司馬遷、相如之徒作，風雅益盛，敷施天下，二百三十年間，其文充簡册也。收處稱貞元之文，比盛於漢，是文中應有之言。文至簡要，不爲泛博之論，起迄皆有法程。

楊評事文集後序

贊曰：文之用，辭令褒貶，導揚諷諭而已。雖其言鄙野，足以備於用，然而闕其文采，固不足以竦動其聽，夸示後學。立言而朽〔一〕，君子不由也。故作者抱其根源，而必由是假道焉。作於聖，故曰經；述於才，故曰文。文有二道：辭令褒貶，本乎著述者也；導揚諷諭，本乎比興者也。著述者流，蓋出於《書》之謨、訓，《易》之《象》、《繫》，《春秋》之筆削〔二〕，其要在於高壯廣厚，詞正而理備，謂宜藏於簡册也。比興者流，蓋出於虞、夏之詠歌，殷、周之風雅，其要在於麗則清越〔三〕，言暢而意美①，謂宜流於謡誦也。茲二者，考其旨義，乖離不合，故秉筆之士恒偏勝獨得，而罕有兼者焉。厥有能而專美，命之曰藝成〔四〕，雖古文雅之盛世，不能並肩而生。

唐興以來，稱是選而不怍者，梓潼陳拾遺〔五〕。其後燕文貞以著述之餘〔六〕，攻比興而莫能極，張曲江以比興之隙〔七〕，窮著述而不克備②。其餘各探一隅，相與背馳於道者，其去彌遠。文之難兼，斯亦甚矣。若楊君者，少以篇什著聲於時，其炳耀尤異之詞，諷誦于文人，盈滿于江湖③，達于京師。晚節徧悟文體，尤邃叙述，學富識遠，才涌未已，其雄傑老成之風，與時增加。既獲是，不數年而夭。其季年所作尤善，其爲《鄂州新城頌》、《諸葛武侯傳論》、餞送梓潼陳衆甫〔八〕、汝南周愿④〔九〕、河東裴泰〔一〇〕、武都符義府⑤、太山羊士諤〔一一〕、隴西李鍊⑥，凡六序，《廬山禪居記》、《辭李常侍啟》〔一二〕、《遠遊賦》、《七夕賦》⑦，皆人文之選已。用是陪陳君之後，其可謂具體者歟？

嗚呼！公既悟文而疾，既即功而廢，廢不逾年，大病及之⑧，卒不得窮其工、竟其才，遺文未克流于世，休聲未克充於時。凡我從事於文者，所宜追惜而悼慕也。宗元以通家脩好，幼獲省謁，故得奉公元兄命〔一三〕，論次篇簡，遂述其制作之所詣，以繫于後。

【校　記】

①詁訓本無「而」字。

②原注與注釋音辯本、世綵堂本注：「一本『窮』字下有『作者』二字。」

③盈滿，注釋音辯本、詁訓本、五百家注本、《英華》、《文粹》作「滿盈」。詁訓本無「於」字。

④愿，《英華》作「源」。

⑤原注與注釋音辯本、詁訓本、世綵堂本注：「符，一作何。」《文粹》作「何」。按：岑仲勉《唐史餘瀋》卷二「再説符載」條：「《河東集》二一《楊評事文集後序》有武都符義府，注云：『符，一作何。』按符義府即符載，作『何』者非。」符載字厚之，見孫光憲《北夢瑣言》卷五、計有功《唐詩紀

事》卷五一，未見言其字義府，或云其曾名義府者，未知何據。

⑥ 鍊，《英華》、《全唐文》作「諫」，《文粹》作「練」。

⑦ 賦，《文粹》作「詩」。

⑧ 何焯校曰：「『大』改『夭』。」

【解　題】

［注釋音辯］楊凌。［韓醇詁訓］楊君凌也，憑之季弟，故序云：「宗元以通家修好，幼獲省謁，故得奉公元兄命，論次篇簡。」謂楊憑以序屬公也。《先友記》云：「楊氏兄弟者，弘農人。憑由江南西道入爲散騎常侍，凝以兵部郎中卒，凌以大理評事卒。」用知評事之爲凌也審矣。《唐書》云凌終侍御史，誤矣。按：闕名《大唐傳載》：「楊京兆憑兄弟三人皆能文，學甚攻苦。或同賦一篇，共坐庭石，霜積襟袖，課成乃已。」《新唐書·楊憑傳》：「長善文辭，與弟凝、凌皆有名，大曆中踵擢進士第，時號三楊。」楊凌卒於貞元七年。權德輿《權載之文集》卷三三《唐故尚書兵部郎中楊君（凝）文集序》稱「時恭履捐館一紀」，恭履即楊凌，楊凝卒貞元十九年，上推十二年即貞元七年。此文當作於貞元間。章士釗《柳文指要》上《體要之部》卷二一云：「《楊評事文集後序》在子厚集中，是一叙説文章流别極有關係之文字。讀此文，於初、中兩唐之文事沿革，及文人流派，可得一覽無餘。」所論甚是。

【注釋】

〔一〕［世綵堂］採用《左傳》立德立公立言，此之謂不朽。按：見《左傳》襄公二十四年。

〔二〕《史記·孔子世家》：「至於爲《春秋》，筆則筆，削則削，子夏之徒不能贊一辭。」故以筆削指著述。

〔三〕［百家注引孫汝聽曰］《揚子》：「詩人之賦麗以則。」謂靡麗而有法則。《禮記》：「其聲清越以長。」按：見揚雄《法言·吾子》、《禮記·聘義》。

〔四〕［世綵堂］《禮記·樂記》云：「德成而上，藝成而下。」

〔五〕［注釋音辯］陳子昂。［韓醇詁訓］陳子昂嘗爲右拾遺。唐興，文章承徐、庾餘風，天下祖尚，子昂始變正風雅。［蔣之翹輯注］陳子昂，梓州射洪人。嘗爲右拾遺。上書勸武后興明堂、太學。后稱帝，改周，子昂上《周受命頌》，雖數后問政，論亦讜切，輒罷去。

〔六〕［注釋音辯］張説封燕國公，謚文貞。［韓醇詁訓］張説封燕國公，謚文貞。爲一代宗臣，朝廷大述作多出其手。爲文屬思精壯，長於碑誌，世所不逮。説歿後，帝使就家録其文，行於世。開元後宰相，不以姓著者曰燕公云。

〔七〕［注釋音辯］張九齡，韶州人，天下稱曲江公而不名。（隟）音隙。［韓醇詁訓］張九齡。開元後，天下稱曰曲江公而不名云。［世綵堂］（隟）與隙同。

〔八〕陳景雲《柳集點勘》卷二：「《餞送梓潼陳衆甫序》，案衆甫亦列《石表先友記》中，疑亦嘗從事於鄂，故評事有送序也。」

〔九〕周愿，李肇《唐國史補》卷上、闕名《大唐傳載》、趙璘《因話録》卷四皆載其逸事。《全唐文》卷六二〇有周愿《牧守竟陵因遊西塔寺著三感説》。

〔一〇〕［百家注引孫汝聽曰］貞元十八年，（裴）泰爲安南都護。按：見《新唐書·宰相世系表一上》。

〔一一〕［百家注引孫汝聽曰］元和三年，羊士諤貶資州刺史。按：羊士諤字諫卿，貞元元年登進士第，歷義興縣尉、監察御史等，元和三年貶巴州刺史，又爲資、洋、睦等州刺史，入爲户部郎中。

〔一二〕陳景雲《柳集點勘》卷二：「《辭李常侍啟》，案常侍名兼，建中二年，以鄂岳防禦使加散騎常侍，見趙憬《鄂州新廳記》。又評事集中《鄂州新城頌》即爲兼作，蓋頌其破李希烈功。」

〔一三〕［注釋音辯］凌之兄憑。

【集　評】

茅坤《唐宋八大家文鈔》卷二一：覽此序，亦可見古之欲兼詩與文而並盛者，亦世所難，而況吾曹乎？

又：予嘗謂子厚詩過昌黎，而文特讓一格矣，大略千鈞之弩，難以再發也。

胡應麟《詩藪》外編卷四：柳儀曹曰：「張燕公以著述之餘攻比興而莫能極，張曲江以比興之暇攻著述而不克備，唐興以來，稱是選而不怍者，梓潼陳拾遺。」馬端臨氏曰：「拾遺詩語高妙，至他文則不脱偶儷，未見其異於王、楊、沈、宋也。」按昌黎「國朝盛文章，子昂始高蹈」，中及李、杜而未言孟郊，其意蓋專在於詩。柳言頗過，故應馬氏有異論也。

蔣之翹輯注《柳河東集》卷二一：體制樸茂，故能斂華而實。「故曰文」句下：文章之妙，全在有根據。韓愈曰「養其根而俟其實」，又曰「根之茂者其實遂」，柳宗元亦曰「抱其根源而必由是以假道」，所以其文能五采發越，耿耿終古。「斯亦甚矣」句下：陳拾遺之《感遇》陶洗六朝，鉛華已盡，詩工矣，而文有所不迨。燕國、曲江，其制册典頌，春容大篇，文工矣，而詩終遜之。則子厚所謂並肩者，衹偏勝獨得耳，況其餘乎？

何焯《義門讀書記》卷三六：後序，故起處但述其製作所詣。此篇多法《藝文志》以爲詞，然稍瀋彦和而清之爾，未及於古也。

孫琮《山曉閣選唐大家柳柳州全集》卷二：一篇大段有四：第一段叙文章流别，原有此二種。第二段言世罕兼通，曾難其人。第三段述評事能兼通二種。第四段述己叙述遺文。妙在有第一段分别源流，便見第四段自己論次不謬，有第二段世罕兼通，便見第三段評事曠代一人，自是文章互相照耀處。

焦循批《柳文》卷五：以折勝。北宋以後，專一爲此，大率弱僧不可讀。

林紓《韓柳文研究法・柳文研究法》：《楊評事文集後序》，仍分二類，以辭令褒貶，歸本於著述，以導揚諷諭，歸本於比興。著述則宜藏於簡册，比興則宜流爲謡誦，然皆偏勝獨得，未有兼者。兼者，乃盛推陳子昂，而文貞、曲江，猶其偏勝者也。文縱論至此，似乎楊評事之文，亦能兼是二者之長矣。顧但論其以文得名之故，疾入不數年而夭，故不能肩隨子昂。但有具體，兹其可惜者也。所以有追惜悼慕之言，不坐實，不過譽，言至得體。

濮陽吴君文集序

博陵崔成務嘗爲信州從事，爲余言：邑有聞人濮陽吴君〔一〕，弱齡長鬣而廣顙①〔二〕，好學而善文。居鄉黨，未嘗不以信義交於物，教子弟，未嘗不以忠孝端其本。以是卿相賢士，率與亢禮。余嘗聞而志乎心。會其子偘更名武陵〔三〕，升進士〔四〕，得罪來永州。因奉其先人文集十卷，再拜請余以文冠其首，余得徧觀焉。其爲辭賦，有戒苟冒陵僭之志，其爲詩歌，有交王公文人之義，其爲誄誌弔祭，有孝恭慈仁之誠，而多舉六經聖人之大旨，發言成章，有可觀者。古之司徒，必求秀士，由鄉而升之天官〔五〕。古之太史必求人風②，陳詩以獻于法宫③〔六〕，然後材不遺而志可見④。近世之居位者，或未能盡用古道，故吴君之行不昭，而其辭不薦，雖一命于王，而終伏其志⑤。嗚呼，有可惜哉⑥！武陵又論次誌傳三卷繼于末，其官氏及他才行甚具云⑦〔七〕。

【校　記】

①　顊，《全唐文》作「頟」。二字義同。

②　求人，《全唐文》作「採民」。

③　宮，詁訓本作「官」。

④　志，詁訓本作「智」。

⑤　原注與詁訓本注：「伏，一作大。」世綵堂本注：「一作夭。」

⑥　有，《全唐文》作「其」。原注與詁訓本、世綵堂本注：「一無『有』字。」

⑦　世綵堂本注：「『其』下有『志』字。」當是。

【解　題】

［注釋音辯］吴武陵之父。［韓醇詁訓］據傳：吴武陵，信州人。元和初擢進士第。不書其父之名與文，唯載初柳宗元謫永州，而武陵亦坐事流永州，宗元賢其材，與序所言皆合。武陵元和三年到永，序當在是時作。按：《與楊京兆憑書》云「去年吴武陵來」，書作於元和四年，則吴武陵謫永州在元和三年。此文亦大致作於此年。馬端臨《文獻通考》卷二三二：「《濮陽吴君文集》十卷，唐吴德光撰，武陵人也，柳子厚序。」云吴君名德光，未知所據，云其爲武陵人也顯誤（或「人」爲「父」之訛）。

【注釋】

〔一〕［百家注引孫汝聽曰］吴君系本濮陽，後居信州。按：《新唐書·文藝傳下·吴武陵》云其信州人。范攄《雲溪友議》卷下《因嫌進》：「安邑李相公吉甫初自省郎爲信州刺史，時吴武陵郎中，貴溪人也，將欲赴舉，以哀情告於州牧，而遺五布三帛矣。」亦可證吴武陵家居信州貴溪。

〔二〕［百家注引孫汝聽曰］《春秋傳》：「使長鬣者相。」謂長鬚也。

〔三〕［注釋音辯］（侃）口旱切，與侃同，又去聲。［韓醇詁訓］口旱切，與侃同，樂也，又强直也，亦音去聲。

〔四〕［百家注引韓醇曰］元和二年，武陵登第。

〔五〕［百家注引孫汝聽曰］《禮記·王制》：「命鄉論秀才，升之司徒，曰選士。論進士之秀者而升之學，曰俊士。」《周禮》：「鄉大夫獻賢能之書於王，王拜而受之，登於天府。」按：後者見《周禮·地官司徒·鄉大夫》。

〔六〕［百家注引童宗説曰］《王制》：「命太師陳詩以觀民風。」

〔七〕［百家注引孫汝聽曰］武陵終韶州刺史。無子，女汭、湘。按：吴湘爲吴武陵兄子，會昌五年因贓被淮南節度使李紳下獄，死獄中。大中二年其兄吴汝納爲其鳴冤，案翻，李德裕即以吴湘獄貶死崖州。堂兄妹同名，亦奇。

【集評】

茅坤《唐宋八大家文鈔》卷二一：文自有法度。

何焯《義門讀書記》卷三六：「武陵又論次誌傳」至末：已有此，故可與《王文憲集序》之體異。

張伯行《唐宋八大家文鈔》卷四：武陵行事大節，得於舊所聞，而文集之成章可觀，則得於今所見。末慨其行不昭，其辭不薦，蓋合兩層而收束之也。文法謹嚴，不溢一筆。

焦循批《柳文》卷五：即歐陽淡折之法，然有健弱之分矣。

王氏伯仲唱和詩序

僕聞之，世其家業不隕者〔一〕，雖古猶乏也①，求之於今而有獲焉。王氏子某，與余通家，代爲文儒，自先天以來〔二〕，策名聞達，秉毫翰而踐文昌②〔三〕，登禁掖者，紛綸華耀③，繼武而起。士大夫掉鞅於文囿者〔四〕，咸不得攀而倫之。乙亥歲，某自南徐來〔五〕，執文貺予，詞有遠致。又著論非班超不能續父兄之書④〔六〕，而乃徼狂疾之功以爲名〔七〕，吾知其奉儒素之道專矣。間以兄弟嗣來京師，會于舊里，若璩、瑒在魏〔八〕，機、雲入洛〔九〕。由是正聲迭奏，雅引更和⑤，播塤篪之音韻〔一〇〕，調律呂之氣候，穆然清風〔一一〕，發在簡素。非文章之胄⑥，曷能及兹⑦？況宗兄握炳然之文⑧，以贊闢石〔一二〕，鷹冠銀章〔一三〕，榮映江湖。則嚮時之美談，必復其始〔一四〕。某也謂余傳卜氏之學〔一五〕，宜叙于首章。操斧於班郢之門〔一六〕，斯强顔耳〔一七〕。詩凡若干首。

【校　記】

①乏，原作「今」。原注與詁訓本、世綵堂本注：「今，一作乏。」《全唐文》作「乏」。何焯《義門讀書記》卷三六亦云：「『今』作『乏』。」據文意作「乏」是，故據《全唐文》改。

②原注與詁訓本、世綵堂本注：「一無毫字。」

③世綵堂本注：「一作『紛華榮耀』。」

④續，原作「讀」，據詁訓本改。詁訓本注：「一作讀。」原注與世綵堂本注：「讀，一作續。」班超不繼父兄之業，投筆從戎，立功異域，作「續」是。

⑤引，詁訓本作「章」。

⑥「非」原闕，據《英華》、《全唐文》補。

⑦兹，詁訓本作「此」。

⑧原注：「一無然字。」詁訓本注：「一作『握炳之文』。」

【解　題】

［韓醇詁訓］序言「乙亥歲，某自南徐來」，以曆考之，乙亥即貞元十一年也。序言「王氏子某與余通家，代爲文儒」，然其名不得而考。《先友記》中有所謂王紓、王紹者，紹得幸德宗，爲徐泗節度，今言其伯仲，豈是家之子弟耶？按：陳景雲《柳集點勘》卷二：「按上言『乙亥歲，某自南徐來』，乙亥，貞元十一年也。《新史》貞元十年，浙西觀察使王緯加御史大夫兼鹽鐵轉運使，故有『以贊關石』諸語。浙西廉使治潤州，故曰『自南徐來』。史又言緯與其弟奂之、賁之皆有文，此伯仲或即奂之、賁之耶？」章士釗《柳文指要》上《體要之部》卷二一云：「王氏伯仲何人也？以文中『王氏子某與余通家，代爲文儒』推之，當然以《先友記》所列王紓、王紹輩最爲切近。……則所謂來自南徐之某者，注家謂是以江浙觀察使遷諸道鹽鐵轉運使之王緯，而緯名從『糸』旁，與紓、紹一致，或即是紓、紹同一昭穆之少年族屬，良未可知。」韓醇、章士釗推測爲王紓、王紹，據《舊唐書·王緯傳》，王緯爲王之咸之子，王之賁、王之涣爲王之咸堂兄，之賁、之涣當爲王緯堂伯父，陳氏以爲王緯兄弟，誤。王紹爲王端之子，見《新唐書·王紹傳》。王紓、王紹兄弟與王緯僅同宗而已。此文作於貞元十一年，文已明言。時浙西觀察使爲王緯，亦無問題。然王紓爲柳宗元堂姑父，見《伯祖妣李夫人墓誌》。貞元十年王紹已爲户部郎中，見權德輿《户部王曹長楊考功崔刑部二院長並同鍾陵使府之舊因以寄贈又陪郎署喜甚常僚因書所懷且叙所知》詩。王紓、王紹爲柳宗元長輩，且王紹時已爲官尚書省，肯求未入仕途之柳宗元爲之詩序乎？考權德輿《權載之文集》卷一七《唐故尚書工部員外郎贈禮部尚書王公

（端）神道碑銘并序》、卷二四《唐故尚書工部員外郎贈禮部尚書王公改葬墓誌銘》載王紹子元泰、元質、元弼（《文苑英華》作玄泰、玄質、玄弼），疑此文「宗兄握炳然之文以贊闗石」之宗兄指王元泰，時在王緯幕府爲僚佐。「贊」爲「襄贊」之意。王氏伯仲指王紹之子。趙明誠《金石録》卷九：「第一千七百六十九，《唐相里友諒墓誌》，撰人姓名缺，王玄弼正書，長慶四年十二月。」

【注　釋】

〔一〕［韓醇詁訓］隕，羽敏切。

〔二〕［注釋音辯］睿宗年號。［百家注引孫汝聽曰］先天，玄宗年號。元年，歲在壬子。按：是年八月，睿宗傳位與玄宗，改元先天。

〔三〕［百家注引韓醇曰］武后光宅元年九月，以尚書省爲文昌臺。

〔四〕［注釋音辯］掉，徒弔切，正也。鞅音養。［韓醇詁訓］掉，徒弔切。鞅，於亮切。［百家注引孫汝聽曰］宣十二年《左氏》：「御下兩馬，掉鞅而還。」注：「掉，正也。」

〔五〕［注釋音辯］貞元十一年。南徐，潤州。［百家注集注］南徐，潤州。宋置南徐州。

〔六〕［蔣之翹輯注］後漢班超，固弟。少有大志，家貧，傭書養母，嘗投筆歎曰：「大丈夫當立功異域，以取封侯，安能久事筆硯間乎？」明、章兩朝，出征西域，安集五十餘國，封定遠侯。按：見《漢書·班超傳》。

〔七〕［韓醇詁訓］徼，古堯切。

〔八〕［注釋音辯］璩音渠。瑒，徒朗切及仗揵、丑亮二切。後漢應奉子珣，珣子璩，字休璉。璩兄瑒，字德璉。［韓醇詁訓］《魏書》：「應瑒弟璩，咸以文章顯。」璩音渠。瑒，徒郎切。［百家注引孫汝聽曰］《後漢》：「應奉字世叔，有子珣，爲司空掾。珣子璩字休璉，璩兄瑒字德璉。」按：見《後漢書·應奉傳》、《三國志·魏書·王粲傳》附。

〔九〕［注釋音辯］陸抗二子。［韓醇詁訓］機，陸機。雲，陸雲也。《晉書》：「二陸入洛，三張減價。」［百家注引韓醇曰］吴大司馬陸抗二子。機字士衡，雲字士龍。晉太康末俱入洛，造司空張華，華曰：「伐吴之役，利在二儁。」《晉書》：「二陸入洛，三張減價。」按：見《晉書·陸機傳》。

〔一〇〕［韓醇詁訓］壎音喧。篪，陳之切。［蔣之翹輯注］《詩》：「伯氏吹壎，仲氏吹篪。」按：壎、篪，皆爲古代吹奏樂器。所引見《詩經·小雅·何人斯》。

〔一一〕［百家注引張敦頤曰］《詩》：「吉甫作誦，穆如清風。」按：見《詩經·大雅·烝民》。

〔一二〕［注釋音辯］王緯爲鹽鐵轉運使。［百家注引孫汝聽曰］貞元十年十一月，以浙西觀察使王緯爲諸道鹽鐵轉運使。《書》：「關石和鈞。」《漢書》：「三十斤爲鈞，四鈞爲石。」按：所引見《尚書·五子之歌》。孔安國傳：「金鐵曰石，供民器用，通之使和平，則官民足。」

〔一三〕［注釋音辯］鳶，宅買切。即豸字。

〔一四〕［百家注引王儔補注］《左氏》：「公侯之子孫，必復其始。」按：見《左傳》閔公元年。

〔一五〕［注釋音辯］［百家注引孫汝聽曰］卜子夏作《詩序》。

〔一六〕［注釋音辯］潘（緯）云：班與般同，即公輸子。又《莊子》云「郢人善塗塈」者。［百家注引孫汝聽曰］班，公輸班也。郢，《莊子》云「運斤成風」者。［蔣之翹輯注］公輸班，古之巧者。按：《墨子·魯問》：「公輸子自魯南遊楚焉，始爲舟戰之器，作爲鈎强之備。」《莊子·徐无鬼》：「郢人堊，慢其鼻端若蠅翼，使匠石斲之。匠石運斤成風，聽而斲之，盡堊而鼻不傷，郢人立不失容。」「班門弄斧」之成語，當由柳宗元此句化出。

〔一七〕［蔣之翹輯注］《漢書·司馬遷傳》：「言不辱者，所謂强顔耳。」

【集評】

《王荆石先生批評柳文》卷六：六代胚胎。又文末評：此亦非晚年筆。

何焯《義門讀書記》卷三六：此作無所取。